[illegible]穿日常

1

目次

壹之章 美味關係

康熙三十四年秋，紫禁城，乾東五所。

宮女玉瓶有些發愁地問李薇：「格格，今天真的要吃羊肉啊？」不等李薇回答就自顧自地往下說：「萬一四阿哥來了呢？現在這個天氣吃點素菜好，羊肉多腥啊，您還非要吃烤的羊肉串，改成喝點兒瓜菜湯，吃個涼拌木耳不是很好嗎？又清爽又開胃。」

李薇放下手裡的繡樣冊子，也不好跟她解釋，直接吩咐道：「我想吃，妳只管吩咐膳房去做，告訴他們多放一點辣椒粉和孜然粉，肉要切成手指肚那般大，肥瘦各半，要烤得滴油、鹹香油辣才好！不許放花椒，配著再上一鍋羊肉湯底的湯菜就行，放些粉絲、粉條、油豆腐、黃花菜，剩下的讓他們看著做。麵食只要烤得焦焦的芝麻餅。」

玉瓶苦著臉去膳房點這一頓夜市大排檔的菜單去了，路上剛好遇到福晉的宮女石榴，她也去膳房點膳，兩人便結伴而行。

雖然膳房還是在阿哥所裡，但出了四阿哥的院子就算是外面，兩個年紀輕輕的小宮女還是有些害怕。

石榴年紀比玉瓶大些，十六了，在福晉那裡也是數得上的人，只是四福晉身邊能幹的人太多反而顯不出她。

兩人一前一後到了膳房，玉瓶退後一步讓石榴先說，石榴點了二涼、四熱、兩道湯品、四道麵點就退下了。她也不急著走，就站在三步遠外等著玉瓶。

玉瓶細細交代了李薇的夜市大排檔菜單，膳房的太監認真地聽著。四阿哥身邊的李格格也算個小主子，最愛鮮味兒，他們伺候慣了的，深知越是不起眼的小主子越是怠慢不得，嘴上甜點兒，腳下勤快點兒，只當結個善緣。

「姑娘瞧好吧，還交給小李子來做，他做這個在行。格格還要點別的嗎？」老太監笑咪咪地說。

玉瓶沒說動李薇換菜單有些喪氣，道：「剩下的你們看著上吧，格格倒是愛極了你們上的酸梅湯，你直接讓我提一罐子走吧。」

老太監回身揮揮手，一個面白無鬚的中年太監從一旁的小太監手裡接過一個紫紅色的小陶甕，卻沒遞給玉瓶。老太監接過來轉身給了一個十一、二歲的小太監，說：「哪裡勞煩姑娘親手拿？讓這孩子跟著姑娘走一趟吧。」

玉瓶也沒堅持，她在宮女裡頭也算是有頭臉的，親手提個陶甕確實不大像樣，有人代勞最好，她也回敬老太監般微微一福，「多謝爺爺疼我。」

老太監站著受了，笑咪咪地送了兩步，看著石榴和玉瓶一起走了。

石榴和玉瓶走進四阿哥的院裡就分開，石榴徑直走回正房，玉瓶穿過角門回到後面。

乾東五所現在是住滿了，如今阿哥裡面出宮建府的只有大阿哥一個，二阿哥是太子住毓慶宮，往下三阿哥到七阿哥都住在這裡，倒是八阿哥被擠到西五所去了，那邊只住了他一個。

紫禁城是前明時建的，年深日久，上瓦下梁，庭前屋後，總會有那麼一點點兒小問題。比如，聽說三阿哥那邊的院子裡就有兩處青石板下面是空的，下雨時底下積水，一不小心就會踩進一鞋底的水。

注釋

1 黃花菜：萱草的別名，萱草又名金針、金針花；又相傳可忘憂，亦名忘憂草。

四阿哥落地後是康熙爺抱給承乾宮養的，佟佳氏，宮裡頭一份。去後封了孝懿皇后，再沒有比她熱乎的了。四阿哥因為從小跟著養母孝懿皇后，等孝懿皇后沒了，他的生母烏雅氏又受封德妃，膝下已生有二子二女，任誰也不敢小看，所以四阿哥的院子在阿哥所裡不是位置最好的，卻是住起來最舒服的一個。

比他早兩年進阿哥所的三阿哥，因榮妃馬佳氏早已失寵，院子反倒沒有他的好。餘下能跟四阿哥比一比的只有宜妃所出的五阿哥。七阿哥和八阿哥兩個就更別提了。

四阿哥這院子有三進。頭一進被他當作書房，一正屋兩廂房，前兩側角門都有人看管，等閒不許人進出。二進住著四福晉，也是一正兩廂。如今兩側廂房都暫時空著。最後一進是後罩房，一排大大小小十個房間。現在只住李薇和宋氏兩位格格。日後有沒有新的小夥伴進來就不好說了。

四福晉嫁進來才半年，二進院子裡移栽的花木還是新鮮的呢，紅花綠葉相映成趣。牆角八個盛水的太平缸上面浮著碗蓮，下面養著各種名貴錦鯉。

石榴從角門進來便沿著右邊的屋簷走過來，到正屋前放輕了腳步。屋門前守著一個小太監和一個小宮女，見她來立刻矮半身行禮，但並不叫福。在主子跟前伺候時，宮女及太監們是不許出聲的，除非主子發話。

石榴擺擺手，輕手輕腳地進去。

堂屋裡站著兩名宮女，見到她也是矮半身蹲了個福，石榴照樣擺擺手往左側的書房走去。剛才她出來前四福晉就在這裡抄經，進去前她看了眼擺在堂屋裡的西洋大座鐘，剛剛中午十一點，鐘的鳴時早讓太監給掐了，這東西看時間是好使，就是個頭太大，報時的時候聲音太響，有些吵鬧。

書房裡除了站在書桌前抄經的四福晉外，一側還守著兩名大宮女和一名嬤嬤。

石榴想要把李格格叫菜的事稟報給四福晉，就站在書桌一側。

四福晉烏拉那拉元英，她是康熙三十三年的秀女，指婚後又過了一年才嫁進來，伺候四阿哥才半年多點兒。她的個頭雖然不比石榴和屋裡其他宮女矮多少，但臉看著還帶著稚氣。她穿一身深棗紅的長旗裝，襯得她整個人大了兩三歲，下踩一雙兩寸高的花盆底鞋，頭上沒戴旗頭，只在腦後梳了個把子，額前鬢邊抿得油光水滑，不見一絲亂髮。

她面容嚴肅，雖然年紀小卻無人敢小看她一分。石榴剛才進來時她已經看到了，見她站在那裡，寫完這章放下筆轉身坐在榻上，端起茶抿了一口潤潤喉嚨才目視石榴等她回話。

石榴上前一個深蹲萬福，再俐落起身，近前兩步小聲把玉瓶點的菜單報了一遍，然後不置一詞退後，再是一個萬福，退回那兩個宮女處站好。

元英聽了石榴的話像是沒聽到似的，放下茶碗繼續回去抄經，等抄完這一卷才長吁一口氣。

這時屋裡的四個人才忙活起來，石榴和另一名大宮女葡萄出去喊小丫頭打熱水進來給福晉洗手淨面，屋裡的福嬤嬤扶著福晉小心翼翼地在榻上坐下，剩下的大宮女葫蘆則跪在榻前給福晉脫下花盆底，然後輕輕地給她揉腳。

元英閉目休息了一會兒，福嬤嬤一直慈愛地看著她，等她睜開眼才上前問道：「福晉是這會兒起來還是再歇歇？」

「起來吧，讓他們傳膳，吃完我還要再抄一卷。」元英用熱手巾洗了把臉，打起精神後讓葫蘆再給她把鞋穿上。

福嬤嬤心疼道：「福晉，用完膳還是先小睡一下吧。」站著抄經腰背和腿腳最受累了，一天兩卷經抄下來，到晚上腳都腫了。

「嬤嬤……」元英不同意地搖搖頭，「這是我的孝心，怎麼能嚷累呢？何況，我這樣就累了，那還有更虔誠的怎麼說呢？」

更虔誠的就是跪著抄。元英也不是不能跪著抄，她只是怕人說她以孝顯名。在宮裡像她這種抄法，也只是不過不失而已。泯然眾人不是不好，只是她總嫌不夠，卻一時想不到好法子。她心裡是希望能做出一番事業來的。

福嬤嬤雙手合十，「阿彌陀佛！佛祖勿怪！」卻不敢再勸了，她怕再勸下去福晉真跪著抄經，那跪一天下來腿就廢了。

一會兒膳房送膳過來，杯盤碟碗擺了三張桌子。中午四阿哥不回來，元英自己用膳也不讓支大桌子，她坐在榻上，面前的小炕桌上擺的是她愛吃的，榻下的條案上也擺得滿滿的，只是她幾乎未動一下筷子。

她隨意揀了兩口菜，吃了一碗米飯，便叫人撤了。福嬤嬤上前勸道：「福晉累了一早上，不如再多用點兒？」

元英輕輕搖頭，道：「撤吧，這些菜都是好的，我也沒動過，撤下去妳們分一分吧。」

石榴帶著人連小桌子一起端出去交給外間的宮女，裡面的好菜自然會有人給她們留下來。

伺候完福晉漱口，福嬤嬤搬來兩個大隱囊[2]放在福晉背後，榻上的小炕桌也挪了出去，「福晉略歪歪，停一刻再抄吧。」

用完膳後，元英也有些身倦神疲，可她一向是習慣先把事情做完再休息，不然歇也歇不安穩，就從榻上起來道：「不必了，抄完再歇也是一樣。」

福嬤嬤苦心要勸，但深知福晉的習慣只好幫著鋪紙，再叫來石榴磨墨。她卻心裡暗道，等抄完了經，四阿哥剛好從上書房回來，那時候才真是歇不成啦。可她也明白福晉想等四阿哥回來時，她剛好抄完了經，也好跟四阿哥表一表功，不然福晉一天只抄了一卷，反而顯得懈怠、懶惰。

元英抄著進宮後抄了足有百遍的《妙法蓮華經》，心裡卻想著石榴說的李格格中午特意要的多加辣椒的烤羊肉。

她進宮後跟四阿哥後院的女人也算是打了半年多的交道，宋格格是個溫柔敦厚的女人，四阿哥對她只是淡淡的，倒是這個李氏，不爭先、不掐尖、不愛在四阿哥面前表功，也不愛在她面前獻殷勤，可她就是入了四阿哥的眼。

她開始也沒把她放在眼裡，到現在卻覺得李格格是個聰明人，只是這份聰明，不但她看明白，四阿哥更是看明白了。正因為四阿哥看明白了，他才把她放在心上，而她看明白了，反倒對李氏不知如何處置了。

元英在心裡道，這李氏再聰明一分，就是精明，那四阿哥自然不會喜歡；如果再笨一分，聰明不到點子上，她也有法子治她。現在這樣實在是叫她為難。

因為李氏現在真稱得上是謹守本分，對她這個福晉也是知道退避，就是對著宋氏這個比她先伺候四阿哥的人也是尊敬體貼。她要是假裝的，元英絕對能找機會拆穿她，偏偏人家實心實意。

元英手下的筆不由得重了三分，一句「以此妙慧，求無上道」的最後一個字寫得尤其凌厲。左

注釋——

2 隱囊：供人憑伏的軟囊，有如現在的靠枕或靠褥。

看右看不像樣子，只好把這一截裁了重抄。

心靜，要心靜。元英再三告誡自己，李格格是真乖巧總好過假天真。一個懂事的人總是能商量的，何況，她也不過是個漢女罷了。

另一邊。

李薇中午痛快地大吃了二十幾串羊肉串，喝了兩大碗羊肉湯，天還沒到黃昏，她嘴上就起了兩個泡。

玉瓶又急又氣，趕緊拿蘆薈碧玉膏用玉簪挑了給她敷在嘴角，哭喪著臉道：「我的好格格，您這又是何苦呢？吃了這個自己受罪不說，又有幾天不能伺候四阿哥了！」

李薇現在嘴一張大就有撕裂般的刺疼，連說話也不敢說，含混道：「我天天在屋裡悶著，也就這一個愛好了，妳就別念了。」

玉瓶輕輕跺腳，急道：「格格……」

李薇對著鏡子照照，剛才上藥前洗了臉，脂粉都洗掉了，她也沒再塗，只在嘴唇上潤了點兒口脂。她對玉瓶道：「別站著了，妳現在趕緊去跟張德勝說一聲，我這樣不能伺候阿哥，讓他記得跟他師傅說。咱們晚上隨便吃點兒，不用動火炒菜了。」

玉瓶有一個好處就是聽話，雖然心疼李薇也趕緊去了。

宮嬪有恙，特別是在臉上或身上能看到的地方是不能伺候的，免得讓貴人看了不雅、不快，讓貴人染上不潔。

她先去書房找張德勝，再去正院找福晉的大丫頭中隨便哪個說一聲。李格格雖然是她的主子，但身分上來講實在沒資格直接跟福晉說話，這等小事跟福晉身邊的丫頭說一句就行。

自從福晉嫁給四阿哥後，李格格貪嘴吃羊肉上火的事不止一兩次，所以玉瓶剛出角門就看到石榴，便直接告訴她了。

接著便去了膳房，這次去老太監正忙著，接待玉瓶的是個小太監。玉瓶沒說李薇吃羊肉吃上火的事，雖然大家都知道，她只是說格格晚上吃簡單點兒，最多要一碗清粥幾樣下粥的小菜，明天早膳也只用清粥，下晌吃什麼再說。

小太監人雖小卻機靈得很，他們這些下人看主子們的事就當看熱鬧了，什麼事主子們不清楚，他們卻都門清。老太監在早上一起來跟幾個心腹用飯時就說，昨天四福晉去給德妃娘娘請安說話了，今天李格格必點羊肉，三五日內肯定只用清粥，別的什麼都不要。

他還交代人早上就把醃好的鹹鴨蛋挑個大又好看的洗乾淨，準備給李格格配粥用，下午也讓人給慶豐司打了招呼，明天要上好的老鴨兩隻，以後每天都要留兩隻，專用來煲湯給李格格下火。

雖然李格格只要清粥，但他們可不能只給格格上清粥。所以小太監聽了玉瓶的話只是滿口答應，恭恭敬敬地送人走後，轉身回到膳房內見到老太監，笑道：「讓爺爺說著了，李主子那邊今兒晚上什麼都不要，明天早上只要清粥。」

老太監只顧盯著做奶餑餑，聞言只「嗯」了一聲。

小太監乖乖退下去，一轉頭卻看到他師傅正在擺膳盒，下層鎮著一層冰，上層包著棉布，上上層擺著三個橘子大小、白瓷帶蓋的圓碗，碗形曲線流暢，上下無一絲紋飾，整個白瓷碗擺在那裡簡直像個白玉圓球，透白透白的。

小太監趕緊上前給他師傅打下手，他師傅看到他殷勤，笑道：「可別說師傅不疼你，等一刻把這膳盒提到李格格那兒去。」

小太監好奇道：「師傅，這是什麼啊？」

師傅打開一碗，他一看，居然是酸奶，還散發著嫋嫋的寒氣，可見是剛從冰窖裡取出來的，上面還點綴著紫紅色的玫瑰醬。小太監看得口水都快流出來了，轉頭卻想剛才玉瓶姑娘來了明明沒點這個。

那這是他師傅的孝敬？

小太監這麼想，等一下送過去時一定要在玉瓶姑娘那裡給師傅表一表功。結果，他提著膳盒過去時卻根本沒見到玉瓶姑娘，到門口就讓人攔下來了，旁邊一個小丫頭從他手裡接過膳盒，拿了個五錢的銀角子賞他。

他還想說兩句閒話，那小丫頭卻擺擺手，豎起手指放在嘴上，用力「噓」了一聲把他趕走。

小太監糊裡糊塗地回去見到師傅還委屈地說沒法給師傅表功，他師傅拿了剛出鍋的龍眼包子塞到他嘴裡，笑道：「傻兒子，你就沒見屋裡站的爺爺穿著什麼顏色的袍子？」說完把他攆了出去。

小太監讓包子燙得舌頭疼也捨不得吐出來，一邊吸氣一邊去屋裡找涼茶喝，邊喝邊回憶。剛才他過去，隔著門簾只能看到站在門邊的一個大太監的袍子邊，屋裡沒點燈有些暗，可那袍子好像會反光一樣……

嗯？小太監一口包子涼茶差點沒噎死！他低頭看看自己身上穿的藍布袍子，再想想膳房裡各位爺爺的袍子，這才明白師傅是什麼意思！怪不得師傅讓他過一刻再過去！

那樣的藍緞袍子在這個院子裡，只有阿哥身邊的大太監才有得穿啊！

四阿哥愛新覺羅胤禛頂著頭上的大太陽，一路疾走，身後跟著的蘇培盛腳下生風，最後小太監幾乎是一路小跑。

進了院子，胤禛才放慢腳步，先走去書房。書房門口守著的小太監們遠遠看到四阿哥一行人過來，全都早早地跪了下去。

書房的正中央早備好了一個半人高的銅鼎，裡面放著一座正散發著寒氣的冰山，冰山雕刻成奇山樣式，仔細瞧，上面還有一兩位尋勝訪幽的旅人正在山階上漫步。蘇培盛從小太監手裡提過書和筆墨等物，將今日的功課放在桌上，回頭見四阿哥正由小太監伺候著在屏風後小解，他就出來喊人打水來給阿哥洗漱。

哪知剛出來，就看到他的徒弟張德勝站在右側迴廊拐角，衝他使眼色。

蘇培盛讓小太監們拿著銅盆、銅壺、手巾、香脂、皂角等物先進去，他往廊下走了兩步，招手讓張德勝過來。

「今天府裡有事？」

張德勝把玉瓶過來告知李格格上火嘴裡長泡，不能伺候四阿哥的事說了一遍，說完就盯著蘇培盛的臉色瞧。

昨天四福晉去陪德妃說話了，蘇培盛就猜到李格格今天肯定要告假，剛想進去就看到張德勝盯著他看，虛打了他一巴掌便讓他滾了，蘇培盛整整衣服進了書房。

胤禛把手巾扔到小太監捧著的托盤裡，理一理袖子皺眉道：「怎麼了？」

蘇培盛不減一分，也不增一分地說：「張德勝回話，李主子吃了羊肉，上了火嘴上起了泡，怕主子看了骯髒，這幾天怕是不能伺候主子了。」

胤禛利眼一瞇，沉沉地哼了一聲，看了眼書房裡擱著略小的西洋座鐘，見才四點多，想著去福晉屋裡用飯前倒還來得及去看看她，抬腳就出了書房，徑直穿過角門走去後罩院。

二進福晉院裡的石榴幾人在廊下看到四阿哥從前院往這邊走來，立刻跪下磕頭，不及抬頭就見四阿哥一步不停地過去了。

宋格格的人看到角門一開，四阿哥進來，直接進了另一頭李格格的屋裡，滿心的歡喜頓時像被澆了一盆冷水般。

李薇這邊伺候的人一眼看到四阿哥像陣風一樣飆進來，一骨碌跪到地上喊吉祥，然後爬起來掀簾子。

胤禛直接進去，玉瓶早跪在堂屋的地上磕頭，他也不叫起，掀起布簾子進了裡屋，就看到李薇福在屋當中。他上下一打量，見她的鞋只穿了一半，後半截根本沒來得及提上去，白襪子就那麼露著。

「起來吧。」他邊說邊坐在榻上，伸手扶了她一把，就便拉到身邊坐下，「抬起來我瞧瞧。」

李薇抬起半張臉，還沒來得及笑一笑，胤禛就伸出手把她的下巴一抬。

她嘴邊可是有爛成一片的三個大包……李薇伸手就把嘴角蓋住了。她雖然是想稱病，但可沒想噁心四阿哥。

誰知窗戶太小，屋裡光照不好，她又站在背光處，四阿哥看不清，皺眉拉開她的手仔細看了看才放開她，由得她坐到一臂遠的地方去。

活該！胤禛心中恨恨道。

看著她一副有些後悔的難看模樣，又見她悄悄拿手帕在嘴角輕輕按了按，心知肚明她是怕他看了厭惡她。

活該！他知道她的心思，也明白她是個規矩人。但只記著頭頂上的四福晉，倒把他給擺在哪兒了？難不成他這個主子要去哪個屋裡，還要聽她們擺布？

他就樂意往她這裡來，誰敢說一句廢話？

四福晉進來那麼久，就算有一兩個小心思也不敢當著他的面提。

結果這邊這個倒是先退了一射之地，她不說話卻能把自己給搗鼓病了。

他就這麼大馬金刀地坐著，陰沉沉地盯著李薇。

李薇不能不吭聲啊，有心要找話題，但一時半刻哪裡找得著？總不能寒暄兩句「今天的天氣可夠熱的哈」？那也太蠢了。

這位爺又不愛人動輒請罪。不然她跪下為自己容顏有損，汙了貴人眼請個小罪，也能打開僵局……要關心體貼一兩句吧，可她看到他袖口上帶著墨漬，就知道他這身衣服回來後還沒換過。在他自己的書房都沒換衣服，肯定是要回福晉那邊換。所以，她雖然看到四阿哥的脖領上都是汗，她這裡也放著他的衣服，卻不能開口問他要不要更衣。

這不是打福晉的臉，福晉雖然要緊，但這院裡頭一位的主子是四阿哥。她既然看明白四阿哥要在正院換衣服，就不能提出讓他在這裡換。

就算看著他不換衣服熱得難受也不能提。

要不，上一碗解渴消暑的飲品？

可惜這裡的飲品種類不多，能選的就那幾樣，頭一樣就是茶。天這麼熱，他又熱得一身汗，心裡又有火氣，她總不能上熱茶吧？冒著熱氣的茶端上來誰想喝啊？

除了茶，她這裡就剩下酸梅湯了——可這個他也不喜歡。這種酸甜口味、女人愛喝的玩意兒他不沾。

李薇真發愁了，總不能端杯涼的白開水上來吧？

這時，玉瓶救她來了！

只見玉瓶小心翼翼地把門簾掀開條縫，輕手輕腳極伶俐地閃身進屋，手中捧著的托盤上放著兩只白瓷圓蓋碗。

她端進來兩碗冰酸奶！

李薇眼睛都亮了！趕緊上前接過來，先捧一碗放在四阿哥面前的炕桌上，「爺試試，這酸奶味兒好得很。倒不是我要的，大概是膳房那邊想著爺過來才送來的。」

輕巧巧一句免得四阿哥把這功勞記到她身上，說完低頭也不再勸，她自己直接捧著吃了起來。

可總算把嘴占住不用說話了，四阿哥來她這裡最多一刻就要走，她吃羊肉上火這事也是個老把戲，他早看透了，說什麼都錯，乾脆不說，大家心照不宣最好。

胤禛見她吃得自在，面前的白瓷碗壁上凝著水汽水珠，他打開蓋子，白生生的酸奶像豆腐一樣，涼意撲面而來，上面點綴的玫瑰醬有些浸開。他拿起銀製小勺嘗了口，甜味奶味都不大濃，酸味也很適口，不知不覺一碗就吃完了，渾身的汗和燥意都消了一半。

他估摸時間差不多了便站起身，李薇心中鬆了口氣跟著送出門，臨走前他又看了看她的嘴角，雖然生氣但也有些無奈，道：「好生養兩天，爺過幾天就來看妳。」

他生氣時，李薇心中忐忑如泰山壓頂，他這一溫柔，她突然感動得心裡一酸，酸完苦澀就漫了上來。

兩人你看我、我看你，停了有一瞬，四阿哥轉身便走了。

李薇回到屋裡，坐了半晌才長長地嘆了口氣。

正院裡，元英從聽說四阿哥回來就打點好了一切等著，小太監、小宮女一趟趟把話往回傳。

四阿哥進書房了。

四阿哥去瞧李格格了。

四阿哥出來了。

四阿哥往正院來了。

等聽到外面的小太監、小宮女撲通撲通往下跪，磕頭喊吉祥的聲音，她忍不住站起來，往門前迎了兩步。

門簾一動，胤禛偏頭進來了。

元英淺淺一福就站起身，帶著淺笑迎上去，伺候著四阿哥往裡屋去換衣服。底下人早就捧好了衣服、鞋襪，還有梳頭家什等物在旁邊候著。

她伺候著四阿哥換了全身的衣服，看裡衣全都濕透了，忍不住嘆道：「這麼熱的天兒，阿哥辛苦了。」

胤禛坐下讓人換鞋襪，道：「兄弟幾個都是一樣的，小的都沒喊累，我這個當哥哥的自然不能說累。」

脫了靴子換上單面布鞋，腳上頓時輕快不少。

胤禛舒服地長吁一口氣，往榻上一歪，閉目養起了神。

她站在他身邊，輕輕地解開他的辮子，用梳子從下到上慢慢地給他通頭，通了一百下後，拿白巾子把他脖子後和頭頂的汗擦乾淨，再把頭髮重新編起來。

胤禛一直閉著眼睛，等福晉忙完，他握著她的手拉到榻前坐下，微微睜開眼笑道：「妳也歇一歇，我在外頭忙，妳在家裡也不輕閒。」

她笑道：「我在屋裡有什麼累的？」

胤禛拍拍她的手，閉眼小睡起來。元英慢慢起身，帶著丫頭們都出去了。

胤禛這一覺直睡到金烏西墜，睜眼時看到隔著門簾的堂屋已經點上燈，他躺著不動，喚人道：「來人，點燈。」

石榴擎著一盞燈進來，元英跟著進來，「阿哥，可要傳膳？膳房把晚膳都送來了，我看著有道素鍋做得極好，湯鮮味濃。」

胤禛「嗯」了一聲，便抬腿出了裡屋，元英跟在後面。

堂屋正中央支著一張八仙桌，正東靠牆的橫几上擺著三枝手腕粗細的高燭，照得屋裡亮堂堂的。西側牆角的小几上擺著一個銅製寶船，船裡盛著冰山，刻的是小兒抱鯉的吉祥花樣。東側牆角的小几上擺著一座碧玉寶塔，塔內燃著驅蚊蟲的香料，絲絲清煙從寶塔中溢出。

八仙桌右側站著的是福晉從娘家帶來的四個陪嫁，左側站著蘇培盛和四個上膳太監。

等四阿哥和四福晉上座後，這九個人上前伺候。

一頓飯吃得鴉雀無聲，連碗勺相碰的聲音都沒有。

胤禛先嘗了福晉說的素鍋，主料雖是豆腐，湯底卻是葷湯。他在天熱時不愛用濃油赤醬做的葷菜，嫌味重，這是阿哥所膳房的人都知道的。就算這樣，這碗一點兒油星、異味和渣子都沒有的湯他也是一口沒碰，只吃了兩塊湯裡的豆腐。

幸好桌上菜品多，他一樣一口也吃了個八分飽。

等他放下筷子，從頭到尾只顧盯著他吃什麼菜的元英也跟著放下筷子，雖然她只吃了六分飽，但也一點兒都不餓了。

撤了菜，她伺候他喝茶，見他不吭聲不說話，只好自己找話題，就把今天抄了兩卷經的事拿出來說，從抄經說到昨天陪德妃說話都說了什麼。

福晉語調輕柔，說的都是孝、忠之語。胤禛一邊聽，一邊微笑點頭，認真仔細地看了她今天抄的兩卷經，道：「真是辛苦福晉了。」

元英溫柔笑道：「不辛苦的，額娘平日也是這樣。我不過跟著額娘學罷了，若能學得額娘一二分就是我的造化了。」

胤禛聞言只是一笑。

宮中女子不管是受寵的還是不受寵的，日子都是難熬的。無論底下她們是什麼面目，露在外面願意讓人看到的都是美好的一面。

抄一抄經書，手中拿一串念珠，彷彿她們就染上了佛祖的清高、淡然、出塵脫俗。既然脫了俗，那功名利祿自然就遠離她們了。不沾染紅塵世俗的美人兒，好像那些惡意的猜測也沾不到她們身上了。

所以，宮中女子閒時念一念經，說一說因果，就像臉上的胭脂一樣是每天見人時必備的功課。

從小在宮中長大的胤禛自然對此心知肚明。

福晉雖然進宮只有半年，但也已經慢慢學會了宮中女人的手段。

胤禛滿意地握著福晉的手，說道：「福晉明白就好，只是這抄經也不可太累了，福晉一日抄一卷就行了，只要虔誠，佛祖必不會怪罪的。再說，這虔誠又不是抄得越多就越虔誠。」

他揉了揉福晉的手腕，繼續說道：「這兩卷抄下來，妳這手腕可要受不了了，明日就不抄了，後日再抄吧。」

他讓石榴拿來藥油，坐在榻上給她揉了小一刻的手腕，兩人才歇下了。

四阿哥如此體貼福晉，石榴和福嬤嬤等人都高興極了。她們站在堂屋，聽著裡屋榻上兩人的動靜響了有一刻鐘才停下來，然後叫水，兩人擦洗過後，換了被褥才重新躺下休息。

躺在床上的四阿哥倒是很快睡熟了，元英卻久久睡不著，她睜著眼睛看著帳頂，瓜瓞綿綿的帳子上絲絲蔓蔓，一個又一個大大小小的瓜圓頭圓腦地擠在重重花葉之下，讓人看到就想起孩子。

她想她會生下一個又一個孩子，哥哥、弟弟、姐姐、妹妹。

她轉頭看向熟睡的四阿哥，她能給四阿哥生很多的孩子，而這院子裡其他的女人也能生下他的孩子。

她往四阿哥身邊擠了擠，他迷糊著睜開眼，伸手把她摟在懷裡拍了拍。

但她的心非但沒有安靜下來，反而更加不安。

他會一直對她好嗎？是不是只要她一直做得這麼好，他就不會變？

可元英心裡很清楚，不管她做得多好，四阿哥會不會對她好，都不是由她決定的。

她做得再多，別的女人還是會在四阿哥心裡留下痕跡，會吸引他的目光。

元英痛苦地閉上眼，翻身離開四阿哥的懷抱。

她不能把一切都寄託在四阿哥身上，她必須自己站住腳，這樣，無論四阿哥是不是會一直寵愛她，她都不會倒下去。

外間守夜的兩個小宮女和兩個小太監一直瞪著眼睛，不時瞄一眼座鐘，當指針指到深夜三點時，外面也隱約傳來了三更的提鈴聲，清脆的銅鈴聲在寂靜的深夜裡傳得格外遠。兩個小太監輕手輕腳地去喊人提熱水進來，兩個小宮女則開始準備四阿哥和四福晉早起洗漱的東西。

膳房專管早膳的昨晚上就沒歇下，一會兒伺候完了主子們出門再回去補覺。膳房裡有專門燒水的灶間，此刻這裡最熱鬧，門前半人高的大肚子銅壺排了一排，裡面全是燒好的熱水。

各個阿哥院裡的小太監早就兩人一隊地排著過來提熱水回去，伺候主子們洗漱。

早膳備的多數是粥和麵點，大鍋粥全都是昨天下午就熬上的，熬到現在豆子都開了花，米都熬出了油，香濃油滑。

麵點從餑餑、饅頭到鹹餡的包子、甜餡的糕餅，五香的、芝麻的皆有，素的有豆腐、青菜、香菇、雞蛋，葷的有豬肉、羊肉、牛肉、蝦仁，有蒸的、煮的、烤的、炸的。

從南到北，香的、辣的、甜的、鹹的、鮮的下粥菜應有盡有。各色小菜，各院主子愛吃的那一口也都備齊了。

膳房的老太監姓劉，劉寶泉，人都愛稱一聲劉爺爺。另還有一個姓牛的和一個姓馬的。劉寶泉是總管，什麼都一把攥，牛太監管牛羊豬狗雞鴨魚，馬太監管酒水和五穀。

一大早的，牛太監就去了慶豐司，他要盯著那邊給他們阿哥所膳房送的東西是不是鮮活。這邊只有劉寶泉盯著，馬太監站在他身後。

早膳後阿哥們都要去上學，這一頓看著簡單，其實最要緊。

等熱水壺差不多都提走了，劉寶泉站起來走到院中，等著各院主子們叫膳。馬太監緊緊跟著他，眼眨也不眨地盯著院門。

馬太監想偷師，他覺得劉寶泉這人太精明，看著不顯山不露水的，可人家有貨都在肚子裡。他這把年紀也不好再找劉寶泉認個乾爹，只能這麼緊跟著他學個一鱗半爪的。

劉寶泉卻沒空搭理他，人家心裡有別的算計呢。他現在就在想，阿哥們什麼時候過來呢？一早一晚的，這裡頭可有講究。

第一個來叫膳的，肯定是四阿哥。四阿哥認真。

後面緊跟的就是三阿哥，他一向不肯爭當出頭鳥，但落到第三就丟人了。五阿哥略慢一分，這是個不在乎的。

七阿哥和八阿哥一般是前後腳。這兩位在阿哥所裡就是墊底的，之所以這麼說是因為，即使這兩位哪一天起早了，他們也不會頭一個來提膳，顯擺比哥哥們還勤奮。

果然，先跑進來的是蘇培盛的徒弟張德勝。他今年十三歲，山東人，個頭略低，一張不長肉的瘦長臉，臉上帶著憨厚的笑，若不是一直弓著腰，乍一看倒像外面街上的秀才。

這面相四阿哥看了一定喜歡，蘇培盛會挑徒弟。

劉寶泉心裡這麼想，臉上笑咪咪地迎上去，問道：「怎麼是你小子過來？」

張德勝離了有三步遠就俐落地單膝點地打了個千兒，口裡甜蜜道：「劉爺爺好！師傅使小的來是給爺爺您請安問好的！」

論起資歷來，張德勝管劉寶泉叫爺爺是正好的，蘇培盛要不是伺候了四阿哥，也該管劉寶泉喊爺爺。想到這兒，劉寶泉就想嘆一聲人的命天註定啊，就算當太監也有命這一說。他當年要是也能分到阿哥身邊去，現在別說讓人喊爺爺了，喊「祖宗」的都有。

如今麼，劉寶泉對著張德勝都要笑臉相迎。

「也問你師傅好！得了，我也不耽誤你的事，趕緊拿膳盒去吧！」劉寶泉邊說邊讓開，接著有小太監領著張德勝進了膳房。

膳房是個兩進的院子，左右通透，全是一路通到底的大敞屋。數條長桌上已經擺好了一個個紅木膳盒，主子們一天吃什麼是早就定好的，膳盒裡的菜也是一盤盤分好的。

來提膳的過來也不過是看一眼就讓人蓋上盒蓋提上走人，也有臨時過來想吃這個想要那個的。膳房左右兩廂全是廚房，大師傅早就備好幾個閒灶，以防有臨時點菜的。

今天蘇培盛讓張德勝過來就是因為昨天晚上，四阿哥明顯用膳用得不香——也是他們伺候的人失職。福晉剛進門才半年，可能還沒摸準阿哥爺的脈。晚上這頓倒好說，早上出門前是必定要吃點兒實在的，餓著肚子讀一上午的書，阿哥爺就太辛苦了。

蘇培盛交代張德勝，看李格格那邊有什麼吃的先端過來頂一頂。四阿哥的院子裡，還就李格格屋裡的吃食讓四阿哥滿意，大概是兩個人口味相近？

所以，張德勝在專放四阿哥院裡主子吃食的這張桌前問過來了，小太監指給他看，這是宋格格屋裡的，這是李格格屋裡的。

張德勝「喔」了一聲，指著那一小碟流油的鹹鴨蛋黃說：「我看這個不錯。」

小太監都不用他說第二句，便直接拿出來放進四阿哥的膳盒裡，順便還搭了一籠蒸餅。

「李主子最愛用這個就著這鹹鴨蛋黃吃。」小太監還多嘴解釋了一句。

張德勝笑納了，又指著另外兩盤青翠碧綠的菜問：「這是什麼啊？」

小太監心裡罵他瞎眼，嘴上卻笑道：「這個是黃瓜炒雞蛋，這個是清炒芹菜，那一盤是黑木耳拌圓蔥。都是李主子愛吃的。」

張德勝一盤沒落全要了，最後連李格格的大米粥都提走了。

等他走了，小太監哭喪著臉跑去劉寶泉那兒。

「劉爺爺，您看這可怎麼辦啊？」李格格的膳盒裡只剩下了一份綠豆百合粥、一籠象眼小饅頭、一碟烏梅糕、一碟香油鹹菜絲。

劉寶泉也有些犯愁，他多做的那幾盤確實是給四阿哥預備的，但是沒想到張德勝這麼不是東西，一盤都沒給李格格留。

「趕緊的，再炒幾盤！就這樣送過去也太難看了！」他一聲令下，小太監飛奔去廚房傳話，再奔回來說：「怕是來不及了啊！要不，先用別的盒子裡的菜？」反正菜都一樣，換幾個別的院子裡不起眼的主子的菜也沒什麼。

劉寶泉看看天，搖頭道：「不用，來得及。李主子叫膳都晚。」果然，等菜都炒好了，李格格那邊還沒叫膳，劉寶泉直接喚了個小太監把膳盒送過去。

小太監提著膳盒讓人陪著進四阿哥院的時候，剛好被石榴看到，她看這小太監不是他們院的，卻見他手中提著膳盒直接往李格格院去，心道難道是膳房的？石榴不由得撇撇嘴。別的院裡的主子都是自己去膳房提，連福晉也不例外，李格格這邊居然是膳房緊著巴結。

待回到屋裡卻一個字也不敢說。

早上四阿哥用膳用得多，蒸餅包著鹹鴨蛋黃足足吃了兩張，綠豆百合粥也進了一碗，三盤菜，清炒芹菜、黑木耳拌圓蔥、黃瓜炒雞蛋都吃了不少，黑木耳拌圓蔥更是快吃完了。

因此，福晉高興極了，福嬤嬤更是讓人拿了銀子去賞膳房的人。

屋裡氣氛正好，石榴進去時福晉還在說四阿哥下次再在正院用膳，交代膳房必要有這道黑木耳拌圓蔥。

見大家都在說笑，石榴想了下，把剛才那點兒事都嚥了回去。不過是小人巴結李格格罷了，說了又能怎樣？只是讓福晉白生場悶氣而已。

胤禛開始讀書時，外面的天還沒亮。

習新書前要先溫舊書，先生來了會先提問前幾日的舊書，所以他開始搖頭晃腦地背那一百二十遍。他嘴裡背著書，心裡卻想起剛才的早膳。

他從小到大用的膳從來都不是自己點的。

小時候是奶嬤嬤和主管太監點膳，他們給什麼他吃什麼。

在承乾宮裡，也是皇貴妃給什麼他吃什麼。

比較起來，奶嬤嬤和主管太監點的東西比較齊全，而且幾乎都是一樣的。有蛋、有奶、有肉、有餑餑、有餅、有糕。而且奶嬤嬤是江蘇人，年紀比較大，口感偏甜軟。他小時候奶嬤嬤最愛給他吃豬油白糖餡的元宵，大概是覺得小孩子就愛吃甜的吧。

至於主管太監可能覺得阿哥都愛吃肉，所以每頓必有肉，而且是大塊的肉。

只是千篇一律的膳食看久了就失去了胃口，後來他再看到那相似的膳桌就半飽了。

皇貴妃給的東西更精細，一樣點心七八種料都是少的。

就是再精細的東西，吃到嘴裡也就兩種味：好吃的和不好吃的。反正他是吃不出來加了珍珠粉和加了茯苓粉的有什麼區別。

只是皇貴妃給的，他總要表現出感激涕零和從來沒見過的新奇。時間久了，他對能講出一大通來歷的菜也沒有了興趣。

等搬進阿哥所後，蘇培盛多少會看些臉色，所以他的膳桌上一些他不愛吃的東西漸漸都少出現了。可是蘇培盛太絕對，他今天嫌羊肉做得膻了，到明年膳桌上都不會有一塊羊肉。

胤禛心裡暗暗罵他蠢，不知變通。

於是強迫自己不露出喜好，吃到什麼都是一張臉，免得這蠢材把膳桌都搬空了。

等額娘給了格格後，他又開始跟著格格們的口味用膳。宋氏溫馴得幾乎沒有脾氣，原本喜歡甜辣的菜式。大概蘇培盛指點過她，所以她那裡的膳桌總是顯得很奇怪，要麼寡淡得沒有一絲味道，要麼清淡得跟和尚吃的一樣，反倒她自己愛吃的甜辣味再也沒吃過。

後來他偏愛李氏時，宋氏開始吃和李氏同樣的東西。等福晉進門後，她就開始跟福晉吃的一樣。

福晉的口味如何他還不知道，因為福晉用膳總讓他想起奶嬤嬤和主管太監，每次都是一大桌，上面什麼東西都有，幾乎看不出任何偏好。

所以，今天早上看到膳桌上的黃瓜炒雞蛋、清炒芹菜和黑木耳拌圓蔥，還有旁邊那一小碟鹹鴨蛋黃配蒸餅，他就知道這不是福晉的口味。

他看了一眼蘇培盛，他的頭都快低到胸口了。

哼！這估計是李氏的菜。

是她孝敬的？不會，她不會這麼大膽刺福晉的眼。

那就是蘇培盛自作主張了。

雖然有些不快，但這頓早膳確實用得舒心多了。不然看到福晉那一大桌的東西他就沒有一點兒胃口，這一早上的書可真撐不下去。

一開始，李氏伺候他也並不是多得他的意，只是有一次，李氏背著他吃了一頓烤羊排，吃得上火嘴裡長了口瘡，連喝水都疼，足足養了半個月才好。

他不愛吃羊肉、牛肉、鴨肉，嫌味兒羶。這事兒院子裡的人都知道，蘇培盛肯定早就提醒過伺候他的這些格格了。所以他在院子裡足有好幾年沒聞到過羊肉味，更別提還有人敢吃。

李氏吃了羊肉受了半個月的罪，他也半個多月沒去找她。那時福晉還沒嫁進來，後院裡只有她和宋氏兩個人。

宋氏的風頭漸漸蓋過她，可他慢慢發現，李氏並沒有忌口。

他有很多不吃的東西，但也不是絕對不吃，比如冬天時他就很喜歡喝枸杞羊肉湯。可下頭的人太緊張，就以為這些東西他是一點兒不沾，結果不但他的膳桌上看不到，院子裡的下人們也不吃這些，是怕沾到味兒讓他生氣。

可李氏從來沒在乎過這個。

胤禛也就在她這裡可以很自然地偶爾一飽口福。

去年元宵節時，他在李氏那裡吃了一小碗豬油白糖餡的元宵，幾乎讓蘇培盛嚇掉下巴。大概在貼身太監眼中，他是為了避免給人留下有所偏好的印象而不拒絕那碗元宵，只有他自己才知道，真的再次吃到熟悉口味的元宵時，他才發現他沒有想像的那麼討厭它。相反，那碗元宵讓他回憶起早已離宮去世的奶嬤嬤。

他知道很多人都在猜測他看重李氏的原因，但對他來說，李氏的自在是他最看重的品質。她守規矩，懂事明理，但在這之外她並不過分拘束自己，相反，她在界限之內總是盡情享受的。

比起總是學人的宋氏、看不出偏好的福晉，他當然更喜歡和李氏在一起。在宮裡生活，寵愛能靠努力掙到手，可誰能一世受寵？就連當年的皇貴妃，也有德、宜二妃在一旁呢。所以，誰最看得開，誰就能活得最好。李氏限於出身或許不會走得太遠，但她絕對能比福晉和宋氏都更適應在宮中的生活。

四阿哥院裡，李薇直到天光微明才起身，這時也才不過六點出頭，可四阿哥已走了兩個小時。

玉瓶早就把洗漱用的熱水和早膳放在茶爐上，見她起來了立刻帶著兩個小丫頭端著銅盆熱水進屋來，一邊伺候她起床一邊道：「阿哥寅時過半就走了，聽人說在福晉那裡早膳用得很好呢。」話裡有些發酸。

在玉瓶看來，福晉那裡供應好，好東西當然多，四阿哥喜歡多正常啊。

李薇打著哈欠起來，只穿了一件的柳葉青旗裝，裡面一條綢褲，也不肯穿花盆底。

「反正在屋裡呢。」她這麼說著，穿上一雙軟底緞鞋。

玉瓶擺上早膳，把白粥和鹹鴨蛋擺在她面前，小心翼翼地問道：「不去福晉那裡坐一坐？」

李薇一愣，問她：「我上次去是什麼時候？」

玉瓶馬上應道：「初九，四天前。」不等李薇說話趕緊又接了一句：「聽說宋格格天天去跟福晉請安呢。」

言下之意，人家都知道巴結福晉，妳也不能太懈怠了。

李薇以前老聽說格格、側福晉每天都要去向福晉請安，後來才知道其實這裡沒這個規矩。也不能說沒有，應該說本來有。小時候在李家，請來的嬤嬤教規矩時，確實教了要每天去向皇后請安，小位分的像答應、貴人之流還沒這個資格呢，至少妃嬪才有榮幸每天見皇后一面。

但進宮選秀時，宮裡嬤嬤說的就完全是另一回事了。因為宮裡沒皇后，自然就沒有向皇后請安一說，而宮中主位們倒是能都去陪太后說話，不過那純粹是為了盡孝心，不是規矩，能去的都是宮中絕對有臉面的人。

因為宮裡是這樣，京裡滿大臣家如何李薇沒見過，倒是自從她進阿哥所以後，聽說太子妃和三福晉都沒有讓格格們天天請安問好的規矩，自然四福晉進門後也沒添上這一筆。

李薇倒也明白為什麼連太子妃都不敢現在就擺出准皇后的譜。宮裡的妃子們可是都盯著太子妃呢，既然太子妃都沒擺這個架子，往下的阿哥、福晉們自然也不會顯擺自己家裡比後宮、太子妃那裡都更有規矩。

但要說低位分的不必去找高位分的也不對，宮中四妃每天都有不少人去巴結的。小妃嬪們託庇在高位分的妃嬪之下，不但日子能更好過，也能得到更多見到皇帝的機會。

於是阿哥所裡也是一樣的做派。

宋格格每天都去見福晉也是為了表態。李薇一開始也跟宋格格一樣，可福晉也只是把她們留在偏廳喝茶，七八次裡也未必見她們一次，是標準的冷板凳。

李薇雖然有心想學習一下什麼是奴性堅強，但無奈真的沒辦法習慣。既然福晉不愛聽人奉承，她乾脆就成全她，這樣兩人都舒服不是挺好嗎？

至於福晉會不會因此記恨她，說實話她真的不是特別在意……

進阿哥所後她學的東西不少，其中一樣就是滿人的福晉其實遠沒有漢人的正室那麼大的權力。皇太極立五大福晉，不管他的原意是不是打算集合更多的勢力，造成的結果就是福晉的威信被降低了。

側福晉雖然聽起來好似低福晉一等，但在阿哥們眼裡都是差不多的。

不說別的，只說隔壁五阿哥院子裡的兩位格格，就有那份勇氣跟五福晉對著幹，而五福晉還拿她們兩個沒辦法。

歷史上的四福晉先是拿李氏這個側福晉沒辦法，後面又拿年側福晉沒辦法。漢人歷史中王爺的正妃被小妾拿下是不可理解的事，但在滿人這邊卻沒什麼奇怪，李薇也是能夠理解的……

好像在滿人這裡，只有奴隸和漢人是真正身分低，其他姓氏的都差不多。

李薇的身分是差在漢軍旗出身，在旗的還是比漢人好一些，當然比起滿人的四福晉自然低一頭。如果四阿哥不當皇帝，她再混個側福晉的身分，四福晉這輩子還真拿她沒辦法。再爭一爭看誰的兒子能當世子，最後怎麼樣真的很難說。

其實，歷史上最坑李氏的不是四福晉，也不是鈕祜祿氏，而是四阿哥。

他要一直是個王爺，弘時當世子一點問題都沒有。正是因為他跑去當了皇帝，才要選身分上更合適的弘曆。

不過，不想當皇帝的阿哥不是好阿哥。

貳之章　美食爭寵

李薇直到吃完早膳，玉瓶還在眼巴巴地看著她。李薇想著上次去也有四天了，那今天也該去福晉那裡坐坐冷板凳了。

於是換衣服，重新梳頭，李薇一看時間，也才七點一刻，深深嘆口氣往正院走去。

正院裡宋格格已經到了有一刻鐘，小丫頭把李薇也領進去上了茶後，說福晉正在抄經現在不見人，李薇自然躬身道：「奴才來請安，不敢打擾福晉。」

然後跟宋格格面對面坐著喝茶。

宋格格長相溫婉，一雙眉眼像秋水一樣動人。她不愛說話，但要拿話題出來，她都能接上。而且，在四阿哥院裡這麼長時間了，她們兩個從來沒爭執過。

李薇知道這肯定不是她心胸突然變寬廣了，而是宋格格就有這個本事把所有的爭執都化解掉。這才叫秉性溫柔呢。

說實話，之前李薇是很喜歡和宋格格在一起的。福晉沒來之前，她沒事時常跑去找宋格格玩。福晉進門後，好像爭寵這件事突然具象化了，她和宋格格之間那層比紙還薄的和睦就像見了陽光的露水一樣，消失無蹤。

說起來她們之前也就是互相客氣著，今天妳伺候了四阿哥，明天我見了妳肯定不能眉毛不是眉毛、眼睛不是眼睛的吧？我肯定要笑得開心，要表現得一點兒都不嫉妒。

客氣著客氣著，就顯得和睦了。

不過福晉一進門，她們再跟以前似地每天沒事就妳來找我坐坐、我去找妳聊聊，那不就像是她們兩個抱成團了嗎？這一抱團，那就是在跟四福晉過不去，說她們沒聚在一塊兒說四福晉的壞話都沒人信。於是，不知不覺間，她和宋氏就生疏了。

生疏後雖然白日裡有些無聊，但李薇也不想熱臉去貼冷屁股。何況，她也不想去扎四福晉的眼，顯擺她跟宋氏有多要好。

安全第一。

現在兩人坐在一起，互相用眼神打招呼。礙著是在福晉的地界，兩人不能開口說話，這樣用眼神打招呼，反倒透出一絲親近來。兩人的眼神碰了幾次，不約而同地笑了起來。一直坐到將要十一點了，福嬤嬤親自出來送她們出去，言明福晉正在抄經，實在抽不出空來見她們，希望她們見諒。

李薇和宋格格自然要表現出是她們打擾了福晉，嬤嬤怎麼這麼說呢？折煞人也，然後一起告辭——誰也不會沒眼色繼續留下，又不是要在福晉這裡吃午飯。

出了正院兩人告別，一個向南、一個向北走了，連過角門都不走同一扇。當然這也跟她們分別住在後罩房的對角線上有關。

當時安排屋子的大嬤嬤真是用心良苦，離得遠了連吵架都要多跑兩步，多清靜啊！

李薇回到院子裡，玉瓶剛才被她留下看家，見她回來立刻迎上來，換了衣服後，她獻寶一樣捧出一個雙耳南瓜白瓷盅來。

「什麼好東西？」李薇好奇地湊上來看。

玉瓶把盅蓋掀開，裡面是白生生還有些燙的豆腐腦。

李薇立刻高興了，「這可難得了！」

玉瓶笑道：「可不是？咱們這邊沒人吃這一口，他們平常做豆腐都不留這個的。這次是膳房特意給咱們留的，還有一壺豆漿呢！我放在茶爐上溫著，現在這個天氣不能久留，格格現在要不要吃一碗？」

自從進了宮，這還是李薇頭一次看到豆腐腦。膳房裡這道菜不是常備的，做豆腐時都不會特意做它。

李薇迫不及待道：「給我調一碗！」

玉瓶拿出小碗來盛了兩勺，問：「格格是吃甜的還是吃鹹的？甜的有蜜豆、葡萄乾，各色花蜜都是齊全的。鹹的他們給咱們備了韭菜花、滷鴨肉、榨菜碎、炸花生碎、油辣椒、炸花椒、蒜蓉、蝦醬和瑤柱絲。」

「先來碗鹹的吧。」李薇口水都快流出來了。

吃了兩碗豆腐腦後，午膳時她只吃了一碗老鴨湯下的細絲麵。吃完飯又給嘴角的泡塗了一層藥，照著鏡子，玉瓶把蘆薈碧玉膏收起來，擔心地說：「一點兒不見好。要不要請太醫來瞧瞧？喝上兩劑藥？」

「多大的事兒就叫太醫？」剛才吃湯麵時燙了嘴角，疼得李薇眼淚都流出來了，此時捂著嘴角一個勁地倒吸冷氣，「把黃連找出來我嚼一片吧。」

論起退火沒有比黃連更好的了。

玉瓶氣得跺腳，「那不苦死了？泡水喝吧。」她翻出一包黃連片，拿兩三片出來用小木槌捶鬆後，用滾水泡了一壺聞著就透著苦味兒的黃連水。

李薇下午沒事時就倒一杯來慢慢喝，其實喝慣了也不覺得有多苦。

等到四點多，四爺從上書房回來就直接過來了。說是不來，也只是晚上不在這裡歇，白天還是見面不少。

她是算得好，他就一定要聽她的？

四爺進屋後看到李薇正捧著一個茶碗一小口一小口地抿著，聞到這熟悉的苦味，道：「又是黃連水？」

李薇見他來了就直接往屏風後面走就知道這是打算更衣，就讓玉瓶去拿換的衣服，她進去伺候他換了衣服和鞋襪，洗臉重新梳頭後，兩人分別坐下。

胤禛拿起泡著黃連水的壺打開看看，遞給玉瓶道：「再泡壺新的來。」

玉瓶不解其意地去了，很快泡了一壺滾滾的黃連水回來，給他們兩個一人倒了一杯。

胤禛慢慢地喝了，李薇揮手讓玉瓶下去，蘇培盛仍站在那裡。她的丫頭自然不能跟四阿哥的貼身太監相比。

李薇繞過炕桌，問：「上火了？這次還是牙疼？」

說著伸手去探他的左腮。

胤禛其實有些火力過旺，用中醫的話就是陽盛陰虛。外表看不出來，但他的後槽牙齦常常腫大。他卻不愛為這種小事叫太醫，誰叫阿哥身上再小的事也是大事？他這邊不過一個牙疼，太醫一來，皇帝肯定要過問，德妃跟著也要過問，這個院子裡從上到下都要被訓斥，身邊貼身伺候的太監、宮女、嬤嬤都要挨板子。

最重要的是，太醫不會給他開藥，而是先餓上三五天。

胤禛小時候沒少挨餓，不管是什麼病都是先淨餓。從中醫的角度說，這樣確實是有用的，這種方法說白了就是激發身體自身的免疫力。比直接吃藥更有用，是對免疫力的一種鍛煉。何況是藥三分毒。

但站在四爺的角度看，他對此深惡痛絕。從他搬到阿哥所來能自己做主了，小病從來不說，不到病得起不來絕不叫太醫。他還提醒過她，有點兒頭疼腦熱的小毛病先別急著嚷嚷，找蘇培盛要藥丸子就是。

因為她是伺候他的格格，萬一真生病了，怕過到他身上，所以是要被挪出去的。這一挪出去是生是死可不好說了，還不如留在他身邊，用藥看太醫都方便——他屋裡各種各樣的成藥丸子也是備了一堆。只是牙疼嘛……好像沒有藥丸子專治牙疼的。

胤禛沒躲，讓她摸了個正著。看是看不出來，摸一下能感覺到左腮比右邊腫了一點兒。這種事也不是第一回遇上，她也沒太擔心，想起膳房送來的豆腐腦，正好不費牙不必嚼還能頂餓，就說：「爺，剛好有豆腐腦，是膳房今天剛送來的。」

胤禛道：「喔？以前出去倒是在街邊見過，但從沒嘗過，是膳房做的？」

「爺吃著好，日後可以使他們常進。這東西不費多少事，就是做豆腐前留出來就行了。」李薇喊玉瓶把豆腐腦端上來，「爺吃甜口的還是鹹口的？」

胤禛沒吃過，好奇地問道：「這東西還有兩種味兒的？甜的怎麼吃？鹹的又怎麼吃？」

李薇見此，乾脆讓玉瓶把各種調料全用小碗盛了，十幾樣地擺了兩個小桌。

因為她記著四阿哥牙齦上火腫大，鹹的只試了滷鴨肉的，甜的試了糖桂花和玫瑰蜜。

要是李薇，一碗豆腐腦下肚就已經半飽了，四阿哥卻吃了三碗後反而胃口大開，不到一小時就問她：「妳這裡什麼時候傳晚膳？」

剛才剩下的大半甕豆腐腦可全進了他的肚子。

李薇頓時覺得有點兒反應不過來，道：「酉時過半吧。」也就是下午六點，她就是現在去叫膳還要留給膳房準備的時間。

胤禛滿意地點點頭，繼續捧著書讀去了。

沒辦差的時候，四阿哥不管什麼時間，手上都捧著一本書。

大概阿哥們都是如此好學。

李薇悄悄起身去西側的廂房裡，叫來蘇培盛商量晚膳吃點兒什麼。

別看四阿哥挑食挑得厲害，他的胃口卻不小。十八歲的大男孩，正是長身體的時候，雖然宮裡每天兩頓正餐加四頓點心，卻依然不夠。

唯一讓李薇慶幸的是，四阿哥的挑食並非愛吃難得的龍肝鳳膽，或者食不厭精、膾不厭細，一道菜非要有十七、八道工序才肯動嘴。相反，他更喜歡食物的原汁原味。這在宮裡的膳房中反而是最難得的，一道開水白菜的湯底就有幾隻雞去配的素菜，他是無論如何也吃不慣的。

讓李薇奇怪的是，他明明從出生起就沒嘗過平民百姓家的飯，怎麼口味會跟她這個吃了二十年普通飯的人如此相似？

不過，他這種習慣在宮裡倒是有個好名聲：儉樸。

蘇培盛只是簡單地把這兩天四阿哥吃的東西報了一遍，剩下的就閉口不言。他是下人，自然不比她這個半主子能自由說話，至少議論四阿哥一會兒該吃什麼、喜歡什麼不是他的職責所在。

考慮到四阿哥後槽牙的牙齦腫了，估計費牙的東西他都吃不香，什麼饅頭、米飯都可以歇了，粥雖然好，但喝來喝去只有一個味兒，還有一多半是水，現在讓他喝粥，不到九點就又該餓了。

反正是晚膳不是正餐，規矩也少，李薇就讓玉瓶去膳房傳話，她今天晚上要吃麵條。

膳房的劉寶泉聽說是玉瓶來了說要吃麵條，就把聽傳話的小太監叫了過來，讓他把玉瓶的話學一遍。

小太監道：「說是怕天熱，再吃熱湯麵就更熱了，所以要拌麵，麵下好後先用冷水過一遍。還說不必準備太麻煩的滷，多配點兒新鮮的青菜就行。」

「喔，涼拌麵啊。」劉寶泉心中倒是叫起了苦，越簡單的飯其實越不好做啊，「配料都要些什麼啊？說說。」

小太監就數著手指道：「頭一樣是咱們膳房有的鹹菜、醬菜、酸菜，能切丁的切丁，能切絲的切絲，每種都要。再有就是時鮮的瓜菜，能生吃的就洗淨切絲裝盤，像黃瓜。不能生吃的就用開水燙過後瀝乾水，只用細鹽、醬油調味，像菠菜。她說最要緊的是綠菜不能發黃、發蔫。」

劉寶泉明白了，道：「行了，叫你孫爺爺和蘇爺爺都起來，讓你孫爺爺去揉麵做麵條，多做幾種，粗的、細的、豆麵的、高粱麵的、細白麵的。再讓你蘇爺爺去調幾種料汁出來，講明是吃麵用的，甜鹹油辣都來點兒。還有，叫西廂那邊的該切鹹菜的切鹹菜去，該洗菜的洗菜去！」

小太監麻利地去了。

膳房頓時熱鬧起來，牛太監乍一見忙問劉寶泉：「劉爺爺，這是哪位阿哥今天晚上要辦席面？」要是辦席面的話現存的肉夠不夠啊？要不要他現在去慶豐司再拿點兒？

馬太監也趕緊過來，要不要酒水？他好伺候著在貴人面前露個臉！

劉寶泉正在監工，拿小銀勺嘗蘇太監調出來的料汁，聞言搖頭道：「別擔心，都是些便宜東西，一會兒就得。」

「便宜東西？」馬太監挺沒意思，問清楚後掛了臉，「誰要的啊？這麼折騰人？」

劉寶泉嘿嘿一笑，道：「折騰？這種事盼都盼不來呢！」

確實是快，酉時將過就已經都備齊了，麵條備了八種，各種料汁十幾碗，餘下的配料四十多份。

劉寶泉來回再三檢查後，不但叫人專門送過去，還叫了一個機靈的小太監跟著過去伺候。他提點小太監道：「這是你的造化，辦好了就算不能一步登天，能在貴人面前落個好字也是不虧的！主子們想吃個新鮮，但他們那邊未必調得好味兒。你去別的不必管，只管給主子們調味兒。你放心，主子們好吃酸的、鹹的，還是甜的、辣的，到那裡肯定有人指點你。」

麵送過來時，還不到六點，太陽還沒落，只是颳起了絲絲涼風。

胤禛一聽晚膳送來了，頭一次不必人催就放下書道：「他們倒快。」

李薇伺候著他出去，外面桌子剛擺了一半。

也是他出來得太快！擱平常他怎麼著也要再過個五分鐘才能出來呢。

擺膳的太監一見阿哥出來了，手上更快了三分，一群人低著頭把盤子擺好提著膳盒就退下去。

胤禛看到這一大桌東西，卻發現幾乎全是配料，挺好奇地圍著桌子看了看，對李薇道：「這種吃法倒新鮮。」

他話裡的意思是李薇把東西全擺出來給他看，這個新鮮。

本來只要端了三五種麵，配上調好的料汁，最多擺滿一個炕桌就行了。李薇偏偏連鹽罐、白糖、醋壺都擺出來了。

他當然新鮮，這桌上的東西太原生態了，他雖然應該都吃過，但絕對沒都見過。

李薇見他有這個興致，乾脆兩人先把桌上的各樣東西認了個遍，有不認得的還把膳房的那個小太監叫過來問。

小太監又是興奮又是害怕，臉發白聲發抖，但還算順利地都說出來了，李薇看四阿哥的意思，倒對這個聲音清亮、口齒乾淨的小太監挺有好感。

他坐下道：「你既說得這麼好，就先調一碗來試試。」

小太監跪下道：「請主子吩咐。」

胤禛在那八種麵上掃了一圈，隨意指了個看著最順眼的，讓李薇看就是涼麵。然後再去看調料，大概是拿不准這些醬啊鹹菜各自的味道，怕放多了串味兒，頭一回只挑了兩三種東西放進去。

小太監拿了個碗，挑了大概兩口的麵下去，放了調料，調好盛到碗裡後，又放了黃瓜絲、南瓜丁等小菜點綴，一碗麵頓時看起來色彩豐富起來。

大概是麵確實合胃口，要麼就是黃瓜絲青翠翠的惹人喜愛，反正第一碗麵胤禛吃著很不錯。

八種麵吃了一個來回，雖說碗略小，但量確實不算少，一碗二兩，胤禛吃了八碗，吃到最後蘇培盛都過來勸，免得吃多了晚上積食。

胤禛吃得挺痛快，而且他最喜歡的居然就是松花蛋加很多蒜蓉，再放點兒醋和醬油，加點兒黃瓜絲和荊芥就可以了。

放下碗筷時，胤禛居然滿意地當眾誇讚李薇：「這麼吃挺好的，又省事又方便，還不費什麼錢，都是平常易得的東西，妳很好。」

這簡直就是在誇李薇「勤儉」。

四福晉還沒得這樣的考語呢，她先得了。要是只有他們兩個人時，他就是誇上天都沒事。當著一眾宮女太監的面，這一誇可就該傳出去了。

李薇自然要跪下辭謝這樣的誇獎：「爺吃著好就是奴才的造化了，都是膳房的巧思，奴才不敢居功。」

四阿哥伸手扶她起來，「好了，起來吧。」接著他對蘇培盛一揮手，「賞他，今天的麵調得不錯。」指著膳房的那個小太監。

小太監激動地撲通一聲跪下，連磕了七八個響頭，抬起來一看，額頭正中央鼓了好大的一個包，還在那裡語無倫次地謝恩呢。

胤禛被他這副樣子逗得一笑，從荷包裡摸出一個一兩左右的金豆子扔給他。

小太監還要再謝恩，蘇培盛使了個眼色，把他給搓出去了。

主子賞是臉面，把主子惹煩了這臉面就摔地上了，他也是不忍看這小太監再把剛得的臉面給丟了，太監出頭不容易。

蘇培盛把小太監送出門，道：「主子賞你，是你的造化。你回去記得要好好謝你的師傅，沒他們，你今天也出不了頭。」

小太監的兩隻眼睛亮得出奇，「是！是！謝蘇爺爺提點！」說著又要跪下給蘇培盛磕頭。

蘇培盛拽住他不讓他跪，「行了、行了。趕緊回去了。對了，你叫什麼名字？」

小太監趕緊答：「奴婢趙二程。」

蘇培盛不解：「二程？怎麼叫這麼個名兒？」

小太監不好意思地回道：「原來叫趙二狗……後來改了，奴婢不識字，就拿同屋的姓頂了那個狗字……」

蘇培盛噗哧讓他逗笑了，看小太監窘得滿臉通紅，咳了兩聲清了清喉嚨，嚴肅道：「行了，趕緊回去吧，替我給你劉爺爺帶個好。」

小太監帶著四個幫忙提膳盒的人走了，蘇培盛回到屋裡，胤禛吃飽喝足卻沒坐下歇著，而是站在書桌前練起了字，見他回來就隨口問道：「怎麼？那小太監拉著你謝你呢？」

李薇坐在旁邊的榻上，也好奇地轉過頭來。她坐的地方透過花窗，剛好能看到院門口，剛才她也看到小太監要給蘇培盛下跪，兩人也說了好一會兒的話，看起來蘇培盛對這個小太監也不錯的樣子，她也想知道這小太監是哪裡入了蘇培盛的眼。

蘇培盛會學話，一副忍俊不禁的樣子把小太監改名兒的事說了一遍，果然逗得四阿哥也露出一絲笑意。

見四阿哥笑了，蘇培盛便退下了。看樣子今天晚上阿哥要歇在這裡，他還要去安排一二。宋格格那裡不會有什麼，福晉那裡卻是肯定有人來問的。

晚上，胤禛在東側的書房裡練字，李薇在西側的臥室堆紗花，兩人中間還隔著一個堂屋，用玉瓶的話說她這叫「不上進」。

可怎麼才叫上進呢？

說實話，她跟四阿哥真沒有共同話題。她天天在屋裡坐著，見的人最多的就是宮女及太監，四阿哥天天出門辦差讀書，兩人的生活完全沒有交集。

所以剛開始每次和四阿哥在一起時，她最愁的就是怎麼找話題。不過後來發現，其實四阿哥根本不想跟她聊天。

這就跟你家裡請回來照顧老人的保姆一樣，她們最喜歡抓著人說今天買了什麼、花了多少錢，後來就發展成今天家屬院裡劉家的兒媳婦和婆婆吵了一架，菜市場門口賣黃瓜的比市場裡頭的要貴兩毛錢。

這樣的事偶爾聽一次還行，天天聽試試？

換成現在的四阿哥跟李薇，那四阿哥要發愁的就是上書房的師傅今天講的書他懂不懂？三阿哥和五阿哥是不是結成夥，不跟他要好？皇阿瑪上次給大阿哥的差事，要是讓他來辦，他會怎麼辦？她能跟他說什麼？今天上午描了四張新的繡花樣子，正好可以用在今年的秋裝上？

所以，她發愁怎麼跟四阿哥找話題時，大概四阿哥也很煩她沒話找話。不過他不會當面嫌她多嘴討厭，只會不再來找她。

現在她已經習慣了，四阿哥來了，要她伺候時她就過去，不要她伺候時她也不往上貼，兩人一人一間屋子做自己的事挺好。

剛開始她什麼都不知道，直到選秀進宮也沒覺得能有什麼大造化。實在是因為論出身，她的阿瑪只是個普通的漢軍旗人，家裡有些田地，阿瑪也一直努力用功讀書考功名……目前連秀才都沒考上。秀女裡論起家世，她真是除了墊底還是墊底。

她的長相也不算特別出眾。在李家時倒是周圍前後三條街裡數個頭，算是街花？但扔進秀女堆裡就不算什麼了。唯一好的就是比一般的滿蒙少女略小一圈，她骨架小，臉比滿蒙少女們小了兩號。另外皮膚挺白，小鼻子小嘴的。但秀女裡各種環肥燕瘦，美女不會少呢！滿漢一混血就容易出美人兒，各種膚白身嬌美姿容……

綜上，她覺得就算不撂牌子，頂天能進某個覺羅家就已經是李家祖墳冒青煙了。

但嬤嬤把她送到這裡時，晴天霹靂不足以形容她當時的心情！

從進儲秀宮起，她從來沒出去過！永和宮德妃也從來沒叫她去看過！怎麼會指她去伺候四阿哥？

進了阿哥所才知道，她並不是第一個被指進來的人。宋格格比她早來半年，而四阿哥今年就要大婚，想來她和宋格格是先指進來讓四阿哥練身手的……

所以才這麼不挑家世，差不多就行。

不管怎麼想，大概就是德妃聽嬤嬤們回報一下，隨手指了她。

誰知道她哪點打動了娘娘呢？

同樣，五阿哥那邊也指進了兩個格格，五福晉也是滿族高門大戶家出來的。她們跟人家比，也就配讓阿哥練練身手。

李薇該失落的，可剛進儲秀宮時就有一個宮女、兩個小太監被當著她們的面拖出去杖斃，就在儲秀宮前的廣場上，兩排大太監手執長一丈三、寬一尺、厚五寸的刑杖站在那裡，活生生的人，不過十五、六歲年紀，活著時是伺候人的下人，說杖斃也就不到兩刻就給打死了。

李薇看了三次杖斃，一顆本就不大的膽子嚇得更小了。杖斃死的人聽說肚子裡都打成爛泥了。

這個世界太恐怖，容不得她有一絲矯情。所以被指成格格後，只要想到伺候的是皇阿哥，她只感到了震驚和巨大的榮幸。不是李薇奴性堅強，打個比方，這就跟在現代社會，一國家領導託人來給他兒子相親！就算知道不可能會成，相親的那個女的，心裡多少還會有些虛榮吧？

虛榮完了，李薇對能不能讓四阿哥喜歡上也是沒信心的。

所以，當四阿哥在寵過宋格格又轉回頭找她，在福晉進門後更是非常明顯地表現出對她的偏愛……李薇真想喊：臣妾不知道啊！

四阿哥到底喜歡她什麼啊？她身上真的有很大的閃光點嗎？

想來想去……只能承認這是真愛了。

愛情這東西她自己沒經歷過，卻也很感動……雖然壓力也很大。

為了報答四阿哥的另眼相看，李薇決心要好好伺候四阿哥，儘量跟院子裡的其他女人友好相處，絕不找事也絕不惹事。

當然，真有事她也不怕，而且在疑似被四阿哥愛上後，她連一絲愛意都生不出來，反而是巨大的感動和報答之心占了上風。

愛這種東西，果然只能發生在平等關係之間啊！

此時，李薇一口氣纏了十朵手指肚大小的花，然後五朵攢在一起，頓時變成了兩朵看起來還挺美的繡球花。捧著挺有成就感，喊玉瓶把燭火拿來照著鏡子，她興致勃勃拿著花比著。

身後突然伸來一隻手拿走她的花，她回頭一看，也不起身，只拉住他放在她肩頭的另一隻手，微微一笑，「爺。」

四阿哥面上含笑，心情很好地拿著花左右端詳，比量後認真地給她插在腦後，插好後還仔細打量了一番，方滿意點頭。

玩娃娃的遊戲也是宅男們的真愛……李薇端正坐好安心給四阿哥當洋娃娃。

胤禛拿起放在妝臺上的另一枝花，在手中轉來轉去地欣賞，道：「粗糙了些，倒是別有意趣。」說著拿手指碰了碰細小的花瓣，「妳將這些紗漿過才裁的？」

李薇見他有興趣，也湊趣解釋道：「硬些才好出型，不然都是軟塌塌的，立不起來。」

兩人一起坐到榻上，炕桌上還擺著小剪子和銅絲等物。

四阿哥拿起針線笸裡沒用過的一卷紗，問她：「妳用的這是什麼紗？」

李薇是個沒見過世面的普通人，她笑咪咪道：「是我這屋糊窗子沒用完的紗，都是一條條的也沒辦法做別的，丟了又可惜……」話沒說完，就看到四阿哥一臉不快。

她縮脖子不吭聲了。

四阿哥再儉樸也有些底線不容踐踏。他剛才還拿在手裡誇的花被他扔到桌上，瞪著她道：「妳拿糊窗子的紗做成花戴在頭上，妳家爺還沒這麼窮！」轉頭又去叫蘇培盛。

「去開庫房，今年蘇州進上來的紗，揀素色沒花紋的，每樣給妳李主子拿一匹來。」

——四阿哥您真大手筆。

李薇淚流滿面，成匹的紗拿來做頭花，這也太敗家了……

比起她來，打小就伺候四阿哥的蘇培盛眼界高多了，一點兒沒當回事地轉身去開庫房了。

李薇心驚膽戰地等著，庫房在正院……

一會兒，蘇培盛就來了，一副差事沒辦好的樣子。

李薇更心驚膽戰地想，莫不是福晉知道了不快，攔著沒讓開庫房？

事實證明，福晉沒她想的那麼沒見識。

蘇培盛道：「今年的新紗只有四匹，顏色也只有柳葉黃、茜素紅、藕色、月白[3]。倒是去年還剩下幾匹，奴才就一起拿過來了。」

四阿哥讀完了書，練完了字，在睡前只打算輕鬆一下。打扮自己的格格顯然是個挺香豔的適宜消遣。李薇明白了這個，就自然多了。

蘇培盛把拿來的紗都放在堂屋的桌上，玉瓶帶著人在堂屋裡燃了幾根大蠟燭，照得燈火通明。幾樣紗在燭火下顯得別樣美麗。

李薇跟在四阿哥身後，一見先在心中默數：一共十一匹。

她再次在心裡認識到：四阿哥對她絕對是真心偏愛。

如此厚賜……她拿著實在有些燙手啊……

四阿哥上去一樣樣細看，招手叫她過去，一樣樣由宮女展開在她身上比來比去，李薇只管面帶微紅加惶恐地擺姿勢給他看就行了。

他拿著那匹鴨蛋青的紗在她身上比的時候，歎息道：「如今夏天都快過去了……我倒忘了庫裡還放著這些東西，這些妳倒能做幾件衣裳穿。」

李薇這下真的臉紅了。

這麼薄的紗做成衣裳，一般也就是夏天的時候當睡衣穿，可不是欲遮還露，她有幾件，穿在身上時在燈火下純粹就是增加情趣用的。

四阿哥的話翻譯過來就是：這幾匹紗妳做成衣裳晚上穿給我看挺好。

當……當著一屋子下人的面說這種近似調戲的話！李薇渾身都燒得冒煙了！

一看，蘇培盛都快把腰彎到地上了，其他下人也是低頭含胸。

四阿哥突然用手在她臉上貼了一下，她一怔，看去，他正得意地笑，因為她的臉在發燙。

屋裡一片安靜。還是四阿哥打破沉默：「備水，該歇了。」

一屋子人都動了起來。

玉瓶領著眾宮女簇擁著李薇去卸妝、梳頭，順便換身剛才四阿哥提的薄紗睡衣。

上了床榻，玉瓶合上床帳，退到外間等著他們完事。

總結一下：四阿哥第一次略快，很快又來了第二次，這次時間略長，第二次後兩人躺著，他上摸摸、下弄弄，一直逗她，然後又來第三次。

對她來說，第一次時，她剛做好準備。第二次時，挺暢快。然後她的情緒一直被他調動著，第三次剛開始就潰不成軍，一路哭求到最後，結束時感覺心都從喉嚨跳出來了，是玉瓶和人架著她完成了洗漱。

通房丫頭估計就是這麼來的……她完全理解……天天看這個春心萌動太正常了……

再回到榻上時，她渾身軟得像泥，滾到四阿哥懷裡就睡死了。

隔著中間的幾間屋子，宋氏屋裡還點著一盞豆大的昏黃燈。她的宮女鴛鴦剛才一直坐在門邊聽外頭的動靜，此時悄悄道：「格格，那邊已經叫過水了。」

剛才，四阿哥的太監蘇培盛還有那麼一堆人都站在李格格的屋子外頭扮木頭樁子，一聲痰咳也不聞，這一看就是屋裡李格格正伺候四阿哥呢。

她們這邊想出去也不敢，只好悶在屋裡。

過了多半個時辰才聽到那邊的人動起來，提熱水進去的，再把髒水提出去的。現在好不容易安靜了，蘇公公也去歇著了。

之前還聽到蘇公公折騰著回了前頭一趟，看著是讓人抬了好些東西去李格格屋裡。

注釋

3　藕色指淡紫色、月白指淡藍色。

鴛鴦看得心裡又酸又羨，四阿哥真是疼愛李格格。

現在外面也安靜下來了，她們這屋裡也靜得沒一點意思。好像乾等著別人家的燉肉出了鍋，她們卻連味兒都聞不著，只聽著別人熱鬧了。

宋氏淡淡地嘆了口氣，道：「吹了燈吧。」

鴛鴦伺候她歇息，舉著燈出去了。屋裡陡然暗下來，什麼也看不見了。

正院裡也是剛剛才歇了燈。

福嬤嬤帶著石榴等人退出去，各自回屋歇下。石榴再去各處掃過一眼才回屋，一進去就聽到跟她同屋的葡萄和葫蘆正在說話。

「不是聽說她的嘴爛了嗎？阿哥也不嫌？」

「阿哥寵她都快寵上天了。妳是沒見剛才開庫房抬走的料子，足足兩抬！」

石榴清了清喉嚨，葡萄和葫蘆立刻都不敢說話了。葫蘆起身道：「我回去了，妳們歇著吧。」

葡萄替石榴提來熱水讓她洗漱，石榴一邊洗腳一邊小聲囑咐她：「主子們的事也是妳們能說的？以後可不敢了？」

葡萄輕輕點點頭。

四阿哥起來時李薇就睜了睜眼又繼續睡死過去。

八點多時，玉瓶把她喊了起來。畢竟是在宮裡，睡到現在已經有些過分了。李薇讓玉瓶把西洋懷錶拿來看了眼，承認今天確實睡多了。

雖然過的應該是醉生夢死的腐敗生活，卻每天都是六點起床——還被人說起太晚，但只要想起四阿哥每天都是三點起床就沒什麼好抱怨的了。

她洗漱後又歪到榻上，吃著早膳聽玉瓶問那十一匹紗怎麼處置。

「做成衣裳。」她道。

既然四阿哥都說要她做成衣裳，她怎麼都要做的。

於是，雖然昨晚很累，一大早吃完飯，她就帶著玉瓶和兩個針線好的宮女埋頭做起來。這邊睡衣其實就一套三件套：兜肚、紗褲、罩衣，也不必繡花，裁出來就可以直接縫，無非小細節上做些改動。

李薇就做了一個改良式的紗兜肚，雖然什麼也兜不住……穿上後根本就是上空。

她是模仿胸罩的做法，領口開大些，然後雙峰間做了條繫帶，一繫緊顯得雙峰格外顯眼！下面的兜肚也裁得略小，剛好在肚臍上方。

配套的紗褲也做成低腰款，襠裁得特別短……

她做好後不要玉瓶她們看，自己躲到屏風後試了試，然後很滿意地脫下，回來做最後的收邊。

一整天下來，她還差一條褲腿沒完成，卻做得脖頸痠疼。

玉瓶她們已經被她趕走了，外頭的罩衣她可以讓她們做，後面的小改動她要自己來。這些宮女雖然連她的月事帶都幫著縫，可有些事還真不好意思讓別人看見。

見快到四阿哥回來的時間了，她卻知道他今天肯定不會過來。四阿哥其實並不縱慾，所以她才覺得他刻板。像他昨天在她這裡這樣那樣了，今天估計就要獨自歇在書房。

果然，玉瓶一會兒提著膳盒回來說，四阿哥回來直接去書房了，說是要完成師傅留的功課。晚膳都不去福晉那裡用。

聽玉瓶的意思，大概是覺得四阿哥至少應該在福晉那裡用個晚膳。

李薇道：「主子的事，不用咱們多嘴多舌。」說罷伸頭往膳盒裡看，「今天有什麼？」

玉瓶也不再多說，直接把膳擺在炕桌上，伺候她吃完去還膳盒，回來又有新聞了。一件事是四阿哥今天回書房後，讓人開庫房給宋格格拿了兩匹夏綢、兩匹杭綢、兩匹細絹、兩根釵、兩根簪。福晉那邊也給了，就是不知道是什麼。

大概是想一碗水端平？

李薇剛安心一點兒，想今天的應該沒她的份兒了，外面張德勝就送來了兩枚玉環，像是從一塊玉上取出來的。

玉瓶捧過來給她。

她拿著比了比，一個略大，一個略小。大的那個說做個腰帶合適，可做成男式的玉佩壓袍邊也很合適。

小的那個就簡單了，只能用來做玉珮。

她看著就發愁要不要再過分點兒做兩個玉珮，結同樣的絲結，一個送給四阿哥，一個自己留著？她怕這樣太招人注意，可又想他送這麼一大一小兩個玉珮過來，是不是就存著這個意思？

玉瓶在旁邊說著第二件新聞，就是四阿哥今天回來用晚膳，要的還是他昨天在這裡吃的麵。膳房的劉寶泉正得意，馬太監正在旁邊使勁地拍他馬屁，心裡也是真心的佩服。

昨天，四阿哥院子裡的一個格格要了那麼麻煩的東西，誰知今天四阿哥就專點昨天的麵，還指名要那個師傅做的麵。只是不像那個格格要的那麼麻煩，四阿哥就點了兩種，一種是鴨肉滷，嫩極的乳鴨肉切成較大的丁做的肉滷，一種是素的松花蛋配濃濃的蒜汁。剩下的黃瓜絲、黃花菜、圓蔥絲、黑木耳、香菇丁略加一些就足夠了。

四阿哥吃得滿意，劉寶泉自然要得意了。馬太監算是明白了，為什麼一個小格格點的東西，劉寶泉這麼巴結。

格格雖小，能通天啊！

只是管豆腐房的郝大頭進上去的豆腐腦不能再送了，那是發物，叫格格吃了就該更上火了。

四阿哥院裡，李薇坐在燈下，一個人默默地把兩個玉環都打上了結。

帶點兒淡淡黃色的白玉環，配上深褐紅色的絲繩，打上最普通的萬事如意結。

窗外的知了懶洋洋地叫著，屋裡悶熱得像連空氣都靜止了，人都熱得懶得動，好不容易吹來一股涼風就叫人驚喜萬分。都說秋老虎，真是不假。

這天早上，李薇起床時就覺得暑氣散了。

玉瓶幾個出來進去一早上，個個都說：「今天涼快多了。」

「我今天都沒出汗，可算是舒服了。」玉煙比玉瓶要愛說笑，她坐在繡凳上這麼長長一歎，連李薇都笑了。

外面的天還是湛藍湛藍的，李薇坐在屋裡望著外面的天，特別想出去轉轉。

以前四福晉沒進門前，管著她們的是大嬤嬤。大嬤嬤說屋裡沒福晉，她們這些小格格就別出去閒逛了，不好看。她想著也是這麼回事，就乖乖聽話了。

等有了福晉，改成玉瓶慎重地勸她：「格格，咱們不能出去。不能招福晉的眼！」好嘛，反正就是不能出後罩房這一塊。難不成是想去福晉的院子裡散步，還是想去四阿哥的院子裡散步？

現在她想逛逛挨著阿哥所的御花園都是癡心妄想、望其而歎、徒呼奈何。

玉瓶一看自家格格托著腮望著天嘆氣，就知道格格這是又想出去逛逛了。老在這巴掌大的地方轉悠是挺可憐的。不過該說的她可不能省。

她道：「格格，現在不能亂跑，宋格格那邊才有了好消息。」

沒錯，這是最近四阿哥這邊的一件大事。

福晉進門半年沒消息，讓宋格格拔了頭籌。

宋格格，有喜了。

正院裡，元英照樣在抄經，但今天抄的總是不行，筆下的字失了那份圓融通達的意味，只能一遍遍重抄。

看她抄廢的紙都快有一疊了，福嬤嬤在旁邊瞧著，疼得心都碎了。

福嬤嬤一直覺得李格格太受四阿哥的寵愛，總是盯著她，又覺得宋格格跟李格格住得那麼近，天天看著四阿哥進李格格的屋子，想必心裡挺不是滋味的。

她就想引著她們狗咬狗，省得福晉親手跟她們掐，失了顏面。

她這麼跟福晉一說，福晉倒覺得她說得有理，就在四阿哥來時提了提宋格格，就是說四阿哥有些冷落她了。可是，等四阿哥去了宋氏那裡，一夜後居然傳出她有身孕的消息。因為已經滿了四個月，四阿哥讓人傳了太醫。

確定後，四阿哥就交代福晉好好照顧這一胎，畢竟是成親後的第一個孩子，不管男女都很重要。

元英聽了，嘴裡的苦都要泛出來了。是她和四阿哥親近得太少嗎？可一個月裡，四阿哥也要在她屋裡歇十天的啊。

再說，論起歇的日子多少，最少的是宋氏，最多的是李氏。所以，還是看誰有福氣吧。

元英寫完「雨曼陀羅、曼殊沙華，栴檀香風，悅可眾心」後，還是拿刀把這一節裁掉了。世間女子各有各的好處。她不必羨慕宋氏的福氣，也不必與李氏爭寵。她只要做自己，把「四福晉」做到最好就行。因為除了她，再沒有第二個女人是「四福晉」。

見福晉抄完經，福嬤嬤趕緊伺候著她坐下歇著，一面讓人奉茶，一面讓人給福晉捏肩捶腿。

元英把一盞茶從熱捧到涼都沒喝一口，這是有心事。屋裡伺候的人自然都不敢說話了。石榴和葡萄只管專心給主子捏肩捶腿，福嬤嬤卻一直看著福晉的神色。

等元英這邊一動，她立刻接過茶盞，再讓石榴和葡萄都退下。

等屋裡只剩下元英和她的奶娘時，福嬤嬤小聲問：「主子是有什麼主意了？」

元英沉吟了一會兒，問她：「這次要過頒金節[4]，宮裡賞下來的東西都錄在冊子上了？上頭有沒有專門寫了給宋氏和李氏的？」

福嬤嬤笑著輕聲說：「她們算是哪個名牌上的人？也值得娘娘費心？」

給四阿哥的東西自然是永和宮的德妃娘娘過目後發下來的。

她道：「就算是宋氏肚子裡揣著個小的，也不過是個格格懷的，何況還沒落地呢。娘娘是貴

注釋

4 頒金節：農曆十月十三日為滿族的命名紀念日，一六三五年這一天皇太極正式將女真命名為「滿洲族」，此後農曆十月十三日的頒金節成為滿族人重要的傳統節日。

人，貴人們事多，這等小事不會入貴人的心的。主子只管寬心吧。」只是，如果宋氏生下來的是個阿哥，那就是四阿哥的長子。

到那時永和宮只怕就該放在心上了。

元英何嘗不知？她猶豫幾分，福嬤嬤就在一旁等著。最後，元英道：「這次頒金節送來的，給宋氏的厚三分，就說是獎她替四阿哥懷了這個孩子。」

福嬤嬤愣了下便明白了，一想這樣也好。永和宮送來的東西是有數的，厚了宋氏的，自然就薄了李氏的。

這事做得算不上錯，本來就沒規定該給兩個格格多少，就是福晉都留下了也算不上錯。給了是福晉大度，何況宋氏有了身孕，厚上幾分是應該的。李氏要怪，只能怪她的肚子不爭氣。

李氏跟宋氏還一起住在後罩間裡，到時她不痛快了，總不會大膽到跑正院來找福晉鬧，要是她跑去找宋氏就好玩了。

就算李氏這次不鬧，心裡估計也要記上宋氏一筆，到那時就有熱鬧看了。

參之章　秋蟹肥美

從那天以後，天越來越冷，轉眼就要換夾衣，再過兩天就要添坎肩了。宮女及太監們都開始把冬衣翻出來，曬一曬、晾一晾，看看有蟲蛀的地方還要補一補。

玉瓶就帶著李薇的另一個宮女玉煙把厚被子抱出來天天曬。

這是李薇進宮後第二次過年，玉瓶翻出去年她的冬衣一比就發起了愁，無他，袖子下襬都短了一截。她長個子了。

「不怕，這拆了還能改成坎肩，不會浪費的，等今年的份例下來再趕緊做新的，一定不耽誤。」玉瓶一看格格站在那裡好像有些慌亂，連忙安慰道。

李薇鬆了口氣，這都怪她現在還在發育期。女孩發育時長得多快啊，一年都能長個三兩寸的。她當時進宮選秀也就抱了兩個包袱而已，連銀子都拿得少，所以進宮後的衣服全是宮裡賞下來的料子新做的，結果不等穿舊就穿不成了，誰看著不嫌可惜呢？

那時哪裡想過能中選呢？這都是命運的錯！

才進宮時，事事都是新鮮的，玉瓶當時給她科普過，這冬衣能叫針線房的做，也能她們自己做。布和棉花、絲線就在庫房裡，拿籤子去領就是。

玉瓶分析道：「咱們自己做吧，拿去給針線房做一是要費銀子打點，格格剛進宮還是省些的好。再說費的時間多，說不定就做著主子們的忘了咱們的了，到時誤了變天換衣，格格若凍出個好歹來就壞了。」

李薇聞言只道：「都交給妳了。」反正她的針線手藝也就是縫個荷包手帕，做成衣是行，但也就夠做個裡頭穿的裡衣兜肚，外衣就差得多了。

玉瓶便拿著籤子去領布和棉花。

領東西的籤子是個三寸長、一寸寬的木牌子，上面寫得特別簡單：乾東五所之二所，李氏。

二所就是四阿哥的院子，李氏就是她。

憑這個能領她的月銀和份例。

今年的衣料也早早地領回來了，玉瓶帶著玉煙在她們那角屋鋪開又裁又縫，到她這屋來時也多帶著針線活在做。

李薇沒過去添亂。玉瓶走線走得又直又快又密，還能一心二用地陪她說話，「格格，再過幾日還有賞賜呢，今年有福晉，許是會多賞些。」

四福晉四月才嫁進來，還算是新娘子，宮裡按例是應該多賞些東西的。

玉瓶掰著手指給她數，這過年前有頒金節、冬至、太后千秋，然後便是過年。幾乎是一個月要接兩回賞！

聽得李薇也激動起來了，不是她眼皮子淺，而是長日無聊，有賞可接也算件好事。

玉瓶和玉煙也嘰嘰喳喳地說會賞什麼，去年得了幾兩金子銀子、一件襖、半件皮子什麼的。不只主子們過節有好東西拿，他們也有份兒，所以個個都盼著過節呢。

去年的這個時候，四福晉還沒進門，是四阿哥身邊一個叫張保的太監去領來東西發給他們。現在有了四福晉，今年就該是從福晉手裡領東西了。

終於聽說賞賜已經到了阿哥所了，就是今天。一大早，李薇就起來乾乾淨淨地換上衣服，洗漱乾淨等著接賞。

因為這個賞還要去磕頭，不過不用跑外頭磕，就在院子裡磕一個就行了。

從用過早膳就等，一直等到了上午十點。

李薇一會兒就把四爺給她的那個西洋懷錶拿出來看時間。

那邊角門進來人了，一個穿綢子的太監帶著兩個小太監一進來，玉瓶就進來喊她趕緊出去。

她出來後就見另一邊宋氏也由她的宮女扶著出來了，兩人互相笑笑打個招呼，在那太監的示意下跪下。

此時後面兩個小太監捧著的東西就都能看到了，雖說是蓋著的，但明顯一個只是另一個的三分之一。

李薇想起宋氏有了孩子，多的那個應該是給她的，那剩下一個少的就是她的？跟去年比少得有點兒多……

她恭敬磕完頭，領了東西回去也不怎麼期待了。而玉瓶也是接了東西就匆匆捧進去，也沒了之前的喜色。

其實她的神色比李薇還要沉重。

而李薇也看到宋氏接賞時比她還不安，幾乎也是逃回屋裡的。

李薇窘了一下，心道有必要嗎？她又不會因為東西少了多了就生氣。她遇上的比這難接受一百倍的事也有，一點點兒東西而已，她還真不看在眼裡。

賞賜的也不算太差。兩匹布、兩對釵、兩對耳環、兩副手鐲。

可能是有點兒寡淡了。玉瓶看到後簡直像「怒髮衝冠」，李薇還想著她會不會生氣到罵出來，結果玉瓶深呼吸幾下，就帶著人把賞賜迅速地放起來了，然後跟玉煙商量要是有人問起，就說賞下來的是四匹布、六根釵、六對耳環、兩副手鐲。

李薇這才發現她們這是怕她丟面子，她只奇怪這些東西怎麼變出來？她進宮可沒帶多少財產。這些賞下來的東西可是都要穿戴出去讓人看的，馬上就又過節又過年的，得了好東西不顯擺顯擺？此時賞這些本來就是這個用意，再戴去年讓人見過的首飾就不合適了。

所以牛可以吹，吹完怎麼收場？

玉瓶猶豫道：「布好辦，上次阿哥爺拿來的就行，剩下的……」她咬牙，「不如先把咱們屋裡的東西送出去當了，換了銀子來買。」

李薇：「……」

那邊玉瓶和玉煙已經在商量當什麼不起眼不會讓人發現，託哪個可信的人出宮，去哪家當鋪，好當好贖。

李薇連忙制止她們，「用不著，這樣也太麻煩了。」就為了撐個面子就這麼折騰？何必呢？因為她的堅持，當東西撐面子的事暫時放下了。

可是事情顯然還沒完。到四阿哥生日前，她跟宋氏又成了鮮明的對照組。

玉瓶說這是有人在整她。這個人是誰……就不說了，大家只猜就是。

李薇挺光棍地想，如果真如她們想的那個人要整她，那這種暗整總比明整好。只是損失一些財物，不傷筋不動骨的，不算個事兒。

何況東西本來就不是她的，是白得的。不管多少都是賺的，算了。

她這麼一說，玉瓶和玉煙就不好堅持了。

也幸虧四阿哥之前賞了那些布，雖然都是夏天的紗，但也是好東西啊，有這些當安慰也夠了。

而四阿哥來了幾次，李薇都沒把可能被人整的事告訴他。

說白了，她覺得在四阿哥眼裡，她和那個整她的人還是沒有可比性的，她就不去自取其辱了。

另一邊，宋氏推開鴛鴦送上的保胎茶道：「不喝，我這還好。」

鴛鴦不敢強勸，免得讓角屋裡的嬤嬤聽見。自從格格懷了孩子後，福晉就賞了嬤嬤過來伺候。這嬤嬤管得格格坐不敢坐、站不敢站的，連她們都跟著沒了底氣。

她捧著茶小聲勸道：「格格，您這有身孕呢，可不能多耗心神。不然……」她左右望望，壓低聲音道：「不然恐怕對小主子不好啊。」

宋氏自然知道，想著還是接過保胎茶小口地抿著。

鴛鴦知道她是為什麼發愁。連著兩次賞賜，格格都把那邊屋裡的李格格給壓在下頭。雖然現在那邊還沒什麼動靜，格格卻怕那李格格把氣憋在心裡，日後對景就要來找麻煩。現在不過是看在她的肚子的份上，不敢而已。

可誰還能揣一輩子的肚子啊？以李格格的寵愛，有身孕也是遲早的事。

鴛鴦小聲道：「不如，就照咱們商量的，奴婢把東西給那邊送過去？」她們主僕之前商量過，把宋氏得的賞賜送給李格格，這樣可能就讓她消氣了。

宋氏想了幾日，一直猶豫不決。她倒不是可惜東西，宮中賞賜雖貴，卻也只是身外浮財而已，能換得平安就不虧。

她只是擔心送過去，李格格會覺得這是在打她的臉，送禮不成反倒又結了仇。

她這麼說，鴛鴦也遲疑了。人心哪是那麼容易能猜透的？李格格深受寵愛，卻被她們家格格搶在前頭懷了孩子，再加上這次的事，說不定早就懷恨在心。到時東西一送過去，是化干戈為玉帛還是火上澆油這可是沒準兒的事。

宋氏深深嘆了口氣，無神地望著窗外的小徑。她與李氏分別住在兩邊角門附近，可是自從李氏進來後，她這邊已經很久沒有聽到四阿哥過來的腳步聲了。

宋格格這胎懷得相當安靜，幾乎沒聽過什麼消息。四阿哥在剛得到好消息時高興了幾天，多去宋格格那裡看望了幾回，但去過之後還是回到李薇這裡休息。

李薇在伺候他的這一年裡，發現四阿哥是個很自我的人。他在外面是什麼樣，她沒機會得知。但在後院，在這幾個女人之間，四阿哥絕對不管什麼平衡，他喜歡誰就在誰那裡歇著。

她害怕福晉生氣、宋格格不平，可他倒一點兒也不在意的樣子。見他這樣，她也不敢來個「忠言直諫」。何苦呢？她把他勸到宋氏屋裡能得小紅花嗎？

再說，四阿哥看著也不像是犯賤愛聽別人指手畫腳的。她要是真對他表一表什麼叫賢慧大度，說不定能把他噁心得再也不進她這屋。

她愛他的寵愛，不想叫他離開，自然要順著他來。

因為四阿哥常來，自然對她屋裡的擺設有他的審美觀，於是各種精美器具、名貴古玩慢慢在她屋裡越來越多。

每當她看到這些寶貝，都覺得那些賞賜什麼的都是小意思，這些東西哪怕只是借她擺擺都夠風光。有時她看了也害怕，忍不住想，要是福晉那邊的人往她屋裡走一趟，「奢侈」這兩個大字鐵定要印在她的腦門上了。

四阿哥幾乎天天來，而且他對自己布置的屋子相當滿意。

今天用完膳，說是書房裡還有功課未寫完，一會兒再過來歇息。等他走後不久，蘇培盛使人抬過來一面四扇的小炕屏，說是要擱在她平常坐著繡花的西廂。

現在屋裡燒著炕，她每天也多是在燒炕這屋坐著，他來了也是到這裡來。炕屏往上一放，恰好擋住從門那邊過來的視線，整個屋子巧妙地被隔成了兩個互不干擾的空間。不得不說，這麼一擺確實漂亮多了。

擺好炕屏，蘇培盛回去覆命了，留下李薇對著炕屏又是欣賞又是煩惱。

這炕屏，包括這屋裡大大小小添置的器物，還包括四阿哥這個人，對她來說都是甜蜜的負擔。她是既喜歡，又不敢伸手。即使已經擺在她屋裡的，也讓她忐忑不安。

大概是「三觀[5]」的原因，李薇對著四阿哥總有一種當小三撬人牆腳的感覺。而大多數女人，她們肯定不會有「四阿哥不歸我」這樣的錯覺。就像五阿哥屋裡的兩位格格一樣，她們一進府，所有的念頭就是「把所有的女人都趕走，阿哥就是我一個人的了」。如果她跑去跟她們說「阿哥和福晉才是天生的夫妻，我們這些格格應該自慚形穢、自我批判，當個安安分分生兒育女的小妾就好」，那她們一定會覺得她腦子進水了。

如果她再說「道德感更重的應該直接去自殺，再不濟也要保持身體和心靈的純潔，在後院當尼姑就好。如果要追求愛情，應該選擇沒有成親的男子——前提是有手段從阿哥的後院完完整整地出去」，這就更是天方夜譚了。

就連李薇都感覺如果她對人說前半句，反而更像奴性堅強。難道這麼快就把當一個合格的小妾當成終身職業了？而後半句，就算她再腦殘也不會去做的，那純粹是神經病。

她曾很喜歡這樣一句話：人的立場，應該是由條件和環境決定的。

通俗點兒說，在哪個山頭就要唱哪個山頭的歌。

李薇打算向五阿哥的兩位格格學習。生命不息，鬥爭不止嘛。對她來說，爭與不爭已經不是問題了，爭到什麼程度，才是她需要把握的。

如此深刻地想了一晚上，李薇跟玉瓶「假傳聖旨」，道：「晚上四阿哥過來時，就算不用宵夜也該用碗湯。」

玉瓶對這個是舉雙手贊成的，問：「格格看，要個什麼湯好？」

李薇舔舔嘴唇說道：「簡單點兒，就來個酸蘿蔔燉老鴨湯吧，讓他們再搭著上點兒餑餑就行了。」秋天這麼燥，這個湯多合適啊！

一半呢，是她自己嘴饞想吃這個，一半是想在四阿哥跟前刷點兒好感度。再怎麼阿Q，賞賜之事還是讓她有點兒小受驚，這時也就只能抱住四阿哥的大腿不撒手了。

阿哥說要，膳房那自然是快得很，時間也掐得很準。

湯鍋前腳送進來，四阿哥後腳就進了門，一進門就笑道：「聽說妳這裡給爺備了好東西？」

胤禛挺高興的，任誰又忙又累一整天，聽說自己的人還記著悄悄給他準備些吃的喝的，都不能不高興。

李薇笑咪咪地伺候著他換了衣服出來，砂鍋就擺在桌上，滿屋都是酸蘿蔔燉老鴨湯的香味兒，引得人口水直流。

另有新蒸的白餑餑，再配上七八碟小菜。蘇培盛瞧著，四阿哥拿起碗就著餑餑吃得那叫一個香！別說，這香味兒勾得他都有些饞了。

坐在四阿哥對面的李格格也吃得頭都不抬，還邊吃邊說道：「這蘿蔔好吃。要是嫌肉太膩了就咬一口蘿蔔，這邊還有醃好的。」湯裡的蘿蔔煮過可能就少了一分滋味，桌上特意備有一碟醃蘿蔔條。

胤禛笑道：「這就行了，妳愛吃就多吃點兒。」說著，從自己碗裡挑了塊鴨腿上的嫩肉放到她碗裡。

李薇喜滋滋地吃了，吃完臉上的笑都沒散。

胤禛不肯多吃，用了一碗湯半個餑餑就讓人把鍋撤下去，對蘇培盛道：「別浪費了，都是好東西，拿下去你們分了吧。」

屋裡伺候的都趕緊謝恩，這才抬著爐子下去了。

玉瓶幾個忙著開窗通風散氣，再把香爐點上。

注釋──

5 三觀：指價值觀、人生觀、世界觀。

洗漱的家什送上來，李薇擺擺手讓他們都下去了，今天她要自己伺候四阿哥。

玉瓶心裡有數，帶著人二話不說就下去了。

外面的角屋裡外都擠著人，旁邊的茶房也圍著好幾個。看到玉瓶出來，忙有人招呼她：「姐姐到這裡來，有給妳留的呢。」

一隻老鴨就兩條腿，都進了李薇的肚子，剩下的鴨殼歸了蘇培盛，玉瓶身為伺候李格格的大宮女，得了一碗乾乾淨淨的湯和兩塊肉，裡面倒是有半碗的酸蘿蔔。

這可是好東西，別人碗裡能占一塊就不錯了。在宮裡未必就比外面地主家吃得好，玉瓶也不矯情，拿著屬於她的那份湯和餑餑就尋個地方吃了。

碰巧旁邊是前頭書房裡伺候的太監，是跟著蘇培盛提燈籠的。

兩人碗裡都只是小半碗的湯，喝得那叫一個珍惜，恨不能每一口都品出滋味來。

一個道：「今天的運氣不錯，得了兩份賞。」

另一個道：「前頭那次拿出來的多，四盤點心一塊沒動，咱們一人得了一塊。」

玉瓶聽到笑道：「那你們今天運氣可真不錯。」

兩個太監忙說：「不敢跟姐姐比，姐姐是格格身邊得用的，比我們強，阿哥連我們叫什麼都不知道呢。」

搭了兩句閒話，玉瓶放下碗去茶房，蘇培盛帶著他徒弟在那邊用。

進去時兩人正在說話，張德勝站著伺候他師傅，道：「還是格格這邊好。」

「那自然啊。」蘇培盛看到玉瓶進來，讓張德勝問玉瓶好，他笑道：「晚上阿哥該是要歇在這兒的，姑娘辛苦了。」

「爺爺辛苦。」玉瓶屈了屈膝出去了，她就是過來露個臉，得這一句準話。

看玉瓶走了，張德勝小聲說：「福晉那邊……」

「一會兒我親自過去說。」蘇培盛道。

張德勝一邊伺候蘇培盛漱口，一邊說：「要說福晉也是想著爺的，還特意送點心過去，師傅一會兒可小心些。」

「不打緊。」蘇培盛整冠理靴，「福晉是個賢慧人呢。」就是不入阿哥的眼，不過她跟李格格確實差著道行呢。看人家李格格，大晚上的能想著整個湯鍋給四阿哥，又不費她的事，動動嘴就行，福晉只知道送過去幾盤乾巴巴的點心。

就算不跟李格格比，可福晉連四阿哥愛吃什麼點心都不知道。一看那點心就是膳房今天做的例菜，天天都有，新鮮是新鮮，就是哪兒都吃得上，那這誰還稀罕？

蘇培盛從茶房出來，在寢室外頭略站了站就聽到屋裡四阿哥和李格格正溫聲細語地說話。他交代張德勝小心伺候著，轉頭去了福晉那邊。

裡屋，胤禛洗漱完坐在被子上，他只穿一身裡衣，李薇坐在他背後給他通頭。

她的手勢輕柔，胤禛讓她弄得一會兒就心裡癢癢起來了，大手放在她腳上忍不住揉捏著。李氏的腳，腳掌肥厚卻無骨，握著剛好一滿把。

李薇今天打定主意要千般柔情地把他給伺候好，果然起效了。他抓著她的腳揉，揉得她整個人都不對了，要把腳給抽開又抵不過他，還不敢大力地掙。

不一會兒就被他壓了下來。

他還說：「妳今天這麼乖，爺喜歡。」

她早發現了，他喜歡自稱爺。所以她也叫他爺，這算不算小孩子想裝大人？

看著他皮光肉滑、青春洋溢的小嫩臉，她真覺得這聲爺叫得太歡樂了。

不過這種想法跟四阿哥英明神武的形象不符，她告訴自己，憋住，不能笑。

「噗……」

胤禛看她笑得直不起腰，索性把她側過去從背後來，下巴架在她肩頭笑道：「摸著妳癢癢肉了？」他促狹，一邊這麼說一邊把兩隻手往她懷裡伸，讓她笑得滿床連滾，衣服都鬆了，又不敢笑得太大聲，憋得從臉紅到胸脯，一雙眼睛水汪汪的。

胤禛看她喘得好看，小嘴微張，伏下身去含住她的嘴巴，感覺到她的舌頭一縮，然後才慢慢壯著膽子探出來往他嘴裡伸，他就那麼等著，等她伸過來了，才用舌頭舔上去，慢慢吻得她呼吸都亂起來，一張臉越發地紅，眼睛更是漂亮極了。

李薇其實不知道自己這個年紀的身體有什麼好摸的，特別是胸，躺下來就是個荷包蛋，身上也沒多少肉，吃下去的全用來長個子了，她都覺得對不起四阿哥，矮子裡面拔高個，誰讓他的後宮裡現在就三個女人呢？

為了讓胸顯得大一點，她特別聰明地側躺著！

他的手放在她的胸口揉了一會兒，可能是嫌沒什麼好摸的，伸下去揉她的屁股了，那裡的肉厚些。最後他抱住她的兩條腿，撞得她屁股上的骨頭都是疼的，等他放下她的腿，躺在她身邊後，一邊繼續伸手在她身上四處點火——這是一會兒還要再來第二場的架式，一邊含著她的耳朵問她：「好不好？」

她往他胸口鑽，嘴唇還抖著說不出來話，下面讓他弄得很痠，眼淚都快流出來了。

第二天早上，四阿哥自然還是從李格格這邊出去的，元英和宋氏都瞧得一清二楚。

這天，李薇跟膳房說要吃豬肉韭菜餡的餃子。

第一茬的韭菜，多嫩啊。她是見膳房給的粥菜裡放了醃嫩韭菜才知道，喔，原來韭菜已經出產了啊！必須吃餃子！

玉瓶去膳房說過後，馬太監就苦笑著搖頭道：「這個李主子，人不大，花活兒可不少啊！」有現在就吃餃子的嗎？吃韭菜包子不行嗎？

劉寶泉道：「廢什麼話啊！主子要吃什麼還要跟你商量？趕緊麻利地去！挑最嫩的韭菜，找兩個好手來拌餡兒。」

最後送來的是三種餡兒的餃子。

李薇點的韭菜豬肉，素餡兒的韭菜雞蛋，三鮮的蝦仁、海參、干貝。

結果她點的韭菜豬肉沒吃幾個，卻把三鮮的幾乎給吃光了。李薇吃得淚流滿面……味道好鮮甜！平民沒吃過這麼好的東西。她去年進宮時還沒摸清山門，沒膽子亂點東西，在李家時這種等級的餃子餡兒也不是他們能吃的，皇宮裡還是有好東西的！

李薇突然覺得她是空守寶山卻一點兒也不知道！居然一直拿民間小吃來調戲宮中的御廚們。

等胤禛從上書房回來，就看到她一臉滿足。

「有什麼好事？」他笑著拉著她的手坐下，目光掃了下她的肚子。

李薇忍不住跟他說：「爺，今天膳房送來的餃子特別好吃！」

胤禛倒是門兒清，反過來問她：「妳中午要的是餃子？」他在宮裡住了十幾年，從來沒聽說過膳房這個時間包餃子，肯定是她要的。

「我早就想吃了……」她拉著他的手撒嬌。如果是在現代社會，想吃餃子出門買兩袋，什麼口味吃不到？不愛吃冷凍的也可以自己包，想什麼時候吃，就什麼時候吃！

在李家時，李薇想吃這個也要對著阿瑪、額娘撒嬌，所以她也多少知道，這個東西不到季節吃是有些怪。但也不是一點兒都不行，餃子還沒那麼神聖。

宮裡規矩她心裡有數，但想想看，不過一道餃子而已。她在四阿哥身邊如此受寵，吃盤餃子不算特別出格，於是就跟膳房要了。

最要緊的是，這東西不難得。她若是吃道菜要殺七、八十條魚，只吃魚鰓上的那一疙瘩嫩肉，那叫奢侈，現在只是一盤餃子，就是四阿哥知道了也不會生氣的。

果然，四阿哥說：「什麼餃子那麼好？讓他們晚上也進一份上來。」

等膳房晚上把餃子送來，他嘗了一個，一臉平常，對她這麼喜歡反而奇道：「這就是妳說的好吃得不得了的餃子？」

他的表情太不可思議，李薇就著他的盤子吃了一個，那股鮮甜在嘴裡彈射開來，整顆的蝦仁，包含濃汁的貝肉，她瞬間又被征服了。

他被她逗笑了，把一整盤都推給她道：「既然喜歡就都吃了吧。真是，可見妳是沒見過多少好東西。」後來他在一旁看著她把一整盤都吃了，邊看邊笑。

晚上，胤禛又拉著李薇消食。兩人面對面地坐在一起，被他掐著腰動作，她的腿痠得不行，只能抱著他哭著求饒。

她哭得靠在他的脖子根不停地蹭他，最後用發抖的牙咬住他的肩膀。

早上，四阿哥起來時就一臉小得意，直到頂著星星往書房去的路上還嘴角微翹。

雖然是太監，但蘇培盛也不是不能理解四阿哥得意的心情。把一個挺喜歡的小美人兒弄得下不了榻，是挺值得驕傲的。

中午在書房用膳時，胤禛只揀幾道還算清淡的菜吃了兩口，米飯就湯乾嚥了兩碗。吃完後上膳太監撤膳桌時，他對著膳桌上一道魚翅螃蟹羹看了幾眼。蘇培盛正納悶，四阿哥小聲對他道：「讓膳房備上這道菜，晚上我看書晚了要用。」

吹牛。

蘇培盛伺候四阿哥有十年了，最清楚這位爺不吃這種稀糊糊的羹，每次看到都要皺眉。這菜是給誰的他一猜就知道，悄無聲息地下去傳話了。這菜確實需要讓膳房先備著，螃蟹要早點兒去領，魚翅也要開條子進庫房拿。

晚上，胤禛照例歇在書房，傳了晚膳上完膳後，賞給福晉四道菜，宋格格一道菜，李格格一道羹。蘇培盛的徒弟張德勝小心翼翼提著膳盒，把這道魚翅螃蟹羹送到李格格處，站在外邊等著她吃完好回去回話。

他回去的時候前面一個人正在說福晉很喜歡四阿哥賞的四道菜，說鹿筋做得尤其入味地道。

胤禛點點頭，等前面的人都下去了，張德勝上前，站在三步遠的地方，低頭道：「李主子跪謝主子爺賞的羹，說以前從未嘗過。」想了想，眼角瞄了蘇培盛一眼，又加了一句：「李主子就著米飯全吃完了。」

胤禛幾乎能想像到她把這道名菜當湯泡飯吃了。

想著那稀糊糊的湯羹泡在米飯碗裡他就沒胃口。張德勝看他臉色不善，頓時害怕得腿都軟了。

蘇培盛見他這沒出息的樣子就生氣，使眼色轟走張德勝後，上前悄悄給四阿哥換了杯茶。等了一會兒，才見四阿哥回神喝茶。

見胤禛沒精打采地看著窗外欣賞月色，蘇培盛覺得阿哥爺大概是還想到李主子那裡歇，只是若是去了又要做那事。

何必呢？年輕阿哥喜歡女子又不是什麼缺點？皇帝每夜都召妃嬪伴駕也沒什麼啊，有時一夜能召兩三個人呢。龍馬精神嘛，是好事啊，多威武。何況四阿哥還年輕，就是每日都幸李主子又怎樣？說不定李主子還高興呢。偏四阿哥自己非要管住自己，今天做了，就非要歇兩天。也不見他累，沒事還發怔。蘇培盛實在不明白。

李薇這邊一口氣吃了兩碗米飯，頂得胃有些脹，她就站起來練字，但還時不時回味剛才那湯羹鮮美的味道。

四阿哥連著在她屋裡歇，這段時間跟之前也沒兩樣。宋格格懷了孩子也沒突然就變成她的勁敵，福晉的手段除了硌應[6]她以外也沒別的作用，因為福晉管不住四阿哥的腿。

李薇心道還是姐千秋萬載，一統江湖。她心裡的那點兒小不安就慢慢地消了。

人生愉快，平安喜樂。

秋天，是吃蟹的好季節。李薇就冒出來一句：「現在正是吃螃蟹的季節啊！」

玉瓶頭也不抬地做著針線，做的是格格今年冬天的新褂子，「那東西寒性重，不能多吃，您可快到日子了，吃了非肚子疼不可。」

也是，李薇略有些可惜。

宋格格還懷著孩子，福晉雖然不管她們每天吃什麼，但也有個大概的範圍。李薇平常點的羊肉並不出格，滿人吃牛羊肉比豬肉的時間長多了。但她要是想吃螃蟹可有點兒問題，這東西不是分例裡的常備材料。要不是四阿哥今天送了螃蟹羹來，她都忘了這回事了。想起在家時，河蟹挺便宜可以隨便吃，進了宮反倒吃不上了。

結果李薇晚上做夢都是螃蟹，小河蟹的腳細，殼又嫩，她最喜歡把小河蟹的腳用油一炸，再用辣椒一爆炒，直接咯嘣咯嘣地嚼著吃啊！

李薇早上起來，只記得夢裡流了三千尺的口水，越吃不上越想得厲害。中午玉瓶問她吃什麼，她卻想現在跟膳房說晚上吃蟹黃包子來不來得及？

最終還是點了個百果蝦仁解饞。

玉瓶問還要不要別的？

李薇想著螃蟹，道：「再來個溜魚片吧。」

玉瓶後知後覺，「格格是想吃魚嗎？」

「嗯，差不多吧。」

玉瓶去膳房的路上還在想著，李格格沒精打采的是想念四阿哥了？今天四阿哥一定來，到那時格格就該高興了。

想起四阿哥對格格的體貼，玉瓶心裡也美滋滋的。

倒是膳房的劉寶泉聽到這份菜單時就明白了，旁邊的馬太監卻沒話找話，說道：「原來李格格愛吃魚啊！」

牛太監也跟著奉承道：「那我去給李主子挑兩條肥點兒的魚。」

劉寶泉呵呵笑，等沒人時跟牛太監交代了一聲，讓他跟慶豐司打聲招呼，最近阿哥所這邊要幾簍秋蟹。

牛太監滿口答應，立刻就要去，摩拳擦掌道：「現在正是吃牠的時候啊！前天我去慶豐司的時候

注釋——

6 硌應：亦寫作「咯應」、「各應」或「膈應」，此為北方方言，讓人感到不舒服、討厭之意。

都瞧見了！個頂個都有七八兩重呢！」他心裡不由得想，要是哪個阿哥吃著好了，他也能賣個好！

下午，胤禛從上書房回來後，先去了正院看福晉。

福晉這段時間天天抄兩卷經。胤禛知道了也沒說什麼，他讓她抄一卷，她偏要抄兩卷。知道上進是件好事，但……也有點沒把他放在眼裡的意思。

胤禛不是不明白，福晉這是為了討好他。

以前他剛進上書房時，師傅布置十張大字，他回來要寫二十張。皇阿瑪說每講一篇書要讀一百二十遍，背一百二十遍，他每次都要擠出時間來多背個三、五十遍。

他當時是想努力再努力，表現得比其他人更好，好讓皇阿瑪和師傅看到，誇獎他、喜歡他，好把其他兄弟比下去。

但現在看到福晉這樣，他卻覺得這人不聽他的話，有些生氣了。

這讓他想到或許當年，他也做錯了。

現在宋格格已經懷有身孕，他不由得想像了一下，如果以後他的阿哥每篇書多背三、五十遍，他是會覺得他努力用功呢？還是會覺得這孩子是不是有些……笨？

不然，別人讀背一百二十遍就能記住，他還要比別人多花三、五十遍的工夫？

不過福晉是為他才辛辛苦苦抄經的，他只要想起她的心意，那一點兒火氣就都散了。

只是他也不會再多說什麼。比起宋格格以夫為天的柔順，福晉是有大主意的人，這樣的福晉……讓他想起曾經的滿蒙女子，她們手握丈夫帳中一半的權力。而作為一個阿哥，他還想起入關後的科爾沁和永福宮……

從世祖起，宮中女子的權柄就在不斷被限制。曾經權傾朝野、左右皇權的科爾沁也在世祖和當今兩代皇帝的努力下，從後宮中漸漸消失，退回草原。

作為一個已經開始辦差的阿哥，胤禛在開始記事起，皇阿瑪就已經把太皇太后和皇太后的影響力減到了最低。但是從上書房的師傅嘴裡，那寥寥的幾句話就把胤禛驚得一身冷汗。

堂堂世祖，竟然兩任皇后都是科爾沁的女子！後宮大半是蒙古族人！在攝政王死後，世祖居然也只能用冷落全宮女子的方式來保全滿族人的江山。

他印象裡的太皇太后和皇太后，只是兩位普通的老婦人，誰能想像當年的世祖在她們面前也無能為力？

有世祖的前車之鑑，當今的做法給了胤禛很大的啟發。

滿族女人從嫁人起就有著很大權力，曾經太宗的數位大福晉就是戰敗後帶著無數的牛馬奴隸嫁進來的。比起漢族女子的溫柔和順，她們天生就有野心，也有能力成為丈夫的助力，掌握丈夫的權力。

胤禛卻並不打算給他的福晉這樣的權力。

現在跟以前不一樣了。滿清入了關，他們不必再牧馬放羊，不必再逐草而居，他們來到中原大地，占領了這個如畫的江山！

他的福晉，應該和漢族女子一樣以夫為天，而不是想著分享他的權力，建立屬於她的權威。和他一樣的阿哥不在少數，不然，為什麼太子冷落太子妃？宮中對太子妃的讚譽越勝，他只會更加冷落她。

而跟他一同迎娶福晉的五阿哥為什麼縱容兩位格格凌駕在五福晉之上？

他為什麼讓宋氏先於福晉有孕？為什麼獨寵李氏？

他們都要讓福晉們明白一個道理：無論是賢、明、智、慧，她們絕不能擁有比自己的丈夫更大的名聲。

看著太子妃，胤禛就像看到了他的福晉，這兩位福晉都太好名了。

太子妃是賢，四福晉是孝。

而像大福晉和三福晉，人們提起她們反而毫無印象。至於五福晉，雖然他沒見過她，但看老五在她一進門就開始整治她，大概……這位福晉也是手伸得太長了。

胤禛在福晉這裡用過晚膳，然後又去看了宋氏，最後還是在李薇這裡歇下。

正院裡，元英聽著石榴站在下面回稟，四阿哥留在李格格那裡了。

她知道石榴正在擔心地偷偷看她，她揮揮手，道：「下去吧。」

福嬤嬤小心翼翼地進來，「福晉，天不早了，您累了一天了，歇了吧。」

後罩屋沒鬧起來，福嬤嬤多少有些不甘心。這宋氏懷了跟沒懷一樣，四阿哥最多過去看她兩眼，最後還是在李氏那邊歇。

李氏平時沒事時還愛跟四阿哥要個東西，現在真正虧了她的，反倒不見她有動靜了。不知是心裡憋著壞呢還是沒膽子嚷嚷出來。

元英：「嗯。」抬頭看到福嬤嬤把她抄的經書搬出去，叫住道：「等等。」

福嬤嬤見她看著經卷，就把托盤放到她面前的炕桌上。

一天兩卷經，短短一旬，她就抄了二十卷，就是整整兩個托盤。她拿起一卷展開，上面一字一句都是她的心血所化。

「明天，拿到額娘宮裡的小佛堂裡供起來。」她輕輕撫摸著還散發著墨香的經卷，輕聲喃喃道：「這全是我的孝心……」

第二天，永和宮的小佛堂裡就供上了四福晉親手抄的祈福經卷。德妃早起先在小佛堂誦了兩卷經，撿了一個時辰的佛豆，然後才用早膳。這時十四阿哥已經去書房讀書了，她叫來奶嬤嬤，細細問了一遍十四阿哥昨夜睡得如何，早膳吃了什麼之後，在小佛堂打掃伺候的妙文嬤嬤進來了。

妙文嬤嬤比德妃還要早進宮七八年，也是當宮女出身，但據說從小就有佛性，不會認字時就會念阿彌陀佛。到了該出宮的時候，她求了當時已經是德嬪的烏雅氏，進了永和宮的小佛堂。她平時從不出佛堂半步，每日茹素、穿緇衣，曾經還想剃度，但被烏雅氏給攔住了。平常也會到德妃這裡，兩人一起說說因果。

今天德妃剛從小佛堂出來，她這會兒就過來，肯定是有事。

揮退十四阿哥的奶嬤嬤後，德妃叫著妙文嬤嬤去了西側的廂房。

「坐，嘗嘗這茶，是皇上使上送來的，說是在活佛跟前供過的呢。」德妃坐在上首，端著面前的茶道。

妙文嬤嬤雙手合十施了一禮，笑咪咪地端起來嘗了一口，大加讚歎道：「果然是好茶呢！一嘗就滿鼻子的佛香。」

她為人詼諧，德妃平日最愛她這樣。

見她這樣就笑了，「得了，妳既喜歡，我就分一半給妳。」

說著就使宮女去拿茶來。

等人都走了，妙文彷彿閒聊般道：「若說對佛祖的虔誠，沒有人比四福晉更用心的了。這些日子以來，每旬都供上二十卷親手抄的經書。」

「喔？是嗎？這孩子也是個懂佛的。」德妃笑道。

妙文雙手合十再一笑，兩人轉口就談起別的，這時去拿茶的宮女回來了，妙文拿了茶就告辭。

送走了妙文，德妃身邊最信重的方姑姑道：「妙文莫不是在小佛堂裡待膩了？怎麼沒頭沒腦地跑來拍四福晉的馬屁？」

德妃被她逗笑了，點了點她。

方姑姑掩口一笑。笑完，德妃道：「不過又是一個傻子罷了。」方姑姑往毓慶宮仰了仰下巴，兩人相視一笑，又一起沉默下來。

女人麼，既然一生榮華都寄託在那個男人身上，不思量如何巴著他，光想著自己立起來有個屁用？妳立得再高，沒男人撐著，也不過是鏡花水月罷了。

四阿哥院裡，正好是午膳時間。

正院裡，元英指著一盤蟹粉獅子頭道：「這是今天進上來的？」

福嬤嬤趕緊親手用小碟子挾了一顆獅子頭捧到她面前的炕桌上，笑道：「這可是膳房特意進上來的。他們那裡有上好的肥蟹，福晉可以晚點兒的時候試一試。」

元英小口吃了半個就放下了碟子，好吃是好吃，但是……她左手輕輕捂住小腹。

宋格格有了好消息之後，她一直期待著也能早日聽到自己的好消息，雖然以前在家裡也愛這一味兒，可螃蟹性寒……

福嬤嬤心疼福晉，勸道：「福晉喜歡，不如就讓他們到時進兩隻，以前在家裡也是常吃的。等四阿哥回來，溫一壺黃酒，福晉與阿哥可以小酌幾杯，鬆快鬆快。」

在府裡還看不出來，進宮都快一年了，她親眼看著福晉小小的一個人，把自己越逼越緊。她過了年才十五啊，還年輕得很呢，怎麼把自己搞得這麼暮氣沉沉呢？四阿哥不愛親近她，未必沒有這方面的原因。

可她不敢多說，只能暗地裡心疼福晉，她被「四福晉」這個位置逼得太狠了。這麼大的帽子，家族的期望，皇家的威嚴，壓得她幼小的身板都快支不起來了。

原本要說「不」的元英聽到福嬤嬤的後半句話就改了主意，點頭道：「既然如此，就讓他們挑好的蟹蒸上，晚上進幾隻來。」

福嬤嬤高興地答應，轉身就要出去喊人到膳房說。

元英叫住她又添了句：「讓人給書房傳話，等阿哥回來，就說我這裡備好了新鮮的螃蟹，請阿哥賞臉。」

「好！好！」福嬤嬤喜得都不知道說什麼好了，專門派葡萄去書房傳話，又盯著人去膳房要螃蟹。等屋裡沒人了，她忍不住對福晉說，「福晉，等晚上見了四阿哥，軟和些。男人還是喜歡女人軟和些的。」

她想說，福晉在四阿哥面前，大可不必擺「四福晉」端莊、威嚴的架子，那可是她的丈夫，在自家男人面前，服個軟、撒個嬌，沒有什麼丟臉的。

元英臉一紅，「嬤嬤，我都知道的。」

但她一見四阿哥就緊張，就想到要做個跟他的身分地位相配的「四福晉」。

她只會在四阿哥面前當「四福晉」，卻不會當小女人啊！

胤禛從書房回來後，正在考慮要不要去找太子說一說，馬上就到新年了，他想求個差事。不知道皇阿瑪打算讓他們這幾個年長的阿哥什麼時候開府，但也差不多了。三阿哥今年就出宮建府了，從他往下到七阿哥，就算不會一起開府，前後總差不了一兩年。

快的，今明兩年就該有修府的旨意下來。

為了開府的時候好看點兒，他打算這兩年好好表現。

放下功課後，他坐下拿起剛發出去的邸報看，見蘇培盛進來，剛好想起一件事，就對他道：「去跟你李主子說一聲，今天晚上我要歇在書房，讓她把晚膳送到這邊來。」

現在胤禛每逢懶得自己點膳，又不想讓蘇培盛安排時，就讓李薇點好給他送到這邊來。

蘇培盛遲疑了一下，躬身道：「爺，福晉那邊傳了話來，說備好了今年的秋蟹，請您賞光。」

胤禛一愣，想了想還是放下邸報站起身。福晉的面子還是要給的，正好，過年的時候也有些事要跟她商量，給額娘和五妹妹準備的禮物還是要提前跟她說說。

正院裡，元英早就準備好一切，但四阿哥來得太早了，膳房那邊還沒有把螃蟹送來。她趕忙起身迎接，四阿哥拉著她的手一同坐下。

元英還要想話題，幸好四阿哥提起了給德妃和五公主準備禮物的事。

胤禛早盼著過年了，因為過年是他難得能光明正大去親近永和宮的日子。

雖然他與五公主和十四阿哥是同母所出，但宮妃們的眼睛總是死死盯著德妃和他，平時哪怕是他多親近永和宮一點兒，過不久肯定會有閒話傳出來。

養恩與生恩，已去的孝懿皇后與德妃，他往哪邊站都不合適，只能夾在中間。又因為孝懿皇后已死，承乾宮雖然住進了另一位佟佳氏，可他當然不能去貼這個便宜「姨母」。

既然遠了佟佳氏，自然不能再親近永和宮。不然，說他忘了養恩是個白眼狼還是小的，說他見孝懿皇后死了就去抱德妃的大腿，那名聲才臭完了呢。

他馬上就要出宮建府，還打算接差事呢。宮裡的佟佳氏可以不去搭理，宮外的佟半朝呢？他能不當一回事嗎？

德妃的脾氣他很清楚。她不可能為了護著他跟佟佳氏對著幹，要是問到她那裡，只怕她反而會說「孝懿皇后於你有恩，你不可忘恩負義」。

德妃靠不住，佟佳氏這一門便宜親戚，他也不能甩開不理。

所以，只能這麼糊塗著。

胤禛自認娶了福晉後，他已經長進多了，不像小時候那麼天真。以前不懂事時，以為宮中生育多名皇子的妃子也不止德妃一個，他就算曾經是孝懿皇后的養子，但生恩也不能忘，所以總是想親近德妃一系的人，還曾經對德妃待他太過於冷淡而傷心生氣。

但漸漸長大後，他才發現完全不是這麼回事。現在的四妃中，育有一位以上阿哥的妃子只有德妃和宜妃。

宜妃早在五阿哥被送到皇太后處撫育之後，幾乎等於放棄了這個阿哥。不管小時候五阿哥的滿語有多糟、功課有多壞，她彷彿一點兒也不在乎。

而德妃在孝懿皇后收養他之後，待他也是格外冷淡，哪怕孝懿去世後，她也不曾表現出哪怕多一分的親近。

不必細究，只看結果：宜妃和德妃都成功養大了兩位阿哥。而除她們以外沒有人能養活兩個親生的阿哥。剩下所有的宮妃，最多只保有一個親生子。

胤禛模糊地猜到什麼之後，就慢慢不著痕跡地疏遠了德妃。但他還是希望能讓額娘和弟弟、妹妹們記得他這個哥哥，所以抓住機會就會用力表現。

主要是自從十四出生後，他覺得額娘待他是越來越冷淡了。

以前他還可以告訴自己跟額娘的關係只是暫時這樣，等他長大了以後就可以親近額娘了。等他建府，或者當了貝勒之後，就沒有人能小瞧他了。

但是十四阿哥出生後，德妃在後宮的威信越來越大，待他卻越來越敷衍。明明他們母子都在慢慢變得更強了，只要他對皇阿瑪忠心、對太子忠心，他們母子難道不可以變得更好嗎？

德妃的態度讓他不安。他不敢相信額娘是真的沒把他當親生兒子看。

翻著手中的庫房冊子，給五公主的東西很快就挑好了，倒是給德妃的，他左看右看都找不到合心意的。

元英看他拿不定主意，勸道：「離新年還有個把月呢，就算現在讓人去江南買也來得及，不如先用膳吧。」

一刻前，福嬤嬤就示意膳房把螃蟹送來了。

胤禛也因為想起德妃，為她的態度不快，聽福晉這麼說，就放下冊子道：「福晉說的是。」

兩人來到堂屋，在八仙桌前坐下，桌上滿當當地擺著兩大盤蒸蟹，個個肥滿。四個上膳太監站在一旁，備好了蟹八件[7]。

胤禛有心好好捧福晉的場，就道：「讓人伺候著反倒沒了風味，不如讓他們都下去，咱們自己動手，吃起來還自在些。」

元英笑道：「阿哥說的是呢，我也不愛讓人伺候著吃蟹，不自己動手還有什麼意思？」

她這話剛好說中胤禛的心，從小讓上膳太監伺候，他最煩的就是別人挾什麼他就要吃什麼，太監、嬤嬤們一句話這菜就要撤下去，他卻連吭一聲都不敢。

「正是！」他拊掌大笑，遣退宮女太監後，堂屋裡只剩下他們和兩個看守燈燭的宮女，餘下的人都在門外聽候吩咐。

元英淨過手，先給四阿哥取了一隻螃蟹，再給自己拿了一隻。胤禛雖然從小都有太監伺候，但為了在宮宴上不出醜，他也學過怎麼用蟹八件，手上功夫還是很漂亮的，元英看到還有些驚訝。

她學規矩的時候，怎麼吃螃蟹可是嬤嬤專門教導過的。

胤禛看福晉動作熟練，還笑了句：「看來福晉也愛這一口啊！」

兩人成親已經將近一年了，胤禛平常卻很少在福晉面前調笑，主要是福晉一見他就如對大賓，當著一個總把他當「主子」尊重及伺候的女人，他也實在是調笑不起來。

慢慢地，兩人就越來越端正，夫妻之間總是少了那麼一絲親近。

元英一聽這句話，臉上一紅。想起嬤嬤的話，她開始學著跟四阿哥在一起時放鬆些，便說道：「在家的時候，一年只有秋天能吃到蟹，所以每到秋天，我都纏著額娘要螃蟹吃。額娘總說這東西性寒，女子不宜多吃，卻總是禁不住我歪纏。」

她一邊說，一邊手上不停地分蟹。可分出來的蟹肉都放到一個乾淨的盤子裡。她想著一則當著四阿哥的面吃蟹多少有些不雅觀，再則伺候四阿哥才是要緊的。她就等一會兒隨便吃點東西就行

注釋——

7 蟹八件：為明代工匠發明的一套吃蟹工具，八件東西分別是小圓砧、腰圓錘、長柄斧、長柄叉、圓頭剪、鑷子、扦子、小匙等。

了。最重要的是，每當她想吃一口的時候，就想起如今懷有身孕的宋格格。性寒的螃蟹……到底對女人的身體不好。

「一家人一起吃蟹的時候，一隻我總是不夠吃。額娘和阿瑪都知道，就把他們的螃蟹讓給我替他們吃完。」想起在家時額娘及阿瑪對她雖然管束嚴格，卻也總是心軟放過她。

螃蟹不能多吃，額娘雖然管著她每次只能吃一隻，但看她每次都吃不夠的樣子，就總是藉口自己吃不完讓她幫著吃，阿瑪更是每次都留給她。

說是只能吃一隻，吃到嘴裡的卻是三隻。

「吃完螃蟹，額娘就盯著我喝薑茶，怕我傷身。」額娘總是事後埋怨阿瑪，說讓她吃多了螃蟹日後遭罪，直到她月事無礙才能放下心。

她嫁給四阿哥後，兒子才是立身之本。

額娘耳提面命，生怕她不放在心上。

胤禛本來吃得開心，跟福晉也難得這麼親近，心情正好，卻一轉眼看到福晉分了兩隻螃蟹，自己卻沒吃一口，分出來的蟹肉全給了他。

聽她說以前也是很愛吃螃蟹的，怎麼今天不吃？

他想福晉大概是為了伺候他，便給她挾了一隻放在她面前的盤子裡道：「福晉吃吧，不必再緊著我了。」

他自己吃了兩隻，福晉分了兩隻，四隻全進了他的肚子。

胤禛倒了杯溫好的花雕酒，慢慢地喝。

一轉頭卻看到福晉只卸了兩隻蟹腳吃了，拿起手帕擦了擦嘴角。

這就不吃了？胤禛眉頭一皺。福晉剛才說了那麼多在家時如何如何愛吃蟹，怎麼？難不成都是說來哄他的？
他放下酒杯，平靜地看著福晉。
元英笑道：「阿哥，只吃螃蟹到底不頂餓，要不要讓他們上點兒餑餑，還是下碗麵？」
她面前的盤中，那隻還算完整的螃蟹就這麼擱著。
胤禛道：「福晉不吃了？」
元英看著特地送來的螃蟹少了一半，挺高興今天四阿哥吃得開心，想著一會兒讓福嬤嬤賞膳房的人，笑道：「螃蟹到底不能多吃，還是讓他們撤了吧。阿哥若是還不足，就讓他們再下碗麵、送些餑餑上來？」
胤禛卻直接站起來道：「福晉說的是，我也飽了。福晉歇著吧，我回書房了。」
他不再多說一句話，抬腿就走。元英驚訝地趕緊站起來跟著送出門口，見他頭也不回地出了院子。福嬤嬤見四阿哥就這麼走了，元英面色不對，上前扶住她，「福晉，可是惹了四阿哥不快？」
元英不解地搖搖頭，剛才吃的時候不是好好的嗎？
「大概是書房有要事，畢竟快要過年了。」她道：「今天爺說要給額娘和五妹妹備好年禮。」
福嬤嬤扶她回到屋裡，堂屋裡上膳太監們正在收拾桌子。
元英看著桌上還剩下的五隻螃蟹，仔細想想還是放了心。
四阿哥確實吃得很多，應該沒問題，大概真是有事吧……
回到裡屋坐下後，元英漱過口，讓人上薑茶來，一時又想起四阿哥正在為給德妃送什麼年禮發愁，就叫福嬤嬤幫她想想，到底送什麼合適。
福嬤嬤道：「如今阿哥和福晉都在宮裡住著，沒什麼進項，與其想著送什麼貴重難得的物件，倒不如送些貼身之物，好好把孝心盡了，永和宮那邊想來也是會高興的。」

元英點頭道：「我也是這麼想。爺和我都還年輕，在額娘跟前還是孩子呢。之前大福晉給惠妃娘娘準備的也不過是幾樣家常小菜，卻讓娘娘高興了大半個月。」

福嬤嬤感慨一笑，「惠妃娘娘進宮也有二十年了，還能再吃到在家時常吃的那些可口小菜可不是要高興壞了？就是奴婢現在都快把家鄉的事忘乾淨了，但仍記得奴婢的額娘親手烤的紅薯是什麼味兒呢。」

聽她這麼一說，倒讓元英想起在家時最愛吃的是奶嬤嬤親手做的羊奶餑餑，可後來漸大吃煩了，喜歡上外面街上福壽齋賣的羊奶餑餑，天天都讓人買回來吃，奶嬤嬤就不再做了。可等她進宮之後，福壽齋賣的餑餑是什麼味兒，她卻一點兒都想不起來。現在用膳時看到宮裡御廚做的奶餑餑時，卻只想著奶嬤嬤做的。

福嬤嬤看到福晉神色消沉就不敢再說話，趕快換了個話題，問道：「福晉，剛才四阿哥真的沒有生氣嗎？」

元英原本也在忐忑，聽她再問更不能肯定了。

福嬤嬤還是有些擔憂，「剛才……見阿哥走的時候，也實在是太匆忙了。」

要真是書房裡有急事，又怎麼可能福晉一請就過來？既然來了，讓他們退下時明明看著兩人的氣氛還可以，怎麼走的時候像是一句話也不願意多說呢？

元英讓她問得害怕了。

福嬤嬤見福晉這樣，趕忙出了個主意：「不然……讓人去書房看看？」

書房裡，胤禛興致勃勃地去，吃得開開心心的，然後一言不發地回來。蘇培盛早察覺不對，當時他在門外，聽著兩人話說得好好的，突然阿哥就不高興了。

也不知道福晉哪句話說得不好。他是個下人，每到這種時候真恨不能把自己塞到牆壁裡，讓阿哥看不見才好，省得被當了出氣筒。

這時，一個小太監提著一個膳盒過來，蘇培盛以為是李格格那邊送來的，不由得想這位主子今天算是來得不巧，誰知是福晉給的。

蘇培盛聽了回話，提著膳盒進去，頂著四阿哥「你很煩」的視線把裡面的一盤奶餑餑端出來，低頭小聲回道：「阿哥，福晉說剛才您只用了幾隻螃蟹，那東西不頂事，還是再用些餑餑的好。」

不提還好，一提胤禛又生氣了。

福晉編故事也沒什麼，宮中女子編一兩個或溫馨、或悲慘的故事用來邀寵乞憐很正常。讓四阿哥生氣的是，他當時居然當真了！真以為福晉在家時很愛吃螃蟹，還為她的阿瑪、額娘對她的嚴厲和寵愛而感動，結果看到福晉只吃那麼兩口就不動了，才知道她只是在編故事！

當時一氣之下直接出來，回到書房後才想明白他為什麼生氣。

胤禛正為自己一時的發蠢而生氣，心裡羞惱不已，福晉送來的餑餑又提醒他了。

他居然在福晉面前犯蠢……

胤禛再三告訴自己，福晉這麼做很普通，他見多了。但他還是氣得紅了眼，瞪著桌上那盤奶餑餑，低沉道：「扔出去。」

蘇培盛腿都嚇軟了，一聲也不敢吭，捧著餑餑飛快地閃身退下。

李薇聽說四阿哥生氣的事時，已經過去了好幾天。還是玉瓶出去還膳盒時聽說的，回來就小臉發白，小聲跟她說：「格格，聽說四阿哥最近在發火呢。」

這也不是四阿哥第一回發火生氣，這位爺有個習慣，就是愛生悶氣。他一生氣，不管是誰惹他的，是外面的人還是阿哥所裡的，他也不向人發火，也不找人吵回來，就一個人悶在書房裡。然後這段日子，院子裡的氣氛就會特別壓抑。

所有宮女、太監全都來去匆匆，見面都不敢多聊，全用眼神打招呼，就是說話，聲音都會壓得很低。

因為他愛悶著發火，不愛找解語花排解，所以李薇等後院女子的消息就慢上一兩天，等到後院裡人人都知道了，她也就知道了。

玉瓶平時很希望四阿哥多來找李格格，但現在她最怕四阿哥突然想起她家格格。李薇就看到她在偷偷求菩薩，求四阿哥千萬別來。

李薇是挺能理解她的，就連她自己也害怕現在的四阿哥。

原因很簡單，四阿哥一句話就能要了她的命。誰知道他生氣時有沒有理智？會不會拿她撒氣？一句「杖斃」，她的小命就葬送了好嗎？

就跟玉瓶為什麼一心一意地伺候她一樣。

李薇進宮時沒從家裡帶丫頭，進阿哥所當然也是光杆司令一個。連同玉瓶在內伺候她的太監和宮女都是內務府分來的。

這些人為什麼心甘情願地伺候她？還一點兒脾氣都沒有？就跟她怕四阿哥的理由一樣，她也是一句話就能要了他們的命。玉瓶伺候她時，事事都為她著想，可不是因為她的人格魅力感天動地，而是她的一條小命全寄在她身上而已。

李薇曾經認識的那些人都各有各的性格，卻從來沒有跟誰像跟玉瓶在一起那麼舒服自在，還不是因為玉瓶在她面前完全沒有自己的性格？所以，有時想想她其實也挺害怕玉瓶的。

一個陌生人伺候自己到完全沒有自己的脾氣，那這個人心裡在想什麼她怎麼知道啊？但同時，玉瓶也算是給她上了一課。

她在李家時，上下尊卑沒有宮裡這麼嚴苛，畢竟外面人家不會動輒就用「杖斃」來殺雞給猴看，最多是賣出去。所以李家伺候她的丫頭、奶娘、姑姑，她感覺上也就是職業素養更高的高級保姆。她身邊的大小丫頭還常常鬥嘴呢，進宮後這些卻全看不到了。

當時跟玉瓶一塊兒由內務府分來的有宮女兩人、太監兩人，還有負責她屋裡打掃等的小宮女兩人、粗使太監兩人。

但太監再說是無根之人，看起來還是男人樣子。李薇能接受玉瓶等宮女，卻無論如何習慣不了一個看起來十二、三歲或十六、七歲的「男人」伺候她。所以，太監全讓她閒置了。

宮女中，玉瓶是不知不覺跟她熟悉起來的，之後也就一直讓她伺候著。

按說，李薇這種做法其實很容易造成矛盾，下人反水什麼的，宮鬥裡不是常說嗎？但這樣之後，她驚訝地發現剩下的人面對她時反而更貼心了。偶爾她叫個人幫忙傳個話、做點事兒，那個人能激動得雙眼發亮！

李薇就覺得冷落他們有些愧疚，這種事也不好跟玉瓶商量——別看玉瓶在她面前軟得一推就倒，這麼長時間其他宮女都沒能越過玉瓶衝到她面前來，就證明這姑娘的手段也是很不錯的。所以，有次她悄悄問了四阿哥，說那些她使不著的宮女、太監要不要退回內務府，另給他們安排差事？

四阿哥問她：「怎麼？他們伺候得妳不如意？」

李薇把事情前前後後說了一遍，解釋道：「我老冷落著他們，他們在我這裡也出不了頭，時間長了不是怕出事嗎？再說人往高處走，我這邊也要不了這麼多人，退回去再換個主子，說不定就出頭了呢？」主要是她這裡真沒多少活兒給他們做。

四阿哥一臉「妳在玩我」的表情，後來發現她是認真的，就嗤笑道：「妳怎麼就知道妳這裡不是高處了？」然後又教她，她的擔心都是沒必要的，下人敢不忠的，直接打死就好。

「妳使不上他們，那是他們沒本事。不然妳現在那個貼身宮女是怎麼來的？她能在妳身邊站住腳，剩下的就都是沒用的。他們要想伺候好妳，自然會努力上進。不必妳替他們操這份心。」

當時兩人都躺在帳子裡，四阿哥摟著她，說：「不過妳這樣，也算錯有錯著。妳只管安坐，等著那幾個人怎麼對妳表忠心吧。這會兒，著急的不是妳，是他們。」

然後，李薇算是想明白了。

此刻，手握他們生死的人是她。

所以，這些被內務府分來的宮女、太監，在被分到她這裡時就開始捧著一顆忠心向她。

就像四阿哥院子裡的女人們，不受寵被冷落的，全都想的是怎麼讓四阿哥喜歡她，而不是扭頭就去找其他阿哥投靠。在死亡威脅面前，一切威逼利誘都是紙老虎。

所以她這種人，才能輕易得到一院子下人的忠心。而四阿哥能讓這一院子的人對他的喜怒如此緊張，憑的也不是他的人格魅力，而是他天然的地位。

李薇也不會自我感覺良好地認為四阿哥對她另眼相看，她就可以在這時跑去他面前找死……她還是很怕死的！

於是李薇最近格外乖巧，用膳時也不專門要菜了，有什麼吃什麼。只可惜一樣，聽玉瓶說膳房有好多螃蟹呢，她就吃了兩回蟹黃包子，還沒來得及要螃蟹，結果四阿哥就晴轉陰，冬雷陣陣。

只好等天晴了再吃吧。

肆之章

武氏進門

膳房的劉寶泉拿著最近一旬裡阿哥所各院的叫膳單子進行月末結算。

紫禁城裡各處宮院都有獨立的膳房，都由御膳房統管。膳監是一年清一次庫，各膳房總管太監主管。劉寶泉習慣一月一小結，三月一大結，半年一匯總。阿哥所算是紫禁城裡事最少的一處宮院，膳房伺候起來也不像宮妃處那麼提心吊膽。

所以劉寶泉常感歎這是個養老的好地方。

但再平靜的地方也有是非，劉寶泉連睡覺時都豎著一隻耳朵。

他拿著叫膳單子翻來翻去，心中把幾位阿哥的院子數了個遍，然後叫來乾兒子，囑咐他下個月，四阿哥和五阿哥院裡的叫膳要格外留心注意，怎麼小心伺候都不為過。

乾兒子心有不解，但也恭敬地應下了，回身就去叮囑他徒弟。

劉寶泉翻著四阿哥院裡李格格這一旬的膳食單子，心想：最近這是起風了啊。

雖然距離過年還有一個月，但宮裡早早地就熱鬧起來了。

攤子太大，事情太多，不得不提早準備。

阿哥所身處禁宮，也算是提前一步染上這股年味兒。

首先就是四阿哥開始早出晚歸了，正好他最近生悶氣，這一來大家反倒都鬆了口氣。書房的課雖然還沒停，但聽說四阿哥最近倒是常去太子那裡。阿哥裡太子的腿是最粗的一條，四阿哥能抱上這條大腿，這邊李薇還沒反應過來，玉瓶他們倒是說起來都一副與有榮焉的模樣。

聽玉瓶的意思，下面的宮女太監最近嘴裡都是太宗時的四大貝勒，近的也有現在的裕親王和恭親王。

他們嘴裡倒是沒虛話，盼的也是四阿哥能當個旗主，再往上一步封個貝勒，日後是個親王！

李薇的感想十分複雜：同學們，你們的目標太淺薄了，日後咱們主子可是要當皇帝的！

想到這個連她也有些小激動。因為四阿哥是「胤禛」，她就不覺得四阿哥現在給太子「打工」有什麼好激動的。

另一邊，則是因為四阿哥開始忙碌，回來也是在書房歇得多，後院這邊的氣氛終於輕鬆起來了。

就連算是「深受寵愛」的李薇都很沒良心地盤算四阿哥這一忙，怎麼著也要一口氣忙到過年，直到過了元宵才算把這個年給過完——好幾個月呢，到那時他的悶氣肯定就消了！

這些日子不必害怕了喔耶！

放鬆下來的李薇發現，她現在好像變成小透明了。

福晉略忙，不說天天去見德妃，三五日裡總是要去一次的，也常常跟三福晉、五福晉們串門，大概也是在忙過年的事。

宋格格懷有身孕，不但四阿哥囑咐過要照顧好她，連福晉那邊也是一天一問。所以，雖然宋格格還是那麼安靜，可她那裡最近也很熱鬧。

就剩下李薇了。

四阿哥在後院裡的時候，她有寵愛，自然引人注目。

現在四阿哥不在，她就突然顯得特別沒人搭理。

雖然李薇從不出阿哥所，但也覺得最近門前冷落。以前雖然沒人找她，但找玉瓶的人很多，各種刷好感、搭關係。這幾天她看下來，發現這些人都不來找玉瓶了。

李薇還擔心人心浮動，誰知玉瓶卻每天熱火朝天地帶著宮女們給她做過年的衣服。其他宮女、太監也加倍體貼關愛她。

這天午後，玉瓶和玉煙坐在屋門口有亮光的地方穿線，李薇幫不上忙就坐在窗前望著院子裡的樹發傻呆。

玉煙看了她好幾眼，這幾天這姑娘都這樣，好像有話要說似的。李薇一直等著呢。果然不一會兒，玉煙過來給她換了盞茶，拿了兩碟蜜餞道：「格格，奴婢陪您說說話？」

玉瓶在那邊抬頭看了眼，但沒動也沒過來。李薇看玉煙也是有些忐忑啊。

這兩個宮女都是她到阿哥所後分給她的，名字也是她給改的。

玉瓶是個身姿窈窕的女子，雖然人瘦，但瘦得很有婉約的味道，腰身的線條挺像細頸瓶的。玉煙膚白，白得像牛奶一樣。都說一白遮三醜，玉煙在宮女裡算是長得不錯的了。

在玉瓶成為她的貼身宮女、拿了她屋裡的大權後，玉煙幾乎沒在李薇這邊露過臉，主動說話是很少的。

但今天玉煙居然主動找李薇說話，還提議說小太監裡一個叫趙全保的會學口技，學的鳥叫別提多好聽了。

李薇用「姑娘妳膽子很大嘛」的鼓勵目光看著她，這就像四阿哥說的，這些人在想方設法對她表忠心。人家努力表現，她也不好拒絕，就笑道：「既然這樣，就叫他來吧。」

趙全保是個年齡看起來十二、三歲，實際上應該有十六、七歲的小太監，他來到李薇面前時，看得出來衣服是新的，還沒下過水，顏色挺鮮亮，靴子的鞋幫雪白，估計是今天剛上腳的——這一身說不定都是為了今天準備的。

雖然離了有三步遠，李薇也聞到他身上新鮮的皂角味。他大概還特地洗了個澡，宮女、太監想洗澡可麻煩了，不到年節非要掏銀子不可。

這份心意讓李薇的心情更加複雜，臉上更加溫柔，柔聲道：「你就是趙全保吧？聽說你會口技學鳥叫，這裡也沒外人，你試一試。」想想又特意加了一句，「學個小鳥的，別聲音太大，咱們屋裡自己玩樂沒關係，引來外人就不好了。」

趙全保激動得臉上一陣紅一陣白，深吸好幾口氣才道：「主子，您瞧好吧！」

他略冷靜了一下，也不見他是如何開始的，一陣悅耳的鳥叫就響起來了。一開始李薇根本沒發現是他，因為她沒見他張嘴，還抬頭往院裡的樹枝上和天空中張望，等回過神來想起可能是他學出來的還不敢相信，仍往院裡找。

他學完一串，屏息凝神地停下來，束手站在原地，等著李薇說話。

李薇忍不住感歎：「好傢伙！真是太像了！」她一笑，趙全保像是背上的一塊大石頭終於落了地，肩膀也放鬆了，臉也敢抬起來了，小心翼翼地看了李薇一眼。

李薇趕緊抓住機會對他安慰、鼓勵地一笑。

被人這麼費盡心血地討好，壓力好大啊！

趙全保的眼睛亮得真像燈泡啊，簡直就像中了大獎。

李薇壓力更大了，喊玉瓶拿東西賞他，想想馬上就要過年了，乾脆全院的人都加賞一個月的月錢，趙全保和玉瓶多二兩。

現在外患較多，李薇也是想加加恩，一院子的人齊心共度難關。

哪知晚上，玉瓶竟勸她趁機收服趙全保和玉煙。

李薇半真半假地問她：「那妳就不酸？」

玉瓶假作嘆氣：「我一個人也沒長八隻手，能把主子身邊的事全幹了，多幾個能人來搭把手也好。」然後認真道：「格格，外院的事，還是要靠太監。趙全保人看著也機靈，讓他多跟外面的人套套交情，咱們這邊也不會什麼事都慢別人半拍。」

趙全保確實夠機靈的，不然他怎麼就敢搭上玉煙，一口氣跑到她面前來了？

玉煙這段日子看下來也是個有成算的。

玉瓶的意思李薇也明白，上次四阿哥發火，她們這個院子得到消息是慢了些。以前也有過這樣的事，李薇不是沒放在心上，只是她不知道去哪裡打聽，又怕打探到四阿哥那裡，再不小心摸了老虎屁股怎麼辦？

既然不會做，乾脆不要做。

之後兩天，她就常常喊趙全保進屋來，去膳房傳膳這樣的事玉瓶也交給他了。趙全保又趁機把另一個叫許照山的太監給帶了出來，玉瓶這些天也開始帶著玉煙進屋伺候。

小小一個院子，不算她才八個人，這就分了好幾幫。

李薇看得頭痛，但這也算是件好事。至少過了這麼長時間，又經過了這些事，內務府分來的這八個人的性子，她算是大概摸清了。看得準不準且不說，哪個是哪個至少是不會認錯了。

四阿哥教她的這個辦法還真不錯。她不必急著去摸清這些人，他們自己就會跳出來的。始終沒跳出來的，她也不必去管了。

趙全保為人機靈，許照山口舌甜滑，兩人去膳房叫膳還沒幾次，上上下下都混了個臉熟。玉瓶來膳房時，到底還是有男女之別，所以只進過膳房第一進的屋子。趙全保和許照山就全無顧忌，進門後爺爺、爹爹、哥哥口中不停，千兒打得俐落極了。

沒有人會不喜歡被人趨奉，太監無根，所求無過名利二字，趙全保和許照山跟膳房的太監走的又不是一路，人人都樂意跟他們結個善緣。

結果沒幾天，李薇就在膳盒裡又看到了「孝敬」。

有四阿哥在的日子裡，膳房總是會特意給她留一些不在膳食單子上的東西。如今倒是很長時間沒看到了。現在四阿哥沒來，趙全保倒是有這個本事。

有時候倒不是就缺那一口吃的。只是這份與眾不同是面子上的東西，當所有人都不給面子的時候，通常就意味著事情已經糟透了。

趙全保拿回來的是兩盤糖，一樣金黃色的加了松子和核桃的麥芽松子糖，一樣乳黃色的花生牛軋糖，一律是二指長、一指寬、三分厚，包著糯米紙。

他端出來時不好意思道：「膳房現在正在做過年的糖，這些是做壞的，都是小的嘴饞才借著主子的名兒拿回來的。主子賞面，能賞小的兩塊，小的就知足了。」

李薇看到糖時，心裡連她自己都沒發現地鬆了口氣。

趙全保這話說得也挺漂亮，李薇讓玉瓶每樣包了一半給他，道：「拿去給你的兄弟們都分分，讓他們借你的光也甜甜嘴兒。」

趙全保高高興興地下去了。

宮裡的糖是有數的，這種做出來的好糖一般都是主子享用，下人們是沒份的。他們能吃到一般也就是主子賞的。

打這天起，趙全保隔三岔五地就能從膳房多要回點兒東西，還沒過年，李薇就把膳房做的糖嘗了個遍。放茶葉的那個小櫃子裡，單騰出來一層專門用來放糖，芝麻糖、龍蝦酥、杏仁糖等，還有羊羹和各式蒙古乳酪、奶豆腐。

閒在屋裡沒事幹的李薇很快吃胖了，玉瓶給她試新衣服時，表情太嚴肅，讓她很不好意思地說：「是不是尺寸不大對了？」

去年的衣服才改完，今年的衣服要是再不合身要重做就太對不起玉瓶她們了。為了給她做衣服，她們這段日子可是天天熬夜的。

玉瓶仔細量了量道：「是有些不對。」

李薇立刻挺胸收腹……確實胸口有些緊啊。

玉瓶笑道：「格格如今像個大姑娘了。」胸一挺起來，腰也有了。

李薇示意她看看腰身，問：「腰不用再放放？」她都快吃出雙下巴來了。

玉瓶站遠一步打量，搖頭說：「不必，緊些顯腰身。」

脫下新衣的李薇坐回炕上，不自覺地就拿了一塊奶豆腐吃。吃完再拿，再拿再吃，一會兒沒留神一盤八塊全進肚子了。

奶味兒太香濃實在忍不住，再說她現在不吃東西還能幹什麼？

玉瓶似乎也不覺得她吃這麼多有什麼問題，空盤子拿下去，問她：「格格要不要用點兒茶？」

配著茶，她又吃了幾塊杏仁酥、幾塊核桃酥、幾塊豆麵酥。

李薇管住手，捧著茶感歎，秋天就是養膘的時候，她還是不要跟身體本能作對了。等到了春天，自然就會瘦下來了。再說她還在發育期呢，要保證營養（嚴肅臉）。

仍在發育期的李薇快樂地養著膘，身上的兜肚一天比一天緊。等胤禛過來的時候一看，這小格格紅潤的小臉蛋更加圓潤了，氣色好極了！她笑吟吟地迎上來，渾身上下都透著歡快勁兒。

這讓最近正意氣風發的胤禛見了非常高興，破天荒剛進門就露出個笑模樣，一手扶起她，兩人攜著手一同進屋坐下。

他得了太子的重用，跟福晉那點兒小齟齬早就扔到一邊。

一坐下，李薇這段日子養起來的膘都被越來越顯緊小的旗裝給繃出來了，一對小胸鼓鼓得喜人，胤禛難得看怔了半秒，轉頭就對蘇培盛吩咐：「讓他們把膳擺到你李主子這裡來，我今天歇在這兒了。」

啊？

蘇培盛答應得挺快，出去時還納悶，剛才在書房時還看四阿哥對著書桌上那份正在擬的摺子深思呢，不是說要交給太子爺嗎？

胤禛覺得這段日子他也辛苦了，今天打算放鬆放鬆，也不擺架子，讓人拿出他特地帶來給李薇的磚茶，「這是藏茶，前段日子進上來的，想起妳也愛貪這口腹之欲，我才讓人勻出兩塊來。」

李薇很捧場地立刻連聲叫玉煙把磚茶拿下去，立刻就泡了一壺來！

玉瓶現在只管她身邊的大事，貼身伺候這樣的小事已經分給了玉煙。本來以為她初接手要忙亂上一陣子，誰知玉煙上手極快，簡直就像早就做過千百遍一樣，特別是她的一些小偏好、小愛好都記得清清楚楚，簡直比玉瓶還要貼心。

李薇感歎，果然沒一個簡單的人啊！

不一會兒，玉煙將煮好的茶湯奉上，選的是最近李薇最愛用的大茶碗（最少也有四百毫升的容量），又把這些日子趙全保拿回來的各種糖果擺了個八仙盤一起拿上來。

胤禛一見這些糖就笑了，點著她道：「妳這裡就吃上糖了？哈哈哈！」他還奇怪怎麼用這麼大的茶碗。

李薇在他進來時還忐忑，這會兒已經發現他一點都不生氣了。也是，誰能一氣半個月啊？那心眼也太小了。她先拿銀筷給四阿哥挾了個她認為最好吃還不黏牙的麥芽松子糖，「爺試試，這糖可香了！」

一邊自己也挾了一塊，不忘說：「爺不知道，吃甜的東西時配著茶最好了，一點兒都不膩。」

胤禛姿態優雅地挾起嘗了一口，聽了就道：「爺怎麼不知道？傻姑娘。論起茶來，妳還沒我喝的多呢。」

李薇才後知後覺地想起來，滿蒙因為食譜多牛羊肉，而少青菜，所以茶對他們來說跟水一樣，是每天、每頓都少不了的。

她不好意思地笑笑，連忙開始讓其他的糖和點心，每個在她嘴裡都好吃得不得了！

後來還是胤禛道：「好了，再吃下去，晚膳妳還吃不吃了？讓他們撤下去吧。」

玉煙趕緊上來把盤子收下去，裡面已經空了一半。

見沒了人，胤禛伸手在她臉上摸了一把，長指從她的耳根劃到了領子裡，她頓時這半邊身上都麻麻的又熱又燙，眼睛都水潤了三分。

胤禛本來就快半個月沒進後院，見到她後這心就不安分了，剛才沒忍住動手摸一把解個饞，一見她的樣子，低聲又說了句：「我瞧妳這身上都是吃糖吃出來的吧？」視線狠狠在她胸口刮了一下。

李薇的胸口應景地跳了跳——其實她只是被四阿哥調戲得坐不住而已。

胤禛立刻瞪了她一眼。

——人家不是故意勾引你啦，根本是你淫者見淫嘛。

於是，一頓晚膳吃得李薇一點兒興致都沒有，明明今天四阿哥來，膳房殷勤地送來上好的熱鍋，嫩嫩的小牛肉和小羊肉都片得薄如蟬翼，她居然都沒吃幾口！

用了晚膳，李薇看才八點，四阿哥就讓人備水洗漱。

等上了榻，胤禛摟著李薇，就覺得猶如摸著滑膩的凝脂，觸手無骨，心頭的火騰地一下就燒得像上了房，以前看的《玉簪記》和《西廂傳》，這會兒都記起來了，嘴裡開始胡亂叫道：「乖乖……我的乖乖……」

李薇顯然沒他這麼快進入情況，聽見他喊「乖乖」時，第一個感覺是好肉麻啊……

不過這可能是四阿哥的浪漫情操，她要接受。沒見豔情小黃文裡都是乖乖心肝嗎？要入境隨俗。她告訴自己，努力地投入到喊她乖乖的四阿哥的懷抱裡。

一整晚，四阿哥都顯得有些激動，李薇不光身上讓他揉得通紅，肩膀脖子也讓他啃了個遍。

而對李薇來說……前一刻鐘時她沒入神，光顧著心驚膽戰了。大概是四阿哥半個月沒回後院，就……略快。

她心道：他不會生氣吧？

不過四阿哥根本沒注意這回事，人家是剛開始有點兒快，但年輕無極限，再起也很迅速啊。亂了一整晚，最後兩人就這麼疊羅漢似地睡了，外面等著的玉瓶和蘇培盛也不敢叫。

等到子時初刻，胤禛醒了，才叫人打水，再把李薇也叫起來洗漱，換過被褥，兩人倒下繼續睡。

丑時末，胤禛起來，神清氣爽，在李薇這裡換了衣服吃了早膳直接去上書房。

等李薇醒來，就一個念頭：四阿哥這是饞肉饞狠了啊！

她昨晚讓他提來抱去，早上無論如何都不想起來……腰都快折了有沒有……

於是讓玉瓶和玉煙架著起來喝了兩碗清粥，吃完又繼續在榻上躺著，連午膳都是這麼用的。

一口氣躺到下午，眼看快到四點了，李薇頭一回有些害怕，害怕四阿哥會連著來。

要是他再來，要麼她拚命伺候，要麼讓宮女頂上。

李薇心裡一陣酸楚，覺得還是她拚命上吧。四阿哥雖然年輕，技巧或許不足，熱情卻足夠彌補，雖然每次都把她折騰得有些慘，但絕對是先苦後甜！

過一會兒，她突然想起另一件事！

在四阿哥「疑似」發怒後，第一次進後院就是進她的院子！

李薇頓感她身上像是蓋了個大大的紅戳：寵冠後院。

又一次把福晉給比下去讓她真想大喊一聲冤枉啊！

有時她真想扒開四阿哥的腦袋，看看他到底喜歡她哪一點？她不改，她就是想收斂點兒……

等趙全保消息靈通地過來跟她說，四阿哥一回來就去書房了，李薇雖然有些失望，但也覺得心裡鬆了口氣。誰知還沒安心一會兒呢，趙全保又跑進來說：四阿哥從書房出來正往這邊來。

轉眼間，四阿哥進來了。

李薇已經起來換好衣服，見他進來就福下身，結果腰不中用，不由自主地晃了晃。胤禛瞇眼一笑，挺自得地伸手扶她，頭一回直接撫著她的腰落座。

趙全保挺機靈地趕緊把比較礙事的炕桌搬下去。

李薇直接坐在四阿哥腿上，她的腰還不敢彎，她覺得肯定是肌肉拉傷了。

胤禛的兩隻大手撫在她腰上來回揉，他揉得還挺地道，一會兒她就覺得緊繃了一天的腰鬆快多了。她長吁一口氣，胤禛附在她耳邊笑，低聲道：「妳就不會讓下人給妳按按？」

她捂著他按在她腰上的手，帶著他的手繼續揉，撒嬌似地衝他眨眨眼，整個人都軟在他身上。

四阿哥便直接把她摟在懷裡，給她揉了一刻的腰（真的），揉得她渾身冒汗，骨筋酥軟，軟綿綿地抱著他蹭來蹭去。

他今天倒是一副清心寡欲的樣子，任由她貼著他又揉又蹭，下面倒是起了，就是不見過來脫她的衣服，臉上的表情倒是很享受，一直帶著笑。然後在她屁股上拍了一下道：「行了，晚上再揉揉就好了。」

晚上還揉？揉什麼？

李薇不自覺地就想歪了，心道，甜蜜的負擔啊你又來了！

為了拖延時間，用過晚膳後，她把之前打好的玉珮拿出來。

胤禛接過玉珮，上面打的結倒是非常眼熟，這種吉祥花樣也算比較常見。他明知故問：「這打的是什麼結？」

李薇給他佩到腰上，理著垂下的穗子，道：「是萬事如意。」

四阿哥微微一笑，萬事如意嗎？

「好。」他道。

這倒讓李薇窘了一下，萬事如意算是玉珮上最普通的一種結了，她是想著不出錯才打這個，居然也入了四阿哥的眼？感到自己又一次被真愛了下的李薇小羞澀了一把。

然後就被拉上榻了。

大概昨天四阿哥也累得夠嗆，今天雖然也是一副「我還要」的樣子，但明顯腰腿都不給力，只來了兩次，而且都是躺在一起慢條斯理地徐徐而動，直到頂點。

洗漱後睡下前，李薇看到四阿哥一臉意猶未盡，很想勸他：少年，小心傷身啊！

能不被折騰真美好。李薇滿足睡去，深夜三點時準時跟著一起爬起來，給四阿哥穿衣、布膳，然後目送他去上書房讀書，自己再回去睡回籠覺。

七點鐘再起來時，玉瓶一臉「有麻煩啊」的表情來稟告，福晉要給四阿哥慶祝生日。

說起來四阿哥生日時的賞賜都賞下來七八天了，也該讓她們去給四阿哥磕頭謝恩了。

之前沒去磕不是忘了這回事，而是福晉一直沒通知，她們不能直接跑去書房磕頭吧？

至於福晉為什麼沒通知……四阿哥發火她也害怕吧？

福晉傳來的原話是：最近事多，四阿哥也很忙，咱們不能給他添亂，所以就自家人坐在一起吃頓飯就行了，地點正院。

玉瓶擔憂道：「格格，福晉這話是不是意有所指？」

應該……是吧？

再加上之前賞賜的那件事，看來她已經被當成重點對象盯防了。

李薇想那句「不能給他添亂」大概說的就是她。但她也想對福晉說，有本事妳管住四阿哥啊，他要來難不成她還能把人攆出去？對不起她怕死。

唯一讓她慶幸的是，比起四阿哥，福晉對她的權力小得多，她是不能說句「杖斃」就讓人把李薇拖出去的。

但明顯四阿哥不大配合。他自覺回後院連歇兩天已經夠了，於是又全力投入給太子「打工」的事業之中，等他再閒下來有空回來吃這頓生日宴，他的生日已經過去。

現在已經算補辦生日宴了。

連李薇都替福晉難過，妳說這辦的叫什麼事？

現在已經是深秋了，宴會的時間是傍晚。李薇披著薄斗篷，帶著玉瓶去了正院。

李薇到的時候福晉還沒出來，下人把她領到以前請安時常坐的西廂小廳裡，宋格格正坐在裡面。李薇跟她已經很長時間沒有坐在一起說話了，一直聽說她在養胎很少出來，為了避嫌，李薇也沒去看望她。這次一見，發現她看著跟之前一樣。

居然沒胖。李薇有些驚訝。宋格格衝她一笑，她坐下小聲問：「妳怎麼還這麼瘦啊？不是說有嬤嬤盯著妳補養嗎？」不能是嬤嬤不給她吃吧？難道懷孕了還有天生吃不胖這回事？

李薇見得少，宋格格這般年齡的孕婦，是第一個。

宋格格苦笑，拿帕子擋著嘴小聲告訴她：「怕生的時候艱難，不敢讓多吃。」

這話聽著不祥。李薇嚇白了臉，更壓低聲音問：「可是……有什麼……」她指指她的肚子。

宋格格的一隻手始終捧著肚子，臉上終於露出了一絲愁容。

李薇沒有再問，兩人就這麼安靜下來。

本來將要過年，也有很多事可以聊，結果現在誰也沒心情多說什麼。

看著宋格格的肚子，李薇忽然想起似乎這個時代小孩子夭折的極多，一時心裡像塞了一團亂麻。她也擔心，以四阿哥對她的寵愛，說不定什麼時候，她的肚子也會這麼鼓起來，到那時她該怎麼辦呢？

將近七點的時候，天已經黑了，可四阿哥還在書房沒出來。福晉已經出來了，也把她們兩個叫到主廳，有一搭沒一搭地跟她們閒聊。

論起來，李薇對福晉比宋格格更陌生，很多時候她感覺有這麼個人壓在她頭頂上，存在感太大讓她時刻不能忽視。但乍一見福晉，總讓她有種陌生感，好像眼前這人跟「福晉」完全不搭。而她現在的樣子比宋格格還要「壞」一點兒。福晉也瘦了，大概也長了個，像一根營養不良的黃瓜，瘦長長、蔫蔫巴巴。讓身上隆重華麗的旗裝一壓，更顯得氣色不好。

李薇看了她兩眼便不敢再看，大概是這些日子出入後宮的關係，福晉看著威嚴日盛，跟四阿哥越來越像。

不得不承認，四阿哥和福晉站一起很般配，換李薇或宋格格站四阿哥身旁，都會被四阿哥的氣勢壓得找不著北了。

三人一直坐到七點四十，四阿哥才姍姍來遲。

堂屋裡早擺好了八仙桌，冷盤也已經端上去。福嬤嬤一見四阿哥過來就趕緊讓人傳話去膳房，可以做熱菜了。

李薇和宋格格伺候著四阿哥和福晉上座，她們兩人坐在下首。菜一道道流水般端上來，福晉舉杯祝過三遍酒後，席上就只聞吃菜的聲音。

宋格格只喝面前的一碗湯羹，一勺吹半天，李薇是挾一片玉蘭片細細地嚼上一分鐘，兩人都把頭低到只看到面前的勺子、筷子和碗。

一頓飯吃到晚上九點，花時間最多的是各種上菜。

李薇和宋格格都是上膳太監給什麼吃什麼，不抬頭也不跟四阿哥或福晉做眼神交流，說話就更不可能了。吃完上茶時，李薇終於鬆了口氣。

剩下的她們就可以先撤，福晉伺候四阿哥就行了。

這時，福晉把給四阿哥準備的壽禮捧了上來，是一條她親手繡的腰帶，腰帶裡側特意繡了祈福的經文。

李薇和宋格格都沒準備壽禮，她們當然不會當著福晉的面求表現。見狀，她們兩個趕快離席，退後一步跪下磕頭恭賀四阿哥萬事如意、福壽綿長，祝四阿哥和福晉鴛鴦比翼、舉案齊眉。祝完壽，兩人「功成身退」。

宋格格大概也實在是身體虛弱，走的時候兩個宮女完全是架著她走的。李薇目送她走遠後，才轉身回自己的屋。

今晚，福晉算是打了個挺漂亮的翻身仗。

其實李薇希望福晉能得寵，這樣她也不會太顯眼。但讓她最不解的是，福晉按說不應該不知道怎麼討好四阿哥啊，她到底是怎麼搞得讓四阿哥離她越來越遠的？難不成福晉在這方面真的是天生無能？

李薇只祈禱今天晚上不要再出什麼意外了。

宴也辦了，壽也祝了，四阿哥也留下了，福晉啊妳可千萬要把四阿哥伺候好啊！

早上六點，李薇睜開眼睛時不由得淚流……腐敗的統治階級生活還要起這麼早，這不科學！

玉煙給她梳頭時，趁著左右無人，悄悄告訴她：昨晚四阿哥在她們離開後，還是去了書房歇息。

福晉又沒成功留下四阿哥這事倒沒讓李薇太吃驚，已經習慣了好嗎？

讓她驚訝的是，身邊的宮女們個個開始點技能、點轉職了嗎？

雖然一開始趙全保是託玉煙的福才起來的，可顯然現在他混得比玉煙成功多了。玉煙並不滿足在玉瓶手下當二把手，她給自己找到了新的定位。在李薇用完早膳坐下打絡子玩時，她坐在一邊給她打下手，順便說她半年前認了個弟弟。

「聊起來才知道，小貴跟奴婢的老家隔得不遠，也就二十多里。他是從小被賣的，聽鄉里人說當公公是伺候皇妃娘娘的，正好他家養不下那麼多張嘴，他又不是最大的，也不是最小的，稀里糊塗地就讓爹媽給送出來了。」

玉煙最有特點的地方是臉頰上長了一些挺可愛的小麻點，看著有些小俏皮。她一邊理著手裡的絲線，一捆一捆地纏好，一邊嘆道：「當時咱們才分過來，奴婢運氣好，被分來伺候格格了。小貴運氣差點兒，被分去當了粗使掃院子。我見他冬天凍得十個指頭沒一個好的，就偶爾照顧他一下，後來論起出身家鄉，才知道是同鄉。」

她說到這裡，解釋般對著李薇說：「奴婢也是個沒爹沒娘的，見跟他有緣，索性認了姐弟，日後也有個親人朋友互相照顧。奴婢知道這樣不合規矩，今日大著膽子告訴格格，也是看您心善……」說著就要跪下去。

李薇由著她跪，道：「難道我這麼不近人情？認了就認了。現在天氣也漸漸冷了，回頭妳多領二斤棉花，給妳弟弟做件襖吧。」

玉煙感激涕零地下去了。

剩下李薇坐在屋裡心想，八仙過海，各顯神通啊！

玉煙顯然是放長線釣大魚的。半年前就開始跟這個小貴套近乎，今天才找著機會跟她表功，這姑娘有天分。

剛才玉煙也說得清楚，小貴是掃院子的粗使太監，不是哪個院裡的，跟他結交不會有瓜田李下之嫌，而且也要看他是在哪裡掃院子的啊！聽玉煙的意思，小貴平常管的就是從院門口到正院這條路。所以，她才能知道四阿哥昨天晚上沒有在福晉那裡歇息，而是回了書房。

李薇開始覺得她這個小隊裡各職業都齊了。

發現自己身邊藏龍臥虎的李薇很大手筆地開了箱子，過年除了內務府發的，她這個小院裡一人多做一套棉衣棉鞋。

小院裡喜氣洋洋，外面卻腥風血雨了。

點了「消息靈通」技能點的玉煙成了常常陪她聊天的人，過不久又給她帶回來一個八卦。最近阿哥所的福晉們常常去後宮，像四福晉和五福晉這樣妃母在主位上坐著的人自然更引人注意，所以最近宮裡有個傳言，說五福晉不受寵，五阿哥更喜歡兩個格格。

似乎是五福晉在宮裡偷偷難過讓人看出來了。

李薇心裡喊我的媽啊，五福晉妳腦殘了嗎？

傳言自然更過分，什麼五福晉在阿哥所裡連站的地方都沒有了，兩個格格聯手霸著五阿哥。

雖然同在阿哥所，李薇多少也知道一點消息，五福晉那邊的事差不多還真就是這樣的。但有些事真的不能說出來啊！

再過一陣，這流言還不見下去，趙全保從膳房也得了個消息，聽說最近有人看到五阿哥回來時臉上顏色很不好看。好得了嗎？都指著他鼻子說他寵妾滅妻了。

不知怎麼的，李薇有種很不祥的預感，她希望這事最後不要再燒到她身上來。不過想想也不可能吧？這種不好聽的話，又是在過年前，應該很快就會壓下去了吧？

但事情不像李薇想得那麼好。流言越演越烈！而且就像她擔心的那樣，開始向外擴散。

先是七阿哥不幸中槍，據說他極為寵愛他的一位格格，不過可能是成嬪不受寵，話題性不夠，話頭便轉到了四阿哥這裡，說四阿哥這邊有孕的是位格格，但平日最寵的是另一位格格，連四福晉都要靠後。

李薇聽到流言涉及她，嚇得當天晚上就發了燒還開始拉肚子，不到一星期就瘦下來，剛做好的衣服穿在身上直打晃。

晚上一閉眼就是她在儲秀宮看到的被打爛打死的小宮女。李薇當時就知道這小宮女是特意找出來給她們這群秀女下馬威的，誰知道她是不是真犯了要被杖斃的死罪？還是因為有人看她不順眼，故意害她？

她還記得那小宮女被拖出來時好像被灌了藥，連喊都不會喊。

白天李薇就躲在屋裡，心裡不停地咒罵五福晉，活該她一輩子無寵！就該讓五阿哥冷落她！她起這個頭不過是想借外人的手壓五阿哥一頭，或者還想借宜妃的手壓那兩位格格。

如今把流言擴大的要麼是宜妃，她要救五阿哥；要麼是五阿哥，他要救自己。流言只是他一個人時叫寵妾滅妻，一口氣攏進去三個阿哥就顯不出他來，而且這樣也不會有人信之前的話了。

李薇的腦子轉得飛快，卻想不出一個能救自己的辦法。

去求四阿哥明顯不靠譜。不知怎麼回事，就算她自信四阿哥在三個人中最喜歡她，可她就是覺得這時她去找四阿哥，他卻最可能先把她給滅了。

事情很快有了轉機，福晉去了幾次永和宮，宮中流言的風向就轉過來，開始各種誇四福晉賢慧大氣不嫉妒。四阿哥寵愛的格格有了身孕，她一心照顧就盼著她能一舉得男給四阿哥開枝散葉，有身孕的都不嫉妒，沒身孕的就更不嫉妒了。

這麼一轉風向，流言開始說五福晉嫉妒，各種她讓五阿哥的寵妾跪著曬大太陽，站著打扇打一天的事都傳出來了。

五阿哥不好跟她計較，才多護著兩位格格，免得她手重弄出人命來。五福晉還不知錯，藉著在宮中見外人的機會告黑狀。焦點重新回到五福晉身上，其他人都解脫了，黑了她一個，幸福所有人。

李薇聽到流言風向轉了，才放下心來，身體卻沒好轉，繼續發燒拉肚子，人繼續瘦下去。玉瓶問她要不要請太醫看看，她搖頭。

玉瓶發愁怕四阿哥這時過來，一看她這樣，萬一認為她心裡有怨怎麼辦？宮裡對女人一向嚴苛，像李薇這次掃到颱風尾，就該一臉聖母地表示懷疑我的人、傳流言的人我都不恨呵呵。像她這樣一臉病容沒精打采的很容易被詬病的。

何況都被安上寵妾滅妻的罪名了，身為這個「妾」，李薇很願意躲一躲。

宋氏有身孕不必伺候四阿哥，她再躲了，那四阿哥不就「只能」找四福晉了？

總不見得他會禁慾。皇阿哥的字典裡怎麼會有「禁慾」這樣不和諧的字眼？

在「暫時不見四阿哥」這一點上，李薇和玉瓶是一致的，怎麼請個漂亮又沒問題的假，兩人商量了半天，覺得還是拿「月事」來解釋最好。

因為正拉著肚子呢，吃羊肉串這一招就不能拿出來用。何況誰知道她要躲幾天呢？想請「長假」，就要找個更靠譜的理由。

月事這東西，有時規律，有時不規律。再說，來一兩天的有，來四五天的有，拖拖拉拉來半個月的也有。雖然李薇的月事數著日子還差十天，她還是決定從今天起「掛紅」。

玉瓶立刻將這事報到福晉那邊去。以前沒福晉時，由四阿哥身邊的大嬤嬤管，如今有了福晉，還是大嬤嬤管，但要在福晉那裡報一報。

大嬤嬤得了消息也不會跑來查李薇的月事帶，她只是在冊子上記一筆，什麼時候李薇月事完了，她再報上來，她就再記一筆。

這種事可一不可再，李薇假造月事，玉瓶也裝模作樣地把月事帶給她拿出來準備好，然後每天不借他人之手自己清洗。消息緊緊地瞞著，除了她們兩個沒人知道。

不料，李薇想得挺好，本以為四福晉這下可以「獨霸」四阿哥了，結果突然空降來一位武格格。人家皇阿哥是不禁慾！人家皇阿哥能隨時引進外援！

這個……還不到選秀啊……

阿哥們得賜格格，多數是在選秀的時候。李薇進來這麼久，見過的從三阿哥到七阿哥，都是快成親了才給兩位格格練手。

宮裡聽說也就是毓慶宮有不止兩位格格，但人家是太子，不一樣好嗎？

總之，這位武格格來得很突然，要麼是德妃給的，這很有可能。要麼是四福晉去求的，這不大可能。不管外面怎麼傳說四福晉賢慧大度，她親身體驗，四福晉絕對不希望四阿哥身邊的人越來越多。

那就只剩下四阿哥自己去求的了。

李薇想通這個後，瞬間被直拳擊中，整個人都不好了。

武氏人未至，「聲」先到，四阿哥這巴掌大的小院裡被她攪得風生水起。大嬤嬤帶著宮女、太監們收拾屋子，就在李薇和宋氏的中間，後罩院裡頓時波濤洶湧起來。

內務府很快送了伺候的人過來。

一批批宮女、太監似乎也講年資來歷，新的宮女、太監們一來，玉瓶和趙全保他們就開始去套關係，不到兩天這些人叫什麼、家鄉哪裡、怎麼進宮的、以前在哪裡伺候就全打聽出來了。

李薇後知後覺，還以為當初她進來時悄悄的誰都沒注意呢，看來根本不是這麼回事。

武氏來了之後先去見了福晉，又在宋格格那裡問了好，最後到李薇這裡。

武氏一看就比李薇大一點兒，兩人敘了年齒，隨意聊了兩句，武氏便告辭了。晚上就聽說四阿哥叫了她伺候。

大概是被這個消息刺激的吧，也有可能是危機感。反正聽說四阿哥去找武氏伺候，聽著蘇培盛領著四阿哥經過她們前去武氏那邊後，李薇的病就都好了，連之前因為被流言找上門而起的消極感都消失了。

爭寵，身在後院，看著別人有而她沒有，那就不可能平靜。

想通後，李薇自己也覺得奇怪，難道人的身體真的會被心情影響嗎？頭疼、頭暈、體重下降還好說，被嚇得拉肚子……這也太不美好了。

大概人一安逸就容易有各種毛病，一緊張起來什麼毛病都沒有了。聽說有的漁船怕運魚時魚會死，就故意在船艙裡放幾條凶惡的魚，艙裡的魚被天敵追著緊張了，有活力了，死的就少了。

不過李薇照鏡子時發現，雖然瘦得衣服都顯得大了，臉卻沒小，還是雙下巴。

氣色也有一點兒差。李薇摸摸臉，認真地上了一層胭脂，重整旗鼓待河山，她要出征了。反正，她不想再聽到四阿哥從她這邊經過去武格格那裡的聲音。可當玉瓶問她要不要去消掉月事時，她的月事真來了。

只好苦逼地等月事過去。

這時院子裡的氣氛再次奇怪起來。以前李薇也沒發現後院的氣氛有多怪，但有了趙全保和玉煙後，消息靈通的他們每次都能讓她第一時間感受到院子裡的風吹草動。

這次還是新人武氏站出來引領風騷。

從流言傳播起來開始，四阿哥就沒進後院找人了，等流言轉向後，四阿哥還是沒進後院。

這就有些奇怪。宋格格懷孕，李薇「月事」，但福晉是好的啊。等武氏來了，四阿哥開始天天歇在她屋裡，還是不去福晉那裡。

這很明顯，是四阿哥在給福晉臉色看。

院子裡各種猜測都有，李薇卻懷疑起上次流言擴散後扯上四阿哥的事。雖然四福晉確實冒出來救了她，但事實上她誰也沒撇清。

她證明四阿哥沒有寵妾滅妻了嗎？沒有。她證明的是她的賢明大度。這反而證明了四阿哥確實寵妾滅妻了。這算不算踩著四阿哥給自己顯名？

當時李薇就覺得不大對。這樣到最後，流言開始是五阿哥寵妾滅妻，但現在五阿哥洗白了，五福晉黑了。而四福晉賢明了，四阿哥卻真寵妾滅妻了。

想通這點，李薇沒有「福晉倒楣我好開心」，只是這次她想劈開四福晉的腦袋看看：她到底在想什麼啊？

正院裡，元英正手拿佛珠，跪在觀音像前撿佛米。屋裡鴉雀無聲，只有福嬤嬤站在三步遠的地方伺候著，其他人都在外面候著。

念一句佛，撿一粒米，一晚上也只能撿小半碗。

直到子時過半，福嬤嬤才小心翼翼地勸道：「福晉，該歇了吧？一會兒您又要起來了。」

四阿哥丑時起，福晉也是丑時起，不管四阿哥來不來她這裡。

元英被她扶著站起來，看到福嬤嬤一臉的不安和擔心，笑道：「嬤嬤這是怎麼了？」她安撫地拍拍福嬤嬤的手。

洗漱過後，元英躺到床上，合上床帳後，世界像是變小了一樣，她看著帳頂上的瓜瓞延綿，心道：你終究要回來找我的，你不可能一輩子不進我的屋子。

一時半刻得了寵愛不算什麼，她求的從來不是那個。所以，一時半刻得了他的厭惡也不要緊，她有更多的時間哄回他，她要做一個就算丈夫不喜歡也離不開的「四福晉」。

元英閉上眼，很快入睡了。比起前一段日子為他的寵愛輾轉反側，整夜無法安睡，為他去李氏處難過，為宋氏有孕而失落，現在的她卻平靜多了。

她給自己找了一條新路。這條路或許走起來艱難，比起身家、榮辱、喜樂皆繫於一人之身，卻要更加適合她。

她本來就不是個小女人。

元英嘴角微勾，彷彿在夢裡已勝券在握。

吃過臘八粥，宮裡的年味兒一天比一天濃了。

福晉每天都要去永和宮，她不在阿哥所時，威信卻一點兒沒減少，傳說中老虎不在家，猴子當大王的事完全沒發生。事情發生到現在，就連李薇都看明白了，四阿哥是在給福晉臉色看，福晉卻沒低頭，她跑去德妃面前刷存在感。

福晉妳夠強！李薇沒忍住給福晉豎了個大拇指。

可見是什麼樣的女人根本不重要，重點是人有多大膽，地有多大產……雖然形容詞有誤，但意思沒錯。她這個穿越的敗了！福晉顯然已經超越了一般女人，是個敢想敢幹的人。

可能，是武氏的出現也刺激到了四福晉。

比起李薇鬥志昂揚地準備爭寵——真是小家子氣。四福晉的做法是：抓權。

高下立見，李薇自己都覺得喪氣了……

四福晉一邊在德妃以及阿哥所其他福晉中刷存在感，一邊大刀闊斧地給阿哥所裡立下了規矩。三位格格包括四阿哥的書房都被她給規定進去。

首先，三進院子的阿哥所分成三部分：第一部分是四阿哥的書房，稱前院。內院的人沒有主子的話不得到外院去，任何人不得在前院周圍遊蕩。外院和內院有兩道小門連通，設三班晝夜看守，無故不得擅離，違者杖八十。

第二部分就是內院，包括福晉的正院和後罩院三位格格的居所。太監、宮女出入需兩兩結伴，不得單獨走動。

第三部分就是粗使下人們。他們負責這院裡的清掃和打理，這些人除了當值時間外不得外出，違者杖四十。

福晉那裡派人來傳話後，傳著傳著就變味了。從沒差事的人會被退回內務府變成福晉要削減格格們的人，看誰不順眼就退回去！小宮女和小太監頓時嚇得四處鑽營，玉瓶和趙全保這些天收了不少的香火供奉，人人都來請託，個個都不想被退回去。弄得李薇也緊張起來。

玉瓶、玉煙和趙全保都已經算是有了著落，唯獨四個粗使的和許照山惶惶不可終日。在聽說那兩個小丫頭把這些年攢下來的四十兩銀子都拿出來打點玉瓶之後，李薇也暗暗嘆了口氣。

她特意把人都叫進來寬慰了兩句，然後給他們挨個派了活。有看管擺設器物的，什麼桌子、椅子、箱子、櫃子。有看管花盆香爐的，不管是屋裡的花還是院子裡的花，一人守一樣，個個不落空。

趙全保有了著落，也不忘提攜朋友。以前就見常跟著趙全保在她面前刷好感的許照山，被趙全保誇了個天花亂墜，連之前在膳房多要的那些糖都說成是許照山的功勞。

趙全保道：「格格，您是不知道！小許子跟咱們膳房的劉爺爺是同鄉，說不定八百年前還住一個村兒呢。劉爺爺一看他就愛得跟什麼似的，都拿他當親孫子看！一見他去就往他嘴裡塞東西，小許子也有一條好舌頭，他本來就是山東那邊的人，論起吃喝來可算是半個行家了。」

許照山比趙全保低一個頭，看著瘦小枯乾，年紀卻已經十七了，按他說是小時候吃得少，沒來得及長高年紀就大了。他站在趙全保身邊，一見李薇看過來就立刻笑成一朵花兒。

笑容是最容易傳染的，李薇也跟著笑了，「既然這樣，你就專管叫膳吧。那邊的茶葉櫃子也歸你管了，裡頭的東西回頭讓玉煙幫你造個冊子，有什麼壞的、少的，可要你自己來賠喔。」

許照山麻利地跪下連磕三個響頭，趙全保陪著也磕了三個。等兩人出去後，李薇從窗戶裡看到許照山一出去就抬起袖子擦了下眼睛。

李薇心裡酸酸的。半個月前，她感覺朝不保夕，可上頭沒人能保她、護她。如今這些太監、宮女也朝不保夕，她這個當主子的，能伸手就伸一伸吧。

至此，李薇屋裡的人都算是各得其所。大概是有了歸屬感，李薇看他們好像更有幹勁了。

現在宮女和太監們彼此之間是涇渭分明，說話愛帶「那邊外院的○○××」、「咱們內院的××○○」、「他們粗使的×○×○」等。以前宮女和太監都愛串門，畢竟都在一起住著，現在分成了三幫。外院的等閒不跟內院的打交道，內院的根本不搭理三院的，還給三院起了各種外號「下人房」、「粗使那邊的」等。

玉煙認的弟弟小貴現在過得更糟了，以前還沒那麼多糟蹋人的，遇到粗使的還會本著都在宮裡當差，能給點兒方便就給個方便。玉煙就是這樣才會跟小貴結異姓姐弟。結果粗使的太監、宮女們全歸到一院了，外院和內院的突然發現自己高人一等，對粗使的是各種看不起。

雖說玉煙對小貴有利用的意思，但人心都是肉長的，半年相處下來也是有感情的。知道小貴現在連吃喝都有些連不上頓，還被人無故打罵，玉煙偷偷哭了好幾場。

李薇也是玉瓶提起才知道，但大勢如此，她這邊人也滿了，不能把小貴要過來。可眼看著也看不下去，特別是她對宮女、太監們來說是上位者，有著天然的優勢，幫一把並不費力。所以李薇想了想，決定還是幫小貴撐一次腰。

於是，玉煙就光明正大地拿著東西去看小貴，去了四五回後，基本上小貴認了個在李格格身邊得用的宮女當姐姐的事就傳出去了，別人再想找人欺負，至少不找他了。

得知這個結果後，李薇倒沒有想像中那麼有成就感。大概就是玉瓶回話說的「如今他們要找人撒氣，可撒不到咱們小貴身上了」，那豈不是還有別人倒楣？小貴只是比較幸運罷了。

李薇不算聖母，不會毫無原則地幫助別人，就像她以前餵流浪貓，給牠們找收養人，但家裡的貓始終只有兩隻，沒有一見到可憐的就往家帶。有時流浪貓中的幾隻餵著餵著就失蹤不見了，她再擔心著急，找不著也只是安慰自己：大概是被別人帶走養了。

她救不了全世界，只能做自己力所能及的。

「別的院子裡如何我不管，咱們院子裡的不許去欺負粗使的。」李薇叫齊八個人後，嚴肅地告誡他們，「讓我知道了，絕不輕饒！」

伍之章　傻人傻福

福晉這樣的手段，胤禛知道了之後倒是心中小讚了一聲。還算有些能耐，不過野心也不小。但兩人的關係還是沒有緩解。在李薇的月事終於結束後，胤禛又開始到李薇這邊來了。

看到蘇培盛站在門口，四阿哥走進屋來，李薇竟然覺得眼眶都有些泛潮。

她這次見到四阿哥有些小激動。晚上兩人在被子裡抱著滾來滾去時，李薇拚命去親他，親到就不放嘴，胤禛被她搞得手忙腳亂。

丑時，胤禛起來後，一喝粥，「嘶」的一聲，舌頭一舔一陣刺痛。他的舌尖昨晚讓李薇吸破了，胤禛心中感歎，有些小得意。兩口直接把粥吞下去後，吩咐蘇培盛去開庫房，把前幾天內務府剛送來的那枝桃花簪拿來給李薇。

這段日子沒來找她，她這是想他想狠了啊，送個簪子安撫一下吧。

感動小格格對他心意的胤禛去讀書了，蘇培盛在出門前急匆匆對他的徒弟張德勝交代開庫房，拿簪子，送回來給李格格。

張德勝一路小跑緊跟著他師傅聽完交代，送到門口後，他一拐彎直接就去正院找大嬤嬤。

正院裡，福晉也已經起來了，各處的燈也點亮了。

大嬤嬤也才四十出頭，看著如三十許人一般。她不是四阿哥的奶娘，但也從小伺候他，福晉沒進門前就管著四阿哥從裡到外所有的事，裡外就敬稱她一聲大嬤嬤。

福晉進門後，庫房裡的冊子交給她，但鑰匙大嬤嬤這裡還有一把。四阿哥開庫房拿東西，不愛吩咐福晉，總是找大嬤嬤。

大嬤嬤也早起了，她習慣伺候四阿哥，十幾年下來都是不到丑時就醒，如今雖然不用她伺候四阿哥早起，可這習慣也改不過來了。她看到張德勝過來，笑道：「你這個猴崽子，怎麼這麼早過來？是來……」說著往福晉的屋抬了抬下巴。

張德勝笑眯著眼，「哪兒啊，小德勝是特地來給大嬤嬤請早安的！大嬤嬤有福！吉祥！」說著連打了兩個千兒。

「你這個混小子！」大嬤嬤笑呵呵的，「可是阿哥爺有什麼吩咐？」

張德勝臉上帶著壞笑，眼一眯，眉一飛，「昨兒個晚上，咱們爺歇在李格格那邊，這不，剛起來時，咱們爺交代把庫房裡才得的那枝桃花簪賞給李格格。我師傅就交代我過來找您了。」

大嬤嬤長長地「喔」了一聲，「原來是那位啊。」

張德勝接了一句：「可不就是那位。」

大嬤嬤拿了庫房鑰匙，兩人往庫房走去，正院裡來來回回的太監、宮女看到他們兩個都停下來避讓，等他們過去了都互相眼神亂飛。

庫房門打開後，張德勝站在外面，大嬤嬤自己帶著人進去，不一會兒就捧出一個托盤，上面放著一個長十寸、寬三寸、厚約九分的楠木匣子。

大嬤嬤打開匣子，映著微薄的月光，匣子裡的桃花簪露出霞霧般的寶光。

桃花簪正中是一朵五瓣的大桃花，花約半個巴掌大，花瓣是淡粉紅的玉石，打磨得晶瑩剔透，花蕊是黃色的小米珠，花旁是一大兩小三片碧玉雕的葉子，旁邊還有兩個半個指頭肚大的含苞未放的瑪瑙花苞。花背面的花托和簪針都是黃澄澄加了銅的金子，看著耀眼極了。

張德勝看了半天，都忘了說話。

大嬤嬤合上匣子，道：「看傻眼了吧？」

張德勝這才倒抽一口氣，「乖乖，真是……」他想說「真不愧是那位主子」，話到嘴邊又吞回去了。

接過托盤，張德勝小心翼翼地捧走了。

正院裡，元英聽福嬤嬤說了張德勝過來的事。

福嬤嬤有些生氣，她覺得張德勝到正院來，怎麼能不給福晉請個安？就這麼來了又走，連個招呼都不打。

元英淡淡道：「許是阿哥吩咐了他什麼，有正經差事在身，這點兒小節就不要計較了。」

提起四阿哥，福嬤嬤也不敢說什麼。眼瞧著四阿哥和福晉越來越不說話，她生怕自己再多抱怨兩句，成了火上澆油。而且她也心虛，那根釵難說不是李氏的報復，是不是賞賜的事讓四阿哥知道了？李氏也真是黑心，之前看她悶不吭聲的，原來是在這裡等著。瞧著現在四阿哥和福晉不好了，她就跳出來架柴撥火。

於是，等過一會兒下面有人來告訴福嬤嬤，說張德勝出了正院果然捧著東西去了李格格那裡時，福嬤嬤破天荒地沒去告訴福晉，還讓下面的人都閉上嘴。

張德勝到了李格格處，這位主子還沒醒呢。他也不敢再拿架子把人給叫起來，開玩笑！四阿哥起來時都沒叫她，他算哪棵蔥？

恭恭敬敬地把匣子捧給玉瓶，還打開讓她看了眼，看清是什麼東西，然後拿了玉瓶給的辛苦錢，才功成身退回書房。

他回到書房後，自然有巴結他的小太監過來殷勤，又是倒茶又是讓他坐下，還問：「張哥哥，這一大早的，蘇爺爺還給您派了差事忙啊？看您這累的。」

一頭另一個小太監神祕兮兮地拿了一個荷包出來，「張哥哥您看，這是昨天武格格賞的。」荷包裡是三個新打的鋥亮的銀角子，個個有一兩重。

說完這小太監就要把荷包給張德勝，被張德勝扔到頭上罵：「當你張哥哥眼皮子這麼淺？快拿回去收好！」

小太監賤笑著把荷包往懷裡塞，旁邊的小太監跟他玩鬧，開玩笑道：「見面分一半，張哥哥不要，給我啊。」

「滾！想要賞錢你也去不就行了？」小太監笑罵著踹了他一腳道。

那小太監趕緊問：「真的啊？那今天去武格格那兒的差事，你可別跟我搶！」

張德勝坐在上面看熱鬧，聽到這裡笑道：「不跟你搶，你只管去！」心裡卻道，那位都出山了，你還當武格格能有幾天好日子？

申時過半，也就是下午四點，胤禛從書房出來，蘇培盛跟在他身邊問道：「主子爺，晚膳您還是在前頭用？」

胤禛舔舔舌頭尖，搖頭道：「去你李主子那裡。」

蘇培盛給跟在身邊的小太監使了個眼色，小太監繞了個路，拔開腿就往阿哥所跑。回到書房，一邊急喘一邊道：「主子爺今晚在李主子那裡用晚膳，趕緊去傳話吧。」

張德勝笑咪咪地站了起來，「都站住，我親自去。」

張德勝過來說四阿哥一會兒就到，晚膳也要在這裡用。

李薇笑道：「知道你忙，就不耽誤你的事了。」玉瓶早備好了放了銀子的荷包，她這邊常備著三四種放著三五兩不等的荷包，看著人給，張德勝拿的自然是最大的一個。

蘇培盛雖然也常來，但李薇不敢賞他。

有時想想，蘇培盛拿的賞估計還真不多。倒是福晉能賞他，但是看福晉現在這樣，也不知道賞過蘇培盛沒。

李薇走了一會兒神，張德勝已經退了。玉瓶過來問一會兒四阿哥來吃什麼？昨天他來的時候已經用過晚膳，今天算是久違地在這裡用膳，許照山正激動地在一邊等著呢。

「妳說呢？」李薇難得生出了點兒患得患失，居然不敢點了。

玉瓶也是一怔，回憶了下四阿哥以前在這裡用的菜品，隨口說出了七八樣，「您看這幾樣菜怎麼樣？」

李薇聽了卻覺得哪個都不好，大概是被之前的流言事件嚇的，再見到四阿哥，她有種恨不能死死巴在他身上不下來的感覺！她想討好他，卻發現以前點膳時都是隨著自己的口味點的……她居然沒仔細記四阿哥到底喜歡吃什麼！難道還照著自己的口味點？

她面色沉重眉頭微蹙的模樣，讓玉瓶和許照山都不敢說話了，呆若木雞般地站在那裡。

李薇在心裡轉了好幾圈，咬牙道：「讓他們……上個牛肉鍋，有新鮮的青菜也多送幾簍。三個月的小牛，挑好肉，片成薄片，再來點兒羊腦。葷的只要這兩樣，剩下的讓他們看著給，對了，不要豆腐。記得囑咐一聲，湯要清水，不要雞鴨魚羊煮的葷湯，裡面放點兒蔥段和薑片就行。」

玉瓶遲疑道：「現在吃鍋子，是不是有些早？」吃火鍋未免不雅，各種菜肉涮出來湯水亂濺，格格當著四阿哥的面兒這麼吃……萬一不好甩到身上呢？多難看啊。

「就上這個。剩下的拿點兒餑餑就行，不必準備麵或米了。」

李薇到底還是順著自己的心意點了。

四阿哥愛跟她一起吃，極有可能是他們兩人的口味相近。最重要的是，讓她照四阿哥的口味點，她就真不知道怎麼點了。

許照山響亮地應了聲，轉頭就往膳房跑。

膳房裡劉寶泉正站在院子當中，看到他腳下飛快一路小跑地進來，叫住他問：「怎麼了這是？跑得跟火上房似的。」

許照山親親熱熱地貼上去喊了聲：「劉爺爺好，我們李主子想要個鍋子。」

「有！都有！」劉寶泉笑得跟彌勒佛似的，招手喊來個小太監領許照山進去，還囑咐道：「好好伺候你許哥哥！可不許耍滑頭！」

小太監笑嘻嘻道：「我哪裡敢呢！」腰一躬，「許哥哥您往這邊走！弟弟給您瞧著路！」

看著這兩人的背影，劉寶泉長吁一口氣，李格格既然主動來要東西了，想必四阿哥那邊也快沒事了吧？

最近四福晉整治的新規矩他們這邊也聽說了，如今想打探點兒什麼可難嘍。倒是聽說又有了一個武格格，只不知道能耐如何啊，目前還看不出什麼來，想來也不是什麼要緊的人物。

劉寶泉掏出鼻煙來嗅了一口，忙捏住鼻子忍住一個大噴嚏，兩眼一瘆，憋出兩行淚來。他掏出帕子擦擦眼，張嘴打了個大哈欠。

這人啊，有了底氣，總免不了寵愛自己。他打進宮起就在膳房裡伺候，見過的主子沒有一千也有八百。但凡受寵的，就不樂意用膳房配的膳，喜歡自己點個東西。等沒了這份底氣，不必他們給臉色，人家自己就不敢張這個嘴了。打從四阿哥搬進阿哥所後，只有這個李格格喜歡要東西，東點一個西點一個，還喜歡指手畫腳，吃個烤羊肉不要花椒，他只好交代廚師先把花椒泡水，再用這花椒水醃羊肉——不然缺了這一味兒，回頭吃不好了又來鬧，他可不想去試試主子們的脾氣。

吃個青菜，要開水燙過後瀝乾水，用底油炒香蒜末就離火，菜放進去一拌再一調味就行。她這麼說過後，劉寶泉帶著師傅來回炒了七八盤才品著差不多了，給她送去。

但劉寶泉還就喜歡李格格這樣的，這樣的主子看著是難伺候，可像四阿哥那樣給什麼都沒意見，吃得好不好也沒意見的，才讓他害怕。

萬一什麼時候惹到他了，小命都丟了的時候還不知道是怎麼死的，進了閻王殿也是個糊塗鬼啊。而且，有了李格格，他不就知道四阿哥的意思了嗎？之前李格格好長時間不來叫膳，他還替她小擔憂了一把。如今看來，還算平安。

膳房裡的人也都有雙利眼，見許照山被個小太監領著進來，大師傅的臉就笑成了一朵花。要什麼都行，怎麼吃您吩咐！許照山順順當當地就把差事吩咐了，吩咐完了卻不敢走，就這麼等著大師傅切肉，那邊洗菜的、切菜的、準備鍋的、挑不出煙又沒味還能燒得好炭的。他這邊轉轉，那邊轉轉，順便給這位幫把手抬個菜筐，給那位搭把手遞個盤子。

別人要嫌他吧，他一張嘴還能說出個三四五來，原來是個行家啊。

一個正整治蘿蔔的師傅問他：「怎麼？你是打算幹這個？在主子身邊伺候多好，何苦幹這種髒活兒。」

許照山在旁邊緊緊盯著他的手勢，師傅切出來的蘿蔔絲又細又均勻，一會兒就切出一大盤，他自己一手虛比畫著，道：「主子身邊的能人太多，出頭不易，我也要多學著點兒才行啊。」他總不能做一輩子的提膳太監吧？現在年輕還看不出來，三、五十以後呢？

多學一手，日後也多一條路。

師傅聽他這麼說，也是一嘆，道：「你要實在想學，在這裡看是看不出來的。回去自己想辦法練練吧，練得差不多了，再想辦法拜個正經師傅學。別想著能學成個全才，要麼專精一味，要麼，你就當個點膳的也行。樣樣都能說出個七八分來，也夠你出頭了。」

這師傅也是實心教他。許照山仔細一想，還真是。他在主子身邊，專精一味的話，主子總有個吃膩的時候，要是樣樣都懂一點兒，不求多專精，樣樣都能學個七八分，哪怕只耍嘴皮子呢，也是個門路。

他也就歇了偷學手藝的心，轉頭開始看人怎麼擺盤。這倒是個實在手藝，李格格好吃點心，他學會這個立刻就能得著好兒。

各色東西準備好了八成，只剩下肉還沒片，這個等李薇那邊叫膳了，他們這邊現片才能好吃。許照山盯著東西放到一邊擺上籤子，又給了小太監二兩銀子讓他盯著千萬別讓人給換了菜，才放心回去了。

小太監拿著二兩銀子喜孜孜地跑去找劉寶泉，倒讓劉寶泉在頭上拍了一下，「你這個沒眼色的。算了，拿了就拿了，囑咐你的差事可要辦好！別收了銀子還不辦事。」

小太監本來打算銀子收了就顛兒去，見劉寶泉這麼一說，就真的回去站在那裡盯著，有人要東西見這裡有現成的就想拿，被他一個個地給轟走。

一直盯到許照山再來，大師傅快刀片了五盤肉，拿膳盒裝了，好好地給許照山送了回去，小太監才鬆了口氣，一邊抹著頭上的汗，一邊心道：這二兩銀子拿得真累啊！

胤禛這兩天可以輕閒輕閒，他在書房裡看了一會兒書才到李薇這裡來。

屋裡已經點上燈，李薇剛福下身他就把她扶起來，目光在她頭上的桃花簪上打轉，笑問她：「這簪子可喜歡？內務府剛送來的，我瞧著就這個還算勉強能入眼。」

拉著她的手，兩人坐到榻上。炕桌一早就搬開了，靠著大隱囊，胤禛一手摟著她，一手握著她的手，柔聲道：「這些日子沒來看妳，都是外面的事太多了。」他捏著她的下巴輕輕抬起，看著她水靈靈的眼睛，湊到她腮邊深深一嗅，輕聲道：「想不想爺？」

李薇眼角掃了一眼，見屋裡沒人了，大膽地迎上去親在他嘴上，「想，白天夜裡都在想，夜裡想得厲害。」

胤禛笑道：「好甜的嘴兒！可見一日不見，如隔三秋，以前這種好聽話可少見得很。」

李薇摟著他，整個人往他懷裡鑽，四阿哥的手在她背上撫摸著，低頭在她額頭鬢邊親吻著，跟著滑到她耳朵上咬了一口，輕輕哈氣道：「別急，昨晚上不是要過了？妳這是小母貓叫春兒了？」話音未落，他的手從她背上滑到了她的屁股，包住猛地往上一提。

李薇整個人往上一躥，被他抱個正著，仰面躺在了他懷裡。

他一手攬著她，一手開始解她領口的盤扣，柔聲說道：「這衣裳是新的？跟這根簪倒是挺相配的。」說著，扣子就解完了，她胸懷大敞，露出裡面特意換的茜素紅的紗兜肚，中間的深紅繫帶繫得緊緊的，中間拉著撮成一道深深的溝。

他低頭湊到胸口深深嗅了一口，咬著繫繩慢慢拉開，繫繩一鬆開，她的胸瞬間跳了兩跳，紗兜肚往下滑到小腹上。

「庫裡還有新的絹和緞子，妳做幾件新的穿，這個穿了恐怕著涼……」狀若關懷地話說完，後面他就不再說話了。兩人就在榻上，她解開衣服，他撩起袍角，急風暴雨地來了一場。

李薇還要去親他的嘴，他讓開，喘著道：「妳……都把爺的舌尖吸破了，今天妳家爺吞了一天的飯，熱茶都不敢喝……」一邊說一邊掰她的腿往裡使勁。

她沒忍住哭了一聲，他伸手過來捂住她的嘴，總算能喘勻氣道：「小東西，還不到睡覺的時辰呢，妳是想讓外面的人都知道妳伺候了爺一回？」

他放開手起來，先扣上被她撕開的袍子，大概胸口也被她咬得重了，他扣上前還特意看了眼胸口，轉頭又捏著她的下巴道：「讓爺看看妳的牙，利成這樣！」罵完卻沒生氣，笑著在她的腮上擰了一把，「爺看妳是饞肉了，讓他們上大盤的肉，吃完了看妳家爺再怎麼料理妳！」

等李薇叫人，外面的人才敢進來，打水洗漱折騰一通，再叫膳。

鍋子上來，四阿哥看到大盤的牛肉就笑，還特意看了她一眼。

風捲殘雲般，五盤肉吃得乾乾淨淨。

漱口飲茶後，四阿哥還練了半個時辰的字，兩人才上炕歇息。

炕已經燒起來，拉上帳子，兩人在炕上大汗淋漓地纏成一團。四阿哥怕她再上嘴，讓她背對他，從頭到尾不許她轉過來。

李薇被逼得沒辦法，開始是喊爺，之後就開始喊他的名「胤禛」，嗚嗚咽咽帶著哭腔，跟叫他救命似的。

胤禛讓她叫得發急，一手捂住李薇的嘴，附在她耳邊咬牙切齒地輕聲罵道：「妳是真不要命了？快住嘴！」

李薇咬著他的指頭哭。

胤禛閉著眼睛屏住呼吸，按住她猛然大力動了二十多次，最後才趴在她身上，半天沒說出話來。

李薇從剛才就不停地親咬他的手心，咬得他酥酥麻麻的。

最後，胤禛長歎一口氣，躺下來把她拉到懷裡抱著，拉過被子裹住她，額頭頂著額頭地看著她。等她回神看過來時，他親了她一口，歎道：「傻姑娘，在屋裡爺可以由著妳，但在外頭妳若是露出一點兒來，福晉是會恨死妳的，到時候妳怎麼辦？」

這次的事他也在院子裡查問了一遍，福晉的心可大得很，連他都敢動，何況這些小格格？他把她往懷裡抱得更緊，輕輕摸著她的頭髮說：「把妳的心思藏在心底，跟誰都不要說。」

——這個名字，妳也不能再叫。

這句話，胤禛在嘴裡含了半天還是吞回去了。

算了，她若只在被子裡叫，也就他一個人能聽見。

已經來了兩次，今晚他本來已經打算歇了，這時卻想狠狠地再來一回！

她雙臂環胸，彷彿害羞起來。

他反倒來了興致，將她的雙手壓在枕畔，居高臨下地操弄起來。

事畢，看她被弄得像去了半條命，本來想說兩句軟話安慰一二，卻只是在她嘴上狠狠咬了一口，得意地笑道：「妳昨天咬了我，今天爺也咬妳一口。」

他還拉開她的手，作勢要咬她，卻不見她躲，就知她還沒回過神來，索性趴在她胸上兩邊來回吸嘬，聽她在上頭壓抑地喘息。

待蹂躪夠了，胤禛才覺得剛才那股像發瘋一樣的勁兒過去了。

胤禛深吸幾口氣，拉過被子從頭到腳嚴嚴密密地遮住李薇，才叫人拿熱水進來洗漱。

照樣還是寅時初刻起來，站在那裡讓宮女們伺候著穿上衣服時，胤禛理著袖子對蘇培盛道：「庫裡新送來的貢緞，你看著一樣給你李主子挑幾匹來，讓她裁幾件新衣裳。」

蘇培盛這次趁著他用早膳就叫來張德勝吩咐了。

張德勝苦哈哈地又一大早跑正院去，心裡道：還是李主子厲害啊，一次就得個簪子，再一次就再得幾匹布。這回可不比簪子那麼小一個也不顯眼，師傅的話是一樣挑幾匹，七八樣加起來可要堆成座山嘍。

不過，這也是阿哥爺自己的東西，愛賞誰賞誰，眼氣的都跟李主子學不就成了？伺候好阿哥爺，要什麼沒有呢？

他一路小跑進了正院，大嬤嬤開了庫房，挑顏色鮮亮不違制的，粉紅嫩綠淡紫，既襯那位李格格，又入阿哥爺的眼的料子，痛痛快快地搬了小二十匹出來。之前從福晉這裡抬出去的賞賜她可都瞧在眼裡了，結果李格格這巴掌還回來得也挺快。

既然兩邊鬥法，她也是兩不相幫。福晉那次她沒吭聲，李格格這次她自然也要一碗水端平，順著人家的心意讓她一次風光個夠。

大嬤嬤如此豪爽，張德勝苦笑，又叫了兩個小太監幫著他扛走了。

正院裡，這次福嬤嬤可沒辦法瞞了，新進的料子，小二十匹呢，誰看不見呢？

「福晉……」她為難道。

元英平靜道：「嬤嬤，眼皮子別太淺了，她是能陪著四阿哥進宮領宴還是能拜祖宗時站在我前頭？不過是個格格，四阿哥要怎麼寵都是他的事，我不能替他寵，但我也不能故意敗他的興致。不然，看笑話的人多著呢。」

福嬤嬤沒話了，細想想，福晉說得也對，可她又道：「這麼偏著這一個，那兩個不平了鬧起來怎麼辦？」

元英這回笑了，慢條斯理道：「李氏能得四爺的心是她的本事，不服的只管跟她學去。學又學不會、比也比不過，這種人哪裡還用嬤嬤來操心？就是我也看不在眼裡。」

李薇起來時，除了擺在西廂的那小二十匹新料子，玉瓶還有個留言讓她驚訝得合不上嘴。她剛爬起來時，玉瓶就附在她耳邊小聲說道：「阿哥說，他今天還來，讓您……乖乖等著他。」

這麼招搖地整兩抬新料子抬進來，後罩院裡個個都看在了眼裡。

宋氏屋裡，鴛鴦半是羨慕，半是安心地說：「這下那邊的氣該是消了吧？」雖然是人家自己爭回來的臉面，不過顯然李格格是把這氣記到福晉頭上了，沒搭理她們格格。

宋氏心中複雜得很，一半是放心，一半卻是隱約的嫉妒。

原來四阿哥也會這麼寵愛一個人，這麼明目張膽地替她撐腰，給她作臉。不管是李氏要來的，還是四阿哥主動給的，都是她做不到的。

李薇這邊，聽到四阿哥充滿邪魅狂霸酷跩的留言，她沒有感動，反而淚流滿面。

昨天晚上藉著那啥，她痛快大膽地發洩了這段日子以來陰鬱憋屈的心情。

差點兒被當成小炮灰，離死只有一步之遙，被杖斃的那個小宮女的死相在她心中無數次替換成自己的臉，她真的壓力很大啊……

但就算是當著貼身宮女的面她也不敢露出絲毫端倪，發燒拉肚子是身體反應，她本人除了安靜點兒、沉默點兒，連淚都沒在人前掉一滴。當時，她唯一的念頭就是要能撲在娘親懷裡大哭一場就太幸福了，但現在她身邊除了宮女及太監，就只剩下一個在床上對她熱情萬分，床下讓她連撒嬌都不敢的四阿哥。

孤家寡人……李薇從沒這麼深刻地理解這句話的意思。

可她對四阿哥到底是個什麼意思呢？

是真喜歡上他了？還是吊橋理論？因為此時此刻，把他當成了浮木，抱著就不想撒手讓人？問題是不管她對四阿哥是什麼意思，她都無比清楚四阿哥對她也就那麼回事。

他在有了她之後還能娶福晉，還能再納格格，她連個屁都不敢放，他也不必對她有什麼交代。她不憋屈嗎？她憋屈死了都不能說一句話，只能借勁裝瘋。不敢打他一頓，只能撓一頓，咬兩口來出出氣，還要藏著掖著。

人生如此艱難，世界如此不著調。她想跟四阿哥組隊打Boss吧，人家沒把她當一回事。還有這麼悲催的人生嗎？你對我來說是全世界，我對你來說就只是一盤菜，還不是主菜。

其實李薇也不是失心瘋了。這個世界本來就是不公平的。她本來還想著今早起來，要得個處罰什麼的，畢竟她昨晚還「大膽」地喊了他的名字呢。

本以為早上起來四阿哥必定要大怒的，不大怒也要小怒一回啊。可看著廂房裡堆滿一張榻的新衣料，再聽玉瓶傳來的話，細品裡面的味道……似乎……四阿哥不但沒生氣，還挺滿意？

李薇淚流，四阿哥，怪不得人都說你悶騷，看你的朱批就知道了，你果然喜歡這一口兒嗎？可惜昨晚她那麼狂野是有原因的，以後大概不能常常狂野給你看了，畢竟理智歸位了嘛。

發洩一通又沒引來什麼嚴重後果，讓李薇頓生「好幸運」光環，前段時間積攢的鬱氣一掃而空，四阿哥的偏愛讓她對自己又重拾信心！

迅速滿血原地復活還沒掉級！不能更棒！

這麼幸運必須要再次犒賞自己！

李薇心情甚好地想起《紅樓夢》裡很著名的點心：棗泥山藥糕，她現在終於有心情享受美食了。叫來許照山，讓他拿著銀子去膳房要東西。

許照山揣著銀子到了膳房，小太監昨天剛收了他一兩銀子，雖然嫌賺得辛苦，但誰不愛銀子呢？一見他就迎上來，笑咪咪地親熱道：「許哥哥來了？您辛苦！主子們想要點什麼啊？您只管吩咐！小的一定給您辦得妥妥當當！」

許照山開始跟著趙全保提膳時，已經是李薇疑似失寵的時候，說實話他還真沒被膳房的太監奉承過，也沒感受過李薇受寵時玉瓶受到的待遇。

所以他就直接跟這個小太監說了。

「棗泥山藥糕？」小太監眼珠子滴溜溜一轉，做出了一副為難相兒，「這道點心倒是梁師傅做得最好，可他現在正忙著做餑餑呢，怕是抽不出空來啊，要不，您下午再來？」

別啊，許照山雖然才進屋伺候沒多久，可也早知道格格的習慣，格格一早吩咐的東西，一般中午前最好就能看到，午膳後就要吃的。雖然沒見過格格因為這個罰人，但以前玉瓶來時都能把東西拿回去，換成他怎麼著也不能差勁不是？

於是趕緊好弟弟、親弟弟叫了一通，又塞了五分銀子給小太監——大頭他要給做點心的大師傅留著才行。

五分銀子雖然不算多，但也不少了。小太監只是拿個攔路錢，又不是要故意跟許照山不對付，好處到手就痛痛快快地帶他去廚房，到地兒了讓他站在門口，他進去找大師傅說。

梁師傅聽了要的點心，也沒多問就點點頭，小太監這才把許照山叫進來，梁師傅收了銀子，許照山千恩萬謝，說定來拿午膳時一塊兒拿走才放心回去了。

等他走後，梁師傅吩咐幫廚的小太監挑山藥、去皮、切段上籠蒸熟，再挑半斤紅棗出來，去皮去核，另外還要去庫裡領白糖。

開了白糖的條子，一事不煩二主，領著許照山進來的小太監拿著條子就去找馬太監了。馬太監拿過條子看看，拿出鑰匙讓人去庫裡稱白糖，隨口問了句：「這是哪個院裡的主子要的啊？」

小太監笑咪咪道：「四阿哥院裡李主子新提拔的小許子來要的。對著梁師傅千求萬告，午膳時就要拿過去呢，這不，梁師傅先開了條子，打算一騰出手來就做呢。」

馬太監一怔，坐著思量了一會兒，拿起條子來，叫上小太監去了劉寶泉的屋子。小太監還糊塗著，心想：稱二兩白糖還要找劉爺爺點頭？難道許照山的主子身分太低，不能要點心？亂七八糟想了一通不解。

劉寶泉掃了一眼條子，對馬太監道：「你去盯著，記得讓他們把糖篩兩遍。」

等馬太監出去，劉寶泉細細盤問了小太監一遍，然後滿意地放下條子打發小太監出去。小太監丈二金剛摸不著頭腦，過了一會兒，他居然看到劉寶泉去了廚房，跟梁師傅交代了好一會兒。他交代過後，梁師傅把做到一半的餑餑放下交給徒弟，洗乾淨手去做那棗泥山藥糕了！

小太監下巴都掉下來了，心道：難不成這許照山是劉爺爺的親戚？怎麼這麼照顧他？他心裡這麼想，等許照山來了就前後圍著轉個不停，不但把昨天加今天的二兩五分銀子全還回去，還多拿了一碟雙色荷花酥放在膳盒裡，口口聲聲說這是他孝敬他許哥哥的。險些把許照山哄得找不著北，等他回去後，一邊把膳盒給玉瓶，看她們擺膳，一邊不解地把這事拿來請教玉瓶。

玉瓶習以為常，輕哼道：「你不知道他幹麼這麼狗腿是吧？等著瞧吧，日後狗腿的人多著呢。」言罷，挺輕鬆地帶人抬著膳桌進去了。

留下許照山在那裡品味她話裡的意思，頃刻之間，許照山明白了！瞬間他激動得臉龐紅亮似火。

能跟著一個讓人連身邊的太監都要巴結的主子，那簡直就是撞大運了啊！

他透過窗戶，能看到屋裡坐在榻上的李薇，她正傾身看著膳桌，面露微笑，玉瓶在旁邊正把那盤棗泥山藥糕擺到她面前，再遞給她一雙銀筷。

許照山屏住呼吸，瞪大眼睛，簡直想鑽到屋裡去聽一聽格格喜不喜歡這盤點心。

膳房進的這道棗泥山藥糕做成五瓣花的形狀，小小一個嫩白可愛，棗泥的餡兒填在裡頭，山藥的皮半透明，隱隱透出下面的紅色來。

李薇克制著僅僅嘗了兩個，大概盛名之下，其實難副？就一個感想，這棗泥肯定是現製的，甜中透酸。

但放下銀筷後，嘴裡品著那似乎不起眼的味道，卻總是忍不住想再吃一個。一會兒不知不覺間，她把那一盤全吃完了，末了，正餐沒吃，先填進去一碟點心。

她自己吃滿足了就想起四阿哥，要不要小小地拍個馬屁？拍吧，拍老大的馬屁不丟人。

她叫來玉瓶，讓她再拿銀子給許照山，晚膳的時候再上一份棗泥山藥糕。許照山一聽到消息，飯也不吃了，碗一放就拿上銀子往膳房去。

劉寶泉正等著他呢，一見他來，親自接待，笑咪咪地聽許照山複述李薇班門弄斧的種種要求，一點兒都沒有不耐煩，然後再親口叫人好好地把許照山送走，連他捧出來的銀子都推了回去。

小太監巴結著把許照山送出膳房，親熱地好哥哥、親哥哥以後要多關照弟弟，您看咱倆長得這麼像，說不定以前還一個祖宗呢。

許照山瞧瞧小太監瘦小的個頭，再看看自己長不高的個子，心道是像，咱倆就只有個子像。

做山藥糕的梁師傅苦著臉，道：「做成麻將的樣子不難，但半糖……劉爺爺，山藥那個味兒沒糖怎麼吃啊？」回頭送上去吃著澀了，他的腦袋還要不要？

劉寶泉淡定得很，安慰梁師傅說道：「主子的意思大概是不要太甜的，你多做幾樣，咱們都試試味道。」

梁師傅一抹臉，喊幫廚的小太監都來削山藥皮，挑棗做棗泥，劉寶泉喊來馬太監去開條子拿白糖。梁師傅把白糖小心翼翼地一份減一錢分成了七八份，一邊擺著糯米粉，隨著白糖的減少，酌量一份多加半錢到一錢。

沒了白糖，總要有別的來調和山藥的口感。

梁師傅把閒著沒事幹的小太監喊來試味道，他們吃到嘴裡卻哪個都說好吃，問哪個最好，幾乎全指著糖最多的那份。

梁師傅再一抹臉，端著山藥糕找上了劉寶泉，「劉爺爺，您給試吧，這群小的肚子裡沒油水，吃不出味兒來。」

他言下之意，自然是說李格格肚子裡油水太足才會出么蛾子[8]，還嫌點心的糖放多了？

於是，劉寶泉把大廚們都喊來試味道，不求他們說出好不好吃，口味這東西每個人不一樣，只

注釋——

8 么蛾子：北方方言，指無中生有、無事生非，也有耍花招、出鬼點子、出餿主意等意思。

要他們吃出哪一份最協調。

結果指出來兩份，一份是七分糖，一份是三分糖，三分糖那個有個專做雞鴨的大師傅說：「吃起來跟饅頭差不多，能配上粥當飯吃。」

梁師傅淚流滿面。三分糖的糯米粉加太多，可以改個名兒叫糯米棗泥糕，山藥？喔，那是加進去豐富糯米粉口感的。

劉寶泉大手一揮，梁師傅做了兩份，一份七分糖，一份三分糖。做完他抹了把額頭上的汗，一下午什麼都沒幹，光做這個了。

做好後，生怕再有什麼問題的梁師傅不等許照山來拿，趕緊讓人給送過去。

這兩份還特意放了籤子標上名字，第二份三分糖的，梁師傅思量再三，還是標成糯米棗泥糕，標成山藥的話他心虛……

於是，李薇看到時就以為糯米那碟是膳房多給的。

下午，看著快到四阿哥回來的時間，李薇決定今天要是四阿哥不來，她就把點心送到書房去。她總忍不住想為他做點兒什麼，更不安地想他早上走前雖然說要來，可下午說不定就改主意不來了呢？於是，她就不停地從妝盒裡拿出懷錶看時間。這錶還是福晉進門前，四阿哥拿給她的。她看著錶又發起呆來，玉瓶看到她這樣，躡手躡腳地躲了出去。

外面的玉煙看到玉瓶出來，使了個眼色，兩人拿著絲線一邊分線，一邊小聲說話。新得的這些衣料，玉瓶和玉煙都樂歪了，這下主子的衣服一準兒夠做了！看誰還敢看不起她們格格！

四阿哥這是在替格格撐腰呢，從頒金節前堵在心口的鬱氣可算是痛快地都吐了出來。

玉瓶道：「格格這樣，看著實在讓人心疼。」說著她朝武格格那邊屋子看了眼。

玉煙雖然是背對著武格格那頭，卻接話道：「憑誰都能跟咱們格格比不成？那一個兩個的，抵得過咱們格格一根手指嗎？」

李薇的宮女們對她的信心倒是充足得很。她們旁觀者清，從李格格進阿哥所就在她身邊伺候，親眼看著宋格格不敵，福晉鎩羽，四阿哥就是喜歡她們格格。

這個武格格也就是碰上好時候，剛進門，四阿哥總要新鮮幾天，剛巧她們格格又身上不好，才顯得她風頭正盛。

如今格格剛好，四阿哥就連來兩天，好東西不停地往她們格格屋裡搬。

「現在咱們只管瞧著。」玉煙壓低聲音道：「我看，那邊坐不了幾天就該來找咱們格格了。」她朝後面武格格處一眨眼，跟玉瓶兩人咯咯偷笑起來。

胤禛今天讀了書就直接去了太子那裡，蘇培盛過一會兒讓人回來傳話，說太子留飯，四阿哥晚上不回來用了。

李薇本想讓人把山藥糕送到書房去，被玉瓶攔下道：「阿哥又沒說不來，這東西過了夜就不能用了，萬一阿哥回來就過來歇了，不是白費了您的心意嘛。」

平常拿回來的點心，格格總是不一會兒就吃完了，看這特意留著的，肯定是給四阿哥預備的。

一直快到四處要閉宮門了，胤禛才匆匆回來。果然就像玉瓶說的，直接到李薇這裡來。他一進院，蘇培盛就帶著人趕緊去膳房提熱水，還有拿替換衣服的、準備洗漱的，屋裡人人都忙碌起來。

李薇捧了碗熱茶給他，胤禛接過後，吹兩口並沒急著喝，而是先問她：「妳這裡的糖和點心還有沒？拿點兒過來。」

他在太子那裡跟太子一桌用膳，從頭到尾光顧著說事了，頂用的沒吃幾口，反正他也不是去吃東西的。用完又陪他在書房寫了半天的摺子，餓到現在只喝了兩碗茶。

「有、有，我下午剛要的兩碟點心還沒動呢。」李薇趕緊去端。

倒是胤禛聽了她的話一怔，下午要的兩碟點心現在還沒動？端來一看，他就笑了，方方正正沒一絲花紋的點心，一看就知道是給他準備的。

他累了一天，這會兒看到李薇拿來的點心，心情愉悅地拿起銀筷挾了一塊細品，不一會兒，兩碟點心全進了他的肚子。李薇這才後知後覺道：「爺，您餓了吧？膳房現在肯定還沒熄灶呢，叫他們給您準備點兒東西吧？快得很。」

「不用。」胤禛肚子填了七八分飽，滿足地舒了口氣，捧起茶來慢慢喝。他從太子那裡出來，一回來卻趕著叫膳，這不是明擺著他在太子那裡沒吃好嗎？

熱水來了，兩人洗漱後躺下。

帳子裡，胤禛摟著她，兩人擠在一個被窩裡，他摸著她的頭髮道：「今晚不要了，歇歇。若還想要，爺明天給妳。」

他拿話臊她，明擺著說她昨晚太狂野了。

她羞紅了臉，喃喃喊他：「爺……」仰臉湊上去，兩人纏綿地接了個長吻，口舌交融，她含著他的舌頭沒夠地吸咬著。

胤禛不得已兩隻手握著她的腰往外拔，好不容易被她放開，她一看，他臉通紅，喘道：「小東西，妳是妖精變的不成？爺的魂都快被妳吸出來了。」

說完低頭罩住她的嘴，將她壓在身下狠親了一通，把她也親得喘息不止才甘休。

親完，他在她後背拍撫了一陣，哄道：「睡吧，妳家爺累了一天了，乖啊。」

屋裡變得安靜下來，玉瓶悄悄在堂屋留了燈就帶人退了出去。站在外面的寒風中，等到響過三更，蘇培盛過來，她們才回小屋跺跺腳，灌兩碗熱茶暖暖，再趕緊出去伺候四阿哥早起。

李薇也跟著一道起來了。

胤禛使眼色讓其他人退開，由著李薇服侍他穿衣，她給他繫腰帶時，他低聲在她耳邊笑道：「怎麼今天不睡了？」

說完，手在她臉上溫柔地摸了兩把。

——以前那是讓你折騰的！

再說，怎麼可能折騰完深夜三點再起來？她又不是鐵人。但看四阿哥每天都是三點起，她就特佩服！皇阿哥什麼的果然不是一般人幹得了的。

她眨巴眨巴眼，特崇拜地看著他，讓四阿哥在她腦門上輕輕拍了下，「小狗腿。」手放下來時又是從耳根滑到脖子上，讓李薇起了一身麻酥酥的雞皮疙瘩。

送走他後，李薇居然挺有精神的，於是回籠覺也不睡了，坐下叫來玉瓶，跟她商量過年是不是給四阿哥送個親手做的什麼東西，她果然越來越愛他了是吧？

李薇挺滿足地想，愛果然就是要不停地對人好對不對？

玉瓶也很配合，兩人從靴子一路商量到衣裳、小件的荷包腰帶……玉瓶正要喊玉煙去開箱子，把皮子衣料等拿出來看，玉煙進來卻道：「格格，武格格看您來了。」

啊？

李薇發現自己居然有點兒緊張。她對著宋格格就沒這種感覺，也就當初福晉進門後，讓她時不時地覺得芒刺在背，可那是福晉，現在武格格也讓她覺得不舒服了。

大約是宋氏在她看來算「手下敗將」，福晉與武氏這兩個後來的才叫她不安吧？

武氏實在是坐不住了。

別人都不知道，她是四阿哥去找德妃求來的。雖然可能四阿哥僅僅是想添個人，挑人的是永和宮的嬤嬤，她們家也找人走了門路，但她也是被永和宮的嬤嬤相看過的。

她一直覺得，四阿哥應該還是挺喜歡她的，畢竟她進門後，四阿哥只在她屋裡歇過，別的地方都沒去。

她們家也打聽過，說四阿哥這邊有個一直伺候著的李格格挺受寵，但又能多受寵呢？武氏是自李格格月事結束後才發現的，她沒想到，四阿哥竟然再也沒有提起過她，就好像之前那幾天什麼都不是一樣。

他一點兒都不想她嗎？她伺候得不好嗎？

武氏之前就見過李格格一次，這次她來，既是想套套近乎，心底也更想好好看看她，看她是個什麼樣的人。

她有多好？怎麼能把四阿哥給拴在身邊呢？

她走進去，第一眼沒有看到李格格，因為裡屋炕上擺著個炕屏。

大家的屋子都是一樣的，一明兩暗。最近天冷了，門簾也換成了擋風的厚棉簾，窗紗也換成厚的，屋裡就顯得暗了點兒。

武氏沒敢多打量那炕屏，它精緻得刺眼，擺在這昏暗的屋裡好像還帶著寶光，讓這屋裡都亮了幾分。其實，上次來她就發現了，李格格屋裡有不少好東西，跟宋格格那邊完全不同。

「這是我們格格。」引她進來那個宮女說。

武氏下拜，炕上的李格格前傾身虛扶了一把，連動都不動地道：「快起來吧。」

還是她身邊的宮女把她扶起來的，是李格格在拿架子？

武氏偏身坐在李格格對面，此時抬頭認真打量。

好漂亮的姑娘，就算武氏自恃容貌，也不能紅口白牙地說她比李氏漂亮。

可比她的容貌更刺目的是她整個人的精氣神。

她靠在隱囊上，彷彿沒長骨頭，身上軟綿綿的，偏不顯得懶散，彷彿她這麼不端正地坐著是多麼自在的事。她帶著笑，整個人都好像被四阿哥的寵愛給餵飽了、灌滿了，溢出來讓人看見也不羞。

武氏很快垂下頭。

李格格的笑刺得她難受。這要是多開心、多快活，才能這麼大大咧咧地露出來給人看？半點兒不遮不蓋？

可武氏一句話都不敢說，她還要笑，還要客客氣氣地捧著她。

李薇覺得武氏這人還挺普通的，她來好像就是找她聊天，雖然兩人一點兒都不熟，坐著喝茶吃點心，聊聊針線，說說胭脂，全是廢話。

李薇愛拿小零碎堆花，做衣裳剩下的邊角料她總捨不得扔，但堆完了又沒機會戴，都攢了一大盒了。

現在拿來當個話題挺好，武格格很捧場地當場試了好幾朵，最後臨走前求著李薇拿了一匣子走。

李薇笑呵呵地送走了人，回來就有些擔心，親手做的花……這個是不是宮鬥裡被陷害時的常用道具啊？

之後倒是看到武格格常常戴著過來找她，見武格格挺不在意地當平常普通的花戴著，李薇也漸漸放了心。

倒是四阿哥再來時提了一句：「武氏頭上戴的花，怎麼看著像是妳紮的？」

李薇心裡一酸，臉上就露出來了，胤禛得意地捏著她的下巴，「這就酸上了？讓爺試試，喝了幾斤醋。」

兩人親著親著就摟著倒在了榻上，雖然是白天，但誰會這時跑出來煞風景？有人守著門，胤禛也是克制著只輕輕來了一次，完事時他喘著氣道：「妳的性子只這一條不好，撚酸愛醋。爺能容妳放肆，那是爺疼妳，不忍管束妳。可妳也要長進，在外頭露出來怎麼辦？」

李薇讓他說得沉默下來。

胤禛從她身上翻下來，拿被子給她蓋上，「瞧瞧，這又露出來了。妳也跟別人學學，不然妳這樣出去讓人看出來，總要吃虧的。」

李薇貼過去，胤禛順手把她抱到懷裡，見她神色消沉，不由得安慰道：「好了，妳既然學不會，那就乾脆少出門也少見人，就能少得罪幾個人，免得人人看妳不順眼。」

嗯？這話說得意有所指。她頭一個想到的就是福晉，難不成他知道那賞賜的事了？她立刻支起身，追問道：「爺，您說誰看我不順眼？」

胤禛看著她，心裡暗罵了聲蠢蛋，「這院子裡誰看妳都不順眼。爺幾乎天天歇在妳這裡了，妳說誰看妳能順眼？」

他摟得更緊些，貼著她的耳朵低聲道：「妳跟武氏好些也好，她剛來沒根基，正是求著妳的時候。就跟妳院子裡的人一樣，有些事她不等妳說就會幫妳辦了。」

四阿哥這話說得也太不像他了，讓李薇都不敢相信！

見她又露出傻樣兒，胤禛發愁，平時看著也不蠢，但有時就是不開竅。院裡四個女人，他待她也夠特別了，怎麼不見她有一丁點兒的自覺？武氏剛來，他連鼻子眼都未必看清，怎麼會捨她而就武氏？在她眼裡，他待她的情分就這樣不成？

胤禛嘆氣，不再多說，只提了一句：「妳把心放到肚子裡，妳的爺是個念舊情的。」

——不是等閒什麼人跳出來就能把妳從妳家爺這裡擠下去的。妳家爺也不是喜新厭舊之人。

對胤禛來說，院子裡的人大大小小都是他的奴才，不過有些得他意的，有些使著不順手。不順手的自然要調教，調教不成再論。得他心意的，就是有些小毛病他也容得下。

他十一歲開始出精，當月就由奶嬤嬤和主管太監安排的司帳、司寢等幾個大姑姑教導他人倫之事。大概是怕小阿哥們沉迷肉慾，陪阿哥過夜的大姑姑雖然都是十七、八歲的大姑娘，盤正條順技巧高超，但她們伺候阿哥們時，奶嬤嬤和主管太監就在幾步外看著，免得她們勾引阿哥。

讓人隔著帳子盯著，伺候的女人半點兒不敢出聲，不敢碰他分毫。這樣的事怎麼會有滋味？所以，胤禛在有格格以前，對這種事並沒有多喜歡，有時會看到某個容色動人的宮女，但絕不敢動一丁點兒念頭。

當宋氏和李氏到阿哥所伺候他之後，他才嘗到這種事的妙處。兩個格格各有千秋，他與她們相處一陣子之後，自然順從心意跟更喜歡的李氏在一塊兒更多。

時間長了，他也聽到一些風言風語，也見到阿哥所裡的太監和宮女們蜂擁到李氏那裡去，但最讓他驚訝的是，李氏竟像個傻子似的，不但沒發現那些宮女、太監都在拍她的馬屁，連她自己院子裡分來的那些人，她都沒收攏到手裡。

一直只用著一個玉瓶不說，還怕院子裡的人沒活兒幹生二心。他沒忍住教了她兩句，以為她從此就要開竅了，結果還是老樣子。

福晉進門後，宋氏和李氏都有些退縮。宋氏是天天跑去福晉那裡，李氏開始也跟她去，去了幾次後又不去了，也不知道她在想什麼，獻個殷勤都能半途而廢？

這事要放在他身上，別說只是坐一兩次冷板凳，就是天上下刀子，座上有釘子，他都不會停。再說，福晉不趁機給她們下馬威，難道還要跟那些伺候她、巴結她的太監及宮女似的？連誰求誰都沒搞清，蠢貨。

這點上，宋氏明顯比她看得明白得多。

宋氏有了身孕，福晉都被刺激得開始四處鑽營，他一頭吊著福晉，偶爾抽空去看看她，見李氏就像身處桃花源一樣，對外面的事連一丁點兒反應都沒有，身邊的人還是只有那一個。

世上居然真有蠢成這樣的人，胤禛感歎。

可老天爺疼傻子。李氏腦筋慢且糊塗，但因她有寵，自然有人願意替她搭一條通天梯，以求能一人得道，雞犬升天。幸運的是，像她這樣的人也是少數，至少宮裡是難得一見的，所以她身邊的人裡還是有幾個得用能幹的。

那些人漸漸替她把事都管了起來，但胤禛知道這還不夠。福晉的手越伸越長，雖然現在還不敢伸到他身邊來，可宋氏、李氏和武氏她們都在她的手下吃飯。宋氏一向跟福晉走得近，他不必擔心，以她的心思護住自己，平安生下孩子不難。李氏卻有些為難。幸好武氏還不算太笨，見李氏有寵而她無寵，就想靠到李氏這邊來。

對他來說，真是瞌睡了正好送來了枕頭。他雖然擔心李氏，卻還不至於為了她去干涉福晉，就是福晉真要擺布她，他也只能看著，為了一個格格去下福晉的面子，這種事他不會做。

他只能多去看她、多給她賞賜，把寵明明白白地擺在明面上，讓福晉不敢下手。可明槍易躲，暗箭難防。

有了武氏在，正好能護住李氏。有些事，武氏看明白了，也能提點李氏一兩句。

晚上，兩人歇下時，胤禛看著李氏轉瞬就睡著了，心中倒是挺羨慕她的腦子的，果然人越聰明越累，看，這笨得一點兒心事都沒有，睡得多香啊！

他嘆了口氣，在她平緩的呼吸聲中也很快入睡了。

呼啦啦幾場大雪一下，快過年了。

李薇也換上玉瓶帶著人給她裁的新棉衣，整個人一下看著臃腫了不少。

幸好四阿哥和福晉都忙了起來，他也沒空過來找她，不然她可不想這副樣子出現在他面前。

從現在開始一直到十五，這兩位主子天天都不得閒。阿哥所裡幾乎家家都在唱空城計，免不了地，剩下的主子裡要有一個出來挑大梁。

別人那裡如何，李薇不知道，她只知道四阿哥這裡，宋氏一早就捧著肚子回去安胎了，武氏就擺出一副「姐姐，我都聽妳的」的樣子。

蘇培盛跟著四阿哥進宮，前院有太監管著用不著別人操心，但福晉那裡以前很有派頭的福嬤嬤也撂了挑子！

李薇傻眼了。開什麼玩笑啊！她以前表現出很愛管事的樣子了嗎？她又不是鳳哥兒，只嫌攤子不夠大顯不出能耐來。

求拯救！

李薇請張德勝幫忙遞話，因為太忙，四阿哥最近回來就歇書房裡，她見不著。結果張德勝把話傳回來，四阿哥的意思是她能管就先管著，管不了的去問大嬤嬤便是。

李薇就如同得了尚方寶劍，當天就鄭重地去請大嬤嬤了。她傳話的時候耍了個心眼兒，把四阿哥的前半句話省了，只是說爺說這段日子要辛苦大嬤嬤管一管家了，我們都是小輩，見識短淺，請大嬤嬤辛苦一次，等忙過這陣就好了。

大嬤嬤從小養著四阿哥，怎麼會不知道他？什麼時候他放著院裡三個格格不用，要個奴婢嬤嬤來替他管家？

宋格格有身孕，武格格剛來，大嬤嬤看著坐在上面的李格格，心裡知道這大概就是四阿哥屬意接攤的人，可看她這樣，是想找個頂缸的人？

大嬤嬤話說得極漂亮：「格格這是哪裡話，您是主子，咱們都順著您的意思來，您說聲捉雞，奴婢不敢捉隻鴨子拿過來。」

李薇被她逗笑了，大嬤嬤繼續道：「您用得著奴婢，奴婢肝腦塗地，絕無二話。」

大嬤嬤說完，還等著李薇再來個下馬威或什麼的，誰知李薇竟歡快地把活兒都交給她了！話說得非常清楚，張德勝那邊有事只管問大嬤嬤。

所以您就只管高臥是吧？

大嬤嬤這下看不透了。之前以為是個精明的，可要是真精明，怎麼會不明白四阿哥的心意？

大嬤嬤和站在下頭的張德勝對了個眼神，見張德勝也明顯是拿這位格格沒辦法，大嬤嬤只得無奈道：「既然格格看得起奴婢，奴婢就暫時頂頂。」

張德勝倒是一出來就噗哧一聲笑了出來，還怕人看見，縮脖子舉袖子抬住嘴，被從後面出來的大嬤嬤一巴掌拍在後頸脖子上。

「哎喲！」張德勝被打得往前一栽，趕緊站直了回頭一看是誰拍的，馬上擠出一臉的笑，三孫子似地扶著大嬤嬤回正院了。

大嬤嬤也是個雷厲風行的人，立刻叫齊各院子裡領頭的發了話，主子們進宮，他們這些人更要嚴守門戶。

「我知道你們在各處都有親，過年的時候免不了出去會會朋友、見見家人。只是如今主子們不在，咱們胡跑亂竄的，衝撞了哪位貴人要怎麼辦？不但是給主子們臉上抹黑，就是自己也要倒楣的。不如先拘束個十幾天的，等主子們的大事忙完了，自然會給大家會親訪友的時間。」

大嬤嬤說完安撫的話，跟著就毫不客氣地定了幾條規矩。

一是除了三位格格院裡每天出去提膳的人之外，其他人不得外出。去提膳的人每天也只能出去兩次，哪位格格臨時想要個什麼點心的，要先來她這裡備一聲。

「放心，像宋格格有身孕，時不時想用點兒什麼也是常理，咱們不會剋扣這個。格格們有想要的，只管來說。」大嬤嬤很客氣，其實她怕的是李格格，這位李格格從進阿哥所就跟膳房槓上了，一天不叫兩回東西就跟身上癢癢似的。

大嬤嬤有些看不上這種愛折騰的，但也清楚這位主子只是骨頭輕，給點兒小風她自己就能飄上天，年輕不沉穩而已，雖然不討她喜歡，可阿哥明顯是看在眼裡了。

倒是福晉這樣的，大嬤嬤覺得是個福晉的樣子，可惜阿哥不習慣有人管頭管腳。

二是外院的事，問張保，這是四阿哥留下來看攤的。內院的事，問她，除他們兩人外，這院子裡誰說的話都不管用。

「覺得奴婢僭越的，等這件事完，奴婢磕頭賠罪。現在只好得罪了。」大嬤嬤說這話的時候，看的卻是福晉院子裡的福嬤嬤。

福晉是帶著身邊的貼身宮女去永和宮，福嬤嬤可能是年紀大，也可能是福晉特意留下來的。

大嬤嬤覺得後者可能性更大。誰知啊……她微微一笑，這事先是便宜了李格格，哪知李格格膽子小又把她推了出來，倒讓福晉的盤算落了空。

福晉跟格格她們用的都是內務府的人不同，她進宮是帶著班底進來的，內務府雖然撥了人來，可福晉也沒讓他們近身伺候。如今內務府分給福晉的太監還只是做些去給阿哥傳話這樣的閒事，可見福晉有多信自己人。

可這些宮裡的太監及宮女也不是好欺負的，於是自然而然就成了涇渭分明的兩邊。宮女和太監們想往福晉身邊擠，福晉自己用的人卻插不進阿哥所的雜務裡來。

新年事多，雖然只是短短幾天，但只要時機合適，福晉的人裡怎麼著也能顯出一兩個來，福嬤嬤大概就是幹這個的。

大嬤嬤也有些傲氣，福晉不用她，她就只掛一條阿哥庫房的鑰匙養老去。

想起福晉，大嬤嬤就想嘆氣，手段是有，心氣也有，氣勢也足，就是心境差了些，不明白事緩則圓的道理。她既想謀求在阿哥身邊說一不二的地位，怎麼不明白所求越高，頭就要越低呢？

晚上，元英回來後知道了這事，特地把大嬤嬤請來，道：「這些日子我太忙，沒顧得上家裡，倒讓大嬤嬤勞累了。」

大嬤嬤心道果然來了，跪下道：「奴婢替主子辦事，不敢稱勞累。」

元英一笑，讓福嬤嬤扶大嬤嬤起來，指著福嬤嬤道：「我這院子裡的事都是福嬤嬤總管，大嬤嬤有什麼不明白的，只管問她就是。」

大嬤嬤衝福嬤嬤笑了笑，對福晉說：「是。」

元英道：「旁的也就罷了，書房那邊有張德勝看著，這後院裡，李格格和武格格都是規矩懂事的，倒是宋格格現在身子重些，嬤嬤多看顧些吧。」

大嬤嬤再應了聲「是」，看福晉再無吩咐就退下了。

屋裡，福嬤嬤摒退所有人，跪下道：「都是奴婢辦事不力。」

「罷了。」元英嘆氣，讓她起來，「也是咱們盤算不到。」

她和四阿哥這一去宮裡，阿哥所這裡肯定要亂一亂的。自從她進門，大嬤嬤就被供起來了，原本她以為出來頂事的應該是李氏，到時福嬤嬤出去做個幫手是剛剛好。

誰知李格格居然把大嬤嬤又挖出來了。

大嬤嬤管事，這院裡的人也跟她處了有七八年，自然不是李氏或福嬤嬤能比的，現在福嬤嬤就算伸手，估計也管不到什麼了。

元英看著燃燒的燈火，恍惚了一瞬，才又把心思拉回來。她本來見李格格平時要東西要得厲害，也能哄著四阿哥賞她東西，是個眼皮子淺又好拿捏的，就算讓她代管幾天也不至於出事，還恰好能讓福嬤嬤插手，又能撇開她……一石二鳥的好主意，偏在大嬤嬤這裡觸了礁，根子卻是李格格嫌管這幾天都燙手。

元英搖頭，這下她把福嬤嬤送出去就有些生硬了。可若是不趁這個機會，哪裡還有兩個主子都不在的時候呢？何況再拖幾個月，宋氏就要生了，不管男女都是四阿哥的第一個孩子，她就算無寵，也能跟李氏齊肩了。

比起李氏來，元英更忌憚她。

按按抽痛的額頭，元英突然想……她是不是太急了呢？眼看著宋氏的孩子就要落地，四阿哥要了個武氏，又拚命地寵李氏。

她的心亂了。元英深呼吸幾下，對福嬤嬤道：「這次就算了，最多半年咱們就要開府，到那時方是名正言順。」

福嬤嬤小心翼翼地看了眼福晉的臉色，雖然是她奶大的福晉，但現在福晉的威嚴日盛，連她也有些怯了，於是不敢再多說什麼，伺候了福晉安歇就退下了。

回到小房間後，福嬤嬤就著小丫頭提來的熱水簡單洗漱了下，除去釵環和外衣躺下時，她不由得開始盤算開府後這府中如何安排。雖然她跟福晉商量過，開府後肯定各處舉薦來的人就多了，四阿哥的心意也難以捉摸。

烏雅氏、佟佳氏，還有他們烏拉那拉氏，也不知四阿哥會重用哪一族的人。

還有另一件事讓福晉憂心。最近在永和宮聽到一個消息，說是今年開府，明年可能就要封爵，四阿哥大概能得個貝勒，這雖然是件喜事，但怕四阿哥會立個側福晉來壓制她。宋氏有子，李氏有寵，哪個成了側福晉都是福晉的心頭大患。

福嬤嬤與福晉商量過數次，若是實在攔不下來，是宋氏好還是李氏更好？宋氏聽話順從，但她膝下已經有了個孩子。李氏受寵，但骨頭輕，好對付。兩個都各有利弊。

福嬤嬤輾轉反側，剛要睡著就聽到外面福晉起來的聲音，石榴她們提著熱水進去，又要伺候福晉進宮了。

陸之章　出宮建府

書房這裡，胤禛也起來了。蘇培盛端來棗泥山藥糕和糯米棗泥糕，就是在李氏處吃過的那種，他上次吃覺得挺頂餓，最近書房裡常備這兩道點心。

為了怕在宮中出醜，早上他幾乎什麼都不喝，兩盤點心就這樣硬生生嚥下去，最後才喝兩口茶潤潤喉嚨。

蘇培盛把茶碗接過去，小聲地把昨晚大嬤嬤被福晉叫去的事回了。

胤禛狀似無所謂，道：「喔，她是福晉，交代兩句也是應該的。」蘇培盛聽到腰弓得更低，屋裡的太監們都成了木頭樁子，鴉雀無聲。

張德勝站在屋外廊下，敏銳地發覺屋裡氣氛不對，不由得往後退了兩步，以期四阿哥出來不要看到他。不過怕什麼來什麼，胤禛出來時，一眼就看到站在門口的他。

胤禛腳下不停，卻交代蘇培盛回去聽聽他徒弟是不是有什麼事要回報。他交代道：「宋氏那邊要精心，現在她月份大了，有什麼事讓張德勝盯著。李氏那邊……算了，她一向乖巧，這種時候躲還來不及。」

蘇培盛就錯後一步，使眼色讓張德勝趕緊過來，有什麼話快說。

張德勝就說了兩件事，一是宋格格那邊有個太監拉肚子，請示是不是要挪出去。因為出去就回不來了，以宋格格的性格，也不會專為了個太監開口求人。張德勝物傷其類，有心替這個太監求個情，不必出去就在院裡治得了。

二是李格格那邊最近連點心都不要了，每天就是兩道膳，這位主子是不是有什麼事不好說？

蘇培盛略一思量，直接道：「把宋主子那裡的人挪出去，你也不動動腦子！那位主子如今可是挺著個肚子的，別說一個不入流的太監，就是你師傅我也要避得遠遠的！趕緊挪，別耽誤！」

至於李格格，雖然只是不叫點心這樣的小事，蘇培盛卻不敢輕易下結論，只道：「李主子的事，回頭有機會我回了阿哥，你先盯著。要是有人不開眼給李主子委屈受，你先處置了。」

說到這裡，已經到了院門口，張德勝站住腳，弓身目送蘇培盛快步趕上前方的四阿哥。

張德勝回去後，第一件事就是先把宋格格那裡的太監挪出去。那太監哭得沒了人樣，卻不敢號哭，嗚嗚咽咽地聽得人心酸。宋格格沒開口，只讓宮女送出來二兩銀子。

張德勝親自把人送到內務府，自掏腰包打點了裡面的人，把人送進去後，還不忘安慰他，日後好了還有機會回來。

太監抓住張德勝的手不放，求他有機會多在主子面前提提他。

張德勝心道，我給阿哥提你，阿哥知道你是誰啊？宋格格那邊他就是真提了，以宋格格那多一事不如少一事的性子，真敢跟福晉或阿哥說嗎？何況，你在宋格格那裡也不是什麼離不了的人啊！這人大概就這樣了，運氣好呢，病好了還能再換個主子，運氣不好可能一條小命就沒了。

第二件事，張德勝先把每天給李格格提膳的太監許照山叫來，閒聊般問他最近格格怎麼樣了？吃得可香？睡得可香？亂七八糟問了一通便把人放回去。

許照山心裡挺美，連書房裡蘇培盛的徒弟都來巴結格格，他可要把格格這條大粗腿抱牢嘍！

從根上說，張德勝是不信有人敢給李格格氣受的，難不成是身體有什麼不適？

張德勝坐立不安了，轉頭就去正院尋了大嬤嬤，先是提了宋格格那裡有個太監拉肚子剛送出去，怕宋格格有什麼不妥的，是不是請人過來瞧瞧？再有就是……順便瞧瞧李格格。

大嬤嬤一聽就知道後面這位主子才是重點，與張德勝小聲問：「那位……怎麼了？」

張德勝把叫膳少的事說了，「這位主子無論怎麼說，也是咱們阿哥爺心裡掛著的。真出了事咱們再不知道，只怕不好收拾啊。」主子生病你們伺候的人居然不知？

大嬤嬤畢竟是個女人，她想的比張德勝還嚴重！

從這位主子承寵的日子來說，說不定就是有了消息，這才改了口味！她在屋裡轉了兩圈，道：「我去瞧瞧幾位主子吧。」

還是親眼看看才能放心。最要緊的是，李格格屋裡都是些沒經過事的宮女，格格年紀又小，萬一她自己和身邊的人都沒察覺，真有孩子了再讓這孩子有個好歹……

想想四阿哥那陰沉的臉，大嬤嬤大冬天出了一身冷汗。

她先去看了宋格格，問了起居飲食，安慰宋主子萬事都不要放在心上，太監已經挪出去了，自然有人好好照顧他，若是宋主子習慣他的伺候，等他好了還讓他進來。

從宋格格這裡出來，第二個就是李格格。

一見到李格格，大嬤嬤就把她從上到下打量了好幾遍，但只看臉色形容，倒看不出她是不是有了好消息。若是從四阿哥在這裡歇過的日子算，就算有身孕也不到兩個月。

跟著問飲食，大嬤嬤先告罪，說最近嚴守門戶，所以進出不易，誤了各位主子的事，再問最近李格格吃的喝的可有什麼不如意的？

李薇呵呵笑道：「沒有，都挺好。其實最近宮宴多嘛，膳房的人好像都被叫走了，留下的幾個怎麼做都是那個味兒。」

——這才是您不叫點心又吃得少的原因吧？

大嬤嬤出來後又去武格格那邊象徵性地坐坐就走了。可回去的路上想了想，覺得還是慎重些好。就算不是，她慎重了也沒錯。若萬一是，那這一慎重可就積了大德。

之後，大嬤嬤就藉著宋格格有身孕的事，派了個嬤嬤過去，交代她除了宋格格，李格格那邊也要再三留心。

那嬤嬤姓柳，人卻長得矮胖，年輕時得了個「柳樹墩子」的外號。

大嬤嬤也是習慣地喊她：「墩子，我可把這兩位主子都交給妳了。」柳嬤嬤抿著嘴笑，點頭道：「我都答應你。只是妳也要給我交個底，這兩個裡，哪個才是這個？」她豎起個大拇指。

三個格格，卻只讓她注意兩個，肯定只有一個才是要緊的。

大嬤嬤笑了：「妳還用我提醒？快去吧。」都是人精子，誰蒙誰呢？

柳嬤嬤笑咪咪地去了，先到三位格格那裡都坐一坐，再跟幾個格格身邊重用的人都聊一聊，心裡多少有了數。

到了晚上，胤禛回到阿哥所，泡腳解乏時終於有時間問蘇培盛早上是什麼事了。

蘇培盛已經知道張德勝把人挪出去了，報給四阿哥也是毫無壓力，再有李格格用膳少的事也徐徐報了。

胤禛閉目養神，下面有小太監在替他捏腳。

聽完他道：「張德勝做得好，回頭你賞他。宋氏那邊讓大嬤嬤盯得緊些。」

蘇培盛答應著。

然後胤禛睜開眼，也沒說李氏如何，讓小太監擦了腳，起來又換了衣服，蘇培盛趕緊讓人準備燈籠。胤禛一言不發，直接去了李薇那裡。

李薇還沒睡，正躺在炕上望著帳頂，數著還有幾日四阿哥就不用再這麼忙了。正想著外面突然有聲音，她披上皮袍子起來，喊玉瓶：「外面怎麼了？」話音未落，棉簾一掀，四阿哥進來了。

李薇的眼睛瞬間就亮了！從炕上跳下來，鞋也顧不上穿就要跪下，被胤禛一把拉住按回炕上。

玉瓶伺候著四阿哥脫了衣服，他也躺上來，合上床帳，留了盞燈，兩人就退下了。

在床上，胤禛躺平後長吁一口氣，在被子裡抓住她的手拉到懷裡，閉著眼睛問：「這些日子沒過來瞧妳，過得怎麼樣？」

李薇慢慢貼到四阿哥身邊，抱住他的胳膊說：「我都好，宋姐姐也好。大嬤嬤今天還送了個嬤嬤過來，爺累了，睡吧。」

胤禛：「嗯。」伸手要摟她，卻一頓，讓她躺平，手在被子裡撫摸著她軟綿綿的肚子。

「這些日子妳乖乖的，等開了府，爺給妳挑個大院子，嗯？」他心裡一直盼著她有好消息，明明得的寵愛最多，一直沒孩子反而顯得奇怪。他聽了蘇培盛的話心裡就有種預感，再聽她說大嬤嬤也派了人過來，想必是真有好消息了。

過年時不好叫太醫。胤禛想著等過了這段日子，第一件事就是請太醫過來看看，一邊想，一邊睡沉了。

李薇看著他睡著的臉，大著膽子在他嘴上親了一口。親完，心道：怎麼有股甜絲絲的味兒？

很快，宮內慶祝新年的盛大宴會終於結束了。從宮內到朝上，所有人幾乎都掉了二斤肉。

胤禛還記得請太醫的事，這邊不必再進宮，那邊立刻就請來太醫，說是福晉這段時間辛苦了，請太醫瞧瞧。

太醫瞧過四福晉，留下兩個保養的方子，說福晉確實辛勞過度，心血和元氣都有虧損，又因為年齡還小，長此以往恐怕有礙壽元，讓福晉儘量靜養一段時間最好。

元英收了方子，送走太醫，福嬤嬤要拿方子去煎藥，可元英把方子給她，卻不打算吃。福嬤嬤被太醫的話嚇壞了，見她不當一回事的樣子，十分不解。

元英也不跟她解釋就讓她下去了。她心裡明白，太醫的話有一半是真的，更多卻是四阿哥在警告她。她心道，這時不爭，那她什麼時候爭？難道要等到幾個格格都養大孩子，等到四阿哥封了貝勒再爭嗎？趁著她們現在都沒站住腳，四阿哥還年輕，她才爭得出來。

「若是宋氏生的是個格格，就是她吧。」元英輕聲嘆道。

福嬤嬤一聽就明白了，這說的是開府後側福晉的事。她點頭道：「福晉說的是，宋格格還是差著一兩分的。」

李氏有寵，孩子是早晚的事。真把她推上去當了這個側福晉，再想拉下來就難了。

宋氏別看她進來得早，早就被李氏給擠到犄角旮旯去了。她這次要真是能得個格格，下次什麼時候再有這樣的運氣還不好說呢，比起李氏來，自然還是她更好，福晉也能收服她。

太醫從正院離開，由張德勝先送到宋格格那裡，太醫號了脈，卻沒有開方。跟著到李格格處，號脈時，張德勝在外面豎著耳朵，過一會兒他聽到太醫笑呵呵道：「格格身上挺好，神元氣足，不必吃藥。」

張德勝卻是心裡一沉，完了，沒有好消息。一會兒回書房怎麼跟四阿哥說呢？想起這個他就腿軟。從武格格那裡離開後，張德勝帶著太醫去了書房。

胤禛從太醫請來後就坐著等，茶喝了兩碗，終於把太醫等來了。

太醫一進去就先跪下磕頭，四阿哥叫起，讓座。太醫虛坐下，低頭報給四阿哥一堆壞消息。除了福晉心血虧損外，宋格格的胎心音有些弱，剩下兩個格格倒都是身體康健，就是沒好消息。

胤禛當著外人的面，臉色倒是不變，也看不出高不高興。等太醫說完，叫賞，然後讓蘇培盛送人走。蘇培盛趁機顛兒了，張德勝恨不能把自己縮到牆根裡。

胤禛背著手在書房來回踱步，轉到書架前，拿了本書翻看。張德勝使眼色讓外面的小太監進來換茶，小太監弓著腰舉著茶托盤進來，剛把茶放到桌上，胤禛終於忍不住氣得摔了手裡的書，小太監撲通一聲就跪下，不敢求饒，只是打著哆嗦把頭緊緊貼著地面。

「不知所謂！」胤禛在罵書裡的內容。

張德勝木著臉，心裡連喊各路菩薩、十八天神佛救命啊！

摔了書，胤禛抬腿往外走。張德勝鬆了口氣，這是找那誰撒氣去了吧？臨走前先去把那小太監踢起來，使眼色讓他快滾出去，然後一溜煙地跑著追四阿哥去了。

一路看著四阿哥腳下滾著風火輪般進了李格格的屋子，門口的宮女及太監插燭般跪下磕頭，四阿哥也沒叫起，張德勝也不多事。誰知道一會兒他們主子受了責罵，他們還有什麼好下場不成？

他沒跟進去，就站在門口——傻子才進去找死呢。

隔著一道棉簾，他聽到李格格蹲福問安，卻沒聽到四阿哥叫起，他心道：這就來了！跟著，傳來的卻是窸窸窣窣換衣服的聲音，李格格再開口也不是他想像中的請罪或哭求，而是說：「爺，您嘗嘗這茶，這是福晉給的西洋茶呢。」

張德勝暗地裡給了自己一巴掌，讓你想看笑話，李格格要是連給四爺消火都不成，她也不可能進來一年多了還是獨寵。看外面的人還跪著，他使了眼色讓這些人起來，只要李格格不倒，他們也倒不了。

屋裡卻沒那麼和諧，李薇正說著：「沒想到西洋那邊也有茶呢。」

話音未落，四阿哥把碰了碰嘴的茶放下，「茶沒泡到時候，換一杯。」

「喔。」李薇趕緊把茶端下去，交代玉瓶好好再煮一壺來，竟讓四爺說出茶沒泡好，太丟人了！玉瓶跟火上房一樣跑回去重新煮了再送上來，李薇笑咪咪地再給四阿哥端上去。

可是，四阿哥這次只是用手碰了下茶碗，就說：「水滾過了，燙手。」然後皺眉看著李薇，一臉「妳好蠢」的樣子。

李薇這回真要臉紅了，今天這茶怎麼總出問題呢？

趕緊再端下去，交代這次茶要煮夠火候，端上來要七分燙剛好能入口。

茶爐前已經圍了四個人了，玉瓶、玉煙、許照山和趙全保，許照山看著水又滾了，玉瓶神情嚴肅地放茶葉，倒滾水，醒茶，過濾，再倒入茶碗，等蓋上碗蓋，四個人居然沒有一個敢端進去了。

許照山噍了噍口水說：「要不……我去膳房借個煮這西洋茶煮得好的師傅來？」

趙全保和玉瓶換了個眼色，他們總覺得今天這事不在茶身上。

趙全保道：「先端進去試試。」等玉瓶端著茶走了，他對許照山說：「為保萬一，你現在趕緊去膳房，問問看哪個師傅對這西洋茶有辦法，看能不能請來，就是請不來，也借個他的徒弟來。」

玉煙拿了五兩銀子給他，許照山飛一般去了。

屋裡，李薇第三回端茶也忐忑起來，這回她放下茶碗，輕輕坐在炕沿，先仔細打量了下四阿哥的臉色——實在看不出什麼，於是壯著膽子直接開口：「爺，是不是心裡不爽快？」

話音剛落，四阿哥惡狠狠地瞪過來，眼神的意思就是「妳還敢問」？

李薇嚇得往後一仰，可想半天也沒找出她最近做了什麼錯事啊！難道是把大嬤嬤拉出來管事這件事？既然知道是她惹著他了，她就鬆了口氣。先是慢慢蹭到他身邊，然後伸出手指勾住他的袖子口。

胤禛手一抬，不讓她勾。她就再蹭得近些，上半身快靠到他身上了，摟住他的胳膊，胸口緊緊貼上去，蹭蹭，「爺……」她軟綿綿叫道。

胤禛低頭慢條斯理地喝茶。

她趴到他肩膀上，抱著胳膊還不算，抓住他的手搖了搖，繼續叫道：「爺，我錯了……」

「哪兒錯了？」胤禛放下茶碗，心裡本來就不算大的那股鬱悶剛才遛她時就散得差不多了。只是看到她這副「我什麼都不知道」的樣子，邪火又要往上躥。

在他眼裡，她的處境已經是四面楚歌、荊棘滿布，所以他替她打算、操心，樣樣都想好了。偏她自己不爭氣！宋氏才幾次就能懷上，她怎麼就這麼沒用！

李薇眨眨眼，剛要把以前看過的書中「讓你生氣就是我的錯」給說出來，四阿哥卻伸手解開了她領口的盤扣。

嗯？是不是跳得有些快？她不明白之前他們有要做這個的氣氛嗎？有調情嗎？她有勾引他嗎？他進來的時候也沒看出來「好想那個」啊，四阿哥是在用這個發洩嗎？

當她被放倒，四阿哥伸手探進她的旗裝底下，把她的褲子脫掉時，她才有「果然是要發洩」的感覺。

好時髦喔。不過「男人生氣女人用愛和溫柔來化解」這樣的高段位好像不是她拿手的啊！但李薇也很配合地「溫柔」起來，她很順從地順著他的手打開身體，在他衝進來時就算有些疼也沒有反抗，只是腰稍稍一挺，被他抓個正著。

「爺，我好喜歡……你。」

她無聲說出最後一個字，摟著他細細地碎吻，心裡早把他想像成了小白菜。不知道領宴時受了什麼委屈啊……比如皇上偏心啊，德妃偏心啊，十四太受寵他沒人愛啊，她腦補完頓時覺得心都疼碎了，抱著他的脖子使勁地親。

胤禛被她親得呼吸不穩，一會兒就出了汗，一手撕開她的衣服，惡狠狠地頂。

李薇心道：果然在發火。

許照山拉著個好不容易借來的小太監跑回來，被趙全保攔住，直接把小太監打發回去，然後拉著許照山回到小茶房。

許照山經過的時候看到玉瓶像門神一樣守在門口，馬上明白裡面是怎麼回事了。他心裡一塊石頭落了地，腳下輕快地跟趙全保走了。

屋裡，胤禛也是匆匆就結束了。本來就是白天，他也沒打算做這個。等他結束，見下面的她正在要緊時候，小手抓著他的衣服攥成一個小拳頭，指節都發白，臉紅得厲害，嘴裡哼得正好聽，感覺到他停下來了還有點不依呢。

胤禛只好低頭堵住她的嘴，緩緩氣，賞一賞眼前這美景，讓她求一求，底下就又硬起來了。

等李薇軟成一癱大喘氣時，他拉過被子蓋住她，翻身披上袍子叫人端熱水。

直到兩人用過膳，胤禛回書房後，一場生得奇怪，結束得更奇怪的氣就這麼過去了。

書房裡，書桌上是鋪滿一張桌子的貝勒府的堪輿圖。這裡原來是前朝太監的官房，占地多，各處房舍都是高簷、高梁。胤禛初封大概也只是貝勒，他住這樣的府邸是違制，所以內務府最近正在加緊改建。

從拿到圖紙後，他就一直在這張圖上設想他的府邸會是什麼樣，小到一棵樹，大到一個院子。只是現在還不能出宮，等天氣暖和了，他一定要常去看看，免得內務府的人敷衍塞責，馬虎行事。

整個府邸是南北結構，前面肯定是他的書房和前院，他還打算把旁邊都留給他的阿哥們。想起福晉，他就決定以後有了阿哥全要在三歲後挪到前院來。

後面的第一個大院肯定是留給福晉的。

而李氏的住處，他原定是放在與書房隔著一道牆的一個院子裡，可那院子旁邊就挨著一個池子。他還想著要是她這次有了孩子，日後孩子在院子裡玩掉到池子裡怎麼辦？

等太醫的時候，他還在猶豫要不要給李氏再換個院子。這會兒希望落空，他卻在紙上記下要把那池子給填起來，改到花園正中央去，正好可以挖得大些，養些魚和藕，夏日也是個乘涼的去處。填了池子的地方就移一棵樹，枝繁葉茂，也旺一旺她的子女緣。

前段日子的忙碌讓胤禛打算今天好好輕鬆一下，他沒有讀書，也沒寫摺子，而是把時間全花在那張堪輿圖上。

由李氏想到孩子，跟著就想到正懷著孩子的宋氏。

胤禛端起茶碗，宋氏的性子不成，等孩子生下來，不管是格格還是阿哥，都抱到福晉那裡去養。福晉的性子雖然強硬讓他不喜，但他的格格和阿哥性格強硬些才好。若是福晉養得好，過上兩年也可以讓她有屬於自己的孩子。

若是養得不好……胤禛沉吟起來，最後他嘆了口氣，武氏如何還看不出來，那三個，福晉太剛硬，宋氏太沒脾氣，李氏太蠢，要是她們三個能互相勻勻就好了。

福晉跟宋氏學學，李氏跟福晉學學，他就什麼心事都沒有了。

暢想了一會兒，胤禛無奈地放下已經涼的茶碗。算了，多想無益，何況要是李氏真有福晉一半性子，本就有寵，再要起強來，這後院就更熱鬧了。想來想去，竟然發現李氏現在的樣子是剛剛好，這讓他的感覺更複雜了。

天色漸漸暗下來，蘇培盛進來小聲問他一會兒在哪裡歇？

他站起來道：「去你李主子那裡。」

李薇這裡，剛剛趁著膳房燒灶做飯，要了熱水洗了個戰鬥澡。這會兒正坐在香爐旁邊，讓玉瓶給她擦頭髮。

一看她這自在的樣子，他最後一絲不甘也飛了。她自己不難過、不著急，就這樣也挺好的。

坐下用完膳，兩人坐在炕上，胤禛把五六月份要搬出宮的事跟她說了，還說了以後的府邸是什麼樣，「給妳留了個大院子，跟爺的書房就隔著一道牆，到時開個角門，出來進去都方便，爺去看妳也方便。」他揉著她的手溫和地說。

「院子裡還要移一棵樹進來，妳喜歡什麼樹？」他難得想找人分享一下有新府邸的興奮與快活，於是很有心情地問李薇的意見。

中二期來得很晚的李薇道：「櫻桃樹？」

胤禛：「……」是想以後自己摘櫻桃吃？他真的開始思考去哪裡移一棵夠年頭的櫻桃樹，還有，栽得活嗎？

李薇一見他這樣就知道自己又犯蠢了，趕緊改口：「其實桃樹也很好。」這個樹種似乎普通得多。他明白了，反正是能結果子的樹就行，那就移一棵石榴樹好了。

「那妳的院子裡再栽一架葡萄，日後妳想吃了，在自己院子裡就能摘來吃。」他摸摸她軟綿綿的下巴，喔，成雙層的了。

李薇聽到院子裡還有一架葡萄時眼睛都亮了！搬出宮去真是好啊，宮裡就不能在院子裡栽葡萄。本著好奇和禮尚往來，再加上此刻的四阿哥看起來好好說話的樣子，她壯著膽子問：「爺，您的院子會是什麼樣的啊？」

她大概這輩子都看不到四阿哥的書房會是什麼布置。

嫁給他這麼長時間她也看清楚了，正院是福晉的居處。四阿哥真正的「家」是他的書房，從來不許人進，大概福晉能去吧，她是不可能了。

現在她對他越來越好奇，好奇到想親眼看看他住的地方是什麼樣的。他喜歡什麼樣的風格？她想像書房裡的傢俱全是黑色，擺設簡單大方，他應該不愛特別花哨的顏色和擺設，不過這些都是本著「四爺嚴肅刻板簡樸」的印象來的，但明明眼前有真的四爺……她好想知道喔，因為他給她布置的房間就非常華麗，像銷金窟般豔麗、溫軟，讓人一看就能冒出寵冠後宮這樣的感覺。

到底是他本來就喜歡這種風格？還是他是配合她來布置這個房間的？因為她既是寵妾，又是他的後宮？

胤禛輕鬆道：「等搬過去了，爺領妳去看。」特意挑個那麼近的院子，難不成是為了讓他每次過去省兩步路的？蠢蛋。

漆黑的天，武氏的身邊只有一個守夜的宮女在，別人都去歇著了。

她坐在腳榻上，格格還不說歇，她也不能歇，她撐著勁，看著窗戶上李格格那邊透過來的光。

雖說外面靜得很，什麼聲音都聽不到，但她們剛才把洗漱後的水提出去倒的時候就看到了守在李格格屋門口的蘇公公，還有好些太監呢，跟李格格那裡的宮女一起都站在外頭。

裡面，自然是李格格在伺候四阿哥。

她們半點兒聲音不敢出，悄悄地去，悄悄地回來，回來後也沒人敢說話。武格格坐在燈下堆紗花，燈下擺著李格格送給她們格格的那一匣子，她們格格最近沒事時就學著堆。

叫她說，她們格格堆得比李格格還好，可四阿哥偏偏更喜歡李格格，不喜歡她們格格。

外面突然熱鬧了起來，她一愣，馬上明白過來這是李格格那邊屋裡叫熱水了，李格格伺候完了阿哥，這是要洗漱完就歇下了。

她立刻振作起來，悄悄看了眼她們格格，李格格那邊沒動靜了，她們格格也該歇了吧？

等啊等，等到那邊也沒動靜了，好像外面點的燈籠也熄了幾個，她記得，四阿哥在她們格格這裡時，外面就留兩個燈籠。她小心翼翼地說：「格格，天晚了，咱們歇吧？」

武氏回了神，把手裡拿了一晚上的花扔到桌上，點了點頭，「歇吧。」

洗漱，更衣，躺下。宮女打著哈欠出去在外面值夜，武氏卻躺下半天睡不著。

這段日子，她打聽出了很多事。原來她進來的時候，四阿哥在跟四福晉生氣。原來四福晉在外頭告了四阿哥的黑狀，說他寵妾滅妻。她以為四阿哥自她一進來就寵愛她，只來她這裡也是喜歡她，其實，四阿哥只是想保護李格格和宋格格吧？他不搭理四福晉，只來找她，是想用她來打四福晉的臉。其實她在四阿哥眼裡什麼都不是。

武氏哭不出來，雙眼乾澀，她沒那個矯情的份兒。

四福晉，她已經得罪了。寵愛，她也沒有。

宋格格自己都站不穩，已經上了福晉的船。

除了抱著李格格的大腿，她還能怎麼做？

武氏輕輕嘆了口氣。

過了兩天，胤禛特意讓張德勝把李薇要住的院子的堪輿圖給她送來了。

其實這圖就是一百五十平方公尺，五室三廳一廚一衛，再帶五十平方公尺左右的院子。跟李薇現在住的地方相比，不是因為地方大，而是周圍幾片花木一隔，基本算是個獨立的小院了。

論當後宮們住在一起……對李薇這種臉皮較薄的人來說，覺得這真稱得上是心理折磨了。

若日後自己一個人住，四阿哥來也沒關係了喔耶！

最讓她臉紅心跳的是，圖上還有四阿哥的字，在正屋前用工筆畫了個葡萄架，旁邊一行蠅頭小字，標著「栽葡萄數株」，屋後同樣畫了一棵樹，樹上還畫了三五個小巧到極致的石榴，石榴綻開了口，露出裡面的籽，同樣標著「移栽樹齡十年以上石榴樹一棵」。

這圖大概是四阿哥另找人放大謄抄的。不然府邸一角就這麼大一張，鋪滿半張榻，整個府邸豈不是要蓋住半個屋了？

從圖上看，四阿哥大概已經都給她布置得差不多，圖上到處是他的批註。

正面的堂屋，一般是四阿哥來時，支大桌子用飯的地方，平常倒是不用。四阿哥在堂屋和西側廂房相隔的地方標注，堂屋和西廂之間不砌牆，由一道頂天立地的多寶槅分隔開。這樣一來是空間大了，二來想就知道，光照肯定要好得多。

西廂一般是用來給四阿哥來的時候練字，她平日裡白天在那裡做繡活。所以窗下是一整張長書案，對面靠牆就是一張榻，盡頭靠牆則是一個頂天的櫃子，各種大小的抽屜，可以放她的繡活、針線和一些零碎的銀子。

四阿哥還在榻前標上要加一面屏風。李薇看著紅了臉，在這裡，他們兩個就常常白天隔著屏風和一道門簾在榻上胡鬧，這屏風加的就是這個意思？

臥室裡，在門和床榻之間也加了一道屏風，可以在宮女進來時擋住床讓她們看不到裡面的情形。在這邊的時候地方太小擺不下，所以每次四阿哥都是把她遮住才喊人，免得讓宮女們看到不雅的樣子。

另外最讓李薇高興的是，真的有廁所了。在西側的角門旁，有個小角落，裡面擺著屏風、水桶和馬桶。這可比在屏風後解決好多了，雖然還是用馬桶，但感覺上還是乾淨多了。

洗浴還是用浴桶在屋裡解決，畢竟屋裡有火炕，冬天洗澡暖和得多。

總之，看完這個由四阿哥親自選地裝修的「新家」後，李薇也開始數著日子等出宮了。

轉眼間冬去春來，這段日子裡後罩院越發和諧了。

李薇這麼說是因為武氏。她竟然像個小尾巴一樣跟在她身邊，而且特別有眼色，半點兒沒有要沾她的光好跟四阿哥接頭的意思，每次都是一臉「姐姐，妳說東我不往西」的表情。

這讓李薇想起她剛進阿哥所的時候也是追著宋氏跑，新人進來忍不住想找老人借光也是可以理解的。

雖然李薇對武氏的感覺複雜，但架不住人家熱情，何況還挨著住在一起，也不好真的關門閉戶誰都不搭理，就這巴掌大的地方，真關上門就憋死人了。

李薇連自閉都扮了也沒阻擋武氏的攻勢，只好半不情願地認了這個「閨蜜」。

讓武氏這件事一攪和，她倒是忘了另一件大事。

三月初的一天凌晨，院子裡還飄著薄霧，三點鐘福晉院子裡剛一點燈，宋格格的宮女就衝鋒般地跑進去，到了屋裡就撲通一聲跪下，哭道：「福晉，我們格格要生了。」

福晉非常沉穩地開始安排，一邊喊人去書房給四阿哥報信，一邊趕緊去請太醫，再讓福嬤嬤和大嬤嬤先帶著人過去，她這裡繼續問這個宮女，宋格格是什麼時辰有信兒的，怎麼不報上來？

宮女哭得抽抽噎噎的。原來七個月的時候就有幾天流血，但馬上就要過年，喊太醫不方便，宋格格見血不流了就沒說，過完年肚子就時不時地疼一疼，但每回時間都不長。昨天晚上也是宮門剛剛下千兩（宮門鎖），宋格格的肚子就開始疼了。

總不能這個時候去喊太醫啊？宮女中有個在家裡額娘生孩子時見過，就說開始疼要疼上一天才會要生，宋格格就忍著，一直忍到這邊福晉起來了才報過來。

福嬤嬤和大嬤嬤過去時，宋格格人已經疼暈了，柳嬤嬤就在她旁邊。她從四個月有了嬤嬤看著開始就不敢多吃，到最後躺在這裡，人看著像紙片，肚子卻大得嚇人。福嬤嬤伸手在她屁股底下一摸，褥子已經濕透，福嬤嬤的臉色立刻不大對。

大嬤嬤也去摸了把褥子，摸完就讓人收拾屋子，這會兒也來不及去布置產房，先把臥室裡不用的櫃子、凳子全挪出去，再抬一面屏風過來擋住門口過來的風，然後喊宋格格的宮女過來幫她把衣服和被褥換了。

辦完這些，大嬤嬤對福嬤嬤道：「咱們去報給福晉吧。」宋格格這胎怕是艱難。

李薇得到消息的時候，宋格格已經在太醫的扎針下醒來，咬著牛骨在生孩子。福晉下令為免人多繁雜，各處閒雜人等不許走動。當她聽到宋格格從昨晚疼到今天早上三點都沒叫人知道，不知道是該可憐她好，還是該怪她好，這也太能撐了……

胤禛本來打算今天出宮看看新府邸，得了信兒辦完差就回來了，坐在書房等消息。

一直到晚上七點多孩子才生下來，是個格格。孩子落地後哭聲尚可，但太醫看過後說孩子先天不足，能不能養大……不好說啊……

書房裡，胤禛等了一天，聽到是個格格時也沒多失望，叫人好好照顧宋格格，撥了奶娘去照顧小格格。

小格格養得讓人提心吊膽，兩個奶娘、兩個嬤嬤不論日夜眼珠子都不移地盯著，就這也要一天見一回太醫。可太醫來了也沒辦法，這麼小，連藥都沒辦法用。最後胤禛發話不讓再喊太醫過來，小格格，養得好是命，養不好……也是命。

宋格格躺了兩天才能起身，她生孩子時虧得有些厲害。幸好胤禛和元英都不吝嗇東西，月子坐完就把臉色養回來了。以她的性子，平日連句話也不敢多說，聽說小格格的事後還是哭了一場。

李薇住得離宋格格不遠，有時半夜能聽到小格格細弱的哭聲，讓人可憐得很。四阿哥也是臉色不好，除了小格格落地那天高興了一會兒，第二天起就陰沉著一張臉。

這天晚上，兩人躺在帳子裡卻都沒心情做那個事，只是靠在一起。

李薇囁嚅半天，扯道：「我聽我奶娘說過一個偏方。」

他轉過頭來，道：「什麼偏方？說說。」

「我奶娘說孩子要是生下來弱，就是在胎裡虧了，沒養好，這時就要喝親媽的奶，餵夠一年就能養回來了。」李薇胡掰道。

小格格先天不足，現在又是冬天，聽說小格格因為心肺太弱，屋裡既不敢燒炕，也不敢用火盆，一燒炕她就上火，一用火盆她就咳嗽。這樣下去非感冒不可，還不敢開藥，有一回這孩子就危險了，親媽的奶可以幫她儘快建立免疫系統……反正死馬當活馬醫了。

她說完就小心翼翼地看著四阿哥。

他躺著想了一會兒，突然起來下床，披著衣裳到堂屋喊蘇培盛。

蘇培盛挺驚訝的，這還是四阿哥頭一回在李格格這裡歇到一半出來，他趕緊進屋來，弓著腰聽吩咐。四阿哥道：「你去宋氏那裡，叫嬤嬤問她有奶沒有？沒有奶明天一早請太醫過來給她開下奶的藥。」

這沒頭沒腦的……蘇培盛的腦子都快打成結了，他頂著冬夜寒風跑到宋格格那裡，先把柳嬤嬤叫來，然後兩人一個在屋裡，一個在窗外，一問一答。

宋格格摸不著頭腦，只是見蘇培盛來，想是四阿哥的吩咐，就照著柳嬤嬤問的說她沒奶。

柳嬤嬤道聲「奴婢冒犯了」，就鑽到帳子裡解開她的衣襟，仔細看了看她的雙乳。見乳暈已經擴大，乳也長大了不少，估計下奶應該能下得來。

她出來跟蘇培盛說了，「這邊我盯著呢，太醫來了，看過後開了藥，再看能不能有奶吧。」

第二天，太醫來了，開了下奶的方子。這時宋格格才知道這是四阿哥找來治小格格的偏方，說孩子胎裡弱就非要喝親媽的奶來養不可。

喝了兩天的方子，宋格格開始感到胸口疼了，柳嬤嬤摸了見脹得手感硬了，說有奶了，抱來了小格格，可一開始小格格力弱吸不動，柳嬤嬤只好自己先上，替宋格格開了奶後再餵小格格喝。

宋格格的奶一天天多了，也漸漸能餵飽小格格。不知道是心理作用還是小格格真的好起來了，滿月前太醫來看，說心肺還是有些弱，受不得涼，也病不起，但小格格確實磕磕絆絆地長到了滿月。

四阿哥當天非常高興，重賞了柳嬤嬤和太醫，比小格格落地那天還多。晚上看過小格格後到李薇這裡，特意跟她解釋道：「不賞妳是為妳好，妳的好處爺記在心裡了，放心。」

李薇才想起來是她獻的「偏方」，連連擺手說：「我又不是為了要爺的賞才說的。」一個剛出生的小嬰兒啊，誰能忍心？何況，她扯那個「偏方」時，根本不確定能治好小格格，只是想加份保險。就算現在，誰又敢說小格格就真的沒事了？她的先天不足是真的，又不是真的喝親媽的奶就能好。

只是現在四阿哥正高興，誰敢觸霉頭？只當小格格從此千歲千歲千千歲了。

小格格的事好不容易能讓人放心了，出宮的事馬上又近在眼前。雖然還沒正式下旨，但也不能下了旨才臨時準備搬家吧？所以各屋各院都開始收拾東西，登記名冊。

伺候的人基本上都是能帶出去的，但李薇還是讓人去問了問他們的意思。或許有人覺得在宮裡更好呢？果然這一問還真問出來了。

許照山跟膳房的人打慣了交道，想留下來搏前程，他還悄悄走了劉寶泉的門路。

人各有志，李薇就放他留下來了。她以為許照山這樣可能會被其他太監排擠，把他當「叛徒」看，結果趙全保還自掏腰包置了桌席面，請了幾個相熟的太監給許照山送行，席上大家紛紛祝願對方日後前程遠大，喝得挺痛快的。

李薇發現自己以小人之心度君子之腹了。人家沒工夫想那麼多，什麼背叛不背叛的？人往高處走，水往低處流，留在宮裡就有可能伺候萬歲和娘娘，出去不過是個王府太監，哪邊輕哪邊重，這還用說？

收拾行李時還出了一件不大不小的事。四福晉派人到格格們這裡把大件的、貴重的東西都登記造冊，免得搬個家再丟幾樣東西。

李薇這屋裡的東西可就全露出來了。她可是光杆司令進的阿哥所，把李家祖宗八代賺的銀子全放到一塊兒也未必買得起這屋裡的一件寶貝。

負責登記造冊的宮女一個唱名，一個標記上冊，從一開始的趾高氣揚，到後來聲音越來越小，她這屋登記完，時間竟然不夠再去武格格那裡了，只好明天再來。

兩個宮女走的時候，縮手縮腳的，對著李薇蹲福蹲得格外深。

李薇心裡囧囧有神地想：這叫江湖裡都是姐的傳說……

她本來以為四福晉會讓人來問問她這些東西都是怎麼來的，結果從此就沒消息了，難道是等著秋後算帳？李薇擔心之下，在四阿哥來的時候就說這屋裡的東西其實全是他擺在她這裡的，現在一造冊，全記成她的是不是不妥？

「還是應該改過來好些。」

對嘛，都是他的東西，最多算他借她擺著好看的，怎麼能算成她的呢？

四阿哥更窘，半天才慢慢道：「爺沒有把給格格的東西再搬回去的習慣……」他有這麼小氣嗎？一點兒東西拿給格格擺了，最後還再要回來？

於是，李薇白撿了一堆價值千金的寶貝，好些都有宮裡的印記啊……可都是女子用的啊，難道是孝懿皇后的東西？不會吧！真是皇后的怎麼可能給個格格擺著？難道不應該供起來嗎？可四阿哥也沒別的地方去尋這麼貴重的女子擺設啊！會不會是德妃給的？

李薇盯著登記時才發現標著康熙某年月日宮製的屏風，怎麼也想不出它到底是哪位大神用過的。

五月初，終於有話下來，說可以搬了。於是三阿哥、四阿哥和五阿哥家都開始往外抬東西，內務府撥了幾百個大力太監過來，先是庫房和不常用的大件，然後是李薇這樣的小格格跟著宮女們先過去，宋格格因為帶著孩子，四福晉叫她跟著她一起走。

其實李薇覺得還不如早點兒過去，宮裡每天都要搬東西亂糟糟的。

她第一次坐著騾車進了紫禁城就再也沒出去，這第二次坐著騾車出去，等第三次再搬回來的時候，大概就是四阿哥當皇帝的時候吧。

外城嘈雜的聲音傳來時，李薇有種從山中下到塵世的感覺。在宮裡她見到的只有主子、宮女和太監，而到宮外才發現原來這世上還有這麼多人。

差點被關成傻子的李薇感到重回塵世好幸福，比起宮中膳房那種精緻的飯菜，還是大街上的家常小炒更吸引她啊！

玉瓶跟她一起坐在車上，問道：「格格，您在瞧什麼呢？」

李薇讓她往窗外看。玉瓶一看也笑了，挺懷念地說：「是香椿啊，這會兒都老了吧，還是嫩的時候好吃。」

「老了也可以吃啊。」李薇想念嫩香椿包的餃子了，宮裡可沒這一口兒。

玉瓶安慰她：「等咱們安頓下來了，就使人來買點兒。」

李薇略有遲疑：「能行嗎？」開府後，這邊膳房的人就都是四福晉的人了吧？跟在宮裡不一樣啊，那邊是大食堂，這邊就是小廚房，只能聽女主人的。

「怎麼不行？您只管等著。」玉瓶信心十足地笑起來，格格還是不明白，她現在的地位別說只是吃個香椿餃子，就是想要龍膽鳳膽，膳房裡的人也不敢違拗的。

貝勒府前面的那條街已經靜了街，步軍統領衙門的人驅趕著行人和攤販，有好奇膽子大的人擠在街邊，對著魚龍而來的騾車長隊指指點點。

「這是哪位龍子鳳孫下凡了？」一位筒著手穿著羊皮坎肩的滿人問。

「聽說是四爺。」一位跟他站在一起穿著漢人長袍的人說。

穿羊皮坎肩那人一副看不起人的樣子斜睨了接話那人一眼，那人見他這樣，連忙縮著脖子從人群中跑了。

李薇的騾車從角門進去，過了兩道門後，在一道狹長的過道裡，騾車停下換轎子。玉瓶扶著她下車上轎時，小聲道：「格格留神腳下。」

她轉頭去看那高聳的圍牆，過道被兩道高牆圍著，把陽光全擋在了外頭，她只能看到照在高高的屋簷上的一抹陽光，幾隻小鳥歡快地在屋頂上跳來跳去。

坐到轎上，走的時間反而比進門更長。大概過了一刻鐘，轎子才停下來。玉瓶一直跟在轎旁，此時掀開轎簾扶她下來。再跟著引路的僕婦又穿過兩道門才看到四爺特意給她選的小院。

院前已經栽好了葡萄架，葡萄秧沿著細長的竹架向上攀爬，濃綠的葉子蓋了滿架子都是。院子裡的地面全都特地平整過，從院子門口到屋子前是一條青磚鋪成的走道。僕婦送到這裡就躬身退下。屋裡，跟著行李箱先到的趙全保等人正在忙忙碌碌地收拾東西。

因為李薇的行李裝的各種貴重器物太多，幾乎都是四爺給的。她們也不敢隨便從外面拉人進來幫忙，只好自己辛苦。李薇看到就對玉瓶說：「妳也去吧，不必急著都拿出來，先把今晚睡覺要用的鋪蓋找出來就行，剩下的再慢慢收拾。」

等玉瓶也去忙了，李薇就在自己這一畝三分地裡閒逛起來。她先去看的就是曾在圖上出現、栽在後院的那棵石榴樹。她從旁邊的小徑一進去就看到，在後院靠東的地方有一棵樹樹冠大得像雲彩一般，遮住後院三分之一地方的石榴樹。現在還沒有結石榴，但枝葉間已經有了紅色的花苞，有些花苞已經綻開，幾片嫩紅的花瓣迫不及待地伸出來。

午膳前，總算西廂已經收拾好了，臥室和堂屋那裡還是亂糟糟一片。這個院子比當初李薇看到的圖更完善，後面還有個小庫房，玉瓶剛領著人把暫時用不著的箱子全堆到庫房去，現在只剩下臥室還沒布置，而衣裳箱子和其他隨身的雜物只能明天再整理了。

在新府邸裡，李薇跟她的人都基本算是兩眼一抹黑。眼見到了午膳時間，他們連去哪裡提膳都不知道。這時，從四爺說過的那扇小角門裡過來一位眼生的太監，問李主子的午膳都要用點兒什麼？

玉瓶先點了膳，然後趙全保就跟著僕婦去認地方，省得一會兒想要熱水都不知道去哪裡提。等他回來，反倒帶回來一個讓李薇都吃驚的消息。

原來這位太監是在四爺書房那邊的膳房裡伺候的，說是四爺吩咐過，李格格平日點膳都從這邊走，理由是離這邊近。不只是膳房，連雜務像打掃庭院和修葺花木等，李薇這個院子都被歸到了四爺前院的書房裡。理由還是離得近，所以才劃歸到一起。

用完午膳，又有位看起來挺有臉面的嬤嬤過來，自稱是管這個院子所有下人的，到這裡來是簡單給李薇講講這府裡的規矩。李薇請她上座，奉上茶後，請她細細講來——李薇怎麼覺得這府裡的規矩並不像她想的那麼簡單呢？

府裡分成內外院，外院以四爺的書房為首，內院以四福晉的正院為首，但福晉之外，還有數個管事嬤嬤也在內院領著差事。

今天來給李薇講解的莊嬤嬤主管下人，只要是在內院伺候的，就連福晉身邊的大丫頭都在她的名冊內，受她的管束。舉凡丫頭們的事，不管是身契、月銀，什麼年歲進來伺候，什麼年歲該出去配人，都要過她的手。

柳嬤嬤管的是後院裡包括福晉在內，所有伺候阿哥的女人的事。她們什麼時間來月事，哪天承寵，什麼時候懷孕、生孩子、坐月子等。

大嬤嬤跟著出了宮，她還是管庫房。但現在庫房也分成內庫和外庫，外庫設在書房裡，鑰匙自然也是書房那邊的人管。內庫的鑰匙四福晉一把，大嬤嬤一把。

外院的事李薇是沒資格知道的，只聽內院的她就已經瞠目結舌了，這不是直接把福晉架空了嗎？

莊嬤嬤來還有件事，是想問問李薇這裡的人夠不夠用？要添人的話，要幾個小丫頭、幾個大丫頭？小丫頭都想要什麼樣的？若是她有什麼特殊要求，比如要漂亮點兒的、擅長做飯的、做針線的、會梳頭的，莊嬤嬤能辦的都會替她辦到。

李薇先答謝莊嬤嬤，然後說等收拾好了，再看看還要添幾個人，到時再報給莊嬤嬤。送走了人，她問了玉瓶和趙全保，看他們這裡添幾個人合適。

玉瓶想了想道：「格格身邊有咱們幾個伺候著也夠了，忙也就忙這一陣子，等收拾好也就不用再添人了。」

倒是趙全保道：「府裡添人也是有定數的，不趁這時添齊了，再等添人就不知道是什麼時候。我看倒是可以要幾個小的，調教起來容易，等大了也能幫把手。」

趙全保說要兩個可以幫著看門、傳話的小廝。能進內院的小廝都不到十歲，長到差不多大就不讓進二道門了，免得弄出醜事來。玉瓶也說要兩個小丫頭幫著幹些傳話這樣的小事。

用小孩子伺候讓李薇實在接受不了。玉瓶和趙全保都勸她，說這些孩子大多是河南、山東逃難來的，進了府有吃有喝是條活路，多少人擠破頭都進不來。

「何況咱們這裡又不打罵他們，格格心善，咱們也不是那等喜歡折騰人的。進來了自然是要好好教養。格格只管放心吧，委屈不了他們的。」玉瓶道。

玉煙就去找莊嬤嬤要人了，不到晚上就領回來四個蘿蔔頭，兩個男孩六歲，兩個女孩一個七歲、一個八歲。洗得乾乾淨淨，就是都瘦得很，大頭小身子。

李薇看得良心都快受不了，改了名字後讓玉煙領下去，之後就交代玉瓶和趙全保，教他們伺候人可以，但不能故意折騰他們。

出來後，趙全保笑道：「得，真領回來四個祖宗。」說著拍了拍身邊兩個小廝的頭，他們的頭髮全剃光了，只留下耳上兩塊，紮成兩個小鬏。李格格給他們起名時直接從了趙全保的名，一個叫全福、一個叫全貴。

玉瓶也是身後帶著兩個，反道：「得了，你在主子跟前可是說要兩個幫著你看門、傳話的，我看他們兩個正好。」

趙全保立刻道：「那妳也別抱怨。鬧了讓她們在院子裡跑跑跳跳，也能逗主子開心。」

「滾你的去！」玉瓶白了他一眼，領著新來的兩個小丫頭回屋，道：「既然主子心疼妳們小，那妳們就拿著抹布抹灰去吧。其他都別碰，腳下看著點兒，別踢著什麼了。」

兩個小丫頭，一個叫玉春、一個叫玉夏，兩人對視一眼，跑去找了兩塊破布和一個桶就去井邊打水了。

在井邊正好碰上全福和全貴，他們兩人正在打水，那麼粗的繩子和軲轆，四條小細胳膊一起拉都拉不起來。玉春和玉夏看到了立刻前去幫助，四人終於打上來一桶水，倒在他們帶來的兩個桶裡。

全福和全貴問她們：「妳們的姐姐也讓妳們打水擦東西啊？」

玉夏年長一些，「主子剛搬進來，狼煙動地的，到處都是灰，看著也不好看。咱們重活兒幹不了，抹抹灰也挺好的。」

玉春卻好奇地悄悄問全貴：「領著你們走的那個，是太監吧？」嚇得全貴一個哆嗦，掙開她的手就往後躲，拉著全福提上桶跑了。

玉夏狠狠打了玉春一下，小聲道：「妳想找死也別拉著別人！」

玉春嚇得一直到晚上都不敢再說話。

之後的幾天，這四個小的不是一直提著抹布水桶到處擦灰，就是被玉瓶等人呵斥到牆根底下頂著水碗貼牆站著。

「總要教教他們這裡的規矩。」玉瓶道。

李薇也沒攔，畢竟在這裡，雖然她能做到不打罵他們，但不能攔著他們學規矩，不然那可不是愛護，而是要害他們了。

等到四福晉搬進來時，連最調皮的玉春都知道眉高眼低了。玉瓶這才讓她們出去認路、傳話，用玉瓶的話說：「總算能頂個人用了。」

四福晉搬家自然是聲勢浩大，李薇和武氏一早就被叫到正院迎接福晉，在站了半個多時辰後，先是聽到院外傳來的騾馬聲和車輪聲，還有很多人的腳步聲，然後身邊的大嬤嬤喊聲：「跪！」兩邊的人都整齊劃一地跪下。李薇和武氏好些，膝蓋下還有個墊子，剩下的人哪怕是大嬤嬤都沒這個待遇。

除了進宮選秀時長跪過外，李薇可沒再受過這種罪了，跪下不到一分鐘就覺得膝蓋刺痛，面上還不能露，只能強忍著。一直跪了小一刻才聽到四福晉他們進來的聲音。

元英身後是奶娘抱著宋氏生的小格格，一進來就先讓福嬤嬤把大嬤嬤扶起來，「有勞嬤嬤了。」

大嬤嬤垂著頭說：「主子面前，不敢稱辛苦。」

元英這才讓人扶起李薇和武氏，再叫起。

李薇和武氏隨著人流一路送福晉到了正院，聽四福晉道：「今天事多又忙亂，妳們回去歇著吧，等閒了再找妳們來說話。」

李薇和武氏這才終於功成身退，回去的路上，李薇就想著膝蓋這下肯定青了。

在這裡，她們就不必再擠著住。在岔路口兩人要分開走時，武氏對著李薇屈膝，笑道：「今天只怕要忙著好一陣子，回頭再去找姐姐玩。」

李薇也對她笑著擺擺手。

到現在都只是武氏在貼她，這段「友誼」真是看不到曙光啊。到最後她們也是不可能當小夥伴在一起愉快地玩耍的，因為李薇是無論如何都不可能把四爺讓出去的。

她們走後，元英沒讓宋氏走，道：「妳那裡恐怕還要忙亂上一陣子，妳先讓人回去看看收拾得如何，等都安頓好了，再帶著孩子回去。」

胤禛是跟福晉一起出宮，書房裡的事有蘇培盛等人，倒是早就收拾好了。只是出宮建府，怎麼著也要慶祝一下，他在書房擬好客人的名單後，就拿回正院跟福晉商量。

雖然早就跟著太子辦差，阿哥們卻不能結交外臣，這次宴請也只是家裡人過來坐坐，對他來說的家裡人也就三個族：烏雅氏、佟佳氏，還有妻族烏拉那拉氏。

胤禛道：「宋氏的屋子我安排得離妳這邊近，平日裡妳多看顧些她和小格格。」他本來就打算把小格格給福晉養，現在這樣的安排也是同樣的道理。

元英也多少猜到了四爺的意思，說實話，她剛發現時真的有點兒激動。她知道她不討四爺喜歡，卻沒想到他願意把孩子給她養。

今天能把格格的孩子毫不猶豫地交給她，明天就能讓她生自己的孩子。

長久以來已經有些懷疑自己的元英，再一次確信她選的路並沒錯。與小格格們爭寵是本末倒置，她是福晉，就應該抓住自己最大的優勢：身份和地位。太宗、世祖都有極為鍾愛的妃子，可她們誰都沒能在皇帝的鍾愛之下走到最後。

可見，寵愛並不是最重要的，她只要一直當好這個福晉就能得到一切！

她溫柔道：「是，我明白阿哥的意思，我會好好照顧宋氏和小格格的。」

胤禛也很滿意，對福晉直言其事好過跟她交心套交情，把她當個屬下就行了。他對她用心，她惦記的卻是權勢，既然這樣，他擺明車馬，給她安排好「差事」，她自然就該遵道而行，他也不必為她的不馴而發愁了。當晚，他留在了正院。

兩人在經過那麼長時間之後，又一次和好了，福嬤嬤高興得一晚上都沒合眼。

分府後，胤禛不必再跑去宮裡讀書，只讓先生們到府裡來教他就行。但就算不在宮裡，不在皇上跟前，他也不能有絲毫懈怠。所以第二天早上，胤禛照舊讓人在寅時初刻就把他喊起來。

因為李薇的院子與四爺的書房只隔了一道牆，當書房那邊的膳房開始燒水做早膳，太監們跑來跑去開門，四爺的先生、伴讀等進府，亂糟糟的人聲就傳到這邊來了。

她聽到聲音瞇瞪著眼睛爬起來時，還很糊塗：「什麼時辰了？」一邊問玉瓶，一邊從枕頭下摸出懷錶，打開一看，三點？她後知後覺地想起四爺該起來讀書了，以前住得遠聽不到動靜，沒想到四爺這日子過得真不是一般的辛苦，天天都要三點起。

守夜的玉瓶從地鋪上起來，披上衣服出去，趙全保已經過來。他住在書房那邊的太監房裡，特地過來送消息。他道：「主子爺起了。」

玉瓶回來一說，問她要不要也跟四阿哥保持一致？

李薇拉高被子裹著頭，繼續去睡了，誰要三點起啊？

忙忙碌碌間，大家很快適應了出府後的生活。

李薇最歡樂。她終於不用被人管在屋裡不能出去了！這麼大個府，府裡就有個不輸御花園的花園，而且最讓人歡樂的是去花園不會經過福晉的院子。

想想以前在宮裡那叫一個憋屈，想逛個花園都要考慮下從兩個主子的院子裡穿過有沒有影響，想來想去就去不成了。還是現在好，果然出宮就是美！

府裡其他人似乎也都挺有幹勁的。

四爺那邊的客人有不少，天天都有人送帖子，親自登門的也有，熱鬧得很。

福晉那裡好像也很忙，聽玉煙說似乎在忙著請客的事。

元英終於把出宮建府後的千頭萬緒都理清了，騰出手來準備宴會。同樣一起出宮建府的五爺大概也要辦宴會，為了不跟別的府裡撞日子，也是為了可以讓四爺的兄弟們都來參加，所以還要跟別的府裡商量一下時間。

四爺不能親自去拜訪，她也只能下帖子請人來，禮數卻要做足才行。

元英親手寫了三份帖子，讓人先給佟佳氏送去。佟佳氏一門如今分出來了三支，從四爺那裡論，卻只有孝懿皇后的娘家了。

石榴拿著帖子出去，不一會兒卻又拿著回來，道：「福晉，外頭說如今出去要拿牌子了。」

元英這才想起昨天四爺讓人交給她的一匣對牌。出府只有書房和她這裡有牌子，像府裡每日的採買，內務府每日送來的新鮮雞鴨等肉食和蔬菜米麵等，都是由書房的人拿著牌子去接的。

後院裡的女人平常是不出門的，福晉這裡的牌子與其是讓她用，不如說是身分的象徵，證明她這個福晉在地位上與四爺是平等的。

不管事實如何，在下人眼裡，她的威信在新府邸就被四爺的一道牌子給立起來了。如果連福晉要派人出門，還要到書房去要牌子，那她的威信就蕩然無存了。

「是我忘了。」她對葡萄吩咐道：「去拿昨天四爺拿過來的匣子，從裡面拿一面有『出入平安』字樣的牌子過來。」

石榴這才讓人把帖子送出去了。

等最後吩咐人送帖子去自己娘家時，她特意讓石榴跟著去，暗地裡交代她：「告訴太太，晚兩天再來見我。到時我要留飯，讓她就不要帶其他人過來了，我與太太好久不見，想好好說說話。」

一上午只辦了這些事，元英就已經有些累了。她想起過年時就停了很長時間沒有抄經，站起來道：「鋪紙、磨墨，我抄一會兒經。」

福嬤嬤最怕她抄經，忙攔住，「福晉這一早上都沒去瞧小格格，不如這會兒去看看吧。」

元英一聽，只得去看小格格。

小格格看起來還是細胳膊細腿的，細細的脖子支著個大腦袋，瘦巴巴的好像不長肉，每回福晉看到都心驚膽戰。她站在一步遠的地方傾身看了看小格格，旁邊的奶娘跪在下面要說話，被她擺手止住。

等出來後，她訓斥奶娘：「小格格正睡著，妳在旁邊說話不是會吵到她嗎？別當她人小就不在意，她再小也是主子。」

奶娘連連磕頭，卻不敢再高聲，只敢小聲請罪。

元英怕她不上心，一再警告她：「格格若好，妳自然有功勞，我和爺都記著妳的用心。格格若不好，妳一家子都逃不過！再敢不經心，看我饒不饒妳！」

奶娘再三求饒，說再也不敢了，福晉才讓她起來，問了宋氏今天已經餵過兩次，奶娘餵過一次，喝了兩次水，尿了也拉了。

奶娘見四福晉臉色好轉，恭維道：「小格格又乖巧又懂事，不愛鬧人呢。」

元英卻嘆氣，她寧願這小格格愛鬧人，也比現在這樣安安靜靜的，生怕她下一刻就沒氣了好。

柒之章 新居宴客

府裡的花園修得相當不錯。在四爺披星戴月，四福晉每天忙於收攏家務和辦宴會的時候，李薇開始在府裡觀光了。

難得能從阿哥所的小院子換到大院子裡，她可不是要好好逛逛？

之前四爺和福晉都沒來，她也不好四處瞎轉悠，不然，她也沒別的能做。

出宮了她還想見見家人呢。無奈見不著四爺，她也拿不准能不能開這個口……想讓身邊人給家裡送個消息吧，偏偏不管是玉瓶還是趙全保都是一直在宮裡住著，比她還不瞭解這宮外的事，讓他們出府不現實，讓他們找人去李家更不現實。

李薇鬱悶了，只好自己找些開心的事來散散心。

搬進來時正好是春日草長的季節，各處景致都已成型，花草樹木鬱鬱蔥蔥、爭奇鬥妍。

花園位於府中後半，占地頗大。正中央一個大湖，湖水粼粼泛著波光，湖西側盡頭有一個湖中亭，與岸邊有一道小拱橋相連。小亭周圍遍植數種荷花，有粉的、白的，有花朵特別大的，也有花瓣重重疊疊的。水下養著錦鯉，水底鋪著鵝卵石，湖水清澈見底。

湖邊守著兩個健壯的僕婦，一見一位年輕的漂亮姑娘帶著幾個同樣衣著鮮亮的姑娘和太監走近就迎上來——這絕對是主子。雖說她們沒那個榮幸去給府裡的主子們挨個磕頭，但一打量總能猜個八九不離十。

趙全保上前一步擋住她們，順便自報家門：「這是我們李格格。」

僕婦連忙跪下磕頭，殷勤道格格若是想要荷花，她們那裡有杆子可以給她摘，若是餵魚或是賞湖，還是到湖心亭好些。

「這裡沒有樹遮蔭，怕主子曬久了頭暈。」一個僕婦道。

李薇想游泳……這水看起來太好了，在李家時她就游過，不過十歲後額娘就不許她游了。在湖心亭坐了一會兒，僕婦送來兩碟魚食，她餵過魚，抱著幾株含苞待放的粉色荷花回去了。

回到小院後，玉瓶找來大花瓶插荷花，僕婦說用水養幾天能開，這幾株都是快開的。

李薇挑出兩株，剪掉下面過長的莖，讓玉瓶找來一個素白無一絲花紋的長頸花瓶，有半人高，把兩株荷花一高一矮地插進去，倒入半瓶清水後，叫來趙全保送到書房去。

趙全保讓全福和全貴一起抬著花瓶，跟著他一道送到書房。

書房裡，張德勝一見趙全保過來，就笑咪咪地站起來相迎。搬到貝勒府後，李格格的院子跟主子爺的書房挨得這麼近，書房裡的人可都看得清清楚楚。

趙全保快走兩步打了個千，堆著笑道：「給張哥哥問好。哥哥忙呢？這是我們格格讓送來的，您看……」

張德勝早看到了兩個小廝抬著的花瓶，瓶中兩株飄著清香的荷花，花苞還帶著湖中的露水。這李格格邀寵的手段還挺老到的，招數用老了不怕，管用就行。這幾日四爺早出晚歸，忙得腳不沾地，看著是有些沒精打采的。這兩株荷花雖看著寡淡了些，但萬一能入阿哥的眼呢？而且，他又何必擋人家的路？

張德勝痛快地把花瓶收下了，也不敢亂擺，就放在一進書房就能看到的一張條案上，四爺一回來，一準能看到。

晚上，胤禛踏著夜色到家。他騎著馬到門前下來，把馬韁扔給門房，大步回到書房，正要叫人打熱水來洗漱泡腳，卻一眼就看到擺在條案上那個很不協調的素白長頸花瓶。

那麼大的瓶子，上面還插著高枝大朵的荷花，居然放在那麼窄的條案上，讓人一看就生出頭重腳輕之感，頓時讓他覺得渾身不舒服，他皺眉指著道：「拿下來。」

張德勝心裡一個咯噔，立刻使眼色讓小太監過去把花瓶抱下來。那邊四爺進裡屋洗漱去了，蘇培盛這時也進來了，見張德勝臉色不對，就喊他到外面問問今天是不是有什麼事發生？

不等張德勝說，裡屋出來一個小太監，小心翼翼地對張德勝道：「張哥哥，主子爺叫你問那花瓶的事。」

張德勝苦著一張臉，一進去就跪下，額頭緊緊貼著地面。

胤禛正在小太監的伺候下換了身衣服，見他進來也只是賞了他一道眼風，張德勝立刻竹筒倒豆子般道：「晌午後，李主子那裡的趙全保帶著人捧來的，說是……」

話沒說完，胤禛揮了下手，張德勝站起來腰也不敢直就後退著出去了。過了一會兒，裡屋出來個小太監，又抱著那花瓶進去了，讓張德勝驚訝地瞪大了眼，他還以為四爺這下要生氣呢，這就準備賞花了？

裡屋，胤禛坐在榻上，小太監抱著花瓶站在他面前，他打量著花瓶中插著的兩株荷花花苞，花是很美，但只是這兩株花，連個陪襯都沒有，更別提什麼主賓了，光禿禿的，白瞎了這麼早就結花苞的荷花！

不過，還知道修剪成一高一矮，還算不錯。他抽出一株來，心想要是兩株一邊齊地送來，他估計就真的……不知說什麼好了。有些東西真的是要靠天分的，李氏嘛，呵呵……

他放下花，輕歎微笑，道：「倒是有一兩分野趣。」雖說粗糙了些，也難得她心裡想著他。

張德勝在外面見花瓶抱進去了，半天沒聲音，正感奇怪呢，四爺出來了，一步未停，蘇培盛趕緊跟上，張德勝在後面連聲催促小太監提著燈籠去追。

從書房出來，順著小徑繞到後面，過兩道小門就能看到李格格院子的圍牆。鎖在這邊，看門的小太監早早地打開了鎖，跪在地上迎接。胤禛從小門進去，蘇培盛跟上，卻擺手讓提燈籠的小太監等在門這邊。

小院裡，李薇已經洗漱過也換上睡衣了，正躺在帳中捧著本繡花冊子看。馬上就要換夏裝了，又從宮中到了府裡，規矩也不大嚴了，她就想試試漢家女子的裙子。

現在的旗裝真的太……難看了。從頭到腳一直筒不說，旗裝什麼時候都是流行顏色豔麗加繁複的刺繡，也算是滿漢結合？本就布料很厚，加刺繡更厚，夏天穿真心太累了。

只要不穿出院子，大概穿穿應該沒事。李薇小時候在家也穿過，倒是大了以後就只能穿旗裝了，以前還為這個被額娘賞過板子，打得手心都腫了。

她正翻看著，四爺就悄無聲息地進來。

玉瓶她們怎麼不通報！在宮裡也沒這樣啊，四爺出來後你也內心奔放了？

李薇見他悄沒聲息地進來，乾脆自己也不起身，直接跪在床上行了個福禮。他面帶笑意——似乎是嘲笑的笑？

她略愣了下，見他拿起攤在枕邊的畫冊，就著燈翻了翻，問她：「妳想做來穿？」

考慮到他是滿人還是皇阿哥，想起當年額娘賞的那頓竹板子，李薇立刻扯著他的袖子撒嬌：「只是在院子裡穿穿，我不穿出去。」

誰知他居然沒生氣，坐下仔細翻看起來，最後折起幾張道：「這幾件好，回頭我給妳分來兩個針線嬤嬤，讓她們做給妳穿。」

輕鬆過關還賺了兩個專業人士來裁新衣，李薇高興得牙齒子都快露出來了，結果接下來四爺就嘲笑她插花瓶的手藝了。

「看到妳送來的花，都讓我奇怪，到底進府的真是個大選的秀女，還是鄉下哪條小河邊的村姑偷偷溜了進來……」他帶著笑抬起她的下巴說。

李薇突然靈光一閃，眨眨眼，拿起帕子掩住半張臉，捏著聲音道：「大爺饒命，都是奴家那狠心的爹娘，將我換了二兩銀子一斗米……」

以為四爺必要笑場，可他居然很配合地演下去！

「好可憐的樣兒，既然進了府，就乖乖地伺候主子，若是能生下一兒半女，爺就擺酒納妳進門伺候主母。」四爺做出浪蕩子的樣兒來可真不像啊……

不過大爺既然捧場，李薇肯定不能半途而廢說不玩了，那這位真大爺的臉色估計就不好看了。

她側身拿帕子捂住臉假哭，「嗚嗚嗚……求大爺憐惜，奴家還是清白之身啊……」

胤禛壓上來，「清白？讓爺驗驗。」說著就上手。

李薇扭來扭去推他，腳也輕輕地亂踢，嘴裡一直輕呼：「不要啊！來人啊！救命啊！」她玩上癮了。

等四爺解了她的衣服，她還一直推拒掙扎，倒讓他越來越激動……這算不算角色扮演？

胤禛一衝進去，一臉滿足，還不忘接著往下演：「清白？爺看妳早就有了情哥哥！」

李薇已經氣息不穩，話都說不清還堅持道：「嗯……奴家……奴家的情哥哥叫胤禛！奴家十四就讓他騙到野地裡得了手……」

胤禛伏下身，最後說了句：「喊吧，這裡離得遠，不怕人聽見，想喊就喊吧。」

本來李薇的感覺還沒起來，但聽了他的這句話後倒是迅速來了感覺，雙手雙腳都纏到他身上，胤禛、胤禛地喊個不停。這次四爺也沒再捂她的嘴，真是由著她喊他的名字。

兩人在屋裡，屋外玉瓶給蘇培盛端了碗茶，請他到隔壁的角房去坐一坐。廂房是李格格常去的地方，讓個太監進去歇腳自然不大合適，趙全保伺候起大太監來是非常熟練的，給蘇培盛打熱水泡腳，給他擰燙熱的手巾擦臉，最後捏肩。

大概是被伺候得挺舒服，蘇培盛難得多了句話：「小趙子，你是運氣好，跟了個好主子。人好，運道也好。好好伺候，日後才有你的好日子過。」

他看著趙全保，意味深長地說：「說不定，日後連咱家也要受你的關照呢。」

趙全保跪下麻利地磕了個頭：「奴才謝蘇爺爺提點！」

接下來，蘇培盛就一直捧著茶喝，一句話也沒說。過了差不多一個多時辰，裡屋叫水，玉瓶出來後就拐到角屋來道：「蘇爺爺，四爺歇了。」

蘇培盛點頭道：「那我也瞇一會兒，就在這間屋吧。」

趙全保親自抱了新被褥來換上，伺候著蘇培盛躺下後，他輕輕合上門就守在門口。玉瓶向他使了個眼色，他點點頭，讓她放心。

兩個時辰後，又到了寅初刻，趙全保把蘇培盛叫起來，外面熱水等物都準備好了。蘇培盛進去隔著屏風把四爺喊起來。

胤禛只是換了衣服，洗漱後還是回前頭用的早膳。

下午，張德勝帶著兩個小太監送過來一個臉盆大小的白瓷盆，裡面養著幾株小巧的碗蓮，還有一張專門用來擺這個碗蓮的根雕矮几，一同被擺在西屋臨窗的書案旁。

李薇起來後看到，坐在書案前賞了一上午的花，還下筆畫了兩幅亂七八糟的畫——最後揉成團扔了，若讓四爺看到，以他的眼光估計又要嘲笑她了。

玉瓶道：「我就說四爺心裡有格格，這樣的東西可比真金白銀難得得多。」

李薇也是這麼想，不過四爺給她的東西，不管是頭釵布料還是針線嬤嬤，樣樣都是想著她才送來的。不然逢年過節府裡都給東西，她住在府裡本來就什麼都不缺。

托腮望著這盆荷花，李薇越想越陶醉，這都是四爺待她的心啊，她要好好照顧。

她一邊柔情萬千地感動自己，一邊突發奇想讓趙全保拿銀子看能不能弄幾條金魚來，有水、有荷，再來兩條魚，那才像個迷你荷花池嘛。

府裡倒是沒有花鳥房，但管花園的人那邊有錦鯉的小魚苗，趙全保也沒用銀子就弄回來了十幾條。李薇歡快地全放進瓷盆裡，小小的錦鯉魚苗在碗蓮下飛快地竄來游去，看得她不停驚呼。

「牠們游得好快！」她在盆邊圍了一天，拿各種點心掰成碎渣子餵魚。

等晚上她睡了，玉瓶和玉煙再辛辛苦苦地給瓷盆換水，被她折騰一天，水早渾了。如此過了幾天，四爺忙著宴會的事也沒再來，她就只能跟這盆碗蓮玩。不死心地畫了七八幅荷花，可畫完沒滿意的都揉了。

明明看名家畫荷花也沒多複雜，怎麼看怎麼好看，她畫的怎麼總覺得不對？李薇盯著書案上剛完成的一幅，畫的時候很滿意，畫完讓她自己評就只能得到「小學生書畫大賽參與獎作品」的評語。

這東西肯定跟天分有關。承認自己天分不夠以後，李薇沒失落，反而安心地把畫得不好的畫給留下來，反正就這水準了，畫的時候爽就好。

她自娛自樂著，玉瓶和玉煙卻發現碗蓮有片葉子從邊緣開始枯了！

晴天霹靂啊！這可是四爺送來的！

李薇還不曉得，她院子裡的人卻已經悄悄開了好幾次碰頭會了。關於這盆碗蓮，趙全保盯著玉瓶看，「是不是妳們照顧得不經心？換水換得勤嗎？」

玉瓶急得一頭汗，道：「格格每天要賞的，妳說我換得勤不勤？」

玉煙作證：「每天換一回。是不是這花的花期到了？」

趙全保翻了個白眼，「現在才五月，碗蓮再小也是荷花啊，園子裡的荷花能賞到八九月呢，它不可能就這麼不中用吧？」

一群人面面相覷。

最後還是趙全保把枯的那株碗蓮小心翼翼地裝到一個小碗裡，藏在懷裡跑去找園子管養荷花的人了。

那人拿過碗蓮看了看，肯定道：「根壞了。這沒得救了，過不了多久必死。」

趙全保幾乎給他跪了，根怎麼壞了？玉瓶天天換水啊，怎麼能必死呢？這簡直是在說他們必死嘛！他拉住那人的手，「您給想想辦法！」以他現在的地位這樣已經很低聲下氣了。

那人也無能為力，但看在都是伺候人的下人的分兒上，給他出了個主意：「反正都長得差不多，你想辦法換了不就行了？」

趙全保大喜，趕緊問他：「您這裡有沒有？」

那人搖頭，「我這裡都是大荷花，你這個要到專門賣盆景的店裡去買。」

趙全保回去後報告給大家這個壞消息，一屋子人全都灰了臉。

「萬不得已，只能去找同樣的換了。」趙全保道。

玉瓶在宮裡時曾跟著李薇去給福晉請過安，道：「在宮裡時倒是見過福晉的院子裡，有這種碗蓮，養在太平缸裡。」

趙全保笑都笑不出來了，「別說傻話了，還不如咱們自己想辦法去外面買呢。」

福晉那裡誰敢去碰？說句不客氣的，哪怕是四爺書房裡他們都敢試一試，但福晉？哈哈，又不是嫌命長。

不過書房什麼的……他們也只敢想想而已。

既然已經有了主意，剩下的就是怎麼出去了。趙全保和玉瓶偷偷商量半天——他們都認為這事知道的人越少越好，於是兩人商量後，有兩個主意。一個是從粗使那邊入手，每天他們都要出去採買，讓他們幫著帶回來。

趙全保卻傾向於求書房的張德勝，書房那裡的人也是天天出去啊。而且，他還有個想法，跟人拉關係就是要託人辦事才行，託一託張德勝，求他帶回幾株碗蓮，雖然冒點兒險，但他們這個院子和張德勝卻從此關係就近了。

玉瓶卻不答應，東西是四爺送來的，喔，咱們再主動跑去說碗蓮養壞了？這不找死嗎？

趙全保也是怕這一個不好，張德勝再不是東西的賣了他們怎麼辦？

兩人拿不定主意，只好去找李薇了。

李薇還奇怪怎麼這盆裡的碗蓮越看越稀疏，再聽兩人說碗蓮的根壞了、蓮要枯了，發愁怎麼辦。

「這可是四爺特意賞您的。」玉瓶的眼淚都下來了，她害怕啊。

但在以前就養不好花的李薇沒有很吃驚，雖然也有些可惜，但仙人掌她都能養死，碗蓮一看就非常精貴嬌嫩，大概還是她的氣場就是養不好花吧。

只是這碗蓮是四爺的心意，雖然她也不怕四爺知道了會從此就不對她好了，可還是想挽回一下。

聽了趙全保和玉瓶的主意後，李薇奇怪道：「幹麼這麼麻煩？咱們都出來了，出門沒這麼難了吧？先去找大嬤嬤說說，看我能不能派你們兩個出去買點兒東西。要能直接出去自然皆大歡喜，要是不行，就再換別的辦法。」幾個嬤嬤裡，也就大嬤嬤跟他們有些香火緣。

這倒是趙全保和玉瓶都沒想到的。他們兩個被皇宮馴化得太徹底，出來了還是沒有真實感。

於是玉瓶去找大嬤嬤，送了一些銀子禮物又說了一通好話後，大嬤嬤倒是沒一口回絕，只說：

「格格想使人出去，總要福晉點頭才行。」

玉瓶自然沒膽子說那咱們現在就去見福晉吧，只好先從莊嬤嬤這裡回去再想辦法。由於李格格和福晉天然的立場差異，再加上她們主子又特別受寵，她們都不相信福晉對格格會毫無芥蒂。

碗蓮的事說大不算大，可說小也不算小。四爺特意賞下來的東西養不好，首先就可說你一個不恭敬，剩下的懶惰、粗心還是好聽的呢。什麼事都怕尋根究柢，更怕吹毛求疵。退一萬步說，格格可能沒事，他們這些伺候的還能沒事？

玉瓶的心一直沉甸甸的，回到小院裡再問李薇，她挺痛快道：「那就去問福晉。」見玉瓶臉色不好，安慰她道：「一點兒小事，福晉可能根本也不會親自去聽去問。大概一個嬤嬤或貼身伺候的就能打發了妳。」

這話沒能安慰到玉瓶，可事到臨頭，拖下去也不能把碗蓮治好啊。回去鼓了鼓勇氣，玉瓶還是去正院了。

這邊，大嬤嬤送走玉瓶她們，並沒有把這事拋到腦後。福晉是不受寵，但也不見得這位主子就好欺負、好伺候。伺候了各種主子一輩子，她最清楚不受寵的主子才是最難伺候的——受寵的都把心思用在爭寵、固寵上了，沒空跟她們這些人計較什麼。

這位李格格可實打實憑的是寵愛，從進了阿哥所後她就把四爺給攏在身邊，福晉進門也沒能從她手裡撬走阿哥一分。若說在宮裡的事說不準，可這府裡就李格格一個人住得離阿哥最近，聽說她那院子裡連葡萄架都是阿哥親自選的，如今每天的膳點，她都歸在阿哥書房那邊的膳房叫。這位主子，她就是打個噴嚏，那也是天大的事。

大嬤嬤剛才把事推到福晉那裡，一來，是要找人去打聽這位李格格是不是住的、吃的、用的有什麼不舒服的地方，才要出門去買；二來，也是想看看福晉那邊是個什麼意思。最近，福晉那邊可是厲害多了。要是趕上福晉想立威，就打算拿李格格來開刀呢？大嬤嬤可不想攪和進去。

等玉瓶回去轉了一圈再去正院時，大嬤嬤已經打聽到趙全保之前去過花園，管荷花池的人問了一株快死的碗蓮怎麼救。

書房那邊的事她們不知道，只能猜，大嬤嬤只能猜想那位主子是想養碗蓮？嫌屋裡的花不好看？大嬤嬤對李格格的印象本來就是愛生是非的人，得了阿哥的寵就容易招人惹眼還不安分。不是什麼大事，大嬤嬤也放心地由著李格格去折騰，真讓福晉給她掐回來也不壞，吃一塹，長一智。現在是年輕，愛個花啊草啊的，再長兩年就該盯著別的東西了。

玉瓶這邊到了正院，福晉當然不會閒著沒事見她，事實上她一來就被人領到福嬤嬤面前了。這還是看在李格格受寵的分兒上，不然福晉貼身的幾個大丫頭哪個都能打發她。

福嬤嬤也沒當一回事，她在烏拉那拉府裡伺候的時候，別說老爺的小妾能讓人出府帶東西，就是個稍微得臉的丫頭都能託門上的小廝帶個手帕絲線胭脂。所以這件事，她很痛快地替福晉應了。

玉瓶七上八下地來，誰知這麼輕鬆就成了！回去的腳步都輕快得快飛起來。回去跟趙全保一商量，兩人決定由趙全保去，帶上十兩銀子，能買就多買幾株回來。

趙全保下午就跟著拿牌子的門上小廝出了門，門上還特地給他一輛車。因為趙全保倒沒說是去買碗蓮，而是說買些書啊紙啊筆墨啊，這種正經東西。當然，最後捎帶著買碗蓮就行了。

回來後，除了新鮮的碗蓮，還有十幾本趙全保挑回來的話本。他也不敢胡買，雖然李薇說讓他買些話本，她想現在她也不是閨閣小姐，可以看了。他卻要顧忌一二，所以買的都是耳熟能詳的戲本子，他想的是，宮裡常聽戲看戲，戲本子總沒問題吧。

有了戲本子，李薇就把碗蓮拋到腦後了。倒是趙全保和玉瓶天天盯著，可一天天過去，碗蓮還是慢慢枯萎。一而再、再而三這樣，趙全保和玉瓶開始懷疑是不是有什麼問題，比如風水，比如這個那個的……

水有問題這個可以排除，因為盆中除了花還有魚，魚可一條沒死，還都挺活潑的，長得也大了些，玉瓶不得已撈出來好幾條另養在一個缸裡。

「聽說這房子有一百多年了呢……」玉瓶膽戰地說。

趙全保也不安了。兩人商量這碗蓮還要繼續養，一是免得嚇著格格，二是聽說這東西能擋煞，說不定枯掉的碗蓮就是替格格擋煞了呢？

「也是，阿哥送來的東西，可不是護著咱們格格嗎？」玉瓶雙手合十念了句佛。

於是，這碗蓮就這麼養著，只是枯掉的就趕緊扔掉。然後過了一段時間，趙全保要找藉口再出去一次，老用格格當擋箭牌自然不行，這回他說的是玉瓶要給她家人帶個消息。

「說妳額娘病了？」趙全保問。

「說我阿瑪病了，病得快死了。」玉瓶道。

那偷她額娘的嫁妝去喝花酒的渾蛋死一百次也不可惜。

於是趙全保又出去了。這次是直接找了莊嬤嬤說了玉瓶家的事，說是他上次出去時特意打聽的，回來問過玉瓶後，這次去想給她家捎個信。

宮裡出來的想見家人也是常有的，所以莊嬤嬤挺痛快地答應了。但這次他可不能想什麼時候出去就什麼時候出去，而是要等到十五，府裡那天會讓所有想給家人帶信的人出去一次。當然這也有人員限制，不然府裡一起出去四、五十口，府裡不就沒人幹活了？

但以李格格的面子，趙全保簡單地加了個塞，剩下的就是等日子。

李格格這裡的頭號太監短時間內出去兩次，書房那邊早就注意到了。張保想著李格格的盛寵，就找蘇培盛商量。

蘇培盛不敢等閒視之，這事有兩個可能。一是這太監出來沒多久心就野了，打著主子的旗號背著主子玩壞，以李格格御下的手段來說很有可能，她要不是有寵，下人早翻天了。但太監無根，趙全保跟著李格格日後還有條活路，背著李格格弄鬼他圖什麼？這小子看著沒這麼傻啊。

二是李格格那裡估計是真出事了。但不好說，於是下頭的人就自己想辦法。

兩個可能都跟趙全保相關，蘇培盛一點兒沒客氣地讓人把他提來。往書房後面膳房的柴房裡一綁，蘇培盛先使人開導了他幾板子，再使張德勝去問。

趙全保一開始還咬定說就是去替玉瓶送個消息再看看家人。

蘇培盛就叫人在晚上看著李格格歇了，把玉瓶也給帶出來。兩人分別問，都咬定是要去玉瓶的家，玉瓶求饒說都是她惦記家人，犯了規矩，求蘇爺爺饒了趙全保，只罰她一人就行。

問不出個所以然來，蘇培盛一邊叫人繼續問著，一邊去報給四爺。

胤禛也正打算這幾天去看看李氏，一聽這個眉頭就皺起來了，扔了擦手的手巾問：「問出來了沒有？」

蘇培盛搖頭：「這兩個雖不算硬骨頭，嘴倒是還挺緊。」

「哼。」胤禛坐下端起茶碗，「提過來。」

蘇培盛出去喊人把玉瓶和趙全保給提了過來。因為沒事的話還要放他們回主子那裡伺候，所以板子都打在看不見的地方，兩人過來時形容並不骯髒，只是臉白了點兒。

一見四爺這兩個就腿一軟跪下來了，玉瓶膽子小些，趴在地上涕淚橫流卻不敢擦也不敢抬頭，怕主子看了噁心。

蘇培盛嚇唬道：「在主子爺面前還敢瞞？不想活了不成？」

胤禛停了一息，見兩人的膽子都唬破了，放下茶碗道：「誰先說？」

趙全保和玉瓶對視一眼，玉瓶磕了個頭，貼著地面深吸口氣，儘量口齒清楚地說起來：「主子爺送來的碗蓮，格格愛得很，天天都圍著看，還畫了不少畫。畫不好的格格都扔了，連畫了好些天。」玉瓶算是耍了個心眼，提起格格說不定能從四爺這裡撿回條小命。

趙全保佐證：「格格愛那碗蓮，還使小的去弄了好幾條魚擱進去賞玩。」

魚？胤禛心道那瓷盆太淺，放魚進去怎麼養？不亂套了嗎？要養魚該換成深缸才對。

玉瓶接著道：「誰知過了沒幾天，那碗蓮的葉子就……就枯了。」

趙全保趕緊接道：「小的還拿去給園子裡荷花池的人看了，說是根壞了，治不好。」

胤禛基本已經猜到了，就連旁邊的蘇培盛和門簾外守著的張德勝都知道原因了。胤禛端起茶來喝，心裡實在是……

蘇培盛過來添茶，去了疑心後，他開始同情趙全保了，瞧這點兒事鬧的。

玉瓶和趙全保後面你一句、我一句地把千辛萬苦出去買碗蓮，但買回來還是繼續枯的事全倒出來了。懷疑院子風水不好或者有什麼陰晦之事這個倒沒敢說，說了就真沒命了。

玉瓶還在哭：「那碗蓮是主子爺賞的，格格心愛得不得了。養枯了咱們不敢說，只好再想辦法出去買。」

胤禛站起來沒理跪在地上的這兩個出去了，蘇培盛跟上後，張德勝才進來喊人扶他們兩人起來，帶到旁邊的角房裡，也不綁了，還讓人拿藥來給他們看傷。

兩人經歷了一番死裡逃生，雖然還沒緩過神來，也知道要趕緊謝張德勝，不管這位之前有沒有打過他們，現在都要拚命謝。

「得了、得了，不必謝我，緩一緩吧。你們倆啊，還真是走運。」雖然沒養好主子賞的東西不算大錯，但後面這兩人折騰得可不小啊。

瞧四爺的意思，想必是不會重罰的。張德勝有些羨慕，他雖然伺候著四爺，可他要是犯錯，他師傅蘇培盛必定要加倍地罰他，就是四爺看著也不像心軟會放過他啊。

第二天，李薇剛用過早膳，張德勝就過來笑咪咪道：「給李主子請安，咱家要請趙全保和玉瓶姑娘去一趟。」人是昨晚上悄悄帶走的，這位主子還不知道呢，今天怎麼著也要過來打聲招呼。

一早沒看到玉瓶和趙全保，李薇已經問過人了，也算有數，此時聽張德勝來通知，臉「唰」一下就白了，果然是出事了，好歹也是在宮裡住過兩年的，聞弦知雅意。她白著臉卻也不敢多問，只是給玉煙使了個眼色，玉煙趕緊去取了一個銀子荷包過來，李薇親自遞給張德勝，「諳達拿著。」

「不敢當、不敢當。」張德勝連連揖首，荷包也收下了。這位主子臉都白了，不收再嚇出個好歹來。

見他收了荷包，李薇才小鬆一口氣，道：「不敢問諳達叫他們去幹什麼，只是若是諳達方便，還請多照顧他們一二。我在這裡給諳達道聲有勞。」說著站起來淺淺一福。

張德勝趕緊側身讓開，外面站著的趙全保和玉瓶是被領回來磕頭的，看到李薇在裡面又是拉著張德勝說話，又是塞銀子，又是放下身段親自拜託，兩人都有些感動。

趙全保心道，昨晚上死咬不放沒賣主子倒是不虧。

玉瓶卻是安心了些，想必一會兒挨起板子來會輕鬆點兒。

張德勝把人帶到內院和前院之間的大門處，早已準備好了長凳，把他們兩個按在長凳上，一人賞了二十板子。用的理由卻不是什麼碗蓮，而是玉瓶想家，趙全保為了替她往家裡傳消息，藉替主子辦事的機會辦私事，讓人查出來才賞的板子。

一頓板子打下去，最近因為出宮而人心浮動的下人像是被兜頭澆了桶井水，都縮起尾巴規矩了不少。

賞完板子，張德勝再好好地把人送回去。不一會兒，莊嬤嬤就送來了藥，有敷的也有熬的，還挺齊全的。

李薇見他們兩個打得都不重，心就放下了一半。她把四個新來的都派過去照顧，叫他們記得給這兩人餵藥、餵飯、餵水，至於玉瓶手裡的事，先叫玉煙管著。

下人挨了打，按說李薇該覺得沒面子或害怕，但二者她都沒有。

一方面，四爺是個傳說中的著名人物，在李薇心中把他封為男神可一點兒都不誇張。這位爺突然打了趙全保和玉瓶，總是有些原因的。

另一方面，她想是不是跟碗蓮有關？可這個念頭剛生出就被她自己按下去了，從她見四爺第一面起到現在也有快兩年了，四爺絕不是個小心眼的人，碗蓮沒養好絕不值二十板子。

那就真是像張德勝說的那樣，是玉瓶和趙全保為了碗蓮，意圖兩次出府的事了。為了府上門禁，嚴格些也對，這倒挺像四爺生氣的事。

自覺想明白後，李薇特意去安慰了趙全保和玉瓶，嘆道：「都是我沒想到。還以為沒什麼大不了的，沒想到害你們吃了這頓板子。」

作為下人，挨打是家常便飯，幾乎就是基本功。趙全保和玉瓶都是打小進宮當差，小時候挨打挨多了，不當一回事，只要別挨完就被主子捨到一邊就行，看到李薇來看望還安慰他們，反倒覺得心裡鬆了口氣。

李格格在府裡大小算是個人物，她身邊的人一口氣打了兩個，這事不到晚上就在府裡傳遍了。

正院裡，福嬤嬤抽空把這事兒跟元英說了，她想，要不要趁機再給李格格一個下馬威？下人有錯，主子肯定是管教不嚴。

「您也該立一立威。」福嬤嬤很發愁，新的府邸都是內務府送來的人，不說個個油滑，但比起宮裡還真欠了一分規矩。在宮裡，就算人人都知道李格格比福晉得寵，卻沒人敢直接怠慢到臉上來。在這裡，福嬤嬤已經發現四福晉的話在某些地方不大管用了。

大嬤嬤不必說，那個莊嬤嬤和柳嬤嬤突然冒出來，把福晉和她原來的盤算全打亂了。只看福嬤嬤自己，出來了竟然還沒在宮裡說話響亮。

元英也有一樣的意思，能殺威風的只有生了小格格的宋氏和受寵的李氏。可宋氏從搬進來起就住在她這裡，小格格更是直接養在她這邊的東廂。拿宋氏當這隻殺雞儆猴的雞，難免給人打了自家人的感覺。

李氏……元英暗嘆，若是在宮裡她還能拿捏一二，出來後才發現居然拿捏不到了。若是淨使些小手段，反倒顯得她這個福晉不大氣，既要教訓她，還要光明正大，這種機會實在不好找。雖然看似李氏有些小出格，但大錯她是一丁點兒也不會犯的，這次若不是四爺先打了她的人，福晉才正好可以撿個便宜，但是……她道：「等一等，咱們還不知道四爺是個什麼意思。」

福嬤嬤不解，四爺的意思不是已經有了嗎？到了晚上，聽到四爺一回來就直接去了李格格的院子，她才恍然大悟。

小院裡，李薇還挺驚訝，她以為四爺要冷落她幾天好加深眾人的印象。

胤禛進來後，還是不等李薇行完禮就親手扶起她，再拉著她的手走到榻前，溫言道：「妳今天可好？」

李薇多少有些拘束地回道：「一切都好。爺，換衣服吧？」

胤禛直接拉著她進了裡屋：「好，妳來給爺換。」

好親熱哦……李薇沒想到四爺居然會是這個反應，難道不該給幾個冷臉讓她請個罪嗎？

換衣服時，胤禛直接把人都攆出去了，就讓李薇一個人給他換。脫了外衣後，他看著正在給他解腰帶的李薇，抬起她的下巴，「委屈妳了。」說完嘆了口氣，抱住她坐到榻上。

他一邊撫摩著她的頭髮，一邊解釋道：「最近剛從宮裡出來，內務府分來的都是熟手，油滑得很。宮裡帶出來的又心思浮躁，府裡眼看就要請客見人，若是不給他們一個警醒，丟人丟到外頭去，妳家爺的臉上可要抹黑了。」

跟李薇想的差不多，就說四爺不會為了碗蓮就賞板子，肯定是有原因的。

他繼續解釋：「福晉那裡，到底要顧及她的臉面。再者，她本來就根基不穩，挑她那裡的人下手，爺也擔心她彈壓不住再惹出事來。正好，趙全保和玉瓶就這麼犯到蘇培盛手裡，爺本來也打算給他們緊一緊弦。」

就是讓四爺說，他也不能昧著良心說烏拉那拉氏在這後頭比李氏站得更穩，宋氏有子，李氏有寵。烏拉那拉氏本就空有名分，在這個節骨眼上再拿她作筏子[9]，她這個福晉的譜就再難擺下去了。左思右想，還只能從李氏這裡下手，就是委屈了她，怕她傷心難受，他自然要想法子給她寬寬

注釋——

9 作筏子：北京方言，指抓住某事當作藉口，藉題發揮。

心。便是打了她的人，他待她只有更好的，絕不會短她半分。

他的手慢慢從她的肩上滑到臉上，捧起她的小臉蛋，輕輕地揉著，聲音更加溫和：「妳本來就沒什麼威風勁，妳這屋裡倒多數是這兩個奴才約束下頭的人。若是他們兩個膽子太大，只會給妳招禍。這頓板子雖然是打給人看的，但也能收收他們的心。」

李薇很感動，但更有些窘。四爺，你好愛解釋喔……放心，我沒誤會你的啦！

認為四爺心靈脆弱怕被誤會，她伸開雙臂緊緊摟住他的腰，很堅定地說：「爺，不用擔心，我相信你！」

胤禛摟住她低聲笑起來，心頭一鬆，不免更愛她一分。

從這一夜起，四爺在李薇這裡一直歇到了宴客當天。連續十幾天的寵愛不但讓府裡的人都看明白李格格沒失寵，也讓福嬤嬤明白福晉那句「看四爺的意思」是什麼意思。

他是打了李格格的人，但他不許人因此看輕、怠慢李格格。

小院的書房裡，原來擺碗蓮的瓷盆和矮几都搬走了，取而代之的是個幾乎跟書案一樣高的小缸。缸中注滿清水，水面養著碗蓮，水下是特意找來的，不吃根的金魚，碗蓮的根也被特意保護了起來。實現了李薇當時想要看水、賞蓮、玩魚的夢想。

為免這次再有問題，玉春和玉夏被送去學了怎麼養魚、養蓮，怎麼兩個一塊兒養。

這都是張德勝領著人親自辦的。當初是他帶走趙全保和玉瓶打了再給人橫著送回來的，蘇培盛把這事交給他辦，也是想讓他在李格格面前賣個好。

趙全保和玉瓶在躺了十天後也起來了，二十板子又有銀子打底，兩人傷得都不重。傷好以後，他們兩人先跪到李薇面前自陳錯誤，發誓日後更精心伺候主子，絕不敢再胡亂出主意。

蘇培盛還特意點了他們兩句，言下之意就是，李格格僥倖有寵，但誰知道這寵能寵到什麼時候？主子是個心軟、心善、心裡不存事的，你們兩個再把不住，你們這個小院該成什麼樣了？

穩重，穩重，再穩重，再怎麼謹慎都不過分。吃了這頓打後，趙全保和玉瓶也是長進了不少，看著又在書房裡對著缸裡的魚拋魚食逗魚的李格格，兩人想著蘇培盛說的話。

趙全保心道，要跟書房的那群孫子更好才行。這頓打總不能白吃，主子不長心，咱家就多長十七、八個心竅，這回的錯可不能再犯了，下次……誰知道還能不能這麼幸運？

玉瓶心裡想的是，格格最好儘快有個孩子，哪怕是小格格也行。這樣，若是有天阿哥真不來了，有個孩子，至少格格還不至於被人磋磨。

早在剛出宮的時候，四爺就跟元英說過要宴請兄弟們和親戚。經過這次的事，她心裡多少有些苦澀，轉眼自然要把更多的心力用在請客這件事上。

等到開府迎客的那天，她這個四福晉才是這個府裡真正的女主人。

她心裡苦笑，裡子已經沒了，面子再也丟不起了。

四爺也是一直忙著請客的事，兩人這段時間見面、說話倒比往常更多。她經過這麼長時間，多少也摸到了他的性子。而且，隱隱約約地，元英有點兒明白為什麼四爺會冷落她這麼長時間。

她嫁的是四爺，這個四福晉怎麼當，要按他的意思來。他覺得不好的，她就是自覺做到最好，他也不會喜歡，更不會感激。嫁人一年了才發現自己走錯路，這真不是個好消息，目前看來，說正事的時候，四爺待她還是不錯的，但私底下他對她是毫無情意可言。

之前她傳話回烏拉那拉家，就是想跟自己的額娘聊一聊，看要怎麼挽回四爺。

等宴會結束過幾天就請家裡人來。她想著，最後確認一遍宴客的單子，轉頭問大嬤嬤：「嬤嬤，明天就要忙起來了，下面的事，我俱託給大嬤嬤了。」

既然四爺提起這些嬤嬤，福晉就決定直接把她們用起來。

大嬤嬤坐在福晉面前的一個繡墩上。關於明天的宴會，元英一整天都要接待來訪的女眷，宴會上的事全要交給大嬤嬤協調，若是臨時出什麼事，她也不好扔下滿屋的客人去處理。

另一頭，元英也把李薇她們三個都叫來了。小格格太小，身體也太弱，四爺發話那天不讓她出來見人。來訪的客人中若是地位身分都夠的，自然有福晉親自接待，但更多的是不請自來的客人，多數身分地位都有些欠缺。

這樣的人總不能扔給嬤嬤們接待，李薇她們至少也是大選出來指進四爺府的，這個身分在宮裡可能拿不出手，出來卻能唬住不少人。何況，宋氏有目前四爺唯一的格格，李格格有寵的事只怕京裡無人不知。能得這兩位接待，有些人家只怕要高呼燒高香了呢。

明日府裡至少有五個地方要開宴。四爺在前面接待男客，席定是兩桌，但多備了一桌免得來的人太多。福晉在正院和花園兩處備宴接待女客，暫定是五桌。因為有些人家可能會帶自家的姑娘、格格一道來，所以席面要往多了估計。

李薇她們一起在花園東側的一個小院裡待客，那裡定了三桌。

這是明著有席面的，剩下的車馬轎夫還沒計算在內。

女眷處可以賞花遊園，前院卻沒有什麼景致好賞玩，於是特意請了兩個戲子。不敢請戲班，這次請客有讓京裡人都認識四爺的意思，但也不想顯得四爺太輕狂，才出宮就要擺主子的譜，所以只分別請了京裡三方園和五福班兩家的台柱，過來唱兩齣而已。

女眷也有戲可聽，就不是台柱了，只是兩班中還算過得去。

一直到晚上，元英心裡還轉著明天宴會的事，各處都要嚴守門戶，特別是前院和後院之間，那些男客喝了酒聽了戲，難免有把持不住、借酒裝瘋的人。萬一讓他們逛到後院來，這臉可丟盡了。幸好四爺之前說過，前院伺候的全用太監，這就免了侍女被人拉住做出醜事。

再說看到太監，應該能嚇住一些人。她決定明天把她這邊的太監全派過去守門，就在內院和外院之間，若是真有人喝醉亂闖，就讓人直接灌兩碗醒酒湯，喝了睡下就行了。

小院裡，李薇卻在想明天聽戲的事。接待客人還不就是那老三樣？妳家裡好啊？妳媽好嗎？妳孩子好嗎？換成現在，可以再問兩句，妳的頭釵真貴重，妳的衣服上的繡花真精緻。再說還有宋氏在，宋氏明天才是她們中間真正的明星。這都跟她沒關係，她也不關心。

聽說請了兩個知名班子裡的台柱，還有丑角來玩雜耍。好久沒看戲了，在這個缺乏娛樂的年代裡，聽各種奇怪的戲劇就是李薇的樂趣所在。

其實能流傳後世的戲劇都是特別有名的，就是相當於古代小說雖然也很多，但是一直到現代都還知名的也就四大名著。而且就算現代的小說多得數不勝數，可得諾貝爾的也就那幾個，多少作品能流傳幾百年呢？鳳毛麟角而已。

所以，這時代真正的戲本子是很多的，只是沒流傳到後世。而且很多戲本子都是戲班自己找人寫的。那些缺錢缺到要替戲班捉刀寫戲本子的窮秀才，出來的成品大概都像火車站文學[10]，兩者的共同點都是速成加爆點。

上次李薇還是在家看的戲，那時是家中祖母過壽，特地叫人唱了一整齣戲，整整唱了兩天。總結下來是這麼個故事：一位小姐，從小就漂亮聰慧人人誇，然後全家死光（命太硬啊姑娘）。她在上香途中，因為衣裳太破但人太漂亮，吸引了一個老太太（居然不是吸引個紈褲？差評）。

老太太說這小姐長成這樣卻穿得這麼破，肯定非常人，然後就收成義女帶回家了（老太太妳的邏輯呢）。老太太是尚書的娘，義女非常孝順，每天天不亮就起來把老太太的鞋揣懷裡暖著，怕老太太起來穿上腳涼（丫頭吧這是），於是孝名遠播。

而離此地百八十里外，有個也是全家死光連房子也沒有的窮秀才，聽到小姐的孝名，想說天哪這姑娘太美好了，只有她才配做我的妻子，其他公主啊高官貴宦家的小姐啊都不如這小姐好（公主幹麼找你呢？想太美）。這窮秀才對著天喊了一通，表達對小姐美好品質的讚美和嚮往，老天爺就顯靈了，說你考試去吧，連中三元就可以去提親了。

於是這窮秀才去考試了，連中三元後去向小姐提親。小姐很羞澀地答應了，尚書和老太太都很高興。然後皇帝說這秀才真不錯啊，人品好，聽到這姑娘的好名聲就要娶她，這孝順姑娘也不錯，為了表達對你們的祝福，我要把我的三公主嫁給秀才（皇帝……邏輯要死了……）

當然最後大團圓結局，窮秀才娶了兩個老婆不分大小，從此快樂地生活在一起。

看了兩天，李薇邊看邊在心裡吐槽，之後跟家裡祖母聊這齣戲時，總是哈哈大笑。祖母也被她逗得哈哈大笑，說她促狹。由於此時的戲大概都是這種類型的，李薇就把看戲當成了人生中比較期待的一個消遣活動，每回聽到有戲看比以前過年還高興。

第二天，凌晨四點，玉瓶就喊她起來，梳頭洗臉換衣服，然後只來得及墊了兩塊點心，就送她出門了。

大嬤嬤早就派了人過來，一來是怕格格們剛搬進府，對這裡的路不熟悉，二來是見到來人，可以提點李格格，免得張冠李戴。

李薇到了準備宴客的小院時，宋格格和武格格已經來了，兩人正坐著閒聊。見她過來，宋格格坐著不動只是微笑點頭，武格格卻站起來迎接她，親手扶著她坐下，然後坐在她的下首處。

外面的天此時才剛剛有些亮，小風吹著還有些涼。李薇身上還搭著件小披肩，進屋才解下來交給玉煙。她看這小院裡已經擠滿了人，來來去去，忙忙碌碌，心裡感歎這客請得真不容易啊。

膳房此時送了早點過來，為免一會兒客人來了出醜，她們三個不約而同都只吃了點心，茶都不敢多喝一口，這也是在宮裡選秀都經歷過的。

李薇吃了一塊糯米棗泥糕，剛吃到嘴裡就是一怔。點心吃多了，口味上肯定能吃出來是哪家的，就是一樣的麵包片，兩個麵包店的味道也絕不會一樣，哪一家的更好吃，這是一口就能分辨出來的。

這塊糯米糕吃著就是阿哥所膳房的味兒。搬到這裡來後，她也曾叫過兩次，口感上就是有那麼一點兒不一樣。

注釋——

10 火車站文學：又名地攤文學，早期經常在大陸的火車站附近出售，故而得名，多為香艷、情殺、懸疑之類的內容。

再嘗嘗其他點心，幾乎都是阿哥所膳房的味道，李薇笑咪咪地說了句：「今天來的客人可有福了。」宮裡的味兒可不是那麼容易吃到的呢。

武格格雖然沒聽明白，卻跟著附和道：「可不是嘛。」

宋格格一直帶著笑，話卻不多。她以前就是這個樣子，李薇也沒在意，她打量了一下宋氏，發現她臉頰紅潤有光澤，比在宮裡懷孩子時的氣色好多了。

宋格格感覺到李薇的目光，轉頭對她一笑，指著一碟雙色荷花酥道：「這個好，剛出鍋的，趁著熱吃。」

站在桌邊手執銀筷的丫頭看李薇的眼色，趕緊給她挾了一塊。雙色荷花酥有點兒像小學時吃的豆沙麵包，紅豆沙露在外面，麵包是五瓣花的形狀。荷花酥外面是三五層鹹味的酥皮，花瓣中間到花心處是磚紅色的紅豆沙，炸製而成。

為了避免吃的時候掉酥皮給主子帶來麻煩，這些點心全是一口的量。

三人邊吃邊聊，吃了大概兩刻鐘，一個丫頭從外面跑到廊下，跟門口站著的一個人說了兩句話又很快走了。三人都放下筷子等著，外面的人把話傳到裡面，膳點就撤了。玉煙悄悄過來，在李薇耳邊輕聲道：「格格，要不要去外面轉一轉？」

翻譯：客人就要來了，要不要去方便一下？

宋格格和武格格的丫頭也這麼暗示了主人。她們三個起身由著丫頭領路分別去了不同的房間更衣——主子們排隊上廁所的事沒有發生。這倒是比在宮裡強一點兒，李薇還記得在儲秀宮時，嬤嬤們也是在見人前領著她們集體方便，一間屋子裡用屏風隔開幾處，然後一次進去幾個人這樣。

集體方便完，三人又回來坐下，又等了半個小時才見到第一批客人。說實話，李薇覺得用翹首以盼來形容她們三個真是太合適了。

正院裡，元英還沒見到第一批客人。倒是大嬤嬤忙得腳不沾地，送入後院的女眷要先有人到她這裡報信，說是哪家的，家裡是什麼爵位、官位，跟宮裡是什麼關係。她再決定是送到福晉的正院，還是交給三個格格接待。

大嬤嬤忙得連口水都喝不上。

元英也是早就換好了見客的衣裳，正襟危坐地坐在上面，下面福嬤嬤和丫頭們都束手站著。

福嬤嬤看到茶不冒熱氣了，見人還沒到，上前道：「福晉，不如起來散散？」福晉這身衣服行頭可是累得很。

元英也是板得腰疼，點點頭，福嬤嬤便扶著她在屋裡轉了兩圈。石榴趕緊上去重新換了碗熱茶，雖然福晉也是不敢喝水，但下人們不能由著茶放到冷也不換。

趁現在屋裡沒人，福嬤嬤道：「福晉，四爺好像沒提過今天來的客人裡，有沒有烏拉那拉家的人？」福嬤嬤其實是想問，四爺到底看不看重烏拉那拉家。

元英卻不知該怎麼答。四爺只提過一句烏拉那拉家，說都是自家人，讓她好好跟親戚說說話，不要拘束。但更多的，他提的是佟佳氏和烏雅氏。一位是養母、一位是親母，但養母是孝懿皇后，佟佳氏一門顯貴，必要重看的。親母只出了一位德妃，剩下全是包衣。

怎麼重？怎麼輕？她想起來就頭疼。她曾經問過四爺，可在她看來，連四爺都不知道該怎麼辦，他自己也正糊塗著呢。重視親母，忽略佟佳氏？太蠢。可重視養母，忽略烏雅氏又擔心名聲不好聽。平常倒好辦，當這兩家人擠在一處時，可就為難了。

但當客人真來的時候，她發現自己不用發愁了。佟佳氏來的人是隆科多的長子岳興阿和他的福晉，烏雅氏來的卻是德妃的兄弟，因此送到後院來的只有岳興阿的福晉。

老天保佑！這下她不用愁了。元英小鬆了口氣，前院的胤禛雖然也小鬆了口氣，卻不免覺得佟佳氏有些怠慢他。他本以為至少也該是隆科多來，結果是岳興阿帶著他爺爺佟國維的帖子來了。他接了帖子還要表現得很高興，攜著岳興阿的手親自把他送到席上，「一會兒咱們兄弟好好說說話！」他笑道。

岳興阿長得不像佟佳氏的人，他比較像他的祖母和額娘，一張方臉，個頭卻不算高，給人一看就冒出「憨厚」、「不會說話」這樣的印象。事實上他的話確實不多，四爺跟他一比都算是能言善道了。

被四爺這麼親熱地送進來，他也只是笑得很開心，揖手為禮，嘴裡只道：「有勞、有勞……哪裡、哪裡……不敢當、不敢當。」

胤禛卻沒生氣，反而覺得這人挺可交的，因為岳興阿雖然話少，可看表情絕對是激動的。他對他印象不錯，怕他不會說話一個人閒坐無聊，轉頭把烏拉那拉家的一個人拉過來。

烏拉那拉家來的是福晉的長兄星輝，他帶著跟福晉一母同胞的五格。胤禛覺得五格看著比較健談，於是把他拉到岳興阿旁邊坐下，交代兩人不要客氣，誰知這兩個真沒客氣，等他再回來，發現五格帶著岳興阿拚起了酒。

五格其實也不是很會說話，他一被四爺拉走，星輝就擔心得不得了。五格和岳興阿初次見面，但四爺那麼熱情，兩人都認為阿哥的意思是他們要照顧好對方，在不熟的前提下怎麼照顧呢？拚酒。

結果還沒開席，承恩公府的大公子岳興阿跟自家的舅兄五格就喝得臉膛紅亮，頭重腳輕，說話顛三倒四。負責在這一桌伺候的小太監都快給他們跪了，可客人要酒，他能說沒開席不能喝嗎？顯然不行，他不但要上酒，還要上小菜。

小太監在一旁不停地插話「這位爺您來口這個」、「爺您嘗嘗這個」，拚命讓他們不要喝太多。但胤禛回來看到這一幕，黑了臉之後，小太監欲哭無淚。

這時客人已經漸漸都來了，他不能發火，雖然他真的很生氣，他卻喝了一聲：「好！」然後上前用力拍了拍這兩人的肩膀，「再上好酒來！」他對小太監說。

小太監又帶著人抱了兩罈酒，胤禛陪著他們痛飲起來，席上的氣氛頓時就被炒熱了。

三爺和五爺來得略晚，剛進來就聽說四爺、佟家的岳興阿和烏拉那拉家的一個小輩在拚酒。三爺笑道：「老四這樣倒是難得啊。」說話間加快腳步往裡走。

五爺也好奇，兩人快步進到擺席的院子裡，見正中央的桌前圍著好些人，正在一波波地叫好。拚酒拚到最後，大家都有些失去理智。五格早早地敗下陣來，現在陪著胤禛和岳興阿拚酒的是另外三個人。胤禛已經是強弩之末，但要撐著阿哥的面子，臉都喝白了卻死活不肯下來，蘇培盛在旁邊陪著，急得什麼似的。

三爺一眼看出來，皺眉道：「我看老四快不行了。」說著就擠進去，拍了拍胤禛道：「老四閃一邊去，讓哥哥來會會他們！」說著就奪過四爺手裡的酒碗，一仰脖子就喝了下去。

蘇培盛趕緊扶著眼都喝直了的四爺擠出人群，五爺擔心地看了一眼，還是留在原地。因為三爺也是渣酒量，這不剛喝一碗，臉就紅成大姑娘了。

他在旁邊看著三爺也開始腳下打晃，趕緊上前把三爺擠下去，道：「我來！」然後咕咚咕咚先灌了三碗，引起一片叫好聲。

外院那邊沒開席先喝倒一群的事傳回內院，大嬤嬤倒是胸有成竹，聽說喝倒的還有四爺，說：「讓人開催吐的藥端過去，先把酒吐出來再說。」

胤禛被蘇培盛扶到一個僻靜的地方，膳房照大嬤嬤說的趕緊熬好了藥送來，蘇培盛接過問了句：「是什麼？」聞著不像解酒湯。

送藥來的小太監附在他耳邊說是大嬤嬤送來催吐的。蘇培盛點點頭，吩咐人去準備桶和漱口水，轉身把藥餵了四爺，停了約有半盞茶的時間，四爺「噦」的一聲，捂住嘴就往地上撲，蘇培盛趕緊把桶放在下面，跟兩個人一起扶住他。

嘩啦啦一陣狂吐，除了酒就是水。四爺吐得雖然狼狽，但抬起頭來時至少眼神已經不發直了，神志也清楚多了，他接過水漱口，問道：「外面怎麼樣了？」

蘇培盛拿薄荷油擦在四爺的太陽穴，把外面已經喝倒了幾個，主要的幾位客人像佟家的岳興阿和三爺都已經人事不知了。岳興阿已經餵了催吐的藥，三爺睡著了。

胤禛氣得拿杯子的手都在打哆嗦，這個客請得真是太失敗了！可這絕不是他的錯！誰知道岳興阿和五格會突然開始拚酒的？還沒開席呢，你們拚個屁啊！

他安排得再好，也算不出會有人在開席前就玩拚酒。可惜當時他也沒別的好辦法，又不能落佟佳氏和烏拉那拉氏的面子不許他們拚了，只好陪著拚，於是來吃飯的喝倒了一多半。

蘇培盛也把頭快扎到地裡了，這個……四爺和福晉辛苦準備了這麼多天，結果弄成這樣真是太糟糕了。

就算成了現在這樣，這客也要繼續請下去。胤禛氣過後，換了衣服又回到席上，所有喝倒的全送去醒酒，醒完是想睡覺還是想回來都行，他們這邊席照開、戲照唱。

不一會兒，前院就傳來鑼鼓的聲音，一個甩著水袖的戲子咿咿呀呀地拖著長腔上來。胤禛面帶微笑地聽著，狀似陶醉，心中罵娘。

面前的三桌席面，幾乎空了一半，剩下的人也東倒西歪。

這請的叫什麼客！

捌之章

李薇有喜

只看喝倒那麼多個，誰都不能說四爺這次請客沒讓大家盡興。所以當下午四點多，客人們紛紛告辭時，元英和李薇她們都認為今天非常圓滿。

李薇一是高興今天來辦酒席的是阿哥所膳房的大師傅們，讓她又吃到了喜歡的口味，二是難過沒聽成戲。原來唱戲的只在前院四爺還有福晉兩邊唱，她們這裡來的是兩個丑角逗樂，雖然也笑得肚子痛，但宴會結束後還是感覺不足。而四爺，他又回到書房生悶氣去了。

其他人都不知道前院發生的事，就是元英也只是聽說娘家來的兩個哥哥都喝倒了，擔心地讓福嬤嬤告訴家裡人好好照顧。福嬤嬤則聽說三爺、四爺和五爺拚酒拚得很痛快，三爺是橫著讓人送回府的。於是，一直到幾天後她們都沒發現四爺在書房生悶氣，她們都以為他在忙才不回後院來。

倒是那天從阿哥所膳房借來的劉寶泉，想方設法請託給蘇培盛送了禮。他今年也快六十了，自覺舌頭鈍了，眼睛花了，手也抖了，阿哥所膳房裡伺候的全是龍子鳳孫，他也怕熬了一輩子再出個錯，一輩子的老臉都丟盡了不說，再丟了性命就虧大了。

如今出宮建府的三位阿哥，若是有一個願意接他到府上伺候，他也有了後半輩子的著落。結果這次四爺請客，託到他這邊來了，緣分啊！對劉寶泉而言，去哪個阿哥家都無所謂，他是去哪家都能伺候好嘍。這群小祖宗毛都沒長齊的時候就是吃他做的飯，別看如今都娶了福晉、生了孩子，只怕他們嘴都不用張，他就知道該做什麼來填他們的肚子。

但要往阿哥府裡鑽，總要有個由頭。這宴席伺候得好，才能引得阿哥想起以前的情誼來，不然他貿然開口，阿哥知道你是哪根蔥呢？劉寶泉自覺這次席面伺候得萬無一失，他還特意給李格格的席上送了她平日愛吃的菜品。等宴席擺完過了幾天，他才悄悄給蘇培盛遞了話。

話說得很可憐，年老將死之人，希望能在死前看一眼家鄉，所以才想從宮裡出來。四爺人品貴重，心地善良，是個念舊情的人，這才讓他仗著老臉生了投效之心云云。

蘇培盛接了禮卻暗暗叫苦。大家都是太監，劉寶泉還是個老前輩，以前也沒有齷齪，他是很願意讓這麼個老人進府來也好取取經的。但現在的時機真的不好啊，請客那天的事他全看在眼裡，最近四爺悶在書房，天天寫大字讀書不回後院，一看就是氣衝霄漢！他怎麼敢去摸虎鬚呢？但回絕了劉寶泉也不合適，只好偷偷暗示了下，再指點他去找別的門路。別人或許不知道，他可是很清楚劉寶泉一直對李格格很關照的。

於是轉了一圈後，以前伺候李薇的許照山笑嘻嘻地帶著親手做的點心上門了。他打的是來看望舊主，給舊主請安的旗號，莊嬤嬤沒有多問就讓他進來。

見到許照山，李薇等人都生出恍若隔世之感。雖然只是從宮裡到宮外，不過月餘，就好像換了個天地，連人都不一樣了。

一進門許照山就跪下給李薇磕了幾個響頭，一抬頭熱淚盈眶，「好久沒見主子了，奴才想得很……」這話裡三分真、七分演，從李格格那裡換到膳房，他也是吃盡苦頭的，當然不如在阿哥所裡的時候輕閒。

劉寶泉從他過去後就一直挺照顧他，他也承他的情，所以這次才答應出來替劉寶泉關說。但送上他學做得最好的一道五仁包後，倒是很痛快地把劉寶泉的意思給倒出來。

李薇正打算試試他做的五仁包，就是把松子、榛子、核桃、花生、芝麻，炒香後一半磨成粉，一半碾成粗粒，加冰糖、蜂蜜團成的餡兒，這個點心是越嚼越香的，李薇一聽他說就想嘗嘗看了。

許照山起來後道：「雖說劉爺爺待奴才有恩，可奴才心裡最重的是主子，是以不敢瞞騙主子。劉爺爺大概是想請主子幫忙在四爺跟前講講情，他想進四爺府來伺候。」

李薇一怔，想了下再看周圍都是自家人，就直接問他：「我們才搬出來不過一個多月，你這爺若是真想跟著出來，怎麼早不出來？」

許照山道：「主子聰慧，小的也不敢胡扯，只是二十多天前，阿哥所那邊的膳房突然說上頭要撥兩個人進來伺候，想是為了這個……」

三爺等人搬出來，就是為了給小的阿哥們騰地方，只是修屋子搬家具，還要折騰一段時間。劉寶泉聽到的消息不是撥兩個人進來伺候那麼簡單，而是說要換掉一半的人。把年紀大的，平常手腳不乾淨、不靈便的，懶惰不聽使喚的，一口氣全撤出去。撤出去的只有兩個去處，都算不上好，不會手藝的撥去幹粗使，會點兒手藝的可能會被撥到宮監處的膳房，就是專給粗使宮人做飯的，兼著辛者庫和看守閒置宮室的宮人飯食。

這可真是一落千丈啊！劉寶泉年紀大了，雖說一年半載的還不會把他換下來，可之前他在膳房裡是一言九鼎，如今倒要看外來人的眼色？等他因年老力衰被人換下來，自然不願意臨到老了去給一群奴才做飯。給他們做飯吃什麼啊？不就是饅頭鹹菜嗎？用得著他這雙手嗎？

也虧得他耳目靈便得了消息，本以為還能在阿哥所混上十幾年，誰想到這麼快就要出來？幸好他也不算毫無準備，瞧准了人家就開始拚命刷好感。

許照山說完並不再多替劉寶泉說好話，就像他說的，他沒那麼快就要改換門庭，雖說格格跟著四爺出府，他心裡還是記著格格的，何況現在他也沒第二個主子了。

在阿哥所的膳房伺候，那麼些阿哥呢，哪個都是主子，哪個也都不是他的主子。他跟劉寶泉，或許同根同緣有一份香火情，願意給個方便，卻不能因此把格格賣了。

李薇聽完，略想了想，搖頭道：「這事……我幫不上忙。」對她來說，四爺比劉寶泉親近是一回事，另一個就是這畢竟是宮裡的事啊，她不懂最好就不要插手。

不過劉寶泉確實讓人同情。

李薇對他雖然沒印象，但在阿哥所裡的時候，想吃個什麼膳房裡都送得挺快，不管人家是想巴結四爺還是誰，反正是她受了，她自然也領這份情，她道：「這位大太監的事，我雖然同情，卻無能為力。你回去他要是問起，替我賠個不是，說幫不上忙很不好意思。」

許照山只是隨宮中採買的車出來一趟，不能久留。李薇讓玉瓶給他包了五兩銀子，告訴他在宮裡若是受了罪需要打點，千萬不要捨不得銀子。

趙全保送許照山出去的路上，道：「如今格格賞的你是看不在眼裡了吧？」膳房，那是多肥的地方啊。

許照山把銀子塞進懷裡，「你也不必拿話來激我。我許照山還不至於眼皮子淺得離了主子沒兩天就忘了本。」

趙全保沒再說話，一路送到二道門處，離門遠遠的，他小聲道：「既然你真這麼忠心，我就多添一句：這幾日變了天，格格已經有好幾日不曾好好用膳了。」

許照山雖然機靈，但一時半刻還真聽不懂這句話，他似有所覺地上下打量了趙全保幾眼，發現他瘦了些，眉目寡淡，居然看不出他在想什麼了。

「士別三日，當刮目相看啊。」許照山臨走前喃喃道。

站在原地目送他出去，趙全保轉身往回走。

書房裡的消息，如今後院裡只怕沒人比他更靈通。雖然他不曾打聽，可書房裡人人話少了，來去匆匆的樣子，無不表示現在情形不大好。能影響書房裡上下的氣氛，又能瞞住消息不露一絲給後院的，只有四爺了。

所以，雖然趙全保不知道四爺怎麼了，但肯定不是好事，他也給玉瓶透了個底，這些天她整日找些事纏著格格，免得她想起四爺來。

給許照山那句話也是他想過才出口的，劉寶泉人精一個，一點兒消息就能讓他聞出味兒來。再說，格格人小，人情上有些欠缺的地方，他就要替她補足。以劉寶泉的手腕，進四爺府是遲早的事，透個消息，讓他記著他趙全保一份情，日後總有好處的。

這邊，許照山出去站在路口小等了一刻，宮裡的騾車就過來了。他剛跳上車，車上的人就扔了一個沉甸甸的袋子給他，那人仰仰下巴示意袋子，「這是你的那份，點點吧。」

許照山打開袋子，把銀子倒在手心上看看成色，再拿起一個試試牙口，掂一掂重量，方滿意笑道：「差不多。」

那人笑呵呵地拿起車裡放著的茶壺、茶杯給他倒了杯茶，雙手捧著送到許照山面前，道：「以後許哥哥有好東西，不妨還拿過來，有好處大家分嘛。」

許照山也笑呵呵的，接過茶來兩人一起笑起來。

回了宮後，他懷裡揣著銀子進了阿哥所的膳房。對外自然是他出宮看家人去了，回來後要先去劉寶泉那裡說一聲。

劉寶泉的屋子是膳房裡距離廚房最遠的一處，離庫房最近，平日沒什麼煙火氣，死魚爛蝦的臭味也傳不到這邊來。

許照山站在門前也不敲門，而是貼著門小聲叫了句：「劉爺爺，是我小許子回來了。」

屋裡咳嗽一聲，劉寶泉沙啞道：「進來吧。」

許照山將門推開一條縫，閃身進去，門也迅速地掩上。進屋後，他先把懷裡的銀袋子掏出來，恭敬地放在劉寶泉屋裡的桌子上，然後退到三步外，低頭不吭聲。

劉寶泉只看他進門的臉色，就知道這事不成，於是也沒有再問。

許照山見他不像惱的樣子，眼珠轉了轉，恭維道：「劉爺爺，要說還是您老的手藝高超。我們格格出去後，吃不著您的手藝，就吃什麼都不香了。」

劉寶泉呵呵一笑：「是嗎？」

許照山道：「可不是嗎？我們格格都好幾天沒好好用膳了。」

這話一說，劉寶泉才算有了點兒反應，臉上帶著笑，道：「行了，知道你是個有忠心的。去吧，你梁師傅可罵了你一天了，說你這一走，篩麵的人就沒了，讓他這一天手忙腳亂的，等你回來要踢你的屁股呢。」

許照山立刻就要出去，「那我去了，劉爺爺。」

「等等。」劉寶泉道：「那袋子拿出去吧。二丁點兒小東西，你爺爺還看不在眼裡。」那是今天劉寶泉讓他出宮的藉口。膳房裡吃的東西多，自然有貴重的，但一碗魚翅羹放多少魚翅，一鍋人參雞放幾兩人參，這都是廚師手一抖的事，多多少少，很難估量，劉寶泉身為主管對此也是不得不和光同塵。

早上，他拿了些燕窩給許照山，讓他出去換成銀子。別看只是七兩多的燕窩，換回的銀子卻有四十多兩，本來是劉寶泉拿大份，他再分一點兒出來給另兩位主管太監，但現在顯然是劉寶泉不要這份，給許照山了。就當是他帶回那句話的謝禮。

許照山見此也知道是趙全保那句話起的作用，響鼓不用重槌敲，看來趙全保出去不到兩個月是上進了。

許照山拿著銀子出去，心裡挺複雜。有一點點小嫉妒，因為趙全保突然變得比他聰明多了，都能跟劉寶泉打啞謎了，剩下很大一半都是在替他擔心，趙全保肯定摔了個大跟頭。

蘇培盛的推拒和許照山帶來的那句話，讓劉寶泉死了從四爺府打通關係的心，轉而向內務府使勁。要不是內務府的人太心黑、手太狠，他也不至於想另尋門路。現在看來是不行了，好事要趁早，再磨蹭一會兒，說不定四爺府他也輪不上，就只能去給辛者庫的賤人們做飯。

誰知過不到半個月，內務府就有好消息傳來。

四爺府想從阿哥所的膳房要個廚子，劉寶泉感激涕零啊！他話都顧不上多說，叫來乾兒子好生囑咐一番，雖然不能直言這地方不好待了，你乾爹我已經顛兒了，你要機靈呢也趕緊找個機會跑吧，但也含混地說了幾句真心話，把乾兒子感動得淚流滿面。其他也不再多說，只把管庫的鑰匙和冊子扔給剩下兩個主管太監，收拾了箱子包袱就坐著騾車出宮。

見他這樣，讓本來想置辦桌酒席送送他的牛太監和馬太監都摸不著頭腦。

馬太監奇怪道：「這老劉，真是人老了想回家鄉了？」

牛太監稍稍警醒些，雖然奇怪，更多的是擔憂。劉寶泉都這麼顛兒了，難道阿哥所這邊的膳房真有大事發生？

許照山送劉寶泉出了宮門才回轉。他一半是羨慕劉寶泉能去四爺府，那裡說到底是他出身的地方。一半卻是想，還是留在宮裡多往上爬，日後到劉寶泉這個年歲想出去，再去求格格吧。

到了四爺府，劉寶泉被直接領進了前院的膳房。張德勝親自來接，親熱地喊：「劉爺爺，您老可算來了！」

劉寶泉現在跟他是風水輪流轉，既然到了這邊地頭，自然要拜山頭見小鬼，他掏出一個荷包，趁人不留神塞到張德勝手裡。

張德勝收了，他才問道：「可有什麼不得了的主子？不然也容我去洗漱一番再來伺候啊。」

張德勝親手接了他的包袱，半扶半拖地把他哄進膳房，悄聲道：「可不是位不得了的主子？您最清楚了。」說著口裡做出個「李」字來。

劉寶泉恍然大悟，感歎道：「這位主子如今可好啊？」在宮裡就讓四爺寵得眼裡看不到別人，出來了還這麼寵？

「好著呢，沒人比她更好了。」張德勝搖頭歎笑，聲音更輕道：「如今那位貴重了，龍肝鳳髓也吃不出滋味，不然咱們爺也不會特意要廚子。說是他想吃以前的口味，府裡新進來的都伺候得不美，可……呵呵……」

劉寶泉明白，可之前在宮裡也沒見四爺多愛膳房做的飯啊。

雖然李格格沒答應幫他關說，可他能來四爺府，還真是又託了這位李格格的福，劉寶泉搖頭，真是……緣分啊！他一激動，捋起袖子道：「那就讓我老劉來露一手！」

張德勝在旁邊不錯眼珠子地等著，一會兒四道點心兩份湯品就出爐了，看著也沒什麼稀奇的啊？但想想那位祖宗不過十來天胃口不開，就把有志在書房坐到天荒地老的四爺引去，去了不到半天，就請來太醫，太醫來了不到一刻，就傳出那位肚子裡真揣了個祖宗的消息。

再等四五天見她胃口還是不開，四爺就把劉寶泉給要回來了。

理由不過是四爺覺得她在阿哥所的時候就吃得挺開心的，阿哥所的廚子好，於是廚子請回來就能做出她愛吃的飯了。

心裡轉了一圈，張德勝還是親自帶人把這點心和甜湯送過去。

當四爺在書房生悶氣的時候，李薇被玉瓶以看戲本子、染指甲、玩抓拐、打牌、賭骰子、玩投壺等各種遊戲纏得不能分神。雖然也很奇怪為什麼很久不見四爺，但想到四爺目前可能正在努力奪嫡，大概無暇在後院流連，就沒太放在心上，反正四爺不是西門慶，會去偷別人家的媳婦。

既然沒有野花的困擾，李薇就很放心四爺天天不來。但玉瓶可不放心，她和趙全保一頭盯著書房的消息，一頭盯著她，盯著盯著，就發現她最近吃得實在是少。

以前每天每到飯點，格格都會冒出來各種想吃的東西，到了吃點心水果的時候也很高興，可最近問要吃什麼，都是「隨便」，等估算著她以前愛吃的送來了，又「沒胃口」。

玉瓶擔憂道：「格格肯定是想四爺了。」她還以為她玩得開心沒顧上想呢，但想一想以前四爺幾乎天天來，現在一下子十幾天沒來，怪不得格格會想得吃不下飯。

趙全保更加緊盯著書房，就盼哪天他過去的時候，那裡人人喜氣洋洋，他就該知道四爺不生氣了。但等啊等，轉眼又是十幾天過去了，天漸漸熱了，格格不吃飯，肚子裡沒東西，早上又有了反胃的症候，可乾嘔又什麼都吐不出來，別提多難受了。

李薇以為是喉炎，開始多喝水不再吃炒菜。但她本來就吃得少，連炒菜都不吃後，每天等於只吃幾塊點心、幾口米。

這邊的膳盒提回去總不見少什麼，到後面幾乎紋絲不動，蘇培盛心道，可別這邊四爺的氣還沒消，那頭那位又出事了。既知道了就不能不問。這天晚上，見趙全保回到書房這邊的太監房，蘇培盛把他叫出來，也不繞圈子，直接在院子裡的背人處問最近李格格是不是有什麼不暢快的？

「是哪個不長眼的伺候得不好了？你這不省心的就是自己辦不了，不會給張德勝說一聲？天天往這邊跑得勤快，哥哥弟弟認了一堆，關鍵時候怎麼不見你用？」

頂著天上的月亮，趙全保只管跪下磕頭，半句求饒也不敢講。

「起來！」蘇培盛踢了他一腳，氣道：「你只管跟我說，你家主子這段日子是為了什麼不用膳？如今從宮中出來又有自己的莊子，李主子想吃個稀罕她不敢提，你這伺候的也不會討個巧？你自己給膳房遞一句，你看攆著奉承的有多少？」

這話是真的。後院四個女主子，只有李格格跟著阿哥書房這邊的膳房用，誰是瞎子看不出來嗎？趙全保天天在書房這邊竄，難道真是他臉夠大才人人都樂意搭理他？看誰的面子多明顯啊。

只可惜李格格雖然有些小放肆，卻只在四爺面前。趙全保和玉瓶吃了頓板子收斂不少，有多少想抱李格格小院大腿的，抱不上又哭天喊地的。

趙全保喃喃半天，想起玉瓶說的，就小聲道：「格格是想四爺了。」

話音剛落，周圍燈火大亮。

胤禛背著手站在小徑上，周圍有兩個打燈籠的，剛才大概是吹了蠟燭才沒被這兩個在樹影後說話的人發現。

蘇培盛出來甩袖跪下。要不是特意把人叫到屋裡去太顯眼，他才不會跟這蠢貨在外面說話，既然被四爺聽到了，少不得要背個背後議論主子的罪名。

趙全保現在一見四爺就想起那二十板子，哆嗦著原地跪著迅速蹭過來。

就連兩個旁邊打燈籠的都有些哆嗦，誰讓剛才趙全保那句「格格是想四爺了」大家都聽到了呢？太倒楣了！

胤禛轉身進屋，扔下一句：「一人十板子，押到院子裡打。」

蘇培盛就苦逼地喊人來，然後把所有人連自己押在長條凳上，啪啪啪打滿十板子，再爬下來一瘸一拐地進屋謝恩，然後出來喊趙全保進去。

趙全保進去就看到四爺黑著張臉，不用嚇就骨碌到地上趴著。

其實胤禛黑臉是真的生氣了，聽到趙全保說出李氏想他的時候，他真的想把這個太監推出去打到死。但人命在他眼裡沒有這麼不值錢，所以雖然恨他把李氏的私事隨便說出來，但也不得不饒他一命。為了不讓人再打聽此事，他甚至也不能重罰他，只能意思一下打他十板子，還是太輕！

趙全保已經嚇掉了魂兒。他本意是替李格格爭寵，耍個心眼兒，而且他們太監在私底下連宮妃也不少說，都是男人，雖然少了條根，也不代表就沒了男人的心。所以他給蘇培盛說的時候，並不以為然，但現在看到四爺氣得眼睛都瞪圓了，不必再多說什麼，他已經唬得沒了膽子。

「再有下次，爺不打你，井裡填一兩個人還是容易的。」四爺輕輕地說。

趙全保拚命磕頭，舌頭都嚇沒了。

胤禛扔下一句：「滾出去跪著。」就見趙全保連滾帶爬地退著出去，跪在外面的青石板上時，才突然喘了口氣，險些再讓氣給噎死。

蘇培盛就守在門外，他是挨了打，可四爺沒說他可以回去歇著，就只能繼續守夜，再說下板子的人又怎麼敢下重手？他看到趙全保卻並不同情。這人再不開竅，早晚玩掉自己的小命。什麼是主子？那就是天，給他蘇培盛十個膽子，他也不敢把四爺的任何事往外漏一句。李格格可以沒個主子樣兒，可她有四爺護著。你趙全保有人護著嗎？奴才是這麼當的？就算李格格再不像個主子，你才更要像個奴才，主子不管你，你就要加倍警醒，時時勒著自己，不能越界。

趙全保跪了一夜，兩個膝蓋腫得像饅頭，臉色青裡透白，渾身冷汗還打哆嗦，簡直像個鬼似的。蘇培盛沒讓人管他，進屋伺候四爺起床出門。

上午巳時過半，張德勝打發了來問趙全保的全福和全貴，回來叫人把跪到現在的趙全保給抬到屋裡的炕上去。屋裡燒了火盆，張德勝把還燙嘴的藥灌到他嘴裡，讓人拿開水燙了毛巾給他擦腿。

趙全保在炕上疼得掙扎，青筋暴起。四五個人按住他，直擦到他的兩條腿都是紅的，才換了熱鹽袋給他敷著。讓屋裡的人都出去後，張德勝難掩羨慕地看著趙全保。

趙全保拚命喘氣，腿疼得都不像他的了，他看到張德勝複雜的眼神，多少明白他的意思。

張德勝道：「安心吧，這是主子還要用你。」不知道他有沒有趙全保這樣的運氣，犯了錯主子罰了卻還是不打算把他換掉。

趙全保怎麼會不知道？昨天他簡直就是死裡逃生。李格格一向溫和，極少管束他們，他的膽子也越來越大，之前吃了那頓打，他便盼著能立個大功勞，又精明得過了頭。

從今往後，四爺肯定已經有些看不慣他了。只是一時半刻沒好使喚的人給格格換上，不然……

趙全保打了個哆嗦。不然，跪完不必叫人管他，他這人就已經半廢了，以後不出幾年肯定就辦不了差，格格身邊用不上的人肯定是要挪出去的。他緊閉著眼，渾身發寒，幸好……幸好格格這裡還用得上他，他日後必須抱緊格格大腿！讓格格離不了他！

如果說，以前他還打著借李格格的東風爬到書房來的念頭，現在是全數打消了，四爺以後絕不會用他，他只有格格這一條路可走了。

小院裡，李薇聽全福和全貴說昨晚趙全保著了涼，挪出去養病了，就對玉瓶說：「送幾兩銀子過去給他吧，讓他打點下人，免得養得不好再越病越重了。」

宋氏那個拉肚子的太監到底也沒回來。

玉瓶笑著答應，回頭就把全福和全貴叫下去細問，當聽說見這兩人的是張德勝時，心裡已經有數了。這些天，趙全保一直不安生地想替格格傳信給四爺，該不會這小子昨晚……玉瓶嚇白了臉，但更恨趙全保自作聰明替格格惹禍！天天蹦得那麼歡騰，是格格這小院放不下你了嗎？

她讓全福和全貴出去後，在屋裡轉了幾圈。雖然有心去打聽，可沒了趙全保，書房的消息她們是一點兒打探不到的，連出了什麼事都不清楚，這不是讓人等死嗎？

一天下來，玉瓶雖然面色如常，但總是望著通向書房小門的方向。她一半是怕張德勝再帶著人來，自從上次被他帶走後，玉瓶做噩夢時常夢到他，每回都嚇得一身冷汗地醒來。

一半卻是在盼。就算趙全保受了罰，也盼四爺沒生格格的氣，能來看看格格。

忐忑不安等到日已偏西，見小徑上還無人前來，玉瓶心如死灰，幾乎要回屋蒙著被子大哭一場。回屋見格格望著膳桌發呆，半晌揮手要讓撤膳，仗著膽子攔了一句：「格格，您已有近十天不曾好好用膳了，這樣下去身體怎麼受得了？多少用一些吧。」

以前在宮裡時，玉瓶還常打趣她，好像自從挨了那頓打後，玉瓶穩重不少，也很少這麼攔她的話了。李薇一想，就沒讓撤膳，可看遍膳桌上所有的菜色，居然沒有一道想吃的，既然不想吃，肯定就是身體不需要。

以前，李薇曾經有段時間非常喜歡吃雞肉，一周能吃十斤，天天吃頓頓吃都不煩。一般人再饞雞肉也不會這樣，所以母親把她抓去讓老大夫號了脈看了舌苔面色，在問了起居飲食後，開了個方子給她補脾，說她這是脾虛。所以即使是現在，李薇也無比信奉母親說的話。李薇曾經很著迷醫道，可她沒這方面的天分，後來也是媽媽教她，如果真的只是想養身，犯不著專門去學。人的身體非常神祕，當你的身體缺少什麼的時候，自然而然就會想吃什麼。

同理可以反推出上面那句話。

所以，李薇並沒把這段時間的胃口減弱放在心上。現在不吃，可能是各種原因引起的，但身體又沒有別的不良反應，她就覺得並不會有什麼大問題，於是還是放下筷子，道：「算了吧，或許我明天就想吃了呢？撤下去吧，擺在這裡菜味兒聞著可不舒服了。」

玉瓶壯起膽子也只敢說那一句，見李薇堅持，臉上也看出是實在不想再聞菜味兒，只好趕緊讓人把膳桌撤下去。

這時，四爺進來了。他一進來就盯著李薇的臉色看了又看，也不要她起來迎接，坐下按住她道：「不必動了。」這時膳桌還沒往外搬，他看了眼膳桌上的菜色，見幾道菜都是她常吃的，卻幾乎都沒動過。他擺擺手，讓其他人都下去。

屋裡只剩他們兩個了，他皺眉問她：「怎麼不吃飯？」

李薇好久沒見他了，而且最近時常心潮起伏，總是想起他。這時忍不住倒在他懷裡，嬌聲嬌氣道：「不想吃。不過我挺好的，沒不舒服。」

說完她自己都覺得這聲音裡至少摻了兩斤的蜜，真是甜得倒牙。

──我肯定是太想他了。

李薇自我安慰了下，順從心意摟上去，整個人像沒長骨頭一樣賴在他身上。四爺也很配合地攬著她，一下下撫摸她的背，沒有一點兒不耐煩。

享受了一會兒後，李薇回過神來，呃……她這樣是有點兒忘了自己的身分嘍。她想直起身改過來伺候四爺，他卻按住她，道：「不必動了，太醫一會兒就到。」

太醫？李薇奇怪之下不忘解釋：「爺，我沒有不舒服。」

胤禛摸摸她柔嫩的臉頰，沒聽她的。他出宮前就叫了太醫，正好已經搬到宮外，不必當值的太醫回家前過來看看，也不會太引人注意。

兩人又坐了一會兒太醫才到。因為四爺說是私底下請太醫過來一趟，不必記檔，太醫就明白這肯定不是四爺、福晉或是剛滿月的小格格不舒服，而是某位四爺的內寵，明著叫太醫擔心太惹眼，才這麼悄悄拜託。

王太醫年約四十，在太醫院裡平時只給低等的妃嬪如小答應等看病，四妃的宮裡包括阿哥所他都沒去過。不過胤禛打聽過，他家祖孫三代都是專研婦科。

他從太醫院出來，悄悄到了四爺府上。讓人從角門領進來後，從正門進的內院，所以這邊太監領著王太醫剛進來，那邊福晉的正院就有了消息。

胤禛本來想的是，就算太醫沒看出問題來，也要提醒下內院的人李氏的身體不舒服了，給她身上蓋個戳，讓那些想找事的都掂量一二。閻王好過，小鬼難纏，福晉雖然從不多事，但她手下的人就難說了。

誰知王太醫進來後，號了兩手的脈，又請面見看了臉色和舌苔，出來跪下就扔了顆炸彈。

「格格這是有喜了。」王太醫道。

胤禛驚喜之餘不忘先讓太醫起來，旁邊的蘇培盛替主子問話：「既然是這樣，請問王太醫，李主子總不想吃東西，會不會對她的身體有什麼妨礙？」

王太醫從小就跟著爺爺和爹爹看病，家中各種脈案藥方子堆了有一屋子，懷孕的人習慣千奇百怪的多了，他見得多自然不出奇，只是不吃飯算什麼，還有懷孕了就想吃生泥鰍的呢，那才叫怪。

可他也不能就這麼回話，略思量了下，在腹內把這話來回顛倒三次才道：「臣觀格格的氣色尚可，一時脾胃不和也是有的。但不必用藥，也不必強要她進食……」話說到這裡他偷瞄了下四爺的面色，雖然什麼都看不出來，王太醫還是把話轉了個風向，「總要格格願意進食才好。」

換句話說：讓她想吃就行。

怎麼讓李格格開胃，這等小事自然不必四爺親自操心，他只是一句話交給了蘇培盛。蘇培盛又交給了張德勝，張德勝去請出了大嬤嬤。

大嬤嬤道：「有了？」看李格格得寵的勁頭，這下阿哥必定上心得很，「她不想吃還是想吃的不敢說？」大嬤嬤雖然覺得李格格略顯不夠沉穩，但對她的個性也有所瞭解，知道這位不是趁機拿喬、裝腔作勢的。

張德勝這兩天也快吃不下飯了，苦著臉道：「咱們也是這麼想，可大嬤嬤您想，阿哥書房那頭的膳房可都是阿哥的供給，如今盡著她開口。有時都是阿哥特意點了，也沒見她動筷子。」

就連四爺也是怕她想吃的不敢說，所以最近幾天點了好幾道平時他碰都不碰的東西，可什麼樣端上來，什麼樣端下去。

大嬤嬤於是就讓柳嬤嬤過去。柳嬤嬤直接搬進了小院，到了以後也是細心伺候了兩頓，見不到起色後，柳嬤嬤問李薇，吃不下是什麼感覺？

李薇道：「就是好像已經吃飽了似的。」

「那平時餓嗎？」

「不餓。」

其實李薇也挺著急的。在知道有了孩子後，她肯定覺得這樣不行啊。懷疑是胃動力不足，可聽聲音胃裡也是嘰里咕嚕地叫，她試著喝過酸辣湯、酸梅湯等開胃，也試過喝酸奶來幫助消化，都不見有效。

胤禛是個急性子，什麼事都喜歡儘快看到結果。等幾天見張德勝辦不了這事，大嬤嬤和柳嬤嬤也都沒轍，他問過他們後，乾脆自己動手了。一頭從李家借了個廚子，又覺得李家小門小戶，廚子再好也有限，一邊又跟內務府打招呼，從阿哥所的膳房要了廚子，當然理由是伺候自己。

不到三天，兩個廚子都就位了。李家那個送到了內院膳房，阿哥所的劉寶泉就進了前院膳房。

這天晚上，胤禛又來到小院，剛好就是晚膳的時間。他一進來就看到給他掀簾子的玉瓶一臉喜色，看來是有用啊，果然要他親自出馬才行。

於是他也覺得今天李氏看起來氣色是好多了，臉都比昨天紅潤呢。

「叫他們上晚膳吧。」他坐下後道。

兩個廚子都是使盡渾身解數的，堂屋的八仙桌擺得滿滿當當，李氏又變回了笑吟吟地說這個也好吃，那個也好吃的樣子。李薇今天胃口一開，感覺自己就像餓了三年似的，一邊給四爺挾菜，一邊自己不忘了吃：「這個香煎小籠包好吃！特別香！爺你也試試？還有這個香辣豆腐！」

這兩道菜其實都是李薇從小折騰李家廚子弄出來的。香煎小籠包就是小籠包拿去煎，上面撒香蔥和芝麻。香辣豆腐是她想吃麻婆豆腐的自創菜，不過跟麻婆豆腐的正宗做法完全不同。五花肉切薄片煎出油，加乾辣椒和花椒熬出紅油，加高東加嫩豆腐加青菜，出鍋前再撒上青椒粒和香蔥香菜，配米飯她能吃兩大碗。

吃完正餐，劉寶泉送上的烏梅糕她又吃下去半盤子。

胤禛怕她餓了那麼久，突然吃這麼多會更受不了，「行了，想吃讓他明天再給妳做就是。」

李薇意猶未盡地端起了茶碗，歎道：「我可算活過來了。」不餓的那段日子想想看，好像連精神都沒有了。

胤禛的臉黑了，放下茶碗道：「胡說什麼！一點兒規矩都沒有了！」見李氏被唬得立刻放下茶碗不敢再說話，他輕歎道：「妳如今身上重了，自己知道保重——怎麼就嚇成這樣？過來。」

李薇坐過去，他握住她的手道：「爺待妳如何，妳還能不知道？一句半句話就讓妳怕了？」

那不是被主子罵就要裝作反省的樣子嘛……可這種話說了肯定更糟啊，於是她只能往他身上一倒，揪他的扣子扮單「蠢」……果然把他逗笑了，拉住她道：「好了又來鬧爺。」

因為您吃這套嘛……李薇突然很擔憂，讓四爺這麼養下去，她的智商會不會越來越退化？

李薇在李家時也是以早慧聞名的。剛會說話就能說得很順溜兒，讀書寫字都是聞一知十，很聰明的好嗎？不然李家上下親戚朋友也不會從小就盼著她有大出息，那時李薇真的覺得自己很有蘇[11]

的風範……

為避免蘇過頭，李薇一直很克制，每逢覺得自己快要得意忘形了就趕緊冷靜冷靜……然後又得了穩重、大氣、懂事的評語。

可進了阿哥所伺候四爺後，這些評語似乎已經離她越來越遙遠了。

因為四爺喜歡看人快活天真嘛，他喜歡人有話直說不繞彎子，他喜歡人本分不惹事不自作聰明。於是李薇就被釋放天性了，於是她就越活越小了。

四爺喜歡的是小學生那款，每天只要吃喝玩樂就很開心了。長大了就活得艱難了，有社會有責任有種種顧忌。但這些四爺統統不需要，他不需要你悲天憫人充滿社會責任感，甚至連你想擔負自己的人生都不用，你想尋找自己的人生價值？不用，四爺替你找好了。

而進了四爺的後宮，她也確實只需要吃喝玩樂開開心心的，社會和責任都離她太遙遠了。她不需要考慮李家的未來和四爺的前途，這個前者由她阿瑪操心，後者她操不上心。她也不需要知道四爺一家子一共多少人，一年花多少銀子賺多少銀子，這些是福晉的工作。

所以，李薇在這種腐敗的環境裡越陷越深……

她被腐敗得好開心！「恨爹不成鋼」沒關係，她有四爺！當然她不會像坑爹一樣去坑四爺。

既然四爺付出這麼多，就是希望她保持天真，她沒有理由不聽他的。一是他是她的衣食父母和

注釋

11 蘇：網路用語「瑪麗蘇」的簡稱，Mary Sue 源於國外同人文中的一位虛構人物，該角色十分完美，和真實劇情中的人氣角色糾纏不清，人見人愛，於是網路上以此角色名字泛指作者或創作出的角色的自戀心態，統一簡稱為「蘇」Su，以男性為主角的蘇文則被稱為「湯姆蘇」。

天（絕對貨真價實）。二是她需要為此付出的實在太少了，幾乎什麼都不必改變，只需要將身上背的包袱全卸下，變回沒心沒肺的樣子就行。

有時她也會在一閃念間心生恐懼，萬一失寵或年老色衰或紅顏未老恩先斷呢？但看到四爺後，她又會想自己都是死過一次的人了，能碰上四爺已經回本了，簡直就是得了絕症預告死期後又發現新藥還中了超級大獎，不瘋狂一把還等什麼呢？從此珍惜生命力，力圖活到一百歲，遠離四爺不要愛上他？

李薇看著四爺心想：我捨不得。

能在他最美好最真誠的年華裡被他寵愛，哪怕日後會被別的女人搶走，她也不會在此時此刻就推開他，就為了恐懼不確定的未來。

這必須是真愛。

感動自己一把的李薇在晚上睡覺時，又偷偷去親四爺了，親完還特滿足地附到他耳邊小聲說：「胤禛，我愛你！」

可雖然她不敢出聲，但噴出來的氣也撲在四爺耳邊，搞得剛有點兒睡意的四爺無奈地被她鬧醒，睜眼看著帳頂聽她自己一個人說得好開心……就沒發現他的眼睛已經睜開了嗎？

只好把這個晚上胡鬧不睡覺的小東西拉過來，用力打了幾下屁股。然後李薇就渾身僵硬地聽四爺跟她解釋：「妳如今剛懷上，不能胡鬧，等月份大了，爺再陪妳啊。」

讓她埋在被子裡羞得沒法說，不是啦……人家不是想要那個啦……

難道在四爺眼裡，她就是一個這麼狂野的女人嗎？想要敢直接跟男人說的？現在女人的標配不是矜持嗎？

可顯然她在四爺眼裡是不矜持的。為了安撫半夜胡鬧睡不著的小格格，四爺親了她好幾口，長長長長的吻。親完摸摸頭、摸摸臉：「乖，睡吧。」

她只好幸福地去睡了。

看她一秒入睡後，胤禛懷著羨慕又複雜的心情，又花了一刻鐘背《金剛經》才重新入睡。

之後，四爺結束了在書房駐紮的時間，開始重新回歸後院。

「李氏有喜了？」元英看到福嬤嬤和石榴她們憂懼的神情，不敢露出絲毫心緒，對著福嬤嬤道：「這是好消息啊。」言罷雙手合十，念了句阿彌陀佛。

「福嬤嬤，去準備些東西給李氏送過去。就照著去年宋氏的例，妳瞧著再厚兩分。也算是李氏好福氣，咱們爺剛開府她就有喜了。」元英笑道。

待福嬤嬤帶著石榴下去準備，元英面前沒人，她才敢收了笑，緊緊抓住額娘送來的念珠。

宋氏、李氏接連有孕，就她還沒有好消息，元英不禁心中連聲問：怎麼辦？怎麼辦？

就像她還在家時，家裡接了指婚的聖旨，阿瑪、額娘還有老太太都親自過來跟她說：此乃皇恩浩蕩，是家族幸事！她一定不能毀了烏拉那拉家的名聲！

誰能想到家裡還有這樣的運氣？全家喜不自禁！

可指婚後才不過半年，阿瑪就沒了，她卻不能替阿瑪戴孝，自來卑不動尊。她已經指了婚，就是愛新覺羅家的人，沒聽說阿哥因為岳父沒了就不大婚的。之前太子妃其父去世，但大婚的日子早就被欽天監算出來了，到底也沒誤了吉日吉時。

只是聽說太子妃懷念其父，在毓慶宮裡粗衣素食，太子也贊同太子妃的孝舉，兩人甚少同房，都是由格格伺候太子。

所以元英的規矩照學，一切照舊。當她穿著吉服坐上宮轎進宮時，額娘就再三告訴她千萬別像太子妃一樣犯傻！

「妳阿瑪已經沒了，我不知道還能活多久。妳的親兄弟五格還小，日後這家還是不是妳的娘家沒人知道。所以妳一定要早點兒站穩腳！早點兒生下阿哥！」額娘緊緊握住她的手，滿臉是淚，「妳一定要記住！」

她要記住，她一定要記住，沒人能幫她，她只能靠自己。元英喃喃記在心底，一日不敢忘。

四爺並不好親近。平時隨心所欲，寵愛李氏，待她雖然還算尊重，卻不是個能商量事的人。元英一句心裡話都不敢跟他說。她在家裡看得多了，阿瑪和幾個哥哥都有不少伺候的人，不管是多絕色的女人，在他們那裡也就三五年的新鮮，指著男人的心過日子那是傻子。

她就想，她不靠四爺，要靠自己立起來，當個人人都說好的四福晉，長輩喜歡，同輩敬重，小輩愛戴。這樣不管四爺是個什麼樣的人，他都離不了她。

她一直想著李氏不算什麼，她能在四爺跟前站幾年呢？可不管她再怎麼跟自己說不管是李氏還是宋氏都不算什麼，但聽到她們有孕的消息後還是心驚膽戰。

要是李氏這一胎是阿哥怎麼辦？那四爺一定會冊封她為側福晉的，為了抬高阿哥的身分，那她就算現在有了孩子也晚一年了。要是現在沒有呢？一年、兩年……如果歲數差得越來越多……

「福晉，茶。」葡萄擔心地給她送上一碗熱茶。

元英面上不動，捧過來擱在手心裡。

她不能再做錯了，前頭的錯她好好彌補，後面不能再錯了，她錯不起……

四爺一開府，元英的額娘就趕緊進來看她。雖然元英是四福晉，可她進宮後就再也沒有見過家人，何況她大婚前她阿瑪剛沒了，她額娘也是很擔心。

早在四爺還在宮裡時就聽說過李格格的盛寵，雖然元英一再表示李格格並無不恭敬的地方，她額娘還是忍不住掉了淚。看到額娘的眼淚，這讓元英感覺都是她的錯，都是她沒做好才讓額娘傷心，如果她做得更好，能過得更好，就能讓額娘放心了吧？

母女倆說話時，周圍並無旁人。

元英的額娘除了問及四爺，還提起這些陪嫁而來的下人。

幾個丫頭倒是都還好，只是福嬤嬤自從出府後，一直希望她能給李格格點兒顏色看看，或者將阿哥安排的幾個嬤嬤要麼拉攏、要麼架空，無論寵或權，福晉總要抓緊一樣才能立足。

因為元英自覺剛剛摸到四爺的脈，很不樂意在此時生事。可她又拿不准主意，此時不免拿出來問額娘。

倒把她額娘嚇得幾乎蹦起來，恨道：「這不安分的老奴！她這是要毀了妳啊！」言罷生怕元英被說動，趕緊勸道：「妳可千萬不要糊塗！四爺是龍子鳳孫，不是一般人家。一般人家妳剛進門時還要夾著尾巴熬三年呢，怎麼能跟阿哥要強？妳要記得，妳是奴才！阿哥是主子！」

是啊，她是奴才，阿哥是主子。

元英有些明白了。她待四爺，可不就是對著阿哥主子？誠惶誠恐。她不是天生的主子，指婚後要學著當福晉，她模仿得那麼辛苦才發現，她在外人或下人面前是福晉主子，在四爺面前，他卻要她當福晉奴才。可她也真沒有當過奴才啊！

今天額娘給她敲了記警鐘。她之前老是在四爺面前也要當福晉主子，可事實上從頭到尾，她都是他的奴才。

也是她的心先大了，才影響得福嬤嬤也跟著心大了。話雖如此，她還是先把福嬤嬤調到了閒差上。她還年輕，心志不堅，總有個人在她耳邊說的話，只怕她也未必能把持住自己的本心。

之後就傳來了李格格有孕的消息，四爺還特意從李家要了個廚子放在內院廚房。元英心中剛有一點兒動搖，就立刻告誡自己，四爺的話就是這府裡的規矩，他說要給李氏弄個廚子進來，她就不能有二話。然後才吩咐下去，給這個李家的廚子單設一間小灶房，分四個幫廚給他，讓他專做李格格的飯食。

因為李格格有身孕，四爺開始流連後院，當他到正院時，元英竟然才發現好像很久沒見到四爺了，回想一下，發現之前四爺竟然獨處書房十幾天。

宴會後她這裡也有很多的事，一時也沒想到這個。現在想想，當時四爺難道是有什麼不對嗎？生氣？可惜事過境遷，也無法查問了。

她在心中警告自己，這就是她的失誤。想想額娘，從來阿瑪那裡有什麼事，她都是第一個發現的，有時不過是阿瑪罵了小妾，或者踢了小廝一腳，或者突然不喝原來喝慣的茶這樣的小事。

一夜過去，她學著當四爺的奴才，胤禛卻覺得今晚的福晉有些太過於小心，是因為李氏有孕而不安嗎？想到這個，他按住元英的肩說：「不用著急，妳我的孩子肯定很快就會來了。」

福晉明顯是做得越來越好，可見出了宮經過事人也成長了，只要她保持現在這樣不變，等上一兩年，他也可以期待嫡出的子女了。

之後，他常常到正院來，宋、武兩位格格卻從來不去，李格格又有身孕。一時之間，四福晉在後院中獨寵。

玉瓶和回來的趙全保把小院把得嚴嚴實實的，一絲風聲都傳不到李薇的耳邊。偶爾她問起來，也是說四爺在書房。

雖然胤禛常在正院歇息，但和福晉總是有那麼一點兒不順當，他以前覺得福晉不馴，總要與他一爭長短。如今她馴順了，卻也太馴順了，這根本是從一個極端走到另一個極端。

他生出無能為力之感。但他安慰自己，這至少表示福晉也是個意志堅定的人，心思純粹，做什麼事就要做到最好。只是他很奇怪，之前她不馴不知道是別人教的還是她自己悟的，現在她這麼伏低做小，又是誰教的？要教怎麼不早教？教也不教對！

他只好自己告訴福晉：「你我夫妻一體，不必太拘束了。」

福晉恭敬應下，之後照舊。

胤禛：「……」

有時候意志堅定也未必是好事……特別是當她拿定主意，而這個主意又是錯誤的時候。

胤禛心道，反正時間還長，以後總能一點點兒教會她的。最讓他納悶的是，他喜歡什麼樣的不是早就有個例子了嗎？福晉怎麼不照著李氏學一學？

後院裡，想跟李薇學的人大有人在。武氏最近就學了好幾手，她算是這後頭第一個得知李薇有喜的人，知道後竟然也不避諱，反而興沖沖地往她這裡跑得更勤了，不但人來，還帶著點心。

宮鬥中常有送點心裡面加各種料然後給人落胎的橋段，讓李薇奇怪的是好像在這裡並不時興？

武格格就很平常地每天送點心過來給她，玉瓶和趙全保也從來不攔，直接拿給她吃。

這畫風不對吧？她悄悄問玉瓶，表示心有不安，萬一有加東西呢？

玉瓶說武格格的點心都是在大廚房做的，用的都是那裡的米麵，周圍人多著呢！

李薇問：「那她要是自己帶點兒東西加進去呢？」

玉瓶說：「那她全家和大廚房裡所有人都死定了。」

李薇：「……」好……好誇張！

大概她的表情太震驚，玉瓶索性給她解釋起來。

武格格去大廚房做東西，並不是從頭到尾都是她自己一個人動手，事實上每一步幾乎都有人代勞，她可能只是動動嘴，「比如這道柿子餅，這型肯定就不是她揉的，而是師傅揉的，塗油烤製的也肯定不是她，調餡兒、和餡兒、填餡兒的也肯定不是她。武格格絕沒這份手藝！」在玉瓶嘴裡，這點心最多就是武格格從膳房提過來的而已。

這麼一說，李薇眼裡這柿子餅頓時就去掉陰謀只剩下美味了。柿子餅是麵做的，揉成柿子的形狀後，外面塗了油烤成柿子黃色，裡面填著羊奶的餡兒（類似現代的奶黃包蒸熟後放在火上烤焦一面的口感）。

一頭焦脆，一頭軟綿，咬一口奶香奶油往外淌。

李薇都要流口水了，一碟點心下午配著茶吃完了還不夠，晚膳時特意點了這個配粥吃。之後幾天都是各種乳製品，酥酪頓頓不落，桌上直接擺著奶豆腐當零嘴。

——我肯定是缺鈣了，這麼饞乳製品。不過不是懷孕後期才會腿疼嗎？難道我這麼早就有這樣的症狀？

現在也沒有缺鈣的概念，李薇只好想法子自救，她把每天的大米粥換成小米粥，頓頓吃蝦，而且把蝦殼全嚼嚼嚥了。

然後每天都在小院裡曬太陽，不到十天就曬黑了。

等胤禛過來看她時，就看到一張曬成淡淡小麥色的臉，身上還帶著奶香。

玉瓶已經連哭都哭不出來了。懷孕後李薇拒絕塗粉和胭脂，曬黑了也不肯再塗粉白回來。平心而論，這樣的膚色並不難看，就是不符合如今的主流審美觀。

胤禛也是吃了一驚，轉頭就訓斥玉瓶：「怎麼伺候的？妳家主子沒粉用了嗎？」

玉瓶跪著連連磕頭卻不加辯解。

李薇連忙解釋：「是我！是我去曬太陽的！粉還有，是我不要擦。」

然後連連使眼色讓玉瓶出去。

玉瓶遲疑地不肯走，跪著偷瞄四爺的臉色。格格可能是不清楚，素面朝天見主子也是不恭敬的，萬一四爺生氣，她在這裡還能替格格擋一擋。

胤禛一怔，伸手去解她領口的盤扣，見玉瓶不知道出去還瞪了她一眼。

玉瓶只好擔心地退了下去。

等屋裡只剩下他們，胤禛解開她的扣子，看到她的臉和脖子簡直就是兩個膚色，領子的邊緣還特明顯。他知道她必定有理由，只是這樣實在讓人看著生氣，於是也不扶她，自己坐下問道：「怎麼回事？」

李薇自己坐過去，扯著他的手指道：「這個是偏方，我奶娘說的，說是有孩子後多曬曬太陽對孩子好。」

胤禛沒那麼容易被她哄：「胡扯，妳奶娘沒事做天天跟妳說生孩子的事？」上次的事也是一時被她哄了，事後他就明白了，但看在小格格確實好轉的分上沒跟她計較，如今又來這套！

偏方之說被戳穿，李薇只好承認：「好吧，是我猜的。」

胤禛黑著臉，看她怎麼編。

這次李薇編了個小丫頭，說小丫頭老跟大丫頭講家鄉的事，就說地主家新娶的姨奶奶天天在屋裡坐著，生的孩子還沒天天在地裡幹活的農婦結實。

「我就想幹農活是不行的，但在外面多站站，不要老在屋裡坐著還是行的。」編完，她眨著眼睛向四爺求饒——不要再拆穿了啦，我真的編不出來了。

胤禛掃了她一眼，冷哼：「這次編得倒挺像。」

李薇剛要沮喪一下，就聽他道：「這次就算了。下次不許再曬成這樣，粉不用也由妳，橫豎也不必出門。」

四爺您真好！李薇感激死了！

胤禛沒忍住在她額頭上狠狠點了幾下，剛懷了兩天就心野了，坐不住，後面還有十個月呢，她怎麼熬？

想來想去，他讓人採買了許多繡花冊和戲本子給她。之前看她常捧著看的就這兩種，放著給她解悶吧。再交代大嬤嬤，說每天還是讓她去花園裡轉一轉，之前就聽說她老往花園去，一賞就是一天的景。

其實胤禛心裡也挺得意的，這花園可是他的心血之作，就是搬進來後他還沒顧得上好好賞玩，倒便宜她了，也是她識貨。

李薇只管捧著戲本子開心，雖然這些戲本子幾乎全是種馬文，但至少也是小說啊！而且裡面品種多樣喔，仙野狐怪應有盡有，還有寫和尚的、寫道士的、寫尼姑的。讓她奇怪的是，和尚尼姑多數是一個人出場，道士一般帶小徒弟出場。

看多了腦洞開太大，李薇也提筆寫了著名的微小說：禿驢！你敢跟貧道搶師太！

然後笑到快岔氣。

然後這張紙不小心被四爺看到，事後被罰每天讀一卷經書。

玖之章　兄友弟恭

書房裡，三個搬出宮住的年長阿哥正各自霸著一兩個弟弟，表現兄友弟恭。正因為他們搬出宮了，想在皇阿瑪面前刷存在感的機會大大減少，於是這三人每天都不辭勞苦地一大早來，熬到要閉宮門下千兩了再走。

胤禛領著章佳氏的十三阿哥和他自己的親弟弟十四阿哥，對十三阿哥不好要求太多，但十四阿哥真是天魔星降世！可能知道是自己親哥，各種花招層出不窮，讓他十分想抄起板子給他來一頓！無奈為了表示兄友這一屬性而必須忍耐。心裡安慰自己，沒事，弟弟越不恭敬越能襯出他有多麼友愛！

另一邊，五爺領著的九阿哥也是一樣，讓胤禛頓生同病相憐之感。可他對著五爺求認同時，可惜眼神沒被對方接收到。

五爺正焦頭爛額地應付小兄弟的各種刁鑽問題，沒辦法，他漢學真的不行啊……

三爺注意到了，他身邊的是十二阿哥，從小被蘇麻喇姑養大的十二阿哥一般的功課還沒問題，但跟三爺畢竟差了那麼多年的歲數，所以三爺秀優越感秀得比較爽，完虐十二阿哥沒一點兒問題的他搖著摺扇，盯著老四和老五笑得別提多得意了。

八阿哥和十阿哥兩個既不想教人，也不想被哥哥們抓住教，所以兩人躲得老遠。九阿哥發現完虐五爺不是那麼有趣，玩一陣就扔下可憐的五哥跑去跟這兩人玩了。五爺沒轍，可看到那幾個弟弟覺得自己更玩不轉，只好轉到四爺這邊，當胤禛說點兒什麼的時候，五爺就在一旁做讚許狀點頭。

好不容易熬到午時，用完午膳還有一個時辰的午休。五爺表示他要去太后那裡，宜妃的宮裡要時刻準備著康熙駕到，他不宜去妨礙自家額娘。

三爺道：「等等，老五，我跟你一道。」一邊說一邊拉上了胤禛。

幾人到了寧壽宮，後殿的佛香嫋嫋傳來，胤禛突然想起李氏那個極不恭敬的小文。

胤禛：「噗……」

他趕緊掩飾地掩住嘴，咳嗽兩聲，假裝沒事。

三爺拍了拍他的背，「老四，怎麼了？不是著涼了吧？一會兒多喝幾碗湯，你就是太瘦了。」

五爺奇怪地看了兩人一眼，說：「誰會六月著涼？」

三爺道：「老五，這你就不知道了，夏天感冒才最嚴重，還不容易好。」

胤禛連忙說：「三哥、老五，我沒事。」

但話題早已轉移。五爺正糾結夏天到底會不會感冒，三爺為了說服他，不惜拿自己做例子，說他當年就在夏天吃太多冰又去游水，然後就著涼了，足足病了二十多天。

胤禛也記得，但他想說：三哥，你那不是拉肚子嗎？後來想想拉肚子這事不雅，還是別說了。

五爺就當真了。

等三人午休後再去找弟弟們時，九阿哥和十阿哥拉著十三、十四要去宮裡的池子裡游水。五爺連忙攔著，挨個問中午都吃冰了沒？

四個小阿哥表示，天太熱，用過午膳都吃了一碗冰。

五爺就說不許游泳，這就捅了馬蜂窩。

三爺直捂臉，胤禛上前呵斥，卻只喝住一個十三阿哥，剩下三個扯著嗓子鬼嚎，五爺一著急就用蒙語，嘰里呱啦一大串，說得三個小阿哥都聽傻了。

五爺回過神來，發現三個弟弟都仰臉看著他，老九還是一臉不服，氣哼哼的。畢竟是親弟弟，他也心疼，乾脆拉來三爺現身說法。

三爺見這火終於燒到他身上，現在也不能說五弟剛才其實我說的沒那麼嚴重，我是連拉肚子帶發燒，發燒完繼續拉，拉完再發燒，這樣反覆好幾次才病了二十多天，而且我也不止吃了一碗冰。剛回宮時額娘太疼我，由著我吃了七八碗。

所以三爺一臉「我是溫和的好人」對三個還掛著眼淚的小阿哥點頭說沒錯，你們五哥說的都是對的。

五爺就被哄得背了這個黑鍋，很嚴肅地把三個小的拉到馬場，說你們既然想運動，不如我們來玩扔飛鏢啊？四個小阿哥一臉黑線，誰想玩飛鏢？沒見這麼大太陽嗎？這裡一棵樹都沒有熱死人了！

可五爺已經很熱情地叫人拿來了飛鏢，九阿哥見這畢竟是自己親哥，三個兄弟都不肯先去玩第一把，他只好去捧場，免得自己五哥下不了臺。接過自己五哥遞過來的飛鏢時，看著他笑得無比陽光的臉，心道回去看我不找額娘告你的狀！

玩起來就好玩了。何況飛鏢還是有一定殺傷力的，三個年紀大些的阿哥也上去一起玩，還把七阿哥、八阿哥和十二阿哥這三個在屋裡躲太陽的也喊來了。三爺見這三個小的已經不鬧了，為了讓他們忘掉游泳，特意讓人去慶豐司要來了幾籠雞，撒開後讓大家用飛鏢打亂跑亂竄的雞。

沒過一會兒，雞驃悍的戰鬥力就顯示出來了。九阿哥被騰空飛起的雞揚起的塵土迷了眼，還被一隻雞跳到了身上。十阿哥和十四阿哥被幾隻雞追著啄，哭天喊地。十三阿哥被一群雞欺負得倒在地上，十二阿哥脫了褂子啊呀呀地去趕雞，臉上還帶了幾道被雞爪撓出來的紅道子。

八阿哥跳出來同樣脫了褂子給九阿哥罩在頭上，七阿哥四處找掃帚想點著了去嚇雞。一團混亂。最後連胤禛他們也被攪和進去了，老三喊小太監去抓雞，胤禛上去救弟弟也一同被雞欺負，老五喊人拿弓他要射死這些扁毛畜生！被小太監們抱住攔下。

再然後，一群人連大帶小被領到康熙面前。康熙黑著臉先把小的都哄下去，剩下的一個沒饒全罰回去拉弓五十次！七、八兩位阿哥無奈陪綁。

「被一群雞給欺負了！你們可真有臉！」

太子和大阿哥胤禔都趕過來勸，太子道：「皇阿瑪息怒，這幾個不爭氣的就交給我和大哥了，您消消氣。」

胤禔不屑地看了幾個狼狽的弟弟一眼，從鼻子裡用力哼出來，「一群雞就能把你們弄成這樣，那要是老虎獅子，你們還不直接趴下喊虎大王饒命啊？」

三個人不敢直接頂他，心裡都不忿。

三爺心道：你厲害！把你扔雞群裡，你以為你能撐多久？

胤禛心想：雞那麼小還會蹦，撲翅膀揚起的塵土能把人給蓋住，再說當時還有那群小的呢，箭不能用，刀也不能用。五十隻雞在一起不比一隻老虎好捉！

五爺心裡琢磨：小九好像被叨得挺厲害的，回去前要去看看他。

七阿哥心中憤憤：倒楣催的！

八阿哥：「大哥教訓的是。」

胤禔看到小八，到底是養在一個宮裡的親近些，上前拉過來揉著他的腦門說：「不賴你，一群哥哥在呢，你不過剛好倒楣趕上了。下回再遇上這種事，記得跑快點兒來找大哥。」

康熙把這群不省心的兒子全攆了出去，出宮的三個都被罰回去閉門讀書，「別以為出去就能不讀書了！下次朕來考你們！考不好的全要罰！連這次一起罰！」康熙怒道。

只是輪到七阿哥時，康熙只道了句「好生念書」便算了，到八阿哥則是「把你那筆字好生練練！每天五十張大字！」

胤禛和五爺出宮前分別去看了小九和小十四，然後在各自的母妃那裡都領了一頓不痛快。

宜妃是邊嘆邊罵：「你就沒想到把他抱起來、舉起來？這樣那些雞不就叨不住了嗎？你看小九那臉上給啄的，七八個小坑！」

五爺沒敢說雞飛得比他高，看著坐在旁邊的九阿哥，上前心疼地摸摸頭，被小九不耐煩地甩開。

九阿哥道：「額娘您別罵五哥，他這腦子再罵就更笨了。嘶——小爺今天晚上要吃雞！」五爺在旁邊連聲道：「吃，咱吃雞，哥哥今晚也吃雞。」

宜妃冷笑，對著兩個兒子道：「小九不能吃，你這一臉的傷，先素幾天吧，青菜豆腐就行了。老五你也不能總這麼寵著他！你是當哥哥的，拿出哥哥的樣子來！」

五爺苦笑點頭，這麼鬼精鬼精的弟弟，他這哥哥架子也要擺得起來啊。那頭，九阿哥背著宜妃對他哥做了個鬼臉。

那邊永和宮裡，德妃是早把十四阿哥給罰了一頓，胤禛到的時候，他正面對著牆罰站。這還是德妃當宮女時，嬤嬤們訓她們的辦法。小十四被康熙寵得太皮，德妃又不好打他，為了殺殺他的性子才總是罰站。

見到胤禛，德妃一句沒提小十四的事，讓茶讓座，還讓嬤嬤拿了些東西給他，道：「這都是最近太后和萬歲爺賞的，我這裡也用不了，你剛開府，手裡必定拘束，先拿去用吧。」

胤禛道：「額娘這裡也不寬，兒子在外面東西便宜得多，開銷倒比在宮裡省。」

德妃道：「行了，當著額娘還有什麼好客氣的？如今萬歲待我們這些老人都挺好的，再說我這裡還養著小十四，東西是不缺的。」

兩人推了半天，胤禛才收了東西。然後就提起了小十四這次的事，他站起來道：「這次的事都是兒子考慮不周，才讓小十四受了傷。」

德妃揮揮手，道：「什麼事都不會只是一個人的責任，就算你如今替他擔了這次的事，日後總不能叫你替他擔一輩子。你們兩個我都是一樣的話，有些事，別人能做，你們不能做。你們的額娘是宮女子出身，從根上就比別人低一等。所以，你們更要警醒。」

胤禛只好站著領訓。德妃稍稍說了幾句就道：「萬歲爺既然說了叫你回府讀書，就別在宮裡久待了。趕緊回去吧。」

四爺告退後，德妃把小十四叫到身邊，看著他倔強的小臉，嘆道：「你明白了沒有？」

十四阿哥眼裡含著兩泡淚，點點頭。

德妃道：「額娘罰你，不是因為你做錯了，而是這件事錯了，所以額娘才會罰你，你皇阿瑪才會罰你這三個哥哥。」

十四阿哥年紀雖小，卻也能舉一反三，道：「那要是這件事是對的，我做錯了也沒關係嗎？」

德妃滿意一笑，不做回答，讓小十四自己回去想。然後告訴他，因為萬歲爺罰了三個阿哥，所以在他四哥能夠再進宮前，他都不能出門了，每天只能書房、阿哥所、永和宮三點一線。說完這個壞消息，德妃又安慰他道：「你不是想吃雞嗎？我告訴膳房，今晚就給你做好不好？」

十四阿哥小心翼翼地說：「我不吃雞……讓我出門玩好不好……」

德妃笑咪咪道：「不好。」

十四阿哥苦兮兮地在德妃這裡吃了一頓全雞宴回阿哥所了。

那邊，胤禛回了府，沉著臉進了書房。

蘇培盛從頭看到尾，此時猜出四爺這是又生悶氣了。轉頭交代前院的人都把身上的皮緊一緊，沒事不要出來亂轉，撞到阿哥跟前被當成出氣筒可沒人能救你。

後院裡，元英早些日子正想著要好好關注四爺，所以這次四爺一回來就鑽進書房，沒過去看看李格格，她就覺得事情有些不對，是在宮裡出事了嗎？

但前院的人手全是四爺原班從宮裡帶出來的，沒有一個後面來的人，實在是水潑不進。蘇培盛和他手下的人全是一個樣，問到什麼事，只要是不能說的，就跪地磕頭死不開口。

平常還不覺得，當她想從前院打聽點兒四爺的事時，才發現那簡直是狗咬王八無處下嘴。

一直到第二天，她發現四爺沒進宮，而原來在上書房伺候四爺的兩個侍讀學士居然搬進了前院，正陪著四爺苦讀，她才覺得這事大概是萬歲爺的意思。

萬歲爺生四爺的氣了？

元英枯坐半天，向宮裡遞了道牌子。永和宮倒是很快有車來接，只是見了德妃後，德妃只跟她聊了兩句府裡的事，問了小格格，又聽說李格格有了身孕，囑咐她好好照顧。

她提起四爺，擔憂道：「額娘，我們四爺這是……」

德妃止住她的話，道：「萬歲爺也是關心老四，怕他這一出去就懶惰了。妳別的不要多管，老四讀書，妳多替他準備些吃的用的就行了。」

坐不到兩刻鐘，德妃就讓人將她送出來。

元英回到府裡，坐下細想。從德妃的樣子來看，不像是大事。只是德妃嘴太緊，什麼也不肯透給她。

她在宮裡雖然住了兩年，可也就是阿哥所和永和宮熟悉些，如今離了阿哥所，永和宮那裡又密不透風，她算是真成了個聾子瞎子了。想照德妃說的關心下四爺的飲食起居，可書房另有膳房和庫房，一應供給都不過她的手，她連四爺今天吃什麼都打聽不出來，如何關心？只好轉頭給兩位侍讀學士送了些衣食，給他們的家人送了些吃用之物。

胤禛是知道福晉一直在四處蹦躂，見她又跑了趟永和宮，心裡多少覺得她太多事。想讓大嬤嬤去訓她一頓，告誡她女子以嫺靜為要，可覺得這也太打福晉的臉了，只好作罷。心道，還是太年輕，經不住事。

後來又知道她給兩位侍讀學士家裡都送了東西，既不起眼也顯得關愛，才滿意地點了點頭，可見福晉還是十分周到的。

三、四、五幾個阿哥全被要求閉門讀書，京裡一下子變得安靜起來，一些嗅覺靈敏之輩都怕宮中這是有事發生，萬歲爺大怒？紛紛向太子和胤禔打探。

太子和胤禔倒都是一個態度：沒事。

太子是笑呵呵的，好好地接待來客，好好地送人走，就是不給個實在話。胤禔脾氣暴烈些，被問煩了就罵道沒事就是沒事，本王的弟弟們懂事好學不行啊！

三位阿哥府上倒也不是關著門誰都不讓進，門房見有人來也是好好接待，女眷上門福晉們也會請進來喝杯茶，只是想見阿哥卻沒那麼容易。

這三人中，只有三爺是真心輕鬆的，他倒不是附庸風雅，而是真心喜歡跟書啊畫啊打交道，天天跟著自己的侍讀學士品詩論畫，過得別提多愜意了。只是想起兩個弟弟，不免有些擔心。

老四拗一些，從小時候就是這個脾氣，被皇阿瑪罰了肯定要自己躲著生悶氣的。老五對書本是十竅只通了九竅，只怕現在也在府裡發愁呢。

他跟三福晉道：「這次的事，我這個當哥哥的要負大半的責任。」慈寧宮前，話頭是他提起來的；校場裡，雖是他讓人拿來的。幾個弟弟心疼他，沒在皇阿瑪面前告他的狀，他領著他們的情，也不能此時就不聞不問。

三福晉笑道：「三爺，不如這樣，我去瞧瞧兩個弟妹，也寬寬她們的心。四弟、五弟都是悶葫蘆，只怕她們兩個現在還不知道是怎麼回事呢。」

榮妃早已無寵，現在只有一個三爺在身邊，三福晉既得三爺的意，榮妃待她自然親近得多。那天被趕回來後，三爺晚上就跟三福晉透了底，交代她收拾書房，給兩位侍讀學士準備屋子。

第二天，榮妃就讓人來看望了三福晉剛生的小阿哥，再安慰她這事沒什麼要緊的，萬歲爺不會冷落幾個兒子太久。

所以，三福晉看兩個弟妹，不免有些優越感。老四還肯給福晉留面子，雖然寵愛格格，也沒越過福晉。老五就不是個東西了，屋裡已經立起了個側福晉，五福晉更是連站的地方都沒有了。

夫妻都是近的更親，遠的才疏，這次三人被罰，自家三爺是早早地就告訴她原委了。老四和老五卻未必肯在福晉跟前丟這個臉，只怕是什麼都沒說。說實話，都一樣是女人，三福晉也很奇怪她們是怎麼把日子過成這樣的，就算爺們一開始不喜歡妳，不會先順著他嗎？順著順著，不就把人給「順」過來了嗎？

她剛進門時，三爺屋裡也有兩個格格。三爺讀的書又多，一肚子風花雪月，待格格們真是溫柔多情。可現在又怎麼樣呢？可見，人心都是善變的，三爺以前再喜歡她們，也不代表這輩子就只喜歡她們了，心裡再多加她一個，一點兒也不難不是嗎？只要能在男人心裡扎下根，慢慢加重分量不就行了？

五福晉是一開始就明火執仗，太心急了。四福晉則是骨頭太硬，心氣太高。雖說她們都是皇子福晉，嫁了人就成了主子，可誰讓她們嫁的才是真正的主子呢？連這都沒看清還想壓住男人，蠢不可及。

第二天，三福晉要去看望四、五兩位福晉時，她的奶娘卻道：「福晉慢些，以老奴來看，福晉倒不必親自去。雖說三爺愛惜兄弟才託福晉走這一遭，但您畢竟是嫂子，您一去知道的說您疼惜小輩，不知道的還不知道嘴裡會說什麼呢。」

三福晉就遲疑了。話怎麼說還不是都聽別人的？反正她知道誇她的肯定沒有罵她的多，可只讓下人走一趟又顯得太冷淡了。思量再三，三福晉下了個帖子請兩個弟妹到府裡賞花。

說話聽音。現在三位阿哥都在府裡待著，一聽賞花就知道不是真的。五福晉在府裡氣悶，接到帖子就來了。元英倒是猶豫了下，擔心四爺會生氣她跑出去玩，可回絕三福晉肯定更不行，想了想還是去，到時早些告辭就行了。

兩人到了以後，三福晉意思意思地領她們在花園前的小廳前坐了坐，然後分別找機會跟她們聊了一會兒。於是元英才知道宮裡出了什麼事，四爺確實是惹怒萬歲爺被罰了。這一知道她更坐不住了，三福晉看出來也不多留，親自送她出門上車。

五福晉自然也是沒有從五爺那裡得到消息，知道後卻也不擔心，還挺有心情地留下用了頓飯才回去。有三福晉陪著說話解悶，比她一個人在府裡舒服多了。

送走她後，三福晉自己都要嘆氣了。五福晉這是破罐子破摔了？剛才五福晉借花喻人，說這花自己開自己的，下有地，上有天，它自己過得自自在在，旁人是讚它還是不喜歡它，對它都沒有妨礙。

三福晉聽懂了，道：「再美的花，也要花匠的細心呵護，尋一個惜花人不是更好嗎？花也有靈，有了惜花人，花也會開得更美。」

五福晉道：「人人都是惜花人，只是有的惜花人愛芍藥，有的卻愛蠟梅。愛芍藥的愛它豔麗富貴，愛蠟梅的愛它幽香襲人，對著一個專愛蠟梅的誇芍藥，他是不會領情的。」

三福晉聽明白了，知道她這是死心了，但看她還年輕就把自己的路堵死了，忍不住最後說了一句：「沒人能一輩子只愛一種花，會煩會厭。就算他能一輩子都愛枝頭的蠟梅，那芍藥就不能變成蠟梅？」又不是真花！

五福晉沒再吭聲，只看臉色就知道沒聽進去。

三福晉也懶得管了，心想：妳骨頭硬，妳挺著，挺到妳人老珠黃了，想變也沒人想看了。

四爺府裡，元英回來的路上就在想怎麼寬解四爺。可兩年下來她也看出來了，四爺不是那種喜歡把什麼事都往後院倒的人。就算是有人惹著他了，他也不會當面給人難看，而是自己回去消氣。以前這就讓她很為難，老是不知道什麼地方惹著他了，然後就十天半月不進正院。

回到正院，福嬤嬤迎上來。最近她也變了不少，不會再對四福晉叨叨大嬤嬤和李格格的事。元英看到她就笑了下，把手遞給她。

「福晉回來了？」福嬤嬤挺高興地趕緊扶著她，「怎麼這麼早就回來了？難得出去散散心，福晉該多玩一陣才對。」

元英想想還是沒把三福晉說的告訴她。近來她待福嬤嬤是越發冷淡，福嬤嬤看著卻更懂規矩了，主僕兩人相伴十幾年，她也不想叫福嬤嬤最後落個不好的下場，實在是因為現在的她半分都不能錯。

她晾著福嬤嬤，是因為李氏有喜的事。連元英院裡的太監都知道，這跟宋格格那會兒不一樣。

宋格格純粹是運氣好，半點寵愛也沒有，只能跟著他們福晉討口安生飯吃。

李格格是誰？四爺捧在手心裡的人，以前就讓四爺一擔擔往她屋裡賞寶貝，等有了孩子那還不寵上天？萬一是個小阿哥……李格格是不會跟宋格格似地來抱福晉大腿，以前福晉就轄制不住她，以後就更別提了。

唉……他們在想什麼，元英都清楚。正因為這樣，她才要做出成績來讓四爺看到。寵愛比不過，她就不爭寵，她要的是別的東西，在她沒想好之前，不能讓福嬤嬤自作主張壞了事兒。她也不想傷了福嬤嬤的心，先晾晾她也是為她好。說不定四爺會像把小格格交給她一樣，把李氏的孩子也交給她呢？這都說不準。要真是這樣，那就等於是她的孩子在李氏的肚子裡過了一遍而已。

李氏只是替她生孩子的人，她根本不需要在乎她。

回屋換過衣服，元英讓其他人都下去，只把石榴留下來，問她：「李氏最近如何？」

福嬤嬤閒下來後，丫頭們都讓她給派了活兒。葫蘆去照顧宋氏和小格格，石榴就盯著李格格。此時她問，石榴道：「李格格最近叫膳叫得勤快多了，聽膳房的人說，李家那廚子最近做什麼菜都是使勁放辣椒。聽說李格格還讓那廚子專用油炸了一碗乾紅辣椒，用來配米飯和餑餑吃。」

元英：「喔。她那裡的人跟書房有沒有聯繫？」

這可讓石榴為難了，想了想道：「那小院裡近身伺候的全是宮裡帶出來的。莊嬤嬤倒是送過去四個，卻都在外面做些跑腿的小事，倒是什麼都打聽不出來。」她沒說的是，玉瓶和趙全保調教人的手段和宮裡是一脈相承，新進的那四個小的，嘴讓他們調教得死嚴死嚴的，她撬不開。

她見福晉不說話，又湊過去小聲道：「只是聽說，李格格那小院後面有道小門，可以通到書房……」所以他們的人就是去書房了，他們也不知道啊，又不是走內院的一正門四角門。

元英一下子站了起來，「小院後面有道小門？」她不知道！前院那邊的人手不歸她統管，連名冊她都沒有。內院外院相通的一個正門四個角門都有人看門，那個小門外看門的人必定是前院的！

這府邸的營造圖她也沒見過，竟然連那裡開了個門都不知道！

石榴小心跪下，輕聲道：「也是上次宴會後才發現的。之前李格格不從內院膳房這邊叫膳，咱們得到的消息本來就晚，還是之前看到各位格格供給沒有李格格這一項才知道的。可雖然知道李格格肯定不會不吃飯，但咱們猜的都是那小院有個單獨的小廚房，供給是書房那邊撥的。宴會後有人亂走，才發現那道小門……」

只是這事她們商量著一直不敢稟報給福晉，今天福晉問起她才不得不說。

元英吃驚之後，迅速冷靜下來，冷靜完了卻並不是生氣，而是擔心。四爺這樣保護李氏，是以為她要害她？

這才好了一點兒，就叫她知道這個！這個猜測讓她的心狂跳起來，無論如何，這個黑鍋絕不能背！她必須打消四爺這個念頭！

石榴跪了半天，聽到福晉說：「以後不要再盯著李格格了。」

「福晉？」石榴愣了，可看福晉居然是認真的。

元英嚴肅道：「我知道福嬤嬤和妳們都擔心我，但我和李格格都是伺候四爺的，出身地位雖有差別，可都是妳們的主子。」

石榴趕緊低下頭，心撲通撲通地跳。

元英道：「有些事，咱們心裡有數，別人心裡也有數，妳們有心幫我是好的，但也要注意分寸。日後李格格那裡，只管精心照顧，別的什麼也不許做！」她頓了下，又道：「讓福嬤嬤過來，記得上回出宮前娘娘賞我的東西裡有一串念珠，讓福嬤嬤找出來給李氏送去。」

她不但不害她，還要讓四爺知道，她會加倍地對李氏好！

石榴抖著應了聲「是」就退下了。

宋氏就住在正院的廂房裡，一應供給也是數得著的，福晉那邊還時常有賞賜。但福嬤嬤提點過他們，彷彿是不希望宋格格常去看望小格格。

「您就好好在屋裡歇著吧，也養養身子，日後才好再給小格格添個弟弟妹妹。」

人家這話說得再漂亮，意思還不是那麼回事？

宋氏自己就「懂事」地不去招小格格了，頂多時常跟伺候小格格的奶娘說說話，賞她們些東西，問問小格格的情況，別的她也做不了。

平時她也不愛出門，就在院子裡窩著。

早上醒得早，因為以前要餵小格格吃奶，她就養成了這個時候起來的習慣，現在不用她餵奶了，醒來後就望著帳子底發呆，不然就起來去念經。這也是跟著福晉養成的習慣，早晚三遍經，福晉還賞了幾本經書。

宋氏就給小格格祈福，願她能平安長大，一生喜樂無憂。給四爺祈福、給福晉祈福，獨獨忘了自己。

這天，鴛鴦一臉驚惶失措地偷偷來告訴她：「格格，聽說李格格有喜了。」

那念了百遍千遍，倒背如流的經文竟然一時之間想不起來了，宋氏愣了好半晌才輕輕地說：

「也該是時候了……」

鴛鴦眼圈都紅了，他們格格比別人強的就是先生了個小格格，這下李格格哪怕只是生個格格，也要把他們格格給比下去了。

宋氏說：「這是府裡的喜事，出去就說我說的，給大家一人包一兩銀子的紅包。我這裡再替李格格念一卷經，保佑他們母子平安。」

「格格……」鴛鴦萬般無奈地出去。

聽著院子裡喜氣洋洋的磕頭謝恩聲，宋氏心無旁鶩地給李格格念經祈福，她是真心盼著李格格能生個小阿哥的，這樣，她的小格格才是這府裡唯一的女孩，才能過得好。

至於她自己，她早就不想了。

小院裡，李薇面前擺著一碗炸辣椒，聞著這油辣的香氣她就饞，沒事就挾一個炸焦的紅辣椒扔進嘴裡，嚼著辣得微微發苦還透點兒酸。玉瓶看她吃得陶醉，自己都替她覺得辣。

見她一會兒就吃了四五個，便端開辣椒碗道：「格格，這東西不能多吃，傷胃。」

李薇也知道，玉瓶把辣椒蓋上，笑道：「看格格這樣，必定是個小格格。」

「我也覺得是個女孩呢。」李薇小心翼翼地捂著肚子，雖然現在肚子還沒有鼓起來，可她已經非常注意保護了。

玉瓶為了引開她的注意力，抱過來很多絲線和小塊的衣料，逗她道：「不如咱們給小格格做些衣服？」

李薇卻道：「這些可以先放放，我倒覺得先做幾件等我肚子大了要穿的衣服。」

玉瓶倒是被她說得有些糊塗，但還是順著她道：「格格說的是，我都忘了，是該做些腰身寬的孕婦裝嘛。

玉煙抱來去年的夏衣，抖開來鋪在榻上。柳嬤嬤也過來了，聽說李薇要做懷孩子時穿的衣服了。」道：「這個倒是不用急。」

她拿起一件夏天的柳葉黃的薄旗裝，放在李薇身上比道：「五個月時格格肚子起來大概有這麼大，這衣服完全不會覺得緊。」

李薇看著上下一直筒的旗裝，這悲催的衣服！

柳嬤嬤接著說道：「入秋後的夾衣和棉袍倒是要重新做，不過到時候也該裁新衣了，到時再做也來得及。」

玉瓶就去看李薇的臉色，看她一臉喪氣失望，趕緊道：「做幾件也好，格格這兩年正在長個子，就是不瘦也該短了。」

柳嬤嬤也發現李格格是想找事來做，她就是無聊了，也不再潑冷水，湊趣道：「既然這樣，不如大的小的做成一樣的，等小格格生下來，跟額娘穿一樣的衣服多有趣啊。」

李薇顯然很喜歡這個主意，眼睛都發亮了。

屋裡的人都不肯掃她的興，玉煙再去開箱子拿整匹的衣料，玉瓶把繡花冊子拿出來，柳嬤嬤陪著李薇一起挑什麼顏色的衣料配什麼樣的繡花。

正挑著，李薇突然想起四爺說過要給她兩個繡娘，便把那本漢家女子裙衫的圖冊找出來，指著裡面四爺折起的幾頁，「四爺還說要給我做這幾套呢。」

四爺閉門讀書的事小院裡的人都知道了，只是瞞著李薇而已。

玉瓶知道因為懷孕的事太興奮了，李薇最近沒想起四爺，這一問……

果然，李薇愣了愣，眼睛一轉讓所有人都退下，把玉瓶叫到身邊問道：「四爺有幾天沒來了？」她扳著手指數了數，有好幾天了。再一看玉瓶的臉色，就自己猜道：「是不是去正院了？妳不要怕我生氣，那是福晉，福晉跟四爺好了我才放心呢。」一個人獨寵壓力很大的好嗎？

可玉瓶臉色一點兒沒好轉。四爺閉門讀書，還有兩個侍讀學士陪著，雖然宮裡發生的事他們不知道，但趙全保和玉瓶幾個全是從宮裡出來的，這一看就知道不可能是四爺突然一心向學，而是被上面罰了。

能罰他讀書還不能出門的，連宮裡的太后都不行，這必須是萬歲爺。

四爺被萬歲爺罰了。

這簡直是個晴天霹靂。趙全保說最近書房那邊比上一次還要愁雲慘霧，這麼悲慘的事他們當然不想格格插進去，之所以瞞著格格，也是怕她知道了主動去找四爺。

李薇看玉瓶的臉色，知道沒猜對，仔細想想還是猜不出能有什麼事他們這麼害怕，不敢告訴她。她乾脆沉下臉直接問：「還不說？」

玉瓶撲通一聲跪下，把四爺從前幾天起就沒再進宮去上書房，之後一直有兩個侍讀學士陪著讀書的事說了，再把趙全保和她的猜測告訴李薇，求道：「格格，這事不是玩的，您千萬別想著去找四爺。」

——我有那麼傻嗎？

李薇差點兒把這話問到玉瓶臉上，在這群宮女太監的眼裡她到底有多蠢啊？明知道萬歲爺罰四爺讀書，她再跑過去，那不是勾引阿哥不學好嗎？就算不管這個，四爺被罰總不會面朝大海，春暖花開吧？肯定是在生氣中啊，她會故意去招惹生氣中的四爺嗎？李薇表示她還沒蘇到失去理智。

她把玉瓶喊起來，「院子裡的人都小心些吧。」想了想又道：「最近叫膳就從內院膳房叫吧，就說我吃慣了家裡的口味。」多一事不如少一事，四爺既然在生氣，她就不要跑去刷存在感了。

可惜，把她當救火隊員的人不少，蘇培盛就是一個。

剛從宮裡回來的幾天，胤禛的心情確實不怎麼好，可幾天後他自己就想通了。別的不說，這回一口氣罰了三個阿哥，皇阿瑪肯定不會讓他們長時間在府裡閉門讀書，不然就會引起京中大臣的注意。最遲半個月，皇阿瑪肯定會找機會宣他們進宮。

他就把心事放下，專心讀書。皇阿瑪既然說他要考他們，那就肯定會考，為了到時不被考糊，他抓住兩個侍讀學士使勁虐，他自己在書房廢寢忘食，也不讓侍讀學士回家。不到幾天，侍讀學士就帶著黑眼圈出現了，自言除了當年考試時就沒這麼辛苦過。

蘇培盛也看出四爺心情有好轉，怕他讀書太用功再對身體有礙，自己不好勸，就拿李格格作筏子，話題也是現成的：最近李格格不叫劉寶泉的膳了，都是在內院那裡用。

胤禛深知李薇的個性，必定是又發生什麼事了她才往後縮。蘇培盛趁機把那道小門估計已經被發現的事報了，按說小門被發現是早晚的事，畢竟李格格在這邊叫膳，到月末內院膳房一結算，肯定能看出李格格沒用過內院的東西。只是他往外散的話是小院有個小廚房。

被發現得太快，讓蘇培盛有些生氣，這屬於他的工作不到位。但就這麼直接報給四爺，他還沒那麼笨，這次兩件事放在一起說，只是語序略有不同，聽在四爺耳裡肯定就不是一回事。

胤禛果然想到糟糕的地方去了，可這事是他做得不地道，也不好為這個去問福晉。好吧，當初是他腦袋一熱才定下李氏從書房叫膳的事，可那時福晉還在宮裡，他想著府裡就他們兩個親近的，何必費兩遍事？何況他一天裡總有一兩頓是跟她一起用的，這才成了這樣。後來福晉進來後，他也覺得不對了，又覺得不是大事沒掛在心上。這次既然李氏自己改過來，以後就這麼辦吧。

他道：「一點兒小事也值得你說？既然你李主子更愛家裡的口味，那也罷了。日後她想用劉寶泉的手藝時，再讓劉寶泉伺候。」

嗯？蘇培盛聽出這是叫李格格從此就在內院用了？不過，意思好像是李格格想從書房這邊叫時，他們也要伺候著。只是個主次顛倒，算不上大事，但仍要交代下去。

蘇培盛還想這是不是說李格格要失寵了，四爺就說：「晚上去看看你李主子。」

得，是他想多了。

天剛剛擦黑，小院裡，李薇正在用膳。胤禛剛進小院就聞到了酸辣沖鼻的味道，被這股酸辣味一沖，口水立刻就出來了。等進屋、磕頭、換衣服一系列做完，他坐下看著一桌子菜都是紅豔豔的，就道：「怎麼都要的這個？」

中間一大盤香辣蝦，周圍辣子雞丁、虎皮尖椒、李家香辣豆腐、酸筍炒火腿（配辣椒）、酸辣牛肉羹，唯一一道用來清口的炒芹菜是清炒的，沒辣椒。

他搖搖頭，笑道：「這真是要生個女兒了。」

李薇笑嘻嘻的，她看這一桌都沒四爺能吃的，道：「讓劉寶泉再做幾道吧？不然，您吃這個可不行。」

蘇培盛早料到了，李薇話音剛落，張德勝就帶著人提著膳盒到了。

兩人挪到堂屋支了張大桌子，桌上簡直是涇渭分明的兩邊。劉寶泉進上的菜擺盤都很精緻，相比李家廚子送上來的都亂成了一盤。

李薇吃慣了平民款，在宮裡享受兩年還是覺得平民款更親切。

胤禛卻不能忍，道：「妳愛吃這一味也就算了，叫那廚子好生學學，這一盤盤炒成什麼樣就原樣端上來，簡直是豬食。」

李薇一口香辣蝦嗆到喉嚨口，趕緊連吞兩大口米飯，就這也是雙目含淚，紅著鼻頭道：「還行吧。」好影響胃口……不過他是主子……忍了吧……

胤禛嘗了一口酸筍，感覺滋味是足的，就是料太重，不過挺下飯。有李薇在一邊比著，他也吃了兩碗米飯，吃完後撫著胃想今晚吃得多了，為免傷胃，拉著李薇去寫字了。

他寫字，李薇讀經。聽著聽著，他聽不下去了，經書無斷句，但只要理解意思總不會解錯，她讀得顯然不對！於是字也不寫了，拿過經書教她讀經。

讀完一卷後，他道：「雖然世人不曾見過神仙，但心存敬畏是好的。妳記著神佛，心裡有了敬畏，行事才有法度。」

明白，佛教是封建統治的工具。李薇趕緊答應，表示以後一定要誠心禮佛，佛祖慈悲，肯定不會怪她上次的冒犯。

胤禛想起那個小文，沒忍住又笑出來，點點她道：「妳啊……」

懷孕了當然不能那啥，兩人洗漱過後，不過八點就躺床上睡覺了，但兩人都睡不著，躺在床上望著帳頂。他握住她的手輕輕揉啊揉，李薇一點點鑽到他的被窩裡，伸手去摸他的肚子。上次四爺說她想要，她還想這不可能！但這次是真想要了……

主要是一看到四爺，就好想上手摸摸他，她覺得自己變得色色的了。

胤禛按住她的手，他也想要啊。在書房讀書時還不覺得，回到後院就有些心癢癢，可在她這裡，又不能動她，也不好現在起來去別人的院子。只能自己閉著眼背書消火。

她一靠過來，還伸手，他剛消下去的火又沖上來了。

兩人的手交疊著放在他的小腹上，他還要表示他很冷靜，李氏本來就是個小女人，他可要把持住。「又不乖了。」他道，耳朵通紅。

連孩子都有了，李薇當然知道他耳朵紅成這樣，就是很激動了。

原來他也很想，卻不想傷害她而忍耐。哎喲，好感動！想到他既是男尊思想，還是皇子就更感動了！李薇一激動，小聲在他耳邊說：「爺，我伺候你。」

胤禛被她鬧得再也沒辦法閉著眼，睜開後看著帳頂，不敢去看她的小模樣，半天才沉聲道：「別胡鬧，爺沒把妳當那種人。」他也有點兒感慨，格格這個身分實在太拿不出手，也難怪李氏看輕自己。可他盛寵李氏，為了保證福晉的地位，暫時不打算給她請封。

想到這裡，他有些替她委屈，翻身帶著她的手一起去摸她的肚子，輕聲道：「好好地給爺生個漂亮的小格格吧。」

提起小格格，兩人的火都消了不少，李薇依偎在四爺懷裡，閉上眼甜蜜地睡著了。

看到她又是秒睡，胤禛心道，都說「本來無一物，何處惹塵埃」，大概就是她這樣了吧……

似乎要把書房坐到天荒地老的四爺，在閉門讀書中跑去看李格格了。得知這個消息時，後院的所有人都竊竊私語，等著正院的福晉發威。另外兩位格格已經淪為小透明，一般都不會有人提起她們。

誰知正院竟然半點兒動靜都沒有！下頭的人便說這福晉也害怕李格格了呢。元英聽了自然心裡不舒服，可她也懶得跟這些小人計較，何況難道她能明火執仗地讓人把李氏押到二道門那裡打給所有人看嗎？

她這個「四福晉」不是用來幹這個的。跟那戲文裡說的似的，動不動就是砒霜？她何苦？就為對付一個李氏，就要把她的身家性命都給壓上？她最多就是讓她跟宋氏鬥、跟武氏鬥，挑得她們鬥個妳死我活而已。

說起來宋氏有女，論寵愛卻真是一點兒都無法跟李氏相比，她還比李氏更早伺候四爺。

武氏剛進門時適逢李氏月事掛紅，所以四爺小寵了一段時間，可等李氏月事結束後，四爺就再也沒進過她的屋。

李氏這麼囂張霸道，早晚會露出馬腳的，她不必著急。

胤禛這段日子除了去李薇處就是到四福晉那裡，福晉待他更加恭敬，胤禛都懷疑要是能把他放在蓮花座上，福晉都願意去上香磕頭了。被人捧到極致總是舒服的，他開始喜歡留在福晉這裡，不像之前好似在完成功課一般。

宋氏從福晉那邊搬走了，福晉還把葫蘆也給了她。宋氏像是沒什麼反應似地搬走，對小格格也沒有留戀。但聽葫蘆說搬到小院後，宋格格倒是消瘦了些，夜裡也時常睡不著，平時針線做的都是小格格的東西。

福嬤嬤也明白上次被福晉冷遇是她多話的緣故，可總在屋裡閒著，怕時間久了福晉真忘了她，她的日子就難過了。所以平時就算沒事也總往福晉跟前湊，打個簾子端個茶，她都樂意去做。她這把老骨頭伺候人是比不上年輕的小姑娘，但論閱歷和看人，年輕的小丫頭拍馬也追不上她，不然福晉以前也不會那麼倚重她，以至於她失了分寸。

後院之事，元英也想能有個人商量，她也沒提四爺懷疑她的事，思來想去也就是之前在宮裡時頒金節發賞的事擺了李氏一道。

可能因為這個，叫四爺覺得她想擺布李氏和宋氏。現在宋氏又被她收服了，李氏既得他的寵愛自然是她的眼中釘，四爺這才想護著她，何況李氏現在又有喜了。

元英想了一圈，自覺想明白了。見福嬤嬤關心她，只是道武氏失寵已久，怕她心懷怨恨，她平時又愛去李氏那裡，萬一她一個想不開害了李氏，她這個當福晉的也要擔責任的。

福嬤嬤卻道：「福晉，以老奴看，武格格絕不敢碰李格格一根手指。」

元英不解，福嬤嬤這話太肯定了，理由何在？

福嬤嬤道：「武格格無寵愛，又沒孩子。院子裡她總要巴著一個才能站住腳跟。」

這下元英更不解了，她道：「她要巴結人，上面有我，有宋氏、有小格格，再不然還有四爺。她選李氏，難道是想讓李氏推她去伺候四爺？」

在元英看來，李氏其實是很不適合武氏巴結的，有她在，四爺能看到武氏？

福嬤嬤見四福晉是真沒明白，只好再細說：「福晉這裡早有宋格格，武氏再來只怕要屈居宋氏之下。她要是選宋格格，兩人一樣無寵，自然不如李格格身邊無人又有寵更好。」

元英突然靈光一閃，她想到了一個可能。

是四爺。

早在武氏依附李氏前，李氏還沒有身孕。她是福晉，宋氏已經懷了孩子，四爺如果在那時就打定主意讓她來照顧宋氏和孩子，就不得不為只有寵愛的李格格考慮，所以，他在之後再也沒進過武格格的屋子，他要武氏無寵，無所倚靠，為了生活去依附李氏。

出神的元英沒聽到福嬤嬤後面的話，等她回神看到福嬤嬤擔心的眼神，道：「沒事……」只是想感歎一下。她有種豁然開朗的感覺。像是自己走了一百步，回頭看才發現，同行的人在三十步的時候已經算到了一百步之後的事。

福嬤嬤聽她道：「我之前想岔了。」福嬤嬤不解，卻不敢問，明顯福晉這是想到別的事了。元英以前就覺得奇怪，沒有武氏前，從不見李氏嫉妒她和宋氏。四爺也不是會聽信別人背後一面之詞的，所以四爺不再進武氏的屋，她一直想不通是為什麼，懷疑李氏也是因為想不到其他理由了。現在既發現是四爺的盤算，又知道不是李氏搞鬼，她竟然有些安心。一為看清四爺的一招半式，二為沒看錯李氏的為人，她要真是背地奸滑，連武氏都容不下，那她怎麼能放心？

等再見到四爺，元英總是忍不住對著四爺那張臉暗地裡感嘆，沒想到這麼嚴肅的人居然也有替寵愛的人操心的時候。發現四爺更有人情味的一面，讓她突然更有信心了。

相較而論，她當然更願意四爺是個心軟的人，他對別人心軟，就有對她心軟的一天。

元英卯足了勁照顧宋氏的小格格和李氏，想方設法從四爺這裡刷好感。胤禛最近常來正院，看到這些後，對福晉的評價也越來越好。

終於有一天，他在書房想著開庫房賞兩位侍讀學士的時候，破天荒賞了福晉，然後才賞了宋氏和李氏。

後院裡一片喜氣洋洋，只有武氏沒得著賞。伺候她的丫頭也是從宮裡帶出來的，先聽說四爺開了前院庫房賞福晉，之後又賞生了小格格的宋氏和懷著孩子的李氏，幾個丫頭就站在小院門口翹首以盼。盼啊盼，盼得脖子都長了一截也沒見人來。

武氏坐在屋裡，她是既盼著四爺能想起她來，又怕真沒人來再讓後院的人看她丟臉。心中忐忑不安，一直坐到屋裡要點燈了，貼身丫頭才戰戰兢兢地進來。

這時，武氏反倒放鬆了，像是終於認了命，她笑著跟丫頭商量：「妳以後叫玉指吧？」以前叫松枝的丫頭愣了下，連忙跪下應道：「奴婢聽格格的。」

武氏把四個丫頭都叫進來。松枝改成了玉指，香奴改成了玉奴。

都在後院裡住著，人人都知道李格格那裡的丫頭都是玉字打頭。四個丫頭面面相覷，不明白武格格這是想幹什麼。

第二天，武格格就帶著改過名的玉指去了李薇的小院。

李薇對武氏過來並不反感，玉瓶她們雖然也會陪她玩遊戲，可大概是身分地位不同，武氏雖然有巴結她的意思，可表面上兩人還是平等的，說話聊天時也比玉瓶她們更放得開。

倒是玉瓶挺不喜歡武格格。剛開始就把武氏幾個丫頭全改名的事告訴她了，李薇不解道：「她改丫頭的名是為了我？」要不要這麼王八之氣側漏啊？

玉瓶不屑道：「想巴結格格唄。」

「被巴結」的李薇有些小小地受寵若驚，但跟著就擔心了，禮下於人必有所求。

玉瓶看著李薇臉色不對，替她說道：「大概是看您現在懷著孩子沒辦法伺候阿哥爺，想替您分憂吧？」

「不可能！」李薇斬釘截鐵道。

玉瓶剛想說怎麼不可能，就回過味兒來：「格格不肯？為什麼啊？您平常不是盼著四爺多去福晉那裡嗎？」她以為李薇在得知武格格的企圖後，應該會立刻替她牽線搭橋。她說這個的本意是讓李薇多吊一陣武格格的胃口，別那麼輕易就如了她的意，也好收服武格格當個幫手。

正院那裡，福晉可是早就跟宋氏連成一條線了，她們格格總不能單打獨鬥吧？

玉瓶不明白，李薇看白癡一樣看她，道：「她能跟福晉比嗎？根本就不是一回事。」

她盼著四爺多去福晉那裡，為的是自己的安全，降低獨寵的危險。福晉身分地位都高於她，她才會順從她。武格格跟她比可是平級，甚至還低於她，那她有什麼理由讓出一部分的四爺？又不是腦殘。

她吃羊肉上火拒寵，從一開始就是出於生命安全的考慮，不是道德帝附身認為福晉跟四爺是夫妻她就要退避三舍。

這完全是兩碼事。

這就跟現代的公司一樣，你突然得到一筆大生意，分紅收到手軟。你去找主管的領導說經理這好事分您一半，咱倆五五分！這很正常，這叫主動進步跟領導保持高度一致。

然後你再去找辦公室裡一個業績不好的新人，說有好事你也來，我再分你兩成。外人會說你什麼？聖母，愛護後輩，嫌錢咬手，神經病，要升職當主管經理了，請任選其一。

李薇目前顯然不打算升職，那其他幾種她也不想認領。

玉瓶見說不動她就不再費勁。其實她也不樂意把四爺分出去，憑什麼啊？四爺明擺著是來看我們格格的！

可胤禛有些為難了。他在李薇這裡看到了很多次武氏，以為她們兩個終於聯合到一起，後院裡的形勢已經慢慢照他期望的發展了，現在就等李薇把他往武氏那邊一推，就大功告成。

這樣武氏會承李薇的人情，他也不必再繼續冷落武氏，皆大歡喜。

可李薇能留武氏一起用晚膳，卻從來不開口讓他跟武氏一起走，或者客氣一句「我身體不方便，四爺就請妹妹多照顧一下了」。

他為了李薇的面子，不能在她的地盤公然跟另一個格格走，可他怎麼都等不到李薇客氣一下。直到他又可以進宮了，李薇都沒表示過一次。

晚上，兩人躺在帳裡純潔地睡覺。

胤禛回想起這段時間三人一起用膳的詭異情景，突然發笑，捏著李薇的手歎道：「妳啊，真是個小氣鬼。」就這麼想霸著爺嗎？

從李薇這裡是等不到她遞臺階了，胤禛只好自己找臺階下。開了庫房給武格格賞了幾匹衣料，說是李薇看到她衣裳還是舊年的料子，特意替她求的。

拾之章

賑災風雲

宮裡太子也終於求著康熙爺鬆了口。太子道弟弟們閉門讀書也有段時間了，皇阿瑪若是沒空，不如先讓他把兄弟們喊進宮來考一考：「兒臣先替他們緊一緊弦，免得在皇阿瑪面前出醜。」

康熙爺笑道：「知道你心疼弟弟們，這是打算向他們透題啊。」

康熙爺和太子每日都會在一起讀書，要考三個阿哥，只能是從最近常讀的幾本書裡挑題目。太子笑道：「兒臣是打算先把皇阿瑪最近給兒臣出的幾道題拿給他們做一做，讓皇阿瑪見笑了。」

康熙爺很欣慰，道：「你們兄弟要好，這樣很不錯。」

所以，太子提前一天通知，第二天閉門讀書的三個人就趕緊進宮。太子拿出了五道題，讓大家都來試試看，侍讀學士們和師傅都幫著三個阿哥翻書，擬作。略小的幾位阿哥中，八阿哥寫得最像樣，被太子夾在三位阿哥的卷中一起帶回去。

讀書時，康熙爺問道：「今天你不是給他們出題了？答得如何？拿來朕看。」

太子送上去，道：「出了五道，今天只做了一道。剩下的兒臣讓他們回去再做。這一張是八弟的，我看做得不比五弟差。」

康熙爺就笑了，一邊拿起來一邊道：「跟老五比？我都不想難為他。只是他們三個一起進宮，若是只留他一個不罰，怕他反而會胡思亂想。」說完，凝神看八阿哥的答卷。

題目是《齊民要術》中的一句話：蓋神農為耒耜，以利天下；堯命四子，敬授民時；舜命后稷，食為政首；禹制土田，萬國作乂；殷周之盛，詩書所述，要在安民，富而教之。

最近快到夏季的汛期，康熙爺天天發愁的就是河南一帶的黃河氾濫。可以說是年年治，年年澇，年年都不好。太子跟著康熙爺讀書，深知康熙爺憂心的是什麼。這道題雖淺顯，包括八阿哥在內的四人答得倒是都挺跳躍的。

三爺文中所述是認為要發展農業，最要緊的是先進知識的傳播，為了傳播先進的農業知識，要先讓百姓都去讀書，開啟民智。

康熙爺心道：道理雖然對，就是拔得太高了，不實際。四爺比較務實一點，他認為發展農業，就是要讓百姓都安心務農。減輕徭役和賦稅是一方面，令皇命能有效地上傳下達才是最重要的。

康熙爺看著不免點頭，老四是個實幹的。然後他就把這一份卷子給太子，讓他細看。五爺是完全照本宣科，他把這道題先籠統地解釋了一遍，然後再逐句解釋。看著寫了一大篇，康熙爺不過匆匆掃了一眼就放下了，笑道：「這老五……唉，也不知是難為他還是難為朕。」

八阿哥跳躍得更有趣一點。他以《晏子春秋・雜下之十》「嬰聞之：橘生淮南則為橘，生於淮北則為枳，葉徒相似，其實味不同。所以然者何？水土異也。」為引，說明發展農業不能照本宣科，要考慮到當地的環境和人口數量等問題。

只有考慮得更周全了，農業才會真正地發展起來。如果所有的事都照著一個標準去強迫大家執行，那原本種水稻的地種上旱稻，辛苦一年也只會顆粒無收。

康熙爺拿著八阿哥這篇和四爺的放在一起，道：「老四和老八倒是能放在一起用。」太子瞧了瞧，把四爺的放在第一位，八阿哥第二，三爺第三。對著康熙爺笑道：「皇阿瑪，若兒臣有生之年能完成其中的一半就知足了。」

康熙爺道：「大清萬萬年，咱們做不了的，就留給兒孫去做。能開個好頭也是不錯的。」太子稱是，康熙爺又道：「我看，就讓老三、老四和老八多去你那裡學一學，你也帶帶他們。馬上就到夏汛了，也讓他們見識見識，你也可以多幾個幫手。」

太子領訓，出來後就派人到阿哥所和弟弟們的府上傳信，接到消息的都很激動。八阿哥送走太子派來的人後，在阿哥所的屋子裡跟驢拉磨似地來回轉了好幾圈，這是個機會！他一定要把握住！

胤禛也是一樣。對他們來說，從小在宮裡看著萬歲爺對太子是那麼讚賞，久而久之，他們不自覺地就開始向太子看齊，從三爺往下一直到八阿哥，就沒一個打算向胤禔學習，全奔著太子去了。

兩位侍讀學士已經回家了，他找了半天的書想深挖一下關於《齊民要術》上的東西，可惜他年紀眼界都有限，書看了一會兒就覺得只是紙上談兵，空洞得很。要不要去外面請幾位先生回來？還是雇幾個擅長錢糧的幕賓？

他思量再三，決定從外面的名幕中選幾個回來。這件事非常重要，必須儘快，只是他剛出宮沒有什麼人脈，如果貿然請託走漏風聲，可能會引來非議，只能私底下暗中尋訪。

在宮裡覺得出宮了就一切都好了，等真出來了，才發現自己什麼都沒準備好。胤禛在書房想得腦袋疼，抬腿去小院看李薇。

胤禛剛走到小院外面，就聞到酸梅湯的香氣。他一聞就覺得口舌生津，渾身的暑氣都散了一半。屋裡只在堂屋放了一座冰山。李薇坐在西廂房，與堂屋只有一道多寶槅隔開，涼氣緩緩擴散開來，既降低了溫度，又不會讓正懷孕的她著涼。

「爺。」李薇站起來迎接，上次四爺就說過免了她的禮，免得蹲福時傷到肚子。雖然李薇覺得她行禮的姿勢非常曼妙優雅，很有女人味兒，也只能暫時先聽他的。

胤禛讓她坐下，自己到屏風後換了身衣服。只是從書房走到小院這麼兩步路就出了一身的汗，他本來就火旺，天氣這麼熱又這麼曬，他剛進來時臉都是紅的，額頭上黃豆大的汗不停地往下淌。

他出來後就看到堂屋的冰山挪到屋裡來了，就擺在他身後的案上。李薇讓他坐下，讓人從冰山後對著他搧風，沁人心脾的涼意從背上撲來，他身上的熱氣很快散了。

沒那麼熱了，他的心情也變好了。這才看到李薇面前擺滿各色的水果，有切成塊的西瓜、香瓜、蘋果，只有貢品才有的哈密瓜和馬奶葡萄，還有荔枝、草莓和櫻桃。李薇手裡捧著一碗酸奶，裡面拌著水果塊，吃得香甜。

李薇有身孕後供應好，她又敞開了吃，現在已經吃成了一張小圓臉，皮膚滋潤得白裡透紅。現在她這麼享受的樣子，連胤禛都想讚一聲，楊妃之美能消磨掉一代帝王的意志，大概就是讓人不由自主地隨著她沉溺於享受之中。不過他本來就是到後院來享受放鬆的，在這裡就不求意志堅定了。

李薇還道：「今年天熱，水果都特別甜。」

胤禛不用銀筷，伸手捏了一顆草莓嘗了，點頭輕歎道：「確實很甜。只怕又要早了。」

見李薇吃得香，胤禛也要了一碗酸奶吃。劉寶泉見這段時間李薇不叫書房的膳，知道她是小心謹慎，可他要抱她的大腿，所以反而主動伺候，有點兒什麼就悄悄叫趙全保帶回去。一來二去，李薇算是知道從以前在阿哥所就是劉寶泉照顧她，對他就多了一份熟悉感。

炕桌上的水果除了西瓜，李薇幾乎都吃光了。胤禛見此，乾脆自己把西瓜吃了，道：「西瓜略寒涼，妳以後還是少吃。」一扭頭就對玉瓶交代道：「以後妳主子這裡就不要上西瓜了。」

撤下炕桌，胤禛洗淨西瓜的甜汁後，靠在隱囊上道：「上次妳說要做漢人女子的衣裙穿，一忙起來爺也忘了。趁著要做夏裝了，爺給福晉說了，撥兩個針線嬤嬤到妳這裡來。」

李薇不敢湊太近怕他覺得熱，靠在半臂遠的地方，手裡拿著團扇慢慢地往他那邊搧風，道：「我這邊一個也夠用了。福晉那裡才用兩個呢。」

這還是柳嬤嬤告訴她的，福晉那裡用兩個針線嬤嬤並四個小丫頭，要做福晉和小格格兩人的衣服。宋格格和武格格都是量好了後由針線嬤嬤帶回去做。

李薇一聽就明白了，像福晉和她這樣，相當於私人訂製，針線嬤嬤在身邊有要求可以隨時提。宋、武兩位大概就是成衣鋪子，量個尺寸選個花樣衣料就完。

更別提還給了她兩個嬤嬤，但李薇也不敢全不要，被寵愛很爽好嗎？只是不想太特殊，有一點點特別就行，於是她打算只留一個。

胤禛道：「兩個嬤嬤，一個是專做漢衣的。」說完看著她，一臉「我等妳選」的表情。

李薇傻了，一個專做漢衣，另一個肯定是做旗裝的，怪不得是兩個，這讓她怎麼選？四爺想看她穿漢裝，還期待了很久呢。旗裝是必需的，她又不能一整個夏天都不出門。

看她為難，他覺得很好玩，安然高臥也不催她，還時不時地加一句「妳長得小，穿漢人女子的裙子肯定好看」、「讓她們一起做也能省些工夫」。

最後，李薇受著四爺好整以暇的眼神不好意思道：「都聽爺的。」

兩個就兩個吧，反正引人注意也不是頭一回了，蝨多了不咬，債多了不愁，在能享受的時候還是盡情享受吧。

看她點頭，胤禛這才不逗她了，頭湊過去小聲道：「正好，爺也打算做幾套漢人衣裳，到時就借妳的光一起做了。」

他故意的！她虎氣靈靈的眼睛瞪起來，卻半句話不敢說，讓他得意又好玩地呵呵笑起來。

後面兩人玩起遊戲來。下圍棋，四爺完虐李薇。下象棋，繼續虐。李薇輸得眼都直了，他倒是贏得很爽，心情好時不時地笑一笑。

「我對棋類不在行。」李薇輸得太慘太沒面子，不得已這麼解釋道。

胤禛也不想一直玩一面倒的遊戲，喊人拿來骰子，兩人賭大小。可惜骰子之前由趙全保等人做了手腳，就是為了陪格格玩的時候能哄得格格贏錢開心。胤禛一上手就覺出來了，李薇雖然知道骰子有手腳，可她不會用，照樣被贏了個底掉，連自己手上的鐲子都輸出去了，把四爺樂得哈哈大笑。

他還真的把李薇輸的銀子裝進荷包裡，鐲子也從她手上捋下來，拿手帕包了放進懷裡。

李薇一直以為他是鬧著玩的！見他真的把東西拿走有些傻眼，四爺就盯著她看，又笑了一場。

一直玩到該叫晚膳了才停下。後面李薇開始作怪，總是拿自己的珠花頭釵當籌碼，都是女人的東西，看他帶回書房要怎麼放。

胤禛也看出來了，照單全收。玉瓶把李薇的一個妝匣抱來，放在她身邊，一輪輸了就見她隨手在妝匣裡抓兩個拿出來，到結束時妝匣都空了一半。

「蘇培盛，去給你家爺拿個盒子過來，謝李主子的賞。」胤禛推開骰子，笑道。

蘇培盛早喊人去拿過來了，此時捧上來，是個長、寬、高皆為一尺半的黃楊木的小箱子，上面雕著一隻口中含著寶珠的蟾。四爺將贏來的珠花等物全放進去，笑咪咪地讓蘇培盛送走。李薇這下真好奇了，去堂屋時挽著他的手道：「爺，你要那些珠花有什麼用啊？」

以四爺的深沉，必定不會做無用的事吧？可這些東西好像也不值多少錢。

她想不通。誰知四爺點點她的下巴，道：「贏來的東西自然就歸我了，怎麼能不要呢？」

所以他只是在耍她是吧？

玩得挺暢快的四爺胃口也好，劉寶泉送上來的一道蒸槐花讓他全吃光了。這還是上次李薇想吃香椿，等忙完一切後香椿已經下去了。玉瓶記得給趙全保提了，讓他想辦法，劉寶泉知道後就上了這道蒸槐花。

誰知，端上來她沒吃兩口，全讓四爺包了，可見他很喜歡這個，吃完又歎道：「鄉野之中真是樣樣都可當菜當飯，也是難為他們了。」

今天來了以後，四爺這是歎第二次了。傻子也看出他現在肯定是有為難的事。但李薇對農業一竅不通，曾經想蘇個遍的時候也找過《齊民要術》一類的書看，看後覺得自己還是不要在人前露怯了。

所以這次她又沒接話。四爺卻有心情要跟她聊聊，主動問她：「最近夏汛，妳在家時，可聽過什麼沒有？」

這個倒是能說，李薇道：「有幾件。比如家裡買人雇農，多數是在難民中雇，因為爺他們要比平常買人便宜三分之一，有時會便宜一半。還有，每年秋天，家裡都會買很多糧食囤起來，城外的田裡，如果河南山東等地又旱了或者澇了，黃河又發水了，阿瑪和額娘都會讓雇農把田地圍起來，挖地窖藏糧食，還會在糧倉和房子周圍弄籬笆，養狗，免得難民搶奪糧食，傷人毀屋。」

看四爺的臉色漸漸沉重起來，李薇接著說：「剛進府的時候，莊嬤嬤送來的四個人聽說就是去年河南逃難過來的。」

「是嗎……」胤禛嘆氣，「有天災難民就會往外逃，等天災過去後，回流的難民不足十分之一。多數青壯年都在異地安家，長久下去，耕民流失會變成一個大問題，想到這裡，胤禛借她這裡的書房，把剛才想到的趕緊寫下來。李薇在旁邊給他磨墨，看到幾句心想，難道四爺現在已經進戶部辦差要查虧空了？她在這邊開腦洞，他寫完見她眼神放空，順手用毛筆在她下巴點了一下，見她沒反應，又在右邊臉頰上畫了個圈。

見她還沒反應，他只好無奈地喊人打水給她洗臉。

不提玉瓶進來後是什麼表情，李薇是用手巾抹了臉才看到手巾上漆黑一片，嚇得大叫，跟著就在四爺的狂笑裡反應過來，最後四爺親手替她抹乾淨。

抹臉的時候，四爺又是笑得見牙不見眼。

李薇自覺寬大地想，今天四爺真是「童心未泯」啊！

太子開始帶著三個兄弟讀書，萬歲爺給太子開的書單相當繁雜，僅夏汛一項就有不少是宮中藏書，還有很多是從前朝官邸中搜出的關於治黃河的奏疏，這些都是不外傳的。

胤禛三人以前可從來沒看過這些蓋著前朝玉璽的明黃奏摺，上面還有前朝太監的朱批。

「這是皇阿瑪御筆批過才能搬來的，你們在這裡看就好，不能謄抄，那邊有紙筆可以摘要。」太子道。這些東西都很有價值，畢竟滿清入關還不到一百年，對這個中原大地還非常陌生，他們學了漢人的文字，任用漢人的官員，連官制、風俗都在朝漢人學習，治國也是一樣。

現在朝中哪怕稍稍懷念前朝都會引來殺身之禍。三人雖然也是龍子鳳孫，卻更加不敢越雷池一步，何況他們一直以來聽到的都是滿清萬歲萬歲萬萬歲，居然在太子這裡看到一堆前明的奏摺，萬歲爺還叫太子學，太子還要精研細讀做功課。

結果手中捧著前朝的奏摺，打開後墨字如新，保存得極好，字都認識卻半天一句都沒看進去，個個都有些魂不守舍。

三爺先放下手中的紙筆出去轉了一圈，八阿哥是站起來面壁了約有一刻鐘才冷靜下來，胤禛給所有人都磨了一大池的墨。

太子正寫著字，胤禛站在他書桌一側，勻速轉著手腕磨墨。太子寫完一筆再蘸時，看到墨池裡都快漫出來了，笑道：「行了、行了，老四。」

他這才回過神，趕緊放下墨錠請罪。

太子扶了他一把，笑道：「你這性子倒是不錯，發呆也不誤幹活。」

胤禛道：「弟弟手裡不幹點兒什麼，反而更不容易靜下來。」

「那如今可靜下來了？」太子敲敲放在一旁的一疊明黃奏摺。

胤禛看過去，恭敬道：「臣弟已經靜下來了。」

太子隨手拿起三五本擺在他面前，道：「那去吧。前朝綿延二百七十六年。」他拍拍奏摺，「這裡面有很多經驗，你拿去好好看看，一字一句都要吃透。」

拿起奏摺時，胤禛從沒這麼確定這是漢人的江山。

他們現在所做的，就是學習漢人是怎麼治理這如畫江山的，這讓早習慣大清朝一統江山千秋萬代的他有些不舒服，好像被人當頭打了一棒。但跟著就生出萬丈豪情來，前朝皇帝丟了他的江山，滿人入關是承天授命，萬民所向。

自我激勵一番後，再翻開奏摺就沒那麼激動了。

胤禛開始摘錄時，八阿哥也面壁結束，他目光炯炯有神，坐下後也是一言不發，埋頭抄錄。三爺也散步結束了。太子坐在上首，看著下面的三個兄弟都一臉嚴肅，欣慰地笑了。

想當年他第一次看到皇阿瑪拿出前朝奏摺看時，也是吃驚了很久。皇阿瑪告訴他，滿人出身草原，那裡跟漢人的江山是完全不同的地方。

「如果不學習漢人怎麼治理他們的江山，只是打下來是沒有用的，我們早晚會讓漢人給趕回草原去。」皇阿瑪神色複雜地輕輕撫摸著奏摺的明黃封皮。

滿人太少，漢人太多。太子從那時起，就覺得好像有無數的漢人在他們滿人的背後虎視眈眈，時刻等著找機會把他們打回草原。這江山打起來容易，坐起來卻很難。

中時過半用了點心，趕在晚膳前，太子送三爺和胤禛出宮，八阿哥還沒建府倒是可以多留一陣。

三爺與胤禛走到岔道口揮手作別，然後各自回府。

胤禛帶著隨從縱馬疾馳，周圍避讓的行人多是滿人，內城中漢人還是不多的。以前他從未想過漢人和滿人人口多寡的問題，但現在想一想，這內城中有多少滿人？而城外又有多少漢人呢？他竟然覺得背上漸漸發寒。

回到府內，書房裡還擺著昨日他看的書。胤禛換過衣服後，給昨日沒看完的幾本書裡夾上書籤放到一邊，從書架上拿下近幾年的邸報坐下細細翻看。以往他不過是匆匆翻過，關注的也是各家族在邸報中的勢力分布，比如佟佳氏和各旗主王爺等。

這次他從州縣等地看起，邊看邊拿過旁邊的紙筆進行抄錄。一忙起來就忘了時間。蘇培盛在太子那裡時是在殿外伺候的，並不清楚裡面發生了什麼，但四爺不用膳就是他的責任了。他猶豫半天，看著四爺合上一本，將要去拿下一本時，上前插嘴道：「爺，您昨日說要去李主子那裡用晚膳的……現在……」

胤禛愣了下，見外面天都黑了，再看一旁的西洋座鐘，上面的指標已經快指向八點了，可邸報還沒看完……他問道：「她用了嗎？」

蘇培盛道：「剛才奴才使人去看過，李主子還沒叫膳。」停了停，道：「李主子喊人準備的是牛肉滷的撈麵。」

四爺在宮裡時就很喜歡吃麵，尤其喜歡各式冷拌菜的撈麵，果然聽蘇培盛這麼一說，胤禛就想起牛肉清湯和濃濃的牛肉滷，裡面放著黑木耳和黃瓜粒，湯鮮味美，料足香濃。他從酉時起就什麼都沒吃，想不起來時還好，這會兒想起來了就覺得胃都快餓穿了。

蘇培盛一直小心等著，見四爺不去拿奏摺，而是站起來吩咐了聲：「去你李主子那裡吧。」他才鬆了口氣，趕緊叫人點燈籠。

從屋裡走到院子裡才聽到滿院的蟲鳴，人和燈籠一靠近就消失了。胤禛想起小時候和小太監在宮裡的角落裡掀開地磚石板找西瓜蟲的事。剛把西瓜蟲捏起來，牠就團成一個圓球，殼很硬，花紋卻不像西瓜，他還問過伺候他的小太監為什麼叫西瓜蟲，小太監也不知道，只好答：「奴才打小就知道牠叫西瓜蟲，人人都這麼叫……」

人人都這麼叫，也就不管牠團起來到底像不像西瓜了。

等漢人也習慣滿人的統治後，他們也不會管什麼漢人、滿人的分別了。胤禛腳下輕快了一兩分。

小院裡，蘇培盛已經提前讓人通知過。雖然四爺沒來，李薇沒用膳但嘴也一直沒停，玉瓶擔心她一會兒吃不下麵，悄悄把送來的麵中，李薇的那一碗下面埋了很多的菜，麵挑掉了一半。

四爺很快到了，沒有廢話，李薇略說了兩句就請他去用膳。

桌上東西並不多，兩人面前各有一碗牛肉清湯，喝了幾口麵就上來了。配料是在下面放好的，配麵的小菜都用小碟擺在兩人面前。四爺喜歡什麼口味就一直不會變，還是松花蛋加蒜汁，再澆一勺牛肉滷，配著糖蒜很快就一碗下肚了。

李薇一挑麵就知道麵少了，她是加辣油、花椒油、蒜汁，配滷小牛肉，麵沒吃完，粉紅色的牛肉薄片讓她吃了快一盤子了。看四爺今天吃飯吃得很快也很專心，李薇就沒說話，兩人快速又高效率地吃過晚飯，四爺幹掉了四碗麵。自從上次他一口氣吃了八碗後，就一直控制自己從不超過五碗的量。李薇麵沒多吃，切得跟桃花瓣似的滷牛肉幹掉了兩盤。

兩人都吃得很滿足。胤禛本來是想過來吃個晚膳然後回書房繼續奮鬥的，但吃飽後太舒服，渾身懶洋洋不想動，停了兩刻鐘，眼看快到九點了，李薇喊人燒水搬浴桶，四爺今天出門騎馬了，肯定要洗澡的。

等泡過澡換了寬鬆睡袍的胤禛進臥室時，已經一點兒都想不起書房了。畢竟明天又是天不亮就要起，這個時間睡已經有些晚了。

今天精神算是受到了小衝擊，他躺下後陷入深思。他想李氏家是漢軍旗，根上是漢人，觀她平時表現卻是滿人作風，牛羊肉頓頓不落，比他這個真正的滿人吃得還兇。

四爺突然發問：「妳在家的時候是什麼樣的？」

這個問題太寬泛了，李薇理所當然地理解成四爺想要瞭解不認識的她，哎喲好感動！決定小小地捧一下自己的李薇，開始誇她在李家時是如何賢良淑德、友愛弟妹、孝敬父母祖父母伯父姨媽等一系列長輩，連鄰居都流傳著她的傳說。

讓本來打算側面瞭解下漢人的胤禛窘了，又不好打斷她，聽著聽著就笑了。

李薇還在說：「跟我家住一條街的大娘大媽們都很喜歡我喔，特別喜歡讓她們家的女孩跟我玩。」當時真幸福啊，她穿什麼裙子、梳什麼頭都立刻有人學，簡直是蘇的極致境界。雖然她沒開店做生意什麼的，那太顯眼了，但傾倒一條街也是很美好的人生經歷啊！

說著她就去看四爺，見他笑得好像在笑她傻就……慢慢不說了。

四爺還問：「怎麼不說了？」他鉤起她的一條小辮，把她拉過來，道：「我還不知道妳在家過得這麼開心呢，進宮後就沒這麼開心了吧？」聽她說的，在家裡時整條街的女孩都是她的手帕交，天天熱熱鬧鬧的，在宮裡倒是從來不見她特別熱衷交際，也就以前跟宋氏好過一陣，後來福晉進門後就沒有了。武氏天天來找她，也不見她們多交好。

——這倒沒有，四爺你一個頂一百個！

李薇搖搖頭，順著他的手勁跟他躺在一個枕頭上，沒敢靠過去，這種天氣兩人貼一起太熱。四爺本來就體溫高，她懷孕後好像也有點兒體溫高，兩個火爐湊一起，又該出汗了。

「有您在，能伺候您，就比什麼都強。」這是真心話。四爺就是她的億萬大獎，不是頭上掉鐵餅的機率一般都碰不上的，普通平民誰能沒事走街上撞一個王子還能嫁給他？按理她是小妾，可李薇是當自己嫁給他的。

胤禛在她唇上輕輕親了下，他也嫌熱，沒擁抱只是湊過來親了口。他親完，她追過去反親了下，還啵了一聲。

「調皮。」胤禛在她屁股上拍了下，按住揉了揉，突然冒出一句，「比以前有肉了。」

呸。

李薇被調戲得很想反摸回去，無奈不敢，心道等孩子生完能那個了，非摸一下四爺的龍屁不可，趁著混亂應該不會被發現吧？

她腦補得很樂，胤禛繼續給她輕輕拍背，道：「睡吧。」她應了聲，翻回去，一秒入睡。

留下胤禛背對她，手上還留著那厚實軟綿又彈力十足的感覺，他虛抓兩下，無奈放下手，開始背經書催眠。

很快，夏汛到了。黃河氾濫，數個州縣受害，良田被淹，無數農戶家破人亡，這個消息被八百里加急送到康熙的案頭。

首要就是安置流民，下令河南到京城沿途所有州府設置棚戶安置流民，設粥棚，發饅頭，還要施藥避免疫病流行。

朝中也開始吵起來，有人認為不能讓流民入城，萬一流民潮中發生疫病，入城就會把疫病帶入城中，這一點也是很多人擔心的，所以有的州府把安置流民的棚戶設在城外，在那裡設粥棚和藥棚。

康熙爺先下旨減賦，免了發生重災的幾個州縣三年的錢糧。三爺和胤禛被太子帶去聽朝，回來後道：「今年的災並不大，實在是不幸中的萬幸。」

三爺還沒說話，胤禛先面露不解，聽說流民有近十萬人，涉災州縣有四個，難道這還不算大？

太子見他的神色，就道：「你回去翻一下去年的邸報，我記得去年免了六十九個州縣的賦稅，過年時皇阿瑪還讓宮裡祈福。」

胤禛想起來了，那段時間特別流行抄經，福晉那段時間一天兩卷經，後來都供到了永和宮的小佛堂。

回到府裡後，胤禛到正院對福晉說：「如今遭了災，咱們離得遠也顧不上什麼，不如就在家裡設一個小佛堂，早晚上香吧。」

元英應下，當天就選定一個院子，略微修整後請了尊佛進去，再讓兩個丫頭換上緇衣，住在小院裡看守香燭，添加香油。

李薇也聽說了，小院裡去年家鄉遭災被賣進來的四人都是一臉的悲苦，全福晚上還做噩夢哭鬧。以前遇到這種事都要捐錢捐物，李薇就讓玉瓶去問莊嬤嬤，府裡施不施粥，她捐些銀子出來。

玉瓶聽了這話就想笑，解釋道：「格格，流民進不來內城，咱們府裡也不施粥，他們根本進不了京。」

李薇不解，以前李家逢到災年都會做些饅頭和餅送到附近的廟門口去施捨，難道那都不是災民？

玉瓶在宮裡，知道的比她多，「我記得距京八十里就不許流民靠近了。」各州府都會攔人的，怎麼可能讓流民衝擊內城，駐紮在京郊大營的大軍又不是吃素的。

她看李薇有些失望，就給她出主意道：「聽說福晉要在院子裡建個小佛堂，格格若是有心，不如去那裡上炷香，替那些可憐人祈福吧。」

燒香？那管什麼用？好不容易成為統治階級，能使把力多救幾個人多好啊！可四爺現在忙得厲害，除了要福晉建小佛堂回後院轉了一圈外，根本就不回來了。再說，李薇從自己的經歷中仔細扒了扒……仔細想想，李薇傻眼了，冥思苦想也沒有什麼有用的……想寫一點兒有用的東西給四爺送去，卻發現空長了個腦子，卻沒有手段，然後什麼都寫不出來，難道只剩去燒香了？

有心無力的李薇坐下發呆，真的不能什麼都不做，這種時候不做點兒什麼，人心根本過不去。她喊玉瓶，把她的銀子收拾一下，看金銀銅錢一共有多少。故事裡動不動就拿出幾千兩銀票是不現實的，她現在就沒用過銀票，在家用銅錢，進四爺的後宮之後貨幣就變成金銀角子了。

玉瓶拿小秤稱了下，道：「金子有十九兩，銀子有一百六十多兩，銅錢還有兩千多。」這還是出宮後換的，在宮裡銅錢只是玩牌時當籌碼，沒用的地方。

她稱完問道：「格格，您要拿銀子幹什麼用？」

李薇道：「我想給四爺送去，看能不能給災區幫上點兒忙。」他是阿哥，肯定是要表現的吧？不留名，把銀子一起用上就行了。

玉瓶一怔，「格格要是有心，不如……送到福晉的小佛堂裡，買些香油燈燭供奉……」

李薇失笑，道：「別開玩笑了，那銀子不白扔了嗎？買點兒實在東西多好啊，吃的喝的，穿的用的，現在那邊缺物缺人手，有錢這兩樣都能買到。我別的不行，給點兒銀子還是行的。」

見玉瓶不動，問她：「怎麼了？」

玉瓶看看周圍無人，跪下小聲道：「格格，這樣不行。福晉都沒動呢，您跳出來算怎麼回事？以前您多小心啊，怎麼這次……」

好像是這樣。這麼一想，李薇也有些拿不准了，要是大家都捐，那她捐了才不起眼。要是大家都不捐，她捐就有些沽名釣譽的意思了。可是遭災了，她能乾看著什麼都不幹嗎？她現在不是平民百姓，四爺是手握權勢的阿哥，她離他那麼近，說不定一句話就能救不少人呢？

能做而不做，良心上過不去。

玉瓶知道李薇心軟，膝行幾步跪到她跟前，搭著她的手道：「我知格格心善，只是……福晉那裡先不說，阿哥那裡要是沒這個意思，您先送上去不是打了阿哥的臉嗎？」

他怎麼可能會沒反應？李薇剛想反問，就想到他是皇阿哥，她只想到他們不管是真心的還是沽名釣譽，總要表現一二。可現在萬歲爺沒動、太子沒動，四爺……估計也不會動。

玉瓶見她遲疑了，馬上再勸道：「格格不如等一等，阿哥那邊要有動靜，肯定福晉那裡會知道的，到時格格再去就行了。」

李薇見玉瓶是真急了，安慰她道：「我明白，銀子的事先放放。」

玉瓶一喜還想再開口，李薇連忙道：「拿去買香油燒香就免了。」

她是絕不可能這麼糟蹋銀子的。

過了幾天，一直不見四爺到後面來，聽說他在前頭忙得連睡覺的工夫都沒有，聽說災情近一步擴大了。

災情擴大後，萬歲爺反而不讓太子等人參與進來，萬歲爺道：「如今外面各地都有天災，朕分身無術，恐怕有段時間顧不上盯著他們了，你是當哥哥的，多去看看他們。」

萬歲爺指的是仍在上書房讀書的一群小阿哥，太子自然是願為君分憂的，道兒臣責無旁貸，皇阿瑪保重龍體，然後就退下，放在毓慶宮的前朝奏摺也搬走了。

太子從萬歲爺那裡回來後，看著空了一大半的桌子有些愣怔，旁邊伺候的宮女和太監全屏息凝神不敢吭聲。

半晌，才聽到太子平靜地說道：「去給三爺、四爺和八阿哥說一聲……算了。」他回到外間榻上坐下飲茶，稍等片刻，外面進來稟報，「殿下，三爺、四爺、八阿哥到了。」

太子放下茶：「請。」

三人進來卻發現太監沒有引他們去書房，而是去了旁邊的小廳。

進去一看，太子正坐在陽光下，旁邊還擺著一碗熱茶，茶香嫋嫋傳來，太子看到他們，微微一笑道：「過來坐。今天小膳房進上的餑餑倒不錯，你們也嘗嘗。」

三人都是在宮中長大的，沒有人去問「今天怎麼不看奏摺」，而是全順從地坐下，一人一碗茶，就著茶吃餑餑。

太子看著三位弟弟都吃完了一個餑餑，才站起來笑道：「走，咱們看看那群小的去。」

沒頭沒腦地進來又出去。離開前，八阿哥不由得回頭望了眼近在咫尺的書房，房門半掩，屋裡黑黑的，只有門前窗邊投射進去的半尺陽光，陽光下的空氣中還浮著灰塵。

一行四人散步般往景陽宮去，路上，太子解釋道：「如今外頭遭災的地方多了，昨天又是一個八百里加急，皇阿瑪一夜沒睡，各位大人也好幾天都是宿在宮裡了。咱們幫不上忙就別添亂了，正好皇阿瑪沒空去盯著那群小的讀書，我就求了這個差事。」

一席話聽在三人的耳中，自然是各有意思，但不管如何，三人都隨著太子的話往下講，三爺笑道：「可不是?沒人盯著，那幾個小的可成了沒籠頭的野馬了。」

胤禛搖頭，道：「別人都還好，就是小十四太皮。」

太子哈哈笑道：「老四啊老四，怪不得小十四一見你就怯。」

八阿哥也湊趣地跟著笑，「正好，上次老九正央求我替他找一冊書，時候一長我也給忘了，今天可不能再賴了。」

景陽宮是康熙二十五年時重修，宮裡的藏書都放在這裡，太子他們當年也常在這裡找書看。

不怕熱的十、十三和十四三個阿哥正在景陽宮前的空地上玩陀螺，小鞭子抽得颼颼響。他們最先看到哥哥們過來，連忙跑過去請安問好。

太子溫言：「今天上午書讀得可認真？有沒有被師傅罵？」

三個小阿哥都道：「認真！認真！師傅還誇呢！」

太子挨個摸了他們的小腦袋，挽起袖子道：「既然這樣，二哥賞你們，來給你們玩個漂亮的！」他接過太監遞來的鞭子，手腕不知怎的一甩，鞭子梢靈巧地一鉤，地上的三個陀螺都像活了一下滴溜溜轉起來，一會兒三個並著橫排，一會兒豎排。

太子還會把它們抽得一個個飛到天上，再挨個落下來，還會繼續轉。

三個小的可少見這麼帥氣的玩法，個個拚命鼓掌捧場，還引得屋裡的幾個阿哥都出來了，圍成了一個小圈看太子表演抽陀螺。

三爺和胤禛站在一旁，三爺道：「太子這一手真是爐火純青，老四，你不成吧？」

胤禛道：「三哥不必說我，要不您上去試試？」

三爺嘿嘿笑，搖著扇子道：「這可難為死你三哥了。」說著仰頭看了下天，舉起摺扇擋住腦袋，道：「這天熱得邪乎兒。」

從那天起，太子就天天跟著小阿哥們一道讀書，先生們上課時他就坐在一邊聽，先生講完了他下去挨個問弟弟們都懂了沒？剛習字的都讓他把著手腕教過字，連八阿哥都被他抓住一回，當著一群小阿哥的面握住手寫了一整張大字，搞得八阿哥第二天就認認真真地交上去五十張大字，之後再也不敢敷衍了事。

三爺和胤禎為了跟太子錯開時間，每天改成辰時才進宮，也一樣陪著弟弟們讀讀書，拉拉弓，用個點心。

朝上倒是忙得不可開交。萬歲爺已經開始減膳，後宮也跟著減用度，京中大臣的府邸自然也要跟宮中看齊。

四爺府上，四福晉也發話要減用度，今年的夏衣就先不做了，但小格格和李氏照舊還做，她們一個是府裡唯一的孩子省不得，一個是揣著肚子也省不得。

李薇等了快半個月，結果就等來一減膳、減用度，這就完了？這也太表面功夫了吧！

玉瓶看她還沒打消念頭，勸她去燒香倒是每天都去，後院裡人人都去，她不去當然不合適。她勸李薇燒燒香，念念佛，盡了心意就行了。

行個鬼！李薇不接受這種虛頭巴腦的東西！

玉瓶道：「主子，我的好主子。您別的不管，總要看看四爺、四福晉是怎麼做的吧？您平時是多懂事、多明理的一個人，怎麼這會兒就拗了呢？」

她真不是拗，她只是不能接受她現在只能用燒香來祈禱世界和平而已，她終於發現自己被關起來了，像是思想被禁錮了，她不被當成一個完整獨立的人。

從宮裡到府裡，四爺給她的天地就是頭頂上四四方方的天，腳下這麼大的一塊地，她連她自己的事都不能做主，不但要聽四爺的，還要聽四福晉的，李薇頓時覺得生無可戀了。

玉瓶看她不再拗了，才剛剛放下心就發現格格變得消沉了。這怎麼成呢？正懷著孩子呢！再說若是四爺過來看到，少不得要給格格安上個怨懟的罪名。

不過最近四爺很忙，應該不會來吧？玉瓶剛祈求四爺千萬別來，閒下來的胤禛就來了，一進門就看出李薇臉色不對，像是悶著股氣。

他掃了眼在屋裡伺候的玉瓶，見這宮女也是面露驚慌之色，擔憂地看著李氏。

兩人攜著手坐下，他掃了眼蘇培盛，他就把玉瓶給扯出去。

蘇培盛一直把玉瓶拉到屋外，道：「往常看妳還算有眼色，怎麼今天就傻站在屋裡呢？沒見四爺要跟妳李主子說說話嗎？」

玉瓶急得跺腳，還不敢露出半句話，只好低頭認錯。

蘇培盛也看出這丫頭只怕是替李格格在瞞什麼，可是阿哥要知道，是能瞞得住的？

在屋裡，胤禛和李薇坐在一起，因天熱兩人沒有靠著，只是拉著手。李薇讓過茶和點心，提了膳房送來的烏梅糕、紅豆沙糕，然後就不吭聲了。

以往她是什麼樣，胤禛最清楚，他也不直接問，握著她的手輕輕地揉，拉到嘴邊輕輕地吻。

不一會兒，李薇自己就憋不住了，有些委屈地看著他。

這是有事想求他？他不由得想最近有什麼事讓她會委屈，跟著就想起她進宮幾年一直沒見過家裡人，現在出宮了，見一見也不費事。

他就道：「想見家裡人了？」

李薇茫然地一愣，他一看，猜錯了，那是什麼事？

這邊李薇已經照著他的話往下說：「是有點兒想，不過最近事情這麼多，天氣又熱，還是等涼快了再見吧。」

四爺忙得不可開交，四福晉又跟她不熟（仇恨值不小），還是先別折騰了。

他「嗯」了聲，捏著她的小下巴，問道：「爺好不容易抽空過來看妳，妳就這麼待爺？」瞧這小臉拉長的。

他一說，李薇的眉就皺起來了，一臉氣哼哼道：「爺，外面遭災了，我想拿點兒銀子出來買點兒東西送過去。」

反正那些每月都能攢下不少的金銀除了打賞就是放在那裡生灰，拿出去支援國家建設還好點兒。

「喔。」胤禛沒想到她會提這個，「妳那點兒銀子還是留著壓箱底吧，外面有人管這個，妳有心就多去小佛堂上幾炷香。」說完再一想，他略愣了愣，問她：「妳怎麼會想這個？」捐銀子給災民？這有點兒異想天開啊！

閨中女子遇上可憐人哭兩聲就給幾兩銀子半匹布，幾萬災民只能讓她們嚇得睡不著覺，能燒香祈福已經算可以了，捐銀子？聞所未聞。

李薇就說以前逢初一、十五、佛誕日，還有災年，他們家都會做一些饅頭送到寺廟門口布施。

「原來如此，李家家風不錯。」四爺滿意地點點頭，李薇趕緊說以為宮裡碰到這種事肯定要做得更多，她人小力微，捐幾十兩銀子表一表心意。

他卻是心中一沉，怎麼？李氏這是想要好名聲了？

他聽到李薇接著說下去：「可……可……說不行。宮裡妃母們都是減膳，咱們家也是減用度，不施粥也不捐銀子……我不想只是燒燒香就算了。」他的臉色變得好可怕！

李薇趕緊往高大上那邊靠。

她說得磕磕巴巴，他卻聽懂了，鬆了口氣後又覺得為難。李氏這是難得的赤子之心，但是萬歲爺已經做出表態了，他心中暗嘆，近日是有大臣提議在災情嚴重的地方允許開官倉賑災，萬歲爺駁了。官倉、官庫和官糧都不能輕易開放，萬一引來流民衝擊官倉，搶奪官糧和庫銀就是抄家殺頭的大罪，到那時牽扯就大了。

一旦對流民用兵鎮壓，朝廷的名聲就壞了。萬歲爺也是舉棋不定，下面的人自然也不敢拍胸脯打包票說不會出事。

逢災年，朱三太子一流就該出來蠱惑無知愚民，所以現在民間都不許官府以外的富戶、寺廟設粥棚，救助災民，聚攬民心。

除此之外，萬歲爺突然讓太子領小阿哥們讀書的事也讓四爺不敢深思，是太子偶然觸怒萬歲爺？還是……每當想到此處，他就覺得不寒而慄。

他摟緊李薇，大熱的天懷裡再坐一個正懷著他的孩子的女人，雖然出了一身汗，他卻好像抱著個沉甸甸的重心，人一下子就踏實多了，他溫柔道：「妳有這個心是好的，不如這樣，我拿去給妳捐了可好？妳想用到哪裡去？」

警報解除好像還刷了好感，李薇放鬆了也高興了，結合她以前瞭解的，災區最缺的應該是食物、水和基礎藥品。

她的銀子少，買什麼都無所謂，要是能啟發下四爺活人無數，那她的功德可就大了。

她喊來玉瓶把早就準備好的小匣子抱出來，遞到四爺手裡，匣子雖小，卻挺墜手，接過來就是一沉。

胤禛沒給蘇培盛，順手放在一邊，又坐下陪李薇聊了一會兒才回書房，臨走前他親手抱著小匣子，道：「晚上我過來陪妳一起用晚膳。」

李薇送到門口，仰著笑臉衝他揮手帕，她真是機智，按讚！

看著四爺走得沒了影子，她轉過來對還是苦著臉的玉瓶道：「這都沒事了，妳還苦著張臉幹麼？我餓了，問膳房看有沒有上次吃的那個柿子餅，餡兒是羊奶的那個，讓他們看著上一盤。」

胤禛回到書房，放下匣子，「咚」一聲匣子擱在桌上，蘇培盛看了一眼，笑道：「聽著聲音倒是沉，主子爺怎麼自己拿了？那還要小的們幹什麼使呢？」

上過茶，胤禛坐下打開匣子，下面是碎金塊，上面是碎銀塊和金銀角子。後院女子拿到手的金銀，多數都打成花生、葫蘆一類的花樣子，讓她們拿著玩的，賞人時也好看。碎金塊、碎銀塊多數是拿攢下來的金銀角子找人熔了，然後放著當私房錢。

這一匣子大概就是李氏的家底了。她雖然是大選出身，可李家家底不厚，她進宮能帶的銀子也有限，他平時賞她，賞的也是衣料玩物多些。

他深深地嘆了口氣，合上匣子推給蘇培盛，道：「好好收起來吧。」

這筆銀子註定是捐不出去的。

晚上，他來小院時就看到李薇和以前一樣的笑臉。她的心事倒是去得快，他有些羨慕地坐下，在書房用了一天的腦子，書沒看幾頁，字沒寫幾張，心事卻越想越多，到現在覺得腦袋都木了。到後院來就什麼都不願意想，放空心神聽李氏說話。

李薇這邊因為她有身孕，所以供應都沒變。減膳也沒減到她這裡來，菜還是由著她叫，可想到四爺晚上過來吃飯，她也沒敢要多少東西。

一道白切雞，涼著吃不熱，一道玉蘭黃瓜蝦仁，也算清淡，一道糖醋排骨，酸甜味很適合夏天吃，還有兩道涼菜，一個拌豬皮，豬皮炸成蜂窩狀後滷的，然後涼拌，一個鹽水花生。

他看這一桌子菜居然沒有辣的，以為是照顧他的口味，就道：「點幾個妳愛吃的。」

李薇笑嘻嘻地讓玉瓶上了一碗炸辣椒，她最近愛上了炸辣椒拌米飯的吃法。一碗米飯拌成了鮮紅色，配上清淡的菜，她很快就吃完一碗，盛第二碗時才發現四爺連半碗都沒下去。

看四爺跟吃藥似地一顆顆挾花生吃，不像是沒胃口，倒像是有心事。

旁邊蘇培盛使眼色使得眼皮都快抽筋了，這位主子也沒發現。他正想著是不是讓玉瓶上去提醒一下，又擔心被四爺覺察，就看到李薇伸手把四爺面前的半碗飯拿起來。

他的眼珠子差點兒掉下來，胤禛也是愣住了：「怎麼了？」他的手蓋住碗。

李薇解釋道：「再上一碗我就吃撐了，我看你也不吃，乾脆我把你這半碗給吃了，再另外下麵條給你吧。」

他才明白她這是勸他吃飯，搖頭道：「不至於。」轉頭看玉瓶，「給妳主子盛碗少點兒的。」跟著他兩三口把剩下的米飯給吞了。

用完膳，他也不打算走了，叫來浴桶泡了個澡。他泡的時候，蘇培盛正在示意玉瓶最好能在一個時辰後再叫一頓點心，主子爺晚上這頓吃得太少。

他的意思是讓玉瓶跟她主子提，好讓李薇再哄四爺吃點兒東西。李薇明白歸明白，也要問問理由，不能一個太監說個什麼她就要照辦，就算他是四爺的貼身太監也不行。

她讓玉瓶把蘇培盛叫來，道：「蘇總管，不是我不聽你的，只是你也要給我交個底。」

蘇培盛為難半天，還是沒說。

他不說，李薇也不細問，她就是表現一下態度：姐不是你能指使的下人，借著四爺的名也沒用，這次姐寬大不跟你計較，下回再這樣，姐不伺候了啊。

至於吃的，她這裡點心多的是，不用蘇培盛說，她現在每晚也都要用宵夜的，一人吃兩人補嘛。

等四爺泡完澡出來，一個寫字，一個讀經，一晃到了八點半，李薇也真餓了，出鮮招要吃鮮肉元宵。

蘇培盛擱下玉瓶，叫人回前院傳信，讓那邊的膳房做。

很快鮮肉元宵就上來了，個頭不大，一碗六個，大夏天的吃元宵，讓胤禛心中哭笑不得。在宮裡的宮妃有了身孕，吃東西要聽嬤嬤的，不可能由著她們亂吃。也就是在府裡，他又縱容她，福晉也不管她，才讓她淨出新鮮點子。

想到這個，他心裡輕鬆了些，今天一天他都沒吃多少東西，就也跟著端了一碗吃起來。主要是看李薇在旁邊吃得太香，讓他也饞起來。咬一口，幸好是鮮肉的，鹹香滑嫩，要真是甜的他還真吃不下。

蘇培盛在旁邊看著四爺吃了一碗才放了心。

一直到九月末，天氣轉涼後，朝中才鬆了一口氣。

四爺府裡，元英也禁不住在漸漸轉涼的晚風裡念了句佛：「總算涼快下來了，這樣疫情就不會再次擴大了。」

福嬤嬤也笑道：「這都是萬歲爺保佑，老天爺開眼哪！」

這段時間京城裡確實是人心惶惶，七月黃河發大水，八月山東鬧乾旱，跟著就是東北鬧饑荒，有易子而食的慘像。奏摺遞上京後，萬歲爺終於下旨讓山東官倉放糧救濟災民。

等水退去後，水災區和流民群中就爆發了大規模的疫情，為了避免疫情傳播進京，各地都開始攔截災民，發生的慘事就更多了。

與這些相比，京裡還算是平靜，除了賑災的人還吵了一陣以外，各個王府官邸都不再像前段時間那麼「清苦」。山東進京的好幾個戲班子都說買到了不少的好苗子，調教好了必定又是一個角。

之前元英還在發愁內務府在開府時撥過來的莊子上沒有好佃戶，結果最近不管是官牙還是私牙牙行都進府說話，道現在買人便宜得很。

「只當是做善事了，奶奶們略抬抬手，就救了他一家子的性命呢。」人牙子進府後見不著四福晉，是莊嬤嬤和福嬤嬤兩個一起看的。既然要挑人，總要問問來歷家鄉，可有親人朋友等，雖然買的人多，也不能隨便挑些歪瓜裂棗。

兩人看完，並不會現在就下決定，而是要回稟福晉後，由福晉定下。

福嬤嬤先見到了元英，道：「說起來官牙的人貴些，而且身分來歷多是罪民。私牙好些，人便宜，而且聽說全是壯勞力。」

元英又另外問了莊嬤嬤。雖然莊嬤嬤是內務府出來的，也建議福晉買私牙子送來的人，理由是少牽扯。她道：「福晉若要買人最好快些。這些人牙子幾乎全是因家鄉受災流落到這裡來的，過不了多久，只怕就該讓這些人回家鄉去了，到那時就買不到了。」

天災過去，災民回流一直是個大問題，朝廷只好下令讓人不許收留不明身分的人，像人牙子這種趁機發財的官府都會緊緊盯著。各地都會出告示告知民眾，對著戶籍黃冊一個個查，查出不在原籍的一律枷號遣返，這麼回鄉的人還要加重徭役，苦不堪言。

只是上有政策，下有對策。像戲班子能手眼通天的也就是看塞錢塞得到不到位的問題，而四爺府這樣的根本不會有人問。

所以只要人買進來，那就是四爺府的家奴了。

買人只是小事，四爺府裡，卻要準備今年的頒金節，也是四爺開府後的頭一個大節，馬虎不得。

這次能平安度過，從康熙爺到朝臣都很高興，正好到了頒金節，為了慶祝也為了一掃京中沉悶緊張的氣氛，雖然正遭災不能大辦，但讓近支宗室和親近大臣進宮吃吃喝喝看看戲還是可以的。論起來大家都沾著親戚，這就相當是家宴了。

康熙爺在朝會上提起來，下面湊趣的人可多了，都知道萬歲爺心情好，不趁機露臉還等什麼？佟國維就說要向萬歲爺多求幾個座位，把家裡的孩子都帶出來開開眼界。

康熙爺笑道：「都是自己家的孩子，他們真來了，朕還能讓他們站著？」

佟佳氏是格外有臉的，跟別人家不一樣。可其他家族也不是吃素的，就乾看著佟佳氏一家獨大？等小朝會結束，後宮中的各宮幾乎都得到消息了，自覺家裡該得這份臉面的都想辦法給萬歲爺遞話。

鍾粹宮裡，惠妃把胤禔叫了進來，道：「這次萬歲爺吩咐得急，咱們知道得晚了。可再晚席上也有納蘭氏的座兒，我不怕萬歲爺忘了，只怕那些小人作祟，把咱們家擱在不起眼的遠處，回頭萬歲爺席上看不到人，再問起來可就丟人了。」

胤禔笑道：「額娘真是會瞎想。您兒子這麼一大個站在這裡，誰敢看不見？」

惠妃道：「你？你就是太顯眼！說過多少次了，沉著點兒、沉著點兒。萬歲爺跟前已經有太子，你沒見他是什麼樣？你現在是在外面，萬歲爺懶得管你。但我就不信，萬歲爺有少罵你。」

母子倆都不說話了。

過了一會兒，惠妃放低聲音道：「你往前看看，只說廣略貝勒如今在哪兒呢？跟他一樣的前頭幾位阿哥都是什麼下場？太宗是八阿哥，可那時他也不是最受寵的。但你跟我說說，排行靠前的和有寵的現在如何？他們的後人如何？」

這個話題一說起來，就刺得人連後脖頸子都冒冷汗。

惠妃繼續勸道：「我生了你們兄弟兩個，只活了你一個，只會盼著你好，不會拖你的後腿。有些事不能深思，不能多想，可咱們自己要心裡明白。你……如今外頭的人都喊你大千歲，我聽到就心肝顫……」

「額娘……」胤禔單膝跪地，握住惠妃的一隻手。

惠妃已經年近四十，她跟萬歲爺是同年的人，平時容光照人時看著還不顯年紀，現在一傷心起來，老態盡顯。

她拉著胤禔的手，輕聲道：「我的阿林阿，額娘就願你像長白山一樣巍峨高壯，不願你去當那出頭的鳥。」

惠妃的長子承慶是過了周歲沒的，第二年她生了胤禔。生了這個孩子後，萬歲爺一開始並不敢給他取名，當時宮裡的孩子死得太多了，惠妃悄悄給他起了個滿語的小名，意思是山，希望這孩子能像一座山一樣強壯長壽。

胤禔小時候沒去阿哥所前，惠妃常在夜裡坐在床邊拉著他的小手，輕聲喊他的小名。有次胤禔沒睡著聽見了就問惠妃那個名字是什麼意思，惠妃抱著他說：「額娘想把你喊住，省得你跑遠了，不要額娘了。」

打那以後，惠妃再也沒生過孩子，親手把胤禔養得像他的小名一樣又高又壯。

胤禔把額頭放在惠妃的膝上，眼眶微潮喃喃喊了聲額娘，然後站起來一抹眼，笑道：「額娘放心，你的阿林阿沒那麼傻。」

他低下頭想了想，道：「座位的事兒子去盯著，這事也不必過其他人的手，只管找內務府就行了。太子那裡就算有小人想作怪，我去找太子說說，他肯定會約束手下的人。」

惠妃交代他：「你跟太子，就這麼吵吵鬧鬧的挺好。既不用太好，也不能太糟。外頭多少人盯著呢。」

「我心裡有數。」胤禔把垂到胸前的辮子拿起甩到後面掖在腰帶上，「兒子回去了，額娘晚上早些睡，別撿什麼佛米，跪得腿都壞了。」

惠妃笑道：「額娘聽阿林阿的。去吧。」

除了惠妃的鍾粹宮，宜妃的翊坤宮裡倒是喜氣洋洋。萬歲爺讓人傳話說一會兒過來，宜妃就趕緊把九阿哥給哄走。

九阿哥不肯，抓著宜妃的袍子邊賴在腳踏上，非要磨得宜妃給他弄一副新的弓箭。

「不行。」宜妃鳳眼一斜，看著自己的護甲道：「你那副還是你皇阿瑪去年剛賞給你的。」

「兒子力氣變大了。」九阿哥想要副牛角的。

「喔？」宜妃笑咪咪的，臉上就寫著「我不相信」。

九阿哥道：「我能拉一石了。」

「吹牛。」宜妃一點磕巴沒打地直接道，她看了眼旁邊的宮女，宮女給她比了個手勢，她一看時間快到了，也不再跟九阿哥纏，直接把他拉起來往他奶娘懷裡一扔，「趕緊的，把這小子給我扔出去。」

九阿哥氣哼哼地推開奶娘，一溜煙地跑出去了，奶娘、嬤嬤和宮女、太監都連忙追上去。

屋裡，宜妃鬆了口氣，道：「這小東西可磨死我了。」一旁一位姑姑送上一碗茶，笑道：「娘娘嘴上罵得凶，心裡別提多疼九阿哥了呢。」

宜妃這才笑道：「他是我身上掉下來的肉，不疼他疼誰呢？這小子也不知道怎麼又瞧上了牛角製的弓……我記得萬歲爺那裡好像有幾副。」

姑姑道：「娘娘緩著些，總要瞧著萬歲爺心情好了再提。」

宜妃招人把妝匣拿來，立起妝鏡看了看脂粉有沒有掉，對著鏡子笑得甜蜜，道：「萬歲爺今天心情就不錯。」

永和宮裡，十四阿哥正圍在德妃的膝邊，「前兩天太子過來時拿了一副牛角的弓，我就見九哥和十哥的眼神不對，一直衝著那個弓瞧個不停。」

德妃攬著他，「你也想要？」

十四阿哥連忙說：「兒臣不想要。」

德妃拍拍他，「什麼弓都是一樣地用，射出來的箭也一樣殺敵。太子是太子，九阿哥是九阿哥，你不要跟旁人攀比。瞧瞧你四哥，你見過他什麼時候找額娘要東西了？」

十四阿哥不忿道：「他都那麼大了……」話沒說完，看到德妃不贊同的眼神就閉上了嘴。

德妃給他整整衣領子，拍拍肩道：「行了，回阿哥所去吧。記得回去要練字，別跟老八學，他的字萬歲爺說過多少回了都不見好，你想跟他一樣？」

十四阿哥站著讓德妃理衣裳，插嘴道：「八哥那是想讓皇阿瑪多惦記他唄，跟誰看不出來似的。回頭我也……」話又被德妃的眼神逼回去了。

等他走後，德妃跟身邊的嬤嬤說：「這孩子真是不懂事。」

嬤嬤道：「阿哥還小呢，大了就好了。」

德妃沒吭聲，良久，幽幽嘆了口氣，語氣乾澀道：「萬歲爺說要辦家宴，佟佳氏說要把家裡的孩子都帶來。那拉氏肯定也有人來，胤禔在那裡站著呢。剛才聽人說萬歲爺去翊坤宮了，想來郭絡羅氏也能有一兩個位子。」

嬤嬤低下頭，不敢接話。

德妃也沒往下說。

她呢？呵呵，萬歲爺不會讓個奴才坐上去。

一個宮裡，就她這個德妃家裡沒位子。

壹壹章

寵物百福

十月十三頒金節。萬歲爺在保和殿設宴，從胤禔到十四阿哥都在座，宗親裡由裕親王打頭，坐得離萬歲爺最近，恭親王隨後。太子和胤禔在替宗親們把盞，他們敬過一輪後，餘下的幾位阿哥也分別上前敬酒。

三爺和四爺算是比較尷尬的，在座的居然沒有他們母妃家的親戚，烏雅氏是沒有拿得出手的人，榮妃出身馬佳氏，大概萬歲爺也拋到腦後了。三爺匆匆敬完就回座，胤禛拿著酒壺不好跑掉，便站在佟國維身後。

萬歲爺跟佟國維共飲時，胤禛替佟國維滿了兩次杯。等敬完，佟國維回座後，拉著四爺親熱道：「阿哥也回去吃點兒吧，臣自己來就行了。」他轉頭喊兒子隆科多，讓他送四爺回座。隆科多恭恭敬敬地把胤禛送回去，胤禛當然不能就這麼讓他走了，拉住他兩人對飲三杯，隆科多才拱拱手退下。

後宮同樣沒有設宴，女子簡樸可是美德呢，只在幾位妃子的宮中擺了小宴。永和宮裡，七阿哥的生母成嬪戴佳氏和十三阿哥的生母庶妃章佳氏正陪著德妃，下首坐著四福晉。

德妃臉上笑意盈盈，卻並不熱情，話也不多。四福晉這個當小輩的也不好太張揚，成嬪跟章佳氏比起來就不夠活潑，畢竟她只有一個七阿哥，長年無寵。章佳氏有一個十三阿哥不說，還有兩位公主，雖說是個庶妃也無人敢小瞧。

過了申時，永和宮裡已經用了一次膳兩次點心，德妃看看外面的天色，道：「我看時候也差不多了。」

這話一落，餘下三個都站起來告辭了。

德妃道：「讓妳們在這裡陪我，實在是為難妳們了。」客氣話說完，一旁的宮女捧出三個托盤，「這些東西我也用不上，妳們還年輕，平時也不必太虧了自己。」

成嬪和章佳氏客氣了兩句就退下，四福晉卻要留下等四爺。

德妃就指著托盤裡的東西說：「這個是太后賞的藏茶，你們年輕人大概不喜歡，不過我倒喜歡這個味兒，喝起來不像別的茶那麼寡淡。」

元英就說：「兒臣也喜歡這個，上回額娘賞的都快喝完了呢。」

德妃笑道：「妳喜歡就好。」

閒話兩句後，兩人竟無話可說了。德妃一臉睏乏，靠在隱囊上微微閉目養神。元英悄悄走到她身邊，給她捏起了肩。德妃一怔，想起來又覺得不好，只好忍著讓她捏，估著捏了有一刻了就坐起身來，道：「辛苦妳了，好孩子，快過來坐下，我看老四一會兒就該到了。」

想著在席上的事，德妃難得囑咐了一句：「一會兒回去，妳多替他寬寬心。」停了一會兒嘆道：「出身這事……實在是怪不得別人的。」

酉時，保和殿的宴會終於結束了。康熙爺喊太子和四爺去送佟佳氏的人，胤禔送的是恭親王，裕親王由康熙爺親自挽著手送到門口。

等客人都走了，康熙爺把剩下的事都交給太子，喊胤禔和幾個建了府的阿哥都趕快回家，然後叫上十三和十四兩個小阿哥一起回了後宮，沒被他叫上的只好都回阿哥所了。九阿哥和十阿哥走的時候，踢踢踏踏，對著十三、十四兩人的背影不忿地暗罵：「馬屁精。」

胤禛去永和宮接四福晉，他還沒到，席上的事就傳回了後宮。德妃讓人送四福晉出去後，嬤嬤才悄悄地把四爺站在佟國維身後的事告訴了她。

德妃知道後半天沒說話，稍後才艱澀道：「怪我娘家沒人，丟了阿哥的臉。」

出宮的路上，元英坐在車裡，四爺騎馬在旁邊跟著。想著德妃的話，她掀開了車窗的簾子，只是看四爺的神色中沒有什麼不快……

永和宮那裡大概是一片慈母之心，想得嚴重了。

四爺府，正院。

元英和胤禛剛回來都是一身的汗，雖然已經十月了，秋老虎可是厲害得很。他們進宮穿的全是大禮服，特別是胤禛，外面那層袍子至少有三四斤重，脫下來後裡面的衣服全濕透了，靴子裡都能倒出水來。

元英頂著沉重的頭飾在永和宮奉承了一天，坐在妝臺前讓石榴和葡萄取下沉重的金銀頭飾，再把頭髮放開後，長長地吁了口氣。

在宮裡兩人都沒吃什麼，這時讓膳房燒著洗澡的熱水，先送上來了一些吃的墊肚子。蘇培盛親自去膳房拿的，他記得李格格最愛叫吃的，膳房裡現在肯定正準備著她的晚膳。

等四爺和四福晉換了衣服出來，堂屋裡已經支上了八仙桌，上面擺滿了盤子。

福嬤嬤早就準備好了，防著福晉他們回來時會肚子餓，福嬤嬤也是早就交代膳房。只是因為不能確定主子們叫膳的準確時間，福嬤嬤又怕菜放久了味道會變，所以擺上來的都是一時半刻不會變味的糕餅、餑餑，熱菜幾乎都是蓋碗、蒸碗、燉菜，還有幾盤涼菜。

在一堆的蒸雞、蒸酥肉、蒸魚中間有兩盤熱炒，一盤酸黃瓜絲炒瘦肉絲，酸香撲鼻，一盤酸豆角炒肉末，蘇培盛特意把這兩盤放得離四爺近一些。

元英在永和宮吃的就是蒸碗、蓋碗，因為前面有宴會，永和宮的膳房也把大師傅抽走了，臨走前給德妃她們準備的就是蒸碗，此時一看到還冒著熱氣的熱炒自然也忍不住多吃了幾筷子。

兩人都在宮裡吃過了，吃了一碗就都放下了筷子。

胤禛看福晉跟他一起不吃了，其實搞不清她到底是吃飽了還是本來就不餓，硬撐著陪他吃的。有心想讓她自在些，不必這麼拘束，可這麼長時間也算瞭解她的個性，反正不是個聽勸的。她覺得是好的，就算有他勸，她也會覺得「你很滿意，我要繼續努力」。

對福晉這種人，他雖然覺得有些彆扭，可也更滿意。因為只要指對路，她就會一直堅定地走下去，不會懷疑。

元英看了眼撤下去的膳桌，對那幾道菜是誰叫的心裡多少有數，想起蘇培盛這麼熟門熟路地看都不看福嬤嬤準備的菜就去膳房拿那位的菜，心裡多少有種「輸了」的感覺。

明明她也只比李氏晚進阿哥所半年而已，只差半年就追不上了嗎？

她也不是會糾結這種小事的人，想想李氏能安排好四爺的膳食就交給她也無所謂，轉頭說起在永和宮的事。對德妃的慈母心，元英有些動容，更讓她吃驚的是，宮裡這生疏的母子關係。四爺聽她說起德妃，神色中並無多少感情。

她正說著：「娘娘說，讓我回來後好好寬解你……」話音未落，四爺站起來道：「書房還有事，我先過去了。晚上不必等我，早點兒歇了吧，今天妳也辛苦了。」

元英不解，這次她很確定四爺是因為她說的話才走的，可到底是什麼地方讓他不快？她快步送走四爺，回來後仍然百思不解。

胤禛出了正院，一時竟有些茫然，腳下還是往前院書房去，心神卻早飛到剛才福晉的話上去了。

「娘娘說，讓我回來後好好寬解你……」

寬解什麼不言而喻。今天在席上那一瞬間的尷尬讓他想起來都如芒刺在背，當時席上那麼多人，年紀小的阿哥們、宗親們，都盯著他看。

下意識地，四爺走到了佟國維身後。其實走過去他就後悔了，當時應該跟三爺一樣直接逃回座位的，反正還留著一個五爺在敬酒。

可已經過去了，他裝也要裝得坦然。一直到出宮時，他才覺得背後出了一身的冷汗。

聽到福晉說起德妃，不知怎的，他突然覺得自己很醜惡，很對不起額娘。當時他的所作所為，一定給額娘惹麻煩了。宮中的那些女人的舌頭都是刀子，會刺得人到處是血，額娘又好強，她肯定是裝作沒事，然後背地裡傷心。

他從正院逃了出來，因為越聽下去，就越自責。

回到書房，胤禛坐在書案前，一時不知道要做什麼，就順手拿起面前的紙，見上面是幾個字。

他想起昨天在這裡擬李氏肚子裡孩子的名字，因為李氏懷孩子時嗜辣，所以前幾個都是格格的名字，又想起宋氏所生的小格格還沒取名，就用筆多圈了幾個。

下面幾個都是阿哥的名字，他一邊想著李氏也可能會生個阿哥，一邊想著福晉說不定也快有好消息了。

現在卻沒有這個心情了，他把這張紙揉了。想起李氏，決定去她那裡換換心情。

小院裡，李薇正準備吃晚膳，這段日子主子們忙歸忙，她閒得很。進宮沒她的份兒，揣著肚子也不會再有人把管家這種事往她肩上放，她每天只要顧好自己就行了。

像今天，她還是跟以前似地用過早膳去花園裡遛圈、散步、逗逗廊下的鳥。現在天涼快了，她還讓人帶上椅子桌子在花園裡用點心呢，要不是柳嬤嬤攔著，她都想在花園用午膳。不過想想還是不折騰了，顯得她輕狂，有了肚子就忘了分寸。總的來說，她的小日子過得挺自在的。

蘇培盛雖然端走了她的晚飯，但剛端走大師傅就又重新做了，蘇培盛還讓前院的劉寶泉也準備幾道，就是怕誤了李薇這邊的晚膳。

胤禛一進來就看到桌上擺著眼熟的幾盤菜，他擺擺手不要她再站起來，坐到對面，對蘇培盛道：「讓他們再上一個乾炸羊排，一個香辣蝦。」

這兩樣都是李薇愛吃的菜，她聽到後不由得放下碗，打算攢著勁等菜上來後再吃。

四爺笑著看她，道：「在自己家裡，想吃什麼還不敢點嗎？」

李薇不好意思地捧著她已經五個月的肚子道：「不敢吃太多了。之前我胖得有些厲害了，怕孩子不好生，這段時間都特意吃得少了。」

他這才好像剛剛發現李薇發胖了，上下打量著她，彷彿很久沒見一樣，眼神裡都是陌生和驚奇。是有些胖了，可能因為她吃得太胖，所以肚子反而不顯眼。

他雖然不知道生孩子到底有多難，但小口大肚子，裡面的東西不好出來卻是能明白的，想到這個就有些後悔不該點那兩道菜。

等菜上來，四爺比李薇吃得還凶。乾炸羊排上撒著厚厚的辣椒和孜然粉，因為是特別選取的蒙古小羊羔，餵的草料都是特地從關外運進來的，一丁點兒膻味沒有，肉上的膘還特別厚。四爺一咬，肉汁就迸出來，順著嘴角往下流，接著就辣得他找不著北。

臉馬上就辣紅了，眼睛也紅得像要流淚，他還要撐著面子，沒有張口哈氣，可也迅速挾起面前的米飯連吞好幾口才把辣味壓下去。回味倒是鹹香鹹香的，吃一口就還想再吃。

蘇培盛沒想到四爺要吃，做的全是李薇孕後那超辣的口感，現在一看就忍不住扭頭，要知道四爺平時只愛大蒜的辣勁，很少吃辣椒的。可能是羊排太好吃，也可能是味道太足太香，四爺紅著眼睛把羊排一個人全包了，其間掉下來的淚也只當是辣出來的。

香辣蝦就讓蘇培盛給攔了，李薇也讓四爺吃羊肉被辣的樣子驚到了，忘了還有一盤她很期待的香辣蝦。這邊做蝦的方法也是她要的，蝦洗後去蝦線去頭，然後高溫油炸，迅速炸成外表金黃後，只留底油，炒香辣椒、花椒、蔥、薑、蒜後倒入炸蝦翻炒，不等炒軟就可以起鍋了。中間如果是嫌味不夠重的話，視情況可以再加一遍調料。

其實以前她用同樣的方法做的魷魚和這蝦是放在一塊兒當零食吃的，因為炸過又放了很足的調料，所以涼了以後一樣好吃。

玉瓶就把那盤香辣蝦收到一旁，等明天上午再拿出來給格格吃。

撤了膳後，兩人又是一個讀經一個寫字。天天讀經，李薇已經會背了，手裡拿著經書嘴裡念著，人卻走神了，她看出來剛才四爺的情緒不大對，平常他絕不會當著一屋子的人吃會辣到他流淚的東西，太丟臉了。

進趟宮就變成這樣，肯定是在宮裡受刺激了。

有時李薇覺得四爺有點兒爹不疼、娘不愛的勁頭。趙全保常常能從前院的人嘴裡聽到一些八卦，因為三、四、五幾個阿哥現在還領著內務府的供奉，來送東西的人總愛提榮妃剛給三爺送了什麼，宜妃又給五爺送了什麼，唯獨四爺沒有。

可在宮裡也住了兩年，大事小事都聽過不少。她覺得德妃這人和四爺挺像，母子倆都是嚴以律己，恨不能把所有的條條框框全拴自己身上，然後嚴格執行，絕不敢越雷池一步。像給出宮的阿哥送東西這事，德妃絕不會自作主張地幹，除非是萬歲爺或太后下令賞了，她跟著賞點兒。

從李薇這裡都能理解，可看起來四爺就顯得很沒人疼。

四爺也不是會哭的孩子。八阿哥那麼小一點兒就跟人精似的，學問讀書都很好，就字老寫不好，引來萬歲爺不時問一句。

可讓四爺也故意不會點兒什麼引來萬歲爺恨鐵不成鋼的責罵垂問？哇，那殺了他也做不到啊！

他是有一點兒做得不如人就自己私底下狠狠用勁，攆上人後表現出「呵呵很輕鬆一點兒也不難」的樣子。

這麼要面子的人今天這麼不要面子了，讓李薇一直在想「一定出事了」、「他不會是等我安慰他吧」，所以一晚上她都不敢跟四爺眼神對視。解語花什麼的……她沒點這個技能啊……

她來回把一卷經念了有三遍了，四爺突然坐到她身邊，拿了張紙給她看：「妳看這幾個名字哪個好？」

李薇心道：不用自己想話題太好了。一邊順著四爺的手指看紙上寫的名字，兩人不由自主地靠在了一起。

布順達（百合花），多西琿（寵愛），富蘇里宜爾哈（芙蓉花），額爾赫（平安）。

李薇點著這幾個名字，最後還是落在了額爾赫上。她一直擔心懷上孩子時年紀太小，怕孩子生下來身體不好。其他三個名字也很好，卻比不上最後一個。

「我喜歡這個。」她回頭咬著嘴唇看他，把他心情不好的事拋到九霄雲外了。

他撫摸著她圓潤的肩頭，把「額爾赫」念了幾遍，看她：「喜歡這個？」

李薇點點頭，不安道：「我只要她平安就好。笨一點兒，長得不漂亮都沒關係，平平安安地長大就行了。」

「是嗎？」他摟住她，手放在她的肚子上。

第二天一大早，胤禛拿上從庫房裡特意找出來的牛角弓進了宮，在阿哥所等到中午才見到十四阿哥小跑著過來。

「四哥。」十四阿哥跑到跟前來往他懷裡一跳，撞得四爺也險些往後栽倒，然後一眼就看到放在旁邊桌上的牛角弓。這弓顯然是用過很長時間了，牛角被摩擦得溫潤生光，像玉一樣。

胤禛把弓遞給他，道：「這弓是三石的，你現在還沒辦法拉開它。四哥先把它送給你，期待著你能早日用它上陣殺敵。」

十四阿哥緊緊抓住弓，喜歡得不得了，高興道：「多謝四哥！」

胤禛送了弓就趕緊出宮了，自從上次萬歲爺罰他們閉門讀書後，三個年長的阿哥都發覺可能萬歲爺不想讓他們常常進宮？所以現在沒事很少進來。

目送著四爺的身影遠去，等看不到人了，十四阿哥抱著弓進了裡屋，把伺候的人都趕出去，然後狠狠地把弓扔到地上！再重重地踩上好幾腳！他氣喘吁吁的，眼中含淚，臉氣得通紅。昨晚去見額娘時，看到額娘神色消沉，早上就聽說了昨天的事。

四哥！都是四哥氣的額娘！他不傻，額娘出身不好，從小兄弟之間有些口角就愛帶出來，他也沒少聽閒話，可他從來不在額娘跟前提起。在外面，他也要努力做到最好。出身不好又怎麼樣？他是阿哥，他能給額娘掙到臉面，讓誰也不會再瞧不起她！

可四哥呢？他覺得額娘丟臉了？她生了你！她生了你啊！

十四阿哥深吸好幾口氣，鎮定下來後抹掉眼淚，把弓撿起來，用袍子邊擦乾淨上面的腳印，叫來太監掛到他臥室的牆上，道：「四哥給的，我要天天看著！」

——天天看，我要記著把你比下去！

頒金節後，胤禛難得輕鬆起來。偶爾進宮一次，與太子讀讀書，去看看十四。他聽說最近十四讀書、習武都很用功，不但背書解文都遠勝同齡的十三，連九阿哥和十阿哥也不是他的對手。

校場上，諳達讓他拉弓五十次，他就要拉一百次。畫線移靶讓他射二十弓的距離，他偏要射三十弓，還真射到靶子上了，把旁邊的九阿哥給氣得鼻子都歪了。

胤禛倒是覺得與有榮焉，這是他的弟弟，比年長他幾歲的九阿哥都強。他特地去看望了十四，看到他送他的牛角弓就掛在他的寢室裡。

十四認真地說：「我要努力早日用上四哥送我的弓！」

他也去永和宮請過安。德妃看起來像是完全不在意那天的事了，待他還是跟以前一樣，熱三分，冷七分。

可這也讓他鬆了口氣，因為德妃特意提了他給十四阿哥的弓，道：「你弟弟之前跟我提過，我沒有應他，難得你給他找了一副，把他樂得什麼似的。」

胤禛當時就高興了，「額娘說的哪裡話？他是我親弟弟，我現在開了府，他想要什麼，只要我能找到，肯定都給他弄來。」

德妃淡淡地說：「不能這麼慣著他，你小時候從不亂要東西，想要都是自己努力讀書拉弓，讓萬歲爺賞你。小十四也該跟你學一學。」

胤禛勸道：「他還小呢，何況還有我這個哥哥在，不然要我幹什麼？」

——要你幹什麼？

德妃想說點兒什麼，最後又把話吞回去了。她對著老四總有力不從心之感，是自己生的，卻不是自己養大的，到現在連說句話都要想三遍才敢開口。

胤禛心裡的一塊大石放下了，就有心情整些別的。之前隆科多說要找人一起去打獵，特地請了他和五爺，他想著這是個機會，當時就滿口答應，回來後就想要準備些什麼。

然後，花園盡頭一個只有兩間房的地方突然起了一道圍牆，過了幾天，裡面就傳來了狗叫聲。

李薇挺著肚子去花園散步時聽到那小奶狗嫩生生的叫聲時，雙眼發亮地帶頭順著聲音找過去。站在小院外，趙全保攔下她道：「格格，前面骯髒，奴才去瞧瞧。」

李薇興奮地說：「裡面好像有狗，你去問問能不能讓我進去看看！」

她在李家養過鳥和魚，甚至還騎過家裡阿瑪的馬，就是沒養過狗和貓。因為怕小狗小貓會咬人抓人，給她身上留下傷痕，任她怎麼求都沒用。

進宮後就更不必提了。沒想到現在居然在府裡聽到小狗叫！絕對要摸一摸啊！

趙全保走過去很輕易地敲開門，跟裡面的人說了說，就有一個人小心翼翼地抱了兩隻狗，跟著趙全保過來。

趙全保道：「格格，這狗是四爺養著用來打獵的，大狗有凶性不敢讓格格看，這小狗是裡面的母狗剛生下來的，格格摸一摸吧。」

這兩隻小狗看起來像剛滿月的樣子，一身的奶膘，也不怕生，頭轉來轉去，黑杏仁一樣的眼睛機靈極了。牠們一隻純黃、一隻純黑，前吻長，耳朵小，看著像土狗大黃。

李薇挨個抱抱，要不是她現在肚子大了，她都想跟小狗們多玩一會兒。趙全保和玉瓶兩人一起盯著，見她抱過了就催著她走。

回去的路上，李薇依依不捨地老回頭看，不停地說那狗多可愛多萌。

玉瓶和趙全保擔憂地對視一眼，開始勸她。

玉瓶說的還是在李家時額娘說的那一套，小狗們牙尖嘴利，萬一不小心咬到格格，留下傷疤怎麼辦啊？

李薇沒辦法像玉瓶說的那麼「敬業」，手上就算真被小狗咬了個小洞，難道四爺就會不喜歡她了嗎？再說家養狗不會咬家裡人的，除非是主人沒把狗教好。

趙全保則是說這狗是四爺用來打獵的，每條小狗都有用，不是寵物，今天見到是碰巧，天天來見肯定不合適。

可李薇每天都要去花園散步，聽到小狗的叫聲總是忍不住往那邊走。狗園的人也想奉承，見她喜歡竟讓大狗帶著小狗出來散步。李薇總算見到了四爺的「獵犬」，就是這狗不像她想像中的狼犬，而是更像靈緹犬[12]那樣細腰長腿。中國也有靈緹犬？西洋人帶來的？可是看頭又不大像。

「這是什麼狗啊？」她好奇地問，想湊近看，走近更發現這狗很高，脖子上拴著皮套子，皮繩緊緊地拉在狗奴的手上。

趙全保緊張地擋在前面，臉都嚇白了還不忘回答她：「這是山東細犬[13]，宮裡萬歲爺打獵都用這種狗，跑得快，找兔子、抓狐狸都能幹，叫聲還很亮，傳得遠。」

沒聽過。

現在，很多以前的品種都已經失傳了。

李薇儘量湊得近些，伸手想去摸牠的頭。狗狗頭一甩避開她的手，狗奴一把手裡的狗繩，牠就不動了。

注釋——

12—靈緹犬：原名格雷伊獵犬 Greyhound，又稱格力犬，是一種用在狩獵和競速的狗，是陸上奔跑速度僅次於獵豹的哺乳類動物之一。

13—細犬：或稱中國細犬，是一種產於中國的速度型獵犬，細犬的種源為東非獵犬，可能在漢或唐時期傳入中國。產於山東聊城、梁山的多為長毛品種，山東濟寧的則為短毛品種。是典型利用視覺追蹤獵物的狩獵犬，四肢修長，胸腔大，腰細，奔跑速度快，反映靈敏。

李薇養過狗，知道怎麼消除狗狗的不安，她把手伸過去讓牠聞，趙全保拚命給狗奴使眼色讓他把狗拉走。

這時背後突然傳來四爺的聲音：「趴下！」

本來那狗都湊過來準備舔舔她的手了，舌頭都伸出來了，一聽這聲立刻乖乖趴下。

李薇哀怨地回頭，不甘地叫了聲：「爺。」你今天怎麼這麼早就來臨幸後宮了？想著還仰頭看了看天，估計時間也就下午四點。

胤禛早幾天就聽蘇培盛說了，李格格發現小院了，抱小狗了，天天去。

他走過來吹了聲口哨，狗奴早跪在地上，那狗聽見口哨立刻站起來，搖著尾巴小跑到他跟前坐下，別提多乖了！

他伸手給牠舔，摸摸頭獎勵牠。李薇趁機從頭摸到尾，一遍遍摸還心中感歎：好肥啊！毛好有光澤！

胤禛見她兩眼放光的樣子，都快彎腰把這狗摟懷裡了，幸好她還記得自己挺著個大肚子，後面扶著她的玉瓶也緊張得不得了。

「喜歡？」難得看到喜歡這種大狗的女子。

李薇點頭。喜歡！以前她最想養的其實就是大狗啊！無奈家裡不讓養。

胤禛笑了，扶她起來，道：「回頭爺給妳找一隻小點兒的，讓妳養。」狗奴趕緊把狗喊了回去，倒退著拉著狗回了狗園。

李薇卻對這個從來沒見過的山東細犬產生了很大興趣！她拉著四爺的手回到小院，一進屋就求道：「不用，爺讓我養這條狗吧？牠看起來好靈巧啊！」腰細腿長，走動的時候簡直像小鹿一樣輕盈！

胤禛搖頭，很認真地說：「這狗的天性就是打獵，把牠圈在小院裡太可憐了，妳最多能天天帶牠去花園轉一圈，狗也會傷心的。爺給妳找條獅子狗，喜歡什麼毛色的？」

看來是沒法商量了，獅子狗也很好，只要是狗都可愛。

李薇想起將要擁有一條狗，興奮勁就更足了，雙手拉住四爺的手道：「什麼毛色都行！爺，你什麼時候能抱來？」

胤禛笑了：「明天。明天爺就給妳抱來。」

晚上兩人就在商量狗來了住哪裡，用什麼碗吃飯，水碗放哪裡，要不要準備個狗屋。李薇堅持狗應該跟主人住一起，晚上可以睡在堂屋，反正那裡平常根本不用。

胤禛說不行，畢竟是畜生，而且狗認窩，一開始窩的位置變來變去牠們會糊塗的，會固執地認為第一個睡覺的地方是窩，不好糾正。最後決定放在西廂。

還有狗屋，這個李薇可是有研究的，她很權威地說：「狗是狼變的，狼是穴居動物，所以應該給牠準備一個黑洞洞可以鑽進去的狗屋。」還提起筆畫了個最豪華的尖頂狗屋。

這個胤禛倒是沒注意過，宮裡養狗不會特別準備狗屋，都是在籠子裡，由養狗太監照看。

他拿起李薇畫的狗屋，提筆添上了屋簷，鯉魚鱗般的屋瓦，屋簷下還添了兩筆橫梁，還有兩級臺階。

「這是木頭的。」李薇解釋道，四爺不會以為這真是「狗屋」吧？它就是木頭的，屋頂鋪瓦是什麼意思？為什麼還有臺階？這狗屋要建多大？

她扯扯胤禛的袖子，用手在身前一比，道：「爺，這狗屋就這麼高。」

胤禛意猶未盡地放下筆，喊蘇培盛拿顏料過來，道：「那也不能就光禿禿一個屋子啊。」

然後他細緻地給屋子上了色。屋頂是紅瓦，李薇塗黑代表狗洞的地方兩側畫了兩根紅柱子，屋簷上是神獸麒麟，就是獅子狗的樣子。

最後李薇也跟著添了一筆，在屋頂那裡標一個箭頭，寫上一行小字：屋頂可整個取下以便清潔狗屋。

胤禛看著她的字直搖頭。

李薇看看自己寫的，是比他差很多不能比，可也算端正。

畫完這張，胤禛不滿意，另取一張紙重新畫了一張，狗屋被畫得更威武了，簡直像個衙門，門也畫出來了，上面還有門神，也有麒麟。兩級臺階下畫了兩個石獅子，四爺解釋這是用來拴狗的。

終於畫好了，胤禛囑咐蘇培盛收起來儘快找人做好，交代狗屋是封底的，為了避免進水，所以是雙層底，中間有空隔，免得潮氣太重。狗屋裡的底層要打磨光滑上漆，免得毛刺扎了狗的足底肉墊。

這狗屋一做就是半個月，四爺非說狗屋不做好，小狗抱來沒屋子睡覺，於是延後抱狗。趁這段時間，李薇就帶著玉瓶等人給狗狗縫了好幾個墊子。

做寵物墊子李薇是行家，外沿必須高三寸，臥的地方要縫幾條線形成個坑，免得狗狗臥在墊子上往下滑，臥不住。可她做好後，四爺總是先誇，然後交代人重新做。

李薇總結，四爺的意思大概就是她的理念是新的，就是技術差勁讓他看不上。

狗狗終於抱來了，剛滿三個月，兩隻手就能抱住。棕黑色的毛，眼睛不像京巴那麼突出那麼大，黑色的杏核眼。鼻子嘴巴也沒那麼扁，而是向前突出，乍一看真的很像袖珍獅子。嘴一張開，一嘴的小奶牙，可嘴很寬，咬起人來應該也很給力。

綜上，這是一條很漂亮的狗。

跟著這條狗來的還有一個養狗太監，今年才十一歲，叫小喜子。

四爺道：「免得像上次一樣，連花都不會養，更不敢讓妳養狗了。」

養狗她可是行家！李薇驕傲地說：「狗不一樣！我養狗肯定不會出事。」她抱住懷裡安靜的小狗狗，想著給牠起個什麼名。

四爺道：「想養狗想很久了？」

「嗯。」想起這個李薇就要嘆氣，「在家不能養。額娘擔心狗會咬我，留下疤就不好了。」那就不能選秀了。

胤禛心道：想著就是這樣，一見狗就走不動路，狗住的屋子、睡的墊子樣樣都想得周到。

「狗叫什麼名呢？」李薇問四爺。

他道：「妳想起個什麼名？」

「叫獅子吧。」李薇起名一向如此。

胤禛剛想點頭，想這名字還是很威風的，再一想不對，獅子狗叫獅子？

「叫百福吧。」他道。

好土……但李薇還是趕緊百福、百福地喊了起來。

晚上，百福睡在了牠的狗屋裡。因為狗屋做得實在太大，被擺在院子裡。李薇看到那個狗屋覺得那是給哈士奇準備的。

當天晚上兩人在帳裡聊的就全是狗了。李薇挺好奇四爺怎麼突然想起養狗，胤禛想了想，覺得告訴她也沒關係，就說：「再過幾天就可以去打獵了，本來出宮前我就想養幾隻的，剛建府事情太多沒顧得上。」

「爺，你要去打獵嗎？」李薇眼睛又發亮了。她已經快被關成白癡了，天天除了吃就是睡，跟某個產肉的動物很有共同語言。以前在李家還可以去鄰居家親戚家串串門，還能上街轉轉，進宮後就真是在這一畝三分地轉了啊。

建府後地方是大了，但還是每天見不到一個外人，玉瓶跟她說的都是「格格今天吃什麼啊」、「格格，膳房說有新鮮的柿子」、「格格，今天穿這身衣服好不好」，要跟她聊會兒天吧，一會兒就轉到福晉、宋氏、武氏身上了。

不想提四爺後宮的同時吧，玉瓶又不敢跟她說四爺的八卦，當然她也不敢。

總之，她開始覺得自己的時間停止了，每天都像在莫比斯環裡一樣迴圈。能去外面看看，接觸一下別人，她大概就能活過來了。

四爺也不說話，示意她看自己的肚子，她看著肚子也不再說話了。胤禛看她沮喪的樣子，道：「等孩子生下來了，再帶妳出去。」

四爺都快成小叮噹了，有求必應。

以前她感到四爺對她的真愛都是感動，今天卻在感動中生出一絲恐懼來。

她小心地扶著肚子一挪一挪地湊過去，還是四爺看她這樣太艱難，主動往她這邊靠。她懷孕後，兩人就算睡一張床中間也要隔上三寸。

兩人終於抱在一起——四爺半側身摟著她，她還是平躺地抱著他的一條胳膊。一片靜謐之中，李薇輕輕地說：「爺，要是能一直跟爺這麼好就好了。」

這種要求倒是……直白過頭了。

女子要求男人寵愛，一般都是表白自己的心境，只爭朝夕，不求長生。可憐可愛才會讓男人憐惜，許下諾言。

所以胤禛一時沒反應過來要怎麼回答，是訓斥？是沉默回絕讓她自己知錯？他想起晉時汝南王司馬義有一愛妾姓孫，她就曾作詩表白。

碧玉小家女，不敢攀貴德。感郎千金意，慚無傾城色。

多麼惹人憐愛的女子。胤禛想如果他是那汝南王，也會憐愛這樣的女子。

這樣一比，李氏的文采實在是上不得檯面，這份直白也讓人……為難……

他嘆了口氣，把她的頭按到懷裡，不看她的眼睛，想說兩句教訓的話，結果出口的卻是：「會的，爺會一直待妳這般好的。」

自從有了百福以後，李薇再也不喊無聊了。

雖然百福只有三個月大，但好像天生就什麼都會。牠不用人一遍遍地教去哪裡上廁所，每次都很聰明地跳到小喜子給牠準備好的便盆上，桶上放著兩塊木板，牠就分開四蹄站穩，然後尿在盆裡。

而且，雖然是小喜子照顧牠的生活起居，屋裡還有很多其他人，可牠就是認識李薇和四爺。除了他們兩人的命令外，不聽其他人的話。玉瓶喊過來，牠從來不管，而只要李薇一看牠，還沒叫牠的名字，牠就顛顛地跑過來。太聰明了！

而且，從來不大聲叫。每次都是小聲小聲地叫，聲音嫩得讓人的心都要融化了。

李薇都快愛死牠了，早上一睜眼就喊百福，坐在院子裡曬太陽時，百福就在她面前滾繡球玩。去花園散步時也是跟在她的周圍，明明沒有教過牠跟隨，牠自己就會了。短粗的小腿跑起來像一道閃電，身上的毛讓牠看起來就像個會滾的毛球。

而且，跟狗園的獵狗站一塊兒時也一點兒都不怯，也不會狂叫，非常有規矩、有禮貌。

四爺也常來看牠，有時忙得過不來就喊蘇培盛把百福抱過去玩。兩人難得為了條狗還商量了下分配時間。早上，李薇沒起床時，百福可以去書房陪四爺。中午，她睡午覺時，小喜子會把百福抱去書房。晚上兩人一起逗牠。

三個月的小狗已經開始換牙了，這個牙要一直換到一歲。李薇把以前收集起來沒用的碎布全剪成了長條，然後編成布辮子給百福磨牙。比起她這種廢物利用的平民，四爺很大手地讓膳房把羊蹄、牛蹄、豬骨關節等洗淨煮熟風乾，然後拿給百福咬著玩。

比起布辮子，顯然羊蹄更讓百福喜歡好嗎？

李薇只好看著自己編的十幾條布辮子被百福冷落，四爺準備的各種蹄骨關節被百福天天咬著四處跑，心都要碎了。

不過百福還是很給主人面子的，她拿著布辮子逗牠時，人家還是願意捧場過來陪她玩一會兒的。

——百福，還是你最好！

有了百福後，李薇腰不疼了、腿不疼了，連日漸大起來的肚子都不覺得沉了，陪百福在花園裡玩你扔我撿的遊戲能玩一下午。柳嬤嬤一直發愁李格格這個好胃口，怕孩子沉了不好生，可她又不敢像餓宋格格一樣餓李格格。現在見李薇肯每天多出去站一會兒真是鬆了口氣，她讓人帶上椅子、墊子等物，讓李薇在花園中玩累了還可以坐下歇歇接著玩。

因為百福，伺候牠的小喜子也成了小院的新紅人。李薇見他人小，看著也瘦弱，最可憐的是這麼小的孩子一見人就會堆出滿臉的笑，這麼會看眼色一定以前沒少吃苦。

所以提醒玉瓶多照顧他，吃的喝的，平常也別覺得他是伺候狗的就低人一等。

玉瓶也怕趙全保心裡不舒服，特意去看他，順便也是提醒他，雖說小喜子是伺候狗的，可那也是四爺親自送來的人。

趙全保心知肚明，這小喜子恐怕就是送來敲打他的。哪敢有不滿？連忙向玉瓶表示會好好教小喜子。他心裡也害怕起來，以後格格生了孩子身分地位水漲船高，伺候的人只會越來越多，他不能保住自己的位置，日後不知道會落個什麼下場。為了這個，他也要努力成為格格的心腹！

小喜子姓陳，原名陳溪，李薇聽名字就猜是不是他家門前有小溪？後來聽他說是他娘懷他的時候老想吃魚，他爹就總去村頭的小溪裡淘魚，等他生下來就起名叫陳溪了。

至於他父母雙全又怎麼會小小年紀就淪落到宮裡來當太監，提起來肯定也是悲慘得很。

小喜子進宮後輾轉了兩個地方都沒混到主子跟前，在貓狗房當差時就很勤勉，知道孝敬上面的大太監，認了爹爹、認爺爺，嘴巴甜人也會來事，大太監不免有些疼愛他。四爺來看狗，挑來挑去看中了百福，又想找個年紀小的一起跟過去伺候，大太監就把他推出去了。

臨走前一晚，小喜子伺候大太監泡了腳，捏肩捶背，最後哭著給大太監磕了七八個頭，「爺爺，我出去也不會忘了爺爺。爺爺什麼時候想出來了，小喜子去接爺爺，給爺爺養老送終。」

大太監道：「我在宮裡舒服著呢，伺候這群貓奶奶、狗爺爺不知道多自在，牠們又不會罵人打板子，吃的喝的少了什麼也不會嚷嚷……小喜子，你是交了好運了啊。出去好好伺候，別使壞心眼。主子肯用你，你就拿出百倍的心去報答主子，你這奴才當得才有出路。記著爺爺的話，這道理你爺爺琢磨一輩子了，就是……輪不上你爺爺啊……」

說著大太監濁淚滿腮。他一輩子都在這些畜生中間，久了快以為自己也是個畜生了，給點兒吃的喝的就樂。年輕時貪這裡輕省，沒是非。年紀大了悟了、不甘了，卻晚了。沒有主子想使老奴才，他這輩子也就這樣了。

小喜子進了四爺府，只在前院書房讓張德勝教訓了幾句，無非用心當差，好好伺候狗，別亂使小心眼，李主子心軟慈善好伺候，然後就抱著百福被領進了小院。

小院裡的日子過得比他想像的好得多。李格格確實好伺候，一見面問了名字年齡就說太瘦了，讓玉瓶姐姐每頓多給他些肉吃，還拿了銀子賞他，給他做新棉袍。玉瓶等幾個姐姐大概都是聽格格的，對他都很照顧。

最讓他擔心的反而是他喊哥哥的趙全保。同為太監，他很清楚趙全保肯定不樂意再多一個他來分格格的寵。

可既然已經來了，他就必須在格格這裡扎下根。所以來的第一天晚上，他就給趙全保打了洗腳水，給他洗腳捏肩，還跪下發誓他的月錢都給趙全保。

趙全保皺眉道：「咱們小院裡不弄這些，讓格格知道了可不好。」

小喜子一聽就明白了，連忙道：「哥哥說客氣話呢，弟弟以後還有好多事要求著哥哥呢。」回頭就拿李薇賞的銀子買了個琉璃的鼻煙壺送給趙全保，裡面裝滿上好的鼻煙，見他收了才算鬆了口氣。

秋意漸濃。李薇的肚子有七個月的時候，柳嬤嬤就往上報給大嬤嬤，領著人開始布置產房。因為算著生產的日子大概是在過年前後，可進了七月就危險了，產房那裡就提前每天上午燒了炕烘屋子，被褥帳幔也是日日滾煮曝曬，避免有潮濕氣回頭再讓產婦進去了生濕疹。

大嬤嬤開了庫房拿人參交給柳嬤嬤，若是發動了就立刻切片拿去煮人參湯。內務府那裡在李格格剛懷上時就報了挑選奶娘的事，人選送來還要再讓四爺和福晉過目。

李薇被影響得也緊張起來，為了緩解壓力就逗百福玩。百福現在長大了些，正在長骨頭架子，看著不但瘦了，毛也因為換毛顯得不好看了，牠還心情不好地躲在狗屋裡躲了兩天。

李薇就給牠縫了件狗衣服，很簡單的小披風樣式，脖子和肚子那裡用繩子一繫就行了，百福穿著一跑就滑到肚子下面去，逗得李薇捧著肚子小心翼翼地笑，笑笑停停，停一會兒再接著笑。她現在生怕笑一下孩子就直接要出來了。

年紀太小生孩子好恐怖。她有時覺得她要真是個無知的，大概還會輕鬆些。現在看柳嬤嬤帶人布置的產房，就覺得進去生孩子簡直就是死刑！要是孩子到時生不下來……

胤禛最近去福晉那裡多些，偶爾中午過來看看李氏。主要是她大著個肚子，讓他覺得很陌生。這幾天他發現李氏偶爾會看著產房面露恐懼，為了安慰她，他當晚就在這裡留下了。

結果晚上他發現李氏偷哭。李氏偷哭不是小聲嗚咽，而是根本沒有聲音地默默流淚。因為她的肚子越來越大，現在都是側躺，她歪在裡面，面朝牆壁，看起來好像睡得很香，但他在宮裡也沒少裝睡，發現她連呼吸聲都消失了還能不知道她是裝的？

悄悄探身一看，就見李氏瞪大眼睛，慢慢放緩呼吸怕他發現，連哽咽抽氣都被她用放緩呼吸的方式化解了。然後眼淚不停地往下流，枕頭都濕了半邊。

胤禛看她這樣哭，先是心驚，不知道她哭了有多長時間了，以前哭估計也沒被伺候的丫頭發現。然後就是生氣，月份這麼大了還敢傷心成這樣，太傷身了！

他輕輕撫摸她的背，慢慢摸到肩膀把她扳過來，帳裡只看到李氏滿臉都是發亮的淚痕。

胤禛放柔聲音：「怎麼了？肚子餓了？」他挑了個很差的時機說笑話，本意是想逗逗她。有時人很悲傷，有點兒笑意就能把傷感打散了。

可李氏今天沒捧場，她非常認真地說了段話：「胤禛，我要是死了，你讓人埋我的時候能不能把我的墳頭衝著東邊？」那是她曾經來的方向，她不知道自己要是死了，靈魂是不是還能回家？

胤禛讓李氏這話說得有一瞬間心像掉進了井裡，「胡說八道！」他高聲罵道。

外面站著守夜的玉瓶和張德勝都嚇了一大跳，張德勝看看門，對玉瓶做出一個敲門的手勢，被她搖頭攔下。

再等等。玉瓶做口型。

帳裡，胤禛沉住氣，嚴肅地看著她：「這種話不許亂說！天上的神佛都看著呢！」罵完後，他摟著她，抓住她的手一起放在肚子上，「妳捨得孩子？」

李薇此時覺得自己很沒心沒肺……孩子沒生下來沒真實感啊……她現在真不覺得為了肚子裡的孩子冒生命危險無怨無悔。說實話這要是在以前，她都該抓著媽媽的手說我不要生了好可怕！

她現在就想對四爺說不想生了。幸好理智始終沒有放棄她，讓她到現在都記得四爺不是能完全包容她的人，不是她說什麼都不生氣的。

胤禛見李氏沒什麼反應，沒忍住在她耳邊小聲道：「妳捨得我？」

——捨得。

這時要是有人對她說死了還能夠在另外一個世界重新活一次，李薇覺得她肯定是義無反顧啊。四爺是她現在生活的信心和慰藉，不亞於地獄中的光明，可若有機會上天堂呢？誰還留戀地獄啊！甚至還不必是天堂，給她個回人間的機會她就對四爺喊撒由那拉。

四爺是價值連城的寶物，可要是有人問她要錢還是要命，她肯定是：要命。

李薇覺得自己辜負了四爺的真愛，別人肯定不會像她這樣生一個孩子都想逃跑。自我批判加害怕加糾結之間太複雜，她一頭扎進四爺的懷裡，嚶嚶嚶……對不起……

胤禛聽到李氏埋首在他懷裡喃喃說對不起，心軟之下也不再責備她了，抱著她輕輕拍撫道：「妳是年紀小，不懂事才害怕成這樣。女人都要過這一關的，日後爺跟妳的孩子們長大了，妳就該覺得現在的害怕很可笑了。」

——哪裡很可笑？一點兒都不可笑！

胤禛此時也想到李氏年紀太小，很不懂事，怕她天天胡思亂想就又變成天天來看她，晚上也歇在她這裡。發現她偷哭就扳過來勸哄，還拿宋氏來鼓勵她，像妳宋姐姐就生得很順利。

可他發現他這麼勸後，李氏總是悄悄瞪他，又吃醋。他沒辦法，開始拿福晉那裡的小格格當例子，他也是三五天見一次小格格，就跟李氏說小格格多可愛，小手小腳小鼻子小嘴，會看人會吐泡泡，最近正在學說話。

見說起小格格她聽得很認真，他就整天說小格格這好那好。

為了引開她的注意力，剛好內務府把奶娘選好了，福晉看過後送來給他看，他就帶去給李氏看。選奶娘首先是家世是否清白，生過幾個孩子，活了幾個，孩子現在養得都好不好，再看八字屬相有沒有相沖的地方，人是不是面目清秀等。

誰知他拿給李氏後，李氏瞄了一眼人選名單就看他，閃著眼睛就是有話要說。

胤禛放下名單：「怎麼了？」

「我想自己餵。」李氏低頭拉著他的手指說。

「胡鬧！」他皺眉道：「妳是主子，怎麼能自己餵！」想起宋氏，馬上添了句：「宋氏的小格格是體弱！」然後就瞪著她，看她敢不敢咒自己孩子一落地也體弱。

李薇當然不會，可最近大概是懷孩子懷得腦袋變笨了，她說：「孩子喝我的奶才跟我親呢！」抬頭被四爺一瞪，又趕緊低下頭，「我要餵嘛，讓我餵。」

胤禛看著被她兩隻手抓住的自己的手，她的小爪子緊張地抓住他，跟他的手指糾來纏去，都快打成結了。

這麼害怕還嘴硬！

他長吁一口氣，這個李氏！大毛病從來沒有，小問題層出不窮！

他坐下摟住她，看著那個已經大得有些嚇人的肚子，道：「奶娘還是要選。」然後看著李氏想反駁的樣子，豎起手指放在她嘴上，「晚上妳沒辦法餵，白天妳餵，晚上讓奶娘餵。」

於是，李氏就春暖花開地笑了，整個人都放鬆了。

胤禛看著她，不由自主地也跟著笑了，道：「這回如意了吧？」

她就笑吟吟地歪到他懷裡。

他摟著這麼個大寶貝，窗外秋風蕭瑟，他卻覺得屋裡春意融融。

壹貳章 喜得千金

李薇生孩子很不會挑日子。

正好是新年大宴的那段時間，就跟去年一樣，四爺和福晉每天都要去宮裡領宴。去年是大嬤嬤和李薇（掛名）管事，今年出宮建府了，內外院都有明確的章程，所以是宋格格總領（掛名），內院大嬤嬤和外院蘇培盛管事。

為了早起方便，四爺已經搬回前院書房。

李薇沒了人管，肚子又確實大得讓她無法忽視，乾脆發揮阿Q精神，呵呵……船到橋頭自然直，不管了，反正又不能真的不生。

她除了每天讓柳嬤嬤摸摸肚子確定胎位，就是看百福滾繡球。上次她給百福縫的那個狗衣讓四爺看見後，重新讓繡娘們做了幾套，小喜子天天給百福換一件。最近過年，穿的就都是紅的。穿紅衣的百福滾著紅綢綠線的繡球，眼一花就會分不清哪個是繡球哪個是狗。

這天早上，四爺和四福晉都走了。李薇剛醒來就在床上摸著肚子沉吟半天，對玉瓶說了句讓她當場摔了手上茶盞的話。

「好像開始疼了。」

玉瓶腿都讓她嚇軟了，眼瞪得像銅鈴那麼大，這時也不敢喊，顫著聲對也傻在屋裡的玉煙說：「快……快去喊柳嬤嬤，讓接生嬤嬤快來。」

柳嬤嬤起得早，最近府裡兩位主子都不在，她伺候的這位又是個靠不住的，所以睡覺都是豎著耳朵生怕那邊屋裡喊人聽不見。一聽到玉煙急匆匆的腳步聲，柳嬤嬤就一個箭步衝出來，兩人剛好撞個對臉。

「是不是主子有事？」柳嬤嬤邊問邊快步往主屋走。

玉煙臉都嚇白了，昨天晚上是她守夜啊！

她抖著道：「嬤嬤，格格說肚子疼。」話音剛落，柳嬤嬤已經小跑著衝進主屋了。屋裡，李薇倒抽著冷氣哼哼：「又疼了……又開始疼了……」

柳嬤嬤摸了摸肚子，脫了她的褲子看，怎麼算這時間都不大對，她道：「格格，您是什麼時候開始疼的？」

「不知道啊，我睡著了。」李薇還在抽冷氣，真是一呼吸就疼啊。

能把陣痛睡過去，這位主子簡直……柳嬤嬤都無話可說了，讓人趕緊去燒產房的炕。幸好這產房是每天都要燒炕烘烘的，不然寒氣一時半刻可散不了，就算現在燒上了，也要停半個時辰才能進去。

小院裡亂糟糟的，玉瓶正帶著人把產房的炕燒上。這邊李薇剛醒就喊疼，趙全保就跑去找張德勝了，怎麼說也是前院膳房比較近，要個熱水、熬個參湯更方便。張德勝一聽就帶著人來了，經過宋格格那件事他們都知道產房不能燒炕也不能點火盆，要在李格格進去前把屋子給烘暖和，不然她在裡面生七八個時辰再凍出個好歹可怎麼辦？

產房的炕很快燒熱了，新的鋪蓋被褥帳子也都換上，接生嬤嬤和大嬤嬤一起來的，看到產房烘得差不多了就讓人把炕熄了，免得人進去再一使勁哭叫熱過頭。

火盆也要拿出去，開窗散散炭氣後，柳嬤嬤和玉瓶架著李薇出來進了產房。

進去躺下，脫了褲子，腿上搭條夾被，嘴裡被塞了塊軟木，全副武裝後，李薇覺得自己基本已經不像人了。

柳嬤嬤還坐在旁邊說：「格格，妳要開始攢著勁了，一會兒疼起來別大聲叫，運著氣啊。」

李薇就記得以前聽說特別的呼吸法可以減輕產婦的痛苦，說好的呼吸法呢？

前院，留下看家的蘇培盛上了馬往宮裡奔去。幸好他有腰牌，以往跟著四爺進來也刷了不少存在感，進去並沒人為難，就是進去才知道四爺此時正在太和殿上！

蘇培盛驢拉磨似地在外面轉了兩個時辰！終於看到四爺，他不動聲色地擠到四爺的席位前，把原來跟著伺候的人給替了。

胤禛看到他目露詢問，他提著壺過去倒了杯酒，附在胤禛耳邊小聲說：「李主子要生了。」聽到這個，胤禛手中的酒杯倒是沒晃，就是有半刻忘了喝。等他緩過神來，對蘇培盛道：「回去盯著。」

蘇培盛應下，又問：「要不要去永和宮……」通知福晉？

胤禛仔細想了想，認為府裡有大嬤嬤她們，福晉回去也不頂什麼用，何況過年這麼關鍵的時候，讓福晉為個格格生孩子就回去太顯眼，對李氏也不好。再說，一件事最忌諱有兩個主管，福晉不在，大嬤嬤一個人都能做主，有福晉，大嬤嬤就事事都要報給福晉，福晉再仔細參詳，再商量，再回給大嬤嬤，這一來一回就容易誤事，互相推諉。

他搖頭道：「不必，宮裡的事要緊，就說爺全託給大嬤嬤了。」

蘇培盛替大嬤嬤叫苦，扭頭回府了。

剩下的宴會胤禛一直在走神，端著杯子跟人敬酒閒話時心中卻在算李氏這是懷了幾個月？算了幾次都是不到九個月，八個半月。然後就是生氣，宋氏都知道挺過新年大宴等人都在家了再生，李氏怎麼就專挑這不方便的時候！這種日子也不好叫太醫。

越想越急越慌，太醫沒辦法叫，城裡的醫館裡是有大夫的，蘇培盛應該不至於連這個都想不到吧？他一邊想剛才忘了交代一聲，一邊想現在叫人回去傳信也來得及。

找了個空，他對在身邊伺候的張保道：「回去告訴蘇培盛，別叫太醫，去城內喊大夫。」

張保小聲應了。看他走了，四爺算是放了一半的心。

張保年紀雖小，可也是從宮裡跟著伺候過來的。他從內務府出來伺候的第一個主子就是四爺，算是嫡系中的嫡系。別看蘇培盛挺信重他的徒弟張德勝，可在四爺眼裡，張德勝只是給蘇培盛打雜的，壓根不算數。

所以，張保就沒直接回四爺府。他出了宮就直奔前門大街，挑最繁華的路段最大的醫館藥局，進去問清哪個是專治小兒婦科的，提上藥箱就走。

等張保帶著大夫回府，從大門直奔後院時，蘇培盛也在發愁請太醫的事，正跟大嬤嬤商量著。

大嬤嬤道：「現在格格的情形看起來好著呢，再說現在正是過年的喜慶時候，太醫那邊不是那麼好叫的。」

蘇培盛論年紀還是不如大嬤嬤，他跟四爺是一輩的人，這時已經有些把不住了，愁道：「總要備一個。」

大嬤嬤沉吟道：「太醫就算了，倒是街上的大夫可以叫兩個好的過來先用著。」

「街上的……能行？」蘇培盛有些信不過外面的大夫，主要是四爺看重李格格，再加上她肚子裡的孩子，蘇培盛不敢不慎重。

正說著，張保滿身大汗地帶著大夫進來了，站定後氣都沒喘勻就道：「這是主子爺讓我送回來的，主子爺說現在過年不讓叫太醫，就用外面的大夫。」

話說完，他還要趕緊回去，抹把汗，茶都沒喝就走了。

有了這句話，蘇培盛也沒二話，趕緊再叫人去外面多請幾個，保險。大嬤嬤讓人領著這個大夫去問清家世來歷姓名等，再換身衣服進去切脈。

胤禛見到張保回來，得知大夫他是直接請了送回府的，讚賞地點了下頭，又聽說李氏現在還好，心也定了，想著說不定等他回去的時候還沒生下來呢。

誰知，胤禛和元英踏著暮色剛進府，那邊報了喜信，母女均安。

莊嬤嬤和柳嬤嬤一起進正院給四爺和福晉報喜，「二格格五斤一兩，眉毛眼睛都清秀得很呢！李格格也好，生完還很有精神，現在那邊正收拾著。」莊嬤嬤道。

柳嬤嬤就更詼諧些，她也是從宮裡跟過來的，不比莊嬤嬤是開府後才分來，見四爺時還有些放不開，她就笑道：「李格格生得順當極了，參湯、大夫都沒用上呢。」

胤禛聽著就笑了，元英也笑道：「李氏是個有福的。妳們好好照看李格格和二格格。」

等兩人退下，胤禛就站起來道：「我去書房，妳也不必急著去看李氏，明天叫妳的嬤嬤去一趟就行。」

元英道：「爺放心，我都理會得。」

胤禛去了書房，先是裝模作樣地逗了一會兒百福，那邊一熱鬧起來，蘇培盛就讓小喜子帶著狗先到這邊來，省得礙事。百福把繡球叼過來往他手上放，五回裡有三四回他都走神沒注意。

估著時間差不多了，那邊該收拾好了，就直奔小院去。

小院裡，李薇一邊讓人餵著，一邊抱著孩子餵奶。懷孩子時她補得胖了三圈，個頭也躥了有三寸多，可好像沒補著孩子，全補她身上了，孩子生下來並不算胖。

她奶開得好，兩天前就開始淌乳汁，今天剛生完她餓得覺得自己都快成紙片了，奶也噴出來了。

「祖宗！」李薇抱著小寶寶餵她，生完後她居然一點兒心事都沒有了！像是甩掉了五十斤肉，整個人都輕鬆了。

玉瓶正一勺勺地餵她紅糖水泡雞蛋糕，這糕也是她要吃的，膳房是不會做烤雞蛋糕的，但人家還真做出了她形容的「口感鬆軟，有蜂窩狀小洞洞」的黃色雞蛋糕。剛生完她就喊：「快餓死我了，用紅糖水泡雞蛋糕，這個快！」

一口氣吃了七八塊拳頭那麼大的雞蛋糕，終於緩著這股餓勁，孩子也喝飽奶抱下去了。胤禛此時剛好進來，正撞上奶娘抱小格格出去，他湊近看看這擠著眼睛渾身紅彤彤的小傢伙，覺得這皮子嫩得他都不敢碰。

看了半天，他交代奶娘要小心照看，小格格出一點兒事她全家都保不住！

威脅完專業人士，他走到屏風前，隔著屏風，道：「辛苦妳了，小格格很好。」

李薇看自己辛辛苦苦生了他的孩子，換來的就是他隔著屏風說話？這算什麼？一委屈，大概感情上還很充沛，腦子還沒調試到「清醒」這一檔的李薇，嘴一扁，哭了。

正伺候她的玉瓶驚訝地喊了聲：「格格？」

胤禛一聽話音不對，直接繞過屏風進來。還以為出了什麼事，結果看她臉色紅潤，就是一臉委屈地掉金豆子，最近真是越來越愛撒嬌了。一面覺得是不是最近太寵她了，一面走過去坐在床邊的凳子上。

屋裡已經熏過香，她也梳過頭、換過衣服，看著並不邋遢。只是遠看覺得她面色紅潤，近看才看到一臉的憔悴和虛弱，臉上的紅反倒顯得很不自然，讓人擔憂。

他摸摸她的臉，沒摸到胭脂，卻覺得臉上有些燙過頭，這麼紅是燒的？試試額頭也很燙，這下著急了，道：「叫大夫進來。」

玉瓶趕緊道：「大夫都讓回去了。」

「胡鬧！」胤禛怒道：「去叫回來！這幾天就住在府裡！」然後訓玉瓶，「沒發現妳主子發燙了？還不快滾！」

玉瓶連滾帶爬地撲出去喊趙全保，趕緊去追大夫！

李薇一看到他就不哭了，摸摸臉，是有些燙，但她覺得自己很輕鬆，所以應該是正常的，就道：「沒事。」

「躺下。」胤禛扶著她說。

「等等，我要的餛飩還沒吃呢！」吃過雞蛋糕後她特意點的！點明說蝦仁要整個的！還記著吃的，應該問題不大。胤禛摸著她的手，也很燙，想起伸到被子裡摸床褥，才發現原來又燒起了炕，可能是怕生完再著涼，這才算鬆了口氣。

「怎麼這麼早就生了？」四爺還是埋怨她這個。

李薇卻很高興，生完真的放下一塊大石啦！

「沒事，足月生孩子就更大了，現在她小呢，一下子就生出來了。」她雙手在那裡比劃著大娃娃和小娃娃，表示太大生起來是多麼辛苦。

胤禛看她實在很樂，臉上一直掛著笑，可精神越來越懶，眼皮子都快黏到一起了。可她還是死撐著等到餛飩上來，雞湯下的，餛飩照她說的裡面有整個的蝦仁。此時的蝦可貴重得很，北邊已經沒了，只有南邊才有，這是新年前剛供上來分到四爺府的。

胤禛知道她喜歡，特地發話全留下來精心養著，她要吃時就現做。

一碗蝦肉餛飩下肚，李薇終於沒心事地睡了，等她睡下，胤禛才去隔壁看小格格。因為她要餵奶，小格格也沒出屋，就在一道牆那頭的小隔間裡。

小格格包在襁褓裡，胤禛俯下身盯著她的小臉看個沒完，小格格扭一扭，他就猜她是不是包得不舒服，他解開襁褓，本想仔細看看摸摸是不是哪裡硌著她了，卻看到了她的手指。她的十根手指，指甲長全的只有六個，另外四個指甲只長了一半。

他的臉上頓時風雲變色，跪在地上的奶娘瞄到他的神色，抖著聲音小聲道：「格格這是生得早了，在娘胎裡長足就不會這樣，到滿月就能長好了。」

胤禛再輕手輕腳地原樣把她包好，轉身沉聲道：「小格格一旦有少一根頭髮，爺要妳一家子的性命。」

回到書房，胤禛叫來蘇培盛，道：「李氏生產前後的事，細查。」

宋氏瘦成一把骨頭也是九個多月的時候生的，李氏養得那麼好，孩子生下來身體也不錯，怎麼就生得這麼早？

蘇培盛早在李薇這邊一叫疼說要生，那邊就把小院前後都給圍了，最近兩個月小院裡進出的人員，物品清單也拿到手。李薇在屋裡生著，大嬤嬤和他就盯著單子從頭到尾地查啊，人也挨個輪流都盤問過了。

結論就是：沒事。

就算有事，他也沒查出來。至少福晉的正院那邊，他沒敢細查。

要是李格格是個側福晉，要是她這胎是個阿哥，或者這個格格死了，蘇培盛都敢拚一把。在宮裡待的時候久了，他也算懂事，知道不能事事都等著主子護著。主子不缺人伺候，沒了他蘇培盛還有別人呢，所以當奴才要自己心裡有數。就比如這次這件事，真查出來跟福晉有關了，四爺肯定不會滅了福晉，頂多冷一冷她。要是四爺夠狠心，那就一輩子晾著她，不讓她生孩子。

可這事要分開看。李格格能一直得寵嗎？福晉日後不會把四爺給籠絡過去嗎？說句誅心的話：他也不知道四爺和福晉哪個活得長啊！萬一日後四爺走在前頭了，福晉還在府裡，哪怕沒親生的還不能抱一個？再不濟過繼一個。

所以，蘇培盛查的時候只查了李格格這邊的人。他能打包票，李格格屋裡伺候的，包括當天進來伺候的，都沒弄鬼。至於外頭有沒有弄鬼的，他就不管了。只是就這麼拿給四爺行不行啊……

蘇培盛拿不准，轉頭去找大嬤嬤商量，他也是想取個巧，他想啊，這大嬤嬤怎麼說也比他跟正院近吧？要是她說正院沒弄鬼，他也好交差。

結果大嬤嬤一聽，立刻推得叫一個乾淨，什麼這都是阿哥爺交給你的差事，咱們怎麼好插手？什麼如今格格剛生完，事還多著呢，咱們這都忙不過來，就不指手畫腳了。

拖到晚上，蘇培盛只好拿「沒有問題」這個答案去報給四爺，果不其然被賞了一腳，蘇培盛硬頂著讓四爺踢實在了，然後趴倒，磕頭道：「絕不敢欺瞞主子！奴才也提著心，李主子有了身孕，吃的用的，奴才和大嬤嬤天天盯著。這次也是李主子一發動，奴才和大嬤嬤就把小院圍了，連兩個月前的進出都查遍了，真的……真的……」

胤禛讓他滾到外面去跪著，再叫大嬤嬤來問。

大嬤嬤自然是不同的，她的話也能讓他聽進去。

大嬤嬤道：「主子別嫌老奴倚老賣老，奴婢在宮裡看得多了。李格格得主子的寵愛，人人都盯著她，奴婢身在後院，不說把兩隻眼睛都放在她身上，至少也有一隻是盯著她的。這次的事，估計真是個意外，可能是李格格運氣好，要養到足月再生，孩子只怕還要再重兩三斤，那時就更艱難了，哪有今天順當？」

她也不會說她覺得福晉那邊這段日子對李格格好過頭了，不說天天賞，隔三五天就有一回，還時常叫人過來看。也不進屋，就在外頭問問柳嬤嬤。

叫她說，心裡沒鬼的做這麼周到幹什麼？她見得多了，福晉這樣心裡要沒鬼才沒人信呢。

可大嬤嬤不能拿她的疑心去告福晉的罪。何況李格格身邊還有柳嬤嬤呢，如今孩子已經平安落地，李格格也沒大礙，清楚不了糊塗了，就這麼算了是最好的，所以她才不多嘴呢。

胤禛聽到耳裡，疑心就消了一半。

一個月前太子那裡也得了個小格格，沒幾天就沒了，因身在宮裡不好查問，太子也是難過了幾天就強打精神準備過年。當時他就想，若是在自己府裡，必定不會讓孩子出這樣的事，連問一問、查一查都不行。關起門來，他就是唯一的主子，在自己的地盤還有什麼不行的？

宋氏在宮裡還能平安生產，李氏在宮外反倒無聲無息地早產。想到這個，就讓他怒髮衝冠。

「我信嬤嬤。」胤禛平靜道：「既然嬤嬤說沒事，那就是沒事。」

大嬤嬤心裡一沉，跪了下來。

胤禛：「既然能平安生下來，那就能平安長大，我把二格格交給嬤嬤了。」

大嬤嬤只覺頭頂一座泰山壓下來，整個人都快被這個噩耗打得沒氣了。

——我的阿哥爺啊！誰敢拍著胸脯打包票說一個小娃娃能平安長大？我又不是神仙！

可此時也只能一臉忠心地表示沒問題交給我，退出來後就發愁了。只好一回去就喊來莊嬤嬤，兩人親自去小院把裡裡外外，連廊下的花、籠中的鳥、缸裡的魚都查了個遍，以確保萬無一失。

查完，大嬤嬤道：「以後每天都要來一次，要辛苦妳了。」

莊嬤嬤點頭，「給主子辦事，哪敢說辛苦？」

升職的機會來了好嗎？莊嬤嬤激動得簡直像喝了雞血。

她就盼著哪個不長眼的真害了李格格，那……嘿嘿嘿……

看著莊嬤嬤一臉的躊躇滿志，大嬤嬤放心了，多來幾個這樣的，李格格這裡肯定固若金湯。

大夫們被留下來住了十天，此時小格格已經睜開眼睛，李薇也排乾淨惡露，天天雞湯、魚湯、豬蹄湯補得越來越白嫩肥美，現在餵奶她都要巴住乳房，怕太大悶住女兒的口鼻。

這天，柳嬤嬤給她按摩肚子時，李薇一邊感歎著還有產後護理，收肚子的？一邊疼得齜牙咧嘴，喊得比生女兒那天還慘。

胤禛剛好來看她，在小院外聽到這聲音時趕緊進來，見大嬤嬤就守在門外才鬆了口氣。叫到旁邊屋裡一問，大嬤嬤道：「這也是柳嬤嬤的拿手活，讓她這麼按按，恢復得快些。我認識的嬤嬤裡也就她會這一手，也不肯教給旁人。」

胤禛放心了，再聽這慘叫就覺得刺耳，李氏太不矜持，對伺候在一旁的人道：「去讓妳主子喊小聲點兒。」

李薇一聽四爺來了，委屈勁上來又想哭，可覺得自己最近這哭點也太低了，今天聽說他讓自己叫小點兒聲就又難過了，這不行，總撒嬌四爺肯定會煩。她就憋著，一邊抽抽一邊喊，都是剛疼了忍不住叫了，叫一半想起來又忍住。

他在隔壁聽得更彆扭了，這叫一半憋住還不如全叫出來呢，好像他多委屈她似的。

他一過去，就看李薇疼得臉慘白，雙手緊緊抓住帳幔，整個人都快貼到牆上，玉瓶按住她的肩不讓她躲，柳嬤嬤看著手慢，可按得毫不猶豫，簡直是酷刑現場。

再說一看到他，李氏的眼淚就下來了，扁著嘴淚撲簌簌地掉。

胤禛坐過去，摟著她，示意柳嬤嬤繼續按，這個既然對她好就行，足足按了一刻才停下。柳嬤嬤從四爺進來後臉是嚇得慘白，額上出了一層汗，按完趕緊退下了。

人都走了，四爺把手放在她的肚皮上，她都嚇得手一放上去，肚皮就抖，牙還打戰。

「不揉、不揉。」胤禛哄著，手在她肚子上輕輕地放著，「哭吧，想哭就哭吧。」一哭就痛好嗎？肚子一用力就痛好嗎？不哭！於是她就咬住嘴眼淚不停下滑。

胤禛心道，李氏最大的天分就是撒嬌，委屈時、不說話時，哪怕她低頭不看人都像是在撒嬌。她要不是指給了他，若撩了牌子聘到一般人家也養不起她，這種性子只能讓人收藏在屋裡，天天慣著順著。

想到此，他把她的頭往懷裡一按，因為他被逗笑了。感到李氏趴在他胸前還在掉淚，他噗哧一下沒忍住笑出了聲，怎麼就這麼愛撒嬌呢？

李薇發現了！他好殘忍！她這麼痛他還笑！她用力想推開他，可又痛又哭早沒力氣了，四爺抱住，臉上還帶著笑意，見她掛著滿臉淚花就替她抹了一把，很沒良心地問：「還哭不哭？」

李薇氣壯慫人膽，很沒底氣地說了句：「哭。」

「那接著哭吧，啊。」四爺配合道，還從袖子裡抽出個手帕塞她手裡。

嚶嚶嚶……哭不下去了！哭意一散，李薇自己都覺得剛才她哭得很沒道理。剛生完孩子都是這麼感情充沛嗎？說哭就哭，說笑就笑？她靠在四爺懷裡還在抽抽。

胤禛撫摸著她的肩想著心事，屋裡安靜了下來。

外面的玉瓶等人一直聽著屋裡的動靜，此時才敢悄悄往裡瞄一眼，見兩人靠在一起氣氛很好都放心了。

柳嬤嬤一直到現在才放心道：「我的祖宗啊，可算是能回去歇歇了。」玉瓶好聲好氣地送到門口，柳嬤嬤道：「沒事，我也是伺候人伺候了一輩子的，什麼沒見過？主子們都是明理的，不會跟咱們這些小人計較。」

玉瓶還是塞給了她十兩銀子才送她出去。格格雖然受寵，這些小人物卻都得罪不起啊！

第二天宮裡得了消息，這個孩子出來的時機很巧，大過年的報上去說四爺府添了個小格格，雖然沒有賞，但德妃那裡知道後誇了句「是個有福的孩子」，胤禛再進宮就有兄弟敬酒說恭喜。

太子也特地在他敬酒時提了一句，道：「孩子剛落地，不敢驚動，也不敢賞。皇阿瑪和皇瑪嬤都是很高興的，我這個當哥哥的也替你高興，好好養，等她大了我給她添妝！」

前段日子剛夭折了個格格的太子跟四爺喝了三杯才放他走，差點連名字都幫四爺取了。

胤禛跑得很快，心想你不是連孩子都想替我養吧？幸好沒讓你開口。

月子後的李薇最大的問題就是：減肥。

可顯然除了她之外，柳嬤嬤、玉瓶，包括四爺都不認為她胖。

柳嬤嬤說：「格格這樣才是貴人呢。」

玉瓶道：「格格這樣叫富態。」還小聲說：「您不用擔心，您天生骨頭架子就小。宮裡的娘娘都是大骨頭架子，您看宜妃，她才叫那什麼呢。」

出宮了膽兒肥了啊！李薇驚訝地看著敢編派宮妃的玉瓶，用眼神表示「我很佩服妳」，然後說：「我沒見過宜妃啊！」

事實上著名的四妃都沒見過，連四爺的親娘德妃她都沒見過。說起來也是在宮裡住過兩年的，真丟人啊！好像去一個景區沒逛著名景點只在周邊轉轉就出來了。

玉瓶一噎，道：「反正您不需要餓自己，柳嬤嬤不是說嗎？再等兩個月等肚子縮回去就好了。」

她只好去徵求四爺的意見。四爺聽她說起才仔細打量她幾眼，點頭道：「是比以前有肉了。」

這評價好像也不是貶義的。對他當然不能太直白，要委婉，她就試探地說：「那你喜歡嗎？要不要我再瘦一點點兒？」說著把他的手拉到腰上……現在這都不叫腰，提起來就是滿臉淚。

四爺的手放在她腰後的癢癢肉上，突然迅速地抓了兩把。

「啊！」她瞬間尖叫著弓成了一隻蝦躲開他的手。

被他抓回來，他說了句：「喜歡……」還有其他什麼的沒聽清，然後就被他和諧了。和諧的過程很和諧，四爺充分表現出對她這一身肉的滿意，壓在她身上時還喜歡搖一搖，然後很色地一笑。

好吧，我知道你很滿意。

李薇就被他鬧得很羞很羞。

哺乳期的胸也很受歡迎，搞得最後床上最多的是奶汁，簡直是羞恥Play，李薇有種三觀要裂的感覺。

經過這一夜，李薇重新建立了對身材的自信心，這不叫肥，這叫豐滿。

「生的……是個小格格？」宋氏呆怔地看著鴛鴦。

雖說搬出來了，她跟福晉那邊的關係卻沒斷。她不但每日都去請安問好，兩邊的下人也常來常往的，何況還有葫蘆呢。

葫蘆是福晉給宋氏的，一來就當了貼身的大丫頭。宋氏的鑰匙都交給她管著，平時要給大格格的奶娘送東西從來都不避著她。葫蘆是烏拉那拉家的家生子，一家子都是福晉的陪嫁。她對福晉是忠心耿耿。

但人心都是肉長的，只要跟福晉那邊沒牽扯，她也樂意盡心盡力地服侍宋氏，宋氏也沒有避諱她的意思。

知道了李格格那邊得了個小格格後，宋氏也不念經了，在蒲團上跪了半天，還是葫蘆看她雙眼無神，試探著喊她：「格格？」上去一扶，只覺得宋氏身上都嚇軟了。

葫蘆也替她心酸，給一旁的鴛鴦使了個眼色，兩人一起使勁把宋氏給扶回屋。

等四下無人，葫蘆輕聲嘆道：「格格，您放寬心吧，咱們大格格在福晉那裡呢。」

宋氏此時才掉下淚來，哭不出聲，她捂著嘴，兩行淚無聲地滑下來。

宋氏心酸，武氏聽了只是大喜過望地連聲吩咐：「快替我備東西，等李姐姐開了我去看她！」這會兒那院子可進不去人。聽說大嬤嬤和張德勝給把得水洩不通，她這裡的人也被查問過了，說是李格格生得太早，疑心是給人害了。

真是讓人害了嗎？武氏心底有著隱約的快活。

她真讓人害了？呵呵，不但可能讓人害了，還生的是個小格格。武氏心裡高興，面上歡喜，倒也正好。

高興的不止武氏一個。

連元英都覺得自己好運氣，兩個格格先她一步有孕，然後生下來的卻都是格格。這大概就是老天保佑了，去小佛堂上香供佛經時，她忍不住祈求，如果上蒼有靈，讓她能一舉得男吧。

胤禛也有類似的感覺。宋氏不必說，李氏卻是他心頭好，這兩人接連有孕又都生下格格……難道阿哥真要托生在福晉的肚子裡？出於這個想法，他開始常常去福晉的正院，後院裡開始流傳福晉專寵的話來。

其他人如何想不知道，李薇是直慶幸。短時間內，她可不想再懷孕生孩子了，就像柳嬤嬤說的，兩個月後她的肚子就差不多收回來了，二格格滿月時她的肚子還像五六個月的樣子呢，可變大的屁股和胸沒變回來，這身材太勁爆了。她又不打算走肉慾情色路線，於是決定最近幾個月少出現，儘量躲著四爺，必要時候可以吃羊肉。

幸好，不等她祭出羊肉，四爺就開始往福晉那裡跑了。酸是要酸一下的，不酸就不正常了，但酸完還是慶幸的心情占上風啊！順便猜測四爺是不是也愧疚了？兩個格格都生過了，福晉還沒懷呢。

四爺和福晉好了，兩人商量起事情來就方便了。在提到兩個格格一個周歲、一個滿月後，胤禛說放到一起請客好了，省得還要讓客人們來兩回，略費事。

這一天也很快就到了，因為李薇沒機會去看現場，只是打扮好女兒送出去，一會兒再由四爺送回來。

從此兩個格格排了序齒，稱大格格和二格格。名字暫時先省了，照四爺的意思，大格格生下來就體弱，二格格是早產，都要延後取名，出嫁時再說吧。不過私底下，李薇就按照之前與四爺選好的名字，管自己生的這個叫額爾赫。

四爺給額爾赫送的是個碩大無比的金鎖，李薇掂了掂，足有七八兩。這當然不是讓戴在身上的，而是掛在孩子的悠車[14]上。四爺的意思是金子重，能替孩子壓住命。

好像現在人都認為小孩子容易夭折是命輕，好像風一吹就能吹跑似的。李薇看著女兒也很擔心，古代可沒有現代那麼多疫苗，小孩子確實很容易那個。

既然四爺現在跟福晉好著呢，她正好把心思全放在女兒身上。先是拿著雞毛當令箭把奶娘的活給搶了，抱著額爾赫自己餵，餵著餵著發現自己瘦了！真是意外之喜啊！當聽到四爺要出門的消息後，她更是蘊釀著把額爾赫搬到她的屋裡來！明明是母女卻要住在兩間屋子裡，真是破規矩！

去年黃河發大水，從河南到山東一路都遭了災，萬歲爺也是下旨撫賑，又是免稅賦又是自己減膳，一眾大臣也跟著做，眾志成城把這災給熬過去了。現在總要去看看這災區都怎麼樣了？官府把錢都花到哪裡去了？用了幾成修黃河？災區的田都復耕了沒有？流民回流幾成？

這些萬歲爺都打算讓四爺去看一看，保守估計他這一去至少是一年，多了一年半都有可能。

康熙爺和太子商量的時候，在三爺和四爺兩個人選之間糾結。三爺年長，可人比較好空談，對文人的好感太重，怕派他去再讓人哄回來。再說，越過他派弟弟出去，怕三爺面上過不去，再影響他們的兄弟情。

四爺務實，就是年紀小些，怕他去了壓不住陣。

最後還是定下了四爺，畢竟這次去不是表面功夫，不是辦實事的去了也白去。隨行官員一一選定，康熙爺用心多挑了幾個熟悉地方的給四爺壓陣，然後把四爺叫到宮裡下了旨。康熙爺拉著四爺先是勉勵，再是打擊，讓他跟著諸位大人出去要多聽少說，還有君子不立危牆之下，給他派了二十個侍衛和五百護軍，早去早回。

之後太子又拉走交代。太子比較實在，不說虛的，先把從戶部、吏部調來的河南上到一方巡撫，下到一縣父母各級官吏的履歷和近年各地免稅賦的總額、撥去的糧款等一總全搬給四爺，道這些文書四爺不能帶走看，最近幾天就早點兒來、晚點兒走吧，拚著在出發前能看個囫圇就行。

於是胤禛就長在太子這裡。凌晨剛開宮門就進來，晚上要下千兩關宮門再走，要不是太子這裡有女眷住不開，他都願意住下開夜車。

隨行官員中也有前來找四爺混臉熟的，雖然有阿哥不得結交外官的說法，但打著公務的招牌也無人在這時跳出來唱反調。胤禛趁機結交了幾個經年老吏，多是戶部的人。雖然不好把他們要回自己府裡當個幕賓，也求他們介紹幾個相熟的，四爺府虛位以待。

出京前，胤禛已經對此行的大致情況了然於胸。

康熙爺的囑託，太子的叮嚀，他都做到了心中有數。他這次去的主要任務不是抓貪官，可以說各級府衙小貪無妨，只要把事情辦好就行。比如境內無流民啊，田地的復耕有七八成能應付來年啊，黃河沿岸不至於說都是空村空屋，百姓能吃個三成飽，不至於賣兒賣女來活命他就知足了。

條件放得如此之低，他覺得這趟出去還是應該很順利的。官員們再貪腐，也該知道當面留一線，日後好相見的道理，把百姓都逼死了，他們這些官也當不下去嘛。比起四爺的美好心願，四爺府裡就是另一種情形了。

注釋——

14 悠車：又稱「搖車」或「悠車子」，是滿族人傳統的育兒工具，形如船，木製一般用篩板圈成，前後兩頭的左、右兩側，各繫前後兩環，以長皮條或繩穿環內，懸於梁上。悠車是東北少數民族的發明，所謂的「東北三大怪」：大姑娘叼菸袋、窗戶紙糊在外、養活孩子吊起來，當中所指的吊起來，就是指「悠車」。

元英首先覺得太不湊巧。最近她和四爺的關係好著呢，正想趁熱打鐵懷個孩子，誰知就要出去一年多。可四爺正是年輕打拚的時候，現在又不是在草原上，阿哥們除了一個胤禔外就沒有領兵的，不打仗去哪裡刷功勞？沒功勞怎麼掙爵位？所以四爺這一去，她不但不應該生氣，反而應該高興。畢竟四爺有出息，她是第一受益人，李格格再受寵也沒她的份。於是，元英跟大嬤嬤商量著怎麼給四爺準備行李。

元英比較小心，總怕準備得太多給四爺添亂，所以只交代各種藥材多準備一些，厚衣服多帶兩身，薄衣服少一些，到當地買也來得及。畢竟出去一年呢，帶足一年的東西不如多帶些銀子輕便，輕車簡從嘛。

大嬤嬤卻是另一種做法，她開出來的單子足有三尺長。除了家裡現有的，還要到外面大量採買。「窮家富路，寧可現在麻煩些，也免得到路上要用時沒有。」大嬤嬤道：「阿哥這一去就是一年多，吃喝穿用都要在路上。有時前不著村後不著店的，有銀子都買不到東西。」何況阿哥出門，隨從將近一百人，還怕沒騾車馱東西？

元英才發現她考慮的方向有誤，四爺再簡樸，他本人也是個阿哥，該有的排場都要有。大嬤嬤到底是從宮裡出來的，從來不嫌四爺排場大，只怕不夠大。

於是連車上燒的炭都裝了兩車，其他的如馬桶、浴桶一類也在清單上，元英就毫不吃驚了。最後果然收拾出來二十幾輛車，跟車的隨從都有六十多人。前院書房裡的人幾乎全帶出去了，就留了個張保帶著兩個小太監看家。書房門一鎖，誰都不用開了。

後院裡，大嬤嬤還安排了四個丫頭隨行，三位格格現在都有空，就看四爺要帶哪個。元英愣住了，帶丫頭和格格出門可以理解，只是這次難道又要被她們走在前頭？

胤禛心裡是想帶李氏出去，可李氏剛出月子沒幾天，出去後舟車勞頓、風餐露宿，想也知道李氏的身體未必能頂下來。宋氏自從生了個體弱的大格格後，四爺對她總有些不舒服。武氏是年輕，他也還沒厭煩，可是想起他這一走，後院裡就李氏帶著剛出生的額爾赫，就算有大嬤嬤照顧也不是萬無一失。乾脆一個都不帶。

李薇送四爺出門時只想感歎：終於走了。聽說萬歲爺讓他出差是兩個月前，一口氣準備了兩個月才走成。這也太浪費時間了。她剛知道的時候也是離情依依了好幾天，還親手做鞋給他，結果做了十七雙鞋才把他送走，什麼離情都消耗完了。

這鞋也是李薇想的新鮮點子。滿人穿的多數是靴子，靴底一般是牛皮的。進入中原後，他們也學會了用硬布漿做成的鞋底，這個更透氣。李薇做的是用不易斷裂的木頭在硬布漿的鞋底下面加一層，還要在鞋底做出各種花紋增加摩擦力。

沒辦法，橡膠的鞋底對人在古代的李薇是力有未逮。

做出來的鞋底略沉，但能走遠路，抗磨啊。而且鞋底不易壞，鞋面有磨損可以直接換個鞋面，相當省事。

李薇淚流滿面，終於能蘇一回了。關於這個鞋底的想法早在頭一次學穿花盆底的時候就有了，主要是這種蘇法李家扛不住。也就是四爺府，她能對工匠說「找一種不易有裂紋、不易斷裂的木頭做成一寸五分或兩寸的鞋底」。

誰知道工匠試了多少種木頭？都有多名貴？反正最後工匠送來的鞋底非常美觀大方，上了好幾遍的桐油和漆，好像是為了增加它的韌性。李薇再在專業人士的指導下把新式鞋底黏在做好的鞋子上用銅釘固定。底略厚，乍一看很像現代的鬆糕鞋。

在四爺來後讓他試了試，瞬間覺得他比以前高了一點點，海拔不一樣了。

胤禛在屋裡、院子裡來回走了幾圈，回來看李薇一臉不安地連聲問他：「好走嗎？會不會太硬？太沉？」

「妳穿花盆底會太沉嗎？」胤禛難得有心情當著外人的面調侃她。

這鞋底讓胤禛很滿意，發話抓緊時間給他所有的鞋都鑲上。

「妳想給這種鞋底起個什麼名字？」四爺問李薇。

「千里路吧？」李薇道：「當時就是想讓您出門時走路方便些，不費腳。」

當晚，兩人在帳裡，胤禛向她解釋：「原來是想帶妳一起去的，只是這一路出去，沿途的市鎮都蕭條了不少，雖然是春日也不能賞景，也不比江南或塞上，有繁華盛景可供消磨。妳剛出月子，身體要養回來還要過一陣，小格格是早產，也離不了妳的看顧。」

李薇聽著只顧點頭，說這麼多只為了解釋他不帶她隨行的原因，其實只要說一句就好，她又不會誤會他。

「爺，我都聽您的。」李薇趴在他懷裡再三表決心。

胤禛嘆氣，「怎麼能都聽我的呢？妳自己也要有主意才行。」這一走就是一年多，也不知道她自己在府裡能不能顧住自己和孩子。

這李氏的心眼估計是全使到他身上了，看那鞋底好用還方便，又不費銀子，有了鞋底隨便哪個工匠都能做，簡單易得。剛聽說他要出門就能想出這個來，不由得他不感念她的一片真情。要是能分出一半心神來放在她和孩子身上，他也不至於出個門都這麼擔心。

想了想還是忍不住交代她：「咱們府裡人口雖然簡單，可有人的地方就有是非。妳一向沒什麼心計，平時也不去與人結交，以前只是自己還好，現在添了個孩子，總要學著長些心眼。」

李薇窘。四爺府是龍潭虎穴嗎？她跟福晉、宋氏、武氏她們相處也有兩三年了，別的不說，一些事還是有數的。下毒動刀子這些都不會有，殺人放火還是要天分的，一般二般的不容易碰見。

要說給她前面挖個坑看她往裡跳倒是有可能，但只有千日做賊，哪有千日防賊？她天天擔心這個日子就不必過了。何況總想著她們是不是都要害我，不如等她們真動手了再說。只要死不了，勝負還很難說。

胤禛聽李氏說了一通她的心裡話，最後她道：「我只要護住自己和小格格的性命，真有人犯到頭上就打回去，等爺回來給我做主不就行了？」她有寵、她囂張、她自豪。

——爺要一年後才回來呢。

「別的不說，爺在家裡待我最好，我是最清楚的。」李氏這話說得倒是毫不臉紅。

——爺是待妳最好，可妳就沒發覺身邊都是眼紅妳的人？爺不在府裡，她們巴不得妳一病沒了，等爺回來只剩去看看妳的墳頭了，就是殺一百個人給妳填命，妳死了也是萬事皆空，等日子長了，爺自有美人相伴，哪裡還記得妳的好處？

胤禛絕了讓李氏自己長進開竅的心，想了想還是應該再交代張保兩句讓他睜大眼睛。因為是太監也不必忌諱什麼，直接讓他去了後院福晉那裡。

睜大眼睛看著誰這就不必四爺明說了。張保跪下道：「請主子爺放心，李主子和小格格少一根頭髮，奴才再不敢見主子爺。」

四爺一走就是一年，府裡當然不能像新年大宴時那樣讓嬤嬤們和福晉共管，事實上在四爺走之前，元英已經把前院給接到手裡了。

四爺親口交代她：「書房的門已經鎖了。鑰匙放在妳這裡，若是臨時有事送信回來要從書房中取東西，妳親自開鎖進去取，不要託給旁人。」另外，他也把張保交給她「使喚」。

她鄭重地答應了。

既然前院都歸福晉管了，後院自然也不必說。從大嬤嬤往下，無不對福晉俯首稱臣。福晉在嫁進來兩年後，終於揚眉吐氣，不再當擺設福晉，任由嬤嬤們指手畫腳。

從她嫁進來起，大嬤嬤就像一尊佛爺一樣坐在那裡，有時福晉都覺得她在看她的笑話。出宮建府後，這群嬤嬤有的仗著是從宮裡出來的，有的仗著是從內務府分來的，都有些不把她看在眼裡。

因為四爺的緣故，元英一直沒有跟她們計較，對自己的陪嫁被人冷落也視而不見，但事實上，福晉從來不是個軟柿子任人捏的，她只是認為需要先得到四爺的信任。在宮裡是她太心急，現在四爺出門把前院託付給她就是最好的證明，有了四爺的支持，大嬤嬤不是也跟著低頭了嗎？

莊嬤嬤主動把手中的帳冊交給福晉，內院膳房也不再是一個月才肯交一回流水，而是福晉什麼時候問起，他們都痛快麻利地告訴她。現在再也不會發生過一個月才發現身在後院的格格不在後院吃飯的事了。

元英長吁一口氣的同時，李薇也感覺到了後院的風向變動。她後知後覺地想起四爺臨走前的囑託，親身經歷可比想像中要嚴重得多啊！可四福晉存心要在後院中刷存在感，怎麼可能讓別人忽視她？就連李薇也覺得最近福晉的出現率略高。

玉瓶又小心翼翼地進來，對她道：「格格，福晉那邊來人問二格格早上吃了幾次奶，用了幾次水，有無便溺……」

而且這個問不是來問李薇，而是直接去問奶娘，問完就走，一早一晚兩次，風雨無阻。

論理這是福晉認真負責照顧四爺的子嗣，可李薇總免不了有被人打臉的感覺，小院中的人也有同樣的感覺，最近都顯得有些浮躁。小院本來自成一統，現在上頭派人時不時地進來溜一圈，壞的是李薇在小院裡的權威，這會讓下面的人覺得她說話已經不管用了。

李薇道：「這也是福晉關心額爾赫……」

她能不讓福晉問嗎？既然不能，那就不必在丁點兒小事上跟福晉打對臺。

福晉也是在殺雞給猴看，宋氏的女兒現在還養在福晉那裡。

不過，這也算是幫了她一個小忙……嘿嘿嘿……

李薇當天下午就把額爾赫的悠車挪到她這屋來了，「如今阿哥不在，也不必避諱，就說我放心不下額爾赫。」李薇道。

玉瓶帶著人立刻把二格格的東西給挪過來，隨身伺候二格格的奶娘和嬤嬤也當沒看見，上頭人打架，他們才不攪和。四福晉要是不滿，讓她跟李格格自己掐去。

所以，晚上石榴再到小院來時，一進二格格原來的屋子就看到裡面已經搬空，奶娘等人也不見了，她回頭看玉煙。

玉煙笑咪咪道：「姐姐在這裡坐一坐，我去把奶娘喊來。」

小院就這麼大，石榴也就剛才心驚了一下，這會兒眼一瞄就猜到二格格在哪兒。可李格格在福晉面前是奴才，在她面前是主子，她的屋子，她不叫進石榴絕不敢闖。

石榴就笑道：「有勞妹妹了，我就坐這裡等一等。」

玉煙走了，臨走叫玉夏上茶伺候。玉夏今年十二歲，個子一高就不像小孩子了。她上了茶也不走，束手站在一旁笑吟吟的，「姐姐有事就吩咐我吧。」

茶剛端上來沒多久，奶娘就到了，也是一臉的笑，她道：「石榴姑娘來了？二格格從昨天到今天餵了六次，一個時辰一次。」

石榴再問問其他的就要走，臨走前問玉夏，要是李薇有空就賞她個臉面見一見，「我也給主子磕個頭。」

玉夏答應了，讓奶娘陪石榴坐坐，她小跑著去問玉瓶。

玉瓶冷笑：「她昨天來怎麼不提給主子磕頭？」

屋裡，李薇正彎腰在悠車前逗女兒，聽了就道：「沒什麼，讓她等等，我換了衣服見她。」

見石榴是在堂屋，李薇穿上見客的衣服，頭也好好地梳起來，釵環一件不少地插戴著，端端正正地坐在堂屋裡。

石榴進來，行禮，叫起，寒暄，一個程序不少地走過。走完程序，李薇也不再多跟她廢話，端起茶吹道：「玉瓶，給妳石榴姐姐拿個荷包。」再對石榴笑道：「只是便宜東西，拿去玩吧。」

玉瓶把石榴送出小院才回轉。態度不卑不亢，論起來她是小選出身的宮女，正經的良民，跟石榴這種連祖宗姓名都不能留的人可不一樣。

壹參章

妻妾過招

回到正院，石榴見福晉屋裡有人就先回屋了。回去後打開荷包，裡面並不是金銀角子，而是一對瑪瑙的耳墜子，花托是黃銅加黃金製的，黃澄澄的很亮眼。

李薇喜歡瑪瑙珠子，在李家時就愛用瑪瑙製的耳墜串子等物。進了宮後，好成色的瑪瑙更多了，就攢了一大堆，其中顏色不夠勻淨的都分給了玉瓶等丫頭，隨她們拿著戴。

石榴得的這一對就是白底上蓋著半拉紅色的瑪瑙珠子。

石榴托在手裡看了一陣，還是收起來了。墜子是好，她卻不能戴。一是為了福晉，二是剛才在李格格那裡，玉瓶、玉煙、玉夏身上都有瑪瑙，可見是李格格喜歡的東西才賞給她們用。她要是戴上了，萬一讓人傳她跟李格格屋裡的人勾連怎麼辦？

她沉沉地嘆了口氣，剛才那邊的人待她不能說不客氣，可這客氣裡總混著讓人不舒服的東西。從宮裡到府裡，她們這些跟著福晉的人都明白得很，在下人堆裡也要分個三六九等出來，包衣的人總是看不起她們這些賣身的奴婢。

只是福晉要抬舉她們，她們總不能給主子露怯，顯得主子看錯人不說，誰還沒有出人頭地的念頭呢？你們包衣是看不起我們，可你們伺候的偏偏是奴才，我們伺候的才是主子。

石榴回來時，福嬤嬤是注意到的，以前她會先把石榴叫來問問，現在卻不會了。等福晉忙完手邊的事叫石榴時，她才站在福晉身邊一起聽。

二格格的事都簡單，李格格再蠢也不會連自己唯一的女兒都不管。福晉這麼叫人天天問，一是表示自己盡心了，二是問給後院的人看的，所以她聽完也就完了，走過場而已。

可石榴說完沒走，小聲將李格格把二格格挪到她那屋的事說了。

屋裡先是一靜，福嬤嬤和石榴都去看四福晉的臉色。

元英八風不動道：「這樣也挺好的，沒有人看著，那些伺候的奶娘、嬤嬤未必不會偷懶。李格格既然這樣做了，就由著她吧。」

石榴下去後，福嬤嬤伺候著福晉用膳洗漱，睡前見四下無人，福嬤嬤把想了一晚上的念頭給福晉提了。

「妳說把二格格也挪過來？」元英驚訝道。

福嬤嬤道：「如今阿哥不在，您要看顧兩位格格，當然還是讓二格格搬進來更好。別的不說，您這裡樣樣東西都是最好的，二格格進來也是來享福的。」

元英沉思起來。福嬤嬤也不是亂說的，後院裡三個格格，一樣的出身，就李格格最顯眼，她沒起心思跟福晉對著幹時還好，起了心思是輕易壓不下去的。以前宋氏天天來福晉這裡奉承，李格格才來了幾天就不出現了。

從那時起，福嬤嬤就覺得李格格不是個安分的人。只是一直不見她犯什麼大錯，對福晉也知道避諱，有時還會故意避寵，吃了暗虧就借阿哥的手狐假虎威，她自己是一爪子都不敢往外伸的。可今天的事不一樣，顯然有了孩子後，李格格不再那麼馴服了。

石榴去看二格格是福晉的意思，才去了一天，她就把二格格挪到自己屋裡，這怎麼看都有點兒跟福晉打擂臺的感覺。

福嬤嬤的意思是趁著四爺不在，沒人給李格格撐腰，乾脆趁著現在勢頭好，一口氣把她打服、打趴下，再也不敢跟福晉挺腰子。她跟福晉在宮裡就商量過側福晉的事，眼看著四爺出去這一趟立功回來，說不定就要受封了，她們當時想的是把宋氏推上去，可現在李氏也有孩子了，兩人都有功勞，比的就是四爺的心了。

這還用說嗎？宋氏連李氏的一根小指都比不上。

元英當然明白，說實話，她心裡也癢癢，有大格格的前例在，她把二格格要過來養也沒什麼。

但四爺臨走前，一切都商量好了，卻突然把張保留下，還專門讓他住進後院。這是為了替她掠陣，怕她壓服不住內務府的這一群油子？還是……盯著她，防著她又過界呢？

她想了又想，還是打消了趁四爺不在強把二格格抱來的主意。等他回來後，得了他的話再抱才是名正言順的。

她就怕……四爺存著要抬舉李氏的意思……那估計就不會把二格格給她養了。

四爺肯定知道，他這一走她會做什麼，他也支持她在此時撐起整個府邸，可他未必願意她拿手段去對付格格們。他希望她壓服的是府裡的下人，不是伺候他的格格。

「四爺不在，府裡還是穩當些好。」元英道。

她不能在此時跟李氏鬧翻，名聲好不好聽先不提，如果因此失了好不容易得來的四爺的信任就不值得了。

福嬤嬤還想再勸，元英止住她說：「我知道嬤嬤是一心為我的。只是有一條嬤嬤要記得，我嫁的是愛新覺羅家的阿哥，這裡是阿哥府。」

一席話把福嬤嬤給嚇回去了。

還有一個是元英沒說的，要是真把李氏給惹急了，兩人針鋒相對，她雖然是穩贏，不過也肯定是慘勝。

承認自己不想跟一個格格正面對抗是因為怕她，這對元英來說不是個好經歷，但總比打完才發現打不過要強。

緊接著第二天，元英就聽說李格格請了武格格去她的小院。

以前武氏奉承李氏，可總不見李氏接下她的投名狀。只是妳來，我不攔著，妳不來，我也不去叫。現在李格格一伸手，武格格肯定會跟她站在一起的。

元英才發現，她印象中總是對她退避三舍的李氏原來還有如此強硬的一面，打了石榴的臉還不算，第二天就拉幫結派。到底是怎麼了？

李薇的風格大變不但引起福晉的注意，就連福嬤嬤都緊張起來了。在她看來，這是李格格不再裝模作樣了！老嬤嬤連著幾夜都沒睡安穩覺，夢裡全是福晉被李格格給壓到下頭，兒子也是李格格生的，四爺也只聽信李格格的，她們這群跟著福晉的人都沒好下場，她更是被攆回家去了。

福嬤嬤一直特別害怕李格格，她覺得她是福晉的心腹大患，所以才總想著把她給壓下去，盼著四爺不再寵愛她。以前李格格假乖巧真陰險時，她是擔心她出陰招陷害福晉，在四爺面前說福晉的壞話。那時她就想著要是李格格沒了就好了，可那時李格格畢竟還沒露出要爭權奪勢的樣子。

她就那個樣子，福嬤嬤已經天天不安了，現在她生了格格，又趁四爺不在府裡，勾結了武格格，這是想幹什麼？

幾天不見，福嬤嬤就臉色發黃，眼圈發暗。她雖然在福晉面前不敢說太嚴重，可憂心的樣子是溢於言表的。元英本來就被李格格不同尋常的動靜搞得疑心暗生，在福嬤嬤的影響下，也免不得越看李格格越像不安好心的樣子。

要是李氏真是這樣，那她這雙眼睛真可說得上是白長了。

讓一個十幾歲的年輕女孩子騙得團團轉，把她當成膽小的、安分的，誰知竟然是個暗藏禍心的人？要是這樣……她要怎麼做？先下手為強？

元英的心裡亂七八糟的，她的手不免放在小腹上漸漸收緊。

孩子，如果她也能有個孩子……

為什麼宋氏、李氏都有了，就她還沒有？是她不虔誠嗎？是她沒福氣嗎？她不相信！她是聖旨冊封的四福晉！

要穩住。

福嬤嬤看著福晉吃起了長齋，每天就吃一碗清粥，說是替在外頭的四爺祈福，平日總在佛前跪著。她也跟福晉一起跪，求長生天保佑福晉，讓那些不安好心的東西都沒好下場！

不等元英和福嬤嬤想出辦法怎麼應對正張牙舞爪的李格格，跟石榴同住一個屋的葡萄突然悄悄告訴她們，石榴被李格格收買了。

元英和福嬤嬤一時居然都沒反應過來，葡萄看起來都快嚇哭了，從小一起長大親如姐妹的石榴啊，居然背叛了福晉？這事還不是她發現的，而是聽到別人議論的。

一開始也沒提是石榴，只是說正院裡有人給李格格通風報信。

說到這裡，元英突然明白李格格為什麼突然接受武氏的投誠。她肯定是知道了她和福嬤嬤商量把二格格抱到正院來的事，這才能說得通。

報信的事是真的，可真的是石榴？元英和福嬤嬤都不信，葡萄跪著道，最近她發現石榴常常背著她看什麼東西，就趁石榴不在看了她的鋪蓋底下，見有一對瑪瑙的耳墜。指頭肚大的瑪瑙珠子，成色雖然不好，這工這料卻不是輕易能見的。瑪瑙珠子越大越難得，何況打磨得這麼光溜、這麼圓的？花托是新打的黃銅兌黃金，成色上來看應該是今年剛打的。

她們這群丫頭從小時候就在一起，每人有什麼東西都一清二楚，何況天天都在伺候福晉，主子賞的什麼幾乎都是每人一樣的。

葡萄從沒見過這種瑪瑙珠子。而李格格身邊的人幾乎都有一兩樣瑪瑙的東西，李格格本人最愛瑪瑙，手上長年戴著瑪瑙的串子。聽說四爺知道她喜歡這個，特意找的一整塊的好料，全給她打成了珠子讓她串著玩。

知道石榴就是傳信給李格格的人，葡萄自陳自己當時就嚇傻了、腦袋都木了，此時見了主子才敢一口氣全說出來，說完她自己就癱在地上了。

福嬤嬤也軟了腿，撐著桌子勉強沒坐下，她茫然地看著福晉，自己人的反水讓她心神都快散了。

元英卻很鎮定，她不信石榴會背叛她。

「把石榴叫進來。」她道。她親自來問，耳墜子可能是李格格賞的，也可能是李格格故意賞給她就是為了這一刻的。她不可能為了個外人，為了一兩句流言就自斷臂膀。

她這麼沉得住氣，福嬤嬤和葡萄都緩過來了，心裡也有了底氣。葡萄抹了淚，重整顏色若無其事地出去喊石榴進來。

葡萄出去後，福晉親手扶著福嬤嬤坐下，微笑道：「嬤嬤太心急了，我跟石榴幾個是從小一起長大的，她們幾個的心性我是絕對信得過。現在只怕這裡頭有人弄鬼，咱們自己可不能先亂起來，那就是讓親者痛，仇者快了。」

福嬤嬤也是鬆口氣道：「剛才我是讓葡萄這麼一說，嚇住了。現在想想，石榴不會為了一對耳墜就賣了福晉，只怕是這幾天她去李格格那裡賞的。」跟著又變了臉色，「她這麼幹，是想壞了石榴的名聲？」

這恐怕才是問題所在。一旦石榴和李格格那邊勾結的流言越傳越烈，福晉就必須做出選擇。她不能視而不見，這會被人以為她連貼身丫頭都鎮不住，大家只會把事情往壞了想，不會認為石榴是無辜的。

她剛建立起來的權威就會蕩然無存。

可處置李格格顯然不現實，那就只能冷落石榴。但石榴在下人中間也是要臉面的，她的冷落或處罰都會讓石榴無法在正院立足，也會失去大丫頭的威信。更何況石榴是無辜的，她也會委屈、不平。讓她永遠背負汙名？還是眼看著石榴怨恨別人？

小屋裡，石榴正僵坐在炕沿上，

她的手裡緊緊攥著那對瑪瑙墜子，尖銳的耳環鉤刺得她手心生疼。

從小學當丫頭伺候人，疊被子收拾東西各人都有自己的習慣。她疊被子鋪被褥時，折進去的地方會特意疊個褶子，這樣顯得被褥更平整。今天她回到屋裡後，下意識就覺得鋪蓋看著很不對頭，上手一摸就明白被人動過了，下面藏的銀子和首飾卻都沒少，還擺在原地。

可有些事，她直覺被發現了。

她翻出那對耳墜子，這瑪瑙珠子真好看，雖然她不敢戴，卻忍不住在晚上大家都睡著後摸出來看。只是得的賞而已，宋格格賞過她鐲子，武格格賞過她簪子，她也都是收起來不用，這本來真的沒什麼，但這次她覺得事情沒那麼簡單。

坐在漸漸變暗的屋子裡，門突然吱呀一聲響，葡萄輕輕推開門進來，看到她兩人都是一怔。石榴知道了，翻她鋪蓋的是葡萄。兩人的鋪蓋挨在一起，晚上可能讓她看到了。

葡萄避開她的目光，說：「石榴，福晉叫妳過去。」

石榴的目光讓葡萄害怕，她忍不住往後退了半步，直到石榴出去了，她都沒敢跟上去。

這不能怪她，葡萄想，都是伺候福晉的，她們抱成團，福晉的事從不假手他人，福嬤嬤說這樣才不會走漏消息。

她一直覺得她和石榴同住一屋，什麼事都不瞞彼此，福晉有事交代也該是她們兩個商量著辦。可沒想到上次福晉好幾天中午歇晌時都只叫石榴去捶腿伺候，等石榴回來也不告訴她福晉吩咐了她什麼。

她對福晉也是忠心不貳的，跟石榴也是十幾年的情誼，現在石榴背著她往上走，她……葡萄咬著嘴唇，心裡五味雜陳。

過了幾天，聽說正院福晉的丫頭石榴的家人來贖她，福晉答應放她出去，免了她的身價銀，還賞了她兩匹紅緞子當嫁妝。

後院裡跟石榴打過交道的丫頭都來賀她。石榴紅光滿面，開心極了，跟誰都說「沒想到家裡還有人」、「都說死在東北了」、「哥哥已經娶了老婆，爹娘都還在呢」、「說是找了我十年了」。

石榴一面笑著，一面想著福晉那天給她說的話。

那天，她一進去就跪下了，把瑪瑙耳墜托在手上給福晉看，坦白是李格格賞的，平常並不敢戴在身上。

沒想到福晉根本沒疑心過她，反而對她說了番心裡話，世上最怕流言殺人，福晉又不願意冤枉她。她剛想說自己不怕，只要主子信自己就行。

福晉道：「我信妳自是不假，可是妳背了黑鍋後，在這院子裡還怎麼當人？難道見一個人就上去跟他說妳是清白的？」

那當然是不行的，石榴想到這個，心也亂了，主子信自己卻還是不行？

福晉道：「事已至此，與其把妳留下誤了妳的終身，不如放妳出去替我管別的事。現在建了府，我一直想怎麼開源，妳也知道我當年陪嫁了一些莊子鋪子，我還想再經營幾門生意，只是現在還沒定下來。妳先出去，趁機跟家裡人親近親近，等我這邊安頓好了，再喊妳進來。」

福晉安排得這麼周全，她不能不識好歹。而且不止她無法做人，她也無法再面對賣了她的葡萄，這件事出了以後，葡萄就跟別人換了屋子，從小長起來的情誼，就這麼一朝葬送了。

小院裡，趙全保直到石榴真被接出去了才放下心來。呵呵，這還是他出了宮以後第一次費盡心血，上一次還是想著怎麼在格格面前出頭。

福晉有自己的班底，不愛用內務府的人，可內務府分來的也不會願意永遠不被福晉重用啊！既然福晉喜歡身邊的人，那就把她身邊的人搞掉不就行了？

趙全保只是推波助瀾，有這種心思的人可多得很。一開始中招的是石榴，以後只會越來越多，搞掉一個石榴只能上位一個，把福晉身邊的人都搞掉，那大家不都能上位了嗎？

福晉看起來也是個重情誼的，她不可能眼看著自己的人被陷害而不伸手拉一把，等正院裡自殺自滅起來，估計就沒心情來找格格的麻煩了。

那天，格格剛把小格格挪到自己的屋裡來，就有人送信說福晉要把小格格抱到正屋去。格格當時的神色，玉瓶和趙全保還是第一次見。第二天，格格就請人去喊武格格了。

趙全保心道，格格這是有難了，他不替格格辦還指望誰呢？

等石榴出去後，他反倒想起來，那個送信的人是正院的誰？明顯是向著格格，卻又不露聲色，是真心還是假意？是順水推舟還是興風作浪？

正院裡，張保和大嬤嬤坐一起喝酒，面前是膳房特意孝敬的菜。他們一個是宮裡的大嬤嬤，一個是四爺貼身的太監，多的是人想抱大腿。

張保給大嬤嬤滿上一杯，大嬤嬤一口乾了，挾著玉蘭片道：「你小子，可夠黑啊，這一手挺熱鬧的。」說著仰了仰下巴，指著福晉屋子的方向，「瞧你把咱們主子給折騰的。」

張保嘿嘿一笑，搖頭道：「大嬤嬤您可是冤枉小的了。小的就是聽了回牆角，傳了回信兒。」他往李格格小院的方向一斜眼，「小的可沒賣給那位主子，費那事幹麼？熬到阿哥爺回來，咱家功成身退。管他誰當家呢？橫豎咱家只認一個主子，就是阿哥爺。」

張保在正院是如魚得水，他是內務府出身，又是四爺眼前的紅人。四爺臨走把他派進正院，這裡的人還不以他馬首是瞻？

福晉這裡的太監都在坐冷板凳，眼看著沒出路，都說人往高處走，福晉不用還有四爺，能在四爺跟前效力那是幾輩子修來的福啊。

那天，福嬤嬤和福晉在屋裡談話時，張保就在窗戶根下蹲著，福晉不用太監，屋裡倒是守得嚴，屋外卻不讓人看著，只要挖空一個磚再填回去，人在屋裡說夢話都能聽到。聽完後就藉著回書房在趙全保的窗戶根下嘀咕了一句「福晉要抱二格格」。

他這邊提醒完，第二天就見李格格跟武格格擰成一條繩了。他還在心裡高興呢，這位主子看著也不傻啊，這不，挺聰明的。若是個只會哭的，還要他再想辦法，那可費勁了。誰知後面又來了這一齣。

吃完了酒，張保慢悠悠回前院去。踏著月色看到前方李格格小院的輪廓，心道：到底是哪位高人啊？這手玩得漂亮。

一片荒蕪的曠野裡，四爺一行人正在紮營。

五百護軍分成數個小隊在巡邏，隨從們正把帳篷從車上卸下來。滿人一直逐草而居，現在每年的木蘭秋獮，皇室宗親還是住帳篷的，萬歲爺一直希望滿人不忘勇武之風。

一會兒，帳篷就搭起來了。正中一座大帳，周邊分別是隨從、大臣、護軍。

灶上已經有烤好的肉，蘇培盛親手把肉分好給四爺送去。出來就不可能隨時有新鮮的蔬菜，隨行的官員這幾天都在拚命喝茶，不然肚子實在受不了天天吃肉。

胤禛正在看從上個驛站拿到的邸報和家信。府裡每十日送一次信，除了福晉問候的信外，書房的張保也要報上這十日來府裡的大事小情，這個自然是福晉不知道的。

蘇培盛小心翼翼地把銅盤擺在四爺面前的小几上，道：「爺，還是趁熱吃吧，這肉都醃硬了，一會兒冷了更難入口。」

從小就養尊處優的四爺已經不是當年策馬縱橫草原的滿人了，當年的滿人根本不用把肉烤熱烘軟再入口，可四爺吃這個就有些費牙，每次都是嚼軟了硬吞，看得蘇培盛都替他難過，幸好，還有李格格獻上的東西。頓了一下，又加了句：「湯一會兒就能煮好。」

臨出門前，李格格要膳房把調料磨成細麵，和牛油、羊油、豬油混到一起變成硬塊，放在熱水裡就能化開，能直接做成湯，能配上乾餅或肉乾燉成菜，其實就是速食咖喱塊。

那段時間把劉寶泉折騰得不輕，李格格說得含混，就是簡單、快速，吃起來方便又味道好，這可比出門只帶鹽強多了。

趕在四爺出門前，劉寶泉還真折騰出來了，茶磚那麼大硬邦邦的，包在油紙裡，要吃時拿刀切下來一塊扔到熱水裡，一會兒煮開就能喝了，味道豐富得很，名為「濃湯寶」。

多虧這個，四爺才沒吃不下飯。護軍裡的人也說這是個好東西，聽說是四爺府的不傳之祕，都跟四爺套近乎想弄點兒。

這會兒熱湯就送上來了，散發出濃濃的香氣，湯上面浮著一層油花。

四爺聞到香味放下張保的信，把硬得像石頭的乾餅掰碎泡在湯裡，肉也全放進去。看著這一碗湯，他想起李氏每次這麼吃他都嫌棄得很，沒想到，出來後他也這麼吃了。

吃完後，蘇培盛把盤子碗都收下去，在外面沒那麼多清水，只能用粗紙擦乾淨就收起來。

帳篷裡只有四爺一人，他拿起張保的信又看了一遍。只不過一頁紙，上面的東西卻讓他自從出來後就變糟的心情更壞了。張保的匯報很簡單：

> 奴才張保叩請主子平安康泰。查，內務府太監許岫、楊北廣，內務府嬷嬷蘇妹兒，侍女張葡萄，以侍女孔石榴收李格格瑪瑙圓珠耳墜一套為由，汙其與李格格勾連，傳福晉之私語至李格格，致孔石榴於七月初三以與家人團聚為由被贖出府，現已回鄉。
>
> 六月十八日夜，嬷嬷路小福請福晉將二格格移入正院，福晉未允。

四爺再把福晉的信拿起來，一副全家和樂美滿的樣子。

李氏不能送信，但看起來她那裡和福晉那裡都有事發生。內務府的那群攪事精從來是不嫌事大的，在福晉身邊弄鬼，連李氏都牽扯上，可見他們的膽子有多大。

倒是福晉，心性堅定，不易被人所惑，這樣的人就算身邊有一兩個小人也不要緊。

四爺決心回府後就整治這群內務府的傢伙，不然主子讓奴才耍著玩可不是什麼好事。至於福晉……四爺輕嘆，大概還是地位不穩才總引小人覬覦，還是要加重她的分量才行。

京城，四爺府。

自從石榴離開後，元英發現身邊的事越來越不順了，就像她身邊讓人撕開了一個口子。

送走石榴後，她就提拔了內務府送來的十個宮女中的一個，仍叫石榴。這個石榴是圓胖臉的姑娘，臉上一直帶著笑，看著溫柔和順。之前被她冷落的時間裡，只有她的臉上從來不見怨憤，對福嬤嬤等人也不見格外巴結，是個心性平和的人。

石榴上手很快，虛心愛學，又不會人云亦云。上次她忙得顧不上用膳，她就把她的茶換成了奶子，這要放在福嬤嬤等人身上是絕對不敢的。

她跟葡萄等人相處得也很好。石榴走後，葡萄一直很低落，可這個石榴倒是沒幾天就讓葡萄打起精神，讓福晉也放了心。

可是不久之後，葡萄就在給她端茶時灑到她身上，雖然只是小事也是要罰的，福晉就罰她去外面罰站。

另有一個丫頭叫蓮子的一向管著她的首飾成衣，從來沒出過錯，那天卻讓她戴上了一對不成套的釵。這對釵的樣式雖然相像，可一柄是紅蕊、一柄是粉蕊。四枝釵放在一個盒子裡，只能是蓮子早起迷糊拿錯了。

只是小事，可她是戴了一天晚上取下後才看到的，心中當然不快。蓮子雖然很快跪下告罪，她也不得不罰了她半個月的月銀。

還有福嬤嬤，一直是她身邊最信重的人。結果有天晚上吃了一碗紅燜羊肉，可能太油膩了胃口受不了，當晚就拉起肚子，早上連起都起不來了。現在又有些發燒，大嬤嬤問了她後，挪到了正院後面較遠的一間屋子裡靜養，喝了幾天藥都不見好，換了個大夫說止瀉太早，應該先讓她拉空肚子再說，於是又另開藥讓她繼續拉。

前兩天，福嬤嬤覺得拉得整個人都虛脫了，又因為拉肚子不敢讓她吃飯，好幾天沒吃東西餓得狠了，喝碗稀粥，居然又吐了。

元英聽說後也擔心是不是病得太重，擔心以福嬤嬤的年紀受不了，夜裡悄悄掉了兩次淚。沒了福嬤嬤後，莊嬤嬤先頂了上來。她原來就是後院裡管名冊的，元英問哪個她都說得上來，家人朋友，曾在哪裡當差等。有了她後，院子裡好些事都迎刃而解。

元英也並非不識人間煙火的人，對下人之間的派系之爭也有些瞭解。只是看著陪嫁紛紛落馬，她就是想發火也找不著人。像福嬤嬤拉肚子，紅燜羊肉本來就不是她的菜，一個下人怎麼能吃這種份例？是她去膳房要的，膳房才給她燉了一鍋。她要去定膳房的罪，就先要處置福嬤嬤亂叫東西。

何況，她能為了福嬤嬤吃主子份例裡的東西拉肚子然後把膳房的人全審一遍？

為了保護福嬤嬤，她換了大夫，把她挪得遠一些，不讓她再引人注意。另外親近石榴和莊嬤嬤，既然不能完全摒棄他們的作用，不如接受下來。

而且，元英也認識到是她一直以來的偏心導致了這場災難。重用陪嫁是沒有問題的，但如果只用她們顯然不行。她現在就是想找到一個平衡的辦法，能讓他們很好地融合在一起。

等她整合好了，再把那些攪風攪雨的都辦了。

除此之外，另一個讓福晉發愁的就是李格格了。最近她簡直像隻鬥雞，開始帶著武氏一天照三頓地過來問安。姿態雖然擺得夠低，不過一試就試出來了。

她稍稍提了下說大格格獨個住著寂寞，李氏張嘴就說大格格大概是想親娘了。上次石榴的事，元英也在陪嫁都遭殃後明白了，顯然是有人借著李格格的名字想搞掉石榴，恰好當時她和福嬤嬤也有些草木皆兵。

而李格格或許原本沒那個意思跟她頂著幹，但福嬤嬤勸她抱二格格的事肯定是讓李格格知道了。誰傳的話，她現在還查不出來，但就在那幾個內務府的之中。

李格格就這麼一下子跳出來了。

大概那些人希望她一直這麼想，以為這一切都是李格格的手筆。雖然李氏蠢不可及，到現在還跟條瘋狗似的，還不知道她讓人給利用了。

元英不想跟李氏這種蠢物計較。她瘋成這樣，讓她咬上一口入骨三分。何況她都知道這後面是怎麼回事了，此時放縱一二，等四爺回來看到李氏這副樣子，自然看不上她的輕狂勁。

她想養二格格的事才有門兒，到時四爺發話，李氏就算心都疼出血來也要乖乖把閨女給她送來。

至於現在，四爺不在京，府裡首要就是一個穩字。不能讓外人看了笑話，也不能讓人笑話她連府裡都管不好。

她把石榴儘快送走就是不想往下查，想把這件事蓋住。她不敢明刀明槍審這些人，福嬤嬤、石榴、蓮子被陷害都是小事，要是尋根究柢，那些人攀咬李格格，李格格現在又是這副樣子，鬧騰起來她就無法收場了。

還有，外人會不會相信呢？

石榴被賞了耳墜，福嬤嬤吃紅燜羊肉拉肚子，蓮子用錯釵。這些事要是全賴在李格格身上，說她陰謀陷害福晉？

都是她的人，都是小事，這種陷害也太看不起人了。

恐怕到時被人嘲笑的就會是她了，外面的人會說她想誣賴李格格，所以才指使身邊的丫頭嬤嬤弄出這些事來，而四爺也絕不會相信這種說詞。

思前想後，元英決定想辦法跟李格格「化干戈為玉帛」，總要先安撫住她。

於是，元英開始在李格格來的時候使勁說二格格放在她那裡養是最好的，她最放心。還拿宋氏的女兒做例子，嘆道：「一個大格格就讓我操碎了心。」

宋氏坐在下面，溫柔道：「奴才一直感念福晉的恩德，大格格從小就身體不好，奴才見識短淺，實在不敢承擔養育格格的重任。」

李薇笑咪咪地不接話，福晉的話她聽出來了，可誰知道她是真心還是說反話？宋氏是不是在敲邊鼓？

那天，趙全保說有人在他的窗戶底下說福晉想抱二格格時，她在一瞬間有種想把福晉給幹掉的衝動。五爺府裡兩個格格能把福晉壓得不見天日，她為什麼不行？要是福晉真的搶走她的孩子，那她就什麼都不管了！

有句話是「妳要掛了，就讓另一個女人睡妳的男人、花妳的錢、打妳的娃」，這話實在能激勵人啊！李薇這才發現，福晉不必等她掛或跟四爺「離婚」就能打她的娃。男人可以分著睡，但想打她的娃就必須從她身上踏過去！

她不賭福晉心慈仁善的萬一。

還是要讓自己強大起來才行。所以她聯合了武格格，到此，四爺期望中的後院格局終於成型了。

她能理解四爺想限制福晉的意圖，卻一直不想照他的意思去辦。四爺對她再真愛，她也不能去辦自己不喜歡的事！於是就裝傻。可現在到了不這樣不行的時候，她有種命運的感覺。四爺算無遺策，他早料到她早晚有一天會需要武格格的支援。

福晉和李薇就這麼僵持起來。

李薇開始每天去向福晉請安，跟宋氏一起坐冷板凳時也不覺得難受著急無聊了。心中有了信念，好像整個人都開始變得不一樣。

宋氏顯然是福晉陣營中的人，她待李薇還如以前一樣，李薇卻無法再把她當成以前的宋氏。武格格始終站在李薇身邊，幾人同坐一張圓桌她也坐得距離李薇更近。

李薇知道，武格格的幫助不是無償的，她需要給的好處就是四爺。四爺自己去找人而她視而不見，和她主動幫四爺介紹人是兩回事。

時間平緩地滑過，轉眼又是新年。看著福晉登上宮中的騾車去永和宮領宴，李薇有種山中方一日，世上已千年的感覺，她多少有些鬆口氣，因為四爺快回來了。

四爺回來得比她想像的要快。他策馬直接入城，正好趕上保和殿開宴，他風塵僕僕地入座時，看到上首的康熙爺身後有位太監附耳說了句什麼，康熙爺就向他這裡看了一眼，對他笑了笑。

四爺離席跪地磕頭。

四爺府，李薇驚訝道：「你說爺回來了？」

趙全保高興得牙豁子都笑了出來，道：「主子爺帶著蘇培盛去領宴，其他人正在書房那裡收拾呢，之前真是一點兒消息也沒有。」

他說完，見格格只是開頭驚喜了一下，然後就消沉了，這是怎麼了？他和玉瓶面面相覷。

過一會兒，只聽格格道：「讓前院的膳房給我送五十串烤羊肉串過來。」

「格格？」玉瓶大驚失色。

李薇摸摸還好好的嘴角。

她這一年可沒給福晉多少面子，現在四爺回來了，總要做個姿態。而且，讓她親口賢慧地把四爺往武格格那邊送她可做不到，這一吃至少有十天的空檔，四爺既然安排好了武格格，下面的事他當然也有數，她只要做個姿態就好，他會自己去的。

晚上是福晉先回來的，四爺被康熙爺留宿宮中了。李薇鬆了口氣，能晚一天面對總是好的。

元英的手雖然摸不到前院膳房，可第二天就看到李薇嘴邊起了一串的燎泡，她心中也鬆了口氣，這樣看來李氏是偃旗息鼓了。這一年，李氏一直不敢讓她見二格格一面，但現在，哪裡還由得了她？早就不是當年她剛嫁進來那時了，人人都變了。

她不再是那個初入宮門的小福晉，李氏也不再是懂事的小格格，李氏有了孩子，也讓她見識到了四爺對李氏有多疼愛，這讓她怎能放過李氏？

胤禛到下午才回來，剛回到書房換衣服，想整理下這次記錄的東西給康熙爺上一封奏摺，然後再去李氏那裡消磨一下時光，看看長大的額爾赫。

誰知他剛吩咐蘇培盛去通知李氏，蘇培盛就為難地小聲說：「早上，趙全保報上來說，李主子昨晚吃了烤羊肉，嘴上起了泡，怕主子看了不雅，近幾日無法伺候主子了……」話一說完，蘇培盛就縮起了脖子。

胤禛把手中的摺子往桌上一扔，半閉著眼出了一會兒神，站起身道：「走，去看看她。」

一年沒見四爺，李薇覺得有些陌生了。從門口進來的四爺明顯比去年高了三五寸，氣勢也完全不一樣。去年臨走前像現代的沒出過門的大學生，意氣風發，現在就成了實戰軍訓三年的阿兵哥。

至少，李薇的第一個反應不是雙目含淚衝上去刷存在感，而是深蹲福身口稱：「妾請四爺吉安，萬福。」

老天爺，除了頭一次在儲秀宮見萬歲（雖然沒見著），她再也沒有這麼肅穆過了。

胤禛見李氏如此，心裡多少有些複雜。從張保十日一次的匯報中，他知道李氏得知福晉想抱走額爾赫的消息後，就一直堅持天天去請安。前年福晉剛進門時還會偷懶的人，今年他一不在就懂事多了。他在沒回來前還感歎，果然是太寵李氏了，她若能更規矩些、待福晉更恭敬些，他也能更放心。可今天看到她這副好像膽子都被唬破的樣子，他卻心軟了。

他伸手把李氏扶起來，看她低垂著頭不敢讓他看到她嘴角的燎泡，沒有像前年一樣硬要抬起她的下巴看。

那時他認為李氏實在禁不起抬舉，膽子太小，只是被他寵了幾天，就對福晉如此退避，難道他是寵妾滅妻、忘記祖宗家法的人？現在，他則想為她留一份顏面，他握住李薇的手，兩人像以前一樣坐下來。

「我給妳帶了不少東西回來，一會兒讓蘇培盛送過來。這次出去雖然辛苦，可也碰上了一些有趣的事，以前都是只在戲本子上看到的，沒想到能碰上真的。」胤禛輕聲發笑，溫柔至極地說：「有次，我們宿在一個土地廟裡，晚上竟有仙人來託夢，說他家有不世的冤情，特求了閻君來找我們做主。」他徐徐道來，不知不覺就讓原來打算死活要把臉藏到底的李薇抬頭了。

「我本來以為真像戲本子上說的，是有大冤情，就讓侍衛把他提過來問。這人原本是吊在房梁上的，幾個侍衛上去把他解下來，他才嚇破了膽，說他不過是想來騙幾個銀子。他用這法子騙了不少路過的人。一般人見冤鬼陳情，肯為他伸冤的少，多是求他高抬貴手趕緊走的，於是他就趁機要別人的東西。」他邊說邊嘆氣，就見李氏忍不住笑了。

——還是那麼容易哄。

胤禛就繼續說，玉瓶悄悄進來換了杯茶，見四爺像說故事般講著路上的事，格格就跟聽戲文似地一會兒一樂。她出去後鬆了口氣，看來出去一年，四爺還是惦記格格的。

這一說，就說到了中午，胤禛順理成章地留下來用膳，也見到了額爾赫。

額爾赫整一歲了，吃得胖嘟嘟的，胳膊胖得跟藕節似的，讓奶娘抱著的時候很不老實，放在那裡讓她坐著就喜歡扭來扭去，喜歡站著，最愛在人的腿上蹦。李薇從來不限制她，索性把自己的床讓出來，她的床像個小木屋，裡面的空間相當大，大概就是為了方便跟四爺滾床單，所以下面很沉，非常穩當。

四爺道吃完飯想看看額爾赫，李薇就領他進了寢室。結果就看到悠車被棄至一旁，李氏的床外側加了一層圍欄，床上鋪著純白無一絲花紋的褥子，額爾赫正在床上有力氣地四處爬，玉煙守在床邊看著她。

「妳怎麼讓她在妳的床上睡？」胤禛奇怪道。

寵孩子的不是沒有，可讓孩子睡自己床的就少見了，最多的是讓孩子住在隔間裡。像李氏這樣的身分，要時刻準備著伺候他，怎麼能讓出她的床？就算是他親生的二格格，這時的小孩子又管不住屎尿，弄在床上有異味怎麼辦？這樣一想，胤禛問她：「妳睡在哪裡？」

李薇指了下西廂，她最近起居都在西廂解決，白天跟孩子在這邊，晚上回西廂去。

胤禛不免一皺眉。西廂跟堂屋當時為了採光，只隔了一個多寶槅，雖說榻前加了一面屏風，可出府後他寵愛李氏都是在寢室。畢竟不像在宮裡那麼不方便，現在地方大了，自然不用再委屈自己。

看看孩子在寢室正玩得開心，再看另一邊只起掩耳盜鈴作用的屏風，李氏是故意的？

四爺懷疑的眼神一瞟過來，李薇下意識地就低頭了。

——呸，我心虛個屁啊！

接著她勇敢地仰起頭，誰知四爺不生氣，他這次回來城府好像比以前深多了，胤禛低聲輕笑，拉著李薇的手去西廂。

「都下去吧。」胤禛對玉瓶等人說。

直到胤禛把她按倒在榻上時，她才發現他居然把人都趕出去就為了做這個！各種複雜的情緒，包含生氣、害怕、憤怒、嫉妒，李薇捂著嘴角掙扎道：「別……爺，我這樣不能讓您看到……」

「爺不看。」他哄道，讓她背對著他，散開她的烏髮，埋在其中深吸一口氣，「爺想妳……」

她捂著嘴嗚嗚地哭了。

這一年她撐得很辛苦，都覺得不像自己了。她知道四爺喜歡她是什麼樣的，一直害怕等他回來，會不會不喜歡現在的她了？可她又委屈，她一直很認真，憑良心待人做事，為什麼她會漸漸變成她不喜歡的那種女人呢？

「知道妳委屈，都跟爺生疏了。」四爺在她耳邊說：「叫胤禛試試，胤禛回來了。」

李薇一下子崩潰了，抱著四爺的一條胳膊語無倫次道：「爺……我害怕，我錯了，我跟福晉……我不是有心的……我也不想……你不喜歡我了……你討厭我了……」

「胡說。」胤禛緩緩地動，在外面總不如在家裡好，那四個丫頭他雖然都收用了，可那些是什麼人？李氏是不同的。他伸手把她臉上的淚胡亂抹了，看她的奶水滲了出來，他笑道：「妳還餵著咱們閨女？」

李薇正哭得抽噎，身體此時才漸漸熱起來，沙啞道：「每……每天白天餵餵。」

「那今天就餵餵我。」

他說完這句話就不再開口，壓著她來回折騰了三回，最後一次是趴在她身上，壓得她都快喘不過氣來，做完了，跟他求饒也不理。

鬧了一下午，結束時窗外太陽剛剛落山，屋裡已經暗下來，窗紗被映得一片金紅。

他翻身起來，李薇知道他這是要去福晉屋裡。一年了，才剛回來，怎麼都要給福晉面子的，她吃羊肉也是為了這個。可現在她難受得快瘋了，背過去把臉埋在被子裡想悶死自己。

胤禛披上衣服叫熱水，回頭就看到她的樣子，這是又吃醋了，他居然覺得挺得意。他讓人把水放在屏風外，出去讓人伺候著擦洗乾淨，再回來叫她。

「還不快起來？要用晚膳了。」他道，看到李氏從被子裡坐起來，嘴周圍一圈全是紅的，兩瓣嘴唇被他咬得紅腫不堪，裹著被子的樣子讓他又想要了。

玉瓶他們已經在外面站了一天，送進熱水後就沒見有動靜。蘇培盛比較著急，在書房時四爺提過晚上去福晉那裡用膳，這會兒還不出來是幹什麼？

過一會兒，屋裡又響起了聲音。得，這下兩人都閉嘴了，繼續站崗。

胤禛難得放縱一回。這一年裡他看了太多的事，那些混帳官員在他面前都說得很好聽，可嘴裡沒一句實話。他知道，這些人統統禁不起細查，可出京前萬歲爺和太子的話讓他不敢放開手跟他們認真，只能虛與委蛇。

他是個皇阿哥，是奉皇命來查他們的，可他們竟敢明目張膽地糊弄他。憑什麼呢？可他還就真不能處置他們。那些人比他自在，過得比他逍遙，他屋裡不過三個格格，最寵不過一個李氏，還是圖她心性簡單。可那些人中，竟有人有二、三十個小妾，絕色之人一個巴掌都數不過來，有的連宮中都少見，還有人曾送愛妾來伺候他。

他嫌噁心！這些人……這些人……他早晚會收拾他們！

他把李氏按在枕上，腰往下用力。李氏也糊塗了，嘴裡又開始：「胤禛……胤禛……我要你，別離開……別離開我……別不要我……」

爺今天就放肆一回！

他緊緊咬住牙，由著李氏越叫越大聲。叫吧！爺寵妳，爺向著妳！

這次結束後，胤禛有半天沒回過神，緩緩倒在李薇身上大喘氣。

兩人這麼一糾纏，時間已經過了七點。李薇發熱的腦袋也恢復正常，開始給四爺更衣梳頭洗漱。

胤禛也冷靜下來了，抬起她的下巴看看，道：「還用的蘆薈碧玉膏？」剛才他吃到嘴裡的就是這個味兒。

「挺好用的，塗上就不痛了，也不再發。」李薇的頭髮只是鬆鬆一綰，垂在肩上。

胤禛替她理了理頭髮，握住她的肩頭，小聲道：「別胡思亂想。福晉是福晉，妳是妳，爺待妳如何，妳心裡當有一筆帳。別的事都不必操心了，照顧好自己和額爾赫。」

李薇正後悔剛才嘴太快說得太多，也不知道四爺是怎麼理解的，她雙手環抱住他，撒嬌道：「爺，我剛才不是有心的……您別當真……」

胤禛摟住她的肩，笑道：「爺還不知道妳？就愛吃醋。」

出了小院，胤禛也沒去福晉的院子，而是回書房。他昨天剛回來就入宮，領宴後又面聖，今天是康熙爺給假他才沒去宮裡。雖然現在福晉該從宮裡回來，他也沒精神了。

在書房草草用了晚膳後，他直接在書房歇下。

第三天，胤禛開始天天進宮，領了宴後就和康熙爺、太子說話，回來就歇在書房。結果等他從宮裡回來了，倒帶給元英一個大消息：康熙爺要親征。

「我也要去，皇阿瑪讓我領鑲紅旗。」胤禛坐下邊喝茶邊說，他在宮裡已經不大喝茶，當著康熙爺和太子的面，茶喝多了不方便。今天在宮裡是一口茶都沒喝，跟著康熙爺吃飯又太鹹，四爺有點兒冒犯地想，是不是皇阿瑪年紀大了，口味重了？

元英顯然沒明白過來，趕緊問：「這是什麼時候的事？」

「大概這幾天就要說了。」胤禛端著茶，心道：估計阿哥們都不知情。康熙爺瞞得相當嚴，連京裡也沒什麼消息。京郊大營本來要隨康熙爺出征，這麼大的調動居然一點兒風聲都沒聽見，康熙爺的手腕實在厲害。

他見福晉面露失落，也知道他剛回來沒幾天又要走，對福晉是不大好，連他也有些擔心，「幾個阿哥都要去。皇阿瑪是想把我們帶去見識見識，不過這次應該不會太長時間，兵貴神速，擒住賊首就回來了。」

元英打起精神，剛要說讓他放心去，就見四爺摒退其他人，她知道這是四爺有話交代她，連忙專心聽。

胤禛本以為還有時間，誰知這就要走，想起福晉和李氏讓內務府的那群奴才耍得團團轉，他就不放心。

「內務府的那些人……我都知道了。」他一說，福晉就跪下請罪。

四爺扶她起來，「妳是年輕，不知道他們的厲害。不說咱們府裡，就是宮裡他們也敢擺布一兩個不受寵的主子。我本來想把他們當中不好使喚的扔出去幾個，但再送來的就未必是好的。」

他看著福晉，希望她能明白他的意思。一群奴才都能把她糊弄住，要是以後有身分更高的人為難她，她要怎麼辦？他能處置奴才，還能一樣處置別人嗎？

元英點頭道：「我明白阿哥的意思，下回再不會這樣了。」

四爺道：「妳能明白就好。這次的事就當給妳個教訓，妳自己也要記住，人都是有私心的，就算身邊的人也一樣。何況這次只是一兩個下人還好說，要是日後妳有了阿哥、格格，也任他們這樣被人擺布？」

元英被他這話一激，頓時反應過來。這話一半是責備她沒管好身邊的人，讓宮裡分來的那些人在府裡耍手段，一半是在點二格格。大格格因為宋氏不受寵，所以反而沒什麼人注意她，就算有人要做什麼也不會選她。

可二格格不同。要是二格格在她這裡像福嬤嬤一樣病得不明不白怎麼辦？元英甚至不能說這種事不會發生。因為就連現在，她連福嬤嬤是怎麼中招的都沒問出來，她中招還不是一次，至少是兩次。

這下，她想把二格格抱過來的話也不能說了。

胤禛看到了福晉的臉色，卻不打算只說一半，他要趁這次出去前點醒福晉，「李氏出身小戶，見識淺薄，身邊的人卻比妳服帖。福晉，三人行，必有我師焉。人皆養子望聰明，我被聰明誤一生。唯願孩兒愚且魯，無災無難到公卿。」

福晉的臉脹紅了，可胤禛仍舊道：「這首蘇公的詩，我送給福晉，望福晉時時自省。」

「謹，領訓。」元英起身離座，端端正正地跪下道。

十天後，四爺隨康熙爺出征。太子留京監國。從胤禔起往下，一直到八阿哥都跟著去了。

四爺走後兩個月，福晉驗出喜脈了。

壹肆章　別號素馨

在得知福晉有身孕的消息前，李薇正在整理四爺臨走前讓蘇培盛抬過來的四個箱子。她開箱一看——四爺你絕對是受賄了吧！

箱子裡有兩樣東西就單占兩箱。一個是象牙雕的梳妝一整套，包括一個最大的帶妝鏡的三層妝匣，十二各式巴掌大的小箱子、小盒子，一般用來放胭脂啊、香粉啊、頭油啊一類，還有兩個手靶鏡，可以拿在手上照的。

這一整套擺在妝臺上，奶白色溫潤的象牙在陽光下簡直美呆了！李薇是用了很大的決心才讓玉瓶她們把它收起來的。

還有一個是南瓜那麼大的整玉透雕的香爐，這個剛抬出來就讓李薇連連擺手：趕緊放回去！她哪裡能用這麼大塊的整玉！她最大的一塊玉也是四爺給的，還只是個巴掌大的玉兔鎮紙。

屋裡沒人能認出這是什麼玉，還是柳嬤嬤見識得多些，一眼就看出，「這是南陽翠。柳葉黃，顏色勻淨，還算透。格格放心，這個沒那麼值錢，阿哥去的地方正好產這個。」她頓了頓，眼睛也有些收不回來，滿目讚歎還要批評，「至少絕比不上那套牙雕。」

呵呵。當然！李薇剛才就在想現在有亞洲象嗎？還是這是海外商人帶來的？那群地方官員真夠黑啊，怪不得四爺恨成那樣。那牙雕估計宮裡不是一二般的主子能見著的吧？

這兩樣都讓李薇給壓箱底了。怎麼敢擺出來？剩下的東西也不再看了，造冊後全收起來。

倒是有一套紫檀木的小玩具被她拿出來給額爾赫玩，其中一個香瓜那麼大的木球，從外表看不到裡面，可一滾就發出清脆的銅鈴聲，額爾赫最愛踢著它在床上玩——李薇捨不得拿到地上玩。

此時她正陪著額爾赫玩魯班鎖，這東西比較費腦子，小時候李薇沒少被它打擊自信心。嘿嘿嘿，現在就用來難為自家閨女嘍。

玉煙就是這時進來小聲告訴她，福晉停了兩個月的換洗了。

四爺也走了有兩個月。

玉煙說完就小心盯著李薇的神色看，可她還有心情想，她都快忘了玉煙的技能點是消息靈通。上次用了半年在宮裡認識了個弟弟，這次在府裡用了一年多才打通福晉那邊的關係？

李薇抱著額爾赫吁了口氣，「這是好事啊。福晉有了，咱們就都輕鬆了。」說著她笑了，覺得身上一塊大石總算落地了。雖然她不知道福晉這胎是男是女，但只要有了這個孩子，她能肯定福晉會比現在更沉穩，對她的敵意也會少些吧？

正院裡，元英坐在榻上，閉目微笑。她現在不抄經也不撿佛米了，每天沒事時就歪在榻上，捧著還不見絲毫起伏的肚子。福嬤嬤和屋裡的丫頭們也全跟怕嚇跑了孩子似的，說話、走路都又輕又慢。

「不必這樣。」她笑道。

福嬤嬤終於好了，但瘦得也快脫了形。可自從得知福晉有了好消息後，她是走路有勁，臉上也紅光滿面，看著有精神多了。

她道：「福晉，現在是多小心都不為過的，咱們可是盼了好幾年啊！」

是啊，是盼得都不像真的了。元英想：盼得太久，居然都沒感覺了。

要不是福嬤嬤等人高興的樣子，她都忘了：原來我盼了這麼久？

從上個月停了換洗後，葡萄她們都激動極了，就她還冷靜地讓她們不要聲張，大夫也不必請，「再等等，時候短了大夫也把不出來。」

其實她是覺得未必是真的有了。現在停了兩個月，她也猜到了，可還是沒有想像中欣喜若狂的感覺，而是……她居然覺得這個孩子來得不是時候。

四爺臨走前剛交代她要收拾好自己的院子，她也正打算趁他不在，把這群內務府的人給收拾。現在卻不行了，只能大刀闊斧地全部重罰，罰得他們不敢再動歪心思，她好騰出空來懷孩子。再晚幾個月就好了，等四爺回來後，府裡也收拾好了，她就能安安心心地懷孩子。

小院裡，柳嬤嬤急匆匆地從外面進來。二格格就算落地了她也沒走，託了大嬤嬤算是寄在李格格的名下，當了她的奴才。福晉那邊她自己的人都用不完，還有那麼多人搶破頭地往裡擠，她就不去湊熱鬧。倒是李格格這裡，有寵卻無人，她正好撿個便宜，說不定這冷灶讓她給燒熱了呢？

她對李薇道：「正院那裡，提了好幾個人去二門外打板子呢。」聽說有兩個已經沒氣了。

李薇吃驚道：「打板子？」

這可不像福晉的手法啊！福晉辦事情一向是喜歡潤物細無聲的，最好什麼事在旁人不知不覺間就辦好了。

看來福晉有孕的事有八成是真的了，她想。

除了李薇，宋格格和武格格也都得到福晉打人的消息。宋格格住得離福晉近些，一天有半天時間都在正院消磨，就算坐冷板凳也不走，她比外面的人更早發現福晉不抄經、不撿佛米的事。那時，她就猜到福晉是有好消息了，現在打板子只是更明顯而已。

宋格格虔誠地給觀音上了三炷香，求福晉能一舉得男。

「額娘的大格格……就是為了妳，額娘也盼著福晉能生個阿哥。」她的大格格養在福晉跟前，要是福晉也生個格格，那她的大格格就更要靠後了。

武格格這邊，她既不知道福晉停了換洗，也不知道福晉不再抄經。可只從福晉突然風格大變打人板子，她坐在棋盤前對著一盤殘局算了半天，得出福晉可能有了。福晉這麼雷厲風行，一是四爺走前交代她了，對之前那一年正院裡亂七八糟的事不滿，可是四爺這一走，至少有半年的時間讓福晉動手，何必這麼著急？二是福晉以後會越來越沒時間管，只能儘快先把這個處理了，嚇住那些膽敢弄鬼的下人，好騰出手來忙另一件大事。

有什麼事會讓福晉這麼緊張？會比四爺府的事還重要？

武格格嘆了口氣。福晉沒有孩子時地位不穩，底氣不足就會針對李格格，她對李格格才有用。現在情況不同了，李格格那邊沒了壓力，對她肯定就會再次疏遠的。她們兩個格格，本來就是迫於形勢才會聯合在一起，要是她能靠自己站穩腳，也不會去依附別人。

上次，李格格避寵，四爺卻把勁全使在福晉身上，她不知道該不該怨李格格沒替她說兩句好話。或許她說了，只是對四爺來講還是福晉那邊更重要。

武格格想，她又錯過了一次機會。福晉有孕後，李格格不需要她了，四爺肯定也不會再想起她。

她站在窗前望向正院的方向，心底深處盼著……福晉這胎……要是能出事就好了……

鑲紅旗大軍營帳內，胤禛拿著隨邸報一同送來的報喜的家信，福晉在他離開兩個月後，經太醫診出了身孕。

福晉在信中寫道：妾安，願君武運昌隆，旗開得勝。

胤禛拿著信捨不得放下，福晉有了孩子，要是能一舉得男，她的地位就穩固了，人也不會再那麼浮躁，這樣他才能放心府裡。康熙爺那邊已經有消息，這次的仗是必勝的，回去後可能明年就會分封諸皇子，他至少也是能得個貝勒的。之後，他的差事會越來越多，福晉必須能在他不在的時候撐起整個府邸，去年那樣的事不能再發生了。

他一激動，就寫了整整四頁的信。說得知這個消息非常高興，這是個吉兆，他們一定會勝利，讓福晉小心保胎，注意身體，府裡的事都託付給她了。

接到這封信的元英第一次感到有了孩子的欣喜和滿足，她珍惜地看了好幾遍，信上四爺的激動和快樂都能透過信讓人感受到。四爺也盼著這個孩子盼很久了吧？他以前是不是很失望她一直沒有懷孕呢？

她想，以前是她做得不對，沒有體會到四爺的心情，其實，他對她的期望比對格格們大多了。

元英放下信長長地吁了口氣，覺得前所未有地清醒，她是四爺的福晉，是這座府邸的女主人。她的人生不是跟格格們比生孩子、比寵愛，而是跟四爺站在一起，成為他的臂膀。

正院的氣氛在太醫來過後陡然一變，福晉有孕的喜信傳遍前後院，就算已經猜到的李薇也要正式地向福晉道喜。不必送東西，只要去福晉面前福個身就行了。

之前因為福晉打了一批人，都是內務府送來的不甘寂寞、攬風攬雨的那些人。現在福晉有孕，在福嬤嬤等人紛紛落馬後上臺的人都變得緊張了，以為福晉馬上就要把他們都換到閒差上去，繼續任用心腹。

可讓所有人吃驚的是，福晉反而把福嬤嬤調到閒差上，讓她總管一切瑣事，真正的差事卻什麼也沒給她。葡萄被派去布置產房，裡面的東西全要做新的，她領了一大堆針線布匹後就回屋忙去了。反倒是大嬤嬤和莊嬤嬤，都被提了上來，大嬤嬤管庫房和後院的膳房，莊嬤嬤管人事。這些原本就是她們的差事，只是福晉把原本攥在手裡的那部分也交出去了，真正把兩人當成心腹來用。

大嬤嬤雖然還看不出是否有偏有向，莊嬤嬤倒是很快向福晉遞了投名狀，把前段時間李格格早產被疑有問題的事說了。

元英聽了自然心驚，二格格從出生到現在，她只見過寥寥幾次，就算有點兒小心思，也只是放在心裡想想而已，只是這會兒難免心虛。當時李格格產期確實早了一個半月，可因為孩子平安生下來，產婦也沒有問題，藥都沒喝一碗，她就沒放在心上。直到今天才知道，當時還查過這個。

屋裡雖然只有她們兩個，元英還是壓低聲音問：「可查出什麼不妥？」

不妥是隨時都能找出幾個的。至少李格格有了孩子後，莊嬤嬤就不止一次聽說福嬤嬤嘴裡不乾不淨的，但現在她是福晉的人了，當然不能找自己人的麻煩，何況福嬤嬤跟福晉的感情不是一兩天了，她就是說了也得不了好。

於是，莊嬤嬤認真道：「不曾查出什麼不妥來。」

元英聽了鬆口氣，放下心來想，剛才是太緊張了，要是真有事，四爺也不會事後一個人都沒處置，對她也是一點兒聲色都沒露。沒事最好，可這世上最不缺的就是「莫須有」三個字。什麼事，看你像，你就是，越看越像，到最後說不清的人不知道有多少。

她打算想個辦法，洗脫自己身上的嫌疑。

過了兩天，李薇就聽說福晉為了給四爺祈福，掏私房在京郊的皇覺寺點了三盞長明燈。一盞是四爺的，兩盞是大格格和二格格的，聽說一盞一年就要四百錢。

就算是李薇，也覺得這是件好事，就像你的朋友去名山大川燒香拜佛，回來說替你點了三炷香，你也只會認為這是朋友想著你，不會罵他迷信，若真這樣幹了，絕對是二缺[15]。

四爺府裡前所未有地安定下來。所有人都像是各歸各位，不再有人覺得李格格的風頭蓋過福晉，而福晉地位不穩。這個孩子就像個定海神針一樣，把原本動盪不安的四爺府給定住了。

注釋

15 二缺：二是指傻傻的，缺是指缺心眼、缺大腦，所以二缺就是指一個人少根筋、有點傻傻呆呆的。

五月末，三、四、五、七、八這五位阿哥先回來了，但他們沒回府，全留在京郊大營。七月，康熙爺回朝了，胤禔先快馬回京報信，太子迎到郊外，恭迎萬歲爺。

京城裡，大軍回來的歡喜勁還沒過去，就立刻聽到一個晴天霹靂的消息：萬歲爺這次出去要抓的噶爾丹，跑了。

於是，所有人都夾緊了尾巴。幾位在京郊大營的阿哥跟著萬歲爺一起回宮，然後在太和殿外站著，從頂著大太陽一路站到天黑。

萬歲爺可能是真憋著氣，一回來歇都不歇就叫太子和軍機處所有大臣一起問政，把大軍走後京裡所有的事大大小小都問了一遍。胤禛和其他兄弟站在一起，全副披掛不說，先是頭頂大太陽曬著，曬得整個人都快烤熟了。等太陽落了，太和殿前又開始颳起穿堂大風，呼呼地把人身上的汗都颳沒了，然後就颳得人發冷，這是七月啊！

他就看到三爺的臉先是被太陽曬得發紅，現在是被風吹得發白。他伸手扶了一把，小聲問：「三哥？你怎麼樣？」

三爺不敢開口，怕這口氣一散，人就撐不住了，於是拚命瞪大眼顯得自已還很精神。

他從剛才就快被身上的披掛給壓趴下，皇子穿的披掛全是真正的黃銅和黃金製的，鑲在漿挺的硬牛皮上，從前到後，整個袍子上都是。再加上他的腰帶、兩把腰刀、頭盔也全是寶石黃金……媽啊，好沉啊……

之前還能看到後宮的小太監跑過來看他們什麼時候結束，估計是宮裡有兒子的妃子想看能不能見兒子一面。天一黑，小太監也不來了，大概是知道今天沒戲了。

康熙爺跟大臣和太子的話都說不完，胤禛看著快八點了，裡面才出來一個小太監請阿哥們先回去。胤禛等人跪下對著太和殿大門磕頭，然後各自散去。

一出宮門，三爺扶牆道：「老四，看有沒有我們府裡的車，老子走不動了。」

五爺架著三爺，胤禛讓人在外面等人的車中間問了問，果然有三爺府的車。現在大臣們都還沒回家，宮門外接人的車都快比上秀女入宮時了。

三福晉果然挺瞭解他們爺的，車挺寬大，跟車的兩個把式把三爺扶進去後，一個小太監在車裡就幫三爺把身上的披掛卸下來。三爺像沒骨頭一樣往車裡一倒，對著車外的兩個弟弟擺擺手，「回頭再找你們聊，我先走了。」

三爺的車走後，四爺和五爺府裡的車也排除萬難地駛過來。只是胤禛要面子，不肯像三爺一樣出門就坐車，五爺是根本不累，他打小身子骨就比兄弟們好，不知道是不是被蒙古出來的太后養成這樣。

兩人騎著馬，車在後面跟著回府。

路上，兩人都不發一語。

康熙爺這次面子丟大了，雖然還留有人在外面繼續追噶爾丹，可康熙爺帶著一群兒子去顯大清國威，再灰溜溜地回來……這股火要往誰身上撒呢？誰來替萬歲爺把這個面子找回來？

胤禛的心情更複雜。他也是今年回京後知道康熙爺要出征，才明白為什麼康熙爺既派他去查，又不許他辦那些貪官。不就是怕後方不穩嗎？他自己忍氣吞聲地回來，覺得自己這阿哥的面子都丟光了，被一群亂七八糟的官員給哄騙，那康熙爺忍得就更辛苦了，結果卻是這樣。

上一次，他發現阿哥在康熙爺面前不值錢。太子的威信康熙爺說掃就掃，二十幾歲的太子還不能光明正大地參與政事，說讓他去帶小阿哥讀書，他就要去，還不能有怨言。他們這群十七、八歲的阿哥，也只能跟在後面當小孩子。

可到外面看看，現在哪家十七、八，甚至二十幾的男孩不是大人了？還讓人當孩子養著？可康熙爺要他們這群阿哥當小孩子，他們就要當小孩子，不能跳起來說皇阿瑪，我們長大了，讓我們幹活吧！

這一次，他發現康熙爺在某些時候也是不值錢的。

現在康熙爺是擺出勤政的架式，可能還要發作幾個官員，但面子丟了就是丟了。

跟五爺分手後，胤禛回到府裡。進了書房，換衣服洗漱，想著應該去看看福晉，卻動也不想動。說實話，他擔心太子。

除了太子，就是後勤糧草和軍械的那群人會被拖出來當替罪羊，官員們不管殺多少都不愁有人幹活，可太子……他在書房的榻上翻來覆去地睡不著，康熙爺真的會再掃一次太子的面子嗎？

越想越心煩的四爺一骨碌坐起身，外間伺候的蘇培盛不敢睡，趕緊道：「爺，要用茶嗎？」他聽見四爺下床的聲音，馬上進來伺候。

胤禛穿上衣服，道：「去你李主子那裡看看。」

——去看看李氏和額爾赫，換換心情吧！

一行人無聲無息地提著燈籠在前開路，穿過小門就是李格格的小院。

小院的屋簷角掛著一個氣死風燈，熒熒一點在夜色中閃爍。

院子裡，趙全保是跟著過來的，沒機會通風報信，玉瓶幾個是披著衣服來開門。胤禛直接去西廂，他記得上次李氏說她現在就住在西廂，卻發現西廂無人？

這時，李薇披著衣服從寢室鑽了出來，睡得臉紅撲撲的。

他以為額爾赫已經挪出去了，摟著她的肩回轉，道：「怎麼睡得這麼早？不等爺來看妳。」

李薇心裡喊糟糕，呵呵兩聲。

進到屋裡，胤禛一掀床帳就看到額爾赫睡在床上，四肢攤開睡得呼呼香，這還不算什麼，往床尾看，百福正衝他搖尾巴。

胤禛早發覺李氏一臉遲疑，心知有問題，卻沒想到她會讓百福和二格格睡一張床。

百福是隻溫馴的母狗，但這也不對！他回頭盯著李氏，第一次沉聲道：「妳大膽。」

李薇撲通跪下。這真是她這段時間過得太輕鬆了，算起來四爺已經快有兩年沒回家了，她真心已經習慣把他給拋到腦後。今天四爺八點多才回來，聽說又是郊迎又是在宮裡累了一天，她以為他就直接在書房睡，誰知道他會突然跑過來。福晉不是有孩子了嗎？你不該去她那裡嗎？

胤禛坐在床沿，盯著跪在地上的李氏看。他在想怎麼教訓她，把額爾赫抱走？福晉剛懷上，不合適。把百福抱走？他以後會越來越忙，抱去書房也未必有時間陪牠。送到福晉那裡？福晉不像喜歡狗的。

罰她？怎麼罰？罰銀子？李氏壓根就對銀子沒數，剛進阿哥所時賞誰都是賞銀子，後來才改成銅錢。他知道時還以為有人欺負她，誰知道是她自己手太大。再說，他那裡還放著她的一箱銀子呢，也沒見她跟人哭窮。

罰板子？打下人的板子肯定不行，要不，讓人製一根輕薄些的竹板？誰來打？胤禛想到要脫掉李氏的褲子按在那裡打竹板子，喉嚨就乾了。

他打。也不必竹板了。

伸手剛把李氏拉起來，後腰就讓一條小腿狠狠地蹬了一下，他回頭一看，額爾赫這會兒自己睡成橫的，兩條小短腿正抵著他的腰使勁踩呢。

李薇看到，解釋說：「她這是夢到自己在走路呢。」

她也被這丫頭蹬得不輕，腿上腰上都是青的。

胤禛看著女兒，等回過神來，氣全沒了。他再次沉下臉，把她拉到懷裡，小聲訓她：「妳怎麼能讓百福和額爾赫睡在一起？」怕吵醒女兒，聲音壓得很低，兩人就湊得很近。

他這樣氣勢就全沒了，李薇也不害怕了，於是小聲解釋道：「百福不髒，上床前都要洗洗爪子和屁屁的。」

「那也不對！」四爺在她屁股上用力拍了下，打得她腰一挺向前躲，「百福再乖也是狗，額爾赫那麼小，手腳沒輕重，狗發了狂咬到額爾赫怎麼辦？」

李薇道：「我也一起睡啊。」

四爺：「那更不對！應該讓百福在牠屋裡睡，若不是妳抱牠，百福根本不會上床。」

這倒是，剛開始抱上來時，百福都會很不安地跳下去，現在是習慣了。

「我今天是忘了。」李薇道，其實等她睡著後，百福會自己跳下去的，「牠只是在保護我。」她是真的這麼感覺的，自從有了二格格後，百福從來不離二格格一步，哪怕是奶娘牠都瞪大眼睛盯著。晚上，百福跳下床也是睡在門邊。

「牠這麼通人性，我都把牠當家人了。」李薇摸摸百福。

不知道要是她說因為這兩年他不在，所以她已經習慣讓百福陪睡了，他會不會生氣？有百福在，她真的覺得安心多了。

百福大概知道是在說牠，尾巴也不搖地坐在四爺跟前，一副認打認罰的樣子。

胤禛知道百福忠心，也不忍心罰牠。

所以還是她不對！狗是好的，是她沒個主人樣，把狗帶壞了。

他拉著她鑽到屏風後，百福大概真的很聰明，沒有跟過去，而是趴在床邊看著床上的額爾赫。

屏風後，胤禛道：「這是在哪裡碰的？」怎麼大腿上都是青的？

「額爾赫踢的，她的腿特別有勁！」李薇被他發涼的大手一碰，嘶嘶地抽著冷氣。

啪！四爺拍了她屁股一巴掌。

「啊！」李薇要躲，被他按住連搧了十幾下。

「下次再讓我瞧見妳沒規矩可沒這麼簡單了。」四爺道。

過一會兒，屏風後就傳來喘息的聲音。

「怎麼在這兒啊……」

「一會兒去西廂。」胤禛扔下一句，現在專心辦事。

兩人結束後從屏風後出來，輕手輕腳地穿上衣服去了西廂，李薇不忘交代讓奶娘去看著閨女。

胤禛在西廂又痛快一次後，摟著李薇躺在榻上，覺得神清氣爽，腦筋也清楚了。康熙爺沒面子是肯定要人出來頂罪的，他發作大臣沒關係，要是發作太子，他就要出去替太子說話。

何況太子這次留京監國，前方怎麼打仗可沒他的事。監國也沒有大錯，因為奏摺都是送到陣前讓康熙爺自己批的。再說，就連萬歲爺心裡也明白，他對太子只是遷怒。胤禛此時站出去，不但太子承他的情，康熙爺對他也會有好印象的。

他摸著李氏滑嫩的肩頭，想起福晉有孕的事，「福晉近來如何？」他問。

「我沒親見福晉，只是聽人說挺好的。」李薇道。

胤禛見她語焉不詳，可話語中也不見嫉妒，倒是比新年的時候看起來氣色更好，更安然了。李氏果然是個好的，見事明白，不是個小家子氣的人。福晉有孕對大家都好，對她尤其好，她能知道這個道理已經不錯了。

胤禛有心哄哄她，也是想獎勵她，「我記得十五歲的女子可以取字了？」

李薇：「嫁人就可以取了。」不然怎麼叫待字閨中呢？可惜她這輩子算是嫁給他了，他卻不是娶的她。

「我為妳取一字，喚素馨。」胤禛撫摸著她的長髮。出征的路上，常能看到一叢一叢的五瓣小花，粉白可人，香氣鬱鬱，讓人聞之忘憂。隨行軍醫讓小工採這種花入藥，煎湯給吃了不習慣的烤肉而胃痛和嘴裡爛口子的士兵喝。

他也曾採來一袋放在帳中，濃香久久不散。

素馨……聽起來好像突然年長了十歲的感覺……好像丫頭名……李薇深深覺得還是自己的名字好聽，薔薇花多美啊，開滿一牆時多華麗啊！可四爺正在陶醉，她也只好說服自己素馨也不錯啦！

第二天，四爺走後，李薇查出素馨是花名，就讓趙全保去問花園的花匠，能不能移一株素馨花給她。

兩天後，花匠把花送來了，養在一個雙手合捧那麼大的小釉盆裡，花正開著，雪白的五瓣小花迎著風對她說「嗨」。

小！白！花！

李薇臉綠了。

小院裡，玉煙帶著玉春、玉夏坐在廊下借著外面的陽光，做著針線。

額爾赫被裝在李薇讓工匠做的一個學步車裡，她現在的毛病是走路不穩當就想跑，這東西正好治她。

兩個圓鐵環上下由三根細鐵棍連著，下方圓環較大，鑲著四個小輪子，上面的圓環拴一個布兜兜，兜住二格格的小胖屁股，高度剛好夠孩子的腳踩到地上，用這個她就算想摔跤都難。

李薇畫得簡單，工匠送來的華麗多了。底下那個圈是黃銅的，上面的卻是紅木的，做得像個圈椅似的，後面還有靠背，前面小孩子會用手抓的地方還包了小羊皮，軟乎乎的不硌手。這樣下沉上輕，額爾赫一進去就高興壞了，一天都不願出來。就是有這個像小車似的東西，屋子裡顯然不夠她折騰了。

李薇就讓人帶她到院子裡去。額爾赫也不嫌太陽曬，在院子裡一邊尖叫一邊跑著咯咯笑，百福前後跟著她一路小跑。

李薇高興起來就跟著閨女一起跑，或者跑到前面拍手讓閨女追，逗得小姑娘更興奮了，一陣陣地叫，結果把她在前院書房的阿瑪給引來了。

胤禛最近心情很好。康熙爺沒找太子的麻煩，只把索額圖給罵了一頓，雖然也沒給太子好臉看。胤禛也沒替索額圖說話。他說不著，而且索額圖這次是代太子受過，說不定人家心裡還挺高興的。至少康熙爺前腳罵完，索額圖後腳就把請罪摺子給遞上去了，也不知道在懷裡揣了幾天，看樣子是早就準備好的。

八月，康熙爺奉太后旨意去熱河，只帶了胤禔和幾個小阿哥。太子沒提，三爺著涼傷風拉肚子，報病，四爺說福晉有孕，府裡無人主事，也請旨留下。其實就算不提，康熙爺也沒打算帶他們，五爺、七阿哥和八阿哥就沒說什麼，可康熙爺臨走也沒點他們的名。

他們中間，胤禛是看清楚了。五爺是無所謂，七阿哥沉默不語，老八……

八阿哥的失望溢於言表，這次出征他很努力，在外時康熙爺還說要賞他，結果沒抓著噶爾丹，這賞也不提了。回京後，他也多次進宮想表一表孝心，哪怕讓康熙爺罵一頓出出氣也行，可就算想給萬歲爺出氣也輪不上他。

太子也算寵辱不驚了。納個太子妃就拖了那麼長時間後，他早就清楚皇阿瑪的心思。外面家裡的男孩長成了，最多十四、五歲就想著給他娶媳婦好開枝散葉，他一個太子卻等到二十幾歲。為了他，幾個弟弟的成親也是往後拖，但好歹都是十六、七就成親了。因為這個，京裡各府男孩娶親的歲數越來越大。

他叫來四爺，交給他一樣差事。

老四向著他，他心裡自然有數，有好事自然也想著他。

康熙爺離京前交代明年還有阿哥要分府，這次有份跟著去打噶爾丹的幾個阿哥都要封爵。胤禔肯定能封個郡王，往下就難說了。太子覺得，三爺和四爺估計也能封個郡王當當，老五可能就危險了，但或許看在宜妃和太后的分兒上，也能封一個？

七阿哥往下應該都是貝勒，他和八阿哥都要出宮建府，胤禔他們的郡王府也要跟著擴建，這種來油水的好活兒，向來都是別人搶著幹的。

胤禛聽了太子的話，也承他的情。對內務府來說，就是錢從左手倒騰到右手，中間多少人受惠就不得而知了。今天他拿了這個差事，肯定這油水也有他一份。

太子笑道：「你開府沒幾年，府裡也添了不少人口。聽說你福晉也有了，趁這個機會多少撈一點兒，這種好事可不是年年有的。」

「多謝太子。」胤禛行了個大禮。

開府最要緊的事就是把附近民居的人遷走，這個不但費時長，還容易添埋怨，動不動可能就讓人指著祖宗八代問候。胤禛當然不會主動找罵，他只是拿了圖紙回去審，就閉府不出。康熙爺不在京，還是老實點兒好，上躥下跳的容易出事。

他看著七、八兩位阿哥府邸的堪輿圖，忍不住拿出自己府的堪輿圖比較。總的來說，他的府邸更好，位置、風水，府邸裡的建設也比較完備，七阿哥和八阿哥的府都要大修大建才能成型。如果他得封郡王，府邸肯定還要擴建，周圍大概有幾條民巷是要遷走的。

再擴建的府邸幹什麼使呢？胤禛在自家的堪輿圖上比來畫去，把另兩位阿哥的圖拋到腦後了。現在的四爺府因為以前就是明宮監邸，所以建設得已經相當完整，要擴只能僅著一邊，這樣空間大也好發揮。

從堪輿圖上看，要擴李氏院子那個方向最好擴，那邊民居少，遷民時怨氣就少些。他拿上張紙疊在圖上，拿圭筆描出形狀，再拿開一一添上周圍的景物。再重疊周圍民居，添上輪廓後，他略心算了下，開始覺得這點兒地方施展不開。

整個府邸原本是個「三」字，擴建後就成了「冊」字。以正院為中軸，以前是「卅」，中間一道門隔開，正中間是他的書房和福晉的正院，兩側分別是格格們的院子和下人房。現在東側可以再擴出兩排民居，正是李氏和武氏的院子那邊。在不改變原來布局的前提下，李氏和武氏的院子最好往外挪，現在住的扒掉，改建成第二座花園，可這樣福晉未必高興，她可能會覺得李氏離後院更遠了。

他把這一張紙放到一邊，另選一邊民居來擴呢？他在府邸正後方圈出一塊來，乾脆在這裡改建。原來的花園本來就嫌小，乾脆這裡重建一個大的，這樣就不必改變原來的格局了。

他一入迷，就忘了用膳。蘇培盛看他嚴肅地又寫又畫，又是找資料又是翻圖紙，桌子擺得滿滿的，也不敢進去催。

一直等到午後，額爾赫清脆的笑聲傳來，讓胤禛回了神。他放下筆，頓覺腰背痠痛。要是有個新的大花園，他也可以常去消磨時光，他伸了個懶腰，望向小院的方向。

小孩子這麼大聲喊會不會傷到嗓子？胤禛擔心地想，指望李氏是不成的。她自己都管不住自己，更別提讓她管孩子，不過宮裡的格格都被管得沒一點兒脾氣，他一母同胞的五妹妹以前偶爾一見，溫馴得讓他都不敢看。身為格格應該有氣勢，就算氣勢不足，脾氣也要夠大，不然嫁人不是等著被人欺負嗎？

康熙爺教女兒都拿溫良恭儉讓來教，全教成了漢家女子的小孩子氣，一點兒沒有滿族女子的大氣爽朗，這樣卻還總往外嫁，誰能放心？這樣一想，孩子讓李氏養說不定也不壞，乾脆去看看吧。

胤禛特地換了身衣裳，重新梳了辮子，還很有心情地拿了把摺扇。蘇培盛看他這麼折騰，偏頭看了眼書桌，心道看來阿哥今天的心情確實不錯，是差事辦得很順利？

想起封貝勒、擴建府邸和新花園，就讓胤禛的好心情一路飛揚。走進小院看到額爾赫坐著個怪東西，小短腿跑得還很快，他快步上前彎腰穩住她的學步車，仔細一打量，心中讚道，倒是個好東西。

他一斜眼，蘇培盛就知道意思，趕緊上前小聲稟報是李格格畫了圖送到工匠那裡做的。

胤禛心情好看什麼都好，此時想起李氏為他做的千里路鞋底和濃湯寶——靠這個東西，劉寶泉還得了一百兩銀子的賞。胤禛回頭看到李氏穿一身柳葉黃的薄袍子，手握團扇福身拜下，伸手扶她起來，溫聲道：「妳的小腦袋裡還真有些巧思，可見心思都沒用在正地方。」說著點了她幾下。

——什麼意思啊？沒頭沒腦的？

李薇嘴角帶笑，舉起團扇擋太陽，道：「爺，去葡萄架下坐著吧，那裡涼快呢。」

胤禛攜著她漫步到葡萄架下，那裡擺著籐椅、竹榻和小几。小几上擺著個大肚子的南瓜白瓷壺，旁邊兩盞白瓷圓杯。

「妳一向喜歡這種圓潤的白瓷器具，讓人給妳燒一窯吧。」胤禛坐下道。

李薇坐在籐椅上，不靠著他免得熱。壺裡是酸梅湯，知道他不喝乾脆不給他倒，讓玉瓶拿來銅剪子，親手去葡萄架上剪了兩串葡萄，交代拿去洗乾淨用井水鎮著，一會兒送上來。

葡萄架下雖然意境有了，也算陰涼，但沒風的時候還是熱得很。胤禛坐一會兒就一身汗，他天生愛出汗，衣服跟著也濕透了一大片，讓人看著都替他難受。

李薇道：「要不要進屋換件衣服？這裡有今年夏天新給你做的袍子，都沒上過身。」當年說要兩人一起做漢裝，結果做好他就沒穿過。可每年做新衣，照樣還是給他做，就放在她的箱子裡，都有二十幾套了。

胤禛被太陽曬得有些懶了，聞言半天才「嗯」了聲，跟她進屋，臨走前指著還在太陽下的額爾赫道：「沒看格格臉都曬紅了？快帶進去。不許擦汗吃冰水，只把汗濕的衣服換掉就行。」宮裡養孩子規矩多得很，他也是這樣長大的，雖然小時候恨嬤嬤和太監管得嚴，可長大了就知道裡面有些事是很有道理的。只這個大汗後不能灌冷水冰飲解渴就是對身體有好處的。

奶嬤嬤們趕緊抱著額爾赫進屋，學步車留在外面正要收，胤禛一眼看到，道：「那個學步車拿進來給我看看。」

屋裡擺著冰山，老房子高梁縱深，陰涼氣相當足，所以一進去兩人都打了個寒戰。玉瓶等人已經找出了替換的衣服，李薇去屏風後，把外面讓給他。

玉瓶找出來的衣服正好是一起做的，他是月白色的大袖長衫，沒腰帶。她是桃紅的大袖子、短上衣和月白的大襬裙。在李家時，李薇聽額娘和阿瑪說過，此時的漢族衣服已經和前朝時大不相同，他們現在穿的就是改良版的。

李薇看四爺就少個文士帽，穿這身配上他那個頭，怎麼看怎麼彆扭。她自己把手往袖子裡一縮，矮肩側身一福，感覺挺像那麼回事的，扮上就有那種感覺了，她乾脆掩住嘴，學著戲臺上的腔調拉長腔來了句：「公子——你怎麼跑到小女子的閨房裡來了？可是那不安好心的賊人？待我叫來家人，將你擒住，送到官府打板子！」

四爺也跟著一甩袖，雙手往前一揖，「啊，小姐，莫要高聲啊！」

屋裡伺候的玉瓶和蘇培盛都掩嘴，禁不住笑了。都是看著四爺心情好，又想玩，他們當然要跟著捧場，不然主子演了，你不笑，那不冷場了嗎？

胤禛來了興致，讓玉瓶重新給李薇梳頭，看到梳妝臺上用的妝匣還是原來那套，問：「那套牙雕的呢？」

李薇坐到妝臺前，道：「我怎麼敢用呢？收起來了。」

胤禛道：「又不是什麼好東西，要是放在箱子裡，我還拿給妳幹什麼？書房那裡又不是沒庫房，拿出來用。」

玉瓶只好忙去開箱子取那套東西，李薇讓她慢點兒，晚上能擺出來就行了。

胤禛轉頭去了西廂，鋪紙調和顏料，明顯是想拿李薇作畫。

李薇配合著梳了個漢家女子的髻，斜坐在屏風前，手中舉著個團扇擺造型。四爺左看右看，道：「不像，去拿把琴來。」

李薇這裡只有琴桌，沒有琴。蘇培盛看那琴桌也不成樣子，趕緊跑去前院的庫房，搬了琴和琴桌、香爐等一套過來。調好音，淨手焚香後，李薇坐在琴前，四爺還過來教她擺姿勢。

之後，她架著兩條胳膊擺出彈琴和陶醉的樣子足足一個小時！胳膊最後都要玉瓶在後面幫她托著，她忍不住在心裡暗罵：淨折騰人！也不知道後世會有一幅你的仕女畫流傳否！

最後終於畫完了，李薇趕緊跳起來活動下快要僵掉的胳膊和腰，走到書桌前，見四爺正在題詞，老實說他的詩詞造詣倒是高多了。

她伸頭一看，詩詞意境先不提，這一筆狂草好像是一筆下來沒有停歇，一氣呵成，寫的時候他的感覺一定很好。

他今天剛來時她就覺得他的心情不錯，現在看不只是不錯啊，簡直是爽呆了、美呆了，美得他都有點兒不像他了。

可現在有什麼好事啊？難道是因為福晉有身孕？想到這個，讓李薇整個頓時都不好了，晚上用膳時也沒什麼精神。

胤禛在晚膳後，讓蘇培盛把李薇當時拿到工匠處的學步車的圖紙取來。上面畫得雖然清楚，就是太簡單，上下兩個圈，下面的圈粗一點兒，大一點兒，三條直線連著兩個圈，下面再加了四個小軲轆，旁邊的尺寸數字倒是很清楚。

再看工匠做好的那個，才叫東西，才能拿出去給人看。

胤禛一邊另鋪一張紙，打算重畫一幅，一邊吩咐蘇培盛：「一會兒拿我的圖去，再做兩個，一個給大格格送去，一個送到福晉那裡去。」

他的話音剛落，李薇就若無其事地站起來，笑咪咪地說道：「四爺，額爾赫這會兒該喝水了，我去看看。」

她再若無其事，胤禛也能看出她這是不高興，「四爺」都喊出來了。蘇培盛快把頭垂到比桌子還低。

胤禛「嗯」了聲，等她出去後把畫畫完，圖給蘇培盛，然後才去旁邊額爾赫的屋裡。

李薇給額爾赫在寢室東盡頭隔出個小間來，頂牆放下一張箱床，兩邊用一道大屏風隔開。

胤禛進來時，李薇正陪著額爾赫玩魯班鎖。其實從他進來的那一刻，她的注意力就全在他身上，用現在的規矩說是她不對，可她當時就是衝動了，現在害怕了也不想請罪。只好一邊害怕，一邊僵著。心裡恨自己怎麼在這時拗起來了呢？臉算個什麼？趕緊扔了去抱大腿求原諒啊！

胤禛過來拉著她的手直接出去，讓玉瓶進去看著額爾赫。他們回到西廂，蘇培盛已經出去了。坐下後，胤禛盯著她看了半天，把她看得垂頭含胸不敢抬頭後，才摟住她歎道：「爺替妳做面子，妳還生爺的氣？也就是今天，爺的心情好，不跟妳計較。就算是福晉也不敢這麼給爺臉子看，還額爾赫要喝水，妳怎麼不想著給爺倒杯水？」

李薇的手指在下面勾著他的手指。

「這會兒不生氣了就來鬧爺。」他握著她的手拉上來，盯著她咬了她的手指一下，「妳這小脾氣啊，也不知道怎麼就這麼多。動不動就要惱一下，再一哄就好，簡直是狗脾氣。」

——你才狗脾氣。

李薇心裡暗罵。你全家狗脾氣，你祖宗八代都是狗脾氣。

「是不是故意等著爺來哄妳？」四爺笑著過來咬她的嘴，你來我往親到一起。倒在榻上時，她還是心裡帶氣，抱著他的胳膊使勁撓。

「這氣還沒消？小醋桶。一點兒好東西都要留給自己人使，外人一個不給是不是？給爺、給額爾赫，不給其他人是不是？」四爺抓住她的兩隻手。

「不氣，乖啊！爺知道妳待爺好，爺都記著呢。」他附在她耳邊說：「絕不會辜負妳。」

——淨會說好聽話！誰信你誰是傻子！

大傻子李薇眼淚汪汪地咬著他的胳膊想。

那晚之後，李薇覺得她越來越無法很好地把握自己了。

自從有了額爾赫，她發現自己的依靠不止四爺一個。人有底氣後會有很多變化，她的變化就是開始對四爺橫挑眉毛豎挑眼，雖然不敢訴之於口，可她確實對他越來越不耐煩。

有應付他的時間，聽他那些甜言蜜語，還不如跟女兒在一起呢！

她本來就不大會控制脾氣，以為這樣沒以前可愛的她會很快讓四爺失去興趣，還設想過很多如果他不再寵愛她後，她怎麼在後院裡生活的細節。

一年三百六十日，風刀霜劍嚴相逼。

大開的腦洞把她虐得常抱著被子偷哭。可她虐完自己，發現四爺居然來得更勤快了！而且脾氣更溫柔更好，她發脾氣，他等會兒就一臉寬容地過來哄她，一臉「哎呀，又來了好受不了喔」，可行為上根本不是那麼回事！

他明明就得意死了。

李薇這才發現……四爺的腦洞說不定開得也很大？真想知道在他的腦洞裡，她是什麼樣的……

當四福晉的肚子越來越大時，一個嚴峻的問題擺在了面前。那就是誰來代管這段時間的後院，至少要管到福晉坐完月子，那就是將近半年。

四爺雖然在家，可他顯然不會替福晉管後院，去安排格格們吃什麼，下人們什麼時間上工、什麼時間換班、什麼時間打掃衛生這種事。而經過正院的內務府下人大變臉後，就算四福晉也不會同意把權力（哪怕是暫時的）交到下人手中。那麼誰來管呢？在李薇覺得自己快要再次中槍時，四爺直接對她說：「福晉現在不方便，明天妳把對牌接過來吧。」

此時兩人正在屋裡用膳，初秋的蓮藕很好吃，脆生生的。於是今天晚膳的素菜是調蓮藕丁加蘿藕丁加鹽水花生，全是脆的，葷菜是炸藕盒，甜點是桂花糖藕。以上三道菜是李薇點的。

四爺看著菜抱怨了句：「妳吃什麼都是恨不能一口氣吃膩。」可他挾蓮藕丁挾得挺痛快的。

李薇沒當回事，就著炸藕盒喝了粥。額爾赫坐在下面的小桌子上，李薇不讓奶娘餵飯，她記得小孩子要儘量鍛煉她的自理能力，管她吃成什麼樣呢？大不了吃完換衣服嘛，好不容易成了皇N代，姑娘妳就勁可吃吧！

果然額爾赫吃得慘不忍睹，怕勺子筷子傷到她自己，所以她的餐具是兩隻手，面前的銀盤裡是一盤糊塗飯。四爺一副看著傷眼的樣子，意外的是他竟然不阻止。

只有胤禛知道，他對額爾赫這麼用膳不制止的原因就是他居然覺得素素說得很有道理。

李薇遲疑中沒有馬上答「好」，其實她正在找理由。

「素素。」四爺催促她。

素素是素馨的變種。這個讓人牙疼的名字從叫出來的那天起，李薇就必須忍耐它變成她的小名。有這一聲的刺激，李薇迅速找到了代替者和最佳理由！那就是宋格格。她伺候四爺時間最長，她生了大格格，她一直品性溫良，從無劣跡。最重要的是，她受福晉信任！

李薇百分百真誠地說：「四爺，咱們不說虛的。我要是管事，福晉肯定不會安心的。是，福晉人好，有不快也會放在心底，可我不能仗著她人好就裝不知道。福晉正懷著孩子，我想哪怕是為了孩子，也該讓福晉這段時間心情愉快。宋格格管事，從資歷從身分，不論哪方面看都比我強。」

她這番話真的是真心的。就像辦公室經理產假半年，她有親信可以代管，而上頭的大領導卻想讓妳代管（PS.不加工資），那妳是會答應啊？還是推辭啊？另外，經理產假後還會回來，她是大領導嫡系中的嫡系，會在妳頭頂坐一輩子，妳走她都不會走。這種純拉仇恨的工作誰會幹？

李薇拒絕。

可四爺曲起手指敲敲桌子，「明天一早，大嬤嬤會把對牌送過來。」說完，他示意玉瓶可以上茶了。

李薇只好把一肚子的赤膽忠言全嚥回去。四爺好說話時，她可以玩玩小脾氣。可他表示這不能商量時，她最好立刻跪下唱征服。

——呵呵，姐不跟你們講民主，一群未開化的人！姐作為一個有思想的人，要有包容心。

自我安慰完畢，李薇跟四爺一起喝茶。

喝完茶，兩人照樣是一個去寫字，一個去陪額爾赫說話，就是你說我學的滿語版。李薇幸好是選秀前兩年才開始學，記憶還新鮮得很，沒有忘光光，跟閨女玩這個時兩人半斤八兩。

胤禛在一旁寫字，耳邊全是「請你喝了這碗酒」、「大家一起去打獵」、「這碗奶真香啊」的基礎滿語教學。素素的水準和還不到兩歲的孩子差不多，再過兩年就該額爾赫轉頭來教她了。

代替福晉管家的事，素素不接受的理由他明白，只是為了她好，他才必須要她接受。

有時他會想李家大概就像書中寫的，是個父慈子孝、兄友弟恭、夫妻和睦的家庭吧？素素嫁給他這麼久了，還是像個長不大的孩子一樣，她只會坐在那裡等著接受別人的好，然後用她的好去回報對方。

對待他和福晉，她都只會承受，卻從來不會想要站起來對抗。他寵愛她，她就用一片心回報他。福晉不喜歡她，她就躲開她，然後藉此寄希望於福晉會喜歡她，會因她的「識相」而不來傷害她。

素素把所有的一切都寄託在對方的良心上。

之前發生福晉要抱走額爾赫的時候，他不在身邊，她才終於長進了一點點。可也只是把武氏叫到身邊虛張聲勢，唯一的動作還是她身邊的太監借力打力，替她掙出一線生機。

胤禛認為趙全保手段是有，就是還需要歷練，這次的時機挑得就不錯，就是沒能控制全域，把自己的主子也給繞進了局中。千軍易得，一將難求，再等幾年就差不多了。到那時他就不會想著怎麼調教他，而是想著怎麼限制他手不要伸得太長。

等他回來了，素素就跟以前一樣把勁全使他身上，又不管別的了。小脾氣那麼大，要不是仗著他疼她，她哪會這麼安心？

就像福晉，為什麼她在宮裡那麼大膽？不就是仗著她是萬歲爺賜的福晉嗎？等他用事實告訴她，「福晉」在他面前也沒有意義的時候，現在，福晉還敢那麼大膽嗎？就算使手段，也會先小心翼翼地試探他的態度。

幸好，素素雖然沒有手段，可心性、眼光都不差。她所指的宋氏確實是福晉屬意的人選，可她沒想到，福晉正有身孕，宋氏再替她管家，那她的地位瞬間就被宋氏給代替了，底下的人只會看風使舵，她平時一點兒御人的本事都沒有，除了跟著她從宮裡來的這幾個人外，其他一個心腹都沒培養出來。

一旦被宋氏壓到底下，對她來說想再爬到跟福晉對抗的地位就難了。就算有他的寵愛和支持，但世上得了寵愛卻仍然立足不穩的寵妃有多少？可見男人的寵愛絕不是女人立足的全部。讓下人們以為她連無寵的宋氏都比不過，那就是讓她和額爾赫從此任人宰割。

他只能把她推上去，給她權力，即使是把一隻羊打扮成狐狸甚至是狼。她坐在越高的地方，下面的人越看不清她，到時她是真蠢還是假蠢都不重要了。至於代管之後的事，甚至根本不用她來操心，自然有下面的人爭著替她辦到十全十美。

五十張大字寫完就該睡覺了。胤禛放下筆，一張張看今晚寫的字，把不夠好的字圈出來，明天重寫，就算是對自己，他也是如此嚴格。

李薇進來問他要不要吃宵夜，當然她也看到他在做什麼了，不免在心底嘆氣：這都是叫康熙爺給他整成這樣的，多可憐啊！還不知道小時候受了多少磨難呢。

「宵夜是什麼？」他問，被她影響得睡前習慣再吃點兒小東西墊墊胃。

「我和額爾赫都吃桂花藕粉。」李薇道：「爺大概不會喜歡吧……」

胤禛不由得懷疑，難道他的臉上寫著「對甜的東西深惡痛絕」嗎？他倒是不反感糖桂花味，就是藕粉黏糊糊的樣子很噁心。

結果出去一看，給他準備的是酒釀團子。這也是鄉野小吃，在素素沒嫁給他前，他可從來沒吃過這個，現在對這個已經很習慣了。宵夜很頂餓，他晚上如果不吃一頓，夜裡很可能會餓醒。以前都是硬挺到丑時末，去讀書前會先吃兩塊點心，現在託了素素的福，他不必再餓到早上了。

一碗醇香的酒釀團子下肚，額爾赫被抱走睡覺，他和素素回到西廂。現在晚上還熱著，睡這裡無所謂。

「給額爾赫收拾個屋子吧，再讓她住在妳這裡不合適。」他道。

李薇知道這個，現在額爾赫正處在精力充沛，對大人的舉動喜歡模仿的年紀。她晚上睡在只和他們隔著一道屏風的地方，萬一有什麼動靜被她看到學出去就不好了。

「已經在讓人收拾了，只是她的床還要等等。」她道。

給額爾赫準備的房間就是她旁邊的角房，床是新打的。這裡的習慣是小阿哥、小格格晚上都有奶娘陪睡，李薇卻很不喜歡。她正打算親手做個巨大的玩偶娃娃，讓女兒晚上抱著娃娃睡最萌了。

不過，最後額爾赫是抱著百福睡的。

在百福發現額爾赫獨自搬家後，晚上就臥在她的床腳。額爾赫裝睡騙走奶娘後，掀被子把百福叫了上去。早上，百福很機靈地自已跳下來，偽裝成一直在腳踏上睡的樣子。

直到半個月後才被發現。

胤禛已經習慣了，閨女的額娘還說漏嘴道這兩年都是百福陪她睡（睡在地板上而已），要不是百福是條母狗，他都不敢留下百福的命了。

他親眼看百福陪著額爾赫睡，被抱著、壓著那麼不舒服也不反抗，有點兒什麼動靜就警覺地抬起頭，看到是他才搖搖尾巴放鬆下來，他就默認了額爾赫可以抱著百福睡覺。

李薇花很大工夫做的那個布老虎被閨女拋棄了，只好擺在西廂的榻上當靠枕。巨大的喜慶的布老虎跟西廂的擺設很不搭，四爺也沒說什麼。

壹伍章

瓜熟蒂落

李薇接了後院所有的對牌後，讓大嬤嬤領頭總管，下頭的還是照著福晉原來的規矩辦事。

府裡多少還是有點兒動盪，玉瓶和趙全保可是接了不少孝敬，人人都想巴結，都想過來拜拜山頭，李薇是一個也不見。

武氏也來了，滿嘴好聽話，就是她聽著刺耳。只因武氏說來說去都是「福晉有喜真是咱們府上的大喜事」、「真是老天保佑」、「說不定福晉能一舉得男」。

她說一回，李薇當她在說客套話，但當著李薇的面說上三五七八回是什麼意思？

李薇懶得想她是什麼意思，讓人把武氏給攔了。

——我不愛聽妳說話，我不見妳了，妳離我遠點兒。

這麼久以來她還沒對武氏這麼不客氣過。兩人名分上都是格格，沒有誰高誰低的，但這個高低自在人心裡種著。

李薇現在拿起架子，武氏也只能受著。

東西不收，人也不見。

玉指連銀子都掏出來了，之前這裡上下都是笑臉迎人，如今連個傳話的都找不著，一問就是「趙哥哥不在」、「玉瓶姐姐伺候主子呢，這會兒叫不過來」。

玉指站了半天就有人趕了，「姐姐回去伺候武格格吧，這邊人來人往的，咱們就不耽誤您了。」玉夏說得好聽，和玉春兩個笑咪咪地把她給「送」出去了。

玉指強笑著又不敢掙，硬生生讓人給架出七八丈。等玉春、玉夏兩個回去了，她也不能厚著臉皮再跟過去，只好抱著她們格格給李格格準備的點心回去。

武氏看到玉指沒精打采地回來，就道：「沒送進去？」

玉指抱著點心匣子垂著頭「嗯」了聲。

「那妳們就吃了吧。」武氏滿不在乎地說：「明個兒還去。」

玉指這臉丟了不是一兩天，人人都說她們這邊想抱李格格大腿讓人給踹回來了，丟死人了。她今天沒忍住，擦著泛紅的眼眶說：「李主子的心太狠了……」

「掌嘴。」武氏淡淡道，玉指怔了，武氏掃過去一眼，好像奇怪她怎麼還不跪下開始搧自己巴掌，「主子也是妳能說的？李姐姐現在日理萬機，妳記住了。」

玉指跪在角落自己掌嘴，屋裡沒人敢說話。

武氏不生氣。是她自己要去抱李格格的大腿，讓人打臉也是應該的，也是她不安好心，想著讓李格格跟福晉鬥起來，她在一邊看好戲。是她心裡不甘，既想巴結李格格，又愛看她倒楣，盼著她有一天摔個跟頭，摔得狠狠的才好。

呵呵，是她自己露了馬腳，不怪李格格發覺出來不願搭理她。

之前四爺不在，聽說福晉想抱二格格過去養，她趁機架柴撥火。接著聽說福晉那院裡打成了一鍋粥，她也讓人幫著煽風。那會兒是福晉和李格格都顧不上她這個小人物，才叫她看了連場好戲。

現在不成，是因為四爺回來了，李格格有了主心骨，她也用不著她了。

比起繼續被李格格所用，她更盼著福晉和李格格掐起來。可惜，這次是看不成好戲嘍。

大嬤嬤也不知道是怎麼想的，把趙全保、柳嬤嬤和玉瓶都給拉出來派了差事。

莊嬤嬤認準福晉後，大嬤嬤也沒說什麼，可平時是有些疏遠了。在大嬤嬤眼裡，府裡的主子只有一個四爺。可莊嬤嬤已經抱了福晉的大腿，只能一條路走到黑，何況她心裡也不平，有大嬤嬤在，其他人什麼時候能在四爺跟前出頭啊？還不如找福晉呢。至少福晉現在挺信重她，莊嬤嬤從來沒後悔過在後院中站到福晉一邊。

莊嬤嬤猜，估計大嬤嬤已經在想辦法把她換下來，要知道她現在手裡可是捏著後院所有人的名冊，這個權力可不小。

讓莊嬤嬤自己說，她肯定不樂意把手中的權柄交給旁人。不憑這個，福晉要她幹什麼呢？她手中有權，才能為福晉辦更多的事。

大嬤嬤重用李格格的人的事就是她迫不及待地告訴福晉的。

可福晉居然只說了句：「嗯，知道了。」就把她打發了。

讓莊嬤嬤出去後還想不通。

元英的肚子已經有八個月了，最近她都是儘量不讓自已想太多。大嬤嬤的事乍一聽，確實讓人發愁。要是八個月前的她，估計就該想辦法打擊李氏，或者試探四爺。可是，懷了孩子後，她反而更瞭解四爺處理事情的手段。

大嬤嬤膽敢明目張膽地提拔李氏的下人，其實都是因為她接受了莊嬤嬤的投效。莊嬤嬤等人是四爺在後院安插的耳目，她們對各個後院的主子都不偏不倚，只認四爺一個主子的時候，才能發揮最大的作用。

四爺想控制他的妻妾們的後院，不讓她們做出會危害他的利益的事。如果後院的各位女主子自相殘殺起來，第一個受害的就是他的子嗣，在這方面，他是連她都信不過的。

可莊嬤嬤倒向她，就破壞了這個平衡。四爺為了警告她，也是為了讓後院的勢力再次趨於平衡才把趙全保推出來。

只要她放棄莊嬤嬤就行了，到時不必她動手，四爺自己就會打壓趙全保。

可是，元英捧著肚子想，她暫時還是需要莊嬤嬤的，有她在，她對後院的掌控力就更大，這樣她才可以保護孩子。要她把所有一切全交到四爺手裡，相信他能保護好她和孩子，這對她來說簡直比登天都難，她寧願把主動權握在自己手上。

轉眼又是新年。胤禛想趁著這個機會，把兩個女兒帶到永和宮去讓德妃看看。可不巧的是，臘月二十，福晉發動了。

一日夜後，產下了個小阿哥。

胤禛欣喜若狂地想，進宮後可以找機會告訴皇阿瑪，這也是個喜信兒。

但接下來的問題就是福晉要坐月子，不能進宮了。他上折請罪，又親自進宮說明情況，康熙爺得知四福晉剛生了阿哥，痛快地准了假，還允許四爺每天領完宴後，可以早些回府。

這樣，額爾赫她們進宮的事就黃了。

宋格格特意把福晉過年前賞給大格格的料子，親手給大格格裁了件紅豔豔的旗裝。雖然當時福晉已經開始臥床，可是只要沒到生的時候，就算肚子已經十個月，也要進宮祝賀新年。所以宋格格把所有的心神都放在大格格初次進宮的事上，誰知道福晉居然會在這時候生呢？

宋格格可惜地摸著嶄新的小旗裝，心中埋怨福晉這孩子生得真不是時候，要是能等到大格格入宮後再生不就好了，最多半個月就行了。

德妃對四爺府的這兩個格格生的小孫女沒什麼興趣，從生下來到現在也沒給過賞，更別說想起來叫進去看看，錯過今年，那就只能等明年了。

想了一會兒，宋格格安慰自己：明年，大格格再大點兒，學的東西更多，再進宮說不定永和宮會更喜歡她呢。

小院裡，李薇則是鬆了好大一口氣。

自從四爺打算讓兩個女孩進宮，柳嬤嬤就開始教額爾赫進宮的規矩。什麼不能目視貴人，貴人問話要怎麼答，貴人不理妳不能開口，進去怎麼跟著人走、怎麼跪、怎麼起。

李薇就坐在上面充當道具，看著閨女在下面搖搖擺擺地跪，起，再跪，再起，磕頭，心都疼碎了。好不容易四福晉要坐月子不能進宮，額爾赫也不必跟著進宮了，李薇高興地抱住閨女說：「咱不練了。」

──咱也不進宮，日後等妳阿瑪當了皇帝，都是別人跪咱們的時候，咱們再進去。

四爺還不死心，坐在小院裡猶豫道：「福晉去不了，要不然我帶她們進去，到時先把她們送到永和宮裡，這樣也行。」

李薇黑了臉，趕緊想理由打消他的這個念頭，「爺，不如等明年，讓福晉帶著大阿哥進去，娘娘看到肯定高興，到時讓額爾赫一起過去就行了。」

那就還要一年。胤禛不想等那麼久，他是個急性子，有什麼事都喜歡儘快看到結果。他想，能不能把兩個女兒託給其他兄弟的福晉一起帶進去？但想來想去，都不合適。三爺的福晉肯定會先去榮妃那裡，到那裡再讓人送到永和宮。五爺的福晉連自己家側福晉生的孩子都不想帶，胤禛不大喜歡她，自然也不放心把自己的女兒託給她。

李薇見他一直到要進宮的前一天晚上還沒開口就以為沒事了，結果第二天，天還沒亮，宮裡先來了輛騾車，跟車的太監是毓慶宮的。

原來太子還記得四爺的二格格，正好生得跟他夭折的小格格差沒幾個月，所以他就老覺得這是他的小格格又托生回了愛新覺羅家。正好四福晉前些日子生了阿哥進不了宮，他記得四爺說過想帶大格格和二格格給德妃瞧瞧，就主動派車來接。

派來的太監也是太子身邊挺受重用的五品太監，那太監先對四爺打了個千兒，然後傳了太子的話，道：「請四爺放心，殿下說了，太子妃也極喜歡小格格，接過去就交給太子妃照顧。」

胤禛剛一遲疑，那太監看出他的神色，立刻添了一句：「殿下想見一見貴府的二格格呢！」

得，沒話說了。胤禛只好趕緊讓人回後院把兩個女兒都抱出來。

李薇這邊是蘇培盛親自來，他一來就喊奶娘趕緊給額爾赫穿衣服梳頭，他則去給李薇解釋。

「太子爺？」李薇聽了更糊塗了，「太子爺怎麼會記著我們額爾赫？」

蘇培盛瞧瞧左右無人，湊上前去小聲道：「咱們二格格生的時候好，那會兒毓慶宮的二格格……剛沒了。」

這叫什麼好！

不過李薇再怎麼不願意，自家閨女還是被迅速地從被窩裡抱出來打扮好了抱出去。李薇也只是簡單披了件襖，披頭散髮地就送女兒出了小院，玉瓶急得跳腳，抓著件大斗篷追出來道：「格格！這還下著雪呢！」

前頭昏暗的夜色中，幾把高高撐起的油紙傘下，蘇培盛和抱著額爾赫的奶娘很快就走得看不見影子。

剩下的時間，李薇再也睡不著了。

玉瓶看看天時，勸道：「格格，這還早呢，您回去再睡一會兒吧。」

「不了，收拾收拾，我起來了。」李薇裹著斗篷回屋後，洗漱換衣，匆匆用過早膳就坐在屋裡當望女石。一直等到天黑，趙全保才氣喘吁吁地跑過來說：「回來了，回來了！」

李薇「騰」地站起來抱著斗篷就往門外迎。

誰知額爾赫身上裹著件從來沒見過的小斗篷，頭上還戴著白狐皮的風帽，正趴在奶娘懷裡睡得香甜。蘇培盛陪著送回來的，身後還有幾個抬箱子的。

李薇把女兒抱下來，回屋放到床上，剛準備給她脫衣服讓她好好睡，誰知她醒了，一醒就抱著她不停地說今天好好玩，太子殿下很喜歡她，一直抱著她云云，還說她餓了，在宮裡淨吃點心，沒吃正餐，這會兒肚子餓得咕咕叫了。

在額爾赫抱著她的小金碗埋頭吃飯時，蘇培盛在隔壁正向目瞪口呆的李薇解釋那一長串跟著抬進來的箱子是什麼。

全是太子賞的。

一個個箱子打開後，滿室金光寶氣都快把人的眼給耀花了。

但說真的……李薇不大想要啊……因為它們是太子給早夭的格格準備的，各式女孩子喜歡的小繡球、小團扇、香巾、香包、金馬、玉兔等。還有小弓箭、小馬鞍、小皮鞭，說是太子一直希望帶小格格去騎馬，所以準備得有點兒著急了。

四爺的意思呢，既然是太子賞的，還是拿出來給額爾赫用吧。都是好東西，太子的格格，那規制比他都高。

這也太不吉利了吧？

額爾赫回來時穿的那件小斗篷就是太子發話給夭折的小格格做的，各式衣服、靴子、髮飾也有兩箱。

蘇培盛說完，看出李格格臉色不大好，瞧著是不大想給二格格用？想了想友情添了一句：「四爺等會兒就過來。」

等他來，肯定是要看到這些東西都被擺出來，而不是收在箱子裡。

李薇沒辦法，讓奶娘把玩具先放在額爾赫的屋子裡，等過幾天太陽好了，曬一曬再拿給她玩。衣服也是要曬曬，查看有沒有蟲洞污點。

第二天，毓慶宮的騾車又來接額爾赫了，而接下來的整個新年大宴，更是騾車日日不落。李薇聽回來的閨女說，她多數都是跟在太子妃身邊，太子頂多是用膳的時候能過來看看她，可賞是每天都有的。

大格格就有些尷尬了。第一天回來只帶了太子妃給的賞，後面更是不提接她的事。

李薇也覺得尷尬，可這時做什麼都是錯，乾脆什麼都不做，裝不知道。柳嬤嬤見她擔心，特地去打聽了大格格的事告訴她：「大格格身邊的嬤嬤奶娘都是有數的，二格格進宮的事大格格雖然知道了，可她們都告訴大格格，這是二格格在替四爺和四福晉去盡孝，大格格因為要留在家裡照顧福晉才不讓她去。看大格格的樣子，並沒有放在心上。」

李薇小鬆了一口氣，柳嬤嬤笑著說：「聽說大格格回來的那天晚上就哭了，說是不要再進宮。宮裡規矩嚴，小孩子害怕是常有的，二格格年紀小，還不知道害怕才沒吵鬧。」

「宋姐姐那邊呢？」她問。

柳嬤嬤一愣，隨即滿不在乎地笑道：「格格，您管她做什麼？這樣吧，格格要是實在過意不去，奴婢去看看？」她頓了下，道：「格格，這寵愛的事是最說不清的，也沒辦法讓。頭一天可是大格格和二格格一道去，第二天來就只接了二格格，只能說是二格格投了貴人的緣。不然一車進去，多帶個孩子也不費什麼事。」

還是柳嬤嬤看得清楚，她的話雖然殘酷，可那句寵愛沒辦法讓是真的。何況，這是額爾赫得的寵愛，李薇根本也沒打算把自己的女兒讓出去，只是擔心她太招人嫉妒。她是已經嘗夠被人嫉妒的味兒了，不想讓額爾赫連個無憂無慮的童年都沒有，直接面對成人世界的醜陋。

新年過去，康熙爺又帶著兵去打噶爾丹了。這次一個阿哥都沒帶，康熙爺自己帶著人就去了，聽說已經探明噶爾丹在哪裡，這次肯定能一舉成擒。

胤禛之前從太子那裡接下的替弟弟們建府邸的事，康熙爺說他幹得好，正式把這事交給他。這下連胤禛都不能再自欺欺人，但康熙爺確實對太子似乎有些……微妙……

朝中的事，似乎康熙爺也在不知不覺中洗去太子監國時的印跡。聽說這次康熙爺臨出征前，還與太子促膝長談，又是一再賞賜，好像對太子一如既往地重視。可這種微妙阿哥們都感受到了，三爺與五爺都在漸漸與太子疏遠。而太子也不再常常出現在書房裡，曾經把著小阿哥的手教他們寫字拉弓的情景再也沒有出現過。

新年時，太子還與弟弟們把酒言歡，康熙爺一走，太子就緊閉宮門，奏摺也是十日一次快馬送到陣前，由康熙爺批閱後再快馬與軍報一同送回來。

胤禛開始擔心，前段時間與太子的親近會不會讓康熙爺不滿，只好加倍努力做好手中的差事，只是心裡越來越覺得恐懼。他不是猜不出康熙爺的意思，只是太子已經成年成親，康熙爺無法迴避這件事。慢慢地朝中大臣也會上摺子進言，請太子一同參與政事，畢竟不能一直讓太子「讀書」。

太子也無法取信於康熙爺，他坐在這個位子上，做好做壞都有人說，哪怕想不好不壞，也會被人說成是行事平庸。而且，若是康熙爺的猜疑越來越多，他很難相信太子會願意束手就縛。胤禛不想被康熙爺和太子之間的爭鬥牽連，可他是排行較前的阿哥，這事不是他不想就能不被牽扯的。

這些日子，胤禛除了白天在外盯著兩個弟弟的府邸，晚上就坐在書房沉思。康熙爺如果想限制太子的權柄進一步擴大，最有可能不是他親自動手，而是挑動已經成年的幾位阿哥，排在前頭的就是胤禔、三爺和他。五爺就差把「我平庸」這三個字頂在腦袋上，七阿哥也是裝傻的。倒是八阿哥……他一向上進，會順從康熙爺的暗示，對太子逼宮嗎？

四爺拿出一張紙，寫下幾個字，在「八」這個字上畫了個圈，然後把這張紙湊近燈燭，看它漸漸燒成了灰。

五月，據傳噶爾丹服毒自盡，康熙爺得勝班師回朝。

太子鬆了口氣，去軍機處時的腳步前所未有的輕鬆，他到了軍機處，先是說康熙爺已經大勝，噶爾丹畏懼康熙爺神威，已經服毒自盡了。

眾大臣雖然早就得知了消息，此時也個個喜形於色，軍機處內難得一片笑聲。

「皇阿瑪不日就要回來了，咱們趕緊把皇阿瑪交辦下來的事辦了，幾位大人，這幾件事今天該有個結果出來。摺子已經發回來了，上面有皇阿瑪的朱批。」太子道。

有了康熙爺的朱批，後面的事就簡單了。其實這兩件事不過是兩地的農民扛不住天災和貪官，反了而已。雖然只有十幾個人，也早就被鎮壓了，但從報上來的那一刻起，幾位大臣還是不敢輕易下結論，推來推去都不肯開口。

現在康熙爺定案，激起民變的官員放兩個殺一個。他們也趕緊為這兩個放的寫好話，那個殺的自然罪大惡極。

太子一直端坐其上，慢悠悠品茶。軍機眾大臣擬好了，傳閱一番後送到他的案頭。太子拿來不忙看，先問眾位大人可都看過了？眾大臣答看過了，太子才看，狀似仔細地看了一盞茶後，笑道：「孤看這樣就可以了。」言罷拿出太子小印，加了印後再遞還給眾大臣，由他們抄錄留檔後再發下去。

太子就這麼坐了一天，也蓋了一天的印，這些有著太子印的奏摺發下去就是他的政績。

只是晚上太子回到毓慶宮脫下太子冕服後，才像卸下千斤重負般長長地吁了口氣。

康熙爺回宮後，胤禛去請安才見到太子，他驚訝地發現才幾個月不見，太子竟然消瘦了不少。孔雀藍的常服穿在身上竟然顯得有些空，襯著太子的臉色有種虛弱的蒼白，他快步過去，「給太子請安。」

「老四啊！」太子笑道，站住招手叫他近前。

胤禛過去站在太子身側，近看更顯得太子神色疲憊，不由得擔心地問：「二哥好像瘦了些？」

太子溫和一笑，「苦夏吧。一到夏天，膳房送來的還是燉菜、蒸碗，一看就沒胃口。想吃點兒清淡的，他們又是一串串的大道理。」

太子身邊伺候的全是康熙爺給的，一舉一動都奉著康熙爺的旨意照看太子。胤禛一聽就想起小時候的嬤嬤和總管太監了，他眉頭一緊，「那……二哥不如去別的地方改改口味。」

「去哪裡改？誰敢給我吃不該我吃的東西呢？到時候又拉著一堆人在門口打板子，煩。」太子擺擺手，輕歎，「我啊，還是別害人了。」

胤禛就把剩下的話全嚥下去了。

兩人慢慢散著步快要到太和殿，太子小聲提醒了四爺一件事：「有件事，你大概已經聽說了。明相的福晉被人所刺，這事已經遞到御前，皇阿瑪大怒，在嚴辦，估計還要叫人去明相府上看……這事，你不要沾。」

這是站隊。胤禛聽了心中就是一陣狂跳，趕緊低頭謝過太子的提醒。

太和殿裡，除了康熙爺，胤禔、三爺、五爺、七阿哥都已經到了。太子和四爺一前一後地進來，太子先請罪：「剛才半路碰上了老四，沒留神多說了一會兒，倒讓大哥和弟弟們久等了。」

胤禔只是掃了一眼就沒多說。

胤禛剛站到五爺前面，康熙爺說：「知道你和老四要好，快過來坐下吧。」

胤禛就看到太子笑容不變，坐下時卻微微欠了欠身。他也往後錯了半步，五爺同情地掃了他一眼，低頭裝木頭。

等了半天，沒見著八阿哥。胤禛掃了一圈，還往殿門外掃了下，五爺輕咳一聲提醒他。康熙爺在上首說：「老四找什麼呢？東張西望的？」

一殿的兄弟都呵呵地笑起來打趣他。胤禛被兄弟們一笑，解了被康熙爺點名的尷尬，出列道：「兒子是看不見老八，想他是不是在哪裡絆著了。」

殿中的笑聲一滯，胤禛知道事有不好，頭直接垂到了胸口。

上首的康熙爺慢道：「喔，你來得晚，剛才朕跟他們在看一道摺子。納蘭明珠家出了件噁心事，朕讓老八過去瞧瞧，回來再給朕和你們學學。」

——老八……你真的……

胤禛一笑，站回去了。胤禔站在太子下首，從剛才四爺提起八阿哥時就一直垂著眼，看不清神色。三爺臉上的笑簡直像刷了層漿，半天不見變。五爺則一臉憨厚的笑。

胤禛也跟大家一起陪著康熙爺說話，該笑就笑，該聽就聽。殿外的蟬聲越叫越響，四爺好像是聽著蟬聲入了神，突然一陣急速輕快的腳步聲傳進殿來，八阿哥頂著曬得通紅的臉快步進來，跪在殿當中，朗聲道：「皇阿瑪，兒子回來了。」

康熙爺見到八阿哥笑得開心了些，「起來，給朕和你的哥哥們都說說，那邊怎麼樣？」

八阿哥沉著道：「納蘭大人感念萬歲爺厚德，涕泗橫流叩謝萬歲爺的無上恩寵……」

看著八阿哥站在殿中毫無畏怯，胤禛彷彿第一次發現這個弟弟已經長大了。

胤禔則想起上次他與八阿哥談心時，八阿哥的話，他說：「大哥，我明白。我也知道跟太子比，我比不過他。我也不是不懂，萬一皇阿瑪只是想找個人給太子練手，我就白跳出來了。大哥，你從小看我長大，我小時候連包尿布的樣子你都看過，你常說你就像我的阿瑪。我也是，在我心裡，你就像我的阿瑪。我不怕告訴你，我想努力一把看看，哪怕萬歲爺扔下來的餌是有毒的，我也要咬。因為不順著萬歲爺的意思走，我就什麼都得不到。」

說這話時，八阿哥的兩隻眼睛像正準備撲向獵物的餓狼一樣亮。

胤禔心道：老八，你現在跳出來，以後的事就不由你自己了，希望到了最後那天你也不會後悔。

這麼想著，胤禔看向坐在最上面，正用慈愛的目光看著八阿哥的康熙爺。在他們還小的時候，萬歲爺是他們的阿瑪；可當他們長大後，他就是萬歲爺了。

他一身勇武，卻絲毫不敢結交文臣。太子呢？小時候拉弓、騎馬、布陣都不輸他的人，現在除了偶爾在宮裡甩甩鞭子，連馬都很少騎了。老八，你會是個什麼下場呢？

李薇覺得四爺最近心情有點兒低落。

不是說他又在書房悶著不見人了——畢竟連孩子都生了，她早就發現他喜歡生悶氣。

而是四爺最近常常跟百福和額爾赫一起玩，聽說對福晉的大阿哥也很喜歡。

這天也是，一大早，李薇還躺在床上時就聽到隔壁角房裡額爾赫的哭聲。這個哭聲還是她好玩教的，額爾赫之前哭都是聲嘶力竭，奶娘和李薇都怕她這樣哭喊傷嗓子，奶娘總是碎碎念「格格這樣哭不合規矩」、「我要叫柳嬤嬤來嘍」。

自從過年那次柳嬤嬤教了她幾天進宮的規矩，額爾赫就有些怕柳嬤嬤。

李薇是騙額爾赫這樣哭不好聽，女孩子的哭法是獨有的，她這樣哭不像女孩子，然後額爾赫就學會了小聲哭。有一次她試驗這種女子哭法時被四爺撞上，以為她受了什麼委屈，臉黑得把一屋子人都嚇跪了。

李薇很慚愧自己坑了閨女，小孩子真是認真的動物，大人在小孩子面前還是不能胡扯八道的。

額爾赫這樣一早上哭都是百福不見了。四爺現在常常歇在書房，因為他習慣三點起來，跟他一起睡真的很折磨人。李薇的生理時鐘從來不是這個點，以前都能睡得很死。

可額爾赫人小精神好，這邊四爺一起來，額爾赫跟著就醒。李薇母女連心的技能是滿點的，四爺折騰了幾年都沒養成李薇三點起床的習慣，結果額爾赫半個月就給她養出來了。

晝夜顛倒後，李薇白天就總沒精神，一到晚上反而精神抖擻，跟四爺這種三點起還能精神一白天的人不同，兩人的時間差反而不一致了。

他平時回後院八成都是到她這裡來，見她如此也只好多歇在書房。可他喜歡百福，就讓人一早把百福抱去書房陪他，等額爾赫六七點起來時，看不到百福就開始哭了。她哭一會兒，四爺就帶著百福來用早膳，李薇正給額爾赫穿衣服，哄她：「百福來了，不哭了、不哭了。」

胤禛剛好進屋，百福顛顛地在她腳邊打轉，和額爾赫如久別重逢的親人般撲到了一起。額爾赫現在說話又嬌又嫩，吐字也清楚多了，她先用漢語說：「百福，我好想你，我早上起來你就不見了。」再用滿語說一遍，「百福，你好威風、你好美麗、你好雄壯。」

她學的滿語詞還不大多，搭配來就這幾個。

那頭，李薇正領著額爾赫來給胤禛打招呼。等四爺在上首坐下，額爾赫被奶娘扶著也過來坐下，看到他就撲上去行禮，撒嬌。也是先用漢語說：「阿瑪，我好想你，我早上起來就想著要見阿瑪。」跟著再用滿語說一遍：「阿瑪，你好威風、你好雄壯、你好勇敢。」

四爺滿臉笑地誇她：「阿瑪的額爾赫真厲害，知道的詞真多。」

李薇在這對父女身後完全淪為了布景看板。最近他總這樣好像根本看不見她，說是生氣了吧又天天來，就算兩人睡在一起也是純睡覺。說他去其他人那裡解決了吧，一個月來她這裡二十天這是何必呢？搞得她都在暗暗懷疑他是不是……萎了？一想到這個，李薇先是鬆了口氣，他若真萎了後院也不必再爭寵了，福晉也有兒子了！世界和平終於來到有沒有？喜大普奔！

美夢做一會兒也是要醒的，她跟著就想要真是這樣，四爺不應該這麼淡定。

那就肯定是受到打擊而暫時沒心情了。看他這次沒生悶氣也不知道這打擊是不要緊（都沒興趣臨幸後宮了），還是太要緊所以反應機制出了問題（不生悶氣變成對後宮無意）。前者不需要擔心，後者她擔心不起，所以李薇糾結一陣就拋到腦後了。

四爺現在的時間表很明確。早膳在她這裡用，午膳在福晉那裡用，下午看看小阿哥再回書房，晚膳來她這裡用，視心情是留下或回書房不定。

早膳過後，李薇牽著額爾赫站在院門口目送四爺離開，她轉身對額爾赫道：「上午要寫大字，睡過午覺才可以和百福玩球喔。」

柳嬤嬤給額爾赫定的時間表是下午要學規矩，被她給省了。虛歲才三歲的小丫頭學個什麼規矩，不管是什麼，當你真正需要它的時候接受起來才快。

小孩子的任務就是玩嘛，額爾赫好不容易投胎成了皇三代，不好好享受人生才是浪費投胎指標呢。李薇決定給額爾赫實行西方先進教育模式，要教她好好享受童年。想快點兒長大？人生若是有一百年，只有十年是童年，剩下九十年都是大人，何必著急。

可是坐在西廂看著額爾赫站在書桌前懸腕練字，她又忍不住想起這閨女的阿瑪。他才是真心沒童年的吧？聽說這個三點起床的規矩是從他六歲起，而事實上為了讓他習慣這個時間，照顧他的嬤嬤從他五歲起就每逢三點把他喊起來了，五歲啊！李薇想到這個就發寒。現代社會的小學生也是七點到校……大家都不容易，但三點起床還是太悲慘了。

這樣想想，他現在受到重大打擊（？）她卻視而不見好像太冷血？

玉瓶剛好過來問她晚膳用什麼，她想以前，她心情一不好就光明正大地吃甜食，像一些平時不敢多吃的，一生氣就會努力吃。還有，會買平時捨不得買的東西，不過通常不等東西送到，她就後悔花太多錢了。

但這兩樣都不適合四爺啊！

百福此時搖頭擺尾地過來了，似乎寵物也能解壓？好像還能治憂鬱症和自閉症？當然四爺不憂鬱也不自閉，他只是有點兒鬱悶還不想理人。

李薇抱抱百福，給牠從頭到尾順了一遍毛，喊來玉瓶讓她把百福送到前頭去，還叫來伺候百福的小喜子，讓他逗著百福在前院玩。

「拿上百福的球，讓牠在前頭多跑幾趟。要是爺出來了也別怕，就說是我讓你帶著百福去前頭跑跑的。」李薇道。

小喜子說怕也是真怕，前院規矩比在後頭嚴，像他這種在後頭伺候的，無故跑到前頭去准是二十板子。不過富貴險中求，他都能挨上一刀進宮來了，還怕打板子？何況有百福跟著，有李主子的話放著，他就是拚上挨板子也要去前院走一趟。

就見小喜子用衝鋒陷陣的勇氣說：「主子就放心吧！全交給我了！」

李薇也算設想周到，讓人給小喜子包了五兩銀子，若真的不湊巧被人按著打板子了，把這銀子塞過去讓人家手輕些……

看著小喜子帶著百福從小門穿過往前院去了，李薇不免生出一種「姐也能用陰謀詭計」的小興奮。其實她只是關心閨女的爹。

前頭，蘇培盛在屋裡伺候著就聽到百福的叫聲，這叫聲透著那麼一股歡快勁，而且越來越近。

胤禛抬起頭，對他道：「去看看，是不是百福跑過來了。」

百福絕對是這院裡的大爺，整個四爺府就牠能隨便跑沒人敢管。

蘇培盛出來就見百福一路飛奔衝進來，院裡的太監、侍衛人人都要給牠讓路，因為牠個頭小又躥得快，都怕腳下一不留神再踩著牠。百福身後就是那個小喜子，蘇培盛眼一瞇，讓人把那小太監給攔住了。

倒是百福熟門熟路地就衝進書房，胤禛早就放下筆等著牠，這小東西歡樂地撲進自家主人的懷裡，小尾巴搖得都能搧風了。

胤禛滿腹鬱氣在看到牠的時候就散去大半，臉上不禁笑起來，看牠跑得喘個不停，就讓人拿來牠的水碗給牠盛上水。

蘇培盛過來附耳一說，胤禛含笑看著百福咕嘟咕嘟地喝水，道：「去問問看是怎麼回事。」

那扇小門平時都鎖著，有三班倒的守門太監在。除非是從裡或外有人叫了開門，不然絕不可能有人從這扇門裡過，百福雖然是條狗，可牠絕對是狗裡面最不可能挖狗洞的那種。一天十二個時辰，不是在主子跟前撒歡，就是被人伺候著，牠就算能找到機會挖狗洞，也沒辦法像貓似地把自己渾身的毛舔乾淨，所以這狗必然是有人放過來的。

再說那看門的太監是蘇培盛親自挑選的，一般二般的人喊門都開了？那他蘇培盛的名字就倒過來寫！

所以，這不是很明顯了嗎？叫開門的必須是主子。那主子放百福過來幹麼呢？爭寵。

蘇培盛呵呵，李格格挺會玩花樣啊。最近四爺心情不好不想搭理人，她這是急了？

他領了四爺的話出來審人，不想這伺候狗的小太監竟然長了一副鐵嘴銅牙，眼淚都在眼眶裡打轉了還是咬死了百福是自己跑過來的，他是過來追狗的。

蘇培盛冷笑：「百福是誰？你是誰？牠亂跑有主子心疼，你亂跑有人心疼嗎？二十板子你挨得不冤？說個實話，我也好到爺跟前去交差，也能替你周全兩句，你這麼嘴硬圖什麼啊？」

小喜子嘴唇嚇得直哆嗦，咬牙道：「我……我是來追狗的。」

這兔崽子就是欠打！蘇培盛眉毛一立就要喊人把他拉下去，屋裡四爺卻發話了：「算了，饒他這一回。」

胤禛摸著袒開肚皮的百福，道：「還算忠心。」

得了，這板子不用打了。蘇培盛瞪了小喜子一眼，見這小子早就嚇得癱在地上，心道：這傻蛋挺有運氣，正撞上四爺心情好的時候。

胤禛逗完狗，也想去問問素素這是想幹麼，真是打算拿百福來爭寵？那她倒是長進了，就是時機挑得太差，他最近心情不好，萬一惱火了，她這寵沒爭來就該倒楣了。

不過……胤禛撇嘴一笑，他還真沒生她的氣。

晚上，兩人在帳子裡。李薇以為今天還是大家純睡覺，蓋上被子就合眼，誰知胤禛壓上來了。百福和小喜子都毫髮無傷地回來，聽說四爺帶著百福玩了一會兒什麼也沒說，蘇培盛要打他也沒讓打，基本來說作戰成功。

但是為什麼沒人來找她問問原因呢？她還以為他肯定會問的，結果今天他過來後直到睡覺都沒提半個字。

難不成他真的相信百福是自己跑過去的？這麼天真，真的是她的四爺？結果現在有情況？

她驚訝的眼神讓胤禛發笑，略生氣地擰了下她的屁股。

真是……眼睛這麼利，還這麼大膽，看出他生氣了還敢靠過來。福晉也看出來了，可她就知道他不提，她看到也當沒看到。真是……

接下來就是排山倒海般的一場大戰。李薇感覺像被憂鬱小青年的四爺給猛攻了一場。開玩笑嗎？頂著張憂鬱的臉做這麼喪失的事合適嗎？

攢了快兩個月的胤禛攻勢不是一般的猛，攻到最後她都顧不上丟不丟臉，把薄被緊緊地卷在身上，他喘著粗氣跟她搶被子，她沒搶過他。

早上，玉瓶進來看到薄被枕頭都在地上，她身上裹著的是褥子和半拉床帳。

作為一個比較高大上的「主子」，她這麼丟臉真的科學嗎？

她還記得昨晚他依稀還問了她百福跑到前頭去的事是不是她幹的？她這麼做的用意是什麼？她就說看他最近心情不好，聽說跟狗玩的人會心情好，能消除負面情緒，就讓百福過去碰碰運氣。

她明明想得很高深！

最後被他問的時候正處在腦袋極度不清醒的狀態中，似乎回答的跟上面差不多，中心思想大概一致。

聽玉瓶說，四爺今早起來心情超好，簡直就是萬里無雲、秋高氣爽的大晴天。

所以，她作戰的確成功了？但她搞不清是百福的功勞還是她的功勞……

憂鬱頹廢了兩個月的胤禛神清氣爽了。素素的一片「真心」讓他感動之餘，生出「難道他還不如一個女子」的感慨。要一個小女子來擔心他，拐著彎體貼他，那他這個頂天立地的男子就太丟臉了。

看清前路，總比滿目錦繡要好，他就算沒領先，卻也沒有落後半步。

太子的今天就是他的前車之鑑，侍奉皇上，要恭敬再恭敬。

胤禛正躊躇滿志，覺得渾身幹勁時，蘇培盛來報，說門房有一個叫戴鐸的拿著名帖上門求見。

接過名帖後，他才想起這是兩年前他去河南、山東時，請當時隨行的戶部老吏推薦的幕賓。但當時他年輕見識短淺，只想著為皇上和太子效力，所以才想認真做一番事業。求人推薦的是精於刑名錢谷的幕賓，說實話跟他現在的目標有很大差距。

人都已經千里迢迢地來了，雖然他用不上，也不好就這麼哄人走。他把名帖放到一旁，道：「尋個小院讓戴先生安置，派兩個長隨一個小廝照顧戴先生起居。一個月……按二十兩銀子吧。」

然後把兩年前他費心收集的關於黃河一帶的摘抄邸報全給戴鐸搬過去，讓他慢慢看，回頭寫個摺子什麼的遞上來。

用一堆山一樣的摘抄邸報把戴鐸給打發，胤禛就將人拋在了腦後。

八月末時，皇上發話滿人要參加科舉才能授官，胤禛趁機想辦法把李薇的阿瑪給塞了進去。有了出身才好提拔他，要不是李薇的兄弟都太小，就算考出來一時半刻也不能授官，胤禛也不會把李文璧給推出去。

看他苦讀幾十年都毫無寸進，胤禛就覺得這人腦筋著實是不開竅的，可要抬舉素素，還只能靠他。他只能想從素素這裡看，李文璧雖然沒什麼大本事，但應該也不是個會惹是生非的人。

李薇是發了榜才知道阿瑪成了進士，下巴都快掉下來了。從她會說話就知道這輩子阿瑪讀書不開竅，聽奶奶說從爺爺還在時，就讓他讀書，一路讀到爺爺去世也沒見考個秀才出來。要不是家裡是旗人，有祿米銀子還有地能租給佃戶種，她家早窮得當褲子了。

一家人早死了這條心（不然也不會用力培養她啊），怎麼他突然又爆出個冷門呢？

過幾天，李家來人報喜信了。李薇算是選秀後第一次見李家人，還是託了李文璧成進士的福。李薇的額娘是正宗的滿人，姓覺爾察，是下五旗正藍旗包衣人。當時李家有地，李文璧長得眉目清秀，額娘一眼相中才點頭下嫁。額娘家雖然是滿人，可比李家窮得多，聽說連嫁衣都是李家給準備的，但人家有個滿人的姓，這就金貴了。

李家的孩子中，李薇長相隨了阿瑪李文璧，幾個弟弟倒是都像額娘，長得矮墩墩、黑粗粗。所以從小，李薇就是李家最受寵的孩子，阿瑪看著幾個弟弟的模樣都發愁，怕他們娶不到媳婦。

額娘嫁過來後也沒擺滿人家姑奶奶的架子，能生會養，除了李薇一個外，還有四個兒子。但她並不是毫無心計的人，雖然是第一次進四爺府，但也不卑不亢，先去見了福晉，陪福晉飲了一盞茶後才被送到李薇的小院。

她是挺擔心這個女兒的，看著機靈實則呆傻，跟她那個長著一副精明相的阿瑪一模一樣。姑娘進宮選秀，本以為像她這樣的會早早撂牌子，她連人家都給她看好了，誰知她居然能一路選到最後，還被指給了阿哥！

李家倒是高興瘋了，李文璧他娘都快八十了，還喝了個爛醉，樂得都找不著北。倒是李文璧面上高興，晚上回屋就自己偷偷躲在被子裡哭。她本來也擔心來著，還要先哄他，氣得肝都是疼的。這李文璧要不是聘了她，等他老娘沒了肯定讓人啃得連骨頭渣都不剩下。

誰知李薇每一處都隨了他阿瑪，不光長相，還有福運。選進去後就得寵，福晉進門也沒見四爺把她拋到腦後。外面人都說李家這是養了個狐狸精，就她嗤笑，李薇那性子要真有狐狸精那麼厲害，她做夢都要笑醒好吧？

可直到四爺派了人來教李文璧讀書，到時候還送他去考試，以前屢考不第的李文璧跟有人把著他的手寫卷子似的，順順當當地考過之後她才覺得四爺估計是真寵她姑娘。

盛寵之下多是荊棘，她更擔心自家姑娘了。好不容易進來了，可要好好囑咐囑咐她。

「額娘，快來坐。」李薇端坐其上，笑得無比燦爛，好久沒見家人了，很想念啊！而且額娘好威武，她好想念在威武的額娘麾下的日子，簡直什麼都不必操心。

覺爾察氏四十許人，看起來就像最嚴肅的管教嬤嬤。李薇笑得那麼開心都沒見她動一下眉毛，還是坐在旁邊的額爾赫甜蜜地喊了聲：「郭羅媽媽——」覺爾察氏就笑了，讓李薇坐在旁邊特別羨慕。

「看到妳這樣，我就放心了。」

——才怪！都嫁人四年了，怎麼一點兒沒變？覺爾察氏很憂慮。

剛才一進門，她還真被端正坐在上首的姑娘嚇了一跳。四年不見，姑娘大了不少，穿著桃紅的旗裝，頭上戴著綠貓眼簪子，手上戴著鑲綠貓眼的金鐲子。一個還好說，估計還有其他釵環耳環配成套的，這麼多綠貓眼可不好找。

身後還站著四個丫頭，懷裡摟個小的。屋裡院子外伺候也不少。看著真像貴人啊！就是一笑就露餡了。

李薇最在意的就是阿瑪的那個進士，說了幾句閒話，把玉瓶和額爾赫都給找藉口攆出去後，馬上問覺爾察氏：「額娘，阿瑪的那個進士是怎麼回事啊？」

——什麼怎麼回事？難不成妳還以為妳阿瑪有那個本事去找人替考？

覺爾察氏道：「慌裡慌張的！妳太太、阿瑪和弟弟們都問妳好，讓妳不要擔心家裡。」然後才小聲極快地說了句：「沒事，是四爺安排的。」

李薇眼睛就瞪大了，覺爾察氏趕緊道：「不必問妳額娘我，我也不知道呢。就是兩年前，妳舅舅突然跑出來說要給妳阿瑪薦個師傅。妳也知道妳舅舅，咱們家都不怎麼信。可擋不住他死纏，說是他最好的諳達說的。妳阿瑪就找一天提著禮物去拜訪了，結果回來人都傻了，悄悄跟我說是四爺安排的人。」

兩年前？他們剛出宮時？李薇此時不客氣地說，自己像是已經被燦爛的煙花包圍了。

四爺！

她被巨大的幸福擊中，半天沒回過神。

覺爾察氏道：「有四爺安排的人管著，妳阿瑪倒是過了兩年苦日子，人都瘦了。也不知那人是用什麼辦法哄了妳阿瑪，妳瑪法（爺爺）臨去世前那麼不甘心，也沒見他這麼用功。好在，不算辜負了四爺的栽培。」

「喔。」李薇遲鈍道。

妳走神了吧？覺爾察氏瞪了她一眼。這孩子怎麼看著還不如在家裡聰明？都說生孩子傻三年，擱她身上要傻六年都未必夠。

兩人見面的時間不大多，留飯是肯定不行的。李薇給覺爾察氏包了兩大提盒的點心，別的東西不好賞太多，吃的倒是不忌諱。剩下的給得最多的是布料，這是有銀子都沒處買的。

覺爾察氏本來還想問問四爺待她怎麼樣，見面後就不必問了。她的姑娘養得比在家裡還傻，除了四爺還有誰？

臨走前，覺爾察氏難掩擔心地交代她：「好好伺候四爺，他就是妳的天、妳的命，家裡不必擔心了……這次的事，我看妳也是不知情的。以後不要跟阿哥要東要西，阿哥就算給了，妳知道了也要辭掉。阿哥待妳的好，妳要感恩、要報答，不要想太多。」

她伸手摸摸李薇的臉（來這麼久還是要回去了才能摸摸長大的姑娘的小臉）——還是很嫩。覺爾察氏多摸了幾把，決定回去好好饞饞李文璧……哼，他是再也沒辦法抱抱姑娘了。

想起這對父女，覺爾察氏還是嘆氣了：「……妳就這麼著吧，別改了。」

等額娘走了，李薇才想起：忘了問弟弟們了！他們該上學了吧？還有兩個舅舅，有沒有再惹是生非？雖然舅舅對她很好，可真心沒用啊！

聽說當年額娘能選入宮的，但她想法子沒去。她說要是她去了，等二十年後回來只能看到一家餓死的傻子了。

晚上，胤禛回來問她見額娘高不高興？本是想來聽奉承的，卻被李薇跳躍（思維）地抱怨了一堆人雖然很沒用卻很疼她的舅舅。在她嘴裡，連阿瑪都很蠢很沒用很容易被人騙。

「就說我阿瑪吧，有次他在街上碰到個人說很急啊，請他幫忙看個包袱，他去方便方便。我阿瑪連人包袱裡是什麼都沒看就答應了，等人走了才想起打開包袱看一下，免得人回來了對不上數。

您猜裡面是什麼？」李薇說起自家阿瑪來有些興奮。

胤禛半天沒聽到奉承話有些氣悶，但還是配合道：「是什麼？」他也想聽聽裡面是什麼，一堆銀子？一個人頭？從小到大沒見過低級騙術的胤禛的猜測也很傳奇。

「是個薄木匣子，裡面是個破掉的花瓶。」李薇很無奈，這種騙術都是騙外地人的好吧？阿瑪你是土生土長的本地人也會被騙好沒天理。

胤禛腦筋轉了一下才道：「喔，訛錢的。」雖然沒見過這種騙術，但很會抓重點的他一下子就說中了。

「對啊。我阿瑪把包袱放下就跑，後面還有人追呢，估計是一直有人看著他呢。幸好他跑得還算快，沒被追上。」

果然是個「純樸」的人，胤禛開始發愁了，這種人送出去當官真的沒問題嗎？

壹陸章 上幼幼班

當兩人在帳子裡時，中午見到額娘感動得不行的李薇抱著胤禛激動了，在他臉上脖子上能搆著的地方一通亂親，胤禛這才滿意了。看來見家人還是很高興的嘛，原來不喜歡在嘴上說，這就表現出來了。

李薇一邊親一邊不停地說愛他愛他愛死他了，到後面失控了又求他別離開她。她抽抽噎噎地哭，搞得胤禛不知道她是太舒服了哭還是怎麼著了，要不要停下來看看。最後，他還是喘著氣停下來，捧著她的臉給她抹淚，再狠狠地親上一口，沙啞道：「爺什麼時候說要離開妳了？」邊說邊又忍不住動起來。

等他停下來，她又纏上去。來回糾纏了幾次，胤禛堅定地喊人打熱水洗漱。

等兩人換過衣服躺回去，他剛閉上眼她就偷偷鑽到他的被子裡來。

幸好現在是四月初，晚上還有些冷。胤禛掀開被子讓她進來再裹嚴，道：「今天見了家裡人，知道妳傷心。睡吧，以後見的時候多著呢，如今你有了爺、有了額爾赫，以後還會有更多的孩子，想想就不難過了啊。」

「嗯。」李薇抱著他的胳膊，晚上見到他時就想謝謝他兩年前一出宮就幫阿瑪讀書考試。可這謝字無論如何也說不出口，好像一說兩人就遠了，可她今天真的很高興，感覺跟他之前完全不一樣了。

她說了很多家裡的事，阿瑪、額娘、弟弟們的事，還有自己的事，她忍不住。

在床上她幾乎想把他藏在自己床上一輩子。因為拉上帳幔後，他們就好像被關在裡面，外面的世界都不存在了。

早上，胤禛起來時發現動不了，李薇緊緊抱著他的胳膊睡得正香甜。他伸到被子裡咯吱她，硬生生把她給咯吱醒了。

「今天額爾赫沒哭……也沒起來……」李薇已經習慣了胤禛一起，額爾赫必起。要麼就是她一瞬眼，額爾赫正在哭。今天都沒有，好不習慣。

厚厚的床帳還拉著，胤禛剛睡醒聲音還有些啞，道：「她抱著百福睡呢，不會起來。」要說額爾赫最喜歡誰，百福肯定是前三名。

難得醒來不起（在賴床），這在胤禛有限的生命中是沒有經歷過的事。躺了一會兒他就渾身不舒服，只好起床穿衣，李薇躺在床上準備享受一次美男穿衣。

胤禛體貼地替她重新掖好帳幔才叫人進來。

等人都在圍著胤禛給他穿衣梳頭時，李薇在帳子裡鬱悶著，閉上眼想接著睡卻悲劇地發現她越來越清醒了……三點起床魔咒……無奈地起身拉開床帳，結果外面的胤禛和玉瓶都很驚訝地看著她。

——幹麼？不行早起啊？

玉瓶趕緊過來說：「格格再睡會兒？二格格還沒起來呢。」

胤禛抬頭讓人給他繫領扣，道：「今天額爾赫也沒過來鬧妳，接著睡吧。」

「睡不著了。」李薇很痛苦地道。外面天還是透黑啊，不過醒了就起來吧。玉瓶一邊趕緊把她的衣服抱過來，一邊道：「沒想到格格這麼早起，衣服還沒烘呢，這麼穿上可冰得很。」

胤禛道：「那還不趕緊去烘？妳回被子裡再坐會兒。」他對玉瓶一瞪，玉瓶「嗖」地就抱著衣服跑了，李薇只好在他的眼神逼視下再縮回被子裡。

等她終於起來，胤禛已經開始用早膳了。見她過來，胤禛笑道：「快過來。剛才蘇培盛特意回去讓膳房現做的蝦餃，這不是妳最喜歡吃的嗎？」

蝦餃是李薇折騰劉寶泉的成果之一，她的形容就是「外面的皮做成透明的，要能看見裡面的蝦肉，蝦仁要整個的」。光外面那層澄皮就快折騰掉劉寶泉一層皮，但做好後確實看起來很美，吃起來也好。胤禛也喜歡，還進了永和宮一份單子，聽說德妃也很喜歡。

澄皮發明出來後，劉寶泉開始熱衷於把各種餡兒塞進去看效果。意外的是，胤禛對這種能看清餡兒的餃子特別中意，最近他吃包餡兒的都要這種澄皮，說是看得清楚，吃著才舒心。

李薇坐下就著醋吃了兩籠近二十個蝦餃，胤禛吃的是她的三倍。蘇培盛擦汗，幸好他早想到有李格格陪著，四爺都會比較有胃口，不然阿哥想吃沒得吃就是他伺候得不好了。

胤禛吃完還要再漱口，因為他喜歡蒜汁，剛才又是蘸著蒜汁吃的。

「這幾天都會忙一點，妳帶著額爾赫在府裡玩。」他揮開蘇培盛遞上來的斗篷，道：「過幾天……帶妳們出去走走。我記得額爾赫有騎馬服的，妳要想騎也趁這幾天趕緊做一件出來吧。」

李薇高興地跟上去，一路送到院子口，道：「真的會去騎馬嗎？」

「嗯，大格格和額爾赫都大了，我也想帶她們出去騎騎馬。」胤禛解釋了一下，還有就是想跟福晉提一提，日後他想把大阿哥挪到前院去管教。只是……看福晉的樣子，怕不會這麼容易。

胤禛最近忙的全是七阿哥和八阿哥的府邸。這事簡直就像黏在他手中甩不掉一樣！如果一年前他接過這件差事時想的還是報效皇恩、兄弟之情什麼的，現在已經完全煩了。

他又不是專管蓋房子的！可現在的情形是每天不管有事沒事，他都要去內務府坐著，等人跑來一趟趟報他：「四爺，青磚只剩下四百塊了」、「四爺，冬青樹的苗枯了六百多棵」、「四爺，東邊小花園的池子填得不行，今天有人抬著鋪房頂的瓦過去，給陷進去了，瓦碎了兩擔」。

——啊，去死！爺不是幹這個的！

抱怨歸抱怨，胤禛還是慢吞吞放下茶碗，對面前那個等著他指示瓦怎麼辦的人道：「喔，抬瓦的人呢？」

「一個陷進泥裡，好不容易給挖出來也沒氣了，一個斷了一條腿。」填池子的人實在是太省事了！裡面隨便填了些土，外面搭了幾個木板子就放著不管，這兩人圖少走兩步挑了這條小路走，結果變成這樣。

得，原本還想打板子的，這下……胤禛搖頭，嘆道：「給他們家裡人一些銀子，好好發送了吧。那瓦催催，就說這日子該到了，再拖下去大家一起提著腦袋去見皇上吧。」

見胤禛一副「沒找到人打板子很不爽」的臉，那人麻利地滾了。

胤禛長吁一口氣，好煩。現在一動不如一靜，能守在內務府管房子已經挺幸運的了，聽說皇上昨天訓了太子，中午又賜膳過去。三爺說著涼了，在府裡養病呢。八阿哥最近常常伴駕，跟大阿哥好像有了嫌隙——還都說是大阿哥看不得八阿哥得皇上的寵信……

胤禛只能呵呵笑了。

八阿哥最近挺紅的。一說是他得皇上的寵信，納蘭明珠的福晉被刺身死，皇上就只派了他去看望。二說是他得了個好福晉，他的福晉是和碩格格的遺女，安親王的外孫女。其父郭絡羅明尚死得略冤，不過是賭了兩千兩銀子，放現在就不至於了，只能說這人沒趕上好時候。

只是，胤禛覺得換個角度看吧，皇上大概從一開始就只是想抽安親王一巴掌。郭絡羅明尚不幸被皇上選中當了筏子，本來要是安親王的格格沒死，皇上過幾年再給她指次婚也就完了。誰知額駙一去，安親王的格格也跟著去了。仇一結大，皇上也只好再用力往回找補。

八阿哥這福晉娶的，是福是禍還不好說。

跟八阿哥一比，跟他同年開府、同年娶福晉的七阿哥就成了小可憐。外面的人說起來都是「跟八阿哥一同開府的七阿哥」，哥哥當到這個份上也真是丟人。他額娘成嬪雖然為嬪，卻是進宮十幾年都未再寸進。她進宮也是趕上好時候，初封也高。有一子卻十幾年未得進封，不受寵簡直是戳在她身上的牌子。有這樣的母妃，七阿哥又不出眾，到現在還沒遞個話過來這府要怎麼修，難不成真的由內務府應付差事，隨意糊弄？

胤禛想想，抄起七阿哥府的堪輿圖就往阿哥所去。

雖然才搬出去兩三年，可再回到這裡居然有種恍如隔世的感覺，胤禛漫步在熟悉的宮牆內，竟然起了懷念的心思。他走兩步賞賞景的，到阿哥所時七阿哥正好在。

「正好，老七過來看看，你的府要修成什麼樣的？」胤禛進屋就直接道，他把手中的堪輿圖往七阿哥手上一塞，道：「上茶，渴死我了。」

七阿哥腋下夾著圖，親自給他捧了茶，「四哥請用。」

陪著飲了碗茶，兩人才轉到七阿哥的書房，在臨窗的書桌上鋪開堪輿圖。胤禛從前門指著一步步給他講解，他本來就是做什麼都要做到最好，七阿哥和八阿哥的府邸裡連棵樹都是他親自選的。他講得頭頭是道，七阿哥只顧點頭。

胤禛不滿了：「老七，你也給你四哥捧捧場，說句準話，從頭到尾只點頭幹什麼？有喜歡的景致趁現在還能改，四哥都替你辦了。」

七阿哥當年在阿哥所時就是個沉默寡言的人，雖然跟八阿哥一樣都是母妃不顯，相較而言八阿哥的母族還更差些，可反而是八阿哥身上那股向上的勁比較強，七阿哥就沒這個意思。

此時，七阿哥就道：「聽四哥剛才說的，我就知道一準錯不了。等弟弟住進去了，肯定樣樣都喜歡，這都是四哥待弟弟好，弟弟知道。」

胤禛頓時覺得七阿哥這人真不錯。以前還覺得他毫無意氣，讓人看不上，現在看起來倒是個心裡明白的。

他笑道：「那就好。」說著在七阿哥的書房一掃，見掛畫都是花鳥蟲魚一類，安逸飄然之意頗濃。看來七阿哥果然是個毫無爭上之心，只肯得過且過的人。

回去後就在七阿哥府的堪輿圖上小改了幾處，添了些怪石、瘦竹一類。花園水池也添了幾尾游魚，臺階牆角處還特意交代花匠記得養些青苔出來。這一弄，那股清高自得的勁就出來了。

施比受有福。做完這件體貼弟弟的小事，讓胤禛心中充滿當哥哥的自豪感。

從內務府回到府後，胤禛想起早起說要帶額爾赫和素素去踏春，叫蘇培盛去叫府裡的繡娘，另外開庫房取今年新得的幾匹好料子出來。一頭自己鋪了紙，幾筆就勾勒出一個曼妙的女子。女子立在當中，圓臉杏眼，淺笑盈盈，一頭烏髮綰在耳邊，斜插一根貓眼簪。他換了筆，調好顏料，先勾邊，再上色，再細細雕琢。

畫中人一襲珍珠粉褀，桃粉色面銀色滾邊的旗裝，披一件兔領披風，白兔毛滾邊，柳葉黃為面，雪青為裡，下踏一雙絳紅的靴子，白兔毛點綴其上。

等繡娘來了，蘇培盛使眼色讓她們在一旁候著。等胤禛畫完，叫過來吩咐道：「照畫中的樣式，做一大一小兩套。給妳們半月時間，可能做到？」

繡娘連聲道絕無問題。

胤禛叮囑道：「粉色衣裳上只用銀線繡花樣，不可用別的顏色的絲線。」又念個不停這邊要掐個腰，那邊要用什麼繡樣。

折騰這些事，對胤禛來說就像消遣一樣。繡娘退下往小院去了，他想起說要給素素燒一窯瓷器來著，問蘇培盛：「那窯素白瓷燒好了沒？」

蘇培盛道：「昨天就送來了，奴才帶人親自點的。一共兩百三十六件。」

胤禛來興致了，有幾樣還是他親自畫的樣子，道：「送來看看。」

蘇培盛去領人抬過來兩個箱子，打開一樣樣捧到案几上。

這窯瓷器全是甜白薄胎瓷，光一看全像能透光而出的美人肌膚般有股嫩粉的白，為了燒出這種瓷色，窯工費老鼻子勁了。

李薇喜歡圓形的瓷器，不管杯、盤、碗、盞、壺、瓶，她的屋裡哪怕是個花盆用的也是南瓜形，就這還不滿意，要是圓得跟西瓜似的她就更高興了。

別的都好找，就是喝茶的蓋碗沒有圓的，胤禛不止一次看到她捧著一個膳房用的燉盅喝茶，讓他怎麼都看不習慣，總覺得她這是在喝湯。這次索性一口氣全燒給她。

堂屋的條案桌几上都擺滿了大大小小的甜白瓷，被陽光一照竟是滿室生光。蘇培盛看到胤禛露出一絲滿意的笑，心中替窯工們喊了聲多謝老天爺。

胤禛先端起的是照李薇畫的做出的杯子，其實就是大肚子的加蓋馬克杯。當時兩人在書房說起燒窯的事，她就執筆畫了這個，指著杯子把手說這樣好拿。他試了試，感覺確實比較好拿，難為她怎麼從燉盅裡想出這個來。

李薇原話：「兩個把手兩手端，一個把手一手拿嘛，多方便啊。」

為了蘇出風格、蘇得安全，她真是耗盡心血。

胤禛挑幾個拿起細細端詳，點頭道：「留下一些就放在這裡，剩下的給她送過去吧。」有些好用的他也樂意用用看。

張德勝使人抬著木箱子到小院時，繡娘還沒走，兩邊走了個對臉。

繡娘們一眼看到這又抬著幾箱東西往小院送，當面不敢說，回到下人房才嘖道：「都說李格格如何如何，不親眼見真不敢信。」

一人道：「這才哪兒到哪兒？以前那孝獻皇后……」
「噓！妳不要命了！快住嘴！」
一屋子人這才不敢開口，默默去量尺寸裁料子。
小院裡，李薇看到一箱子的各種杯子碗都快樂瘋了！
福晉坐完月子，她就以最快的速度把手上的帳本啥的都交回去，可到現在還沒完全脫手。她清楚地知道會有這一幕，早就做好了心理準備。
她接下差事是在過年時，這本來就是事最亂、最多的時候。她前腳交帳，福晉後腳就開始盤帳，還盤庫。一邊盤著，一邊一趟趟地讓人來問她，某年月日，某庫出了什麼，用做什麼，現在一盤，哎呀，好像少了一只杯子、一個碗啊。李格格，我們福晉不是問您，就是想知道是不是當時打了沒記上啊？福晉說了，少了什麼都沒關係，當時事情多嘛，您這裡還有二格格，事多繁雜，偶有疏忽也是應該的。現在記上就行了。
李薇一開始氣得火冒三丈高，想著她問心無愧，查！
不過她很快反應過來了。福晉讓人噁心她是次要的，主要目的應該是想塑造她不堪大用的形象。再說，丟的少的都是一些小東西，她現在讓人去查，說不定早就碎成渣子了，查是查不清的，最後變成羅生門，一個扯一個，越扯人越多、事越多，那怎麼辦？她也不耐煩跟她纏這個，她也不在乎。她一個格格，要那麼英明神武幹什麼？所以人家說什麼，她認什麼。
就是這事噁心啊！噁心完了，她還不能找四爺告狀。別說她沒告過狀，沒修過這一門，就是告，難道要告福晉說她在過年時少了半匹布兩件紗這種小事？四爺樂意聽嗎？他能不嫌浪費時間嗎？李薇只好憋著，憋著憋著，她就成忍者神龜了。
她覺得吧，這也是一種鍛煉嘛。說不定她會成就一番事業，現在先鍛煉下心志啦、意志啦挺合適的，呵呵。

然後，四爺就讓人給她送來了這麼幾大箱「專門」給她燒的瓷器。

她要幸福得開花了！

真是……上次四爺悄悄幫她阿瑪的事就讓她感動得不行，委屈什麼的，早就沒了。今天再看這個，快活得都快漫出來了。她沒想到的，他先想到了，她提過的，他記在心裡了。

還有什麼啊？姐昇華了！

話說她以前就愛收集各種杯子和碗，看到有賣的就挪不動腳。因為喜歡瓷器，進花市看到小巧玲瓏的小花盆就愛買，買回家就想「下次種花時就能用了」，只是「下次」是遙遙無期的……

張德勝見李格格指揮著滿屋子人把正在用的都給換了，屋裡的花也要全換盆，怕他們忙不過來就帶著人留下來幫忙。新的要拿出來擦洗擺設，舊的要擦洗後裝箱收起。趙全保叫來花匠，將花全部帶走換新盆。

那盆被李薇放在寢室的素馨她親自交代：「換個大盆，再豎兩根杆子，看它會不會爬上去。」花匠沒養過這種野花，看著不像會爬杆的藤花類，但既然主子想看它爬，它就必須會爬，決定回去就找杆子把枝蔓繞上去固定住看能不能活，明年看看能不能跟藤蔓類的嫁接。

蘇培盛見張德勝久不回來，正想找人去問，胤禛看快到午膳，直接過來了。他一進小院就看到院子裡放著很多木箱，趙全保和張德勝正帶著人一邊登記造冊，一邊往裡收。

「這是怎麼了？小德勝！還不滾過來！」蘇培盛上前一步喝道。

一見四爺到了，一院子的人都跪下。

李薇帶著額爾赫從屋裡出來，一人一手捧著個剛送來的馬克杯。

「阿瑪，新杯子！喝牛奶！」額爾赫舉著杯子興奮地說。

看到馬克杯，李薇頓時想起奶茶，用蓋碗喝總是怪怪的。她讓玉瓶去煮了一壺，帶著額爾赫扮家家酒，還特地要膳房送來雞蛋糕和各種酥皮點心。

額爾赫用著不一樣的杯子覺得很有趣，見到阿瑪就迫不及待地要分享。

外面亂糟糟的，一家三口挪到西廂。玉瓶帶人送上奶茶、點心，胤禛也很有興致地陪額爾赫扮家家酒，一本正經地用著馬克杯。李薇特驚奇地看著額爾赫教胤禛怎麼拿杯子，也不知道她的小腦袋裡哪生出那麼多的「新式杯子使用規則」，胤禛還真聽她的，父女倆玩得可開心了。

李薇覺得自己被忽略了。等額爾赫過完教人的癮，一回頭見點心都快讓她額娘吃完，嘴一扁，委屈巴巴地看著她親娘。

搞得李薇最後一口紅豆酥怎麼都嚥不下去，連胤禛也裝模作樣地板著臉訓她：「怎麼可以吃這麼多呢？」

「就是！就是！」額爾赫點著小腦袋。

「馬上就要用膳了。」胤禛道。

「就是！就是！」額爾赫高興地看著額娘被訓。

「都收起來。」胤禛對玉瓶道。

玉瓶過來收走所有點心盤子。

「……」額爾赫淚眼汪汪地看著玉瓶端走盤子。

用午膳時額爾赫一直情緒不高，最後還是李薇安慰她等午睡起來有點心可以吃，才讓她高興起來。胤禛本來還在猶豫是順著額爾赫哄哄她，還是趁機教她克制自己，就見李薇已經把閨女哄好了。看著母女倆瞬間又快快樂樂地吃飯，他還有些接受不了，這兩個沒心眼的！

再看額爾赫，妳額娘連點心都沒拿出來給妳看，也沒答應妳午睡起來能吃幾塊、能吃多少、是不是跟上午一樣，妳就這麼簡單地答應了？他當年被教養嬤嬤哄的時候還會在心裡嘀咕「別小瞧爺，知道你是哄爺呢」，可看額爾赫已經完全相信了。

胤禛心裡想，素素不是他生的，長成這樣還好說，額爾赫身上可有他的血，怎麼也不能養得跟她額娘一個樣。正好，他覺得前院原本給阿哥準備的地方太空了，趁著大格格和額爾赫還小，不必顧忌男女之別，乾脆一起挪過去，這樣也好對福晉開口。

孩子已經在學說話了，早點兒教她些道理，讓她早早懂事也是為她好。

他打定主意，午膳過後也不走了，留下來歇息。兩人躺在西廂的榻上，靠著說話時，胤禛試探地問李薇：「以後，白天讓額爾赫隨我讀書去吧。」

李薇只想到一個，警覺道：「讓額爾赫現在就三點起床？」

「當然不是。用過早膳讓她過去就是，午膳還是回妳這裡來。下午就不必去了。」胤禛自覺這樣安排挺好，坐等李薇反駁，兩人好談條件。

「好啊。」這不就是上幼幼班嘛，胤禛算國學博士一級的吧？從文到武都能教，還不必擔心他虐待孩子。

「……」答應得太快，讓胤禛有些反應不及。而且，怎麼一點兒也不擔心？怎麼著都要表達一下慈母之心吧？

「我該給她做幾個小背包。」李薇活到現在最大的收獲就是縫紉技能滿點，不時手癢想做點兒什麼。給額爾赫做幾個多格子的小背包、小筆袋、小口袋什麼的，多萌啊！

看她都在設想這個了，讓準備磨一場嘴皮子的胤禛哭笑不得。心裡也想，或許是他想岔了，對女子來說，孩子們的前途總是最讓她們掛心的。看素素這樣，福晉那裡應該也不會太難辦才對。

找了個陽光明媚的好日子，看著無風無雨的，胤禛帶上孩子和李薇去踏春。

一開始，胤禛是想帶著全家人一起去自家莊子上看看，但個個都說有事，呵呵，都比他忙。

「府裡怎麼也不能沒了人，爺跟孩子們好好玩吧。」福晉笑道。她是真覺得沒必要為了出去玩花一天時間，就是出去坐車轉轉，騎馬遛遛？還是留在府裡省心。

至於大阿哥，最近四爺天天來看他，看起來是很喜歡這個阿哥的，元英也盼著讓他們父子感情好些。以李格格的受寵勁，說不定什麼時候就又有了，萬一她下一胎是兒子，大阿哥的處境就尷尬了。如果四爺能更喜歡大阿哥，以後就算有了弟弟也不必擔心。

宋格格見福晉不去，就說她也不去，留下來伺候福晉。

武格格不巧來了月事……

胤禛本來的好心情都快讓她們給敗壞完了。

轉頭來了小院，李薇和額爾赫正在換送來的新騎馬服，一大一小穿得一模一樣在轉圈圈，百福圍著她們兩個歡脫地跑來跑去。額爾赫正叫著：「額娘、額娘，咱們給百福也做一件，好不好？到時百福也去，對不對？」

「好，咱們給百福做一件。」李薇拉著額爾赫回屋喊玉瓶拿衣料。

百福先發現胤禛，汪汪叫著撲過去衝他狂搖尾巴。額爾赫跟著喊：「阿瑪！」胤禛進來摸摸她的小腦袋，坐下抱著她問：「額爾赫，妳們這是在做什麼？」

李薇笑著看了他們父女一眼，把百福抱到懷裡比料子大小。額爾赫指著百福說：「我和額娘要給百福也做一件新衣服，到時踏春大家一起穿。」

胤禎為難道：「可是百福不去啊。」

「百福不去？」李薇先驚訝地問他，出門不帶狗嗎？百福又不是貓，狗狗還是應該多去外面跑跑吧？

——她怎麼會當真呢？我是在開玩笑啊！

胤禎鬱悶了，懷裡的額爾赫替他回答李薇：「額娘，阿瑪在哄我們啦！」

想騙的沒騙到，沒想騙的卻騙到了。胤禎顛顛坐在他腿上的額爾赫，「我們額爾赫真聰明。」順便給李薇一個「連額爾赫都不如」的眼神，真是恨鐵不成鋼。

李薇：「……」她繼續給百福縫衣服，讓你們這對父女自己玩去吧！

車隊魚貫出城，一直到了城外的田莊上。這裡跟李薇想像的不同，不是一壟壟的田地，而是一望無際的草場荒地。

車停下後，李薇跳下車才看到貼著地面生長的一叢叢野草野花，車停下的地方沿著土坡往上能看到一大片稀疏的野樹林。樹最粗的也就手腕粗細，最細的都是樹枝。野花星星點點散落在草叢裡，紅、藍、白、黃各色都有，還有小粉蝶飛來飛去的。

對額爾赫來說，眼前的一切簡直廣闊得讓她合不攏嘴。從出生後就住在小院中的她只見過圈起來的四方天地，這樣一眼看不到邊界的世界太大了。這讓額爾赫第一次說了蠢話，她驚歎地對胤禎道：「阿瑪，這個院子真大啊。牆在哪兒呢？」

胤禎剛要開口，沒忍住「噗」地笑了，忙掩住嘴道：「這裡沒牆。乖啊，一會兒阿瑪帶著妳騎馬跑一圈。」

早就準備好幾匹溫馴的小馬，讓李薇臉紅的是她的馬跟額爾赫的馬一樣高，騎上去腳差一點兒就能碰到地面。他們四個上了馬，胤禎在前面領著，讓人牽著他們的馬在周圍走了一圈。

這馬騎得實在讓人失望到家了啊！

可她這匹小母馬非常可愛非常萌，杏核般的大眼溫柔得能滴出水來，李薇下了馬也捨不得讓人把牠牽走。這匹紅色的小母馬名叫紅雲，她從馬奴那裡拿來了糖塊餵牠，還抱著額爾赫讓她餵。

胤禛走過來，李薇忍不住說：「紅雲好可愛，我能養嗎？」

他摸了摸馬的脊背，道：「本來就是給妳準備的。過兩年妳再大些，牠也成年了，妳就可以騎著牠跟我去打獵了。」

額爾赫指著她那匹紅棕色的馬說：「阿瑪，我的呢？那是我的馬嗎？」

胤禛摸著她的腦袋說：「當然。」

遛了兩趟馬，席地而坐吃了頓便飯後，這次踏春就圓滿結束了。

李薇最大的收穫是帶著額爾赫挖了好多觀音蓮（這東西現在的學名大概統稱多肉植物）。在一個小山坡上發現好多！她就跟撿大便宜似地挖了一堆準備回去養。這次肯定不會種死了，現在她對養花已經很有心得，再說還有花匠呢。

額爾赫見額娘帶頭玩土，高興壞了，時不時地轉頭看看胤禛怕他看見，再對她擠眉弄眼，還用手指豎起來「噓」她，然後咯咯地偷笑。

等回到車上，早看見這對母女在搞鬼的胤禛靠過來，「挖的什麼？」

「觀音蓮。」李薇捧出一個開得正好的給他看。

胤禛皺眉看，她道：「這東西可好養了（雖然她養死過），不用澆太多水，放在盆裡就不用管它。」看他不像欣賞的樣子，馬上說，「給你擺一盆放在書桌上吧。」

既然是她的心意就不好拒絕了，胤禛只好道：「倒是挺有野趣的。」

回到府後，李薇找花匠要了一些鵝卵石說要擺盆景，然後就把觀音蓮都給他了，說：「這東西應該可以擺在一起養，口大得像魚缸那樣的盆就行，土上擺一些小石頭會比較好看，還能跟別的花草一起養。」

花匠聽得稀裡糊塗的，但聽說跟仙人掌相類，心裡多少有些數。剛想點頭說沒問題，李薇道：「先擺一盆好看些的，我想進給四爺。」

花匠膝蓋一軟險些站不起來，李薇看他害怕，連忙道：「沒事、沒事，拿來給我，你只要幫它們弄個盆，後面的都我來就行。」

富貴險中求，都進阿哥府來伺候了，還會怕在主子跟前露臉嗎？這可是天上掉下來的機會！花匠趕緊道：「哪能勞動主子？奴才保准給主子辦得漂漂亮亮！」

回去後，花匠還是先緩緩苗，看它們習不習慣新盆。李薇等了快二十天才得了一個觀音蓮的盆景，魚缸大小，裡面有吸水石製的假山，石上還養有青苔，繞著假山是錯落的鵝卵石，偏東是大小三株觀音蓮。周圍還有一些剛剛冒出頭的小草。

可李薇不敢送過去了。

因為，前兩天皇上下旨分封諸位阿哥，結果四爺和一眾連差事都沒辦過一件的弟弟們一起被封了貝勒。連今年剛開府的八阿哥都封了貝勒，從三年前就開始辦差的四爺居然跟他一樣，這簡直就是明擺著皇上不喜四爺了。

府裡的氣氛這幾天從接過旨後就一直很低沉，李薇怎麼肯在這時跑到四爺跟前刷存在感？她厚賞了花匠後，藉口這盆景太美要賞幾天，把送四爺那句話給暫時忘到一邊。

就連玉瓶和趙全保都贊成她這時還是少出現為妙。為此，趙全保特意給蘇培盛送了禮，最近千萬別提他們李格格的名字。

搞得蘇培盛很為難。收吧，他還真打算在四爺面前提一提李格格，看能不能讓他的心情好些，反正就算李格格惹惱四爺，也不礙他的事；要是李格格能把四爺哄好了，那他也能跟著受益。可不收吧，這不明擺著「我就是要坑你主子」嗎？

趙全保這兩年可長進不少，不然也不會把禮送到他面前來了。蘇培盛也不好不給他面子，猶豫一下還是收了，但是也坦白道：「若是主子想起了你們格格，咱家可攔不住。」

「那是、那是。」趙全保哈腰連連點頭陪笑，心道四爺自己想格格就罷了，別讓小爺知道你個不是東西的在背後搞鬼就行。

但胤禛這回想起的不是李薇，而是福晉。他在書房一口氣寫了一百張大字後，放下筆換了衣服就去正院了。

正院裡，胤禛和福晉分主賓坐下，飲過一道茶後，胤禛開門見山道：「如今府裡孩子漸漸多了，我想著早日把規矩立起來，今天先告訴妳。」胤禛喝了口茶，繼續說道：「大阿哥滿三歲就開蒙，開蒙後就挪到前頭跟我一同起居，身邊的奶娘和丫頭都省了，有我給他挑的太監伺候他。」

有了阿哥自然一切都不同了。胤禛心裡也是陡然生出萬丈豪情，既是長子又是嫡出，這個孩子從落地的那一刻起，胤禛就能想像到他長大後是什麼樣。他迫不及待地想看他快快長大，早早地由他來給他開蒙，抱著他讀書，把著他的手教他寫字。

元英瞬間就蒙了，半天才道：「自然都聽您的。」

她的心一陣激跳，面上還撐著笑。

胤禛滿意地點頭，福晉還是懂事的。對孩子好不是把他圈在身邊不撒開，他在宮裡時也是三歲就讓人在面前教規矩讀書給他聽了，那時的書他都記得，也天天都盼著能多聽一章。

他對大阿哥有大期望，想親手養育他，把他知道的一切都教給他。

他見福晉面色不好，知道慈母之心，寬慰她道：「放心，就在前後院，妳想見他也方便。孩子們自然是每日都要給妳問安的。」他可不會不讓孩子見額娘。

「是，爺想得周到。」元英這會兒勉強整理好心緒，裝作想了一下，才溫柔道：「既然這樣，我也有事要跟爺提。現在二格格一日大過一日，我想著，還是該讓二格格住到這裡來。一則她們姐妹也能多親近，二則，李氏平時伺候爺的時候多，二格格在那裡多有不便。」

她自覺這話說得入情入理，四爺的臉色卻慢慢沉下來，胤禛微微閉目，剛才的滿懷柔情就像個笑話。屋裡慢慢就安靜下來，只有鐘擺沉悶緩慢地擺動著。

元英的心越來越不安，她看著四爺的神色，有心想說些什麼，卻找不到合適的話。

胤禛摸了下已經涼了的茶碗，茶都冷了，他在這裡坐得也夠久了。

他起身道：「不用了。大格格和二格格也該開蒙了，我在前頭給她們兩個也準備了屋子，過兩日就叫她們搬過去。」

元英慌道：「大格格不小了，是大姑娘了，她又一向體弱，前頭人來人往的……」

胤禛道：「那她就不必去了。行了，妳歇著吧。」話音未落，他就離開了。

元英趕緊跟著送出去，卻只來得及看到蘇培盛等人對她匆匆一行禮再快步跟上去的背影。

胤禛一路快走，蘇培盛一路跟隨，苦逼地還要縮小存在感免得點爆了四爺這個火藥桶。正好到了小院門外，院裡難得沒有額爾赫笑鬧的聲音。連蘇培盛都不免奇怪地多看了兩眼小院，胤禛腳下一頓一轉，就往小院去了。

——趙全保，這可不是我提的你們格格。

蘇培盛樂顛顛地跟在後面進去了。

西廂裡，李薇正在跟額爾赫商量她到前院去後，都跟著她阿瑪開什麼課。

桌上攤著一張紙，上面是三個大字「課程表」，下面是橫三豎四的一張貨真價實的功課表。李薇有種「送女兒上小學」的興奮感，額爾赫也對一個個她額娘寫的課程名稱感到興奮。

「額娘，我都能學什麼啊？」她的小胖手指在課程名上指指點點。

「什麼都能學。妳這會兒可比我那時幸福多了。」校長和老師都是親爹，還能學騎馬、射箭、養小狗，這根本是純玩啊！

李薇很羨慕，額爾赫也對騎馬、射箭、養狗、養鷹這些課很感興趣。聽李薇講只能上午上課，下午要回來睡覺休息還不樂意，扯著她的袖子求：「額娘，好額娘，下午也讓我去嘛。」

「不行，妳還太小，不能天天去。」這個李薇很堅持，她還想跟胤禛商量個周休兩日什麼的，寒暑假也很有必要。另外作業不能太多，會傷眼的。

額爾赫不開心。

胤禛在西廂窗下聽到她們母女這場口角，會心一笑，抬腳進去抱起額爾赫，「阿瑪的額爾赫這是怎麼了？小嘴都可以掛油瓶了。」這句俗語還是跟李薇學的，胤禛的人生中可沒有油瓶這種東西。

額爾赫抱著他的脖子，「阿瑪，我想天天去跟百福玩、天天跟小馬玩。」

胤禛笑道：「額爾赫這麼喜歡去前院跟阿瑪在一起嗎？」

額爾赫點頭，道：「額娘說阿瑪那裡有很多好玩的小狗、小馬、小鳥，還能出門呢。」

出門？這個剛才沒聽到。胤禛扭頭詢問地看李薇。

李薇其實是想她嫁人了不好出門，可他能偶爾帶額爾赫出去轉轉嘛。誰讓踏春後，額爾赫總說要去那個「沒有牆圍著的大院子玩」，她也想去啊，求妳阿瑪去吧。

「就是逛逛街啊、逛逛商店啊。」李薇道。

胤禛抱著額爾赫坐到她旁邊，笑道：「妳也想去？」

「想啊，不過不行吧？」

胤禛看她失望的樣子，道：「怎麼會不行呢？以後我帶妳們出去。」

把額爾赫抱下去後，兩人坐著看她寫的那張課程表。

他看著音樂課、美術課、數學課、滿語課、大字課等課程，笑道：「妳倒會給我派活，這後面怎麼還有騎馬、射箭？」

「不用學嗎？」李薇驚訝了，「我小時候還學過騎馬、射箭呢。」李家覺爾察氏和李文璧都會，對她也是從小教起，她還以為這是滿人尚武都要會的。

「妳會射箭？」胤禛也驚訝了。

「我能射三十步呢。」三十步射到靶子上很了不起的！李薇淚流。別看漫畫中阿籬[16]一射就好像是幾百公尺……就以為這箭啊就跟羽毛一樣輕，隨便一射就能射很遠，想她李薇，也練了七八年才能射三十步遠。

「喔？那試試吧。」胤禛來興致了。

蘇培盛去前院校場取來草靶子和幾副弓箭，都是小弓。其實他很驚訝，出宮後四爺就不肯再摸弓了，今天居然想起來拉弓射箭……氣糊塗了？

李薇上前直接道：「給我六等的就行。」蘇培盛趕緊挑了一把給她，見李格格拉幾下試力，居然還小聲抱怨，「怎麼這麼緊？」

都是新弓。不過他有點兒明白四爺突然要玩弓的原因了。想起以前還住在宮裡，每到下午該去校場時阿哥爺的臉色，蘇培盛忍不住就想笑。他們家的四爺唯一對付不了的就是這個。

看來這位李主子臂力不行。蘇培盛再看四爺，發現他從接旨後就沒鬆下來的神色已經變得溫煦多了。

胤禛嘴角微翹，含笑看李薇射靶子。第一箭，飛了，歪到七八步外，斜插進一盆茉莉花中。院子裡伺候的都忍不住笑了，李薇倒是一臉淡定。幹麼，很正常好嗎？她都幾年沒摸過弓了？

第二箭就射中了，不過明顯箭力不足，距靶還有半步就往下掉，險險插在草靶最下面沒掉到地上。看靶的太監都鬆了口氣，趕緊喊：「中了！」

後面就越射越好，但是射到第六箭她的胳膊就痠了，射完這箭，正好插在靶頭，她自覺沒丟臉，滿意轉身道：「怎麼樣？我射得不錯吧！」

胤禛臉上的笑都止不住了，聞言連連點頭，「不錯、不錯。」

「你來、你來！」李薇跑到他身邊把弓遞給他。

胤禛不屑地看著她的弓，讓蘇培盛把他常用的那把拿來。這把和李薇那把差不多大，她先拿過來試拉，皺眉道：「好硬啊。」這弦怎麼這麼不好拉啊，她使盡全身力氣才拉開一點點，被他按住肩道：「小心拉傷了胳膊，快放開。」

草靶子往後退了二十步，合共五十步。胤禛「唰唰唰」幾箭上去，全中靶頭、靶心等要害處。

李薇兩眼發亮：「好帥……」

注釋——

16—阿籬：高橋留美子的漫畫作品《犬夜叉》中的主要角色。她是桔梗死後五百年轉世的少女，十五歲生日時不慎被妖怪拖入食骨之井而穿越到戰國時代。阿籬與桔梗的容貌相似，而且靈力強大，射出的箭有強大的破魔之力，能淨化妖邪瘴氣。

蘇培盛轉頭看四爺，發現從來沒見過阿哥爺在射完箭後這麼意氣風發！他再看李格格，十成十覺得這位跟他們家阿哥是個絕配。

晚上，兩人在帳中。

李薇捏著胤禛肩膀胳膊上的肌肉，「也不是很硬啊，你怎麼這麼厲害啊？」

他兩隻手握住她的腰，把她提到腰上坐著，「如果連妳也比不了，那爺就沒臉見祖宗了。」

李薇坐在他腰上故意往下又壓又跳，被他按住瞪了一眼。

「妳說妳在家裡，妳阿瑪和額娘都會拉弓射箭？」他問，要真是這樣，李文璧也不是那麼差嘛。

她點頭道：「是啊，阿瑪跟我一樣，額娘最好。」

胤禛問道：「妳阿瑪跟妳用一樣的弓？射距的步數一樣？妳額娘射得最遠？」一家人用的弓都是六等的？

「對啊，我家就只有一把弓，還是我額娘帶來的呢。」弓這個東西好像還是很貴的，隔幾年就要拿去保養，還要給人家銀子，不然弓放久就不能用了。

李薇說完就發現胤禛好像很高興，後面做著做著就會趴在她肩膀笑。

笑屁啊……

美好的一夜過後，神清氣爽的胤禛，早起後就看到擺在書房那個據說要送給他的觀音蓮盆景。

經過李薇的種種鍛煉，玉瓶等人不說是全才也差不多了。小盆景被照顧得相當不錯，旁邊還有花匠送來的另一盆，是養在小圓瓷碗內剛剛冒頭的小觀音蓮。看來時間雖短，花匠已經找到養好這種野草的竅門，所以一成功就送到李薇這裡刷好感。

小觀音蓮更容易刷好感，至少胤禛沒被大號的煞到，也不覺得它有多可愛，可小白瓷碗裡這棵能讓他說一聲「有趣」。

蘇培盛就見四爺圍著西廂窗下書桌上擺的兩個花盆轉了一會兒後，一手捧著一個小的出來，另外讓他把那個大號的搬走。

等李薇起來，兩盆都不見了。

額爾赫同樣很喜歡小的，早就預訂要把這個擺在她前院的書桌上。一早起來百福不見了，小花草也不見了，抽抽噎噎了小一刻鐘。讓李薇一百次想抽死自己騙額爾赫什麼女孩的哭法！因為，額爾赫已經無師自通了最能讓人心疼的哭法，她坐在那裡小聲抽噎能把一屋子人的心都哭碎。李薇捧著被重擊的心臟求她：「乖，等妳今天回來，肯定能看到另一盆好嗎？額娘保證。」

額爾赫淚眼汪汪地扭頭，「額娘不許騙人。」

「騙妳我是小狗。」李薇舉手發誓。

送走一秒破涕為笑的額爾赫，她今天起就背起小書包去前院讀書了，李薇扭頭開始為難花匠，再拿一盆小的來！

花匠顯然不像她，人家一早有準備，送過去的只是養得最好的一盆，剩下的還有二十多盆。一聽李格格要，馬上麻利地送過來五盆任選，都是合捧大小的瓷碗瓷盆，個個不同，別有異趣。李薇看著不由得拿花市攤位上的來標價：這盆要十五，這盆至少三十。

統統擺在書桌上等額爾赫回來檢閱，李薇這才鬆了口氣。通過額爾赫，她發現了她的一個缺點，顯然她是不能成為一個嚴母的……幸好，他們家還有一個標準的嚴父。

前院書房裡，嚴父胤禛正在應付額爾赫的問題。

兩盆花就擺在臨窗的書桌上，額爾赫一進來就看到了，然後對他道：「阿瑪，額娘真壞，她偏心呢。」

「偏心？」妳額娘現在就只有妳一個，偏去哪裡？胤禛想歪了，難道是交代額爾赫要讓著大格格和大阿哥？

額爾赫指著胤禛書桌上的兩個新寵道：「那不就是？那個大的額娘說她要擺不給我，那個小的說要給我卻又給阿瑪了。她這就是偏心！她全給你了！」

胤禛笑得陽光燦爛，「呵呵。」

他摸著額爾赫的小腦袋說：「那阿瑪來偏心咱們額爾赫好不好？大家都有偏心對不對？」

「那我來偏心額娘。」額爾赫很聰明地想到差了一個沒被偏心到。

父女倆相處甚美。

胤禛把著額爾赫的手寫了一張大字讓她自己去練後，他坐到一邊讀書。

額爾赫寫了一會兒就放下筆，揉揉手腕，抬頭往窗外看看。胤禛也驚奇地看著一點兒都沒有「偷懶」感覺的額爾赫，見她甚至打算去喝杯茶來塊點心，胤禛無奈地放下手裡的書把她叫過來。

第一次……還是不要打手板了，估計是素素沒教她沒寫完不許停，胤禛發現他現在居然覺得這些很正常……

「額爾赫，告訴阿瑪為什麼不寫了呢？」這不是閨女的錯，胤禛的語調很溫柔。

額爾赫道：「額娘說的。」果然如此……不對，她說的？

「額娘說寫一會兒要停下來歇一歇，看看遠處窗外，免得眼睛累了。」

還算有道理，胤禛道：「那額娘有沒有教妳多久歇一歇？」

「額娘說隨便，累了就可以歇了。」

不對！

胤禛領著額爾赫去看書房桌上的座鐘，先教她認識時針、分針等，然後指著鐘說：「額爾赫，咱們寫兩刻鐘再停下來歇一歇好不好？」

額爾赫看那針走得挺快就畫了一圈，阿瑪指的是半圈，不好意思道：「時間會不會太短？」

胤禛笑道：「先這樣就行，額爾赫還小，等大了就能寫更長時間了。」

五分鐘後，額爾赫盯著那鐘面指標淚流，怎麼半天才走這麼一點點！

上午很快過去了，畢竟孩子還小，胤禛也不可能拘著她寫一上午的字。額爾赫的十張大字寫完，就跑出去找百福玩了。其實剛才她就走神走得一塌糊塗，不過是胤禛這個當阿瑪的不想壞了閨女頭天上學的積極性，所以就裝成沒看見……

讀完自己的書，胤禛也出去與閨女同樂。

別看百福個頭小，四條小短腿跑起來父女兩人沒一個追得上的。只看百福滾著繡球在前面跑，額爾赫很快跑累了，蹲在地上氣喘吁吁，百福這才一步一頂地滾著繡球回來，直接頂到了額爾赫面前。

畢竟牠說起來是李薇的狗，從小看著額爾赫長大。

中午額爾赫本來要回小院的，可這小ㄚ頭不肯走，阿瑪的院子多新鮮啊，她賴在這裡吃了午膳，劉寶泉特地巴結地送來了糖醋櫻桃肉。

這盤菜顯然很受小孩子喜歡，額爾赫很捧場。

父女兩人同桌共餐不是頭一回，但這是胤禛第一次親眼看到額爾赫的戰鬥力，他數著額爾赫這都第三碗了還不見停，不由得擔心起來，小孩子不知饑飽，由著她這麼吃萬一撐壞了怎麼辦？

胤禛按住額爾赫的碗，勸道：「乖，額爾赫不吃了喔。」

額爾赫看著碗裡剩下的兩口米飯，不解道：「不吃完多浪費啊。」

「不浪費，阿瑪吃。」胤禛拿起她的碗把剩下的飯撥到了自己嘴裡。

額爾赫一臉「你怎麼搶我的飯」的震驚表情。

「不吃了好吧？」胤禛道。

額爾赫看著還沒吃完的櫻桃肉，皺眉道：「好吧。」在額娘那裡這菜是肯定會吃完的，剩下了好可惜！

菜撤下去後，額爾赫等了半天只等到一碗茶，胤禛還交代要慢慢嚥，她問：「點心呢？」

胤禛發愁，他為什麼從來沒發現素素那裡吃飯的習慣很有問題？現在他卻不得不對額爾赫解釋飯後沒有點心。

晚上，額爾赫回到小院就說阿瑪那裡很可憐，「飯都不讓吃飽，而且沒有點心。」

李薇同樣震驚了，連忙道：「那咱晚上多吃點兒，妳阿瑪怎麼說？」

額爾赫摸摸肚子，苦著臉道：「阿瑪把我的飯吃了，還沒有點心。」最後一點很怨念。

「……」李薇不解了，四爺為什麼要吃額爾赫的飯？

糾結一夜的她腦洞大開，連飯裡下了毒，四爺以身試毒這樣的橋段都想出來了。於是，第二天繼續去上學的額爾赫提了便當袋，裡面是點心。

這天中午用過午膳後，照舊上了茶，胤禛就看到今天不問點心的額爾赫從她的小書包裡掏出一個小布袋，裡面是一小盒綠豆酥。

胤禛：「……」

額爾赫喝茶吃點心，還請阿瑪：「阿瑪也吃。」

胤禛接過女兒的孝心，跟她分吃了這一盒綠豆酥。為了不讓女兒多吃，他還「搶」了最後一塊，搞得額爾赫看他的眼神都不對了，不過下午他陪著她跟百福多玩了會兒滾繡球就哄回來了。

胤禛覺得他應該跟素素聊聊。

壹柒章 雙喜臨門

小院裡，正飄著牛奶的濃香。

李薇一直很想念奶油，特別是濃縮奶油，配上剛烤好的餅乾、麵包簡直是絕配！而且奶油的做法並不複雜，滿清已經有了奶油塊，就是生的剛擠出來的牛羊奶，擺在那裡等它表面上凝結一層奶油，他們做奶餑餑時愛放這個，還有奶豆腐、乳酪等。唯一的問題就是他們不做最後一步，把奶油打發變成抹蛋糕的奶油。

由於不能無師自通地說奶油沿一個方向打會變成另一種東西，李薇只好從膳房要來奶油、鮮奶、糖自己打，在沒有打蛋器的年代裡，她付出胳膊痠到快斷的代價，成功在冰山上打發了奶油，然後立刻迫不及待地抹在奶茶表面。

額爾赫初生之犢不畏虎，立刻被這香味吸引了，靠著冰山打發的奶油是涼的，她怕奶油被熱奶茶融化，上前一口含到半邊，然後就被這香濃滑軟的口感征服。

「額娘，我也要！」她舉著她的杯子在李薇面前跳。

李薇揉著胳膊說：「痠啊，讓別人來吧。」

胤禛這時進來了，娘倆一個揉著胳膊也不忘趕緊喝兩口那缺了一個尖的奶茶，一個嘴角還帶著奶油就不停地說還想吃額娘再打一碗，多打點兒云云。

一看到他，一大一小都獻寶般迎上來，胤禛一手一個牽著這兩個寶貝，不自覺就是滿臉堆笑。

「這做的是什麼？」已經被這滿室甜香帶跑題的胤禛問。

「我弄著玩的，還挺好吃，就是太累。」李薇指著桌上一堆東西說：「原來想拌個甜的濃點兒的奶出來喝，誰知道打成這樣了。」

胤禛也挺好奇的，讓蘇培盛傳話給劉寶泉。趙全保跟著過去，給劉寶泉解釋主子都放了什麼，失敗幾次（前幾次忘了），最後成型出來是什麼樣的，還把用過的器具都給他送來。白瓷碗的底部還留著一些，劉寶泉用筷子蘸了一點兒一試，這口味很特別嘛！李格格不愧是愛吃的，這瞎搗鼓也能搗鼓出東西來啊！

聽說是特意在冰山上弄的，他問趙全保：「這有什麼講究？」

「格格說都是鮮奶生油，怕壞。」

劉寶泉依樣畫葫蘆，弄了冰塊墊在盤子底，拿一個銅碗放在上面，照趙全保說的最後一次成功的順序放東西，一次就做成了。眼看著打出來一大碗白綿綿、虛泡泡的東西，本著認真負責的精神，劉寶泉先嘗了一大口。

「嗯，」他一邊點頭一邊舔嘴角，「不錯。」

蘇培盛道：「不錯你就趕緊給主子送去吧，別再嘗了。」

到了晚上，廚藝技能滿點的劉寶泉已經學會把這種白奶油抹在麵點上送來了，還做出了奶油杯，薄薄的一層蛋皮，中間裹著滿滿厚厚的奶油。

這東西吃到嘴裡就是虛的，額爾赫和胤禛都吃了不少，倒是李薇只是克制地吃了兩個。睡覺時，胤禛終於想起他的來意，他問李薇覺不覺得額爾赫吃得太多了？

李薇想想額爾赫的體型，配合她的年齡，道：「不覺得，她正在長呢，吃多了不怕。」

胤禛道：「小孩子吃多了容易積食。」

「我知道，一直注意著呢。」她道。

胤禛心想：沒發現。

「而且，我從不讓她在正餐外吃零食點心。」她覺得自己控制得很不錯。

「她沒少過吃點心，妳還特意給她帶。」胤禛指出。

「她飯吃得很香啊。」只吃點心不吃飯才需要緊張吧？

胤禛道：「算了，以後點心少給點兒，飯也不能由著她的性子吃。一頓最多一碗，一天點心不能超過五塊……六塊吧。」

李薇：「……」

——閨女，這可不是媽不讓妳吃，是妳爹要管妳了。

第二天，早膳時額爾赫就發現事情不大對，她吃完一碗還想要時，額娘搖頭說：「不行哦，妳這頓飯已經吃完了。」

飯還有吃完的時候嗎？

額爾赫迷茫地問：「額娘，咱們家沒飯吃了？」

沒飯吃，好像很嚴重啊……

「……」不知道該怎麼回答的李薇，「問妳阿瑪吧，額娘不知道。」

額爾赫沒那麼容易被騙，指著她的碗問：「那額娘，妳為什麼能吃第二碗？」

「……」李薇放下碗，「其實今天這是最後一次了，明天額娘也就只能吃一碗了。」

騙孩子好好玩啊！她當真了耶！

她一本正經的樣子讓額爾赫相信了。

等額爾赫去了前院，午膳時她很小心翼翼地吃著碗裡的飯，每一粒都珍惜地吃進嘴裡。

胤禛：「……」該說她吃的方式不對嗎？可是很有規矩啊，儀態比昨天還好，就是表情不對。

這次用完膳也沒拿點心出來吃，也沒提為什麼沒點心。

胤禛反而不放心了，叫到一邊問她為什麼。

額爾赫認真道：「因為額娘說家裡沒飯了，大家都只能吃一碗，也沒有點心吃了。」

胤禛：「……」

七月，皇上奉太后旨意出去東巡了，臨走發話讓七阿哥和八阿哥出府並完婚。胤禛辛苦了兩年半，終於就差最後一哆嗦了。為求不在最後這段時間再出點兒什麼噁心事，他開始天天內務府——七阿哥府——八阿哥府跑個不停。

然後，宮裡也跟著蹓他了。

德妃、惠妃兩位宮妃宣召，他是怎麼都要去的。

惠妃撫養八阿哥，見他出宮、建府、成親三個一塊兒來，怎麼著都要過問一二。就連直郡王（胤禔）都叫胤禛去問過兩次，看他累得那個狗樣，拍肩道：「等過了這一段，哥哥請你喝酒！」

胤禛只得拱手道：「大哥可饒了兄弟吧……」跟直郡王拚酒每次他都要吐個兩次才能勉強堅持到席終。

德妃是受了成嬪的請託。成嬪雖然不得寵，可坐在嬪的位子上，又有個長大的兒子，一般也沒什麼人會刻意去為難她。何況德妃在宮中一向與人為善，成嬪難得張口，託到她這裡，於情於理她都要問一問的。再者，成嬪道七阿哥給她請安時提過，說胤禛對他這個弟弟非常照顧，既然胤禛跟兄弟好，她這個當額娘的自然不能給兒子拖後腿。

她一叫，胤禛自然要立刻過來。大夏天四處跑，胤禛曬得像在草原上過了一夏似的，讓德妃看到就心疼地說：「怎麼就曬成這樣了？快過來坐一坐，領扣子鬆開，我讓人給你打扇。」

「謝額娘。」胤禛牛飲了兩碗溫茶後，解開領扣，身後再站上兩個宮女拿著扇子向他搧，一會兒身上的熱勁就下去了。他問道：「額娘找我來是有什麼事？」

德妃輕易不會主動喊他，所以這一喊，他就擔心是什麼大事。

「不是，別擔心，我這宮裡好好的。是七阿哥的額娘託我問問，七阿哥府裡如今收拾得怎麼樣了？」德妃把自己桌案上的一碟西瓜向他推了推。

胤禛拖過來拿起銀叉連吃幾塊，才道：「最後再掃一遍尾就可以了。老七那邊是又想起來什麼了？跟我說一聲不就行了，何必還往宮裡遞話，倒勞煩額娘一趟。」

德妃道：「難得能跟你說說話，勞煩一趟也好。你不在宮裡不清楚，七阿哥那邊著實是有些不大像樣了。」

胤禛見狀放下銀叉，接過宮女遞來的手巾抹了嘴擦了手，聽德妃細說。

按說七阿哥排位在八阿哥之前，出宮搬家成親都應該在前面。可先是婚期，聽說欽天監先定了八阿哥的，然後隨便給七阿哥選了一個。

「這不可能，欽天監的人有幾個腦袋可以砍？成親的吉日是要遞到皇阿瑪案頭圈選的。」胤禛驚訝道。

德妃淡笑，胤禛瞬間明白了。欽天監是不敢這樣做，皇上敢。選送的吉日只怕是皇上先圈個好的給八阿哥，次一等的給了七阿哥。

這流言明著說欽天監看人下菜碟，暗裡是在說皇上。

宮裡頭皇上是第一位的，他看重誰，誰就能升天。他不看重誰，一句話不必說，自然有人爭著搶著踩那人下地。這事，德妃心裡最有感觸。

數位宮妃都有孩子死掉，衛氏當年要不是皇上盯得緊，八阿哥怎麼能平安生下長大？幸好她出身低微，皇上不升她也是在保她，這些年她住在惠妃的宮裡也沒少伺候皇上，沒孩子不過是皇上不給她而已，可皇上喜歡她是真的。現在要抬舉她的兒子，也是真的。

跟八阿哥比，七阿哥的額娘成嬪就太不中用了。聽說七阿哥生下來就不大好，幸好大了只是腿腳上有些不便。滿宮裡誰也沒把阿哥生成這樣，皇上自然厭惡害了七阿哥的成嬪，連看都不想再看到她。

其實成嬪也苦得很，總算七阿哥還肯孝順她，沒跟皇上似地怨上她。

想起成嬪，德妃總有種同病相憐之感。只是皇上厭惡的人誰敢沾？要不是聽說胤禛肯照顧七阿哥，她也不會伸這把手。

婚期這事完了，輪到搬家時，內務府也跟著來了個看人下菜。七阿哥這邊先開始收拾，卻是八阿哥那邊先打包搬走運出宮。

「聽說阿哥所那邊，七阿哥的院子裡還是大箱小箱一大堆。他的側福晉納喇氏還挺著肚子，坐沒處坐、站沒處站，躺下都睡不穩。」說著德妃不由得嘆了口氣。

胤禛一聽，猶豫了下道：「我回去前到阿哥所去看看吧。」以前他大概還能唬住人，可自從被封這個貝勒後，就算別人拿他當回事，他自己就有些心虛了，萬一到阿哥所後反而丟臉了怎麼辦？畢竟七阿哥現在也是個貝勒了，不也是沒用嗎？

德妃沉默了一會兒，嘆氣道：「也罷，就說你是去看十四的，碰見了問一句也使得。」

胤禛稱是。

德妃道：「你是大人了，有些事不必我多嘴，你心裡也是有數的。」想了想，她還是忍不住說得更明白點兒，「同胞的阿哥尚要忌諱，何況異母的？你這個貝勒是怎麼來的總要記住。」

殿中一片難以言說的沉默。

半晌，胤禛強笑道：「兒子有數。」

「嗯。」德妃淡淡道：「我在宮裡有事尚且捨不得差遣你……」

這話說得有一絲怨氣。

胤禛也沉默了。他們母子兩人，就這樣親不得，遠不得地處著，不知道幾時是個頭。

從永和宮出來後，胤禛在阿哥所外轉了兩圈還是進去了。先去的十四阿哥那裡，正巧他不在，他就順道拐去七阿哥的院子。

果然如德妃所說，七阿哥的院子裡是擺得滿了些，而且大概為了方便抬出去，幾乎都堆在正對院子大門的這條路上，顯得特別不體面。

七阿哥聽說他來，迎出來時臉上都帶著幾分尷尬，「四哥，快進來，這外面髒得很。」

兄弟兩個攜手進了七阿哥的書房，牆上的畫和多寶槅上的擺設都收拾起來，整個屋子只剩下一張桌子、一張榻和一面屏風，空蕩蕩的簡直不像人住的地方。

胤禛看到這個才真覺得這個弟弟是受委屈了，想想看要是他處在七阿哥這個位置上，只怕早氣瘋了。

顧及七阿哥的面子，胤禛裝作視而不見這一室一院的窘境，與七阿哥談起了他的府邸。兩人談了兩盞茶後，胤禛就起身告辭。再回十四阿哥那裡轉一圈發現他還沒回來，他就直接去內務府。

找上內務府的人遞了話，道前面的都不提了，七貝勒那邊院子裡實在太難看，讓他們多加人手早日搬完。

內務府的人滿口是是是地答應，轉頭也只是略略提了一下而已。四貝勒是心疼弟弟，可七貝勒等閒見不著皇上一面，等見著了也未必有工夫專門告他們一狀。再說這狀怎麼告啊？秉皇上，內務府搬家太慢了，八弟都搬完了我的箱子還沒出阿哥所的門。哈哈哈！說出去都笑死人！

胤禛離了內務府又是滿肚子的氣。他也不是當年沒出過門的小阿哥，這人嘴裡的話有幾分真幾分假他還是能看出來的。怪不得連七阿哥都敢怠慢，他們就是吃准了這種小事他們這些當爺的不好跟他們計較，計較起來反倒顯得一群阿哥小家子氣。奴大欺主。早晚有一天……早晚有一天他要把這些狗奴才的骨頭都給敲斷了，看他們還敢不敢不拿主子當主子看！

出了宮，胤禛打馬跑得飛快，後面蘇培盛等追得狗喘一樣。阿哥主子敢打馬跑街，他們哪有那個膽子？

回到府裡，胤禛直接去了小院。

小院裡，李薇正在跟額爾赫收葡萄。這架葡萄自從栽上後，每年都會掛果，而且一年比一年多，額爾赫看著那一串串沉甸甸的葡萄，滿眼都是閃閃的小星星。

這時胤禛進來了，卻看也不看她們母女一眼，直接進屋。

額爾赫立刻被奶娘抱走，李薇卻不得不去看看這位爺是哪裡不對了。這大概也是受寵的負面作用：他高興的時候來，不高興的時候也來。

她放輕腳步進屋，他正在屋裡由玉瓶等人伺候著更衣，看玉瓶她們的神色，簡直就是在上刑場。悄無聲息地換完衣服，見這位大爺倒在榻上，玉瓶她們抱著衣服一溜煙全閃了。

李薇看看自己身上好像沒什麼會讓他更煩的東西，就試探地坐到他腳邊的榻上，拿著把團扇輕輕地給他搧風。

胤禛翻身看了她一眼，她下意識地就向前湊近給他搧風，過一會兒，他緩慢地閉上眼，長長吁了一口氣。

警報解除。

李薇輕聲問道：「爺，要不要用點兒什麼？」

胤禛不喜歡「貝勒爺」這個稱呼，大家發覺後都稱他「主子爺」，李薇則是照舊叫「爺」。

胤禛摸摸肚子，他從早上到現在一步沒停，卻只在內務府灌了一肚子茶，在永和宮填了一碟西瓜。看他這樣是餓的，卻好像沒胃口，李薇想了想，出去吩咐玉瓶讓膳房上松花蛋蒜汁涼拌麵。

「要幾碗？」玉瓶壓低聲音，小心翼翼地看了眼正屋的門簾子，問道。

「兩碗，爺那碗多放蒜汁和醋，我那碗放點兒香菜。再看著上幾份涼拌菜。」她道。

胤禛躺在屋裡，聽著素素和人在門外細細交代。

一會兒，麵和菜都上來了。李薇讓開讓他們擺膳桌，胤禛坐起來，皺著眉活動肩背，他坐起來時覺得渾身的骨頭都在響。

「要不一會兒讓人過來給你捏捏？」她道。

胤禛「嗯」了聲。看出他不想開口說話，李薇也不再找話題跟他聊。

膳桌上擺著四道小菜，酸黃瓜條、泡椒豬蹄凍、麻辣牛舌、蒜泥白肉。這四道菜上的就是擺著好看的，因為不能光禿禿就一碗麵。她以為胤禛可能到吃完也不會碰一下，誰知他一碗麵吃完了，菜也吃得七七八八。

膳桌撤下去後，重新洗漱換過衣服的胤禛倒在榻上，不像以前還要去寫字消食，李薇讓人都退得遠些，躺在他身邊陪著。兩人誰也不說話，一片安靜之中，她感覺到他的呼吸從一開始的又急又沉，慢慢變得輕緩了。她悄悄抬眼看，正好撞進他看下來的眼睛裡。

胤禛微微一笑，伸手輕輕撫摸她的肩，進來這麼久以後，終於有心情開口，道：「怎麼一直不說話？」

——還不是你的臉色太難看？

李薇想想，挑個不突兀又安全的話題打開僵局，雖然他現在看著是好些了，但肯定心裡還沒過去。這樣的話，說額爾赫就不合適了，萬一話頭沒起好，說不定會牽連額爾赫。

過了半天，她憋出來一句：「今年的葡萄結得特別好。」

胤禛合上眼，手搭在她的肩頭。她靠在枕頭上，比劃著：「那麼大一嘟嚕，一串就有一斤半重了，每粒都是這麼大個的，都趕得上荔枝的個頭了。」

她的聲音越來越輕，以為他睡著了，才剛停下來，他接著道：「既然那麼好，也不知道拿來給你家爺嘗嘗？」

葡萄這屋裡當然有放。她起來去端，半坐起來剝了一粒抵在他的嘴上，他嘴一張把葡萄吃到嘴裡，她托著碟子等他吐籽，結果他全嚼嚼嚥了，咯吱咯吱跟嚼人骨頭似的。

看他牙咬的那個勁，估計是氣還沒消啊！

李薇給他剝一粒自己吃一粒，幸災樂禍地想哪個不長眼的惹著他，日後肯定倒楣到家了。這會兒看著是她替他們受罪，以後就輪到他們了。

兩人把一盤葡萄分吃完，她下去端水來給兩人洗手擦嘴。現在看著他的氣又下去了些，李薇這才鬆了一小口氣。他現在雖然不在書房生悶氣，可當著人的面還是不愛人問他「你為什麼生氣啊」，關心他都要嫌棄，非要這麼裝不知道地慢慢等他氣消。其間不能踩到他的雷點，不然這氣就全撒她身上了。

她沒踩過，蘇培盛伺候久了也知道怎麼避雷，聽趙全保說書房有人踩過，被拖出去打了個臭死。玉煙也說福晉踩過，好幾次看到他從正院怒氣衝衝地出來。

晚上，兩人睡下時，李薇看著他的睡容，心道，這人吧太順從就不招人稀罕了，像他這樣動不動惱一惱，惱完還不讓你知道他是為什麼惱的，怎麼反而讓人覺得有趣呢？今天他有氣，她也不敢招他，刻意避免碰到他，她翻個身睡了。

等她秒睡後，胤禛睜開眼吁了口氣。剛才她眼睛發亮地看著他，讓他不知道該怎麼辦。今天沒興趣做那個，可看樣子她是想要的，等過幾天吧，這些噁心事都過去了，他再好好陪她。

但顯然噁心事沒那麼容易過去。

八月，皇上帶著太后直接去塞外避暑，傳旨回來點名讓人去伴駕，還特地點了幾個大臣去參加七阿哥和八阿哥的婚禮，讓他們之後送摺子過來。

胤禛發現他這一年什麼都沒幹，就只跟內務府的奴才們一起忙這兩座房子了。

大前年的時候，他還是意氣風發、憂國憂民的皇阿哥。

前年，他還在等著皇上獎賞他。

去年，他開始恐懼皇上的權威。今年，他……把自己跟奴才等同了嗎？

難道他今後就要像這樣，一邊恐懼著皇權的反覆，一邊縮緊尾巴做些奴才的活兒？

不，他是愛新覺羅的子孫。

胤禛站在內務府的大門外，夕陽西下，厚厚的雲壓下來，天地間昏暗一片。晚風乍起，吹得他的袍子獵獵作響。

「主子爺，咱們該回去了。」蘇培盛牽著馬過來，恭請他上馬。

回到府裡，胤禛還是直接回的小院。

李薇正在榨石榴汁。從她搬進來起，後院的那株石榴樹年年開花，卻從未掛果。今年不知怎麼居然結了滿樹的石榴，個個都有香瓜那麼大，這麼多石榴，吃不完就可惜了。李薇就讓人榨成石榴汁，濾掉果渣後用井水鎮著。

見胤禛進來，她獻寶般親手給他用水晶杯送上了石榴汁。胤禛端起來沒喝就聞到了石榴的香味，一轉念就想到了，問她：「怎麼，那棵石榴樹結果子了？」

「是啊，掛了很多呢。」李薇直接拉著胤禛去看，蘇培盛命人挑高燈籠照著石榴樹。兩人站在樹下，抬頭看如雲蓋般遮住半個院子的石榴樹上掛滿了石榴。

蘇培盛讓人拿著竹竿，現摘下來一盤子送到胤禛面前。

胤禛拿起一個已經開口的石榴，裡面粉紅晶瑩的果粒像寶石一樣在燈籠下閃光。

一棵石榴樹都知道厚積薄發，蓄勢以待。它能等四年，他就能等更長時間。

一時的低頭不怕，怕的是要低一輩子的頭。

胤禛放下石榴，輕聲道：「好，給各府都送一些。說是自家結的果子，請他們嘗嘗。」

蘇培盛領命而去。

晚上，李薇總覺得胤禛有哪裡變了。她探索的眼神讓他露出會心的笑容，用力讓她迷糊了之後，才開口問她：「剛才在看什麼？」

「什麼？別停啊！」她雙手雙腳都纏上去道。

他笑了下，漸漸瘋狂起來。

屋外，玉瓶等人聽著裡面格格發出越來越可憐的嗚咽聲，全都面面相覷。

瘋狂的一夜過去，李薇才模糊知道了什麼叫發洩慾望，她整個人都變成了取悅他的東西，在連自己的身體、意志都不受控制的時候，她只能無助地攀住他這個施暴者，在他的手上身下忘記一切，只能感受他。

他抱著她沐浴過後，回到床上。她趴在那裡，床褥已經換過了……以前只是在十八禁小說中看到的招式她剛才全都經歷了一遍，她忍不住抱住被子哭起來。

這時他冰涼的身體從後面靠上來，讓她渾身一顫。

「不怕，爺給妳用些藥。」他說著，手探進被子裡，在她不能克制的顫抖中給她塗藥。他貼著她的臉細細親吻，「不哭，都是爺的錯，想咬爺就咬吧。」他把她翻過來抱在懷裡。

過了一會兒，他覺得不對，果然她咬著牙在顫抖，塗藥的手也摸到了濕潤。

她嗚嗚地又哭了，他趕緊親她，哄道：「不哭、不哭，都是爺的錯，乖，沒事。」身體越來越濕潤，她渾身泛起豔麗的潮紅。

他的手溫柔地安撫她，嘴貼著她的臉親吻。

等她緩過來，她喘著氣問：「我……我會不會以後也這樣？」

「不會、不會，這是剛才爺弄得狠了。緩緩就好，不怕啊。」他哄道。

她放鬆了一下，畢竟對這個她沒實踐過，他說的應該可以信吧？說起來皇宮裡出來的人果然荒淫啊，以前看不出他還有這分本事。

她的身體卻還沉浸在剛才的歡樂中，被他抱著碰著還在不由自主地反應著。

「都是我的錯，不怕不怕。」他摟著她哄個不停，見她神色半是迷茫、半是陶醉，靈光一閃，貼在她的耳邊道：「剛才……好不好？」

好。簡直是酣暢。跟剛才比，以前大概只是家常菜，剛剛那才是豪門大宴。只是比較挑戰三觀，讓她清醒過後有些無法接受。

看她把臉往被子裡藏，胤禛笑了，抱著她拍撫，再輕聲道：「以後還要不要？」

「不要！」

「那爺要，妳陪著爺要好了。」

帳中兩人又纏綿了一會兒才安歇。屋外等著的人都鬆了口氣，就是蘇培盛看著玉瓶手裡的懷錶發愁。

剩三刻鐘就到點了……是該叫起還是不叫啊？

素素這邊有了身孕不能伺候了，胤禛就往福晉和宋氏那裡多走了幾趟。想著這幾年生子娘娘顯然是喜歡往他們府裡來的，趁勢多得幾個孩子也是好的。

元英自然是加意伺候，可不知為什麼，四爺來了幾天後又回到李氏那邊去了。

她就像讓人狠狠在臉上搧了一巴掌，她到底是哪裡不得四爺的喜歡了？是她不夠美嗎？比起容貌來，或許她不及李氏，可烏拉那拉氏的姑娘也是出名的美人，她自信她並不比別人差。是她不夠柔順？如今她見了四爺哪還敢挺一挺腰？石榴走後，連福嬤嬤她都不敢使喚了，自己身邊的人都保不住，除了他，她還有什麼倚仗？

只是她也不甘心！外人看她是四福晉，她也有了大阿哥，可在這府裡還是如履薄冰，憑什麼？現在她在外面的情勢正好，各府的關係正是熱乎的時候，而且，比起討他喜歡，她還是更擅長也更喜歡去外頭跟別人打交道。

在他面前，她總是動輒得咎，話也不會說、事也不會做。

時候長了，她都變得不喜歡自己了，懷疑自己到底還有什麼用？是不是事事都做不好？他還讓她去學李氏，是不是她真的就比不過李氏……

她想好了。她不比李氏討他歡心，那就讓別人去討他歡心。她不跟李氏比著生兒子，那就讓別人去生，生完了她就抱過來養。反正除了她生的大阿哥以外，其他哪個身份都一樣，都是庶的。

就算日後李氏封了側福晉，那也沒她的大阿哥貴重。

在連她自己都不敢承認的心底深處，她其實是害怕四爺的。

她怕他，無比怕他。怕他不知什麼時候又生氣，不知她哪裡又做得不對，怕他不喜歡她、怕他討厭她。日子越久，她越怕跟他獨處。好像沒有外人，不當這個「四福晉」，她連自己都不敢在他面前露出來。

所以不管福嬤嬤怎麼說，她都做不到不扮福晉的臉去跟他相處，跟他說話。

至於四爺發火……大概是最近外面事太多，他心情不好的緣故，她只是當了回出氣筒而已，反正也不是第一回當出氣筒了。

元英想了想，還是決定照自己的安排來。畢竟，她永遠不可能為了順從四爺的心意，而把對自己有利的拋到腦後。

宋氏、武氏都比不過李氏，但她不相信真沒女子比李氏強，比李氏能得他的心、入他的眼。日子還長，他總有看膩李氏的那天。

誰知，胤禛不過去了宋氏那裡兩次，六月裡就查出她有身孕了。

府裡一下子有兩個格格都懷了孩子，這可真是件喜事，就連胤禛都覺得京城的天看起來沒那麼黃了。只是想起上次宋氏生的大格格體弱，讓他擔心這次的孩子會不會也身體不好。

他一頭囑咐福晉多照顧宋氏，一頭喊來大嬤嬤，道：「大格格足月出生卻體弱，估計是宋氏底子不足才會如此。這次好好地給她補養，不能再讓爺的孩子生出來就病怏怏的。」

大嬤嬤想了下，還是吐實道：「宋格格大約是天生的，奴婢曾囑咐柳嬤嬤照顧她，可據柳嬤嬤所說，宋格格不管吃什麼好東西，似乎都補不到身上，所以大格格出生後才會體弱。這回……」

胤禛聽了更加厭惡宋氏，「補，她吃一碗補不上，就吃兩碗。」

那不成胡來了？大嬤嬤當面答應下來，私底下卻不敢這麼對宋格格，四爺不懂跟他說不清，反正還是照上次的辦，生下來真體弱也不是她的事。總比照他說的使勁補，大人孩子都補壞了強。

書房裡，被扔在前院兩年無所事事的戴鐸耐不住了，他既然跟了個阿哥，就不是圖這一個月二十兩銀子，不然跟著哪個七品縣官，一個月也不止這個數啊。現在四爺消沉了，正是他顯本事的時候！

他琢磨了幾夜，耗盡心血寫了封信，悄悄送銀子託人遞到四爺的案頭。送去後，他就在屋裡等著。

信中寫的是他的看法，或許有些過頭的話，但滿人從皇太極就是殺出來的皇位，跟前朝不一樣。他的這封信，說不定正撓到四爺的癢處呢？捨得一身剮，敢把皇帝拉下馬。

戴鐸抹了把汗，說不定……他的前程就在這裡。

忐忑不安地等了幾日，終於，書房的大太監張德勝笑咪咪地來了，這位以前眼高於頂的太監今天笑咪咪地在門前向他彎下腰，殷勤道：「戴爺，主子爺請您過去敘話呢。咱家伺候著您？」

戴鐸心中一塊大石落地，他雙眼精光四射，面上卻只是淡淡一笑，微微頷首道：「有勞。」

張德勝讓開路，恭迎著戴鐸出來，然後在前頭領路，一道往書房去。

戴鐸從來沒到過書房，從他拿著吏部主事官的薦書敲開這座府邸的大門時，他就沒進過書房，沒見過四爺的金面。偶有幾次，他在府門看到四爺從宮裡回來，但也只是他認識四爺，四爺不認識他。

跟在張德勝身後，戴鐸不由得慢慢緊張起來。他開始回憶那封信裡有沒有什麼犯忌諱的，有沒有會惹怒四爺的地方？越想，他越不安，幾乎就想把幾天以前的自己給掐死，把那封信燒掉。

「戴爺。」張德勝站住腳，側身一比，喚他回神。

戴鐸驚得背上瞬間冒了一層冷汗，連忙下意識地躬身，「張爺？」

張德勝露出一絲鄙視，臉上還是笑咪咪道：「戴爺千萬別折煞小的了，您快進去吧，主子爺等著您呢。」

前方書房門口一左一右站著兩個小太監守門，偌大的院子裡鴉雀無聲，只有夏日的蟬鳴擾人心煩，炙熱的太陽照在門前的青石板上，曬得地皮發燙。戴鐸走在燙腳的地上，卻像只穿一件單衣身處寒冬一般，從心底泛起的恐懼和寒意讓他隱隱打起了哆嗦。

四爺會不會在他一進門，就把他那封膽大妄為的信扔到他臉上，讓人把他拖出去打死呢？

他不但在信中妄自揣測了四爺的心意，還提了太子和諸位阿哥，甚至皇上也被他從側面捎帶著點了兩句。

「明月雖好，不共天下有」，意指皇上如高高懸在天上的明月，他的恩澤不會公平地施給每一位阿哥。

「星火之光，豈敢與月爭輝」，太子雖然位高權重，可他與皇上相比，就如同星星在月亮面前一樣渺小。

「譬如螢蟲，只爭朝夕」，機會短暫即逝，四爺若是不爭，就再也沒有爭的機會了。

門前的兩個小太監看到他走近，悄無聲息地掀起竹簾示意他進去。

戴鐸輕手輕腳地走進去，垂著頭只敢用眼角餘光迅速掃了遍室內。屋裡正中擺著一座約有一人高的三足銅鼎，鼎內盛著一座冰山。屋角擺著一座半人高的銅香鼎，嫋嫋吐香。

胤禛坐在椅上，正捧著茶碗飲茶，見戴鐸進來卻沒有看他一眼，胤禛看的是擺在面前案几上的一封信。

戴鐸一見就認出正是他寫的那封信。

「撲通」一聲，他就跪下了，抖著聲音道：「學生戴鐸，見過貝勒爺。」

半盞茶後，胤禛放下茶碗，道：「戴鐸，你起來吧。」

戴鐸哆嗦著爬起來，臉上全是油汗，他的腦袋裡全糊成了一盆糨子，昨日還想著在四爺面前如何風光地侃侃而談，那些精妙詞句現在都想不起來了。

胤禛盯著他看了半晌，嘆道：「戴先生雄才大略，胤禛不敢誤了先生的前程，特備了二百兩銀子，送給先生做儀程。」

「四爺？」戴鐸壯著膽子抬頭。

卻看到胤禛把那封信扔回他的腳邊，端茶送客。戴鐸雖然還沒緩過神，也知道趕緊撿起信塞進袖子裡，慌手慌腳地跪下磕了幾個頭，倒退著出去。

門外，張德勝正等著他。見他出來一句也不問，又領著他回到住處，屋裡的書桌上擺著個盤子，上面放著二百兩銀子，用一方紅巾蓋著。戴鐸的包袱已經收拾好了，其他的字紙書冊全都不翼而飛。

戴鐸打了個寒戰。

張德勝問：「戴爺，給您叫輛車？」

戴鐸連忙道：「有勞、有勞。」

車是早就叫好的，戴鐸很快在小太監的護送下從角門出去，坐上車往外城去。

他這兩年寫的無數東西全沒帶出來，只有袖中的那封信。

在街上隨意找了間客棧住下，恭送走四爺府的下人，戴鐸坐在客棧裡，門外的嘈雜和小二響亮諂媚的聲音讓他有恍如隔世之感，從此，他就不再是四爺府的人了？雖然有一點兒慶幸，但更多的是失落。

前幾日，他還以為自己要一飛沖天，要投靠一位英主，要做一番不世的事業。今天，他才發現那不過是一場大夢。

他呆坐了兩刻鐘，直到小二上來問他：「客官，都這個點兒了，您是在房裡用，還是到樓下用？咱們店裡請了講書的先生，熱鬧得很哪！」

戴鐸不敢獨處，在四爺書房的驚嚇讓他現在回想起來還有些心悸，道：「我下去用。」

「好嘞！」小二引著他下樓，麻利地給他送來小菜小酒，再加一大大碗公的肉絲湯麵，細白麵條小炒肉，配上金黃的雞湯，麵裡還下著一把青翠的小青菜。

「客官慢用！有什麼事喊一聲小的就來伺候您！」小二退下。

戴鐸被熱湯麵的香氣喚回了神，彷彿此刻才重回人間，踏著實地。他埋頭稀里呼嚕地把一大碗公的麵全吃下肚，客棧中間的戲臺上，講書先生瞇著半瞎的眼，摸著稀疏的山羊鬍，旁邊的小徒弟正敲著小鼓。

他說的是趙雲救阿斗，殺得曹軍七進七出一折。

《三國志》戴鐸當然讀過，不過那都是以前讀書時看的閒書。現在講書的一說起來，他也依稀記起趙雲長阪坡救阿斗的事。當年他看《三國志》時，最喜歡的當然是諸葛亮。在他看來，關雲長等人都是武夫，幹的是賣命的活，卻敵不過諸葛先生一計安出，能退曹軍百萬兵的威風。

趙雲在他眼裡自然也是個賣弄武藝的莽夫。須知一將功成萬骨枯，將軍難免陣前亡。沒有這些猛將，劉備這個主公當然會發愁，但一百個關雲長也抵不上一個諸葛亮。沒了關雲長，還有張飛、還有趙雲。沒了諸葛亮，讓劉備去哪裡再找一個諸葛先生呢？

他不想當趙雲，趙雲若想出頭前面還有關雲長和張飛，要不是他救了阿斗，劉備不知道什麼時候才能想起他。

趙雲殺進曹軍七次救阿斗，是忠義，更是他沒有辦法的辦法。

講書先生口沫橫飛說著趙雲將阿斗護在護心鏡後，周圍曹軍的長槍大刀都衝他劈砍來，他一手持槍、一手持刀，左腳飛毛腿、右腿踢山腳，胯下的戰馬通人性，不必主人持韁也帶著主人往陣外衝殺而去。

客棧裡吃飯的客人哄笑著，聽得津津有味。

戴鐸坐在那裡卻漸漸聽入了神。他猛地站起來，小二趕緊過來：「客官，您吃好了？」

「我要小睡一下，不要來打擾我。」戴鐸快步回房，關上門後，小心翼翼地把袖中的信取出來。剛出來時，他以為自己逃過一條命，以為四爺真的要把他攆出去。可他如果是趙雲，如果只救了阿斗一次找不著就回去了呢？那他不但得不到劉備的重用，還會從此成為一個忘恩負義之人。武將要勇武，要悍不畏死，若是怕死，就不是武將，所以他殺進去七次，他既然去了，不救回阿斗，就只能把命留在那裡。

戴鐸想，若是自己只遞給四爺一封信，表達投效之心，卻在第一次被拒絕後就另投別人門下……如同一桶冰水從頭頂澆下。戴鐸長吁一口氣，再看了眼那封信，緩緩一笑。

他要做四爺的謀士，除了腦筋與眼光，還要忠心，要有一顆對待主人無比忠誠的心。無論主人如何待他，他都要一心一意為主人籌謀。

他收起這封信，想現在四爺需要他做什麼呢？京中的事？諸位阿哥府上？各大臣府上？都不是，是皇上。四爺所謀、所求，全賴皇上一心。

戴鐸略收拾了一下，將四爺贈的二百兩銀子存到銀莊，趕在黃昏關城門前，雇了健馬壯僕，坐著車往江南去。

四貝勒府上，胤禛坐在書房裡，兩個小廝穿著平民的衣服，稟報著戴鐸的去向。

揮退這兩人後，胤禛看著書案上的燈火，默默道：「去南邊了……」去追皇上了嗎？

這個人，到底可不可用，還要再看一看。

只是那封信中，倒是有幾句寫得有點兒意思，這個戴鐸應該也有些本事。

小院裡，李薇已經挪到產房裡。

終於到日子了，小院裡人人都鬆了口氣，就等著瓜熟蒂落的這天。

胤禛請喇嘛算過，說這胎大吉大利，必定是母子均安，他心裡便安定了幾分，看這次算是懷到日子了。懷的時候他也一直在府裡陪著，等閒也沒人給她氣受，翻來覆去想了幾遍，應當是會順順利利地生下來。

關於這胎會生男生女，院子裡的人個個都有主意。養狗的小喜子在東方悄悄埋了雙筷子，說這個是他在宮裡聽人說的，保生兒子的祕方。悄悄拜送子娘娘的不知道有多少，玉夏、玉春幾個還自掏腰包買來供品，說是給送子娘娘上供，保他們主子生個阿哥。

玉瓶和趙全保這些貼身伺候的不跟下頭的纏，他們嘴裡都是主子吉人天相，不管是生阿哥還是生格格都是好事。

「您有四爺呢，這次不是阿哥還有下回。」都是變著法地讓她寬心，千萬別有壓力。

李薇心道：我是這院裡最沒壓力的一個，你們個個都比我有壓力。

她搬到產房的前一天，四爺也若無其事地對她說：「爺在這裡陪著妳，進去什麼都不用怕，平平安安地出來就行。」

這怎麼聽著都不大對，什麼叫出來就行？蹲監啊？不過聽說他在，她這心裡確實是有主心骨了。

「讓人把額爾赫給帶出去玩一天吧，別嚇著她了。」她就怕自己在產房裡嗷嗷叫，外頭額爾赫一聽還以為額娘怎麼了呢。

胤禛就想讓她別想這些雜事，忙道：「爺讓人把她帶前頭去，連百福一起帶過去，讓她跟百福在前頭玩，一定不會嚇著她的。」

進產房還不知道要住幾天才能生，李薇又喊玉瓶把她的戲本子什麼的都裝上，好帶進去看。胤禛哭笑不得，喊蘇培盛：「去，明天一早就讓人去南府，找他們要新的戲本子，就說爺要的。」轉頭再對她道：「行了吧？這些看膩了也沒事，新的很快就拿過來了。」

李薇感動不已，握著他的手深情道：「爺，我一定給你生個兒子。」想想也未必這次就能生出來，添了句道：「這次不成還有下回。」

——乃至下下回，看姐多機智，一不留神就預約了男神未來五六年的日程表了。

胤禛摸摸她近來吃得越發白胖的臉蛋兒，道：「爺只要妳好好的就行。」

搬進產房後，柳嬤嬤就睡在她旁邊的竹榻上，因為上回這位主子能把陣痛睡過去，這次她可不能讓她一個人待著了。

剛搬過去的那天夜裡就發動了。

柳嬤嬤一直醒著神，聽到她在床上翻來覆去地哼哼，就點上燈靠過去小聲喚：「李主子？」

五月的時候，李格格的份例就提成了側福晉，比起福晉來也只是少兩個伺候的人而已。因為提分例的事靜悄悄地沒有聲張，主子們還沒反應過來時，下人們卻早早就都知道了。

柳嬤嬤和玉瓶等人就不再稱呼李格格為「格格」，改稱「主子」。貼身伺候的幾人都在猜，是不是等這胎落地，李主子這側福晉就能砸實了？

柳嬤嬤自然是捧著一顆心等著向李主子效忠，說不準日後她也能成為像大嬤嬤那樣的人呢？

她輕喚兩聲，見李主子不答應，小心翼翼湊近燈燭一照，見這位主子真的還睡著呢！除了眉頭皺緊些、臉白些，她還真沒醒。

柳嬤嬤真的要給她跪了。她摸摸肚子，覺得這回應該是來真的，也不敢現在就叫她，轉身出去把一院的人都喊起來，去膳房要熱水，喊產婆過來伺候，再去請大夫。

玉瓶立刻對趙全保吩咐道：「你跑一趟，去前院找劉師傅要些主子愛吃的，一會兒主子起來正好能用。」

趙全保一笑，「我這就去。」

他們兩人對了個眼神，各自去安排了。

趙全保通過小門去了前院，直奔膳房。膳房一直留著個灶眼沒熄，他進去叫醒小工，讓他燒水，小工迷糊著眼就連滾帶爬地起來，去捅開灶眼往裡添柴。

趙全保直接去喊劉寶泉，他剛一到門口，還沒敲門，裡面劉寶泉就道：「是全保吧？等等，我這就起來了。」

一息後，劉寶泉就穿戴整齊地打開門，也不把趙全保往屋裡讓，直接問道：「可是李主子那邊有吩咐？」

兩人一前一後疾步往灶房去。趙全保笑道：「劉爺爺，這不又來麻煩您了。咱們主子恐怕一會兒想用點兒吃的喝的，就您的手藝最對主子的味兒，只好使小的來叫您。」

劉寶泉半個月前就時刻準備著了，說話間，兩人已經到了灶間，劉寶泉換了衣服洗了手，囑咐徒弟燒灶上水，道：「主子能想著咱們，這是奴才的福氣。你出去等著，一刻鐘就得！」

大熱天的，不好做些湯湯水水的讓主子吃著不爽快，劉寶泉又想李主子這怕是發動了，還是一口大小好吞好嚥的更方便，最要緊的是放涼了也不跑味。麵是昨晚就揉好醒好的，現調的餡兒，有甜的豆沙、香的芝麻、甜鹹的五仁、鹹的火腿蒸出來都是麻將大小，一口一個正好。再做幾種湯羹一起送去。

膳房這邊點火燒柴，人來人往，歇在書房的胤禛也起來了。蘇培盛早在看到趙全保時問過，知道是李主子發動，等四爺起來，上前伺候的時候就順便稟報。

胤禛換了衣服，也不叫早膳，看著桌上的座鐘道：「又是在半夜。」她可真不會挑時辰。二半夜地發動起來，估計她睡得不足，精神會不好，也不知道這樣生起來費不費勁？

蘇培盛道：「主子爺，大夫已經叫來了，是現在讓他們進去給李主子把脈，還是等一會兒？」

「讓他們守在那裡，這幾天就別回去了。」胤禛道。

書房裡，胤禛坐在那裡看著鐘等著，小院裡，李薇終於疼醒了。其實她也不知道自己是疼醒的，還是被他們吵醒的，只是一醒就覺得肚子疼得厲害。

天，終於要生了嗎？其實越到日子，她越怕，老不發動，她早上起來就阿彌陀佛，昨晚沒生。晚上睡下前，也阿彌陀佛，今天又熬過去了。

真到生產的這天了，她想起之後還要疼上一天就想哭。喊來玉瓶，讓她把額爾赫送到前院去，「讓百福陪著她，別讓我嚇著她了。」

玉瓶給她擦著汗，道：「主子別擔心，一早就讓奶娘抱過去了。」

柳嬤嬤給她揉著肚子，哄道：「主子，小阿哥已經入盆了，馬上就能生了。」

大夫進來切過脈，道無事，就出去坐在外面等著。參湯已經準備好了，柳嬤嬤接過來嘗了一口，放在一旁，「等主子沒勁了再用。」

但這參湯到底沒用上，到了下午兩點，小院一聲嬰啼，四爺的二阿哥落地了。

李薇大汗淋漓地急喘著，精神卻無比亢奮，每次生完她都覺得自己渾身有使不完的勁，心道：我還能再生一個！跟生之前害怕得不行的根本像兩個人。

「把孩子抱過來。」她道，前兩天她的奶就開了，正好先餵一口這小子。

柳嬤嬤把洗乾淨包好的小阿哥放在她懷裡，看著小阿哥閉著眼睛咕咚咕咚地大口吃奶，笑得眼睛都看不見了，連聲道：「恭喜主子，賀喜主子！」

壹捌章

後宮風雲

前院書房裡，趙全保飛奔著過來報了喜信。

坐了一上午的胤禛站起來，叫他進來細細問了一番，聽說參湯都沒用，生得非常順利時，才露出喜色，道：「辛苦你主子了，回去說爺一會兒過去看她。」

趙全保走後，胤禛帶著蘇培盛卻沒直接去小院，而是去了正院看大阿哥，然後去見了福晉，兩人分主賓坐下後，福嬤嬤上了茶就退下。

胤禛先開口道：「剛才李氏那邊報上來，說是生了個阿哥。」

元英笑道：「恭喜爺，又得一個阿哥。」

「嗯。」胤禛不自禁地露出個笑來，「只盼著這個孩子能有大阿哥一半聰慧機靈就行了。」

元英聽了，算是明白胤禛的意思，心頭一喜，忙跟著道：「孩子都是聰明的，有您教著，怎麼也差不了。」

兩人說完吉祥話，竟無話可說了。等了一會兒，胤禛提起了宋氏，「她也懷著，只是看著大格格，總讓我擔心。福晉平時多看顧些吧，能多一個孩子總是好的，也能跟大阿哥做個伴。」

雖然福晉主意太大不討他喜歡，可胤禛還是希望她膝下的孩子能多些。宋氏生的這個若也是個阿哥，就記在福晉名下，算是她所出。

元英笑也不是笑，李氏終於有了個阿哥，好處是她那邊重了，四爺就想著也給她加加分量，宋氏這胎順手就指給她了。她只覺得心中五味雜陳，又有事到臨頭的鎮定感，點頭道：「我都記著了，爺只管放心就是。」

這大概就是命吧……

隨著二阿哥的出生，李薇的小院進一步擴編。比起額爾赫兩個奶娘、四個嬤嬤的待遇，二阿哥的標準配備是四個奶娘、四個嬤嬤。現在還用不上太監，但四爺過來提了一句，到他長到三歲搬去前院後，與大阿哥一樣是四個小太監貼身、四個大太監隨從。

「這些人都住在哪兒啊？」李薇終於發現她的小院似乎裝不下這麼多人？可能從一開始，玉瓶和柳嬤嬤都是隨她一同住在這裡，趙全保住到了前院，進府後分來的玉春、玉夏等四個是住在後院的下人房大通鋪裡。

額爾赫除了奶娘是跟她一起住，嬤嬤們也是住在下人房。可二阿哥四個奶娘怎麼可能住得開？玉瓶道：「主子，您操這些閒心幹什麼？還沒出月子呢，要少費心神，好好補養才是！」

等晚上胤禛過來看二阿哥，見她一臉心事，問起後也是不悅道：「這種小事妳也放在心上！今天肚子還疼不疼了？」

「不疼、不疼。」李薇趕緊擺手。上次他來時，她是剛生完第三天，略翻個身就疼得一臉汗，他當時就黑了臉，叫來柳嬤嬤訓了一頓，又大半夜地喊來大夫，她這才知道這些大夫都還沒走，就住在前院原來給一個外面請來的先生的院子裡。

大夫過來切了脈，扭頭就開了一個方子，幸好只喝三服就行，喝了確實不大疼，可聽柳嬤嬤背地裡告訴她，不喝也是過個一天半天就緩過來不會疼了。

她也感覺到，四爺似乎真覺得有些委屈她了？有些緊張過頭。他一緊張，屋裡的人也跟著緊張。這幾天他天天來，玉瓶和柳嬤嬤等人都吃了掛落，動不動就下跪，玉瓶的額頭今天還是青的呢。

主要是他這樣，她也受影響。現在見他問都是「好，好著呢，哪哪兒都好！」生怕他不相信。四爺未必就看不出來，見她擺手就坐了過去，伸手探進被子裡摸她的肚皮，軟綿綿地輕輕揉了下，見她面色不變才放下心。

「當著爺的面，還有什麼不能說的？」他讓她靠在他懷裡，虛摟著嘆道：「妳這脾氣，實在太軟。連屋裡的人都壓服不住，讓爺怎麼能放心？」

「我哪裡壓不住……人？」李薇反駁到一半，握住他的手試探道：「是有人……那什麼了？」誰啊？

不是誰背叛，而是誰收買的。

像學校一個寢室裡都要分好幾邊，一個班裡學術股長和班長就不對付，學校裡能有什麼利益動人心呢？有時純為意氣就能鬧得不可開交。有人的地方就有爭鬥。在李薇這裡，她不會認為後院裡大家分一個男人還能親如一家，自然也不會認為自己身邊就穩如磐石。

肯定會有人背叛她，就連玉瓶和趙全保，她都不能說百分之百地信他們。只要利益足以動搖人心，不管是威逼還是利誘，有時背叛的代價小得驚人呢！李薇對有人背叛不吃驚，吃驚的是這人是誰，付出了多大的代價？

胤禛擰了把她的臉，淡然道：「人已經處置了，這事是妳御下不嚴，妳也要警醒些。額爾赫是大了，二阿哥還小呢。這次只是買通了傳遞消息，下次要是害人呢？到時就算發現了，人他們也害完了，妳後不後悔？」

說得李薇從心底往外冒寒氣。

這事是前院守門的人發現的。小院裡的全貴每隔幾個月都要往外送錢，他的父母當時把他賣了以後，並沒走遠，就在外城擺了個小攤販。李薇手鬆，玉瓶和趙全保待他們這四個新人都不苛刻，所以每隔一段時間他都能往外拿不少東西。

託著李薇的臉面，全貴每次送東西給家人都沒有被攔著，門房的人也不會收他的好處，叫他打開包袱看一眼是什麼東西就放行了。

結果連著兩次，發現全貴送出去的東西中都有較多的銀角子。金銀要過秤才能出府，下人給家人的也不會只記金銀若干，這若干誰知道是幾兩？二三兩是主子賞的，三、五十兩誰知道你哪裡偷來的？所以門房處備有小秤。

多出來的也不是很多，二月時全貴說是主子賞的過年的銀子，比往常多了二兩。五月時全貴說是主子賞給他家人的，還是多了二兩。

門房的人都是油子，要說主子見全貴好，賞他還有話說，可有沒有隔幾個月就賞一回，還回回都一樣的？再說，趙全保日日在前院住著，他把著李主子身邊的事把得可緊了，養狗的小喜子現在還沒摸到李主子的邊呢，這全貴也沒見他替李主子跑腿傳話特別受寵啊。

門房的拿著冊子去找蘇培盛。說輕了，這是全貴吃裡扒外，說重了，裡外交通，誰敢擔保他不是哪家的探子？蘇培盛的弦立刻繃緊了！不忙著打草驚蛇，先叫來趙全保問，李主子最近可有格外看重全貴？要說蘇培盛可是一點兒不信，趙全保要不是幹不了玉瓶的活，他連玉瓶都敢給擠下去，還能容一個全貴冒出來？只怕現在李主子連全貴長什麼樣都未必能認清。

看蘇培盛一臉「你小子可是叫家雀兒給啄了眼啊」，趙全保先是一驚，仔細一想肯定道：「絕沒有，這小子上回冒頭還是替二格格追百福呢。」然後就被他給踢到一邊去了，小喜子自那次後可是找了那小子小半個月的麻煩，「再說，主子身邊有我呢，要他幹什麼使？給主子搬花都怕他手上不穩砸了主子的寶貝。」

然後，趙全保的後脖頸就冒冷汗了，他眼一瞪，「這小子是不是……」

蘇培盛一擺手，「還說不準呢。」說著把冊子上的東西指給他，「叫玉瓶來認認，看有哪些是李主子賞的，哪些是不知底細的。」

玉瓶來了後，從去年全貴開始給家裡帶的東西掃了一遍，除了對不上數的銀子外，其他都認識。她道：「主子賞的都是些吃喝穿用的東西，銀子都是賞給外人的。最近賞銀就三回，過年、二格格生辰、二阿哥出生。平常很少賞銀子，再說全貴拿的也不是二兩，是一兩。」

認準全貴有鬼，蘇培盛直接讓人把他給關了，先是餓，不給飯水，再堵住嘴上鞭子。打了兩天，全貴的小命都被打掉半條後，才讓人去問，這小子立刻竹筒倒豆子全吐出來。

他一共收了三個人的銀子，但後院裡除了李薇外的人都齊了。

宋格格、武格格和福嬤嬤。說的只是四爺幾時來這樣的事，畢竟李薇和二格格身邊伺候這樣的事輪不上他。雖然是個男人，可傳話的事趙全保幾乎全攬了，小喜子正盯著機會見縫插針，兩人又是太監，又是內務府出來的，跟府裡大半的下人都能扯上關係。

像全貴這樣開府才從人牙子手裡買來的，跟他們不是一邊的。

全貴把福嬤嬤早在開府後就收買他的事說了，一開始並不要他傳話，後來還是他見實在沒什麼可說的，每次都乾拿銀子不辦事不好意思，才把四爺幾時來、幾時走的事告訴福嬤嬤。

宋格格是在二格格出生後才找上他的。武格格是在李薇懷孩子的時候才想著打聽四爺幾時來這樣的事。

趙全保氣得一佛升天，二佛出世。枉他自認聰明，居然讓這麼個渾蛋在李主子身邊待了這麼久都沒發現。

其實不怪他，小院一向把得很嚴，別看全貴賣的消息多，其實他總共才說了四次。福嬤嬤兩次，宋格格和武格格各一次。他把每次是什麼時間出去、在哪裡見人、說了多少時間都說了。

玉瓶和趙全保回去一查問，能對得上，才算鬆了口氣。

至於天天住在一起，為什麼這些銀子沒被同屋發現，全貴也交代了，他把得來的銀子藏在屁股裡了。要不是攢得多了快要藏不住，他也不會趕在這麼短的時間裡塞給家裡人。

全貴是賣身契，問清楚後灌了一壺滾油燙壞喉嚨賣出去，他的家人不知內情，四爺沒有追究。

趙全保因為管著全貴，被記了二十板子，等二阿哥滿月後打完。

有這二十板子背在身上，趙全保恨得不輕，親自提著銅壺灌滾油，全貴抱著他的腿哭求，道：「都是我蒙了心，怕讓主子送去割了子孫根當太監，爺爺您饒了我，再不敢了！」

被趙全保一腳蹬得滑出去二尺遠，「瞧你小子那張臉，配不配在主子跟前伺候！你當你是個什麼人物？」

全貴連滾帶爬地撲上來，「爺爺我錯了！都是我爹說的！」他稀里嘩啦地哭，原來他爹娘來看他後，他跟爹娘說起趙全保和小喜子霸著主子不讓他伺候，他爹娘問清都是太監後，他爹就道：「那你也割了去當太監，主子只要太監伺候，你也可以嘛！」

頓時把他嚇得魂飛魄散。

他爹還道：「你說你主子只叫太監伺候，還說院子裡的大小主子都是使太監的，可見主子們就愛用太監。說不準什麼時候就要讓你去割這一刀，那你就先割了這一刀，也叫主子高興高興。」

全貴一頭哭，一頭怕，就想叫家人把他贖出去，寧可再賣到別家做工也不想當太監。可他爹娘沒錢，他才往外賣消息。果然他說出四爺的行蹤後，福嬤嬤幾人給的銀子都多了，他才能在這麼短的時間裡攢下這麼多。

趙全保懶得再聽，叫人按住他，捏住鼻子逼他張嘴吸氣，趁機塞進細長的銅壺壺嘴。一陣撕心裂肺的慘呼後，全貴滿口鮮血地在地上打滾。

除了全貴，福晉那裡的福嬤嬤是由四爺親自去提的，福晉也想不到福嬤嬤這麼大膽。福嬤嬤也在李薇生了後由福晉送回烏拉那拉家。

武格格由福晉派人，不脫衣褲抽了五十竹板。宋格格有身孕先記下，但胤禛是打算日後不再見她了。就連大格格，以後也不許她再見。

等這些都處置完，李薇也沒聽到信。因為當時她已經有九個月了，隨時都可能生，胤禛叫玉瓶和趙全保瞞著她。現在胤禛全告訴她了，說完後安撫地拍著她的肩，道：「妳也不必放在心上，這都是小人作祟，妳現在身高位重，身邊什麼人都會有。凡事有爺替妳看著，告訴妳也只是想讓妳平時能機靈點兒。」

李薇的重點卻畫錯了，她奇怪道：「他們知道爺你幾時來有什麼用啊？」聽回去專門添堵嗎？

胤禛被她逗笑了，還以為她會難過生氣，怎麼會注意這個？

摸著她的頭髮，解釋給她聽：「這些人其實也不是就指著他能說出什麼。千里之堤，潰於蟻穴。全貴今天只能告訴她們我來找妳的事，是因為他只知道這個。等他日後知道的多了，自然就會告訴她們更多。她們現在給的銀子，為的是日後。何況全貴今天會自己探消息，明天就可能收買旁人替他打探。今後，妳這院子裡的人只會越來越多，心思詭祕的人也會越來越多，今天只是一個全貴，來日說不定就是十個、一百個。」

素素在他懷裡打了個寒戰，他摟緊她道：「所以，這種背主之人絕不能容。」

他想起宋氏和武氏，就連福嬤嬤說她背後沒有福晉的影子，他都不會相信。

「至於那些女人，只要爺寵著妳，她們就不會放過妳。明面上的人反而不必太放在心上，妳心裡也有數。」對這幾個，胤禛輕描淡寫。

素素心性簡單直接，讓她知道身邊的人都在虎視眈眈地準備害她，只怕她連覺都睡不好了。倒不如說得輕鬆些，讓她不要放在心上，剩下的，他自然會安排好。

李薇點頭，「我知道啊。」都說大家在同分一個男人，彼此敵視是很正常的嘛。武格格之前向著她，為的就是四爺。她不肯把四爺分過去，人家也不會犯賤地一直對她好。

胤禛沒辦法地笑了，她果然是沒放在心上。

他道：「至於妳這院子，當時看著還好，現在看是不夠住了。等二阿哥滿月，給妳挪個院子，把這邊修整一下。」

胤禛說得簡單，等李薇從他那裡拿到新小院的堪輿圖時，傻眼了。

四爺給她弄了個院中院。府裡只有福晉的院子算是三進的，她的小院是位於中軸線一側的東邊，正面是一明兩暗的三間房，兩側廂房。四爺前邊一擴，後面一圈，給她弄了個兩進的「東小院」，添了後面是一整排的後罩房。

除了這個東小院外，四爺又給她添了八個人。

李格格這裡熱熱鬧鬧的，不但新得了個阿哥，添了好些人手，還有人從莊子上送磚石木瓦來，聽說是李格格嫌地方小了住不下，四爺就打算替她蓋個大院子呢。

府裡來往見著李格格處的人都緊著巴結奉承。沒聽說嗎？李格格這胎一落地見是個阿哥，可算是抖起來了。府裡其他幾處都遭了殃，就連福晉那邊聽說都吃了虧。

武格格被打得起不了床，因為四爺說打完不許給藥，現在人都燒得開始說胡話了。宋格格聽說又要換院子了，已經在預備著，這回挪更遠了，都快住到下人那邊了。

如今，誰還敢不敬著李主子？

福嬤嬤一直到走之前都不知道她不是替福晉回去看望太太。元英送走她，回屋呆坐半晌，默默無聲地掉淚。

福嬤嬤是為她好，她知道。四爺沒在府裡要她的命，已經是顧及她和大阿哥的臉面。她只是替福嬤嬤傷心，她一片為她著想的心，她卻沒能護住她。

回到烏拉那拉家後，太太不會容福嬤嬤活太久的。四爺之前怕福嬤嬤傳話給烏拉那拉家，特意等李氏平安產子後才告訴她整件事，才說要如何處置福嬤嬤。他知道，福嬤嬤回去後活不了，他故意用這種方法警告烏拉那拉家的人，想替她這個福晉賣命，也要看看自己的脖子夠不夠硬。

全貴悄無聲息地消失後，全福嚇得直接病倒了，又發燒又拉肚子。正值盛夏，府裡一個剛出生的二阿哥金貴得不得了，宋氏肚子裡還揣著一個，怕他的病會過人，連夜送到外面去。

全貴搞的那些鬼，絕瞞不過他這個同屋，連鋪蓋都擺在一起的人。只是全福雖然發現全貴老是鬼鬼祟祟，但本著多一事不如少一事，沒有多問，看到也當沒看到。

趙全保嫌他不夠眼明心亮，趁機也給踹了。反正李主子這邊又要進新人，人是絕對使不完的，能少一個來分羹的就少一個。

額爾赫在書房待了一天，回來就多了個小弟弟，額娘的肚子也扁了，額爾赫就圍著李薇問：「額娘、額娘，妳是不是鼓一回肚子我就能多個小弟弟啊？那妳什麼時候再變個小弟弟出來？」

胤禛坐在一旁笑得一臉得意滿足，獎勵般摸摸額爾赫的小腦袋，再看一邊的孩子娘。

李薇頂著他期待的視線壓力山大，只裝作沒看見地朝著額爾赫敷衍道：「以後，以後啊。妳先跟這個弟弟玩吧。」

二阿哥現在是主喝李薇的奶，她的奶多，一天不喝就脹得流出來，兩天不喝就該有硬塊發炎了，二阿哥不喝還要擠出來，那可難受死了。所以她的作息時間開始跟二阿哥看齊，他醒，她醒，他睡，她跟著睡。

額爾赫來幾次看額娘跟弟弟都在睡，寂寞地去找阿瑪了。

胤禛早就給她收拾好院子，他想著素素現在是坐月子，等月子完了還要挪院子，小院要重修，這麼多事倒不如先讓額爾赫搬過來。

按說女孩應該跟著福晉住，但不說他沒這麼想過，就算他想過，素素那邊也不會答應。

他跟李薇一提，她沒有任何意見道：「那晚上你要住在前院陪陪閨女吧？」

「嗯。」胤禛點頭。

「我這邊你就不用擔心了。這都第二個孩子，我都有經驗了。」李薇挺痛快的，等他一走她就更輕鬆了。

這麼熱的天坐月子，她當然不可能裡三層外三層地包著，又不敢開窗讓她吹風，吃的喝的又是湯湯水水的，可想而知她有多難受。他來了，她還要忙著收拾，梳頭換衣服，屋裡還要點很濃的香來遮蓋她身上的氣味。當然是他不來，她才更舒服自在。

她頭髮也不盤了，每天通一百遍就編成大辮子垂在腦後。衣服也不穿了，就是一件大褂，下面直接光著包尿布。等惡露排淨才好些，屋裡不再有血腥氣，奶腥味聞慣了還挺好聞的。

熬過五十天，柳嬤嬤和大夫都替她看過，確定恢復好了才宣布月子結束。她痛快地泡了個澡後，出屋子才發現小院已經面目全非。

大件的東西都已經搬走，庫房也搬空了。四爺替她選了另一處地方先住著，搬過去後發現是挨著的兩個下人院，雖然看似不好，但設備都是一應俱全，最要緊的是屋子夠多，住得開。而且，這回離前院他的書房更近了。

一直到十月頒金節後，東小院完工，李薇才搬回去。一進去就感覺院子真是變大了，好像呼吸都能更暢快。

一進門是一面五毒照壁，繞過照壁就能看出東小院的全貌。正中一條中軸線是一條可供四人並行的青石板路，院子極大。除了原來的葡萄又栽了回來外，兩角共有四個太平缸，缸中盛滿清水，養著碗蓮。

胤禛的安排是二阿哥的東西都擺在東廂房，額爾赫的擺在西廂房。目前二阿哥還在吃奶，暫時安置在李薇的西側間裡。

出了全貴的事，趙全保在她坐完月子後去領了二十板子，被打成個死狗拖回來謝恩。李薇發現四爺打趙全保從來都是朝死裡打，沒有一次放水的。可他每次被打得越慘，回來對她就越忠心。

她心知這是四爺在幫她馴僕，感激之外，看趙全保也挺可憐。

這次他被拖回來，李薇知道新來的幾個太監肯定讓他挺不安的，就安慰他道：「這事也不能怪你，人心隔肚皮，誰能看清呢？你放心，我是信你的。新來的就交給你調教了。」

趙全保一臉感激地被拖下去養傷了。

玉瓶那邊，李薇也把新來的四個宮女交給她了。

論耍心眼，她比不過這些人。論收買人心，她同樣幹不過一群人精子。所以李薇決定咱走簡單粗暴路線。她把女僕交給玉瓶，把男僕交給趙全保，這兩撥人出任何問題，這兩人都要負連帶責任。

她不玩三權分立，不搞「我們做朋友吧」那一套，不論交情、不說遠近。只要出錯，你們兩個就要陪綁。這兩個不成了，再換一個上來還是一樣。

她比這些人有天然的地位優勢，那就把這個優勢發揮到極致。這是四爺教她的。

額爾赫和二阿哥身邊的人，她也是這麼安排的。

「我把二阿哥交給妳了，他若有一丁點兒問題，妳和妳的家人一個都跑不掉。二阿哥受什麼罪，我會全數讓妳的孩子也跟著嘗一遍。」李薇臉上沒有一絲笑，全貴的事讓她有了一絲危機感。

就像胤禛說的，等他們把孩子給害了，再抓他們打到死也晚了。

奶娘被她唬得臉色慘白，不停地眨著眼看她，完全難以置信的樣子。

李薇道：「過兩日，妳們幾個奶娘的孩子都帶過來跟二阿哥一起住，二阿哥的吃喝穿用，妳們的孩子也跟著一模一樣。若有一個起了壞心思，也會報應在妳們的孩子身上。」

「主子開恩！」奶娘連連磕頭。

李薇放柔聲音，「擔心什麼？若是妳們都沒有壞心，孩子能跟阿哥一起長，難道不是福氣？」

「主子開恩！主子開恩！」奶娘磕個不停。說是福氣，可誰知道哪個心裡有鬼呢？府裡只有兩位阿哥，一位是福晉的，一位是這位主子的。聽說月前剛辦了幾個人，悄無聲息地人就沒了，連個動靜都沒聽到，她怎麼敢拿自己的孩子去賭？

李薇示意柳嬤嬤領奶娘出去，趙全保上來抓小雞一樣提著周氏出去。柳嬤嬤錯後一步，輕聲喚她：「主子，這……」

「先看著她，不要讓她伺候阿哥。」第一次幹這種事，李薇還有些生疏，威脅完人有點兒不知道後續怎麼辦。

柳嬤嬤領命去了。下午，四個奶娘的孩子全抱來，選的都是當年產子的奶娘，所以奶娘的孩子們都還不到一歲，小的更是只有四五個月。李薇現在多少也嘗到了側福晉分例的好處，可以說除了差一個玉牒冊封，在府裡基本已經不差什麼了。

她一句話，下面一點兒折扣都不打地就辦了。

奶娘們的孩子抱到了二阿哥處，因為二阿哥多數是她在餵，只有晚上會留兩個奶娘守夜。她們偶爾餵個一次半次的，奶水其實還多得很，孩子們抱來，奶娘們餵自己的孩子就多了。除了一開始有些驚嚇外，後面奶娘們的怨氣其實都沒了。

讓李薇高興的是，奶娘們上不上心，真是不一般。幾個針線好的奶娘把二阿哥用的東西都拆了，從裡到外地檢查，有一丁點兒不對她們都能發現，連柳嬤嬤都說從來沒這麼輕鬆過。

奶娘們更是打起百倍精神盯著所有人。有次玉瓶想替二阿哥掖掖被子都讓奶娘給攔了，臉上帶著笑嘴上卻不放鬆道：「哪能勞煩姑娘？我來、我來。」

胤禛知道了她的手段，只是一笑。方法雖然粗糙了些，但倒是掐住了奶娘們的命門。

這些奶娘都是內務府分來的各旗包衣，可以說是魚龍混雜，他們還不是府裡的下人，任打任罰。

而且奶娘們陪著孩子的時候長了，孩子們對奶娘的感情都會相當深。就連胤禛自己現在還惦記著當年出宮的奶娘呢，他出來後也都對奶娘家裡多有照顧，奶父、奶兄弟裡有使得著的也都抬舉到身邊了。

不過素素的脾氣愛吃獨食，不管是他還是孩子，她都霸在身邊。額爾赫那幾個奶娘現在還沒站穩腳呢，除了不方便的時候，她每晚都要去哄額爾赫睡覺。其他平時吃喝穿戴，更是事事都要把在手裡，一絲都不肯放權給奶娘。

輪到二阿哥時只怕也一樣，她既不指著奶娘替她養孩子，那就隨她吧。

胤禛在挑奶娘時，特地挑的都是鑲紅旗和鑲白旗的出身。征噶爾丹時，他領的就是鑲紅旗，他自己本身在鑲白旗。這兩個旗下的包衣人他還算掌得住。

李薇這邊要人把奶娘們剛生的孩子抱來，那邊就報給了他。

他也只是略一沉吟，就對蘇培盛道：「這等小事，日後不必再來報我。你李主子也不是胡鬧的人，她既開這個口，就是心裡有成算的。速去。」

一句「速去」，李薇說的是過兩天，蘇培盛下午就把孩子都抱來了。是他揣度四爺的心意，大約是滿意李主子的主意。就是他也要歎一聲高明啊！以往不許奶娘們出府見親生子，是為了讓她們一心伺候小主子。但從來財帛動人心，宮裡偷偷作踐小阿哥、小格格的奶娘又不是沒有。

李主子直接就拿奶娘的親生子來作筏子，看她們還敢不精心？

就是元英聽說了也有些愣怔，當年大阿哥剛出生時，她學著宋氏和李氏那樣親自哺乳，讓福嬤嬤和石榴等人盯緊奶娘，從不許大阿哥單獨和奶娘等人在一起，一定要一個她的人陪著。就是現在大阿哥身邊留下的兩個奶娘，她也是四時八節從不疏忽。

對著奶娘們也是多方打聽，平時多多賞賜，怕她們財迷心竅害人。

可李格格這手一出，倒像是對她當頭一棒。元英這才發現，當初她被內務府的嬤嬤、太監們給唬住了，一聽奶娘是內務府出來的，心裡就敬著她們三分。說到底她們也是奴才，她折節下交，費了多少心力，比不過李格格的雷霆手段。只看四爺的默許，就知道這樣做合他的心意。

之前，四爺說李格格比她會御人，她心道李格格身邊都是內務府的，不比她這裡是兩套人，自然要更費力氣。現在再看，或許是她把事情變得更複雜了。她帶進宮的人本來就少，跟內務府的人相比，那是蚍蜉撼大樹。

所以到現在，她身邊只剩下了一個忠奸難辨的葡萄，一個沉默寡言的蓮子，餘下的全是內務府的人。這些年，她繞了一圈還是沒扛過身邊這群內務府的下人。

如果她一開始就接受內務府的人，說不定自己的人也都能保全下來。石榴不會走，福嬤嬤也不必一錯再錯。現在想這些已經遲了，元英長嘆一聲，心裡更添惆悵。

瞧著福晉不吭聲，神色也不對，莊嬤嬤是有心想開解一二，又怕號錯了福晉的脈說錯話。

福嬤嬤走後這院裡就數得著她了。莊嬤嬤真是恨不能去酬神拜佛，天遂她願。誰能想到福嬤嬤竟是個沒福氣的呢？

只是人雖走了，福晉也未必就拿她當心腹了。莊嬤嬤捧著熱炭似的一顆心，想著人都是處出來的，早晚能叫福晉心甘情願地使喚她。眼前東小院冒出個「李主子」，可不就是她的機會？

莊嬤嬤猶豫半天，上前說：「福晉，五公主才出宮，想來還有不習慣的地方。咱們四爺是五公主的親哥哥，福晉何不使人去瞧瞧公主？送些吃的用的，也是府裡的心意，叫公主知道還有個哥哥可倚靠呢。」

莊嬤嬤倒是想立功，可上來就獻計怎麼對付東小院可有點兒急了，她跟福晉還沒到那份上，只好先說些閒事。

莊嬤嬤會說話，元英果然聽進去了，這才是她該幹的。她點頭道：「有道理，嬤嬤到底是伺候老了的人，日後我有想不到的，嬤嬤替我記著。」

莊嬤嬤喜不自禁，連忙一個深福，「福晉這是要折煞奴婢了，奴婢這點兒小道哪裡值得福晉誇一句？」

等給五公主的禮物和問候送出去沒兩天，想來是前頭也知道了，元英竟然等來了四爺！雖然只是過來用了頓膳，又坐著喝了碗茶就走。但這好歹是個信號，元英送走四爺，心裡翻來覆去地想，慢慢堅定了起來。

五公主出嫁這樣的大事，李薇自然也聽了一耳朵。只是輪不到她做什麼，頂多就是聽柳嬤嬤說說而已。

以前是大嬤嬤常愛給她講宮裡的事，大概這就是宮鬥教學了。現在這差事由柳嬤嬤接手，就當平時閒聊，也算是國內大事吧，聽聽長長見識，這可比看戲有趣多了。

五公主的事倒算了，最近說得多的是十三爺的額娘章佳氏。李薇不曾見過這位娘娘，聽到她的名字時就是她的死訊。最近會提起她，也是聽四爺說的十三爺伴駕出巡，雖然是聖上隆恩，卻沒人羨慕，連四爺都說十三可憐。

章佳氏是庶妃，在宮裡就是個沒名分的人。其實她伺候得挺好，十三阿哥、八公主、十公主是連著落地的，可見康熙爺心裡待她還是有幾分情意在的。

說到底還是康熙爺的手上把得緊了些。章佳氏起來時正是康熙二十五年左右，當時惠、榮、宜、德四妃都剛剛封完，基本也人老珠黃了，章佳氏起來時的風頭實在是不小。

李薇聽柳嬤嬤講古，都能想像得到章佳氏當時受寵時一定也是躊躇滿志。不但她，只怕宮裡的妃嬪都以為她會很快追上前頭的幾妃。

「一個衛氏，一個她，都是當時的人物。」柳嬤嬤也感歎，有時這人不信命不行。章佳氏當時比衛氏還要紅一點，她比衛氏出來得晚，又是正正經經的八旗秀女出身，章佳氏這個姓氏還沒什麼帶累的。宮裡人人都認為，她的命比衛氏好，日後少說也是個妃。

現在看看，人真是抗不過命啊。

去年人就已經沒了，可到現在都沒移梓宮，彩棺還在田村殯宮擱著。聽人說是內務府沒錢，所以騰不出錢來送娘娘歸葬皇陵。

胤禛之前去上過香，今年自然也要去送一送的，他嘆道：「十三已跟皇阿瑪請旨去送送了。」

李薇便也跟著唏噓。她聽這個就是聽個熱鬧，生不出感同身受的心來，最多同情一下最小的十公主，聽說虛歲才九歲。

東小院落土成功，雖說是在舊址的基礎上改建，但多多少少還是有點兒不同的。比如她一直嫌窗戶太小，四爺就讓人把窗戶開得大了點兒，又擔心這樣開大窗戶容易進風，還特意改建了火牆，床也挪了個位置，不再正對著窗戶擺。

現在她跟四爺就是靠在新的榻上，一坐一躺。不過是他坐，她躺。她就這麼躺在他結實的大腿上，就著他的手吃葡萄，偶爾腦補下四爺是她的後宮，自在逍遙啊！

胤禛把一串葡萄都餵完，最後兩顆他自己吃了，把殘枝放到碟子裡，順手就要把一手的果汁往她臉上擦，嚇得她「啊」的一聲捂住臉，從指縫往外看。

他張著手虛蓋住她的臉，笑道：「妳倒自在，使喚妳家爺伺候了妳一場。」

李薇拉過他的手，一根根舔他的手指，一會兒就舔出火來。

等他消了火，她蓋著他的大褂子躺在他懷裡，聽他道：「十三這幾個月也長進了。」出去一趟果然懂事多了，比之前章佳氏剛沒的時候強多了，那會兒十三就跟個找不著家的小狗似的。

十三爺的大名實在如雷貫耳，李薇對現在看起來比較倒楣的十三阿哥也是同情萬分，在四爺面前不免話多了些。幸好四爺不嫌她煩，聽她問也都肯說。

「十三大了，皇阿瑪的意思應當是不會再把他給記到哪個妃母的名下去。在宮裡再住兩年就該出宮建府了。」胤禛去靈堂上過香嫌晦氣，本來不想過來，又想她現在脾氣變得嬌了，要是他一天不來看她看孩子，指不定又胡思亂想些什麼。想來想去還是過來了，果然他一來，她就往他懷裡鑽，跟沒長骨頭似的。

他就輕輕拍著她，跟她說這些閒事。

「宜妃把八公主帶走養了，十公主太小，先由奶娘嬤嬤們照顧著，日後再說。」胤禛對宜妃要走八公主並不奇怪，宜妃自己生的女兒沒留下一個，她之前已經把族妹生的四公主給攥在手裡，前兩年剛嫁到蒙古去。這是又看上八公主了？

十公主沒被妃子養也說不上是壞事。或許皇阿瑪念著章佳氏早逝，八公主要是也撫了蒙，十公主就有可能留京。

他兀自沉思，懷裡的乖乖說：「那十公主呢？十公主沒人照顧能行嗎？」

他笑了下，拍拍她道：「放心吧，有奶娘和嬤嬤們在呢。十三也會常去看她的。」十三不好常去翊坤宮，公主所還是能去轉轉的。

李薇跟著他點頭。

胤禛道：「這回都知道了，都放心了吧？」他道：「妳現在是當額娘了，看到孩子就忍不住想問兩句。」說著他還笑了，摸著她的臉說：「妳自己還是一臉的孩子氣呢。」

李薇心道：那是因為姐還年輕（淚流滿面）……

過了兩天又傳來一個八卦——四爺天天進宮，天天都有八卦可以聽。

因為章佳氏是庶妃，十三爺好像是跪靈的時候讓康熙爺遇上，勾起了他的慈父心，又聽說上了道讓人感動到死的摺子，還聽說他是跪到乾清宮跪得吐血得了康熙爺的召見，把沉浸在摺子中廢寢忘食的勤政康熙爺給拉出來，父子兩人抱頭痛哭懷念章佳氏。

總之，不管怎麼樣，十三爺想方設法見到了康熙爺是真的。然後康熙爺也想起了給章佳氏一個謚號：敏妃。讓章佳氏風光大葬。

既然是敏妃了，四爺和四福晉就必須按品大妝進宮跪靈磕頭。其實該盡的心去年都盡完了，現在又來一回，不少人都疲了，都想著趕緊走完過場，十三爺好送娘娘歸葬皇陵，這事就完了。

然後又出了一件事。

誠郡王，也就是三爺，不小心剃了回頭，滿人都是半月頭，前半拉腦袋剃成禿的，後面留辮子，所以前面半拉腦殼時不時地就要剃一剃，這也沒什麼，什麼事隔幾個月又折騰一遍都挺讓人沒勁的。三爺剃就剃了，誰都沒當回事。

結果讓人參了。參完，他的郡王也就飛了。

四爺的半月頭都長出一層青頭碴，看起來特別像板寸。只看前面不看後面的辮子，那就是個毫無違和感的帥哥。

當然看全了就覺得很像非主流。

三爺就剃了一次頭，康熙爺說他不孝順，把他的郡王給抹了。

李薇覺得聽起來就特別聞者傷心、見者落淚。三爺絕對是倒了八輩子的血楣。郡王啊，一個郡王啊！他背地裡說不定血都吐了有一盆了。

就連四爺，說起這件事的時候也只能神情複雜地搖頭，道一句：「老三啊……唉……」

他到底是幸災樂禍還是同情他三哥，這就不得而知了。

李薇覺得兩者應該都有一點兒，至少能撫平他封貝勒時鬱悶的心情。

總的來說，李薇覺得今年她過得特別充實。生了個兒子，搬了次新家，提高了下待遇。下半年也過得相當緊張刺激。

所以，轉眼已經又是一載春秋，天增壽，人添歲。她又大了一歲。

今年胤禛提早進宮，帶著元英和大阿哥給德妃拜年。

「實在是個好孩子。」讓奶娘嬤嬤帶著大阿哥下去後，德妃對福晉道：「妳是有功的，養了這麼個好孩子。」

元英站起來福身辭謝：「當不起娘娘的盛讚。」

「快坐下，一家人不要這麼生疏。」德妃道。

胤禛端著茶在一旁吃點心，笑看德妃與福晉寒暄。德妃聽福晉說起胤禛已經有了三個格格和兩個阿哥，笑道：「可見妳是個能幹的孩子，皇上把妳指給老四，是老四的福氣。」聽說宋氏是臘月剛生了小格格，道：「這個時候可要當心些，小孩大人都不容易。」

德妃再誇，元英就有些底氣不足，幸好德妃轉頭說起別的，她才鬆了口氣。

在府裡和妯娌間，她這個福晉是挺有派頭的，可在德妃面前，她與三個格格沒有什麼分別。管好府邸是她的分內事，論起生孩子，宋氏和李氏都比她強。雖說這份功勞被德妃安在她身上了，可那是客氣話。她坐在這殿裡只覺得特別不安，好像心虛沒底氣。

德妃早看出福晉神色不對，也能猜出她的心事，可在她看來福晉能生一個阿哥已經是很幸運的事了。

只看後宮裡，有身份的高位妃嬪通常皇上都不會給她們太多孩子。佟佳氏、鈕祜祿氏、赫舍里氏，這三個姓氏的賢后妃嬪加起來也沒她一個生得多。

再看榮妃，阿瑪是個員外郎。宜妃，阿瑪是佐領，她是包衣宮女，家裡根本提不起。可她們三個誰不是生了四五個？

皇上很明白，出身顯赫的再多子多福，這後宮還能穩當嗎？

宮裡的阿哥們都跟皇上一個樣。福晉有身分地位了，就不能再給她寵愛。不然後院裡福晉會一家獨大，她一手遮天了，阿哥們在後院說不上話還是小事，影響子嗣怎麼辦？

只看三爺的府裡，現在站住的都是福晉的兒子，死的三個都是別人的，還都是兒子。三福晉這是鬼迷心竅了，等三爺醒過神來，只怕不會再進她的屋子。

德妃拍拍元英的手，還是點了她一句，道：「以前妳還愛抄經，如今在外面還抄嗎？」

元英現在不會一天抄兩卷這麼自虐，但一個月抄兩卷還是有的。她忙站起來道：「兒媳現在沒有以前勤勉了，實在慚愧。」

德妃笑道：「妳如今事情多了，顧不上也是有的。只是這經書念多了也是有好處的，等閒了還是應該再撿起來。」

——多讀讀經，少想些歪門邪道，只要妳安安分分的，老四會顧念妳的臉面。要是妳瞎胡鬧，老四可不是個心慈手軟的人。

「是。」元英恭敬地答應著，決心回去就抄幾卷經送進宮來。

把福晉留在永和宮，胤禛去了太和殿。席上差不多都坐滿了，他見三爺坐在隔壁正在喝悶酒，好笑道：「三哥，你這好歹還封了郡王。你看看弟弟，也該笑一笑啊。」

三爺一聽就笑了，「老四，別笑話你三哥了。」拉他過來，「是兄弟就陪哥哥喝一杯。」

看他是真有心事，胤禛也不多說，兄弟兩個你一杯、我一杯喝起悶酒來。過了好一會兒，三爺才長嘆一聲道：「老四，你說……」

胤禛放下酒杯等著聽三爺的心事，誰知三爺還是把話吞回去了，搖頭道：「不說了，喝吧。」

等席終，喝了一晚上悶酒的三爺走都走不動，胤禛和五爺兩個一左一右地架著他往宮門走，這才斷斷續續地聽出他的心事來。

三爺有點兒缺心眼，他是榮妃生了五個兒子後唯一站住的一個，後來又跟著師傅讀書讀得有些文人習氣，愛個風花雪月。娶了福晉後，三福晉溫柔和順，體貼入微，他也非常寵愛，當然舊愛也沒扔下不管。

他自覺是妻賢妾美，雖然死了三個孩子，可宮裡死孩子死得多，他自己的兄弟都死光了呢，於是也沒當回事，只是多去看望兩位失子的愛妾，多賞些東西。

結果今年進宮，榮妃點了他兩句，簡直是晴天霹靂打在他頭頂。

「小孩子是弱，一點兒風吹草動就會沒命。落草時受點兒風，睡覺時被子沒蓋嚴，窗戶漏點兒縫，一條小命就沒了。」榮妃道：「只是這世上死孩子的總不會都是一個人，能活下來的也不會只是一個人的孩子。」

三爺當時人都傻了，滿腦子都是剛生下來沒多久就死的三個孩子的小身體，還有三福晉的兩個健康的兒子。

「額娘也不是就說一定是你媳婦不好，只是……你不妨先冷冷她，讓她的心別那麼大。然後看看是不是接下來還是這樣，說不定也是你那兩個格格身體不好，生不了健康的孩子，你換別的寵一寵看如何吧。」

三爺哭得鼻涕一把淚一把，趴在兩個弟弟的肩頭哭，「我的兒子……我的兒子……」

這才把郡王稀里糊塗地丟了，皇阿瑪那裡也受了冷遇。再發現自己信錯了人，本來不該死的兒子死了幾個，再沒有比他更倒楣的了。三爺藉著酒勁痛快地哭了一場。

他哭得兩個弟弟心裡也不好受，直郡王離宮前看到這幕，過來也不多說，扛著三爺放進車裡，囑咐跟車的隨從好好照看。

回府後的胤禛在書房坐了一陣子，便去了正院。

元英已經很久沒有來看過大阿哥了。李氏新得的這個阿哥的洗三、滿月，各府的道賀，敏妃的喪事，跟著又是頒金節，四爺的生日，宋氏產女，過年……

但今天從宮裡回來後，她突然很想過來看看大阿哥。

大阿哥已經在她不知道的時候學會了說話、走路，好像一下子就長大到她不認識了。

她過來的時候，大阿哥已經睡著，她就坐在孩子的床沿看著，這時外面突然說四爺來了。

元英趕緊迎出去，誰知胤禛也到了大阿哥的屋子，兩人撞個正著。

還是胤禛先開口：「我來看看大阿哥。」

他進屋去，元英跟在後頭小聲說：「孩子睡了。」

胤禛站在帳子外看了一會兒，元英心頭激跳，她突然覺得此時此刻，他們夫妻兩人心意相通，他們都愛這個孩子。她清了清喉嚨，小聲說：「爺，我讓人備水吧？」

胤禛回頭就看到她期待的眼神，他搖頭說：「福晉早點兒歇了吧，我看過孩子就去前頭，明早還要進宮。」

元英不解，卻見四爺扭頭出去，竟然去看了大格格和才抱過來的三格格，看完就走了。

他真的只是來看看孩子的？

停了一刻，莊嬤嬤小心翼翼地過來問：「福晉，要不要讓人把熱水送來？」

元英問：「爺去哪兒了？」

莊嬤嬤不敢答，還是石榴膽子大，小聲道：「像是去東小院了。」

元英轉身回屋，只覺得剛才她的衝動讓她無比羞恥。

過了幾天後，她就知道了四爺為什麼突然對孩子關心起來。主要是宮裡實在沒什麼祕密，三爺和三福晉之間起了齷齪，三福晉神色憔悴，眼睛紅腫著進宮，榮妃好生安撫，還叫來三爺罵了一通。這樣的事傳得最快。

而且德妃也小點了她幾句，大概是讓她不要跟三福晉學吧？

元英嘆了聲晦氣，好好的一個年，居然鬧出這種噁心事來。五福晉聽說後對她道：「三嫂這是做得過了，她要是小心些，別這麼心急，哪會這麼快就被人看出來。」

元英有些出神，聽了半天才道：「嗯。」

她收斂心神，專注在眼前的事上，心裡卻老轉著三福晉。

她不知道她是想跟三福晉說說話，還是不想見她。她不知道自己在想什麼，總是一想就像是胸中塞了一團亂麻，摸不清頭緒。還是不見的好。

幸好她們幾個妯娌多數是陪在各位母妃身邊，也就碰個頭，不必坐在一起領宴，不然見著三福晉，她可真不知道自己能說什麼。

過了幾日，胤禛就到正院用了晚膳，夫妻兩人膳後對坐飲茶，兩兩無言。

半晌，胤禛放下茶碗想到件事，道：「聽說三嫂病了，妳有空就去看看吧。」

元英嘆道：「過年時就看三嫂氣色不好，應該是累著了吧？」

她輕描淡寫地把三福晉病倒的事帶過，胤禛方滿意地點頭。福晉也是這樣向他表示，她對三福晉的做法是鄙視的，過年累病這託詞實在太明顯了。

胤禛也是想敲打福晉，現在府裡有兩個阿哥了，他不想讓三爺的事在自己的府中重演。三福晉是一時糊塗，畢竟她還有兩個兒子，誰也不能把她怎麼樣。三爺除了冷落她外，別的也幹不了，只是可惜沒了的幾個孩子。

胤禛不希望後院的女子們都只顧孩子們的前程而不停逼迫他們，孩子們的前程有他在操心，格格們無非嫁入高門，夫妻和睦。阿哥們只要不是紈褲，哪怕資質平庸也不會少他們的爵位。

大阿哥如無意外日後就是世子，二阿哥當個鎮國公，輔國公也不錯。日後再有孩子也是一樣，大清朝的爵位是封不完的，何況他是皇上的兒子，姓愛新覺羅。少了誰家的，也少不了他家的。

這也是胤禛最不能理解三福晉的原因，她生了兩個兒子，就算只有這兩個，日後世子之位也是她的囊中之物。其他的孩子越多，她的兒子也能多得些幫襯，何必這麼小家子氣，非要讓其他的孩子一個都出不了頭呢？

短短一個月內，三哥瘦得都脫了形，人看著倒是長進了些，要不然之前也不會出剃了個頭就把郡王爵位給弄丟的事，只是這樣的長進還不如沒有。

上次在宮裡碰到，他招手向胤禛打招呼，叫了聲：「老四。」笑了一下就不笑了。

讓胤禛直到兩人告別都還想個不停。

胤禛心裡也是有些亂，回了府開始寫字靜心時才明白他剛才覺得三爺哪裡不對。

他今天進宮幹什麼呢？三爺說是看望榮妃，三福晉病了。可剛過完年還不到一個月，榮妃又是從來不多事的性子，不會主動叫他進宮。三福晉的病也沒那麼要緊，他何必還專門去對榮妃說一聲？

三爺的理由不通。

胤禛起疑心，他隱約有種猜測，只是不敢肯定。

過了幾天後，元英從三爺府上回來，胤禛特地來她這裡用晚膳。

元英道：「三嫂是病了，起都起不來，一說話就喘。」說完就是一嘆。何苦呢？害了人，她自己心裡也不安。聽說在皇覺寺給夭折的幾個孩子都點著燈，求他們來世平安喜樂、無災無難。

現在被三爺猜疑，明擺著夫妻兩個是離心了，她的兩個阿哥大的五歲，小的才三歲，正是需要她扶助的時候。而且，據說今年大選，三爺管榮妃要人了。

她想起三福晉在她面前掉的淚，不是不明白，只是覺得她實在是心太窄。她還能把三爺給關在籠子裡不成？誰能管住阿哥不寵新人？什麼時候都是男人要或不要，不是她們管得住的。

早晚都有這一天的。何況，女人多了也未必是壞事，至少她就盼著府裡能再多兩個新人。

像直郡王那樣是好，可那是他自己不要，只寵福晉。三福晉盼著三爺也跟直郡王似的，可能嗎？一個人一個性子，哪能都跟一個模子刻出來似的？

她問道：「爺，今年大選，府裡可要再進兩個新人？」

胤禛正想著心事，沒想到三福晉是真病了。可她真病也不對，三哥這到底是……

被福晉一問，他回過神來，想了想道：「不必了，家裡人口夠多了。再說幾個孩子還小，等他們大了再說吧。」再進新人，後院又是一陣動盪。他現在又不缺孩子，三個格格兩個阿哥，要能都站住了就不錯了，何況……

胤禛道：「妳今天辛苦了，歇著吧。」

東小院裡，額爾赫從下午回來就在玩二阿哥，玩到現在終於兩個都睏了。李薇高興地把這兩個小祖宗都抱回他們各自的屋裡睡覺。這樣多好，省得兩人晚上不睡淨折騰人，現在他們把對方都折騰夠了，就不來折騰她了。

聽說四爺去了正院，她準備洗漱完換衣服歇下。

臥室裡素馨花一年年養到現在，已經長成了一大盆，花匠立了幾條細杆子，搭了個花架，素馨花爬滿花架，開得好大一片。

玉瓶一邊給她梳頭一邊道：「這花再開下去，就要挪到院子裡，屋裡可放不下它了。」

「本來就是野花嘛。」李薇看著花道，花匠剛送來的時候，養在雙手合捧的小花盆裡，看起來枝葉都細弱得不行，誰知道這花是野花出身，長起來霸道極了，剛開春就抽枝長葉往上爬，有時一兩天沒注意就認不出來了。

額爾赫到她這屋裡最愛掐這個花戴，百福也愛咬，也沒見把花禍害死了。

趙全保跑著進來報：「主子爺來了。」

玉瓶趕緊拿棉袍子給她換上，屋裡有二阿哥所以現在還燒著炕，在屋裡她基本就是只穿單衣的。她把頭髮隨便一繫就迎了出去，胤禛剛好進來，她福身道：「爺。」

胤禛擺手道：「妳都換衣服了就快回屋去，爺洗漱一下就進來。」

「沒事，我都穿上棉袍子了。」李薇替他拿著面脂和牙粉，道：「額爾赫回來就陪著二阿哥在小屋玩，二阿哥只會瞎叫喚，姐弟倆居然也能說了快一個晚上，剛讓人抱下去睡了。」

胤禛洗著手笑道：「小孩子之間不會說話也能玩的。」

洗漱完，玉瓶等人只留了一盞燈就退到外屋。

兩人坐到炕上，現在剛過八點半，睡覺有些早。李薇跟他沒什麼話聊，也不能總說孩子，就靠在一起抓著彼此的手揉捏。

胤禛閉目養神，道：「過年讓妳在屋裡悶壞了吧？等再過幾天暖和了，帶妳出去走走吧。」

那當然好。李薇道：「好啊，等到五月吧，我想也帶二阿哥去。」

胤禛：「嗯。」他揉著她的肩，一手解開她的扣子，翻身壓了上去。

帳中兩個人影交纏，直到月至中天才相擁睡去。

壹玖章

發明耕具

原誠郡王府，現在已經成了貝勒府。

三爺坐在書房裡，面前攤著一本古籍，可他的心思全不在這上面。

窗外春寒料峭，書房的隔間還燒著炕。因為書房中各種古籍甚多，所以他從來不許在書房裡點火盆取暖，雖然隔間燒了炕，可他在書房裡還是穿著棉袍和毛皮坎肩。就這樣，坐了一上午後手指腳尖還是凍得冰涼。

小時候的事，他已經記得不多了。額娘受封榮妃，住在長春宮裡，宮殿闊大，小時候的他在奶娘、嬤嬤的陪伴下，總愛在長春宮裡跑來跑去，聽腳步聲的迴響。

額娘從來不多管束他，也不要求他上進。不管他做什麼，她都是笑咪咪地說好。進了上書房後，他發現皇阿瑪總是誇獎太子漢學好，他就用了更多的勁頭去鑽研漢學。額娘知道了，也只是替他準備點心補品，讓他不要一味苦學，耗損了心血。

「你還小呢，不必急於一時。」額娘常這麼對他說。

知道自己本來還有四個兄弟，可是全夭折的事是在十一歲時，他長成大人出了精，奶娘、嬤嬤就稟報榮妃給他安排了司寢、司帳的大宮女教導人事，還有經年的老太監來給他講解如何御女、如何固精而不傷身等。

大概是經過人事，奶娘、嬤嬤等伺候的人認為他大了，有些事也不用在他面前避諱。一次，嬤嬤勸他注意身體，不要熬夜看書時道：「阿哥也該多為娘娘著想，生了五個只留下您這一根獨苗，您要是損了身子，讓娘娘如今靠哪個去呢？」

現在想起來，在那個冰冷的深夜聽到這句話時，已經出宮開府的三爺仍然覺得渾身發寒。從他記事起，額娘已經不大受寵了。皇上雖然常有賞賜，可很少到額娘這裡來過夜，當時宮裡最受寵的是宜妃和德妃。

所以，他從來不知道原來額娘也曾經很受寵，生過那麼多的孩子，只是能活下來的少。

他本以為額娘受封是因為他。康熙二十年大封後宮時，所有有子的妃嬪，除了七弟的生母成嬪外，其餘都封了妃。他以為這是皇上抬高諸位阿哥身分的辦法，所以在上書房裡他才會那麼拚命。

他想，德妃和宜妃都不止一個兒子。惠妃雖然只有一個直郡王，可直郡王是大千歲，是皇上非常喜愛的長子。只有他的額娘榮妃，有一個兒子，排行還不靠前。如果不上進，皇上只怕會把額娘拋到腦後。

為了額娘他也要努力。

在得知自己本來有很多兄弟後，他就更努力了。他想，那些他以前都不知道的兄弟一定都在看著他呢，他會替他們孝順額娘，替他們上進。

額娘提起三福晉和那三個死掉的孩子時，平靜的語氣、淡然的表情卻讓他從心底感受到額娘的痛苦。

「小孩子是弱，一點兒風吹草動就會沒命。落草時受點兒風，睡覺時被子沒蓋嚴，窗戶漏點兒縫，一條小命就沒了。」

這會不會就是額娘在他的兄弟死後的感受？可是明白時已經晚了。

就像他，現在他知道了，他發現了，可來不及了。三個阿哥都已經死了，他只記得他們剛落地時被嬤嬤抱出來，紅通通的小東西，眼睛緊緊擠著，小手握成一團，嬤嬤喜洋洋地報喜：「恭喜三爺！是個小阿哥呢！」

等她們再來，都把頭垂得低低的，整個人縮得快要看不見影子，站在離他三步遠的地方，用眼角不停地掃他的神色，小聲稟報道：「三爺節哀……小阿哥去了……」

每次聽到這個消息，他都會發寒，打寒戰。然後他就去看三福晉的兩個孩子，他們健康又漂亮，懂事又聰明。他們沒事，活得好好的，黑亮的眼睛靈動極了。

宮宴那天他喝醉回來，其實在車上時就已經酒醒大半。他不過是藉醉發洩，可想醉時偏偏醉不了。回府後，三福晉來伺候他洗漱，他恨得一腳把她踢到一邊，指著她罵：「妳給我說！是不是妳！是不是妳！」

三福晉跪下哭求：「爺您這是發的什麼瘋？在哪裡受了氣撒在我身上？」

他抓住她，盯著她的臉逼問：「二阿哥、四阿哥、五阿哥。」

三福晉的神色變了，不再委屈、哀求，她心慌了。哪怕只有一瞬間，他也明白了。是她做的！是她做的！他把她扔到地上，轉頭在屋裡找刀，他的腰刀是皇上賜的，就掛在寢室的牆上。在三十五年的遠征噶爾丹中，他用它殺了不少敵人。

他拔出腰刀，趴在地上的三福晉護住肚子，讓他想起了還活著的兩個兒子。這是他們的嫡母，他不能殺她。

三福晉不哭了，她雖然還是滿臉淚，可目光堅毅，神色也不再慌張，她的半個身體都躲在櫃子後，甚至沒有呼救，她在等他冷靜下來。

三爺也冷靜下來了。他從未如此清醒過。三福晉不是需要他保護的人，她不柔弱，她是個強者。在這種時候，她都能清楚地知道他不會殺她。

刀回鞘，冰冷刺耳的刀鋒刮到刀鞘的聲音讓三福晉打了個哆嗦。他盯著她的一舉一動，抬腿跨過她，離開屋子。

熬過新年大宴，三福晉才病倒。他和她都清楚，與其爆出福晉毒害庶子的消息，不如說這三個阿哥「夭折」的好。他剛被從郡王降到貝勒，這裡有皇上的考量，他就不能再把把柄遞出去。

郡王爵位的一升一降，是皇上恩出於上的警示。他可不想再出個更大的醜聞，降成貝子，當那隻被殺給猴子看的雞。

前幾日，三福晉那邊有人來報說炭火不足，三福晉病得更重了。他跟三福晉之間的爭吵府裡都知道，更何況三福晉害了三個阿哥，他正打算給田格格請封為側福晉，摺子都寫好，府裡也傳遍了。

三福晉這是向他表示，有人已經開始欺壓她了。

他沒有理會。一點兒炭火，只是凍一凍而已，又會怎麼樣呢？再說她的病，哼，幾分真？幾分假？四福晉和五福晉都來看過她了，她以為宗親中會有流言嗎？五福晉雖然不著調，可五弟是個明白人。四福晉愛惜名聲，哪會蹚這個渾水替她美言？

屋外來了個傳話的太監，屋裡伺候的貼身太監陸澄小心翼翼看了他一眼，走過去，傳話太監附耳說了幾句，陸澄遲疑地過來，躬身小聲道：「三爺，福晉那邊請了太醫，說是……有喜了。」

三爺一點兒都不吃驚。那天看她護著肚子，當時沒反應過來，隔幾天他就明白了。她有了喜，怪不得這幾天一點兒也不慌張。

陸澄還在等他的吩咐，他淡淡道：「讓福晉養著吧。」

陸澄不大明白地看了他一眼，轉身出去傳話。

三福晉要養胎，田格格要進側福晉，府裡熱鬧起來。一邊說三爺還是捨不得三福晉，敲打敲打，等這胎落地，估計這府裡還是三福晉的天下。另一邊就道，雖說沒個准信，但看三爺發那麼大的火，三福晉這回就好不了。田格格進了側福晉，日後的事還不好說呢。

第二年，三福晉生下一女，可大阿哥沒了。

同時，府裡的王氏，也就是死去的三阿哥的生母，生了六阿哥。三爺護得嚴，這孩子順順當當地過了滿月。

但當六歲的大阿哥沒了的時候，三爺到三福晉那裡，只看到她抱著大阿哥無聲無息地痛哭。

三爺只覺得頭重腳輕，旁邊的洗硯趕緊扶住他：「三爺！」

大阿哥去年就種過痘，他三歲時就由他把著手開了蒙，字帖全是他親手編的，一張張描紅都是他這個阿瑪看的。他現在正在抽條長個子，他還嫌他有些瘦，正想著以後要多帶他去騎馬。

他搖搖晃晃地走過去，三福晉像護崽的母狼一樣抱著大阿哥後退，不讓他碰。

「給我！」他紅著眼瞪著三福晉，伸手要抱大阿哥。

大阿哥軟綿綿地臥在三福晉懷裡，他前幾日病了，現在只穿著雪白的裡衣，細細的一條黑亮的辮子垂在枕邊，看著就像還活著一樣。

三爺有種衝動想，是不是大夫診錯了？

三福晉的手臂都沒了力氣，他上去一抱，她就鬆開手。近看，她面色憔悴，神色倉皇，整個人像是失了全部的精氣神。

大阿哥已經涼了，三爺摸他的臉，碰到他冰冷僵硬的下巴時手一抖，險些把大阿哥掉下去。他拿起榻上的棉被裹在大阿哥身上，茫然四顧，不知道該帶著大阿哥去哪裡。

「你要帶他去哪兒？」三福晉臉上還帶著淚痕，她坐在榻上伸手，「把他還給我。」

她腳軟站不起來了。

三爺明白，他現在的腿僵得像木頭。每次有孩子去了，他都有幾天回不過神來，想起死去的阿哥們，他憎恨地看著三福晉。大阿哥的死說不清，可這一切都是三福晉起的頭！

三福晉冷漠地一笑，道：「呵呵，你以為只是我嗎？」她的手往田側福晉的院子方向一指，「她們都一樣。」

她好像有了力氣，起身把大阿哥從三爺懷裡抱出來，小心翼翼地放在榻上，替他理好衣服，好像他還活著似的，用棉被給他蓋好，然後坐下，慈愛地望著彷彿在安睡的孩子。

「既然托生了這個殼子，我為什麼不能拚一把？」三福晉平靜地說，不知道是說給自己聽還是說給三爺聽。

「你以為只有我是這樣嗎？不，每個人都一樣，都想往上走，誰肯像豬牛羊馬一樣，每日只是吃睡，等著任人宰割？」三福晉的目光像要把三爺刺穿，她道：「爺，您定了我的罪。可她們呢？大阿哥沒了，你敢說一個字嗎？」

三爺虛弱地說：「如果不是妳一開始……」

三福晉打斷他的話，「就算我什麼都沒做，你以為她們就會放過我的兩個孩子？」

三爺：「……」他沒那麼天真。

「我要保護我的孩子，我為什麼不能對付她們？」三福晉說。

「妳可以。」三爺艱難地說：「妳可以對付她們，可妳對付的是我的阿哥！」

三福晉眼中閃著淚花，她和三爺對視著。三爺道：「妳為什麼不對付她們？不過是因為阿哥們小，剛出生的小孩子，對付起來容易。那些大選進府的格格，她們是大人。一場風寒能害了一個小孩子，卻未必能害了一個大人，對不對？害多了，妳也說不清。格格們在家裡都好好的，進府就沒命會被人起疑，但小孩子們長不大的多，誰都不會在意，對不對？」

三福晉垂下頭，眼淚吧嗒吧嗒地掉在大阿哥的臉上。

三爺不忍心再說了，他悲傷地看著大阿哥，半天道：「妳好好照顧三阿哥，他是府裡的世子。以後不管我到哪一步，他都是世子。」

三福晉恍然回神，喃喃道：「三爺……」

這是把福晉的權力還給她了？

三爺走出去，腦中迴響著三福晉的那句話：「你以為只有我是這樣嗎？每個人都一樣。都想往上走，誰肯像豬牛羊馬一樣，每日只是吃睡，等著任人宰割？」

蘇州，曹府。

曹寅手裡拿著一張拜帖，裡面只是寥寥數語，人名、來歷都清楚明白。門房收到這張拜帖時並沒當一回事，因為此人是以曹寅同年舊友的名義上門。自從皇上南巡後，每天這樣的拜帖能收兩大筐。要不是府裡有話，凡是拜帖都要遞進去，門房是連收都懶得收了。

遞它的人說自己出身京城，曹寅的師爺才在一堆拜帖中把它給挑出來，放在一群知府等三四品官的拜帖中給曹寅送去。

遞了拜帖幾日後，這人再次上門。曹寅一打眼才發現此人是個太監。且不說這人是怎麼出宮的，單憑他能找到曹家門上，就知道所求不小。誰知此人只說了兩句話：「曹大人好，我家主子問曹大人安。」然後就走了。

留下曹寅對著這張拜帖冥思苦想，最後在拜帖的落款日上發現了端倪。他翻出去年江南的賦稅到京的回函，一對，賦稅到京的日期和拜帖的日期一致。

曹寅被驚出了一身冷汗。

這位主子敢派太監出京到他這裡來，這般毫無避諱，就是把他的身分明明白白地露給他看。點出賦稅，送出拜帖，一語未發，卻又什麼都說明白了。

他站起身，望向京城。那裡，有位潛龍……已經按捺不住了……

京城，毓慶宮裡，太子正滿意地端詳著他寫完的一幅字。
旁邊的太監湊趣道：「殿下這字真好！」
「你這狗才，能看懂什麼？別汙了爺的字。」太子笑罵一句，讓他滾了。
那太監笑咪咪地也不害怕，等他下來，剛才同在太子身邊伺候的一個太監小心翼翼地問他：「阿寶，你怎麼敢對殿下那麼說話？」
「瞧把你嚇的，殿下又不是老虎，還能吃了你不成？」阿寶白了那人一眼。
那太監打了個哆嗦道：「殿下可比老虎厲害呢。」
阿寶扯了他一下，「別胡說，殿下是個好人呢。」他想了想，把他叫到一旁，小聲道：「上次，殿下的奶父來，殿下還特意問起馬元呢。」
「馬元？」那太監喔了聲，說：「就是那個突然身上長好些白斑，說會長到臉上，被攆出宮的馬元啊。」
阿寶道：「可不是。馬元倒楣成那樣，好不容易分到主子身邊，偏又發了這麼個怪病。以後要是臉也白一塊紅一塊的，主子看了多鬧心啊。我還當他被攆出去就沒著落了，誰知原來殿下交代凌普大人照顧他呢，還特意賞了他五十兩銀子。有這筆銀子，馬元回鄉買幾塊地也不會餓死。」
那太監頻頻點頭，阿寶道：「你說殿下是不是很好？我就覺得殿下也沒那麼凶，咱們巴結兩句，殿下也不會惱。既然能到這裡來伺候殿下，不上進點兒，不白進來了？」

那太監道：「說是這麼說，我可不敢。」

阿寶嗤笑道：「誰管你呢？反正我想試試。說不定，日後我也能被人叫爺爺呢。」

屋裡，太子另鋪了一張紙，畫起了一叢春花。

此時，江南風光正好。

如果說最近誰是最大的贏家，當屬八爺。

去年這個時候，八爺一大婚就領著內務府，風頭一時無二。跟著宮裡的衛氏，生下八爺後當了十九年的庶妃，卻在這時成了良嬪。

宮裡人都說，敏妃這一去，倒是給良嬪鋪了路。這不是看著敏妃到死都是個庶妃，萬歲爺才想起衛氏來了嗎？為了不叫她沒個下場，這才給她個位分。

可也有人說，衛氏晉位是因為她有個好兒子。誰叫章佳氏沒生個好兒子呢？十三爺騎馬都追不上八爺。

康熙爺出巡，留京的人管著五公主大婚的事。明明是四爺出力最多，康熙爺點著名誇的卻是八爺。然後是敏妃的喪事辦完了。萬歲爺又誇了一回八爺，宮裡的良嬪就成了良妃了。

這才叫享兒子福呢。敏妃在下頭，哭什麼都不如哭沒養個好兒子。

至於三爺家的大阿哥種痘後沒半年就沒了的事，在京中各府都引起了不小的風波。

李薇也聽說了，想起額爾赫過兩年也要種痘，心裡就不安起來。

胤禛嘆道：「咱們家不怕，大格格身體弱，額爾赫還小呢，本來就打算晚點兒給他們種，等孩子們長大點兒再種。」

當年他種痘時，伺候他的太監和嬤嬤們緊張了大半年，從上頭有消息說要準備種就開始求神拜佛，幾個奶娘甚至吃起了長齋，還託奶父在宮外有名的寺廟道觀替他點燈油。

那時他見不著德妃，佟貴妃正懷著孩子，他就只有幾個奶娘守著。

還有皇阿瑪，在他種痘前特意讓人來告訴他，說明年北巡要帶他一起去，還給他帶來了一副新製的馬鞍，還讓他在裡面別忘了功課，出來後還要考他。

他在痘所裡天天都要看馬鞍，還要讀書背功課。嬤嬤們、太醫們緊張得不得了，他反倒是最鎮定的一個。他當時想，皇阿瑪都說了要考他功課，明年還要帶他去塞外呢。

等日後漸漸長大了就明白什麼叫初生之犢不畏虎。

都說江湖越老，膽子越小。現在輪到他當阿瑪了，他才體會到那半步都不敢錯的忐忑，只是當著素素的面，他怎麼都要比她能扛事才行，所以他對她說：「爺都安排好了，妳就放心吧。」

聽四爺這麼說，李薇心裡也有了底。

她想，京裡的滿人都種過痘，她也種過，就是在十一歲的時候。所以這個種痘也沒那麼危險，只是在身邊這麼近的地方聽到一例失敗的才這麼嚇人。

其實成功的更多才對。只看皇上宮裡活下來的孩子這麼多，就知道這個種痘還是很有經驗的。

唯一的危險是痘種是人痘，不是牛痘。

可什麼是牛痘？李薇在李家時怕死，自從她知道未來她種痘是種人痘後，就想找牛痘，覺爾察氏和李文璧都挺寵她，雖然不敢真找只發痘的牛給她玩，也讓田莊上有養牛的人家來說下有沒有跟牛一起長痘的啊？長完痘遇過天花沒啊？

重銀之下……跑來胡扯的不少，能拿出真憑實據的沒有，還有人指著被馬蜂叮的包說是長牛痘留下的。

李薇也不敢說：那你們去染個天花試試，看有沒有免疫？這也太草菅人命了。現在嫁了四爺後，權力是有了，可更不敢說了。四爺是真敢先讓人跟發痘的牛一塊兒吃住，染上牛痘痊癒後再扔到天花疫區跟天花病人吃住的。她又不能保證這個法子一定有效，真有人因為這個死了，她能賠嗎？

況且她上次說怎麼養孩子就立刻被四爺給拆穿了，她現在再說牛痘，說生了牛痘的人不怕天花，例子呢？她從誰嘴裡聽說的？給孩子餵母奶還能說是小事，天花牛痘，這就是大事了。奶娘告訴她婦人怎麼養孩子餵奶已經被四爺斥為不科學了，她要是跟他說奶娘還告訴她長了牛痘的牛倌不怕天花。

四爺肯定要追問，妳小時候的奶娘現在人在何處？她家鄉哪裡？父母親人可還在世？她若是胡編亂造另外一個人，四爺挖地三尺也會把這個人給找出來。她胡扯個白鬍子老頭，在李家門口行乞，她給了他一個包子，他就把這個祕密告訴了她……這也太小看四爺的智商了。

她也可以說年紀小不記得。那李文璧和覺爾察氏的年紀可不小，周圍鄰居也不會完全不記得一個人。胡同裡冒出一隻陌生的貓大家都能認出來不是周圍人家養的，若冒出個生人，早就被人圍住盤問出祖宗八代了。

怎麼會叫她一個小孩子撞上？兩人還說了一籮筐的話？那人又是哪裡人？是什麼口音？為什麼會跟她說天花牛痘的事？凡此種種，李薇絞盡腦汁也編不出一個天衣無縫的故事來解釋。

於是李薇把開發牛痘這件事拋到了腦後，決心好好提高女兒的身體素質。

胤禛今天過來就見李薇帶著額爾赫在院子裡跳格子，百福汪汪汪地跟著一起跳兼搗亂。

李薇想帶著姑娘玩跳格子，可現在又沒粉筆，怎麼辦呢？她跟四爺說了一下，四爺就道：「這有什麼難的？」很快讓人在東小院的院子裡硬生生給她拼出一副格子來。

小院原本的地磚都是燒製的青磚，新磚是紅色的，李薇不知道這紅色是不是燒製的泥裡含銅什麼的。她說要在院子裡乾淨敞亮的地方跳格子，還比劃了下格子是怎麼跳的，扛著磚來的太監表示明白，畫好圖型把地磚起出來後重新鋪磚，幾天後就能用了。

李薇換了靴子，靴底裝著千里路，跳起格子來噠噠脆響。額爾赫人小站不大穩，但也蹦得極快極高，有時速度比她還快。李薇看著擔心卻也忍著，跳完就在一旁替額爾赫拍手叫好。

胤禛看了一會兒，撩起袍子往腰帶上一掖，過來道：「阿瑪也來陪妳跳！」

李薇心想：四爺您的畫風越來越詭異了嘿……＝＿＝

不過他那兩條大長腿跳起來真是好看，形容一下，很像李薇那匹活跳跳的小紅馬，那個輕快勁真是充滿活力。

晚上，胤禛留下用膳，額爾赫今天玩累了，很早頭就不停地往下點點點，李薇就讓奶娘把她抱去睡覺。

李薇特意換了身新做的衣服——生了二阿哥之後，李薇決定不再無所事事，咱也要找個事業！不說蘇到開店做生意吧，也不能當米蟲啊，也該有個人生目標啥的，光生孩子、養孩子，一個知識女性淪為生育機器，她對不起受過的教育！

主要是胤禛把她的活兒給搶了！玩幼教不是蘇的天職嗎？結果胤禛拿中華五千年的歷史來砸她，琴棋書畫、四書五經、弓箭、騎馬、熬鷹、打獵，整套封建皇族教育把她的幼教計劃虐成了渣渣，況且她若是真拿個積木、玩偶都不好意思跟人家打招呼，李薇小時候玩的都是孔明鎖，這玩具的超前意識、開發智力，甩現代的學習機一百條街……還要李薇能先把學習機製造出來。

她想發揮一下教個九九乘法表，額爾赫那邊已經被胤禛布置了幾何題，嘴裡背的算盤口訣她都聽不懂，什麼二五進一的……

而語言類……額爾赫一個滿語、一個蒙語、一個漢語，負擔已經很重了……

在孩子身上找不到成就感，只好從她自身上挖掘，思來想去發現沒什麼開發的餘地。幸好人生還沒有拋棄她，咱玩奢侈品！這才是統治階級小老婆的終極使命！以前若在螢幕裡看到某富婆對著六千八百萬的翡翠說好便宜啦（還是港臺腔的），她只能默默地羨慕嫉妒恨，也會深深地感到這輩子能把後面的零頭掙齊，就算成功人士了！不過對現在的李薇來說，翡翠？她能說，抱歉不喜歡它的顏色，人家更喜歡白玉和黃玉。把精力都放在如何用各種貴重的寶石黃金、綾羅綢緞打扮自己後，她真的可以說她愛這份職業！她會為它奉獻一生！

這個大袖子就是李薇的開發成就之一。袖子大些，做得長些，正好可以遮住半隻手，更顯得手小，讓女人更美更自信。還珠小燕子，就非常喜歡加了很多層邊的袖子，而在李薇現在這個時期的清朝還不流行，好像是乾隆時旗頭越來越大，袖子邊才越接越多，不過袖子邊這個玩意兒李薇現在就給發揮出來了。

今年李薇的新衣服差不多就是這個樣式，胤禛看了以後還挺喜歡，他現在愛抓她的袖子，還喜歡從袖子底摸她的胳膊。

這會兒，他一邊用右手拿筷子吃飯，一邊當著一屋子伺候人的面，用左手偷偷做壞事，時不時地從袖子底鉤她的手一下。

她趁玉瓶她們不注意，時不時還衝他飛個媚眼兒。

胤禛一本正經地瞪了她一眼，袖子底的手可沒放開。

用完膳後，胤禛去寫字消食，李薇站在他身邊寫描紅。現在額爾赫的字都寫得比她好看，傷自尊啊！當額娘的怎麼能被女兒比下去？要是以後二阿哥寫得也比她好看……這大概只是時間問題。

李薇就把額爾赫的字帖拿來用了，被胤禛發現後笑得好得意。

他把著她的手邊寫邊道：「這一筆不要拖太長……瞧妳這筆字，嘖嘖！」

李薇就給他搗亂，兩人握著一枝筆，不朝一處使勁，這幅字就毀完了。她得意地轉身就跑，被他抓回來照屁股打了幾下。

「小搗蛋鬼！字不寫了？」他一邊拉著她的手笑，一邊故意從袖子底伸手進去咯吱她。

咯吱得她笑得快斷氣，大聲道：「寫！我寫！別鬧！」

「是誰在鬧？一肚子鬼心眼兒，專使在妳家爺身上！」他笑著親下來，兩人慢慢抱在一起，接了一個長吻後，兩人粗喘著停下來，又細碎地親了好幾下。胤禛有了反應，可他今天的字還沒寫完，深呼吸幾次後鎮定下來，臉通紅一片嚴肅地去寫字了。

李薇的字照胤禛的說法就是毫無風骨，她喜歡圓潤無鋒的字，胤禛就讓她習隸書，親自謄抄了蔡邕的《女訓》給她，讓收到禮物的她心情十分複雜。

拋開這本似乎意有所指的書不提，字是好字，胤禛謄後還帶了三分他自己的風味兒，李薇學起來一時看到字心動，一時再看到內容就窘了。

今天胤禛的字寫得顯然快了一刻，他這邊擱筆去洗漱，她沒抄完也只好跟著擱筆。玉瓶早兌好了熱水，侍候她洗漱更衣，回到臥室準備解頭髮時，胤禛已經只穿大褂坐在榻上了。

不公平……他那頭多簡單！

背對著他坐在梳妝臺前解頭髮時，她不安地動動這個、摸摸那個，玉瓶的手也比往常快了三分。

胤禛捧著本書在看，眼角不時地掃到素素。只見解開髮髻後，長長的頭髮垂下來，更襯得她身形纖弱，映著燭光的臉頰好像還能看到絨毛。

孩子都生了兩個了，怎麼還跟個沒嫁人開臉的小丫頭似的？

他放下書走過去，揮退玉瓶，站在了李薇身邊。

李薇正在取耳釘，一晃眼身後就換人了。上次他來是半個月前，從年前起好像就變忙了，也不知道他在忙什麼。

她扶住妝臺，也有點兒緊張。

他的大手撩起她的長髮撥到胸前，彎腰將她打橫抱起。

「啪」一聲，燈花爆起。

帳子裡兩個人影交纏。

四爺最近越來越忙了，他一忙就心情好。不跟之前悶在家裡沒事做時，長年看不到一絲笑模樣。

李薇是從他又早出晚歸看出來的。這天，還給她帶回來一架織布機，還有一架犁。那犁個頭太大，一開始她還真沒認出來。

蘇培盛帶著人把犁抬過來放在院子裡的時候，她繞著看了一圈問四爺：「這是新式車頭嗎？」

結果讓他笑得整個院子都有回聲了。

「這是犁。」胤禛笑完把她拉過來給她解釋，「妳家的莊子估計妳也沒去過，這是百姓用來耕田的犁。」

李薇還是不相信，也有點兒小丟臉後的嘴硬，她道：「怎麼這麼大？」

那犁比人還高，足有丈餘長，又粗又大又笨重，怎麼看都不像她認識的犁，這東西使起來不累嗎？說實話真不能怪她看成車頭，真的很像西洋車的那種帶著弧線的童話車頭。當然，大清朝一般沒這種車頭，所以她才認為這是新式東西。

胤禛只是想顯擺一下才帶回來的，沒想到家裡這位竟然真的不認識，還鬧了大笑話。看她的臉都羞紅了還強撐著，他乾脆帶她去看織布機，這個總不會認錯了。

這架織布機顯然是做出來展示用的，那叫一個精緻漂亮！擺在那裡都能當工藝品了，上面還有鑲嵌和雕花。

李薇興沖沖地坐到配套的凳子上，可對面前的東西除了認識一個梭子，別的都不認識。四爺倒是說得頭頭是道，在他的指導下，李薇和額爾赫手忙腳亂地織了起來。玉瓶也在旁邊幫忙，趙全保小時候見過自家娘和嬸子織布，偶爾說兩句還都能說到點子上。

胤禛看著他們花了一個時辰織起來的布，搖頭道：「這麼稀，沒法用。」

李薇湊過去看，只見一掌長的布從這頭到那頭，一頭稀，一頭緊，兩頭差兩指寬呢，有她織的圍巾的風格。

幸好胤禛也不指著她織布養活，看一場笑一場就罷了。

用過膳後，胤禛說起他最近到了工部，這兩樣是工部新造的，李薇突然想起見到過的老式犁。在李薇看那老式犁就甩這工部新造的一百條街。那犁是鐵製的，中間有個方形的鐵箱，裡面的種子可以在犁地時直接下到地裡，犁過去地就播好了，不用跟著個人再在後面彎腰撒種子。最重要的是，比擺在院子裡的那個小多了。

她就把這個給蘇出來了，她說嫌原本那個太大，改小點兒不行嗎？胤禛說小了拴不住牛。

他道：「那下頭要扎在土裡把土翻上來，要是太小了，牛一拉就跑了，後面的人壓不住，就沒辦法用了。」他看了眼她，改口道：「不過妳說說看。」

他起身讓人尋來紙筆，她說他畫，她比畫道：「就跟那滴漏似的，種子裝在一個壺裡，壺嘴長點兒，不就能一邊犁地，一邊播種了？」這至少能節省一個人力。

結果胤禛一晚上都花在這個壺犁（她起的名）上，本來只是想逗她開心，沒想到畫出來倒叫他也捨不得了，左思右想，歎道：「這犁倒是個好東西，就是不易推廣。」

「為什麼啊？」好不容易在國家民生上蘇一回還不讓她蘇完。

胤禛道：「這模樣跟一般的犁差別大了，壺嘴要用銅製或鐵製，一般人懶得費兩遍事，更多的還是覺得老東西用著才算稱手。」

不過，倒確實是個好東西。

他拍拍她道：「回頭寫個摺子遞上去，這是妳的主意，爺記妳一功。」

這時她果斷地說道：「我不要這個，只要爺不嫌我添亂就行。」

她甜蜜蜜地說完，換來一個長長的吻，把她都親暈了以後，聽到四爺在說：「爺都知道。」

跟著又是一個甜蜜的夜晚。

第二天，胤禛把那個壺犁的圖紙帶走，去折磨工部的工匠們。經過皇上的三年親征，其實各地的復耕情況都不怎麼好，壯年勞力都被抽去打仗，回來的十戶裡能有五戶就不錯了。耕地都是靠老人和婦女，能夠節省人力是很重要的。壺犁的設想很好，就是設計上有問題。不過素素是個連麥子都沒見過的深閨小婦人，她能想出壺犁已經很不錯了。

胤禛心滿意足地走了，中午不回來，卻讓蘇培盛從外面帶回來兩簍櫻桃和一匣紅寶石，說是海外商人帶回來的。

櫻桃很美味，李薇問了蘇培盛說福晉那裡都有了，就讓玉瓶先洗了一盆，留出兩天的量後剩下的送去給劉寶泉，託他製成果醬或果脯。

紅寶石都是櫻桃大小的，但事實上現在的首飾不大喜歡用寶石（後世的那種切割技術現在沒有），所有的寶石都發烏，一點兒也不閃。透明度好的寶石可以讓工匠拿去磨磨鑲嵌用，所以這一匣寶石也就李薇能當個寶，商人隨隨便便就拿來送人了，不稀罕。

李薇捧著寶石歎它們生不逢時，感慨過後還是讓人收起來了。

下午，書房的張德勝來了，這回送來的是江南去年的貢緞。這算內部貨了，別看是去年的，去年送進宮的東西，皇上賞人的根本不多。胤禛這裡拿到的也就那麼幾十匹，還都是大眾貨，屬於大家都有他也有的。

特級品，皇上留下自己使用和賞年輕的妃嬪了。

張德勝笑道：「這是戴先生帶回來的，說是織工局底下人手裡漏出來的，去年貢上來的都留在宮裡了。」

這位戴先生從去年起就常能聽到名字，具體幹麼的沒人知道，常常南邊北邊來回跑，李薇只知道胤禛在讓人跑南北貨，南貨北賣，北貨南賣。他不開店，有點兒像做貿易。錢賺得自然是很多很多，聽胤禛提起去年他就買了兩個山頭的荒地。

荒地買了也不種，他只是偶爾去那裡跑馬。她也跟著去過幾回，胤禛拿馬鞭指給她看，哪兒哪兒是他的地，她很茫然地點頭，其實看不出到底他的地有多大。

她本來以為這戴先生是商人，可張德勝等人提起都稱他「先生」，這跟現代誰都能叫先生不同，這邊叫先生算是對讀書人的敬稱，說明這戴先生至少也是個進士了。讀書人不會去經商，搞得她也不懂這戴先生是哪一路的。

其實，她也發覺從今年開始，四爺大概在外面混得相當不錯，沒有之前悶在府裡長吁短嘆，天天都很忙不說，最重要的是給他送禮的人變多了。

她能拿到的東西也越來越雜，各式都有。她甚至還有了一面水銀鏡（就是現在的玻璃鏡），第一次烏木鏡框內嵌的鵝蛋形玻璃鏡裡照出她的臉時，嚇得她馬上把鏡子合上。

胤禛在旁邊哈哈笑，替她打開道：「嚇住了？是西洋商人帶來的，這東西照得人清楚。」看她臉發白，摟到懷裡哄道：「好了，不看就不看。我看到也嚇了一跳呢。」

李薇捂住胸口，半天了心還在激跳。鏡中照出她的時候，她的第一個感覺竟然是：怪物！

她現在一直用的都是銅鏡，雖然也能看清，但從小到大她都沒對鏡中的人有什麼反應，最多很少照鏡子，梳頭時也不愛看鏡子而已。可水銀玻璃鏡像一下子把她拉到了另外一個時代，她照著去看，裡面的人卻像是另一個人的臉。

李薇把這代表時代進步的水銀鏡收起來，還是用原來的銅鏡。

胤禛知道她甚至讓趙全保去皇覺寺做了幾次道場，安慰她道：「沒想到妳會怕成這樣，不怕，那沒什麼。」說著讓人把水銀鏡找出來拿到外面砸掉，聽著外面嘩啦一聲響，哄她道：「看，砸了就沒事了。」

就這樣，她還是心神不寧了半個月。

她總忍不住在想，她到底是誰？

後來，四爺讓覺爾察氏來看她，見到額娘她才有了自己現在確實是個人的真實感。

至於那個或許曾經真實存在過的「自己」，她也只能替她做幾次道場，送她一程了。

把壺犁的圖紙帶到工部去後，胤禛又變忙了，好幾天不回來，只傳話讓人把換洗的衣服送到工部去。

一天傍晚，天邊的雲壓得極低，一看就是將要有暴雨。李薇讓人去前院傳話，讓幾個孩子都趕緊回屋，別在外面玩了。

一會兒傾盆大雨砸下來，玉瓶在屋裡掀著簾子看雨，笑道：「這是龍王爺洗衣服呢。」

額爾赫坐在榻上編花結，接道：「龍王爺？是龍王婆吧？男人才不洗衣服。」玉瓶連忙說：「格格說的是。」

李薇讓人把二阿哥也給抱過來，怕一會兒打起雷來讓他害怕。

二阿哥這會兒正睡著，不過奶娘給抱過來後就不睡了，額爾赫和百福圍著他，他就咯咯地笑著，張著手要姐姐和百福。

站在簾子邊的玉瓶隔著竹簾看到外面有人冒雨跑過來，掀開簾子一望見是小喜子，奇怪：「他這個時候跑來做什麼？」

她出去站在廊下喊他：「這麼大雨你來是有什麼事？」

小喜子淋得落湯雞一樣，渾身透濕，他跑到廊下抹了把被雨水迷住的眼，大聲道：「四爺回來了！說是一會兒過來用膳。」

雨聲太大，李薇沒聽見他們在門口說話，見玉瓶進來問道：「什麼事這麼急？」

玉瓶道：「主子爺回來了，說一會兒過來。」

李薇和額爾赫都站起來了。

額爾赫道：「阿瑪回來了？什麼時候過來？我現在回去吧，額娘？」

李薇拉住她，「等雨小了吧，妳阿瑪他沒那麼快，妳再坐一會兒。」接著轉頭對玉瓶道：「晚膳簡單點兒，涼菜多上幾個。主食還是涼拌麵。」玉瓶複述一遍，出去傳話。

額爾赫坐了一會兒，還是讓人打著傘回屋換衣服了。

下雨天黑得快，六點時天就黑完了。各屋點上燈，小太監們冒著雨，把掛在屋簷上的氣死風燈用鉤子取下來，點亮後再掛上去。等他們回到廊下時，身上都被雨淋濕了。

雨漸漸小了些。李薇讓人去膳房要了薑湯，讓今天出去當差的回來後都要喝一碗祛寒。

她以為到現在還在下雨，四爺不會來了，一刻鐘後，胤禛卻讓人打著傘，提著燈籠過來。雖然一路有人打傘，他進來時肩膀和腿上還是濕了大半。李薇拿了乾衣服給他換，等他出來，端了碗薑湯給他，「這是我讓人熬的，你也喝一碗，免得這個天再著涼了。」

胤禛看著健壯，但其實最怕受涼。他只要吹風淋雨，不好好照顧肯定要發燒。

還燙嘴的一碗薑湯下肚，他的額頭立刻起了一層汗，臉也紅了。他解開領口的扣子道：「這身汗出得痛快。」

「忙了好幾天了，沒好好吃過一頓飯，讓他們擺膳吧。」他問：「都有些什麼？」

可能是看著下雨了，天涼，膳房上了一道素砂鍋。可他剛喝完薑湯出了一身汗，天氣雖熱，但見他淋了雨，李薇讓人把堂屋的冰山搬走。他見到砂鍋就不肯碰，倒是有一道黃瓜雞肉拌粉絲，清清爽爽的他看著喜歡吃了半盤。

吃到後半，他讓人把窗戶和門簾都打開，雨氣帶著雨後的涼風把屋內的悶熱都帶走了。用過膳，胤禛只穿大褂紗褲光腳坐在榻上，看他這樣也不能叫額爾赫來見，李薇讓玉瓶去給額爾赫說一聲，不必等著了。

飲了碗茶，他道：「過些日子皇阿瑪要出巡，點了我伴駕，到時就顧不上額爾赫的功課，妳的學問也不行，我看還是請個先生來，妳看如何？」

「只要爺看著好就行。」李薇想了下，覺得還是別生氣了，四爺這話說得也不錯，她確實學問不行。現在幾個孩子學的比她知道的深多了，論起四書五經，她真沒什麼能教他們的。

胤禛點頭道：「等過兩天先生來了，妳也看看，好了再請。」他也覺得剛才那話說得過了，在往回找補。

說完還去逗了一會兒二阿哥。

過一會兒他歇夠了去寫字，李薇寫完自己的，過去看他時才發現他寫的不是字，而是像讀書計劃這樣的東西。

她心想胤禛都忙得沒時間教孩子了，還要給自己安排讀書計劃，學習意識真強啊！

可再細看就不對了。

胤禛見她過來，道：「這樣一篇篇寫好，先生來了也有數。」

原來他寫的是給先生的教書計劃，連每天講哪一篇都安排好了。

李薇有心想讓他歇歇，這事交給先生就好，這不等於先生就只是個照本宣科的嘛。可看他寫得認真，一邊寫一邊翻書，寫完一臉滿足的樣子，她這話就說不出口了，他真心喜歡安排這些。

真不愧是胤禛，都說他是累死的，這樣看來，他不累死誰累死啊？

「大阿哥都長這麼大了。」八福晉摸摸大阿哥的小腦袋，對元英笑道：「嫂子真是好福氣。」

大阿哥已經五歲了，八福晉成親也已經五年。這五年裡，她跟八爺兩人琴瑟甚篤，在她之前伺候八爺的兩個格格連八爺的一根手指都摸不著。要說有什麼不足，就是五年來她都沒有好消息。所以她看到大阿哥才會這麼喜歡，抱著就親個沒完。

「好了，他小孩子家，別誇了。」元英笑道，讓奶娘把大阿哥給帶下去。這幾年她跟八福晉的關係倒是不錯，七福晉就沒那麼近了。

說起七福晉，八福晉也是恨鐵不成鋼，「她的脾氣也太軟了。說起來還是同族的呢，就能欺負得老七家的沒處站！」

兩人同年成親，在妯娌之間便多了一份緣分，交往起來也更容易些。可八福晉越來越看不上七福晉，皆因她覺得七福晉為人懦弱，連格格都壓不下去。現在七爺府上已經有了一子一女，卻全是同一個格格生的。最讓八福晉看不過去的是，那個格格跟七福晉是同族，都是姓納喇氏。

元英不像八福晉那麼同仇敵愾，道：「她也是沒辦法，妳就別怪她了。」

八福晉一仰下巴，「要是我，就不會這樣！敢在我跟前齜一齜牙，看我弄不死她！」

元英笑道：「我就喜歡妳這脾氣。」她嘆道：「不過男人站在那邊，她能怎麼辦呢？」

八福晉也閉了嘴，她心裡是挺得意的。因為八爺就是站在她這邊，從她一進府就只喜歡她一個。她美滋滋地喝著茶，吃著點心，稱讚道：「嫂子這裡的點心就是好，這種糕我們府上的廚子就不會做。」

元英沒接話，八福晉嘗了一塊雞蛋糕，拍掉手上的渣子，說：「嫂子，我聽我們爺說七貝勒那邊好像要請封側福晉了。」

八爺現管著內務府，這種消息他說的就肯定是真的。

元英心裡一沉，總有種不祥的預感。

八福晉嘆道：「這下子，七嫂的日子只怕就更難過了。」

送走八福晉，元英回來坐著不說話。

莊嬤嬤剛才就在屋裡伺候，這會兒她悄悄說：「福晉，咱們要不要拿個主意？」

元英待她不算冷淡，但跟福嬤嬤那時還是不同。福嬤嬤能跟她說私房話，莊嬤嬤就不敢，可莊嬤嬤想立功，想當福晉的心腹，自然要找機會表現。

元英道：「拿什麼主意？」

莊嬤嬤忙道：「咱們總要提前預備著，萬一咱們爺也想請封個側福晉……」

各府的側福晉封起來挺容易的。第一，爺們喜歡，肯費這個事；第二，生的有孩子，是阿哥、是格格都可以。有這兩條就行了。

朝廷是不管的，側福晉就是因數而封。有功勞、替愛新覺羅家開枝散葉就能請封，一般而言，多數都是為了給府裡的孩子提身分。這個每年都能往上遞，不跟秀女似的還要三年一回地撞大運，所以實在沒什麼難的。

李格格已經有一子一女，寵愛也是杠杠的[17]。要說莊嬤嬤都稀奇，怎麼老不見四爺給李格格請封呢？

注釋——

17 杠杠的：東北方言，為「很好、非常好、沒的說」等意思，有時候也會形容「雄赳赳、氣昂昂的」。

不過這也就是個早晚的事，她也一直預備著給福晉出主意想辦法。

「爺要是想封，咱們能有什麼主意？」元英淡淡道。

莊嬤嬤道：「那不是……還有宋格格嗎？論資格，她比李格格伺候四爺的日子還長呢。論生的孩子，宋格格也是兩個。大格格和三格格身子骨還不好，提了額娘的身分，對她們也有好處。」

元英搖搖頭。兩年前李氏生二阿哥時的事府裡知道的人不多，雖說打罰了不少人，但都含混地說是犯了規矩，好叫底下人更警醒些，畢竟算是醜事。但四爺心裡有數的，她可不認為四爺能忘了宋氏的事。

「不用再說了，四爺現在不在京，府裡諸事繁雜，別讓人鑽了空子。」

一個月前，皇上奉皇太后出巡，帶著四爺一道去了。

莊嬤嬤還想再勸，在她看來李格格才是個棘手的，宋格格早過氣了，就指著福晉高抬貴手抬舉她才能過好日子。這時把宋格格推出來，擋了李格格的路才是正經。

元英擺擺手讓她下去，起身去裡屋讀經，莊嬤嬤只好出去了。

坐在菩薩前，元英撚著念珠，念著熟悉的經書。

這尊菩薩還是烏拉那拉家進上來的。一年前，她額娘去了，她已經嫁到了四貝勒府，只能讓莊嬤嬤帶著葡萄去替她哭一場。現在娘家那邊，也只剩下一個同母的哥哥在，餘下的都是異母之子。

當家的自然不是她的親哥哥，而是長兄烏拉那拉星輝。沒什麼好不服氣的，長兄比他們兄弟大了十幾歲，他們落地時，大哥都快要成親了。現在她跟家裡也遠了幾分，嫂子們說話跟額娘不同，親近不足，恭敬有餘，講起來都是說自家孩子多，為她著想的少。

親嫂子還算能說兩句實在話，但限於眼界見識，說來說去也就是讓她多生兩個孩子。

她能怎麼說？對著額娘，她能說她拿四爺沒辦法。對著嫂子，她能開口嗎？只好沉下臉，嫂子自然再也不敢提起了。

自從李氏生了二阿哥之後，他就再也沒進過她的屋了……

事情到了這個地步，她覺得就算李氏真封了側福晉也沒什麼，四爺都想不起她了，她還管李氏封不封側福晉？

她管不到。

她跟四爺都沒話說。要是兩人還像大阿哥剛落地那時，還能坐在一起說說話，他還會到她屋裡歇，那她還能提一提側福晉的事，說說是先賞宋氏好，還是賞李氏好？

關係好了，說這個叫商量事。關係不好了，說這個就是居心叵測。

呵呵……所以她不能說。

她只能等、只能看。看李氏能受寵到幾時，等她失寵的那天。

在這之前，她只要顧好她的大阿哥就行了。

額爾赫趴在炕桌上看著李薇手裡的針線，道：「額娘，這是給阿瑪做的嗎？」二阿哥跟在她身後，撲到她腿上說：「額娘，我也要！」

李薇手上正忙著做衣服，聞言只是拍拍二阿哥的腦袋，對額爾赫道：「妳也該學起來了，我讓人給妳拿個竹繃子過來，妳挨著我繡個花兒吧。」

她現在可忙得很。以前只用給四爺一個做衣服，現在又添了兩個寶貝。不過她手藝不佳，所以只做裡衣、襪子，偶爾給孩子們縫個布袋，連荷包都少做。上次做荷包還是給四爺的，前後花了足有小半年的工夫。要是能讓四爺佩個一年半載的也不枉費她的辛苦，結果被額爾赫一眼瞧中拿來裝她的山楂糖了。

四爺當時就笑了，她只好跟他說再給他重做一個，新的那個剛起個底，離做成還早呢。

玉瓶很快送上繃子、布頭和針線，額爾赫乖乖地坐著，李薇手把手地教她先拿紙描個樣子，再拓在布頭上。

「不必枝枝梢梢都畫上，畫得妳能看懂、能記住就行。」李薇道。

額爾赫「嗯」了聲，一臉認真的樣子。

李薇為了提高她的積極性，就道：「給妳阿瑪繡個帕子好不好？咱們讓人給他送去。」

額爾赫重重點頭，二阿哥扒著炕桌桌沿，說：「我也要，我也給阿瑪做帕子。」

額爾赫頭都不抬，「你不用，你多寫幾張字送過去就行了，阿瑪回來一準要考你。」

李薇好笑地摸了摸二阿哥的大腦門。本來今年就該讓二阿哥也挪到前頭去，只是四爺跟著康熙爺去熱河，二月就走了，這挪院子的事就先放下來。他不在，她這裡就像沒了主心骨，所以也不想叫二阿哥離了她的眼前，先這麼混著，等他回來再安排。

白天在屋裡沒事做，她的衣服都做得有半箱了。這一勤快起來，手上的活計可熟練不少，李薇都想笑。在家裡練的好手藝，進宮後想不起來做就生疏了，現在閒了又撿起來，竟然還沒當年做得好。

當年大阿哥往前院搬的時候，額爾赫已經讀了一年的書，挺有自信地說打算教大弟弟讀書，李薇忙攔著她，指著二阿哥道：「那還早呢，妳先拿妳二弟練練手吧。」

胤禛一進來就看到了，堂屋裡擺八仙桌的地方改成了課堂，一個普通屏風大小的木板子立在那裡，上面黏著一張白紙。額爾赫臉上、袖子上、手上甩得都是墨點子，還一本正經地教二阿哥念。看上面寫的，人之初，性本善，性相近，習相遠……

胤禛一笑，抬腿進了西側間，看李薇坐在榻上繡東西，道：「額爾赫這筆字是有點兒味道了。」他走過來探頭一看，「這是給二阿哥做的？」

李薇把褲襠一露，笑道：「還是開襠的呢。」

胤禛就笑了，指著她道：「二阿哥早就不肯穿開襠褲了，妳這個額娘啊！」

二阿哥一歲多了，懂事後知道羞了，最恨穿開襠褲，每當要穿就在榻上不依啊不依。他現在白天已經能控制尿尿了，就是晚上偶爾還會尿個床。

李薇道：「這不是天熱嘛，我是怕他屁股再起疹子了。」

小孩子屁股嫩，二阿哥足月生，四個奶娘加李薇一起餵，周歲時胳膊和腿跟那白胖的藕節似的，那叫一個可愛喜人。不過胖小孩是萌了，就是容易生痱子。李薇還算比較注意的，一到天熱就在他的洗澡水裡放了金銀花，每天晚上睡覺也讓奶娘注意看著，別睡得一身汗旁邊的人還不知道。結果他的肉太厚，肉疊肉的，還是生了痱子濕疹，特別是屁股溝，紅豔豔的一片看著就替他難受。他自己也哭，又癢又不讓抓，上了藥就憋得慌。

所以李薇才琢磨著讓他穿開襠的，這樣好歹通風透氣了。

才穿了半個月不到，連胤禛都知道二阿哥最不願意穿開襠褲。偏偏他親愛的額娘已經打算把他所有的褲子都做成開襠的。結果一下子就穿了幾年，誰叫他這痱子年年天一熱就起呢？

胤禛道壺犁的摺子康熙爺已經看過了，交工部正式當個專案開始做。所以，他這回算是辦了個亮眼的差，十分之快活，於是就被康熙爺給帶出去了。

李薇聽到消息時也愣了，沒想到她還真蘇成了！

「都是妳的功勞，說吧，想讓爺怎麼賞妳？」胤禛這是高興了來顯擺的。

李薇聽懂了自然要捧場，她想想道：「我想見見家裡人，我爹和我娘還沒見過二阿哥呢，我還想讓爺帶我們去莊子上住兩天。」趁著他走之前趕緊說，晚了就來不及了。

「都應了妳。乾脆叫妳家裡人去莊子上見吧。」胤禛笑道。

貳拾章

隨駕出巡

四爺說話一向是這麼爽快，於是，第二天就去了莊子上。

每年夏天，四爺在府裡，並且心情不賴就會帶家人到莊子上避暑，不過到現在這也才是李薇第二次來而已。比起上回，莊子上各種基礎建設已經越來越好，首先就建了更多的青磚大房子、環境清幽雅致的小院落等。

一到莊子上，四爺就舉手一揮：兒郎們，隨大王去跑馬吧！

李薇這邊行李才放下，還未來得及進屋洗漱，重新換身衣服梳個妝就被直接拉到跑馬場。莊園裡大部分的山林野地，只要不種莊稼、養果樹，全歸入了跑馬場。

四爺帶著撒歡的額爾赫和大阿哥跑出去了，李薇跟二阿哥坐車，這小子一來就扒著窗子問出跟他姐當年一樣的傻問題：「額娘，這園子真大啊！」

李薇壞心眼地逗兒子：「想不想知道牆在哪兒啊？」

二阿哥乖乖地點頭，她良心發作，摸摸他的小腦袋說：「這是你阿瑪的莊子，沒有牆。」

二阿哥還挺會舉一反三的，道：「那要是有壞人跑進來怎麼辦？」

李薇把這個問題留給他英明神武的阿瑪解答。

蹓躂完一圈後，四爺帶著閨女、兒子凱旋。額爾赫和大阿哥雖然都能保證穩穩當當地坐在馬鞍上，但讓他倆騎馬跟上四爺那是天方夜譚。所以其實是由人在前頭牽著馬轡，一路狂奔地牽著馬跟著四爺跑了一趟。

李薇覺得這純屬折騰人。

但在這群被洗腦的人看來，能被選中護衛小格格和小阿哥跑馬，那是無上榮耀！若跑得不夠快、體力不夠好、長得不夠帥，怎能讓四爺看上？所以能牽這一趟跑下來，那就是蓋章認定的四爺看好的勇士！巴圖魯！

所以跟著跑回來的人雖然累得夠嗆，但無一不是歡樂得就像中了大獎。

胤禛過來掀起車簾把二阿哥抱出來，「二阿哥想不想跑？阿瑪帶著你跑一圈吧？」

二阿哥舉手歡呼帶香吻，向他阿瑪表達了他的心情。

李薇心疼閨女，探頭出去問：「額爾赫，妳要不要歇歇？」

其實讓孩子板著腰背一直坐在顛得跟雲霄飛車似的馬背上也是很累人的。可惜額爾赫一點兒都沒領會到額娘的心意，豪邁地一搖頭、一抹汗，說：「阿瑪，我也想再跑一趟！」

胤禛滿意地點點頭，問大阿哥：「大阿哥要是累了就先下去歇歇。」

隨行的蘇培盛此時帶著七八輛板車過來了，看蘇公公坐在板車上被風颳得一臉一身都是土，李薇跟玉瓶湊一塊兒偷笑起來。蘇培盛挺愛擺個架子，所以偶爾出回醜大家就都挺愛看的。

「李主子，主子爺道今天在外頭用膳，奴才已經帶著人過來了，您看……」蘇培盛曬得脖子都紅了。

李薇的車裡還擺著冰，拿銅箱子蓋著，手放在上頭冰冰涼涼的，裡面還擺了兩陶甕的酸梅湯和涼茶。她自是清涼無汗，點頭道：「讓人尋個地方收拾乾淨，紮帳篷吧。」

「喳。」蘇培盛領命而去。

紮帳篷是滿人的看家本領，不一會兒大小幾個帳篷就都紮好了。之所以要紮，倒不是說打算在野地裡過夜，而是為了讓主子們更衣的。

幾丈遠的地方灶臺也搭起來，切切炒炒都開始預備著。

李薇從車裡換到帳篷裡，玉瓶已經帶人進去瞧過，出來問她：「主子要不要更衣？」

「等一會兒。」李薇道：「問蘇培盛，四爺要喝的茶煮了嗎？飯先等等，一會兒先上茶。」

玉瓶道：「他肯定忘不了。」

說話間，遠處已經看到回來的四爺和孩子們。胤禛的馬比一旁的小馬要高半個頭，卻是輕快小步慢跑，跟額爾赫和大阿哥的小馬齊頭並進地跑過來，李薇趕緊迎上去，他把二阿哥先遞給她。

「乖乖，怎麼了？」李薇一眼就看到二阿哥出去跑這一趟不但沒高興，反而是哭著臉回來的。

二阿哥抱住她的脖子，把小臉埋在她肩上。

李薇指著他對胤禛做口型：怎麼了？

胤禛笑起來。

額爾赫被太監扶下來，跑過來拉著李薇回到帳篷裡才悄悄告訴她：「二弟在外頭尿了。」身後，胤禛帶著大阿哥進來了。

李薇唬了一跳，忙問他：「沒尿你身上吧？」

胤禛看了眼一臉委屈勁的二阿哥，笑道：「差一點兒。」

幸好他覺得腿上一熱就趕緊問，接著就勒馬停下，親自抱著兒子去一邊小解。

各自散開換衣服。李薇抱著二阿哥跟著胤禛走，她擔心兒子幼小的心靈受傷害了，於是爹在這邊讓太監換，娘在這邊給兒子換。

二阿哥一千一萬個不樂意，非要躲到屏風後頭去，李薇跟他解釋，那邊是尿尿的。

一提尿尿，二阿哥就更不高興了。李薇驚訝地發現他跟他阿瑪有一點特別像！一臉紅，連頭頂都是紅的！他阿瑪的腦袋不能碰，此時逮著這小腦袋可以盡情摸了，她一邊摸一邊還看四爺，用眼神示意：瞧你兒子像你吧？

胤禛也笑著瞪了她一眼，虛點點她。

衣服換好出來，二阿哥那點兒彆扭勁就散了。

今天在外頭用膳可是新鮮得很，三個孩子全是頭一回，配著青山綠水加沒有牆圍著的天地，飯都好吃了幾分。

莊子上說是野味兒多，也就多了道麅子。別的跟府裡沒什麼兩樣，唯一稀奇的就是眼前的景致，坐野地裡吃飯可是新奇得很。就衝著這景色，李薇也樂意在這裡多看兩眼，心曠神怡啊！

胤禛卻是嫌這裡有風塵，吃了兩口就停了筷子，跟她說起了二阿哥剛才尿尿的趣事。兩人怕下頭的二阿哥聽見了又鬧彆扭，就跟說悄悄話似地湊在一起說。

「抱他下馬就想趕緊讓他尿，怕他憋不住，結果嫌這裡太近了，再往前走又找不到樹，死活不肯尿。」胤禛算是領會到二阿哥這強烈的自尊心，笑道：「帶著他往前又走了十餘丈才找到肯尿尿的地方。」

李薇沒想到他這麼寵孩子，能由著二阿哥走出十餘丈最後找個肯安心尿尿的地方。要是她，估計就一句「就在這裡尿吧，別多事了」就完了。

她這麼說，胤禛笑道：「回頭尿了褲子，下回就知道厲害了。」

原來他是想這麼對孩子。李薇覺得，二阿哥能逃過一劫還是挺幸運的。

四爺府，莊嬤嬤送走大夫後來到正院。

「大格格和三格格怎麼樣了？」元英問：「大夫怎麼說？」

莊嬤嬤嘆道：「大夫給三格格開了兩劑藥，但是說能不喝還是不喝了，就用綠豆水。」

三格格這個病生得冤枉。她身體弱，愛著個涼發個燒的，所以屋裡的奶娘丫頭都緊張，特別是冬天時，屋裡幾乎是整天整夜地燒著炕。結果大概是夜裡三格格熱出了汗又踢了被子，後來凍著了又自己把被子給蓋上，結果守夜的就沒發現，這一來一去的，早上三格格就發燒了，一連串的小噴嚏、小咳嗽，把奶娘和丫頭的臉都給嚇白了。

照大夫說的，三格格病得並不重，連藥都不用吃。可叫莊嬤嬤看，三格格躺在那裡小臉煞白，喘氣又急又促，看著病得不輕啊。

「大夫說格格在出汗，問題不大，福晉放心吧。」莊嬤嬤道。

「那就好。」元英鬆了口氣，「大格格呢？」

大格格一直在照顧妹妹，她的身體也不怎麼好，只比三格格好一點點。沒額娘的孩子心思重，之前四爺要帶孩子們去莊子，元英想著三格格病了，她留下照顧三格格，讓大格格跟著去，結果大格格哭求說想照顧妹妹不想去玩。

元英讓奶娘勸她，不知奶娘是怎麼勸的，一夜過去，大格格也不舒服了，連床都下不了。得了，這也不必去了，再請大夫吧。

莊嬤嬤道：「大格格那邊倒是有些厲害，大夫開了舒心散和活絡丹，讓大格格平時吃著，少些憂思……」

元英皺眉嘆道：「她一個小孩子，憂的什麼？」

莊嬤嬤噤了聲。

元英停了一會兒，問她：「宋氏那邊最近找人來見格格們了？」

莊嬤嬤忙道：「沒有，我都叫人瞧著呢。宋氏就給大格格和二格格做了幾件衣裳。」

元英便不再問了。

莊嬤嬤出來後，大格格的奶娘過來找她，悄悄塞了二兩銀子，道：「能不能叫宋格格過來瞧一眼？我實在是心疼我們姑娘。」奶娘說著，眼圈就紅了。

莊嬤嬤把銀子給她塞回去，悄聲道：「快別說了。妳若是為妳們姑娘好，就教她把福晉當額娘來孝順。宋氏……就忘了吧。」

莊子上一行，胤禛心裡既歡喜府裡人丁興旺，又覺得阿哥還是有些少，再加上三個女兒裡兩個身體都不好，說起來還是讓他憂心。

倒是素素的額爾赫和二阿哥都長得又好又機靈，讓他心裡更愛她幾分，既然心裡喜歡她，自然就想抬舉她。

何況還有二阿哥在。

他是打算再過兩年，到時李家也能提起來了，素素說不定又會給他添個孩子，到時給她請封側福晉才叫風光。而且，大阿哥過兩年養得也能帶出去見人，側福晉的事才不會對他有影響——三爺當年的事給他的教訓就是府裡嫡庶不分是大忌。

正好大阿哥和二阿哥差了幾歲，他再把這差距拉得大些。等府外都認得大阿哥了，就算抬舉素素和二阿哥也不怕。只是他這心裡總不是滋味，她若要了，他反倒能狠心讓她多等幾年。偏偏自從份例提成側福晉後，府裡人人都說等二阿哥落地，她就是府裡的側福晉。一說就是兩年過去，今年二阿哥都要往前院搬了，別人都當這側福晉一事不算了，她還是如老僧入定似地不吭聲，連在他面前旁敲側擊地提上一兩句都沒有。

這叫他怎麼忍心再晾著她？本來就是該給她的，她比福晉還早伺候他，從來到他身邊起就恭敬孝順，無一不好。何況就算看在二阿哥的面上，他也該給她這份體面。

胤禛輕輕吁了口氣，打定主意等伴駕回來就上摺子給她請封。

另一頭，李薇正沉浸在見過家人的幸福當中。阿瑪還是那麼帥，大弟已經成親了，而且生的孩子比她還多，她才兩個，大弟媳婦已經生了三個了。

二弟也有一子一女了，往下的三弟正在說親，四弟聽說家裡有安排，逼著他用功苦讀日後好考狀元。

李薇心道沒看出四弟長了讀書的腦子啊，怕家裡逼孩子，特意跟覺爾察氏說別逼弟弟，他要能讀呢就讓他讀，讀不出來也別難為他。

覺爾察氏皺眉道：「妳就別管了，我都有數。妳呢？在府裡還好嗎？沒事就待在屋裡做做針線，妳的脾氣不好，別出去再惹著人了。」

李薇驕傲道：「額娘您不知道，我現在脾氣可好了！」遇上四爺，她的脾氣那是早就昇華了。

覺爾察氏冷眼看她：「哼！」吹吧！

從莊子上回來不久，四爺就隨著聖駕出發了，這一走就是大半年難得回來，平日連個音訊也通不成。

李薇與福晉是井水不犯河水，各自守著自己的一畝三分地過日子。年頭日久，對彼此的脾性也算瞭解，李薇猜福晉不來招惹她，估計是在顧忌大阿哥。

大阿哥跟額爾赫一起讀書後，額爾赫嘴裡常能聽到大阿哥的事。自家弟弟天天見，但大阿哥這個弟弟可是很少見的，少見就稀罕，李薇能理解額爾赫對大阿哥超乎尋常的興趣，歸根究柢還是見的同齡小孩太少。

她覺得自家閨女對大阿哥這麼熱情沒什麼，可顯然別人不這麼想。不出幾日，額爾赫就在花園遇上大格格了。

額爾赫去逛花園一般都會逛到李薇讓人去喊才會回來，不然她能在花園裡從下午玩到天黑。

這天玉瓶去喊二格格回家吃飯，回來就告訴李薇一個新聞。

「妳說遇上了大格格？」李薇好生驚訝！

別說額爾赫沒見過幾次她的小姐妹，就連李薇也就逢年過節才見見，可見府裡幾個孩子平時都是養在深閨人未識。

而且，兩邊都有默契，要是她的額爾赫帶著弟弟在花園，大格格就是到了花園門口，問清裡頭有誰也會避開的。

今天額爾赫能在花園裡頭遇上人，這就不對勁，不過一想就明白了。

李薇好笑地對柳嬤嬤和玉瓶道：「妳們說這是什麼意思？」聽說還是病好以後頭一回出屋子。不過大格格和三格格生病的事她沒跟額爾赫提，這裡也不興去探病什麼的，頂多讓底下人走一趟。柳嬤嬤教過她，說是怕格格們探個病再把病給過到自己身上來了。

玉瓶捂著嘴笑，柳嬤嬤在納鞋底，拿針在頭髮上劃了兩下，笑道：「也算是好事，這下咱們二格格有人陪了。」她用力把針穿過漿過的鞋底子後，嘆道：「一家子姐妹，偏弄得還不如在胡同裡長得熟悉。」

——造孽啊！

李薇在心底默默接話。

冰凍三尺，非一日之寒。她跟福晉之間水火不相容，底下人自然有樣學樣，甚至只會比她們這兩個主子做得更過分。

至少她沒教過額爾赫避開福晉那邊長大的大格格和大阿哥，她也沒給照顧額爾赫的奶娘這麼交代過，還是這些下人的舉動教會了她，什麼叫涇渭分明。讓她知道自欺欺人是沒用的，在外頭還能粉飾太平，在府裡就赤裸裸的了。

比起大阿哥，新出現的大姐姐當然更叫額爾赫喜歡，都是女孩子，又是早就聽說過的大姐姐。雖然平時兩人很少見面說話，每回又都是大人的場合，但知道兩人是親姐妹，額爾赫自己心底就存了份親近。

李薇問她都跟大姐姐說了什麼？

額爾赫說：「我們說了三妹妹。額娘，之前咱們去莊子上的時候，三妹妹又生病了，聽說是熱著了，要不咱們分點兒冰給她們吧？」她是剛知道這個消息，就想做點兒什麼。

額爾赫是有冰山用的，二阿哥小時候不用冰山是怕他不知冷熱，當時又不會說話，只能靠照顧他的大人精心點兒。現在兩個孩子都大了，也都會說話了，李薇就給孩子們的屋裡都用上冰山。天一熱就有，所以額爾赫嘗過冰山的好處就不能想像沒有冰山的夏天要怎麼過。

李薇拍拍她的腦袋，悄悄告訴她，她和二弟弟的冰山都是她偷偷給他們用的。

額爾赫捂住嘴，瞪大眼，小聲問她：「偷偷的？」

怎麼是偷偷的呢？

李薇肯定點頭，沉痛道：「偷偷的。」她還悄悄告訴她，「小孩子不能用冰山。」她指指正院的方向，「所以妳三妹妹才沒冰山用。」

額爾赫嚇了一大跳！

李薇繼續沉痛道：「如果告訴別人妳有冰山用，那妳的冰山也要被收走了，所以額娘不能把冰山分給妳三妹妹啊。她那邊都不是我的人，額娘管不住她們，萬一被人發現，額娘也要受罰的。」

額爾赫很堅定地說：「那就不分給她們了。咱們偷偷用，不讓別人知道。」

李薇點頭，「嗯！」

之後，額爾赫的奶娘告訴李薇，說額爾赫讓人都用布把冰山罩著。額爾赫屋裡的冰山是特意雕的猴子、老虎之類的小動物，童趣可愛。這麼罩著多不好看啊，後來，四爺知道了，還問李薇。

她只好把責任往自己身上拉，「聽說這樣罩著化得慢……」然後被四爺責備小家子氣！

額爾赫跟大姐姐的遊戲很固定，就是在花園裡散散步，坐在亭子裡用些茶點，分享一下最近新學的繡花花樣和絡子打法一類。

實在太過於文靜，這跟額爾赫喜歡的那種帶著百福追繡球完全是兩回事，所以沒幾次，額爾赫就躲著不去花園了。

跟大姐姐玩不到一塊兒，又不能當著大姐姐的面自己跑去滾繡球，帶著大姐姐玩……一看大姐姐就不喜歡啊……額爾赫只好找藉口躲著不去花園。

李薇甚為心疼，就把閨女趕到前院去了。

之前額爾赫也就上午過去讀讀書、習習字，下午不必跟著四爺讀書。但大阿哥的功課表可跟她不同，下午要練弓馬，要在校場站樁，十分之辛苦。

額爾赫的體育課也就每旬去騎兩次馬而已，聽說大阿哥天天都能去校場，她十分羨慕。

李薇勸她：「妳去了也不能天天騎馬啊。」

額爾赫去了校場，有時還把二阿哥偷偷帶去。那裡地方大，她可以盡情地跟百福玩滾繡球，大缸也抬過去了，聽說四爺偶爾讀書讀累了也會出來跟百福玩一玩。

校場一側站著站樁的大阿哥，有諳達和太監們陪著他。諳達是防著大阿哥站久了傷著腿腳，看他快堅持不住就讓他活動一下。太監們則是準備著茶水毛巾，一臉擔憂地看著他們辛苦的小主子。

另一邊卻是與眾不同的熱鬧。

只見額爾赫穿著小馬靴，踢著那個滾在地上的繡球，還有陪她一起玩的百福。百福聰明又機靈，牠只要看到小主人快踢到那個球了，就肯定不會去搶主人的球。要是球滾遠了，牠又會把球給主人頂回來。

府裡的都知道東小院有條四爺給的獅子狗，特別得寵，小喜子在府裡走動的時候都被人叫喜公公，比他年紀大的，早到府裡來的還沒混上這稱呼呢，當然也有討厭他的管他叫狗公公。

總之，這足以說明百福很紅很紅。

這種很紅很紅的狗，大阿哥也有一隻，也是四爺給的。

數月前，胤禛從書房出來，看到站樁的大阿哥盯著百福看，笑著走過去替他糾正了一下姿勢，問諳達說已經站了有一刻鐘了就叫他停下來活動筋骨。

「喜歡百福嗎？想不想跟百福一起玩球？」他摸摸大阿哥的小腦袋。

大阿哥肅手規矩答道：「兒子不敢懈怠。」

胤禛聽這「正確」回答就暗笑，小時候康熙爺問他們要不要玩抽陀螺、要不要去騎馬、要不要休息一下時，兄弟們答得多是五花八門。

康熙爺促狹，今日答不敢懈怠的就多布置功課，答想出去玩的就放人出去玩。

兄弟們就學「乖」了，下回康熙爺再問，都答想出去玩。康熙爺就罵他們一通，說他們不思進取，個個都要抄書。

兄弟們連忙再改過來，下次就都答要專心功課，無心玩耍。康熙爺把教他們讀書的先生和伴讀並哈哈珠子全部重罰，說他們應該好好督促阿哥們讀書，阿哥們如果覺得功課艱難，那就是他們失職。

兄弟們再往後就各答各的了。有的說愛讀書，有的說有功課不懂，有的說想去玩。

皇阿瑪每次的做法都不同，讓他們不知道該如何是好。

胤禛當時悄悄去問他的先生顧八代。顧先生乃一代大儒，教導他時無比用心，卻被他連累得吃了板子不說，又是罰跪又是罰俸。他覺得是他連累了先生，對皇阿瑪的喜怒不定又十分迷茫。他對顧八代感情深厚，連這種事都拿來問他。

顧八代只告訴了他一件事：阿哥只管忠心對待陛下，萬事都不要瞞騙陛下就行了。陛下聖明燭照，只要阿哥忠心，陛下一定能明白的。

胤禛雖然懵懂不明，卻也照著話做。所以他自覺功課完成得不錯時，就說想出去玩。有不懂的，就說還要溫習。偶爾不想去校場練弓馬，也曾藉口想練字而躲懶。但只要康熙爺再問，他一定全說出來。

漸漸地，他發現當他想出去玩時，皇阿瑪在考過他功課，問過他想不想出去玩，他說想，皇阿瑪就把書一扣，笑道：「那就去吧。」

他說還要溫書，皇阿瑪就問他還有什麼不懂的？他便可趁機討教。有一次，皇阿瑪甚至讓大臣在外面等了一個多時辰，就為了替他講解。

那次，校場裡兄弟們要比弓箭。他不想去，就說早上習的字有幾個寫得不好，要練。皇阿瑪發現後竟然笑了一場，拍著他的腦袋說：「老四啊老四，你還會來這一手啊！」

皇阿瑪沒生氣，但之後告訴他滿人可以讀不好書，但不能不會弓馬。當晚，皇阿瑪親自看著他站在那裡拉弓五十次，直到他練完了，才讓人扶他回屋，給他端來晚膳。不練完，就沒飯吃。

胤禛懷念地歎了口氣，八弟落地時，皇阿瑪待他還是很親熱的。可是好像就是從九弟和十弟出生前後，皇阿瑪對他們這幾個已經長大的兒子就沒那麼關心了。

之後，他們就開始爭奪聖寵，爭奪皇阿瑪的目光。他們知道自己不再是能背好一篇文章、寫一張好字就能得到皇阿瑪誇獎的年紀，他們長大了，他們要像個大人那樣讓皇阿瑪另眼相看。

所以直郡王要領兵，三爺則發憤圖強要當第二個納蘭容若。他……兩邊都不行，只能當一個好兒子、好哥哥和好弟弟，現在，他打算當一個好臣子。

但他不打算像皇阿瑪教他們那樣來「耍兒子」。

大阿哥站完樁就要拉弓。他現在用的小弓是無弦的，所謂拉弓也僅僅是把弓平舉，做出拉弦如滿月的姿態來，但就算這樣，十次下來，他的胳膊也開始隱隱發痠。五十次拉下來也不簡單，雖然拉上十次可以歇上一會兒，但五十次後還是讓他累得不輕。

好不容易今天的功課完成了，接下來他就可以在校場裡想玩什麼就玩什麼。

阿瑪要他的太監連忙過來，要抱他去樹蔭下坐著歇息，還有按摩太監來替他鬆筋骨，揉肩、揉胳膊。

大阿哥擺擺手，想自己走過去。

「大阿哥。」這時，伺候阿瑪的蘇公公過來了，他懷裡還抱著一隻陌生的小狗！

蘇培盛笑得別提多軟了，弓著腰，幾乎是彎著腰一路走過來，卻不嫌難受。他小心翼翼地抱著小狗，送到大阿哥面前說：「大阿哥，這是四爺讓奴才給您送來的。」

大阿哥不知所措，就伸手抱住了這條對他來說還有些沉、有些大的小奶狗。

小狗跟百福長得很像，就是身上的毛是奶黃色的，在陽光下顯得有些白，特別可愛。

蘇培盛笑著說：「四爺讓您好好照顧這隻狗，牠叫造化。」

出巡路上，胤禛與幾個兄弟難得「親近」起來。早晚見面不說，白天一起騎馬跟著御駕，晚上也要一起在康熙爺的駕前站樁子。康熙爺在屋裡看書用膳喝茶見人，他們這群孝順兒子守在門口眼巴巴地等著皇阿瑪叫他們進去見上一見。

不過一般康熙爺都沒空搭理他們。偶爾皇上想起外頭的兒子了，問一句，他們在外頭聽梁九功答：「幾位爺下了馬就過來候著了，還沒用膳呢。」

康熙爺道：「喔，那就叫他們回去吃飯吧，明早再過來。」

一眾親兄弟面面相覷，得，明兒見！

本來兄弟們成年後就不像小時候一隻螞蚱、一本書都能聊上大半天。大了，沒話說了。天天見面，再擠也擠不出多少閒話來啊，天天問「吃了沒」一天也只能問三遍，剩下的時候只好舉目望天，低頭看地，看哪兒就是不看彼此。

胤禛行四，上頭除了一個老三愛撩撥他外，下頭的弟弟們也不怎麼敢來跟他搭話，不等近前就被那張臉給凍回去。他一擺出兄長的譜教訓人，弟弟們皆退避三舍，誰也不是愛犯賤找罵的啊。

守在屋前，上頭是哥哥、下頭是弟弟。胤禛夾在中間，跟大傢伙兒一樣兩眼放空，倒是想起留在京裡的幾位兄弟了。

跟著出巡是受罪，但留在京裡的人，只怕更難受啊！

三爺自從被抹了郡王後就悶在府裡讀書，很少出門，這回陪皇上出門也沒他的份，心裡自然不好受。

他們又不用上朝，身上沒差事的天天在府裡花天酒地都行。有那孝順的常常進宮請個安，卻未必次次都能見到康熙爺。

出門前，胤禛就在乾清宮門口見到同樣在候見的三爺和五爺，過了一會兒七爺也來了，兄弟幾個都是一笑。

「沒想到今天倒來得齊，一會兒太白樓開一桌？」三爺道。

胤禛笑道：「三哥難得請回客，弟弟怎麼說都要去的。」

幾個兄弟都笑了起來。

三爺瞪了胤禛一眼，沒好氣道：「又坑你三哥！」說罷笑了，道：「行，就三哥請客！」

幾人已經不大像還在宮裡住的時候那麼親密。

那時聚在一起總有說不完的話，問一下你的書讀到哪裡了？我的先生教得比你快一章。或說一下上次從你那裡贏的硯臺好，什麼時候再來一局？不然抱怨一下管得太嚴的嬤嬤和太監，說說五爺上次不地道，七爺上回又躲著不跟咱們一塊兒去溜冰……等等，反正總有不少話可說。

可現在幾人坐在一起……

胤禛問三爺：「三哥最近又讀了什麼新書？」

三爺樂道：「上次在琉璃廠找到一本宋時的古籍！我正找人重抄下來，看能不能重製一本……」說得沒完沒了。

胤禛：「……」不該提這個的。

五爺：「……」不知道要在這裡等多久，今天見不著，明天還要來。唉……

七爺：「……」要去太白樓吃飯，一會兒又該喝酒了怎麼辦……

三爺說半天，沒人捧場，好灰心。

胤禛剛才提了個壞頭兒，此時也不敢再起話頭了。五爺和七爺本來就是悶葫蘆，他們在兄弟中間從來不是能言善道、開啟話題的那個。

兄弟們一陣沉默。

屋裡其他候見的大臣們早就站到屋外去。屋裡一堆的皇阿哥，誰敢跟他們坐一個屋啊！寧願在外頭站著。所以屋簷下特別稀奇地站了一排穿補子的大官，有兩個還在數屋簷上飛下來的烏鴉。

一直在乾清宮外等到午時過半，三爺往外勾頭看了一眼，見一隊小太監魚貫而入，搖頭道：「只怕今天是見不到皇阿瑪了。」

又過了半個時辰，就有個小太監過來說：「諸位爺先請回吧，梁爺爺叫奴才來說一聲，萬歲爺已經歇晌了。」

用過午膳，康熙爺睡午覺去了。下午康熙爺一般不見人，除非有軍國大事。想磕頭請安的明日請早。

兄弟幾個只好出得宮來。

騎上馬走到半道上，看到路邊擺攤的燒餅就鹹菜吃起來了，三爺早上出來得早，除了在乾清宮灌的一肚子上好的鐵觀音之外別的什麼都沒吃，這會兒看到燒餅就鹹菜都直嚥口水。

「走，吃飯去！」三爺一揮鞭子，一馬當先地朝著太白樓殺過去。

真進了太白樓就不著急了，點菜、要茶，嫌酒樓裡的茶不好，三爺還讓人去府裡取來好茶現煮現喝。三爺還問要不要叫唱曲的過來？

胤禛道：「叫個琵琶就行。」

於是一位先生抱著琵琶過來，坐在角落裡輕輕彈起來。

皇城根下龍子鳳孫最多，說不定哪時就遇上了。太白樓也算是京裡有名的酒樓，早年聽說康熙爺和裕親王都來過，所以這也不算是頭一回。

自打那麼一大群的侍衛騎著高頭大馬把樓裡掌櫃給叫出來交代之後，一樓二樓裡的平頭百姓就都被掌櫃帶著小二親自給勸走了，然後打掃雅間，恭迎大駕。

此時一樓二樓已經都被侍衛大哥給站滿了，再有人想進來吃飯，一看大堂的動靜，腰杆子不夠硬的掉頭就走。自覺腰杆子夠硬的……也要看看他們過不過得了侍衛們那一關。

雅間裡，提壺倒水的全是胤禛他們自己帶來的太監，傳菜嘗膳的也是太監們。除了那個彈琵琶的先生算是這樓裡的人，別的都是他們自家人。

於是胤禛幾人也不忌諱什麼，自顧自吃喝。說來兄弟們也算是好久沒聚了，只是此時再聚也聚不出以前的滋味。一頓飯吃完，只說了幾句極為寡淡的閒話，好像就算想往下深談也談不下去，幾人也頗覺無味，草草填了肚子就下樓各回各府。

三爺叫住胤禛，道：「老四啊，你最近都在忙什麼啊？看你這樣子，人都瘦了。」

胤禛道：「最近在工部，他們弄了個新型的犁，皇阿瑪正看著呢。」

「好。」三爺拍拍胤禛的肩，「這是利國利民的大事，你用點兒心。」

胤禛笑了，三爺擺著哥哥譜教導他，他認，點頭道：「是，聽三哥的。」

三爺也覺得沒意思。

好歹老四還靠著太子弄了個差事，哪怕只是看著工部的人倒騰個犁也比他強。

「三哥是比不上你的。」外頭熱，三爺沒戴上帽子，放在手裡轉著，道：「三哥現在也就只能在府裡看看書了。」

「三哥說的這是什麼話？」胤禛道：「三哥學問好，日後修書立傳，功在千秋。」兩人不鹹不淡地互相捧著，都不真心，只是好像不這麼說話，就不會說話了。出了門，幾人上馬，各自找了理由分開，各走各的。

今日沒見著皇上，明天自然還要去。胤禛覺得挺沒意思，但不請安怎麼見皇阿瑪？他回到府裡，洗漱後躺在榻上歇著。蘇培盛站在一旁看著外頭的時辰，不知道今天四爺去不去校場？這個時候，校場裡幾位小主子正在練功夫，在這裡都能聽到校場裡的動靜。

躺在榻上的胤禛一個翻身起來，蘇培盛趕緊去拿褂子，小太監也連忙跪下給四爺穿鞋。

「你李主子呢？」胤禛道：「走，去她那裡看看。」

東小院裡正是晌午，沒事做的太監、丫頭們都在屋裡睡午覺，只有門口有個守門的，屋前頭有個打簾子的。兩人看到四爺一路過來，慌忙下跪。

胤禛看到倒座屋前頭的地濕了好大一片，那裡有個水道，洗漱等用過的廢水都倒到這裡。

太監、丫頭們是不敢在白天洗漱的，哪怕洗個頭也要挑自己不當班的時候。

胤禛心裡一動。

打簾子的小丫頭不敢大聲，起身高高地掀了簾子迎四爺進去，待蘇培盛想往裡進時，小丫頭面上就是一急。

蘇培盛是人精子，腳下就慢了，眼珠一轉就對小丫頭笑道：「妳玉瓶姐姐呢？我去瞧瞧給主子爺的茶。」

小丫頭忙笑道：「玉瓶姐姐在屋裡，玉煙姐姐在茶房。」

蘇培盛「喔」了聲，說話間就見在屋裡的玉瓶也悄悄退了出來。

兩人打了個照面，玉瓶屈膝一福，「蘇公公好。」

「姑娘好。」

兩人都是主子跟前伺候的，有些事啊也就他們清楚。

兩人站著等了一會兒，互相對個眼神，蘇培盛就悄悄地退下。玉瓶也對著那小丫頭說：「妳也在這裡站了一天，去歇歇吧，這裡有我呢。」

小丫頭不能進屋，但四爺過來後多數是玉瓶姐姐伺候。她心裡老覺得玉瓶姐姐這是怕她們在這裡伺候會入了主子們的眼，搶好事呢。

她聽話走了，果然見玉瓶姐姐就站在門邊。

屋裡，李薇剛洗過澡，半乾的頭髮披在床沿。屋裡炕燒得熱，她就偷懶只穿了件兜肚，結果讓人給摸進屋，啃了個乾淨。

兩人的汗把被褥都給浸濕了，素色的棉褥子上好大一塊濕漬，就在她剛才躺著的地方，真沒臉見人了。

李薇有氣無力地滾到床裡，抱著枕頭徐徐喘氣，心這會兒還跳得厲害。

胤禛從後面貼上來，給她撫胸平氣，道：「緩緩……」

她掰著他的手，「那您倒是撒手啊……」

這澡算白洗了。

起來時天已經暗了，李薇讓人打來熱水，躲在屏風後擦了一遍算完。他倒是去隔壁泡了個澡，頭髮盤在頭頂，出來神清氣爽。

晚上就著綠豆粥吃生煎包子，她這邊吃得香甜，勾得原本說沒胃口，只捧著粥就蘿蔔丁的人也挾了個生煎包子吃。

「這個味道不錯，吃著倒是不油膩。」胤禛道。

包子、餃子這類，他一向只愛吃蒸的、煮的，很少吃炸的，所以他在別處用膳都看不到桌上擺著這類東西，只在東小院是例外。有時他也跟著嘗兩口，每次都能讓蘇培盛瞠目結舌。

胤禛都覺得可笑，誰能日復一日吃同一道菜？總要換換吧？不然吃著不膩？他偶爾改個口味就這麼難以置信？可見這世上刻板的人有多少，又有多少人總拿老眼光看人。偶爾一變，竟然就是士別三日，當刮目相看了。

三爺近來變化頗大。他那張嘴以前也沒這麼尖酸，之前他一直以為他是心情不好，現在想想，又不是婦人，還能成年累月心情不好？不過是看他有差事做，他自己也想找太子要差事，卻下不了決心，所以這嘴就酸了。

有本事衝太子使勁去啊！

胤禛記得三爺以前就愛跟太子比。說他跟太子學也不假，但太子不僅讀書要好，論政、弓馬樣樣都好，拿著奏摺要說出個一二三，排兵布陣也要學。但三爺就認準了，別的都不跟太子比，他一門心思讀書，在學問上他要比太子好。

所以，他都跟太子「比」了多少年，讓他現在腆著臉去跟太子當好弟弟，要差事，他就拉不下臉了。

三爺現在心思多，小動作也多了。他就只管看著，看看三爺怎麼樣才能不彎腰、不求人地把自己給抬上去。

胤禛回憶完了。

屋裡人影一晃，一個小太監出來悄聲道：「幾位爺，萬歲道今晚歇了，不見人了，請諸位爺先回吧。明兒再來。」

直郡王便帶著兄弟在門前三跪九叩，「辭別」皇阿瑪。

待退出十數丈遠後，直郡王才對兄弟們草草一拱手，加快腳步走了。

「老大這是連話都懶得跟咱們說了。」十四嘀咕了句。

胤禛瞪了他一眼，逼得十四不忿地垂下頭。

十三在後面拉了十四一把，打圓場道：「這就快到了，到了就能歇歇了。」

聽說康熙爺帶著四爺他們已經到了熱河。熱河好啊，避暑山莊，聽說那兒涼快得很，在屋裡熱成狗的李薇此時就格外羨慕千里之外的四爺。誰叫清朝還沒空調呢？空調是世上最偉大的發明！

她已經只穿單褂了，在屋裡還能偷懶不穿褲子，只穿一件袍子加條三角褲，就這都不行。只是坐著不動，身上的汗就一層層往外膩，跟糊到身上似的。

二阿哥又起痱子了，這回卻打死不肯穿開襠褲，就算李薇嚇唬他回頭起痱子起得小雞雞要掉下來了也不肯穿，嚇得一個勁地哭，還咬死牙不換褲子。

她都要佩服了：「你這小子這脾氣像你阿瑪，死強！」

一屋子伺候的都低頭看腳面，就額爾赫哈哈笑起來。

說起來李薇也想四爺了。府裡沒了他就跟空了一大半似的，看著二阿哥這強勁頭，還有他那一屁股頑固的痱子，就讓她想起四爺了。

要說四爺跟二阿哥一樣，二阿哥愛起痱子，他愛上火，都是夏天的時候發這毛病。一上火就牙齦腫大，再嚴重點兒就扁桃腺發炎，他還不愛為這個看大夫，嘴邊的話就是：「這毛病爺比他們會治。」然後讓蘇培盛拿花椒和黃連來。花椒嚼著止痛，黃連用來下火。

熱河行宮，胤禛才從皇上那裡退出來，整個背上的衣服都是濕透的。他一路皺眉吊臉的，路遇的官員見著四貝勒都嚇得腿軟。

一進屋，蘇培盛趕緊捧上茶來，道：「才泡的黃連水，主子爺快喝兩口。」

胤禛端起茶，皺眉嚥藥般地含了一口，梗著脖子徐徐嚥下。

蘇培盛一臉心疼勁兒，「主子爺，要不還是傳太醫吧？」

胤禛搖頭，撐著把一碗滾茶喝完，出了一身痛汗倒是舒服點兒了，他道：「皇阿瑪正難受，我不能跟著添亂。」

蘇培盛不敢再說，他看四爺喝了茶後閉目仰頭，想起這幾天四爺都沒好好睡一覺，就輕聲道：「這會兒沒人來，奴才伺候主子爺歇歇，等會兒萬歲爺那邊叫傳了，奴才再喊主子爺起來？」

胤禛點頭，蘇培盛趕緊讓人送來熱水和乾淨的衣服。

胤禛這幾天都是在大太陽下跑來跑去，就是候見時也是在太陽下站著，不能像太監、宮女似地專挑屋簷下的陰涼地。等衣服、帽子和鞋子一脫，蘇培盛看著都要落淚了。

只見胤禛背上曬得通紅一片，腋下和腰上都起滿了紅色的汗疹，往下只要是捂著的地方也都是，腳上倒好些，因為胤禛天生不出腳汗。

蘇培盛讓人端來的熱水裡加了藥，熬成深褐色，由小太監拿毛巾浸在裡頭，再擰得半乾後敷在四爺的背上。要是時候夠，最好是能煮一大鍋藥湯浸浴，現在只好這麼糊弄下了。

等泡好出來，胤禛就這麼赤著躺在床上，長長地吁了一口氣，轉眼就睡沉了。蘇培盛讓按摩太監替他鬆筋骨，最後再把藥水塗上去，盼著能緩一緩。

四爺睡得沉，伺候的人都不敢出聲，悄悄地把剛才洗漱的那些桶啊盆啊給抬出去。蘇培盛半步不敢離，就盯著按摩太監給四爺按肩揉腳。

張保悄悄進來，蘇培盛聽到動靜回頭一看是他，兩人就避到屏風一邊小聲說話。他與蘇培盛一向不合，兩人王不見王，從來都是對頭，不過這回幸虧他跟著出來，蘇培盛現在才能有個商量的人。

張保來是想打聽一下四爺要不要使人回府送信？要是需要送信，那肯定是他走一趟了。

蘇培盛仰了仰下巴指著外頭，小聲說：「別的人是個什麼動靜？」

張保的聲音也壓得極低，先比個大拇指，道：「這位一直在說請萬歲爺保重龍體。」這是說直郡王。

跟著他再比個二，道：「這位倒是說了咱家爺兩句好話。」這是說太子。

蘇培盛聽到這個稍微鬆了口氣，一邊搖頭一邊道：「也算是個好消息。」

兩人對了個眼神，都是一臉愁苦。

本來今年一開年，他們四爺的運氣就不錯。去年四爺跟著太子得了好處，領了工部的差事，聽說他們四爺弄了個什麼壺犁進給萬歲爺得了青眼，所以一開年就被皇上帶著四處走。

二月時皇上奉皇太后到熱河來避暑，除了太子與直郡王，就是他們四爺數得著了，剩下的都是些小阿哥。

他們能跟著出來還都高興呢，四爺有前程，他們伺候著也光榮啊！

跟著一道來的還有四爺的親妹子五公主。五公主之前就是在皇太后的宮裡養著的，是康熙爺幾個公主裡唯一一個留京的，還嫁給佟家，這樣的光榮宮裡哪個娘娘都沒有啊。

結果六月從京裡出來，許是路上太熱，五公主就中暑了。

這也不是什麼難治的病，誰能想到五公主就這麼沒了呢？

康熙爺知道後一天都吃不下飯，還不敢叫皇太后知道，先瞞著。

四爺是五公主的親哥哥，突然間死了親妹妹，傷心難過先不說，治喪的事他樣樣都要走在頭裡，哪怕跟著來的兄弟不止他一個，他都不能假他人之手。

公主在外頭沒的，要先送回京去，這也非四爺莫屬。回京後還要跟佟家打官司，跟娘娘交代，樣樣都不能落下。

張保想著先回京跟府裡說一聲也是因為這個。是讓四爺帶著棺材回京直接放雷給娘娘，還是先想辦法給娘娘透個消息，緩著點兒？張保已經想了七八種四爺可能的吩咐，到時主子爺吩咐下來，他該怎麼回話也在心裡過了七八遍了。不能主子爺說了之後他才開始盤算。

他跟蘇培盛道：「要是主子爺有話往京裡送，那就我回去，主子爺身邊不能少了你。」

蘇培盛要是能把自己一劈兩半，他肯定連回京露臉的事都不會讓給張保，無奈他沒這能耐，只好忍痛道：「行吧，你回去，路上留神，別讓人問出來了。」

五公主沒了的事，現在可還沒有往京裡遞呢。

胤禛只睡了半個多時辰就驚醒了，他在床上一動，蘇培盛就趕緊過來，扶他起來道：「主子爺，還早呢，外邊沒人來叫。」

胤禛起床，看窗外陽光還是那麼烈就知道確實不晚。

蘇培盛早就讓人備好涼拌麵，此時把床上的東西一裹讓人抱走，擺上膳桌來，在一邊道：「張保過來了。」

胤禛「嗯」了聲，不用人伺候，自己拌了碗麵吃著。

張保過來就跪在下頭，胤禛揚手道：「起吧。」

張保起來走近在他耳邊悄聲說了幾句，胤禛點頭，擺手道：「你一會兒跟我過去。」

簡單用了兩碗麵，漱過口，蘇培盛讓人端上藥來，胤禛快速喝下去，換上衣服帶著張保又去了皇上那邊。

康熙爺的屋子外邊由梁九功守著，倒是看不到候見的人，連直郡王和太子也不在。梁九功看到胤禛過來，連忙迎上來，小聲提點道：「萬歲爺剛才讓太子爺和直郡王都回去了，人也都攆走了。四爺進去留點兒神，萬歲爺還沒用膳呢。」

胤禛默默點頭，不敢跟梁九功搭話，站在門口看著小太監進去通報，少頃見小太監回來衝他點頭示意他進去，這才肅手低頭放輕腳步走進去。

一進去，胤禛就打了個寒戰。

跟著小太監繞過屏風，看到康熙爺穿一件豆沙色的圓領紗袍，繫玉色腰帶坐在榻上，一邊的炕桌上還擺著三五本明黃封面的摺子，一個蓋碗擺在手邊。

「老四，過來。」康熙放下手裡的摺子，讓小太監給胤禛搬個座兒。

胤禛低頭走過去，規矩坐下，不敢直視君面。半天不見康熙爺開口，他才抬起頭，卻看到康熙爺滿臉止不住的悲痛看著他，眼裡含著淚，緩緩沙啞道：「你長得像你額娘，五丫頭長得似朕，小時候她還跟朕說長得不如你秀氣，鬧脾氣來著。」

胤禛雙目乾澀。自從得知五妹妹的死訊後，他一滴淚都流不出來，只剩下滿腔的難以置信。她還那麼小，成親才兩年，怎麼就沒了？中暑而已，並不是大病啊，誰能想到這麼快就沒了？這讓他怎麼跟額娘交代？

別人都哭得傷心，他卻哭不出來，只好讓蘇培盛想辦法弄了個香料香包帶著，他心裡還念叨，是不是他真是冷血冷情？跟五妹妹不親，所以就算她死在他面前，他也能不動容？

他垂下頭，他做不出當著皇阿瑪的面用那香包，可此時面無戚容只怕會是大罪，所以他也不敢抬頭讓皇阿瑪看見。

康熙爺很快就收住悲意，翻出一本摺子遞給胤禛，道：「你今天就走，帶著這本摺子，叫禮部照著這個預備，給你妹妹發喪，朕這裡也會儘快回去。」

胤禛揣好摺子，起身離座，叩謝皇恩：「兒臣遵旨。」

張保一直在外頭站著，一見四爺出來就連忙迎上去。

胤禛帶著他一路往外走，低聲吩咐道：「你帶上布林根和馮毅先回去，不要走官道，回去後先見福晉，悄悄告訴她，讓福晉先進宮給娘娘打聲招呼。千萬別走漏風聲。」

（未完待續）

【作者後記】

寫清穿愛情一直是我最大的野心與夢想，希望大家喜歡這個故事

很高興跟臺灣的讀者見面，大家好，我是多木木多。

寫一個穿越回清朝的愛情故事是我一直以來最大的野心與夢想！

我記得在我初中時期很喜歡看臺言（臺灣言情），到現在記憶還很深刻的有一個言情作者叫蘭京，她的作品像《蝴蝶戲貓》（這是我看的第一本）、《靈幻格格》等，只要是寫與阿哥有關的故事，我全都最喜歡！

但在我有勇氣寫清穿時，清穿這一題材已經過氣、不那麼流行了，所以在開文之初，我的本意只是想圓自己的一個美夢。

在清穿最紅的時候，我沒有勇氣去寫，就是因為覺得自己無法寫出新意。但當我「破罐子破摔」之後，就決定放棄新意，就放手寫一個自己最想寫的故事！然後就圈定四爺為男主角了！

——當時更紅的是八爺。

女主角一開始選擇的是四福晉，因為我還是想寫一個不同的清穿故事，一個BE結局的悲劇，我想寫出來一定會很爽（有時作者就是會有一點小小的野心）。四福晉我取名為元英，對她的情感脈絡變化有著很深的野心，我希望寫出一個「機關算盡，反誤了卿卿性命」的女主角。

當時我給了元英一個金手指：她是重生的。

重生之後的元英當然知道四爺會當皇帝，她要做的就是保住長子的性命，熬死四爺，等著兒子登基就行。說起來很簡單，但幾十年下去，最後她卻發現千算萬算，反倒讓命運向著原本的軌道滑過去，等她死前閉眼的那一刻，浮現在她心頭真正的心願是……

由於是個大悲劇，在我寫完大綱後覺得這個故事缺乏說服力，如果讀者跟著我看到最後發現重生回來的女主角的人生是個特大的杯具，有金手指在反而混得比上輩子還糟，那我一定會完蛋的。

於是，在我研究四爺後宮的時候，李氏蹦到了我的眼前。

四爺當皇帝時有一個最出名的寵妃：年氏。

但年氏的日子過得實在不算開心，與她相比，李氏這個家世平平的女人，卻在四爺府邸受了足有半輩子的寵，在她最好的年華裡，四爺身邊的一兒一女都是她的孩子，直到年氏進門前，才由鈕鈷祿氏與耿氏接連生下孩子（年氏的長女是一七一五年生，鈕鈷祿氏生子是在一七一一年，耿氏是一七一二，我猜這裡面其實是權利博弈）。

這麼一個特大的古代原裝蘇，立刻就傾倒了我的心。

所以，我重新寫了大綱，以李薇為明線，元英為暗線，寫這兩個女人在四爺後院中因為不同的心態、不同的選擇，最後走出了不同人生道路的故事。

希望大家喜歡。

多木木多

二〇一六年夏

漾小說 164

清穿日常 1

國家圖書館出版品預行編目資料

清穿日常 / 多木木多著. -- 初版. -- 臺北市：
晴空, 城邦文化出版：家庭傳媒城邦分公司發行,
2016.07
　冊；　公分. --（漾小說；164）
ISBN 978-986-92868-6-2（第1冊：平裝）

857.7　　　　105008196

作　　者　多木木多
封面繪圖　MOON
責任編輯　高章敏
行　　銷　艾青荷　蘇莞婷　黃家瑜
業　　務　李再星　陳玫潾　陳美燕　枡幸君
副總編輯　林秀梅
編輯總監　劉麗真
總 經 理　陳逸瑛
發 行 人　凃玉雲
出　　版　晴空
城邦文化事業股份有限公司
104台北市中山區民生東路二段141號5樓
電話：（886）2-2500-7696　傳真：（886）2-2500-1967
發　　行　英屬蓋曼群島商家庭傳媒股份有限公司城邦分公司
104台北市中山區民生東路二段141號2樓
客服服務專線：（886）2-25007718；25007719
24小時傳真專線：（886）2-25001990；25001991
服務時間：週一至週五上午09:00~12:00；下午13:00~17:00
劃撥帳號：19863813；戶名：書虫股份有限公司
讀者服務信箱：service@readingclub.com.tw
晴空部落格　http://sky.ryefield.com.tw
香港發行所　城邦（香港）出版集團有限公司
香港灣仔駱克道193號東超商業中心1樓
電話：852-25086231　傳真：852-25789337
E-mail：hkcite@biznetvigator.com
馬新發行所　城邦（馬新）出版集團【Cite(M) Sdn. Bhd. (458372U)】
41, Jalan Radin Anum, Bandar Baru Sri Petaling, 57000 Kuala Lumpur, Malaysia.
電話：+603-9057-8822　傳真：+603-9057-6622
電郵：cite@cite.com.my
美術設計　洸譜創意設計股份有限公司
印　　刷　沐春行銷創意有限公司
初版一刷　2016年7月
定　　價　300元
I S B N　978-986-92868-6-2